ANDREAS GRUBER

Todesmal

GOLDMANN
Lesen erleben

Buch

Die Kriminalkommissarin Sabine Nemez traut ihren Augen nicht: Eine geheimnisvolle Frau in Nonnentracht betritt das Hauptgebäude des BKA in Wiesbaden. Ganz gezielt fragt sie nach Sabines Kollegen Maarten S. Sneijder. Doch der hat nach einer heftigen Diskussion mit dem neuen BKA-Chef gerade spontan gekündigt, und so ist es an Sabine, die Nonne zu verhören. Was sie erfährt, lässt ihr den Atem stocken: Die eigentlich harmlos wirkende Frau kündigt an, in den nächsten 7 Tagen 7 Morde zu begehen – über Motiv und Mittel schweigt sie sich aus.

Vorsorglich wird die alte Dame festgesetzt, und im BKA bricht Hektik aus – vor allem, als Sabine tatsächlich kurz darauf den ersten Mord trotz aller Bemühungen nicht verhindern kann. Schnell wird klar, dass hinter der ganzen Sache ein äußerst raffinierter Plan steckt, der auch Sneijders Neugier weckt. Er kehrt ans BKA zurück, und zusammen mit Sabine lässt er sich auf das Spiel der Nonne ein. Noch ahnt er nicht, in welch dunkle Abgründe ihn seine neue Gegnerin dieses Mal führen wird …

Weitere Informationen zu Andreas Gruber sowie zu lieferbaren Titeln des Autors finden Sie am Ende des Buches.

Andreas Gruber

Todesmal

Thriller

GOLDMANN

1. Auflage
Originalausgabe September 2019
Wilhelm Goldmann Verlag, München,
in der Verlagsgruppe Random House GmbH

Ein Projekt der AVA international GmbH
Autoren- und Verlagsagentur
www.ava-international.de / www.agruber.com
Umschlaggestaltung: UNO Werbeagentur, München
Umschlagmotiv: Metall-Effekt in Typo: FinePic®, München
Schlange: Flora Press/BIOSPHOTO/Matthijs Kuijpers
Struktur: GettyImages/Pinghung Chen / EyeEm
TH · Herstellung: kw
Satz: Buch-Werkstatt GmbH, Bad Aibling
Druck und Bindung: GGP Media GmbH, Pößneck
Printed in Germany
ISBN: 978-3-442-48656-4
www.goldmann-verlag.de

für
Traude und Franz,
Wolfgang, Uli, Sophie, Jakob und Teresa,
sowie
Martin, Catharina, Felix und Benjamin

»Ein geborener Feind ist schlimmer als ein gewordener.«

– Sprichwort –

PROLOG

»Hi'fe!«, rief der Mann durch den Knebel im Mund. In der alten Fabrikhalle war es trotz der momentan vorherrschenden Hitzewelle noch kühl in diesen Morgenstunden. Eine Gänsehaut überzog den Nacken und die Unterarme des Mannes.

Er balancierte mit den Zehenspitzen auf zwei übereinandergestellten leeren Metallfässern und versuchte, keinen Krampf in den Waden zu bekommen. In seinem Mund steckte ein nach Öl stinkendes Stoffknäuel, fixiert mit einem straff um seinen Kopf gebundenen Lederband. Seine Arme waren ausgestreckt über seinem Kopf gefesselt, die beiden Handschellen hingen jeweils an der Aufhängung eines Rohrs, das an der Decke verlief.

Warum zur Hölle tut man mir das an? Er war ein alter Mann, schon halb blind, dem die Gicht in den Knochen saß, bereits alle Zähne im Mund wackelten und die Hämorrhoiden im Hintern bluteten.

Warum quält man mich so?

Diese blöde Fotze!

Es war zweifellos eine Frau gewesen, die ihn so zugerichtet hatte. Vermutlich dieselbe, die ihn zu dieser stillgelegten Fabrik gelockt, niedergeschlagen und mit Chloroform betäubt hatte. Danach musste sie ihm diesen albernen Wollpullover über das Hemd gezogen, ihn auf die Fässer gehievt und unter das rote Kunststoffrohr gekettet haben.

Warum ausgerechnet einen alten verfilzten Pullover? In dieser Hitze? Die Alte war ja nicht ganz richtig im Kopf.

Mit einem ätzenden Geschmack im Mund war er wieder zu

sich gekommen, als ihn sein eigenes Gewicht in die Handschellen gedrückt und ihm gefühlt beinahe die Handgelenke abgerissen hatte. In seiner Benommenheit hatte er gerade noch mitbekommen, wie die Frau ein Gerüst neben ihm wegrollte. Die Alte musste verdammt kräftig sein. Sonst hatte er niemanden gesehen.

Trotzdem versuchte er durch den Stofffetzen um Hilfe zu rufen. Aber der Knebel saß so tief in seinem Mund, dass er alles wieder hinunterschlucken musste, was er heraufwürgte. *Das kannst du vergessen!* Seine Schreie klangen erstickt und schwach. *Hier hört dich niemand.*

Die Fenster waren mit dunklen, mittlerweile verblassten Graffiti besprayt, sodass nur wenig Tageslicht in die Halle fiel. Was er erkennen konnte, waren eine Reihe Metallfässer, ein alter Gabelstapler, Holzpaletten und einige Bottiche. Und überall im Raum verliefen dicke und dünne Rohrleitungen mit zahlreichen Knicken.

Er selbst hing in der Mitte der Halle, wo der Boden sich zu einer Senke vertiefte – früher wohl eine Art Abfluss. Jetzt lagen hier reichlich Staub und Dreck. Am äußeren Rand der Vertiefung waren noch die gelben Markierungen für die Staplerwege zu erkennen, ebenso frische Fuß- und Schleifspuren. *Seine* Schleifspuren!

»Hi'fe!«, versuchte er wieder zu schreien.

»Geben Sie sich keine Mühe.«

Er verstummte. Sein Herz raste, und er lauschte. Verdammt, kannte er die Stimme dieser Frau nicht von irgendwoher? Sanft und ein wenig brüchig? Die Alte war bestimmt schon Mitte sechzig oder darüber. Eine alte Geliebte vielleicht, die sich für etwas rächen wollte?

Oder ging es um die Sache von damals?

Aber ich habe die Weiber doch nie angefasst!

Und wie hatte die Alte ihn hier allein hochbekommen?

»Wa' 'oll da'?«, presste er hervor.

Seine Arme und Schultergelenke schmerzten. Er sah nach oben zu dem Eisengestänge, an dem die Handschellen hingen. *Warum zum Teufel hat die mich genau hier aufgehängt?* Beinahe wäre er gekippt und von den Fässern gestürzt. Dann hätte er wie eine Rinderhälfte an einem Haken gehangen.

Er versuchte sich zu beruhigen und starrte wieder nach oben. Als er genauer hinsah, bemerkte er, dass das armdicke Kunststoffrohr über seinem Kopf einen Knick nach unten machte. Direkt über ihm befand sich die Öffnung.

Langsam kam die Panik. Das hier war nicht bloß ein übler Scherz.

Schritte näherten sich ihm von hinten, und obwohl er den Kopf drehte, konnte er nicht erkennen, wer dort stand.

»Es gibt nur einen, der dich retten kann«, sagte die Frau mit sanfter Stimme.

»Re"en?«, wiederholte er.

Die Schritte entfernten sich, das Klappern der Schuhe hallte durch den Raum.

»Ja, Maarten Sneijder«, sagte die Frau. »Und dafür hat er nicht mal dreizehn Stunden Zeit.«

Eine Eisentür öffnete sich quietschend, fiel schwer ins Schloss. Ein Riegel klackte zweimal.

In der Stille, die in der alten Fabrik herrschte, starrte er wieder nach oben. Die breite Öffnung des Rohrs sah aus wie der schwarze Schlund der Hölle.

Wer zum Teufel war Maarten Sneijder?

1. TAG

Wiesbaden

HESSEN

– FREITAG, 12. MAI –

1. Kapitel

Dirk van Nistelrooy stand am Fenster seines Büros und blickte durch die Jalousie in den Innenhof des Gebäudes. Bis jetzt war der Mai verdammt heiß und schwül gewesen. Nicht so heiß wie letztes Jahr, aber der Sommer war schon deutlich zu spüren und mit ihm die drohenden Gewitter.

Seit knapp einem Jahr war van Nistelrooy Präsident des Bundeskriminalamts in Wiesbaden und damit der direkte Nachfolger von Dietrich Hess. Somit hatte er eigentlich gerade tausend Dinge zu erledigen. Und ausgerechnet jetzt hatte Sneijder um ein Gespräch gebeten.

Van Nistelrooy blickte auf die Uhr. *Fünf vor acht.* Wie er Sneijder kannte, kam er sicherlich überpünktlich. Und war dann bestimmt auch gleich wieder weg. Der hatte es noch nie lange in seinem Büro ausgehalten, und garantiert würde das heute nicht anders sein, wenn es um die Bedingungen seiner Neueinstellung im BKA ging. Und die mussten endlich geklärt werden, denn Sneijder war bereits seit Monaten wieder im Dienst. Da hörte van Nistelrooy nebenan auch schon das Schlagen der Tür und forsche Schritte im Büro seiner Sekretärin.

Er wandte sich vom Fenster ab, nahm das Sakko von der Lehne seines Schreibtischsessels und schlüpfte hinein. Im nächsten Moment flog die Tür auf.

Sneijder, wie immer im Designeranzug, knurrte ein knappes »*Goedemorgen*«, warf die Tür hinter sich zu und kam zum Schreibtisch, vor dem er stehen blieb.

Van Nistelrooy blieb ebenfalls stehen. Ein Gespräch mit Sneijder im Sitzen war kaum möglich. Entweder sprach man mit ihm in Rekordzeit und unter Verzicht auf jeglichen Small Talk, oder es wurde so emotional, dass die Fetzen flogen. Einen Mittelweg gab es selten.

Van Nistelrooy lockerte den Knoten seiner Krawatte. »Morgen.«

»Hast du über meine Forderungen nachgedacht?«

»Ja, und meine Antwort lautet *Nein*!«

Sneijders Augenbrauen wuchsen zu einem Strich zusammen. Mein Gott, seine polierte Glatze und sein Gesicht schienen noch blasser als sonst und wirkten mit den schmalen schwarzen Koteletten, die von den Ohren zum Kinn hinunterführten, wie in einem besonders kontrastreichen dramatischen Schwarz-Weiß-Film. Der Mann brauchte dringend Urlaub und Erholung. Aber van Nistelrooy wusste, die einzige Möglichkeit Sneijder Farbe ins Gesicht zu zaubern, waren die Mörderjagd und der Unterricht junger unverbrauchter Kollegen an der BKA-Akademie. Bei jeder anderen Tätigkeit würde er jämmerlich zugrunde gehen.

»Nein?«, wiederholte Sneijder. Sein Augenlid zuckte.

»Ich habe deinen Vorschlag mit beiden Vizepräsidenten besprochen, wir sind uns einig.«

»*Vervloekt* noch mal, das war kein ›Vorschlag‹«, knurrte Sneijder.

Van Nistelrooy atmete tief durch. Er war kurz davor, Sneijder hochkant aus dem Büro zu werfen, doch aufgrund ihrer alten Freundschaft – wobei, *Freundschaft* konnte man das nicht nennen, sondern viel eher *langjährigen Waffenstillstand* – entschied er sich zunächst für den diplomatischen Weg. Außerdem waren viele altgediente und erfahrene Kollegen tot, vor einem knappen Jahr binnen weniger Tage ausradiert worden, und er brauchte Sneijder. Aber nicht um jeden Preis, und schon gar nicht zu Sneijders Bedingungen. Die Arbeit beim BKA war kein Wunschkonzert.

»Du hast dein altes Büro wieder«, sagte van Nistelrooy und

zählte die nächsten Punkte an den Fingern auf. »Zwei Räume. Deine Massageliege steht auch wieder drin, und deine Masseurin – wie heißt sie noch gleich, Akiko? – darf auch wiederkommen. Von mir aus montier den Rauchmelder ab und rauch dein selbst gedrehtes Marihuanazeug, ohne das du offenbar nicht funktionierst, wirf alle Topfpflanzen aus dem Büro, wenn sie dir den Sauerstoff zum Denken nehmen, und trink so viel Vanilletee, dass die ganze Etage wie eine tropische Insel riecht, aber damit ist meine Toleranz zu Ende.«

»Scheiß auf die Massageliege und den Tee!«, fluchte Sneijder. »Darum geht es doch gar nicht.«

»Worum dann?«

»Wir brauchen ein Team, das …«

»Seit wann arbeitest *du* im Team?«

»Ich arbeite nicht *im* Team, ich *brauche* ein Team!«

»Jetzt auf einmal! Und wem sollen diese Leute unterstellt sein? Der BKA-Führung, so wie alle anderen fünftausend Mitarbeiter? Oder arbeiten die fortan im Sneijder-Universum?«

Sneijder musterte ihn, als wäre plötzlich er, der Präsident, der Kiffer.

»Maarten, du kannst dich nicht einfach über alle bestehenden Regeln hinwegsetzen!«, fuhr van Nistelrooy fort.

»*Verdomme!*« Sneijder stützte sich mit den Händen am Schreibtisch auf und beugte sich nach vorn. Seine Handrücken waren von seinen Akupunkturnadeln zerstochen, mit denen er sich bei einer Attacke die Clusterkopfschmerzen aus den Nervenpunkten zog. Offenbar waren diese Anfälle in letzter Zeit häufiger geworden. »Du schiebst mich in mein Büro ab, überhäufst mich täglich mit neuen bürokratischen Aufgaben und denkst, alles wäre fein?«

»So ist das nun mal. Die Vorschriften habe nicht ich erfunden.«

»Ja, ständig neue Anträge, Protokolle, Zertifizierungen und strengere Datenschutzbestimmungen – ich könnte kotzen«, rief

Sneijder verächtlich und wischte einen Haufen Papiere vom Tisch. »Ich komme vor lauter Onlineformularen, neuen Computerprogrammen und dem restlichen Büroscheiß gar nicht mehr aus meinen vier Wänden raus!«

»Die Zeiten ändern sich. War schon immer so. Dieser *Büroscheiß*, wie du ihn nennst, gehört nun einmal zu einer funktionierenden Demokratie – und seit den Vorfällen im letzten Jahr werden wir strenger überwacht als jemals zuvor. Und es tut mir leid, wenn du dich dabei in deiner …«, er zeichnete mit den Fingern Gänsefüßchen in die Luft, »… *kreativen Schaffensfreiheit* eingeschränkt fühlst.«

Sneijders Augen funkelten. »Du findest das wohl witzig?«

»Nein, das tue ich nicht!«, rief van Nistelrooy. »Aber ich kann nicht anders.«

»Während sich die Verbrecher immer besser organisieren, werden unsere bürokratischen Hürden immer höher. Sieh dir die Berichte der letzten Einsätze an.«

Van Nistelrooy deutete zu seinem Bildschirm. »Danke, ich habe Dutzende davon.«

»Wir waren nicht schnell genug, weil wir von Vorschriften ausgebremst wurden. Die Art und Weise, wie wir vorgehen, läuft schon lange nicht mehr optimal. Auftragsmörder, Schlepper, Drogendealer, Zuhälter und Waffenhändler arbeiten immer schneller und raffinierter, während unsere Einsätze immer langsamer werden. Wir können nicht mal ein Büro abhören, ohne dass uns Richter, Staatsanwaltschaft und Dienstaufsichtsbehörde auf die Pelle rücken. Wir müssen endlich wieder lernen, schneller zu laufen.«

»Und wie stellst du dir das vor?«

»Beginnen wir mit einem kleinen schlagkräftigen Team, das die Möglichkeit hat, sich über Einschränkungen hinwegzusetzen, um rascher zu agieren.«

»Und dieses Team stellst du zusammen?«

»Wer sonst?«

»Und *du* hältst es unter Kontrolle, damit das Projekt nicht aus dem Ruder läuft?«

»Worauf du dich verlassen kannst.«

Van Nistelrooy schüttelte den Kopf. »Ich kann dir so was nicht erlauben.«

»Warum nicht?«

»Herrgott, weil es nicht legal ist!«, brüllte van Nistelrooy. »Wer soll das absegnen? Nicht einmal der Bundesnachrichtendienst, der Militärische Abschirmdienst oder das Bundesamt für Verfassungsschutz haben diese Freiheiten. Aber der große Maarten Sneijder will sie natürlich.«

»Maarten S. Sneijder«, entgegnete er kühl.

»Ja, pfeif drauf!« Van Nistelrooy seufzte. »Die Antwort lautet *Nein*! Heul mit den Wölfen oder such dir einen anderen Job. Meines Erachtens hast du ohnehin schon zu viele Freiheiten.«

»Du lässt mir keine andere Wahl.«

Van Nistelrooy schwieg. Er fixierte Sneijder und versuchte herauszufinden, was gerade in dessen Gehirn vorging. *Der blufft doch sicher nur.*

Sneijder griff unter sein Sakko, zog seine Dienstwaffe hervor, eine Glock 17, nahm das Magazin heraus, warf die Patrone im Lauf aus und knallte alles auf van Nistelrooys Tisch.

»Wie wäre es mit einer Beförderung zum *ersten* Kriminalhauptkommissar?«, schlug van Nistelrooy vor, ohne den Blick auf die Waffe zu senken.

Sneijder machte ein Gesicht, als hätte er sich verhört. »Du weißt genau, dass es mir weder um fünfhundert Euro zusätzlich noch um zwei Dienstgrade, einen eigenen Wagen oder mehr Urlaubstage geht.« Er legte sein Diensthandy auf den Tisch, dann folgten Schlüsselbund, elektronische Zutrittskarte, Magnetschlüssel für sein Büro und sein in Folie verschweißter BKA-Ausweis mit integriertem Chip.

»Du machst tatsächlich ernst?«, fragte van Nistelrooy.

Sneijder schwieg.

»Und was willst du stattdessen tun?«

»Es gibt genug Leute und Organisationen, die mich engagieren würden«, antwortete Sneijder. »Meine Massageliege kannst du behalten. Betrachte sie als Geschenk. Da du dich ja lieber um Vorschriften und Papierkram kümmerst, als Verbrecher zu fassen und Morde zu verhindern, wirst du wohl auch Zeit für ein paar entspannende Stunden haben.«

Das kannst du unmöglich ernst meinen, alter Junge!

Sneijder verharrte einen Moment.

Na bitte, dachte van Nistelrooy. Schon wollte er grinsen.

Doch da wandte Sneijder sich grußlos ab und verließ das Büro.

2. Kapitel

Sabine Nemez marschierte durch die Drehtür in den Eingangsbereich des BKA-Gebäudes, nickte Falcone, dem Portier, zu und ging durch den Ganzkörperscanner. Ihre Dienstwaffe lag im Spind, darum schlug der Metalldetektor nur wegen des Schlüsselbunds und der Geldmünzen in ihren Hosentaschen an.

Auf dem Deckenmonitor über ihr lief ein Infowerbespot. *Wir tragen zur Aufrechterhaltung der inneren Sicherheit bei.* Daneben hingen eine Kamera und ein Schild. *Dieser Bereich wird videoüberwacht.* Der Empfang wirkte so herzlich wie die Personenkontrolle am Gate eines Flughafens, an dem soeben eine Terrorwarnung eingegangen war.

Obwohl jeder hier Sabine kannte, zeigte sie ihren Ausweis. Sie konnte den jungen Kriminalkommissaranwärtern an der Akademie keine Vorschriften predigen und sich dann selbst nicht dran halten. Der Unterricht ihres Moduls würde um halb neun beginnen, aber sie musste vorher noch kurz in ihr Büro, um sich ihre Unterlagen zu holen. Immerhin hatte sie nach dem Unterricht ein wenig Zeit für den längst überfälligen Bürokram. Ohne einen neuen Fall war es im Augenblick eher ruhig, aber Stress und Hektik würden schon noch ausbrechen, da machte sie sich keine falschen Hoffnungen.

Während sie auf die Fahrstuhlkabine wartete, hörte sie laute Stimmen am Empfang. Sie sah kurz zum Scanner. Einige Kollegen vom Haussicherungsdienst standen mit der MP bei der Einlasskontrolle und unterhielten sich lautstark. Verhaltenes Lachen. Und dann erkannte sie den Grund dafür.

Das ist doch wohl ein Scherz!

Eine Frau in schwarzer Nonnentracht trat soeben durch die Sicherheitskontrolle. Die Ordensschwester trug ein bodenlanges Kleid mit weiten Ärmeln und weißem Kragen, flache Schuhe und einen schwarzen Schleier, der über ihre Schultern fiel. Noch lag ihr Gesicht im Schatten der Deckenlampe, doch die Frau kam in Begleitung von zwei BKA-Kollegen in Richtung Fahrstuhl auf Sabine zu. Vor dem flachen Busen der schlanken, hochgewachsenen Nonne hing ein schweres silbernes Kreuz an einer Kette, an ihrem Gürtel trug sie einen Rosenkranz.

Obwohl sich die Kabinentür mit einem Klingeln öffnete, blieb Sabine vor dem Lift stehen und beobachtete die Frau. So einen Besuch gab es nicht alle Tage. Nun konnte Sabine einen Blick unter die Kopfbedeckung der Nonne werfen. Die Frau war eher älter, bestimmt schon fünfundsechzig oder noch darüber. Sie hatte zwar harte, kantige und von Falten durchzogene Gesichtszüge, aber einen gütigen und sanften Blick.

Die Fahrstuhltür schloss sich wieder, und die Kabine fuhr ohne Sabine davon.

»Geht es hier in das Besprechungszimmer?«, fragte die Nonne ihre Begleiter. Ihre Stimme hatte einen leichten österreichischen Akzent. Sie wiederholte die Frage, doch die beiden Männer schwiegen. Die Leute vom Haussicherungsdienst waren nicht gerade die gesprächigsten, außerdem hatten sie normalerweise Wichtigeres zu tun, als eine Nonne zu einer Besprechung zu begleiten.

»Zu wem möchten Sie denn?«, wollte Sabine ihr weiterhelfen. Der Gebäudemoloch des BKA war so riesig, dass man auch mit Gottes Segen tagelang umherirren konnte.

»Zu …« Die Nonne senkte den Blick und sah auf eine schon vergilbte und recht zerknitterte Visitenkarte. »… Kriminalkommissar Maarten Sneijder.« Die Frau verströmte einen zarten Duft nach Minzöl.

»Maarten S. Sneijder«, korrigierte Sabine die Frau. »Mittlerweile ist er Kriminal*haupt*kommissar, aber das können Sie weglassen. Darauf legt Sneijder keinen Wert. Vergessen Sie in seiner Gegenwart nur bloß nicht das S.«

Die beiden Männer sahen sich kurz an, verzogen aber keine Miene.

»Das ist ihm wichtig?«, fragte die Frau.

»Ja«, seufzte Sabine. Das würde die Nonne selbst noch früh genug herausfinden, und Sabine beneidete sie nicht darum. Sie wusste, dass Sneijder überzeugter Atheist war und mit Priestern und Nonnen genauso wenig anfangen konnte wie der Papst mit der Missionarsstellung.

Da wurde die Tür zum Treppenhaus aufgezogen, ein Mann im dunklen Designeranzug kam schnaufend heraus und ging mit langen Schritten in Richtung Ausgang. *Sneijder!*

Sabine deutete auf ihn. »Da ist er übrigens.« Ihr fiel auf, dass die Nonne Sneijder interessiert betrachtete, während ihre grauen Augen einen merkwürdigen Glanz bekamen.

»Er sieht nicht so aus, als wäre er gut gelaunt«, bemerkte die Nonne.

»Das ist er nie.« Sabine musste unwillkürlich lachen. Allein die Vorstellung eines gut gelaunten Sneijders war irritierend.

Da kam Sneijder an ihnen vorbei.

»Seit wann nehmen Sie die Treppe?«, fragte Sabine.

Sneijder blieb kurz stehen. »Ich hoffe nicht, dass Sie mir jetzt ein Gespräch aufzwingen wollen, Nemez. Ich bin nicht in Stimmung für Small Talk.«

Wann wären Sie das jemals gewesen?

Sabine deutete zur Nonne. »Diese Dame möchte Sie gern sprechen.«

Sneijders Blick glitt kurz über das schwarze Ordensgewand. *Nemez, rufen Sie im Zoo an, wir haben den entlaufenen Pinguin gefunden*, schien sein Blick zu sagen. Dann setzte er sein Leichenhallenlächeln auf. »Zu spät, ich bin ab sofort nicht mehr im Dienst.«

Sabine hob belustigt die Brauen. »Seit wann machen Sie Urlaub? Sie müssten ja schon weit über fünfzig Wochen …«

»Nemez! Versuchen Sie nie wieder in meiner Gegenwart witzig zu sein«, unterbrach er sie. Dann sah er die Nonne an. »Wenden Sie sich an jemand anderen. Ich habe gekündigt.« Ohne weiteren Kommentar ging er zur Schranke, passierte das Drehkreuz und verließ das Gebäude.

Mit offenem Mund starrte Sabine ihm nach. *Gekündigt? Sneijder?* Nach all dem Scheiß, den sie letztes Jahr gemeinsam durchgemacht hatten, und nachdem Sneijder nach der Suspendierung seinen alten Job zurückerhalten hatte?

Die Worte der Nonne holten sie wieder in die Gegenwart zurück.

»Äh … was?«, fragte Sabine.

»Ich sagte, dass er schon bald wieder zurückkommen wird.«

Sabine betrachtete die Ordensschwester mit einem mitleidigen Blick. »Wenn er einmal einen Entschluss gefasst hat, bleibt er dabei.«

»Ich bin ziemlich sicher, dass Sie sich irren.«

»Das glaube ich kaum.«

Die Nonne lächelte. »Vertrauen Sie mir.«

3. Kapitel

Sabine saß leger auf ihrem Pult im Vortragsraum der Akademie und ließ ein Bein hinunterbaumeln. Die Ärmel der Bluse hatte sie bis zu den Ellenbogen aufgerollt, und ihr langes braunes Haar fiel ihr über die Schultern.

»Bei meinem letzten Fall, den ich vor einigen Tagen mit einer Kollegin abschließen konnte, waren wir in Berlin unterwegs.«

»War Ihre Kollegin Tina Martinelli?«

Sabine nickte. Sie merkte, wie die Studenten nach vorn über ihre Notebooks gebeugt an ihren Lippen hingen. Sie hatte sich angewöhnt, den Unterricht mit einer kleinen Anekdote zu beginnen. Zum Aufwärmen. Und da die Anwärter sowieso eine Verschwiegenheitserklärung unterzeichnet hatten, konnte sie bedenkenlos über echte Fälle erzählen. Sozusagen aus dem Nähkästchen plaudern.

Dagegen hatte Sneijders Methode gelautet, die Studenten regelmäßig zusammenzuscheißen. Von der ersten Minute an. Es schafften sowieso nur dreißig Prozent den Abschluss, und seiner Meinung nach halfen seine Demütigungen, das *Material* besser auszusieben. Sabine und Tina hatten das vor Jahren am eigenen Leib erfahren dürfen – und ja, es stimmte, seine Methode hatte sie auf die Praxis vorbereitet und ihnen vielleicht sogar geholfen, die eine oder andere lebensgefährliche Situation dort draußen zu meistern. Aber Sabine wollte die jungen Kollegen durch ihren eigenen Stil prägen. Und der hieß: Kollegialität zeigen und Vorbild sein!

»Der Mann war Privatdetektiv und führte sein Büro am Kurfürstendamm. Noble Gegend, reiche Klientel. Er stand im dringenden Verdacht, eine junge Frau entführt, sexuell missbraucht und möglicherweise schon ermordet zu haben. In seiner Berliner Wohnung war er nicht, also versuchten wir es in seiner Detektei. Aber als wir am Kurfürstendamm ankamen, fanden wir nur einen Briefkasten vor.«

Die Studenten lehnten sich weiter nach vorn.

»Die Adresse seiner Detektei war nur eine Postanschrift. Wie wir später erfuhren, hatte er diese bewusst gewählt, um bei Kunden und vor allem bei seinen Eltern, die seine Arbeit nie gewürdigt hatten, Eindruck zu schinden. Tatsächlich lag sein echtes Büro in einer miesen Gegend am Stadtrand von Berlin. Hätten wir einen rascheren und unkomplizierteren Zugang zu Grundbuch, Mietverträgen und Kontodaten gehabt, wären wir mit dem neuen Durchsuchungsbeschluss schneller in seiner Kanzlei gewesen. Dort fanden wir dann nämlich einen Hinweis auf die entführte Frau.«

»Und wo war die?«

»Der Hinweis führte uns in den Brandenburger Wald in eine Blockhütte. Dort fanden wir die Frau – leider eine Stunde zu spät.«

Schweigen herrschte im Saal, bis endlich ein junger Mann die nächste Frage stellte. »Warum war das BKA und nicht die Berliner Kripo dafür zuständig?«

»Der Verdächtige hatte in den Monaten zuvor bereits in Detmold, Sulingen, Niedernhausen, Dietzenbach, Schwaig bei Nürnberg und am Brocken im Harz gemordet. All diese Fälle hingen zusammen. Morgen werden Sie darüber ausführlich in der Presse lesen. Ich …«

Das Klingeln ihres Handys unterbrach sie. Sabine wollte den Anruf bereits wegdrücken, sah dann jedoch, dass er aus Dirk van Nistelrooys Büro kam. *Das hat doch hoffentlich nichts mit Sneijders Kündigung zu tun?*

»Entschuldigen Sie bitte«, sagte sie knapp und nahm das Gespräch entgegen.

Es war van Nistelrooy persönlich. »Nemez, kommen Sie sofort ins Hauptgebäude. Zweites Untergeschoss, Verhörraum 2B.«

»Ich bin mitten im Unterricht und …«

»Hör ich mich so an, als interessierte mich das? Wir brauchen Sie hier. Es ist dringend!«

»Worum geht es?«, fragte sie, doch van Nistelrooy hatte bereits aufgelegt.

Zehn Minuten später hatte sie das Areal der Akademie verlassen, die Straße überquert und erneut das BKA-Gebäude betreten. Das zweite Untergeschoss war komplett fensterlos, sogar ohne Lichtschächte, und wurde nur von Leuchtstoffröhren erhellt.

Als sie das Vorzimmer zum Verhörraum 2B betrat, stieß sie auf eine Handvoll Leute: Kollegen, Beamte vom Haussicherungsdienst und Techniker, die eilig die Geräte am Schaltpult für die Bild- und Tonauswertung justierten. Und auf Dirk van Nistelrooy.

Anscheinend ist es wirklich ernst.

Van Nistelrooy winkte sie sogleich zu sich her. »Sie sind als Spezialistin für Verhöre und Profilerstellung ausgebildet«, sagte er knapp. »Ich möchte, dass Sie eine Person vernehmen.«

»Ich?« Eigentlich arbeitete sie in der Mordgruppe und Sneijder war der Verhörspezialist. Doch richtig, der hatte ja heute Morgen den Dienst quittiert. »Worum geht es?«

Das Licht der Deckenlampe spiegelte sich in van Nistelrooys Stahlrahmenbrille, seine kantigen wettergegerbten Gesichtszüge und die von Akne vernarbten Wangen lagen teilweise im Schatten. »Eine Frau hat sich freiwillig gestellt und sieben Morde gestanden.«

Sieben Morde! Sabine zuckte die Achseln. »Dann ist doch alles geklärt.«

»Ist es nicht.« Van Nistelrooy trat zur Seite, und auch die Techniker, die herumstanden, nahmen Platz.

Nun konnte Sabine durch die Einwegglasscheibe sehen, auf deren anderer Seite sich ein Spiegel befand. Der Verhörraum war hell erleuchtet, und in der Mitte stand ein Tisch mit zwei Stühlen. Auf einem davon saß die Nonne, der Sabine zuvor begegnet war, in ihrer schwarzen Tracht.

»Diese Frau hat sieben Morde gestanden?«, entfuhr es Sabine. »Wie heißt sie?«

»Wissen wir nicht. Ihre Fingerabdrücke haben auch keinen Treffer ergeben. Bisher wissen wir nur, dass sie Narben an Hals und Handrücken hat und mit einem bayerischen Akzent spricht.«

»Einem österreichischen«, korrigierte Sabine ihn. »Ich habe heute Morgen mit ihr gesprochen.« Da sie selbst aus München kam, kannte sie die Unterschiede zwischen den Dialekten.

»Von mir aus«, murrte van Nistelrooy, »dann haben Sie ja schon eine gute Basis für Ihr Gespräch. Finden Sie heraus, worum es da geht.«

Sabine betrachtete die Nonne, die reglos auf ihrem Stuhl saß, die Arme auf dem Tisch, und meditativ in eine Ecke blickte. *Eine gute Basis!* Neben Sneijder gab es noch eine Handvoll weiterer ausgezeichneter Verhörspezialisten im BKA. Warum wollte van Nistelrooy ausgerechnet sie haben? Egal, sie würde den Grund dafür schon noch herausfinden.

»Wir sind so weit!«, sagte ein Techniker.

Van Nistelrooy sah sie auffordernd an. Doch als Sabine gerade die Tür öffnen und den Verhörraum betreten wollte, hielt er sie noch einmal zurück.

»Eine winzige Kleinigkeit sollten Sie jedoch noch wissen …«

4. Kapitel

Einige Minuten später betrat Sabine das Zimmer und nahm wieder den feinen Geruch nach Minzöl wahr. Sie setzte sich auf den freien Stuhl, legte ebenfalls die Arme auf den Tisch und beugte sich nach vorn. »Möchten Sie ein Glas Wasser haben?«

Die Nonne schüttelte den Kopf.

»Einen Tee? Eine Tasse Kaffee vielleicht? Wir haben einen guten Automaten im Haus. Für Gäste mit Haselnuss- oder Mandelgeschmack. Oder Amaretto, Schokolade, Marzipan?«

Die Nonne lächelte. »Das ist nett, aber vielen Dank, nein.«

Die Frau hatte lange Wimpern, eine schmale Nase und volle, geschwungene Lippen. Ein Muttermal zierte ihre Wange. Die Haarfarbe der Nonne ließ sich nur erahnen, Sabine glaubte jedoch eine schlohweiße Strähne unter dem Schleier zu erkennen. Letzterer wurde durch einen Haarreifen versteift, wodurch er anscheinend besser hielt und wie eine Haube wirkte.

»Haben Sie einen Anwalt?«, fragte Sabine.

»Nein.«

»Brauchen Sie einen? Wir könnten Ihnen …«

»Nicht nötig.«

»Gut.« Dann war das schon mal geklärt. »Mein Name ist Sabine Nemez«, stellte sie sich vor. »Ich bin polizeiliche Fallanalytikerin und forensische Kripopsychologin.«

»Profilerin?«

»Ja, könnte man so sagen. Und ich arbeite in der Mordgruppe. Deshalb bin ich hier«, antwortete Sabine. »Sie haben sieben Morde gestanden?«

»Nein, das ist nicht richtig.«

Sabine blickte kurz zur Spiegelwand und sah dann wieder die Nonne an.

Diese tippte mit den Fingern auf dem Tisch. Wie van Nistelrooy gesagt hatte, waren hässlich verheilte Narben auf den Handrücken zu sehen. Auch am oberen Teil des Halses befanden sich Narben, die unter dem Kragen der Nonnentracht verschwanden. Wie weit und tief sie reichten, ließ sich nur vermuten. »Ich habe lediglich gestanden, dass ich an jedem einzelnen der nächsten sieben Tage ein Verbrechen begehen *werde*! Es werden sieben Menschen sterben.«

»Durch Sie?«

Die Frau nickte.

»Warum sollten Sie das tun?«, fragte Sabine.

»Insgesamt bleiben Ihnen sieben Tage Zeit, um es herauszufinden«, antwortete die Nonne.

»Und wie wollen Sie das anstellen? Denn ab jetzt sitzen Sie in diesem Vernehmungsraum fest, und das beste Angebot, das Sie erhalten werden, nämlich einen Kaffee mit besonderem Aroma, haben Sie soeben ausgeschlagen.«

Die Nonne schwieg.

»Können Sie mir Details nennen?«, fragte Sabine. »Die Namen der Opfer, wo sie wohnen oder den Grund für Ihre Tat?«

»Das kann ich Ihnen nicht sagen.«

»Welchem Orden gehören Sie an?«

»Das müssen Sie selbst herausfinden.«

»Wie ist Ihr Name?«

»Finden Sie es heraus.«

Verdammt! Wollte die Frau sie verarschen? »So kommen wir nicht weiter«, seufzte Sabine.

»Das ist richtig. Anscheinend hat man Sie nicht darüber informiert, zu welchen Bedingungen ich mich gestellt habe.«

»Doch«, antwortete Sabine, aber van Nistelrooy hatte ihr keine Möglichkeit gegeben, mit den Kollegen zu reden und sich in den Fall einzuarbeiten. »Würden Sie Ihre Worte mir zuliebe trotzdem noch einmal wiederholen?«, bat sie.

»Natürlich, aber es ist nicht *meine* wertvolle Zeit, die verstreicht, sondern Ihre.« Die Nonne zog die Hände vom Tisch, ließ sie in den weiten Ärmeln ihrer Tracht verschwinden und lehnte sich zurück.

Mist! Falls Sabine die Körperhaltung richtig deutete, hatte sie den Draht zu ihrem Gegenüber soeben verloren. »Also, Sie haben gesagt, Sie würden gern mit einem Fallanalytiker sprechen. Nun, ich bin …«

»Mit Kriminalhauptkommissar Maarten Sneijder«, unterbrach die Nonne sie. »Nur *er* wird von mir erfahren, was ich zu sagen habe.«

»Okay, das weiß ich bereits, aber warum ausgerechnet Sneijder?«, fragte Sabine.

»Ich vertraue sonst niemandem, keinem Einzigen.«

»Da muss ich Sie leider enttäuschen, denn wie Sie zuvor selbst gehört haben, steht er für Gespräche dieser Art nicht mehr zur Verfügung. Sie müssen also schon mit mir vorliebnehmen. Oder mit einer anderen Person«, bot Sabine an.

»Sie können sich die Mühe sparen.« Die Nonne atmete tief durch. »Wie ich bereits sagte: Ich werde nur mit ihm sprechen!«

Sabine sah sie lange an, und die Frau wich ihrem Blick nicht aus. Ihre grauen Augen glänzten. Es lag eine große Barmherzigkeit in diesem Blick, aber auch ein starkes Selbstbewusstsein, das von Sekunde zu Sekunde wuchs. Trotzdem hielt Sabine dem Blick stand. Schließlich sah die Nonne doch weg.

Das war der Grund, warum van Nistelrooy ausgerechnet sie für diesen Job haben wollte. Weil Sneijder sie ausgebildet hatte, sie zusammengearbeitet hatten und sie ihn von allen Kollegen im

BKA am besten kannte. Aber offenbar schien ihr das jetzt nicht viel zu nützen.

Eigentlich war es an der Zeit, das Gespräch zu beenden und den Verhörraum zu verlassen. Die Nonne würde nichts mehr sagen, aber Sabine wollte noch nicht aufgeben. »Sie sagten, Sie würden nur Sneijder vertrauen?«, wiederholte sie.

Die Nonne schwieg, nicht die kleinste Reaktion war auf ihrem Gesicht abzulesen.

»Aber das wundert mich schon etwas«, fuhr Sabine fort, »denn vor einer Stunde haben Sie noch nicht einmal gewusst, wer Sneijder überhaupt ist. Sie wussten nicht, wie er aussieht, kannten das *S* seines zweiten Vornamens nicht und hatten nur eine alte Visitenkarte von ihm in der Hand.«

Die Nonne presste die Lippen aufeinander.

»Wenn Sie sieben Morde begehen möchten, obwohl Sie hier festsitzen, brauchen Sie draußen zumindest einen Komplizen, der Ihnen hilft. Da *Sie* Sneijder nicht kannten, nehme ich an, dass Ihr Komplize Sneijder kennt. Vermutlich haben Sie Sneijders Visitenkarte von ihm erhalten.« Sabine dachte nach, während sie die Regungen im Gesicht der Nonne genau beobachtete. Sie war auf dem richtigen Weg, denn die Nasenwurzel der Nonne kräuselte sich und ihr Augenlid zuckte.

»Da es sich bei der Visitenkarte um ein altes, abgegriffenes Exemplar handelt, nehme ich weiter an, dass Ihr Komplize Sneijder schon länger kennt. Und da Sie sagten, Sie würden niemand anderem vertrauen, hat Ihr Komplize offenbar einen tiefen Einblick in die verworrenen Strukturen des BKA.«

Die Nonne presste die Lippen aufeinander, ihre Kiefer mahlten.

»Darf ich die Karte noch einmal sehen?«, fragte Sabine. »Ich würde Sie gern auf Fingerabdrücke untersuchen lassen.«

Die Nonne schüttelte den Kopf.

Gut, dachte Sabine. *Das bestätigt meine Vermutung! Andere Fin-*

gerabdrücke als die der Nonne wären ohnehin nicht mehr drauf gewesen.

»Sie halten sich wohl für sehr schlau«, sagte die Frau.

»Sie lassen mir keine andere Wahl, als meine eigenen Schlüsse zu ziehen«, entgegnete Sabine. »Ihrem Akzent nach zu urteilen kommen Sie aus Österreich, leicht zu verwechseln mit einem südbayrischen Akzent … aus einer Gegend an der deutschen Grenze. Vielleicht Oberösterreich?«

Die Nonne schwieg.

»Wie lange habe ich Zeit, um den Mord zu verhindern?«, fragte Sabine.

Keine Antwort.

»Nachdem Sie in einer Woche sieben Morde begehen wollen, nehme ich an, dass der erste …«, sie blickte auf die Uhr, »… in nicht ganz fünfzehn Stunden, also spätestens kurz vor Mitternacht, passieren wird, da morgen schon Opfer Nummer zwei auf dem Plan steht, richtig?« Sabine kniff die Augen zusammen und dachte nach. *Was noch?* »Aus Erfahrung weiß ich, dass Serientäter, ihrem Instinkt folgend, normalerweise in ihrer näheren Umgebung beginnen und erst danach den Radius ihrer Taten ausweiten. Ich nehme also an, dass die erste Tat auch wegen des heutigen knappen Zeitfensters im Großraum Wiesbaden stattfinden wird.«

Der Mundwinkel der Nonne zuckte kurz. Ihr Blick wurde skeptisch, als versuchte sie hinter Sabines Gedankengänge zu kommen. »Hat Sneijder Sie ausgebildet?«, fragte sie.

Sabine beantwortete die Frage nicht, sondern beugte sich nach vorn. »Wiesbaden also«, stellte sie fest. Es war nur geraten, aber die Reaktion der Frau bestätigte ihr, dass sie sich auf dem richtigen Weg befand.

Plötzlich lehnte sich die Frau ebenfalls nach vorn über den Tisch. Ihre Hände kamen aus den Ärmeln heraus. Sie umfasste den Tisch an beiden Seiten. »Vergessen Sie Ihre Psychotricks«, flüsterte sie. »Ich werde nichts sagen, da können Sie noch so lange Vermutungen anstellen. Ich rede nur mit Maarten Sneijder.«

Sabine betrachtete sie. Binnen Sekunden nahm sie jedes Detail in sich auf. Jeder Informationssplitter konnte wichtig sein. Die Fingernägel der Nonne waren schmutzig und eingerissen. Das recht aufdringliche Minzöl diente vielleicht nur dem Zweck, einen anderen verräterischen Geruch zu überdecken. Aber welchen? Sabine blähte die Nasenflügel und atmete tief ein, aber da war nichts.

Nun rückte Sabine mit dem Stuhl zur Seite und musterte die Tracht der Frau. Der Saum des Kleids lag auf dem Boden. Nicht einmal die Spitzen der flachen Schuhe waren zu erkennen, doch Staub und Fasern hatten sich im Stoff verfangen, ebenso wie seitlich an der Hüfte. Von ihrem Besuch im BKA konnte der Staub nicht stammen. Hier wurde täglich geputzt, sodass es ständig nach Scheuermittel roch.

»Verraten Sie mir wenigstens, woher die Narben auf Ihren Handrücken stammen?«, versuchte Sabine einen weiteren Hinweis zu bekommen.

Unwillkürlich strich die Nonne einen Ärmel hoch und betrachtete ihren Handrücken. Eine Geste, als wollte sie auf die Armbanduhr sehen. Aber da war keine, bloß ein kleines Tattoo auf dem linken Handgelenk. »Nein, das tue ich nicht.« Rasch streifte sie den Ärmel wieder über die Hand.

Sabine versuchte sich ihre Überraschung nicht anmerken zu lassen. *Eine Ordensschwester mit einer Tätowierung?* Sabine hatte eine schwarze Rose erkannt mit erblühter Knospe und dornigem Stiel.

Möglicherweise saß ihr gar keine echte Nonne gegenüber, sondern bloß eine ältere Frau, die sich ein Kostüm geliehen hatte. Obwohl Sabine das eigentlich nicht glaubte – die Frau wirkte authentisch, ebenso ihre Bekleidung. Jedenfalls hatte Sabine genug erfahren. Sie wollte keine Zeit mehr verlieren, erhob sich und ging zur Tür.

»War's das?«, fragte die Nonne.

»Ja.« Sabine klopfte, legte die Hand auf die Klinke, wartete auf das Klicken und zog die Tür auf.

»Sie geben auf?«

»Ich habe genug erfahren.«

»Was immer Sie glauben, herausgefunden zu haben«, rief die Nonne ihr nach. »Da ist noch etwas, das Sie wissen sollten.«

Sabine drehte sich um.

»Vertrauen Sie mir?«, fragte die Nonne.

»Wie kann ich jemandem vertrauen, der sieben Morde begehen will?«

Die Nonne lächelte. »Gehen Sie durch den Haupteingang!«

Nachdem die Tür wieder verschlossen worden war und Sabine im Vorraum stand, schoss van Nistelrooy auf sie zu. »Sind Sie verrückt, diese Frau zu provozieren und das Gespräch jetzt abzubrechen, wo wir möglicherweise den ersten wirklich wichtigen Hinweis erhalten haben? Ab jetzt wird sie kein Wort mehr verraten.«

»Vielleicht ist dieser kryptische Hinweis mit dem Haupteingang auch nur eine falsche Fährte.« Sabine betrachtete die Nonne durch die Glaswand. Die Frau starrte in den Spiegel. Bestimmt ahnte sie, dass sie von mehreren Personen beobachtet wurde. »Ich weiß genug.«

»Fein.« Van Nistelrooy hob die Hand. »Wenn nur ein einziger Mord passiert und dann auch noch durchsickert, dass wir ihn hätten verhindern können, aber unfähig waren, eine alte Nonne zu verhören, sind wir geliefert!«

Der gute Ruf des BKA! Das war das Einzige, was ihn interessierte. Doch ihr ging es vor allem darum, ein Menschenleben zu retten. »Ich brauche Tina Martinelli und eine SoKo.«

»Sie kriegen alles, was Sie wollen«, schnaubte van Nistelrooy und wandte sich an die Kollegen. »Bringt die Nonne in eine Einzelzelle.«

Ein breitschultriger Beamter vom Haussicherungsdienst erhob sich und wollte zur Tür gehen.

»Warten Sie!«, stoppte Sabine ihn. »Lassen wir sie in diesem Raum. Kein Kontakt nach draußen und volle Audio- und Videoüberwachung.«

Van Nistelrooy nickte. »Okay.«

»Haben wir einen blinden Kollegen im Haus?«, fragte Sabine.

»Wozu das?« Van Nistelrooy betrachtete die Anwesenden.

Einer der Techniker nickte. »In der Spurensicherung arbeitet eine blinde Frau, die Brailleschrift beherrscht. Warum?«

»Bringen Sie die Nonne zum Erkennungsdienst, um ihr noch einmal die Fingerabdrücke abzunehmen. Oder sonst was, lassen Sie sich einen Vorwand einfallen. Aber diese Kollegin soll sie hinführen. Dabei soll sie auf Tuchfühlung gehen.«

»Wozu?«, fragte van Nistelrooy.

»Blinde Menschen haben ausgeprägte andere Sinne. Die Nonne versucht mit dem Pfefferminzöl einen Geruch zu überdecken, und ich möchte wissen, welchen.«

5. Kapitel

Eine Stunde später traf Sabine in einem der Konferenzräume im ersten Stock des BKA-Gebäudes auf eine Handvoll Kollegen aus den Abteilungen Erkennungsdienst, Datenarchiv, IT und Spurensicherung, die ihr für die SoKo zur Verfügung gestellt worden waren.

Auf ihren Wunsch hin befand sich auch Tina darunter. Sie beide hatten in ihrem Jahrgang als einzige Sneijders Modul für Fallanalyse und forensische Psychologie bestanden, arbeiteten seitdem zusammen und waren mittlerweile enge Freundinnen geworden, auch wenn sie auf den ersten Blick nicht viel gemeinsam hatten. Tina stammte ursprünglich aus Sizilien, hatte pechschwarzes Haar – auf einer Seite lang, die andere Seite abrasiert –, ein Nasenpiercing und statt der Augenbrauen eine geschwungene tätowierte Linie. Außerdem trug sie ein ziemlich schräges Skorpion-Tattoo am Hals. Wer Tina sah, konnte meinen, einer verdeckten Ermittlerin in der Drogenszene gegenüberzustehen. Tatsächlich arbeitete sie im BKA jedoch als Spezialistin für Entführungsfälle.

»Wir suchen nach einer Person, die möglicherweise bereits entführt worden ist und höchstwahrscheinlich innerhalb der nächsten vierzehn Stunden im Großraum Wiesbaden ermordet wird«, begann Sabine, nachdem alle Platz genommen hatten. »Wir kennen weder die Identität des Opfers noch *wie* es passieren oder den Ort, *wo* es passieren wird. Aber wir kennen die Mörderin. Sie sitzt einige Stockwerke tiefer im Vernehmungszimmer 2B.«

Ein Raunen ging durch den Raum, aber Sabine unterband

alle auftauchenden Fragen. »Ich bitte um Geduld – Sie werden es gleich verstehen.« Sie verdunkelte mit der Fernbedienung die Jalousien, aktivierte den Videobeamer und projizierte die Aufnahme des Gesprächs mit der Nonne auf die Leinwand. Augenblicklich wurde es ruhig.

Das Video zeigte mit einem Splitscreen gleichzeitig die Aufnahmen aus drei verschiedenen Kamerablickwinkeln. Das Bild war scharf, der Ton gut. Man sah jede Reaktion der Nonne und hörte jedes Atmen und Knistern im Raum.

Nachdem das Video zu Ende war, kippte Sabine die Lamellen der Jalousie, sodass es wieder heller wurde. Bis auf eine Kollegin waren sich alle anderen einig, dass es sich bei der Frau um eine echte Nonne handeln musste, die sich nicht bloß wichtigmachen wollte, sondern tatsächlich vorhatte, jemanden zu ermorden. Mimik, Gestik, ihr Verhalten und die Wortwahl deuteten darauf hin, dass die Ankündigung von sieben bevorstehenden Morden ernst zu nehmen war.

»Während wir hier sitzen, wird die Nonne von einer Psychologin und einem Verhörspezialisten weiter befragt«, erklärte Sabine rasch, bevor die Fragen ihrer Kollegen auf sie einprasseln konnten. »Sobald sich Neuigkeiten ergeben, erfahren wir es sofort, aber bis jetzt hat sie kein weiteres Wort gesagt.«

»Haben wir weitere Anhaltspunkte?«

»Ja, wir wissen noch etwas«, antwortete Sabine. »Eine blinde Kollegin hat die Nonne zum Erkennungsdienst geführt und unter dem Duft von Minzöl zwei Gerüche wahrgenommen. Leichte Spuren von Chloroform und von Lacken oder Lösungsmitteln.«

»Chloroform?«, wiederholte Tina. »Das verflüchtigt sich doch.«

»Die blinde Kollegin hat die Nonne an der Hand berührt und Reste davon unter ihren Fingernägeln bemerkt.«

»Okay, und jetzt glaubst du, dass die Nonne ihr Opfer mit

Chloroform betäubt hat? Und möglicherweise in einem …« Tina wedelte mit dem Arm. »… Fachgeschäft für Lacke und Farben gefangen hält?«

»Oder in einer Lagerhalle oder Lackfabrik«, ergänzte Sabine. »Ich habe Staub und Fasern an ihrer Kleidung entdeckt, was möglicherweise auf einen schon lange leer stehenden Raum hinweist.« Sabine betätigte die Fernbedienung und projizierte ein großformatiges Standbild vom Gesicht der Nonne auf die Leinwand.

»Mit diesem Foto«, fuhr sie fort, »sollten wir sämtliche Aufnahmen von Verkehrskameras abgleichen, die sich in der Nähe von Hallen, Kellern, Schuppen oder Lagerräumen befinden.«

»Die Nadel im Heuhaufen«, murrte ein Kollege.

»Ich weiß«, seufzte Sabine. »Aber das ist im Moment einer von zwei Anhaltspunkten, denen wir nachgehen können.«

»Und wie weit zurück soll das Videomaterial reichen?«, fragte eine Frau.

Sabine hob die Schultern. »Irgendwelche Vorschläge?«

»Die Nonne hat auf dem Film nicht sehr müde gewirkt«, überlegte Tina laut. »Ich nehme an, sie hat die Nacht nicht durchgearbeitet, sondern einen ausgezeichneten Schlaf genossen.«

»Das bedeutet?«, fragte Sabine.

»Entweder hat die Nonne ihr Opfer erst heute Morgen oder schon gestern Abend entführt. Darum würde ich mit gestern Abend beginnen«, schlug Tina vor.

»Also gut«, entschied Sabine. »Überprüfen wir die letzten zwanzig Stunden.«

»Und was ist der zweite Hinweis?«, fragte ein Kollege vom Erkennungsdienst.

»Falls die Nonne tatsächlich einen Komplizen hat, stammt er möglicherweise genauso wie sie aus Oberösterreich und kennt Sneijder ziemlich gut. Überprüfen Sie also zunächst alle Kontakte, die Sneijder in den letzten fünfzehn Jahren nach Oberösterreich hatte.«

»Alle?«

»Ja«, knirschte Sabine. »Freunde, Kollegen, Bekannte.«

»Das dürfte eine kurze Liste werden«, sagte ein anderer.

Einige lachten.

Auch Sabine musste trotz der Anspannung schmunzeln. Jeder wusste, dass Sneijder als misanthropischer Einzelgänger so gut wie keine Freunde hatte – mit Ausnahme von Vincent, einem Basset, der mit ihm außerhalb von Wiesbaden am Waldrand in einer ehemaligen Mühle lebte. »Überprüfen Sie aber auch Sneijders Fälle der letzten fünfzehn Jahre, ob es da Verbindungen nach Oberösterreich gibt, zu irgendwelchen Kollegen oder zu Leuten, die er in den Knast gebracht hat.«

»Warum fragen wir ihn nicht selbst?«

»Das dürfte im Moment schwierig werden«, seufzte Sabine, beließ es jedoch bei diesem Kommentar. »Aber ich kümmere mich darum.«

Die Kollegen wollten sich bereits erheben.

»Und noch etwas«, sagte sie. »Eine Linguistin soll sich das Video ansehen. Vielleicht erkennt sie, aus welcher Gegend der Dialekt der Frau stammt. Möglicherweise finden wir so ihre Identität heraus.« Sie blickte auf die Uhr. »Wir treffen uns wieder hier um vier Uhr nachmittags.«

Während alle das Büro verließen, wählte sie Sneijders Nummer.

Am späten Nachmittag betraten die Kollegen der Reihe nach den Konferenzraum. An ihren gestressten und erschöpften Gesichtern erahnte Sabine, dass kaum jemand von ihnen eine Mittagspause gemacht hatte. Darum hatte sie für frischen Kaffee und Kekse gesorgt, auf die sich jetzt alle gierig stürzten.

»Danke, dass Sie pünktlich gekommen sind«, eröffnete Sabine

die Sitzung und blätterte in ihren Unterlagen. »Aus dem zweiten Untergeschoss gibt es leider nichts Neues. Die Nonne schweigt immer noch. Was haben Sie herausgefunden?«

Ohne viel Zeit zu verlieren, wurden die Ergebnisse ausgetauscht.

»Eine Sprachwissenschaftlerin glaubt den Dialekt der Nonne der Gegend von Braunau am Inn zuordnen zu können«, erklärte ein Kollege.

Sabine sah auf. »Braunau, der Geburtsort von …?«

»Ja, genau.«

Ach, wie schön, dachte sie zynisch.

»Aber bisher konnten wir die Nonne nicht identifizieren. Außerdem ist aus keinem der Nonnenklöster in dieser Umgebung eine Frau abgängig.«

Sackgasse!

»Darüber hinaus haben wir die Kostümverleiher der Stadt befragt«, ergänzte eine Kollegin. »Es wurde weder eine Nonnentracht verborgt noch verkauft. Eine diesbezügliche Onlinebestellung gab es in den letzten Monaten zwar dreimal, aber weder die jeweiligen Farben noch die Größen stimmen überein. Und es gab keine Anzeige, dass eine derartige Bekleidung aus einem Kloster gestohlen worden wäre.«

Guter Gedanke. Immerhin war bis jetzt die Echtheit der Nonne noch nicht bewiesen worden. *Aber leider ist auch das eine Sackgasse.* Sabine blickte zu den Leuten vom Datenarchiv. »Was haben Sie gefunden?«

»Unseren Recherchen zufolge gibt es nur zwei Spuren, die Sneijder mit Oberösterreich verbinden. Und beide Männer sitzen seit drei Jahren im Knast. Die letzten Besuche fanden vor über fünf Wochen statt.«

Und die nächste Sackgasse!

»Das habe ich mir gedacht«, gab Sabine zu. »Ich habe in der Zwischenzeit mehrmals mit Sneijder telefoniert. Wie einige von

Ihnen vielleicht schon wissen, hat er heute Morgen den Dienst quittiert.«

Ein Raunen ging durch das Besprechungszimmer – offenbar funktionierte die Stille Post im BKA doch nicht so gut, wie Sabine gedacht hatte. »Aber ich habe ihn trotzdem erreicht und ihm das Foto von unserer Nonne geschickt. Er hat diese Frau heute Morgen zufällig kurz am Fahrstuhl gesehen, aber er kennt sie nicht. Ebenso wenig hat er irgendwelche Kontakte nach Oberösterreich, die uns weiterhelfen könnten.«

»Ist Sneijder bereit, mit dieser Frau zu sprechen?«, fragte Tina.

»Ich habe es versucht, aber seine Antwort lautet *Nein.*« Mit einem letzten hoffnungsvollen Blick sah Sabine zu den Kollegen von der IT-Abteilung, denn die waren im Moment ihre letzte Chance auf eine Erfolgsmeldung.

»Wir haben die Nonne auf keinem einzigen Video einer Verkehrskamera gefunden.«

»Und wie ist sie heute Morgen zum BKA gekommen?«, fragte Sabine.

»Mit einem Taxi. Der Fahrer hat sie zwanzig Minuten vorher am Waldrand, westlich von Niedernhausen, aufgenommen. Dort verliert sich die Spur.«

Und das ist garantiert eine falsche *Spur, um uns zu verwirren.*

»Was ist mit den Überwachungskameras in Haltestellen und Busbahnhöfen?«, hakte Sabine nach. Langsam gingen ihr die Ideen aus.

»Auch negativ – wir haben sogar eine Gesichtserkennungssoftware verwendet …« Er senkte die Stimme. »… ohne richterlichen Beschluss. Hat aber nichts gebracht.«

Verdammt!

»Außerdem haben unsere Kollegen das Foto an alle Taxifahrer im Raum Wiesbaden geschickt, ebenso an Busbahnhöfen und Ticketschaltern in Zugbahnhöfen herumgezeigt. Null Treffer.«

»Kameras bei den Geldautomaten?«, sprach Sabine ein heikles Thema an, weil sie hier die Sicherheitslücken des Systems für ihre Zwecke ausnutzten.

»Wir haben mit dem Bundestrojaner die Server der Bankomatbetreiberfirmen gehackt – natürlich auch ohne Beschluss.« Der Kollege von der IT-Abteilung wedelte mit der Hand. »Egal … auch da gab es keine Treffer.«

Fuck!

»Aber das zeigt doch nur eines«, schlussfolgerte Tina. »Dass die Nonne, falls sie ihr Opfer tatsächlich in einer leer stehenden Halle gefangen hält, wie wir vermuten, einen Platz gewählt hat, wo es keine Kameras gibt.«

Sabine zog eine Augenbraue hoch. »Okay, sprich weiter!«

Tina breitete einen großen Stadtplan von Wiesbaden am Tisch aus, auf dem sie sämtliche Orte markiert hatte, die auch nur im Entferntesten etwas mit Lacken oder Farben zu tun hatten.

Alle kamen näher und beugten sich über die Karte.

»Welche Orte scheiden aufgrund einer Videoüberwachung aus?«, fragte Sabine.

Der Kollege von der IT nahm einen Rotstift und strich nach dem Ausschlussprinzip alle Orte weg, bei denen ihnen irgendeine Kamera einen Hinweis hätte geben müssen. Am Ende blieb keine markierte Stelle übrig.

»Aber hier … die Ponts-Lackfabrik«, sagte Tina.

»Stimmt«, sagte der Computerfachmann. »Die Vorderseite der Fabrik wird zwar von einer Verkehrskamera gefilmt, aber nicht die Rückseite.«

»Steht seit fünf Jahren leer«, erklärte eine Kollegin, die in Wiesbaden aufgewachsen war.

Gehen Sie durch den Haupteingang!, erinnerte Sabine sich an die letzte Aussage der Nonne. »Diese Fabrik muss es sein.«

»Ja, das ergibt einen Sinn«, sagte eine Kollegin. »Aber woher hatte die Nonne all die Informationen, um sich wie ein Geist durch die Stadt zu bewegen?«

»Das werden wir noch herausfinden.«

Sofort griff Tina zum Handy und tippte eine Kurzwahl. »Wir haben den Ort gefunden«, sagte sie knapp. »Wir brauchen in der nächsten halben Stunde ein mobiles SEK-Team für eine Geiselbefreiung.«

Sabine nickte ihr zu. Sie würden mit schwerem Geschütz in diese Halle hineinkrachen und alle festnehmen, die verdächtig aussahen.

Nachdem Tina das Gespräch beendet hatte, grinste sie übers ganze Gesicht. »Das haben wir clever gelöst.«

Einige der Kollegen klatschten in die Hände oder klopften sich gegenseitig auf die Schulter. Einzig allein Sabine blieb skeptisch.

Freut euch nicht zu früh!

»Was hast du?«, fragte Tina.

»Ich weiß nicht so recht«, murmelte Sabine. »Irgendwie ging mir das alles zu einfach und zu glatt.«

»Das nennst du *einfach*?«, wiederholte Tina.

Sabine nickte und blickte zur Videowand, auf der immer noch das Bild der Nonne zu sehen war. »Von dieser ruhigen, intelligenten und scheinbar integren Frau hätte ich mir mehr Raffinesse erwartet.«

»Die hat eben nicht mit uns gerechnet«, entgegnete Tina.

Sabine nickte schweigend.

6. Kapitel

Kurz vor halb sechs standen sie vor dem Haupteingang der Ponts-Lackfabrik. Die schwarzen Toyota Landcruiser des BKA sowie die Einsatzfahrzeuge der Observierungsgruppe des MEK hatten die Straßen im Umkreis von fünfhundert Metern abgesperrt.

Der Himmel verdunkelte sich soeben, und am Horizont zogen schwarze Regenwolken auf. Innerhalb der nächsten Stunden würde sich vermutlich ein Sommergewitter über Wiesbaden entladen.

Sabine stieg aus ihrem Wagen und spürte förmlich die Feuchtigkeit, die in der statisch aufgeladenen Luft lag. Mit einer raschen Bewegung band sie sich ihr Haar zu einem Pferdeschwanz. Sie trug Jeans, feste Turnschuhe, ein schwarzes T-Shirt, eine kugelsichere Weste und hatte darüber ihr Schulterholster für die Glock festgezurrt.

Tina kam ihr entgegen. Sie hatte ebenfalls eine Kevlarweste an, trug ihre Sig Sauer jedoch im Sicherheitsholster mit Schnapper und Drücker am Gürtel. »Das Sondereinsatzkommando ist bereit. Schönfeld leitet es.«

Das ist gut. Schönfeld war einer von Sabines und Tinas ehemaligen Studienkollegen an der Akademie gewesen. Er war mit Meixner verheiratet, die damals ebenfalls mit ihnen und Gomez in Sneijders Modul an der Akademie gewesen war. Allerdings hatte Sneijder die drei der Reihe nach kleingekriegt, woraufhin sie nach zwei Semestern das Handtuch geworfen hatten. Gomez war zum Haussicherungsdienst gegangen, aber im Zuge der Ermittlungen eines Falls ermordet worden. Meixner arbeitete immer noch bei der Autobahnpolizei, und Schönfeld war zum SEK gewechselt, wo er mit seinem Fitnesswahn und seiner robusten körperlichen Erscheinung auch perfekt aufgehoben war. Er und Meixner hatten eine kleine Tochter, die jetzt auch schon fünf Jahre alt war.

Tina begleitete Sabine über den spröden, aufgerissenen Asphalt des Firmenparkplatzes zum Haupteingang der Halle. Einen halben Meter hohe Unkrautstauden wucherten vor der brüchigen Wand.

Sowohl die Fabrikhalle als auch das angrenzende zweistöckige Bürogebäude mit den eingeschlagenen Fensterscheiben sahen nicht so aus, als stünden sie erst seit fünf Jahren leer. Wahrscheinlich war die Firma schon Jahre zuvor pleitegegangen.

Vor dem Rolltor hockten zwei Beamte des SEK in grauen Uniformen. Sie hatten ein Loch durch das Blech des Rolltors gebohrt und eine Kamera eingeführt. Ein Laptopmonitor zeigte ihnen, wie es drinnen aussah. Ruhig, dunkel und leer.

»Alles sauber, keine Drähte, keine Bombe. Wir könnten rein«, flüsterte einer der beiden.

Schönfeld kam über den Parkplatz, trat an Sabine und Tina heran und nickte kurz zum Gruß. »Ein zweites Team ist auf der Rückseite des Geländes beim Hintereingang. Was …?« Sein Minifunkgerät auf dem Schulterteil seines Protektors knackte.

»Alles ruhig und sauber«, drang die verzerrte Stimme aus dem Gerät.

»Danke – Ende und Aus.« Schönfelds blondes Haar war mittlerweile kurz geschoren. Er war schlanker geworden und sein Gesicht kantiger. In seinen Augen lag bereits die langjährige Erfahrung vieler Einsätze. »Was machen wir? Nehmen wir den Haupteingang?«

Sabine überlegte.

Gehen Sie durch den Haupteingang!, schwirrte der Ratschlag der Nonne immer noch durch ihren Kopf. War das ein gut gemeinter Tipp oder eine hinterhältige Falle? Durfte sie überhaupt einer

Frau vertrauen, die sieben Morde angekündigt hatte – auch wenn sie einen gutmütigen Blick besaß? Oder war das alles nur falscher Alarm? Eine groß inszenierte Ablenkung?

»Nein, wir nehmen den Hintereingang«, entschied Sabine sicherheitshalber.

Schönfeld nickte seinen Kollegen zu. »Okay, bleibt hier, haltet euch bereit und wartet auf meine Anweisung, die Tür zu öffnen und das Gebäude zu sichern. Wir gehen zur Rückseite.«

Tina, Sabine und Schönfeld setzten sich in Bewegung und umrundeten das Gebäude. An der Rückseite standen drei weitere Männer des SEK vor einer verschlossenen Metalltür.

Sabine warf einen kurzen Blick auf den Laptop, der ein Bild vom Inneren der Hallenrückseite zeigte. Auch hier war nichts Auffälliges zu erkennen.

In diesem Moment flog eine Drohne über ihre Köpfe. Schönfelds Funkgerät knackte erneut.

»Das Gelände ist sauber. Keine Aktivitäten«, meldete ein Kollege aus dem Wagen des Mobilen Einsatzkommandos.

»Gut, wir gehen rein!«, befahl Schönfeld.

Zwei der Kollegen stemmten eine Ramme hoch, holten zweimal aus und beim dritten Mal schlugen sie mit den Rammkopf Türklinke und Schloss aus dem Rahmen. Die Tür flog auf, und sie stürmten ins Gebäude. Der dritte Kollege und Schönfeld folgten ihnen, danach zogen Sabine und Tina ihre Waffen und traten ebenfalls durch die aufgebrochene Tür.

Die Männer verteilten sich sofort. Sabine hörte aus mehreren Richtungen die Meldung »Gesichert!«, blieb jedoch am Eingang stehen und sah sich um. Sie brauchte einen Moment, bis sich ihre Augen an die Dunkelheit gewöhnten. Im Gegensatz zu ihr trugen die Männer des SEK über den Helmen eine Brille, die das Restlicht verstärkte. Dementsprechend forsch drangen sie in die Halle vor und stürmten in jede Nische.

Da hörte Sabine ein dumpfes Glucksen über ihr, das sie erstarren ließ. Sie riss die Waffe hoch und sah nach oben. Aber da war nichts. Über ihrem Kopf befand sich lediglich eine transparent rötliche, armdicke Rohrleitung aus Hartplastik, die in ein verschlossenes Plastikfass mündete. Letzteres hing in etwa fünf Metern Höhe an der Decke und besaß bestimmt über dreihundert Liter Fassungsvermögen. Was hatte da gegluckst?

Sabine kniff die Augen zusammen, um weitere Details zu erkennen. Vom oberen Rand der Tür führte ein lockerer Nylonfaden zum Fass. Sie stieß die Tür mit dem Schuh etwas weiter auf, woraufhin sich der Faden spannte. Im nächsten Moment schwang die Tür automatisch zu, und der Faden hing wieder durch.

Da begriff Sabine. Durch das gespannte Nylonseil war ein Hebel gekippt worden, der sich zwischen Fass und Kunststoffrohr befand, und ein Ventil hatte sich geöffnet.

Scheiße! Wir hätten doch den Haupteingang nehmen sollen.

Jetzt strömte eine Flüssigkeit aus der Öffnung des Fasses in das Rohr; daher das Glucksen.

»Alle Mann herkommen!«, rief Sabine.

Sekunden später standen Schönfeld, Tina und ein Kollege neben ihr. Schönfeld hatte die Nachtsichtbrille vom Helm gezogen und sah zum Fass hinauf. Im nächsten Moment erkannte er, was passiert war.

Tina zielte mit der Waffe auf das Rohr. »Geht in Deckung!«

»Was machst du?«, rief Sabine.

»Was immer wir in Gang gesetzt haben, wir müssen das Auslaufen dieser Flüssigkeit stoppen.« Tina wollte bereits abdrücken.

»Halt!« Schönfeld legte die Hand auf Tinas Arm und drückte ihn runter. »Wir wissen nicht, ob diese Flüssigkeit leicht entzündbar ist.«

»Fuck!« Tina rammte ihre Waffe ins Holster.

»Sie hat recht, wir müssen das stoppen!«, rief Sabine. »Dann kappen wir das Rohr!«

Da das Fass viel zu hoch an der Decke hing, konnten sie das Auslaufventil nicht erreichen, um den Hebel wieder umzulegen. Sie hätten eine mindestens drei Meter hohe Leiter gebraucht.

Schönfeld sah sich um. An der Wand neben der Eingangstür befand sich hinter Glas ein roter Schalter für den Feueralarm. Daneben hingen ein Feuerlöscher und eine Feueraxt. Kurzerhand riss Schönfeld die Axt aus der plombierten Verankerung und lief zu einem Fass an der Wand, über dem das Rohr verlief.

»Helft mir mal hoch«, rief er.

Sabine stützte seine Hand, und er kletterte hoch. Während er auf dem Fass balancierte, schwang er das Beil über den Kopf, streckte sich und rammte es in das Plastikrohr, wo es knirschend stecken blieb. Das Plastik splitterte, es entstand ein langer Riss, und die Flüssigkeit quoll aus der Öffnung.

Mittlerweile waren auch die restlichen Kollegen des SEK-Teams hergekommen. Sie hielten alle einen Sicherheitsabstand.

»Haben Sie die gesamte Fabrik durchsucht?«, fragte Sabine, ohne den Blick von Schönfeld zu nehmen.

»Ja, alles, bis auf die Halle mit der roten Tür.«

»Die rote Tür?«, fragte Sabine.

Indessen hatte Schönfeld nach dem Stiel der Axt gegriffen, um sie aus dem Riss zu ziehen.

»Vorsicht!«, rief Sabine. »Wir wissen nicht, was das ist.«

Da brach das Rohr, die Flüssigkeit spritzte hervor und ergoss sich in einem Schwall über Schönfeld. Der stürzte rücklings von dem Fass und blieb mit einem erstickten Schrei auf dem Boden liegen. Die farblose Flüssigkeit fraß sich in seinen Helm, in sein Schulterpolster, den Oberarm und seinen Brustprotektor, der sogleich Blasen warf. Eine stinkende Dampfwolke stieg auf, und Schönfeld schlug mit den Armen brüllend um sich.

Tina sprang zu ihm und zerrte ihn an den Handgelenken zur Seite. Sie und ein weiterer Kollege rissen Schönfeld den Helm vom Kopf und befreiten ihn von der Uniform, bevor sich die Säure weiter bis zur Haut durchfressen konnte.

Im nächsten Moment hatte Sabine ihren Schock überwunden. »Holen Sie den Notarzt!«, rief sie einem Kollegen zu. Dann sah sie zu Schönfeld.

Er wurde von Tina versorgt. Einige Meter neben ihm lief die Säure über den Boden und begann den Beton zu zersetzen. Giftige, ätzende Dämpfe stiegen auf.

»Bringt Schönfeld raus!«, rief Sabine.

Während ein Kollege mit den Sanitätern telefonierte und die anderen Schönfeld durch die Tür ins Freie trugen, hielt Sabine den Atem an und starrte zum Rohr.

Schönfeld hatte das Rohr nicht komplett zerstört, etwa ein Viertel der Flüssigkeit lief immer noch weiter. Doch wohin?

Sabine folgte der Leitung ins Innere der Halle. Wie eine altertümliche Rohrpostleitung wand sich das Kunststoffrohr mit einem leichten Gefälle an der Wand entlang. Es führte durch eine Mauer und verschwand in eine vermutlich dahinterliegende Halle. Darunter befand sich eine Metalltür, von der bereits der Lack abblätterte.

Die rote Tür.

Vorsichtig drückte Sabine die Klinke nach unten und blickte gleichzeitig nach oben. Die Tür schwang auf, sonst passierte nichts. *Kein weiterer Mechanismus.* Dahinter befand sich eine kleine, tiefer gelegene Halle, deren Betonboden wie in einer Wanne nach unten geneigt war. Das Rohr lief an der Decke entlang und endete genau in der Mitte des Raums über der tiefsten Stelle in einer Senke.

O Gott!

Dort hing ein Mann, bekleidet mit Hose und Pullover, geknebelt und mit den Händen über dem Kopf an die Öffnung des Rohrs gefesselt. Er balancierte mit den Zehenspitzen auf zwei übereinandergestellten Fässern.

Sabine griff zum Funkgerät am Schulterteil ihrer Weste. »Ich brauche Verstärkung in der Nebenhalle. Rasch!« Dann unterbrach sie die Verbindung und lief zu dem Mann.

Ihren ersten Gedanken, die beiden Fässer wegzutreten, verwarf sie schnell wieder. Dann wäre der Mann hilflos zappelnd an dem Rohr gehangen.

»Ich hole Sie hier runter!«, rief sie zu ihm, doch sie bezweifelte, dass er sie hörte, weil er viel zu beschäftigt war, das Gleichgewicht zu halten. Außerdem war er ziemlich alt und schien kaum noch bei vollem Bewusstsein zu sein.

Da lief auch schon der erste Schwall der Flüssigkeit aus der Öffnung und ergoss sich über Kopf und Schultern des Mannes. Schlagartig war er hellwach und brüllte seine Schmerzen durch den Knebel hinaus.

Sabine sah sich um. Weit und breit keine Leiter. Auch war es unmöglich, über die Fässer nach oben zu klettern und die Fesseln zu lösen. So viel Sabine erkennen konnte, handelte es sich um massive Handschellen.

Während der Mann brüllend versuchte, zur Seite auszuweichen, ohne umzukippen, legte sie die Waffe an und zielte auf die Fesseln. Sollte sie riskieren, dem Mann in die Hand zu schießen? *Keine gute Idee!* Außerdem würde ihm das in keiner Weise helfen. Sie schwenkte die Waffe zur Seite, zielte auf das Rohr und schoss. Einmal, zweimal und ein drittes Mal. Das Rohr zersplitterte, die Flüssigkeit tropfte zu Boden und lief in die Senke hinunter.

Der Mann riss mittlerweile so stark an den Fesseln, dass er den Halt verlor und von den Fässern kippte. Nun hing er mit seinem ganzen Gewicht an den Handschellen und trat mit den Beinen um sich, während ihn die Säure weiter verätzte.

Verdammt! Von Panik erfüllt zielte Sabine nun doch auf die Handschellen und schoss. Beim zweiten Versuch traf sie eine, sodass der Mann jetzt nur noch an einem Arm hing. Es stank nach versengter Haut, verbranntem Stoff und verkohlten Haaren. Der Wollpullover hatte die Flüssigkeit in der Zwischenzeit dankbar aufgesogen, und diese fraß sich durch den Körper des Mannes.

Er schrie erbärmlich auf, zappelte und versuchte verzweifelt, mit den Füßen wieder das Fass zu erreichen. Dabei stieß er das obere um, sodass es polternd zu Boden fiel.

Sabine wollte erneut schießen, musste aber zur Seite springen, als das leere Fass neben ihr auf den Beton knallte und davonrollte.

Mittlerweile tropfte die Flüssigkeit nur noch langsam aus der Öffnung. Aber das genügte. Der Anblick vom Hinterkopf des Mannes war so schrecklich, dass Sabine sich nicht mehr bewegen konnte. Auch das, was von seinem Gesicht, den Schultern und Armen übrig geblieben war, sah nicht besser aus – ebenso wenig der Pullover, der in rauchenden Fetzen an ihm hinunterhing.

Ihr stiegen Tränen in die Augen. Sie wandte den Blick ab, und ihr Körper wurde vor Ohnmacht und Hilflosigkeit völlig steif. Zudem waren die Dämpfe so ätzend, dass Sabine sich übergeben musste – und weil sie sich in ihrer Starre nicht weiter vorbeugen konnte, ihre Schuhe traf.

Als Tina sie erreichte, hatte der Mann bereits aufgehört zu schreien. Sabine waren die letzten sechzig Sekunden wie eine Stunde vorgekommen – und dem armen Mann bestimmt wie eine schreckliche Ewigkeit.

Eine Viertelstunde später saß Sabine im Freien, mit dem Rücken an die Mauer gelehnt, die Beine angezogen, und starrte zum Horizont. Die finsteren Regenwolken hatten endgültig den Himmel über Wiesbaden erobert, und es hatte bereits leicht zu nieseln begonnen. Aus dem Augenwinkel sah Sabine, wie der trockene Asphalt den Regen aufsog, sich dunkel verfärbte und zu dampfen begann. Die Schwüle war kaum zu ertragen.

Weit entfernt erhellte das Blaulicht zweier Rettungswagen und einiger Einsatzfahrzeuge den Parkplatz. Menschen rannten umher, Funkgeräte knackten. Der Wagen eines Bestattungsunternehmens rollte soeben über den Platz, um die Leiche abzutransportieren.

Der neue Fall hatte ja glänzend begonnen. Wenige Meter vor ihr war ein Mann gestorben, sie war starr vor Angst gewesen und hatte ihm nicht helfen können. *Auf so eine Situation bereitet dich niemand vor.* Außerdem wusste sie, dass sie diese Bilder nie mehr aus ihrem Kopf bekommen würde.

Kündige den Job und mach eine Psychotherapie, sagte eine Stimme tief in ihr drinnen. *Du bist nicht geschaffen für diese Art von Arbeit. Härtere Kerle als du – beispielsweise Sneijder – haben bereits gekündigt. Das ist keine Schande.*

Oder sollte sie weitermachen?

Gomez ist tot, Schönfeld verletzt. Vor eineinhalb Jahren ist Tina mit einem Lungenstich fünf Stunden lang auf dem Operationstisch gelegen, und letztes Jahr bist du selbst beinahe krepiert. Ganz zu schweigen von Sneijder, der bisher jedes Jahr etwas abgekriegt hat.

Wozu das alles? Das ist doch nichts für dich.

Hör auf!

Tränen liefen ihr über die Wangen.

Da hörte sie Schritte. Rasch wischte sie sich übers Gesicht.

Tina hockte sich im Schneidersitz neben sie an die Wand. »Schönfeld hat es nur leicht erwischt. Ein paar Wunden an der Wange und am Hals, leichte Verätzungen am Schlüsselbein. Schlimmer sind die Dämpfe. Er hat sich gerade die Seele aus dem Leib gekotzt.« Sie versuchte zu schmunzeln. »Jetzt sieht unser hübscher Kerl endlich wie ein richtiger Mann aus.«

Sabine lachte nicht. Sie starrte weiterhin zum Horizont.

Tina stieß sie mit dem Ellenbogen an. »He, was ist?«

»Was ist?«, wiederholte Sabine zynisch. »Ich habe die falsche Entscheidung getroffen – das ist! Der Einsatz ist schiefgegangen. Wären wir vorn reingegangen, wäre Schönfeld nichts passiert und wir hätten den Mann in aller Ruhe herunterholen können.«

»Er ist nicht der Erste, den wir nicht retten konnten. Im Lauf der Jahre sind so viele gestorben.«

Danke, Tina. Was für ein Trost!

Sabine breitete die Arme aus. »Hätte sich die Säure in einem großen Schwall über den Mann ergossen, wäre er binnen Sekunden tot gewesen. Aber ich habe Schönfeld befohlen, das Rohr zu kappen, darum ist sie langsam hinuntergetropft und hat ihn elendiglich zersetzt. Tina, er ist so qualvoll vor meinen Augen gestorben. Er hat geschrien und geschrien, und ich hätte …«

»Hätte, hätte, Fahrradkette!«, unterbrach Tina sie schroff, legte ihr den Arm um die Schulter und zog sie zu sich. »Du weißt nicht, was wir gerade entdeckt haben. Oben am Fass klebt eine batteriebetriebene Zeitschaltuhr, so eine, wie sie zur Weihnachtszeit verwendet wird, um die Lichterketten zum Leuchten zu bringen.«

Sabine sah auf. »Und?«

»In knapp einer Stunde hätte sich ein kleiner Drehmotor in Gang gesetzt, der das Nylonseil aufrollt, und der Hebel hätte sich umgelegt. Die Säure wäre so oder so durchs Rohr gelaufen und hätte den Mann getötet. Auch wenn wir die Fabrik nicht oder zu spät gefunden hätten.«

Sabine wischte sich die Tränen von den Wangen. Sie spürte den salzigen Geschmack auf den Lippen. »In einer Stunde?« Sie blickte auf die Uhr.

»Genau um sieben Uhr abends.«

»Die Nonne hat mich im Glauben gelassen, ich hätte bis Mitternacht Zeit, diesen Mord zu verhindern.«

»Tja, da hat sie uns wohl an der Nase herumgeführt.«

Nicht nur das. Sabine drehte langsam den Kopf zur Seite, sodass die Halswirbel knackten. »Sie hat mich manipuliert, ihren Hinweis geschickt platziert und genau gewusst, wie ich mich verhalten würde – dass ich ihr nämlich nicht vertrauen, sondern mich für den Hintereingang entscheiden würde.«

»Wie auch immer du es drehst und wendest … der Mann wäre gestorben.«

Nicht, wenn wir rechtzeitig vorn reingegangen wären – aber diese Frau wollte, dass er auf jeden Fall stirbt.

Sabine stand auf.

»Was hast du vor?«

Sabine ballte die Faust. »Ich rede noch einmal mit ihr.«

Sie ging zu ihrem Wagen. Und verspürte eine große Lust, der Frau ihr zufriedenes Lächeln aus dem Gesicht zu schlagen.

7. Kapitel

Im BKA-Gebäude stapfte Sabine immer noch wütend über sich selbst zum Fahrstuhl. Sie dachte gar nicht daran, die Dienstwaffe abzugeben, sondern wollte gleich so, dreckig und verschwitzt, mit der Kevlarweste den Verhörraum im zweiten Untergeschoss betreten und der Nonne sämtliche Details an den Kopf werfen: wie ihr Kollege verätzt worden und der gefesselte Mann gestorben war.

Doch Dirk van Nistelrooy fing sie vor dem Fahrstuhl ab. Er trug einen neuen dunkelblauen Dreiteiler, ein frisch gebügeltes Hemd mit Krawatte, und statt der Stahlrahmenbrille steckte nun eine Spiegelsonnenbrille in seinem zu einem Seitenscheitel gekämmten grauen Haar. Im Arm hielt er eine dicke Mappe. Anscheinend war er gerade in Begleitung zweier Personenschützer unterwegs, um das Gebäude zu verlassen. Draußen hatte Sabine seinen schwarzen Mercedes S-Klasse gesehen.

»Wohin?«, fragte van Nistelrooy knapp.

»Zum Verhörraum«, antwortete Sabine ebenso knapp.

Er kniff die Augenbrauen zusammen. »Um was zu tun?«

»Mit der Nonne zu sprechen. Der Einsatz ist ...«

Er berührte sie an der Schulter und senkte die Stimme. »Ich wurde bereits darüber informiert, was geschehen ist.«

»Gut, dann wissen Sie ja auch, dass ...«

»Halten Sie den Mund!«, unterbrach er sie schroff. Einige Leute, die zwischen Scanner und Drehkreuz standen, sahen zu ihnen herüber.

In diesem Moment öffnete sich die Fahrstuhltür. Zwei Personen standen in der Kabine, starrten hinaus, und eine dritte wollte gerade einsteigen. Doch van Nistelrooy versperrte ihr den Weg.

Er warf einen finsteren Blick in den Fahrstuhl. »Alle Mann raus!«, befahl er.

Verdattert zwängten sich die beiden an ihm vorbei. Als die Kabine leer war, drückte er einem seiner Personenschützer die Mappe in die Hand. »Warten Sie hier!« Dann drängte er Sabine in den Fahrstuhl, betätigte die Taste, sodass sich die Tür schloss und setzte den Lift mit dem Kippschalter außer Betrieb.

»Hören Sie mir jetzt genau zu, Nemez!« Er drückte sie mit der Schulter an die Wand, kam auf Tuchfühlung heran und hob den Zeigefinger. »In Ihrem jetzigen Zustand können Sie nicht einmal einen Vorschüler überführen, der ein Bonbon geklaut hat. Sehen Sie sich an! Sie sind aufgewühlt, völlig durcheinander und emotional am Ende. Wenn Sie jetzt mit dieser Frau sprechen, weiß sie sofort, was passiert ist. Ein Blick in Ihre Augen genügt. Sie wird über Sie triumphieren und Sie psychisch so zerlegen, dass Sie anschließend nicht einmal in der Lage sind, den Verkehr zu regeln. Haben Sie mich verstanden?«

Verdammte Hühnerkacke! Van Nistelrooy hatte recht. Sie war schon einmal unvorbereitet in ein Gespräch mit der Nonne gegangen und hatte es versemmelt.

»Ein Mann ist vor meine Augen gestorben …«, sagte Sabine.

»Ich weiß! Und jetzt haben wir die Gewissheit, dass noch sechs weitere sterben werden, wenn wir den Kopf verlieren.«

»Ich bin der Sache nicht gewachsen«, murmelte sie.

Van Nistelrooy ließ von ihr ab und hob eine Augenbraue. »Ich kenne Sie seit den Ermittlungen im Fall der *Todesmärchen*. Wir hatten keinen besonders guten Start. Ich habe Sie seither nie spüren lassen, was ich wirklich von Ihnen halte. Aber Sie haben mich immer schwer beeindruckt. Sie sind eine der Besten.«

Nun sah Sabine zu ihm auf. »Das sagen Sie nur, damit ich funktioniere.«

»Sie sollten mich besser kennen. Ich habe noch nie jemandem geschmeichelt. Ich sage es, weil es die Wahrheit ist. Sneijder steht leider nicht zur Verfügung, aber er hat Sie ausgebildet. Von allen Kollegen im Gebäude kennen Sie ihn und seine Methoden am besten. Und Sie hatten bisher einen guten Draht zu der Nonne. Mit Ihnen hat sie wenigstens ein paar Worte gewechselt. Finden Sie heraus, warum sie nur mit Sneijder sprechen möchte und was sie vorhat.« Er holte tief Luft. »Wollen Sie den Fall immer noch abgeben?«

»Ja.«

»Antrag abgelehnt, Nemez! Kommen Sie erst mal runter und dann trommeln Sie die Mitglieder Ihrer SoKo zusammen. Urlaubssperre für alle. Sie sind die nächsten sieben Tage rund um die Uhr im Einsatz. Ist das klar?«

Scheiße, ja! Sabine nickte.

Zwei Stunden später hatten sich alle wieder im Konferenzraum eingefunden. Draußen wurde es bereits dunkel. Die Fenster waren gekippt, und kühle Nachtluft strömte in den Raum. Darüber hinaus verbreiteten mehrere Thermoskannen und ein Dutzend Tassen den Geruch von starkem Kaffee, sodass genug Koffein in der Luft lag, damit jeder bis Mitternacht wach blieb, ohne überhaupt einen Schluck getrunken zu haben.

Sabine hatte im BKA geduscht, im Büro frische Kleidung angezogen und mit dem heißen Wasser nicht nur Schweiß und Dreck von ihrem Körper gewaschen, sondern auch versucht, die schreckliche Erinnerung aus ihrem Gedächtnis zu löschen und Kummer und Selbstzweifel fortzuschwemmen. Van Nistelrooy hatte recht – sie durfte sich von dieser Nonne nicht kleinkriegen lassen.

Sie nippte am Kaffee, spülte eine Kopfschmerztablette hinunter und sah in die Runde. »Danke, dass Sie auf Ihren Feierabend verzichten und sich Zeit für die weiteren Ermittlungen nehmen.«

Es war eine Floskel, denn formell hatten sie ohnehin keine andere Wahl. Aber Sabine war sicher, dass die Kollegen den Dienst auch ohne van Nistelrooys Anweisung freiwillig verlängert hätten, und dafür verdienten sie Anerkennung.

Mittlerweile lag der erste Bericht über das Mordopfer vor. Der Mann hieß Walter Greims.

»Er war achtundsechzig Jahre alt«, sagte ein Mann vom Erkennungsdienst. »Seit drei Jahren im Ruhestand und wohnte in der Nähe von Braunau am Inn, in Oberösterreich, nicht weit von der deutschen Grenze entfernt.«

Nun sahen alle überrascht auf. *Braunau.* Bestimmt lag da die Verbindung zur Nonne.

»Wie und warum kam er nach Wiesbaden?«, fragte Sabine.

»In seiner Hosentasche fanden wir nicht nur eine Brieftasche mit seinem Ausweis, sondern auch ein Zugticket. Er ist heute Morgen mit dem Nachtzug aus Linz in Frankfurt angekommen und weiter nach Wiesbaden gefahren. Nur warum?«, stellte sich der Kollege selbst die Frage und zuckte gleichzeitig mit den Achseln. »Das wissen wir noch nicht. Im Moment versuchen wir, Freunde und Hinterbliebene von ihm aufzutreiben.«

»Was war er von Beruf?«, wollte Sabine wissen.

»Das ist der springende Punkt.« Der Kollege wischte über sein Tablet. »Er war der ehemalige Gärtner eines abgeschiedenen Nonnenklosters in Oberösterreich.«

Nun laufen die Fäden zusammen. »Welches Kloster?«

Der Kollege übergab das Wort an eine junge Frau, die das Kabel des Videobeamers an ihr Notebook steckte und eine Karte von Oberösterreich an die Wand projizierte. »Kurz vor Braunau, wo die Salzach in den Inn fließt, mündet auch die Brugg in den Inn. Ich habe mir YouTube-Videos von dieser Gegend angesehen. In diesem sogenannten Bruggtal herrscht fast immer Nebel. Auf einem Berg mitten im Wald, fünf Kilometer von Braunau entfernt, liegt ein Ursulinenkloster.« Sie projizierte ein Foto an die Wand. Es zeigte ein Kloster in mittelalterlicher Bauweise, umgeben von hohen Tannen, mit Spitztürmen und länglichen Gebäudetrakten mit rotem Schindeldach.

Sabine betrachtete die Aufnahme. Ein einsamer Ort. Die Kollegen hätten ihre Recherchen bestimmt nicht so stark auf Greims' ehemaligen Arbeitsplatz fokussiert, säße nicht einige Stockwerke tiefer eine Frau in Nonnentracht im Vernehmungsraum. »Das Gebäude sieht alt aus.«

»Es wurde 1495 errichtet, mehr als zweihundert Jahre danach im Spätbarock renoviert, im Lauf der Zeit für verschiedene Orden genutzt, bis *dieser* Klosterverband 1920 gegründet wurde. Danach kamen die Nebengebäude dazu. Sie nennen sich Kongregation der Ursulinen vom Heiligen Herzen Jesu im Todeskampf.«

»Das Kloster Bruggtal«, murmelte Sabine. Hier hatte der alte Mann vor einigen Jahren also noch gearbeitet. »Wir müssen herausfinden, ob unsere Nonne ebenfalls dort war.«

»Das haben wir bereits in die Wege geleitet. Im Moment fehlt uns der Kontakt zum Kloster, aber wir sind dran. Jedenfalls würden Form und Farbe des Habits darauf hindeuten, dass sie von dort kommt.«

»Habit?«, fragte Sabine.

»Die Nonnentracht der sogenannten schwarzen Ursulinen.«

Aha! Sabine nickte und dachte wieder an Greims. *Ein Gärtner.* Unwillkürlich musste sie an das Tattoo am Handgelenk der Nonne denken. *Eine schwarze Rose mit Dornen.* Der Gedanke war ziemlich weit hergeholt, aber vielleicht war diese Tätowierung ein Hinweis auf Greims und seinen Beruf gewesen. »Irgendwelche Ideen?«

»Gehen wir einmal davon aus, dass unsere Nonne eine Ordensschwester dieses Ursulinenklosters ist … oder zumindest war«, meldete sich Tina zu Wort. »Und rufen wir uns die Narben an ihren Handgelenken und am Hals in Erinnerung. Greims könnte sie dort möglicherweise körperlich misshandelt haben. Vielleicht haben wir es hier mit einer Missbrauchsgeschichte zu tun.«

»Du vermutest also Rache als Motiv?«, fragte Sabine.

»Ich frage mich, was eine Frau, die so innig an Gott und seine Gebote glaubt wie sie, dazu bewegen könnte, eine so schreckliche Tat zu vollbringen.«

»Ich weiß es nicht«, gab Sabine zu. »Aber ich bin nach wie vor davon überzeugt, dass sie Komplizen hatte, die ihr die körperliche Arbeit abgenommen und das technische Wissen für diese Falle beigesteuert haben.«

8. Kapitel

Nachdem Sabine noch mehr über die Ursulinen erfahren hatte, betrat sie um zehn Uhr nachts das Vorzimmer des Verhörraums, in dem die Nonne immer noch saß. Auf einem Stuhl an einem Tisch, im Licht einer Leuchtstoffröhre, mit den Händen in Handschellen.

Mittlerweile wurde sie schwer bewacht und befand sich immer noch inoffiziell in Sonderhaft, ohne dass sie einem Haftrichter vorgeführt worden und rechtmäßig in U-Haft genommen worden war. 48 Stunden lang konnte das BKA so mit ihr verfahren. Immerhin hatte sie zumindest von dem bevorstehenden Mord gewusst und nichts dagegen unternommen.

Da die Frau sich geweigert hatte, eine graue Häftlingskleidung anzuziehen, trug sie immer noch ihre Nonnentracht. Der Anblick sah so surreal aus, dass Sabine sich nicht daran gewöhnen konnte. Nonne und Verhörraum – das passte nicht zusammen. Außerdem lagen die Gesichtszüge der Frau von ihrem Schleier verborgen teilweise im Schatten, sodass sie trotz ihrer Ordenstracht irgendwie mystisch wirkte.

Wie kann jemand, der so weich wirkt, einen so brutalen Mord begehen?, fragte sich Sabine.

Die Frau hielt den Rosenkranz mit dem kleinen Holzkreuz, der zuvor an ihrem Gürtel gehangen hatte, in den Händen und ließ die Perlen mit einer unglaublichen Ruhe durch die Finger gleiten. Normalerweise wären jedem Häftling sowohl der Stoffgürtel als auch der Rosenkranz und die Kette mit dem Silberkreuz abgenommen worden. Zu leicht hätte man sich damit strangulieren können. Doch die Nonne hatte sich standhaft geweigert, das alles abzugeben. Also ließ man es ihr aus Respekt vor ihrer Religion, allerdings unter der Auflage, dass sie in dem Verhörraum auch in der Nacht unter ständiger Videoüberwachung stehen würde – der sie schließlich zugestimmt hatte. Und so war der Verhörraum 2B kurzerhand zur Zelle einer inoffiziellen Sonderhaft umfunktioniert worden.

Sabine saß im Dunkeln bei einer Tasse dampfendem Kaffee und blickte durch die Einwegscheibe in die Zelle – wie in ein Terrarium, in dem sich eine gefährliche Schlange befand. Seit sie die Nonne an diesem Morgen verlassen hatte, hatte die Frau kein Wort mehr gesprochen – nur zweimal gebeten, auf die Toilette gehen zu dürfen, und bescheiden nach etwas zu essen und trinken gefragt. Das war alles.

Sabine nippte am Kaffee und sah sich am Monitor die Videoaufzeichnung der letzten Stunden im Schnellvorlauf an. Die Nonne strahlte eine fast schon unheimliche Ruhe aus, wie sie meditativ im Gebet versunken schien.

Schließlich erhob sich Sabine, zog ihre Dienstwaffe aus dem Holster, gab sie dem Kollegen von der Nachtschicht zur Aufbewahrung und betrat die Zelle.

Die Nonne sah auf, ihre Gesichtszüge strafften sich und bekamen sogleich einen freundlichen Ausdruck. »Guten Abend.«

»*Congregatio Sorum Ursulinarum a Sacro Corde Iesu Agonizantis*«, nannte Sabine den lateinischen Namen der Ursulinenkongregation statt einer Begrüßung.

Damit hatte sie die volle Aufmerksamkeit der Frau. Diese musterte Sabine interessiert. »Schön, Sie wiederzusehen. Es war einsam ohne Sie.«

»Darf ich mich setzen?«

»Bitte.«

Sabine nahm Platz und wartete darauf, dass die Nonne das Gespräch fortsetzte.

»Ich nehme an, Sie haben Walter Greims und die Verbindung zu jenem Kloster bereits gefunden, dessen Namen Sie so schön zitiert haben. Allerdings heißt es *Sororum* und nicht *Sorum.*«

Ich weiß, dachte Sabine und verkniff sich ein Schmunzeln. Damit hatte sie die Bestätigung, dass sie mit ihren Recherchen auf dem richtigen Weg waren und es sich um eine echte Nonne handelte.

»Danke, ich bin noch nicht so fit in diesem Thema«, spielte Sabine die Tatsache herunter, dass sie bereits mehr wusste, als sie zugeben wollte. *Understatement ist eine Waffe*, hatte Sneijder sie gelehrt. *Lass den Verdächtigen im Glauben, er sei schlauer als du. Nur dann macht er Fehler.*

»Hat Greims überlebt?«

Sabine presste die Lippen zusammen und schwieg.

Die Nonne ließ weiterhin die Perlen durch die Finger gleiten. »Ich bin nicht stolz auf das, was passiert ist, und es tut mir auch leid, aber es war unumgänglich.«

»Ich höre nur wenig Reue in Ihrer Stimme«, stellte Sabine fest. »Lässt es Sie völlig kalt, dass ein Mann sein Leben verloren hat, Sie wegen Mordes angeklagt und für den Rest Ihres Lebens hinter Gitter kommen werden?«

»Ich weiß, man lebt nur einmal«, die Nonne lächelte, »aber wenn man es richtig macht, ist einmal genug.«

»Genug wofür?«

»Für das Leben danach.«

Sabine seufzte. »Was hat Greims Ihnen angetan? Hat er Sie verletzt, missbraucht oder gedemütigt?«

»Ich wiederum höre so viel Zorn, Frustration und Wut in *Ihrer* Stimme«, sagte die Nonne stattdessen. »Es tut mir leid, dass Ihr Einsatz missglückt ist«, sagte sie. »Wissen Sie, der Mann hätte nicht sterben müssen, aber Sie haben offenbar nicht auf mich gehört. Sie hätten den Vordereingang nehmen sollen, wie ich Ihnen geraten habe.«

Sabine zwang sich dazu, das unwillkürliche Mahlen ihrer Kiefermuskeln zu unterdrücken und ruhig zu atmen. *Zeig dieser Frau keinen deiner Schwachpunkte!*

»Wissen Sie, Erfahrung ist die beste Lehrmeisterin«, redete die Nonne weiter. »Und das Gute daran ist …«, sie lächelte, »… man bekommt ein Leben lang Einzelunterricht.«

»Warum musste der Mann auf so grausame Art und Weise sterben?«

Die Nonne stoppte die Bewegung und ließ den Rosenkranz in der Faust verschwinden. »Ich sagte Ihnen bereits: Ich werde ausschließlich mit Maarten Sneijder sprechen.«

»Ich weiß, Sie vertrauen nur ihm. Aber warum vertrauen Sie *mir* nicht?«

Erneut ließ die Nonne den Rosenkranz klickend durch die Finger gleiten.

»Was wird am zweiten Tag passieren?«, fragte Sabine. »Wie lange haben wir diesmal Zeit? Auch wieder nur bis sieben Uhr abends? Wie viele Komplizen haben Sie dort draußen?«

Doch die Nonne senkte nur schweigend den Kopf, und Sabine wusste, in dieser Nacht würde sie kein weiteres Wort mehr erfahren.

Eine Stunde später stand Sabine im Innenhof des BKA-Gebäudes und blickte in den Sternenhimmel. Die Nacht war angenehm kühl. Das Gewitter hatte sich verzogen, und nur noch vereinzelt zuckte ein Blitz am Horizont. Der Donner war kaum zu hören.

Im Gebäude brannten nur noch wenige Lichter. Die meisten Jalousien waren heruntergezogen. Soeben schob sich der Halbmond hinter einer Wolke hervor.

Sabine fröstelte. Sie war todmüde. Mit einem Streichholz steckte sie sich eine Zigarette an, die sie sich von dem Techniker im Verhörraum geschnorrt hatte. Mit zitternden Fingern führte sie den Glimmstängel zum Mund und zog daran. Beim ersten Lungenzug musste sie husten. *Schöner Mist!* Sie drückte die Zigarette im Aschenbecher aus. *Fang bloß nicht mit dem Zeug an, sonst landest du wie Sneijder bei Marihuana.*

Da läutete ihr Handy. Tinas Nummer leuchtete auf. »Wo bist du?«

»Im Raucherhof.«

»In Gesellschaft?«, fragte Tina.

»Nein.«

»Wie ist es mit der Nonne gelaufen?«

Sabine erzählte ihr kurz von dem Gespräch, das rein gar nichts gebracht hatte – außer dass die Frau ihren ersten Erfolg genossen hatte.

»Klingt nicht gut«, kommentierte Tina. »Allerdings haben wir etwas herausgefunden. Die Spurensicherung ist soeben mit der Untersuchung der Fabrikhalle fertig geworden. Sowohl auf der Zeitschaltuhr, dem kleinen Motor, dem Fass, den Rohren, den Handschellen, einer Rollleiter in der zweiten Halle und auf den Türklinken fanden sich ausschließlich die Fingerabdrücke der Nonne.«

»Sonst nichts?«

»*No*«, antwortete Tina auf Italienisch.

»Also hatte sie doch keinen Komplizen«, schlussfolgerte Sabine.

»Sieht so aus, als hätte sie tatsächlich alles allein inszeniert. Ist zwar höchst unwahrscheinlich, wäre aber theoretisch möglich.«

»Danke.«

»Wir sehen uns morgen.« Tina beendete das Gespräch.

Sabine steckte das Handy weg und blickte in den Nachthimmel. Wie würde die Nonne wohl die anderen sechs Menschen ermorden?

Drei Jahre zuvor

Soeben fuhr der ICE in den Hauptbahnhof Innsbruck ein. Leutnant Grit Maybach schulterte ihren Rucksack, in dem sich Schlafmatte, Schlafsack sowie Kampf- und Gebirgsausrüstung wie Seil und Steigeisen befanden – insgesamt vierzig Kilogramm auf dem Rücken –, und verließ ihr Abteil. Sie war 34 Jahre alt, eine Hochgebirgsjägerin des österreichischen Bundesheeres, und ausdrücklich angefordert worden. Zwar hatte sie noch keine genaue Ahnung, wofür, wusste aber, dass der Einsatz in die Berge gehen würde.

Nachdem Grit aus dem Zug gestiegen war, stand sie am Bahnsteig und hob den Blick. *Tirol. Wieder einmal.* Innsbruck lag von Gebirgsketten umgeben in einer Talsenke. Obwohl es erst Ende März war, hatte die Sonne den Schnee in der Stadt bereits weggeschmolzen. Hingegen waren die majestätischen Zweieinhalbtausender, die die Stadt in allen Richtungen umgaben, noch fast bis ins Tal schneebedeckt. Sobald man nach oben sah, stach das grell reflektierende Licht in den Augen.

Die Luft war klar und schneidend kalt. Grit nahm einige tiefe Atemzüge, setzte die Sonnenbrille auf, verließ den Bahnsteig und drängte sich durch die Bahnhofshalle in das Gewühl der Stadt. Sie ging direkt zur Einsatzzentrale in dem nahe gelegenen Polizeikommissariat.

Als Grit die zu einem Konferenzraum umfunktionierte Stube betrat, bemerkte sie rund ein Dutzend Männer, ebenfalls Gebirgsjäger, die in einem Halbkreis saßen – teilweise bekannte Gesichter –, und ihren ehemaligen Ausbilder, Oberst Aichinger.

»Mit Leutnant Maybach sind wir dann komplett. Nehmen Sie bitte Platz.« Aichinger ging zum Beamer.

Grit ließ den Rucksack von ihren Schultern gleiten und setzte sich auf den letzten freien Stuhl.

»Die Landespolizeidirektion hat uns angefordert«, erklärte Aichinger. »Dem Cobra-Kommando ist ein Mann entwischt, und jetzt kommen wir als Spezialteam zum Einsatz.«

»Immer dasselbe«, murrte einer der Jäger, »wenn alle Mist bauen, dürfen wir ran.«

»Ruhe!«, knurrte Aichinger. »Unser Zeitfenster ist knapp, und leider sind die uns zur Verfügung stehenden Informationen sehr spärlich.« Er betätigte die Fernbedienung des Beamers.

Der Jäger hatte nicht so unrecht. Die Leute von der Cobra waren darauf trainiert, Geiseln zu befreien – die Gebirgsjäger darauf, wenn es sein musste, Menschen zu töten. Anscheinend war die Kacke mächtig am Dampfen.

Grit betrachtete das an die Wand projizierte Foto. Es war eine schlechte, verschwommene Schwarz-Weiß-Aufnahme und zeigte einen etwa fünfunddreißigjährigen Mann in Soldatenuniform. *Deutsche Bundeswehr*, soviel Grit erkannte.

Augenblicklich wurde es still im Raum.

»Das ist Thomas Schaeffer, deutscher Ex-Afghanistansoldat.« Aichinger nannte das Geburtsjahr des Mannes. »Er ist in einem Heim in Regensburg aufgewachsen, wurde beim deutschen BKA ausgebildet und ist danach zur Bundeswehr gegangen. Verbrachte jetzt seinen Urlaub in Tirol, und da sind ihm die Sicherungen durchgebrannt.«

Grit studierte die kantigen Gesichtszüge des Mannes, den harten Blick und die kurz geschorenen schwarzen Haare. Außerdem fiel ihr ein dunkler Fleck unter seinem Auge auf. Eine Narbe oder ein Bluterguss? Unwillkürlich berührte sie ihr rotes Feuermal im Gesicht.

Grit konnte sich gut in den Mann hineinversetzen – was aber nichts mit Empathie oder sonstigem Psychokram zu tun hatte. Sie war derselbe Jahrgang wie Schaeffer, war selbst in einem Heim aufgewachsen, elternlos, und hatte in der Militärausbildung ihre einzige Chance und Zukunft gesehen. Vielleicht wählte man solche Jobs, wenn man nicht wusste, woher man stammte, warum einen die eigenen Eltern weggegeben hatten, keine Adoptiveltern einen wollten und man dringend Selbstbestätigung suchte. Und manchmal fragte sie sich, wann bei ihr die Sicherungen durchbrennen würden.

»Nachdem Schaeffer sich gestern Nacht in einer Studentenkneipe der Innsbrucker Innenstadt fast ins Koma gesoffen hat, wollte er sich mit seiner Waffe das Leben nehmen. Einige Gäste konnten ihn davon abbringen. Das Resultat: fünf schwer verletzte Männer.«

»Und mit dem wird die Cobra nicht fertig?«, raunte einer der Jäger.

»Ruhe! Schaeffer ist ein harter Typ. Er …«

»Oberst Aichinger, bei allem Respekt, aber um fünf Studenten zu verprügeln, muss man nicht besonders hart sein.«

Alle lachten.

»Wenn Sie noch einmal ungefragt den Mund aufmachen, dürfen *Sie* meinen Rucksack nach oben schleppen!«, knurrte Aichinger.

Nach oben? Aichinger geht also mit.

Von nun an schwiegen alle und hörten ihrem Ausbilder aufmerksam zu.

»Es waren keine Studenten, die Schaeffer krankenhausreif geschlagen hat, sondern drei Soldaten, ein Polizist und ein Taxifahrer.«

»Hintereinander?«

»Gleichzeitig. Er hat eine Nahkampfausbildung und war Späher hinter feindlichen Linien. Er ist dem Cobra-Team im Morgengrauen entkommen, hat noch zwei weitere Männer ins Krankenhaus geschickt und ist dann hinauf in die Berge geflüchtet. Dort hat er sich vermutlich in einer der vielen Hütten verschanzt, die es hier gibt.«

»Und wir sollen ihn finden?«

»Finden und ausschalten«, präzisierte Aichinger. »Als Amokläufer ist er unberechenbar und könnte weitere Menschen gefährden.«

Vielleicht versucht er aber auch noch einmal, sich selbst das Leben zu nehmen – und wir haben dann ein Problem weniger, dachte Grit. »Hat er ein Handy, das wir orten können?«

»Negativ!« Oberst Aichinger blickte auf die Armbanduhr. »Wir splitten uns in drei Teams. Um sechzehnhundert werden wir von drei Helikoptern abgeholt. Die bringen uns rauf. Danach durchsuchen wir in Zweierteams die Hütten.«

Na dann, viel Glück. Es war die Suche nach der berühmten Nadel im Heuhaufen – oder besser gesagt nach der Nadel im Schnee.

»Leutnant Maybach! Sie kommen mit mir«, befahl der Oberst.

Nachdem die Helikopter sie in einer Höhe von tausendfünfhundert Metern abgesetzt hatten und sie in Zweierteams in verschiedene Richtungen losmarschiert waren, blieben sie in ständigem Funkkontakt.

Grit und Oberst Aichinger waren das letzte Paar, das losging. Ihre Gruppe hieß *Schneefuchs Eins*.

In voller Montur stiegen sie trittsicher mit Schneeschuhen zur ersten Hütte auf. Nebel hing im Fels und leichter Eisregen knisterte um sie herum. Binnen Minuten wurden Rucksack und Bekleidung nass und dadurch viel schwerer.

Die erste Hütte war leer, die zweite auch. Um 18 Uhr gelangten sie zu einem Stacheldraht mit einem Schild.

Militärisches Sperrgebiet. Betreten verboten.
– Der Militärkommandant –

Aichinger blickte auf eine Karte. »Wenn ich Schaeffer wäre, würde ich mich hier verstecken«, brummte er.

Nun wurde Grit auch klar, weshalb die Cobra die Unterstützung der Gebirgsjäger angefordert hatte – weil sie sich hier am besten auskannten.

Sie betraten das Gebiet, schalteten ihre Stirnlampen ein und setzten ihren Weg fort.

Nach eineinhalb Stunden Marsch erreichten sie die nächste Hütte. Bisher hatten sie über Funk keine Erfolgsmeldung von einem der anderen Teams gehört. War Thomas Schaeffer überhaupt so weit gekommen?

Der Wind blies nun heftiger; in den windgeschützten Stellen der Schneeverwehungen hatte es bestimmt minus zehn Grad, auf dem freien Feld noch weniger. Fußspuren von Schaeffer gab es keine mehr – falls hier überhaupt jemals welche gewesen waren.

»In der Hütte machen wir Rast«, entschied Aichinger.

Sie stapften weiter. Und plötzlich riss Grit wie im Reflex ihr Gewehr von der Schulter und lud es durch. Aichinger hatte offenbar dasselbe gesehen wie sie, denn auch er griff zur Waffe. In der Hütte brannte Licht. Ein schwacher Schimmer, der durch die geschlossenen Fensterläden fiel.

»Leise – und Lampen aus«, flüsterte er.

Sie schalteten ihre Stirnlampen aus und setzten stattdessen die Schneebrillen mit dem Restlichtverstärker auf.

»Sie nehmen die Vordertür und sondieren die Lage. Aber warten Sie noch mit der Festnahme, ich hole inzwischen Verstärkung, gehe hinten rum und sichere die Rückseite, damit er nicht abhaut«, sagte er.

Grit nickte und setzte sich in Bewegung. Hinter sich hörte sie, dass Aichinger stehen blieb und ihre Beobachtung über Funk an die anderen Teams weitergab.

Bestimmt war das hier nicht die einzige Berghütte in den Tiroler Alpen, in der Licht brannte – aber die einzige in einem militärischen Sperrgebiet. Und da sie einen Militäreinsatz durchführten, wären sie über weitere militärische Aktivitäten in dieser Gegend unterrichtet worden.

Hinter ihr wurde Oberst Aichingers Stimme immer leiser, und bald hörte sie seine Befehle an die Kollegen der anderen Teams nur noch über ihr eigenes Funkgerät.

Als Grit näher kam, sah sie, dass Rauch aus dem Schornstein stieg, der in ihre Richtung geblasen wurde. Im nächsten Moment roch sie ihn auch. *Gegenwind!* Und er würde nicht so rasch drehen. Das war gut. Sie musste sich nicht allzu sehr bemühen, leise zu sein.

»… und ab jetzt herrscht Funkstille!«, drang Oberst Aichingers letzter Befehl aus ihrem Walkie-Talkie.

Trotzdem schaltete Grit ihr Funkgerät aus, damit kein verräterisches Knacken Schaeffer warnen würde. Danach war nur noch das Pfeifen des Windes zu hören.

Als sie die Hütte erreichte, streifte sie die Schneeschuhe ab, nahm den Rucksack von den Schultern, ohne das Gewehr aus der Hand zu geben, und stellte ihn neben die Eingangstür. Dann zog sie die Schneebrille vom Kopf, um ihre Augen an die Dunkelheit zu gewöhnen. Vorsichtig spähte sie zwischen den Lamellen des Fensterladens hindurch. Die Scheibe war angelaufen, dennoch konnte sie einen Vorraum erkennen. Holzwände, Geweihe, eine Kommode und ein mächtiger Querbalken, an dem eine brennende Petroleumlampe hing. Mehr war nicht zu sehen. Jedenfalls war der Raum leer. Offenbar stammte die Hütte aus einer Zeit, in der die Gegend noch kein Sperrgebiet gewesen war.

Grit schlüpfte aus den Handschuhen und zog den Reißverschluss ihres weißen Overalls auf. Nachdem sie ihre Pistole aus dem Holster gezogen und durchgeladen hatte, drückte sie das Gewehr neben dem Holzsockel der Hütte in den Schnee und vergrub es leicht. Der Verfolgte durfte es unter keinen Umständen in die Finger kriegen. Vorsorglich öffnete sie den Verschluss des Messers an ihrem Gürtel, dann drückte sie die Klinke der Holztür hinunter.

Die Tür war nicht versperrt. Die Angeln quietschten nicht, und Grit öffnete den Spalt nur so weit, dass sie in den Vorraum sehen konnte. *Okay, nur die Lage sondieren!* Auf der Kommode lag ein Rucksack, daneben standen drei geöffnete Dosen Energydrink.

So verbringst du also den Abend.

Bestimmt würde Oberst Aichinger seine Vorbereitungen bald beendet haben und demnächst die Rückseite der Hütte erreichen. Grit schlüpfte in den Raum. Augenblicklich ließ das Pfeifen des Windes nach. Leise zog sie die Tür zu. In der Hütte waren es bestimmt fünf Grad plus, es roch nach Holz und Kaminfeuer.

Grit öffnete leise den Rucksack und kramte mit langsamen Bewegungen darin herum. Bis auf eine Rolle Klopapier, ein paar Dosen Fleisch und Gemüse, einen Pullover und eine Erste-Hilfe-Box war er leer. In der Seitentasche fand sie ein paar Euroscheine, Reisepass, Streichhölzer, Kompass und ein multifunktionales Taschenmesser.

Ihr lief der geschmolzene Schnee von der Mütze über die Schläfen. Sie wischte sich das Wasser aus dem Gesicht und rieb sich anschließend die Handflächen an der Klopapierrolle trocken. An der Stelle, wo sie stand, hatte sich eine Pfütze um ihre Stiefel gebildet.

Ganz ruhig, nichts überstürzen, dachte sie. *Aichinger ist bestimmt gleich da.*

Während sie die Waffe in einer Hand hielt, öffnete sie mit den klammen Fingern der anderen den Pass.

Thomas Schaeffer.

Es war derselbe Mann, dessen Foto sie bereits bei der Einsatzbesprechung gesehen hatte. Und dessen Gesicht ihr so ungeheuer bekannt vorkam.

Deutscher Staatsbürger.

Einen Meter sechsundachtzig groß, blaue Augen.

Geburtsort Regensburg.

Dann starrte sie auf Schaeffers Geburtsdatum. Er war nicht nur im selben Jahr, sondern auch am selben Tag wie sie geboren. *Am 9. Mai.*

Sie war in Kufstein in Tirol aufgewachsen, Thomas Schaeffer in Regensburg – nicht einmal so weit voneinander entfernt. *Zufälle gibt es im Leben. Aber dass wir dasselbe Sternzeichen sind, wird dir nicht viel nützen, Junge!*

Am besten wäre es, die Hütte zu verlassen und draußen auf Oberst Aichinger und die Verstärkung zu warten. Grit stopfte den Reisepass wieder in den Rucksack und wollte bereits rückwärts rausgehen, als ihr Funkgerät anschlug.

»Schneehuhn an Schneefuchs. Grit, seid ihr bei der letzten Abzweigung rechts oder li…?«

Scheiße!

Sie schaltete den Ton ab. Offenbar war der Schalter aufgrund der Kälte vorher nicht ganz eingerastet.

Gleichzeitig riss sie die Waffe hoch und hielt den Atem an.

Du bist so ein Idiot!, schimpfte sie sich selbst. Aber noch mehr ärgerte sie sich über den Kollegen, der die Funkstille gebrochen und noch dazu ihren Namen genannt hatte.

Für einen Rückzug war es zu spät. Schaeffer hatte das bestimmt gehört. Also gab es mit dem Überraschungsmoment nur noch die Flucht nach vorn. Sie riss die Tür auf und stürmte vom Vorraum in die Hütte.

Ja, Schaeffer hatte es gehört.

Er stand im Licht einer Petroleumlampe, mit Stiefeln, einer Militärhose, nacktem Oberkörper – und einer Glock in der Hand, deren Lauf auf sie zeigte.

Als sie Schaeffer ins Gesicht sah und das Blitzen seiner blauen Augen erkannte, traute sie ihren eigenen Augen nicht.

Das kann unmöglich wahr sein!

2. TAG

Bach an der Donau

BAYERN

– SAMSTAG, 13. MAI –

9. Kapitel

»Nemez, ich habe weiß Gott Wichtigeres zu tun, als mich mit Ihnen über Ihren Fall zu unterhalten.« Dirk van Nistelrooy ging zu seinem Schreibtisch, schlüpfte aus dem Sakko und warf es über die Stuhllehne.

Auf seinem Tisch stand eine dampfende Tasse Kaffee, neben dem Telefon stapelte sich ein Turm gelber Hauspostkuverts. Und vermutlich würde gegen Mittag bereits der nächste Schwung dort landen.

Doch darauf konnte Sabine keine Rücksicht nehmen. Sie stand mit hinter dem Rücken verschränkten Armen in der Mitte des Zimmers und blickte durchs Fenster in den Innenhof. Der Morgen graute, und in den meisten Büros brannte bereits Licht. »Ich würde vorschlagen, dass …«

»Was immer Sie an Ideen haben, *tun* Sie es einfach!«, knurrte van Nistelrooy. Er blieb stehen, als wartete er darauf, dass sie endlich freiwillig aus seinem Büro verschwinden würde, bevor er sie rauswerfen musste. »Das Entführungsopfer ist gestorben, ein Kollege wurde verletzt – ist zwar nicht schön, aber solche Dinge passieren nun mal. Da es zu Kreims noch keine …«

»Walter Greims«, korrigierte sie ihn.

»Von mir aus.« Van Nistelrooy wischte mit dem Arm durch die Luft. »Da es zu seiner Person noch keine Vermisstenmeldung gibt, kann unsere Pressesprecherin die Meldung von seinem Tod noch vierundzwanzig Stunden zurückhalten. Aber sorgen Sie dafür, dass die Nonne endlich redet und es keinen weiteren Mord gibt. Dann können wir mit der Nachricht an die Öffentlichkeit gehen, dass wir sechs Menschen das Leben retten konnten.« Er richtete den Zeigefinger auf sie. »Habe ich mich klar und deutlich ausgedrückt?«

»Soweit ich die Nonne bisher kennengelernt habe, wird sie den Mund nicht aufmachen.«

»Aber Sie *haben* sie kennengelernt!«, rief van Nistelrooy. »Setzen Sie dieses Wissen gegen sie ein.«

Sabine stöhnte auf. »Die Frau hat eine klare Bedingung gestellt, die wir nicht erfüllen können! Sie will nur mit Sneijder sprechen.«

»Wozu hat das BKA jahrelang Geld in Sie investiert?« Van Nistelrooy kniff die Augenbrauen zusammen. »Sie sind Profilerin und haben eine psychologische Ausbildung! Sie werden doch auch ohne Sneijder zurechtkommen.«

»Hierbei nicht.« Sie sah zur Wanduhr. Es war kurz nach sechs Uhr früh. »Es gibt in diesem Fall nur eine einzige vernünftige Sache, die ich machen kann.«

Van Nistelrooy warf ihr einen fragenden Blick zu.

Sabine wandte den Kopf zur Tür. In diesem Moment klopfte es.

Noch bevor van Nistelrooy »Herein!« brüllen konnte, öffnete sich die Tür und ein hochgewachsener glatzköpfiger Mann im dunklen Anzug trat ein.

Sneijder.

An der Brusttasche seines Sakkos steckte ein Besucherausweis.

Van Nistelrooys Gesicht erstarrte. *Der hat wohl tatsächlich gedacht, dass er jetzt endlich seine Ruhe hat.*

»Wollen Sie mich verarschen, Nemez? Was wird das? Irgendeine absurde ›*Guter Cop – böser Cop*‹-Nummer?«

»Tut mir leid«, entschuldigte sie sich, »aber ich habe ihn gebeten herzukommen.«

»*Gebeten?* Einfach so?«, schnaubte van Nistelrooy. »Und da ist er auch tatsächlich gleich angetrabt?«

»Ich habe ihn dazu *gedrängt*«, gab Sabine zu. »Immerhin geht es um Mord.«

Sneijder und van Nistelrooy starrten sich eine Weile lang grußlos an.

»Mach die Tür zu«, knurrte van Nistelrooy.

Sneijder warf sie ins Schloss.

»Es werden in den nächsten Tagen noch sechs weitere Morde passieren, wenn wir der Forderung dieser Frau nicht nachkommen«, sagte Sabine. »Da bin ich mir hundertprozentig sicher. Ich weiß zwar nicht, wie sie das anstellen wird, aber ich weiß, dass sie irgendwie die Möglichkeit dazu hat.«

Van Nistelrooy stöhnte auf. Schließlich griff er in seine Schublade, holte Dienstwaffe, Magazin, Schlüsselbund, Magnetkarte und Ausweis hervor und knallte alles auf den Tisch. »Deine gestrige Kündigung ist abgelehnt!«

Sneijder, der bisher kein Wort gesagt hatte, stand nur da und warf Nemez einen Blick zu. »Deswegen haben Sie mich hergeholt?«

»Mein Gott!«, rief sie. »Jetzt ist wirklich nicht der richtige Moment, dass zwei testosterongeschwängerte Dobermänner ihre Muskeln spielen lassen. Können wir *bitte* vernünftig an diesem Fall arbeiten?«

Sneijder ignorierte Sabine und starrte van Nistelrooy an. »Ich arbeite nur zu meinen Bedingungen im BKA. Entweder effizient oder gar nicht.«

»Was willst du konkret?«, seufzte van Nistelrooy und ließ sich in den Stuhl fallen.

Sneijder machte einen Schritt nach vorn, hob die Hand und spreizte drei Finger ab. »Erstens: ein Team, mit dem ich nach eigenem Ermessen ermitteln kann. Zweitens: eine Sondergenehmigung, damit wir ohne bürokratische Hürden, Staatsanwälte und Richterbeschlüsse agieren können. Und drittens: alle Sondervollmachten, um im Ausland operieren zu können.«

Sabine nickte zustimmend. Immerhin hatte sie ihn gestern auch über die Verbindung nach Österreich informiert.

»Ach, und deiner Meinung nach haben die anderen Staaten da kein Wörtchen mitzureden?«, entgegnete van Nistelrooy.

»Wir haben bereits derartige Abkommen für Sondereinsätze.«

Van Nistelrooy schüttelte den Kopf. »Maarten, das stinkt gewaltig zum Himmel und verstößt gegen alle Regeln.«

»Die Nonne spielt auch nicht nach unseren Regeln«, unterstützte Sabine Sneijder.

»Das tun Verbrecher nie, trotzdem müssen *wir* uns an die Gesetze halten«, entgegnete van Nistelrooy übel gelaunt.

Sneijder trat näher zum Schreibtisch. »Du weißt ganz genau: Wenn man einer Katze Handschuhe anzieht, kann sie keine Mäuse fangen. Darum verlange ich Immunität in allem, was wir tun.«

Van Nistelrooy nahm einen kräftigen Schluck von seinem Kaffee, dann senkte er den Kopf und massierte seine Schläfen. Sabines Herz schlug bis zum Hals. Sie hasste es, gegen Gesetze zu verstoßen, aber schließlich ging es darum, Leben zu retten. Sie schielte zu Sneijder. Gesicht und Glatze waren so weiß wie die Wand, die Augen lagen tief. Es wurde höchste Zeit, dass er wieder einen Killer zur Strecke brachte.

»Die Zeit läuft uns davon. Bekomme ich nun meine Sonderkonditionen?«, bohrte Sneijder nach. »Andernfalls genieße ich die Ruhe in meinem Landhaus und werde in der Zeitung lesen, wie ihr den Fall weiter vergeigt.«

Van Nistelrooy sah auf. »Beim besten Willen, ich kann nicht …«

»Denk an den Fall Marc Dutroux in Belgien«, sagte Sneijder. »Während er in U-Haft saß, sind in seinem Keller zwei achtjährige Mädchen verhungert.«

»Ja, verflucht noch mal, hör auf damit!« Kummer lag in van Nistelrooys Blick. »Ich weiß zwar nicht, wie ich das dem Innenminister klarmachen soll, schließlich sind wir nicht der Geheimdienst, aber ja, verdammt noch mal!« Er hob den Zeigefinger. »Aber nur für diesen Fall – und für maximal sechs Tage! Hast du verstanden?«

Sneijder nickte.

»Und lass dich nicht erwischen, wenn Menschen dabei zu Schaden kommen sollten …«, van Nistelrooy senkte die Stimme, »… denn so etwas habe ich nicht autorisiert, ist das klar?«

Ohne mit der Wimper zu zucken, nahm Sneijder den Besucherausweis von seinem Sakko herunter, griff nach seiner Waffe und steckte Schlüsselbund, Ausweis und Magnetkarte in die Taschen.

Van Nistelrooy beobachtete ihn mit einem derart verkniffenen Gesichtsausdruck, als wäre gleich nach diesem Gespräch sein erstes Magengeschwür fällig. »Und wer darf alles bei deinem *Hochbegabten-Team* mitmachen?«, fragte er, während er mit den Fingern Gänsefüßchen in die Luft zeichnete.

Sneijder warf ihm einen emotionslosen Blick zu. »Vorerst nur Nemez und Martinelli. Je weniger, desto besser«, sagte er. »Den Rest der Leute nenne ich dir im Lauf der sechs Tage.«

Nachdem van Nistelrooy genickt hatte, verließ Sneijder das Büro. Sabine wollte ihm folgen, doch van Nistelrooy hielt sie mit einer knappen Geste zurück.

Der BKA-Präsident wartete, bis die Tür zugefallen war, dann hob er die Hand und senkte die Stimme zu einem leisen, aber eindringlichen Ton. »*Sie* haben Sneijder ins Spiel gebracht, *Sie* sorgen auch dafür, dass die Sache nicht aus dem Ruder läuft.«

Nachdem auch Sabine mit einem mulmigen Gefühl das Büro verlassen hatte, folgte sie Sneijder zu den Fahrstühlen.

»Was wollte der alte *Stomkop* noch von Ihnen?«, fragte Sneijder.

»Können Sie sich das nicht denken?«

»Sie sollen mich unter Kontrolle halten, richtig?«

Sabine gab keine Antwort darauf, aber das beunruhigende Gefühl wurde nicht gerade besser. »Sind Sie über den Fall informiert?«, fragte sie stattdessen, um sich abzulenken.

Sneijder setzte sein Leichenhallenlächeln auf. »Nur weil ich keine Freunde im BKA habe, heißt das noch lange nicht, dass ich nicht trotzdem den einen oder anderen Zugang zu Informationen genieße.«

»Schönfeld?«

Sneijder nickte. »Ich habe ihn gestern Abend im Krankenhaus besucht. Sein Gesicht sieht aus wie die Kraterlandschaft auf der Rückseite des Mondes.«

Sabine stöhnte auf. Der gestrige Fehlschlag saß ihr noch so tief in den Knochen, dass sie die ganze Nacht nicht geschlafen und Sneijder schließlich um fünf Uhr früh eine SMS geschickt hatte, mit der dringenden Bitte, um sechs in van Nistelrooys Büro zu kommen, da sie sonst durchdrehe. »Ich …«, seufzte sie.

Da legte Sneijder ihr die Hand auf die Schulter. Anscheinend überraschte ihn seine Geste genauso sehr wie sie, da er die Hand rasch wieder zurückzog, als sich die Fahrstuhltür öffnete. »Jeder macht Fehler, Nemez.«

»Aber ich …«

»Seien Sie still und hören Sie zu, wenn ich mit Ihnen rede!«, unterbrach er sie. »Merken Sie sich eine wichtige Sache: Nur derjenige macht keine Fehler, der nicht arbeitet. Haben Sie das verstanden?«

»Verstanden.«

Sie betraten den Fahrstuhl. Sabine betätigte die Taste für das zweite Untergeschoss, wo sich die Verhörräume befanden. »Aber meine bisherige Erfahrung hat mir gezeigt, dass ich stets auf meine Intuition hören sollte. Diesmal war *das* der Fehler.«

Sneijder hob die Schultern. »Das ist das Tragische an jeder Erfahrung«, bemerkte er, während sie nach unten fuhren. »Dass man sie erst macht, nachdem man sie gebraucht hätte.« Er drückte die Taste für das Erdgeschoss.

»Die Nonne ist im Verhörraum 2B. Wollen Sie nicht mit ihr sprechen?«, fragte Sabine.

Der Fahrstuhl hielt auf Ebene Null, die Tür öffnete sich und Sneijder schob Sabine aus der Kabine. »Nein, wir lassen sie noch etwas schmoren. Der zweite Mord wird ja nicht gleich zum Frühstück passieren.«

»Was haben Sie vor?«

»Ich hole mir aus der Kantine eine Kanne Vanilletee. In der Zwischenzeit verständigen Sie Martinelli. Wir treffen uns in zehn Minuten in meinem Büro.«

»Und dann?«

Sneijder grinste wie ein Haifisch. »Geh nie unvorbereitet in ein Gespräch. Wir werden vorher ein paar Dinge herausfinden.«

10. Kapitel

Zehn Minuten später betrat Sabine Sneijders Büro. »Tina kommt jeden Augenblick.«

»Welcher *godverdomde Idioot* hat während meiner Abwesenheit diese Topfpflanzen in mein Zimmer gestellt?«, fluchte Sneijder. »Konnten es wohl kaum erwarten, die Büros weiterzugeben.«

Er schob den Rollcontainer mit der Yuccapalme auf den Gang. Dann kippte er das Fenster. Kühle Luft strömte ins Zimmer. Der Vorhang bauschte sich auf und verdeckte teilweise das großformatige, persönlich signierte Foto der niederländischen Königsfamilie, das gerahmt an der Wand hing. Sneijders ganzer Stolz.

Er hatte schon immer besondere Privilegien beim BKA genossen, das war auch unter dem ehemaligen Präsidenten Dietrich Hess so gewesen. Im Gegensatz zu anderen Ermittlern verfügte er über zwei große Büros mit einer Verbindungstür. Diese stand einen Spaltbreit offen, und Sabine sah im Nebenraum Sneijders Massageliege.

Es klopfte an der Tür, und Tina trat ein. Aus ihrem müden Gesichtsausdruck schloss Sabine, dass sie genauso schlecht geschlafen hatte wie sie selbst.

»Ich fasse es nicht.« Tina riss erstaunt die Augen auf. Plötzlich kam Farbe in ihr Gesicht. »Sie sind wieder im Dienst? Wie schön. Ich …«

»Ich weiß, dass Ihr Leben jetzt wieder einen Sinn hat, aber sparen Sie sich Ihre Glückwünsche, kriechen Sie wieder aus meinem Arsch und schließen Sie die Tür. Wir sollten zügig an die Arbeit gehen.«

»Ganz der Alte«, seufzte Tina und setzte sich mit ihrem Notebook, einem Packen Unterlagen und einem breiten Grinsen an den Besprechungstisch. Sabine nahm ebenfalls Platz.

Sneijder setzte sich ihnen gegenüber an den Tisch. »Stört es Sie, wenn ich rauche?«

»Ja«, antworteten Sabine und Tina wie aus einem Mund.

»Schön, dann sind wir uns ja einig.« Sneijder schüttelte einen selbst gedrehten Joint aus der Verpackung und zündete ihn sich mit seinem Feuerzeug an. Augenblicklich strömte der süßliche Duft von Marihuana durch den Raum. Aus der Thermoskanne füllte Sneijder Vanilletee in seine Tasse. »Wollen Sie auch einen?«

Sabine und Tina schüttelten den Kopf. Beide sahen zur Decke, wo sich eine kreisrunde leere weiße Stelle neben zwei frisch verputzten Dübeln befand. Sneijder hatte den neuen Feuermelder wieder abmontiert und vermutlich in den Mülleimer geworfen.

»Ab sofort gelten folgende Regeln.« Sneijder stieß eine zweite Rauchwolke zur Decke, drehte den Joint zwischen den Fingern und starrte in die Glut. »Ich sage es nur einmal, und ich verlasse mich darauf, dass Sie beide sich darum kümmern.« Er zupfte sich eine Tabakfaser von den Lippen und schnippte sie in den Aschenbecher.

»Und zwar?«, fragte Tina.

»Erstens wird es weder einen Rechtsanwalt noch eine psychologische Betreuung von irgendeinem Kriseninterventionsquatsch für diese Nonne geben.«

»Aber wir können sie doch nicht so einfach …«, protestierte Tina.

»Doch, können wir!«, unterbrach Sneijder sie mit einem unerbittlichen Blick. »Einen Pflichtverteidiger kriegt sie frühestens, wenn es zur Anklage kommt. Vor dem Prozess gelten meine Regeln, was danach passiert, ist mir herzlich egal.«

»Gut, weiter«, seufzte Tina.

»Sie darf keine Telefonate führen, bekommt kein Radio, kein TV, keine Zeitungen. Sie hat ab sofort keinerlei Kontakt zur Außenwelt. Sie bekommt nicht die übliche Haftkost, sondern eine Ernährung ohne Zucker und Kohlenhydrate. Wir fahren ihren Blutzuckerspiegel runter. Dadurch wird sie nervös und beginnt Fehler zu machen. Außerdem gibt es eine absolute Nachrichtensperre für die Medien. Greims' Tod in der Fabrikhalle wird so lange geheim gehalten, bis der Fall gelöst ist – und wenn es die ganzen verbleibenden sechs Tage dauert.«

Tina schnappte nach Luft. »Aber …«

»Unser Team arbeitet ab heute mit speziellen Sonderkonditionen«, erklärte Sneijder. »Und diese Frau hat so lange keine Rechte, solange *ich* an diesem Fall arbeite.«

Tina kam aus dem Staunen nicht mehr heraus. »Ist ja alles okay, aber habe ich soeben das Wort *Team* aus Ihrem Mund gehört?«

»Da ich nicht annehme, dass Sie schwerhörig sind, ja. Nemez erklärt Ihnen später die Details«, sagte er. »Punkt zwei: Martinelli, Sie nehmen Kontakt zu dem oberösterreichischen Kloster auf, von dem Nemez mir erzählt hat, und finden die Identität der Nonne heraus. Das Ganze rasch und vorerst ohne österreichische Polizei. Falls es Schwierigkeiten mit dem Klostervorstand wegen irgendwelcher Datenschutzsachen gibt, rufen Sie mich an.«

Tina nickte.

»Schritt drei: Wir müssen alles über Greims erfahren. Vor allem was er in den letzten zwei Wochen getrieben hat. Nemez, Sie kümmern sich darum. Wenn es Probleme mit Kreditkartenfirmen, Internetprovidern oder der Telekom gibt …«

»… rufe ich Sie an.« Sabine hatte verstanden.

»Gut. Ich lese mich in der Zwischenzeit in die bisherigen Akten und Protokolle des Falls ein. Wir treffen uns in zwei Stunden in meinem Büro.«

Um halb neun betrat Sabine wieder Sneijders Büro. Sie befürchtete, dass er nicht viel zum Lesen gekommen war, denn sie hatte ihm die Telefonate all jener Gesprächspartner weitergeleitet, die sich geweigert hatten, Informationen formlos an das BKA herauszurücken.

Sie wusste nicht, wie Sneijder das gedreht hatte, mit oder ohne van Nistelrooys Hilfe, doch nach einigen weiteren Telefonaten und E-Mails hatte Sabine meist zehn Minuten später die gewünschten Informationen am Tisch.

Tina saß bereits auf ihrem Platz. Ihr Notebook war aufgeklappt, und Sneijder sah sich ein Video an.

»Alter und Personenbeschreibung passen. Unsere Nonne war wohl tatsächlich Ordensschwester im Kloster Bruggtal in Oberösterreich.« Tina deutete auf den Bildschirm. »Und hier liegt die angrenzende Internatsschule der Ursulinenschwestern. Ist Ende der 70er-Jahre abgebrannt. Davor hat das Gebäude als Unterkunft für geistig behinderte und alleinstehende junge Frauen gedient.«

»Soviel ich weiß, sind Bildung und Erziehung junger Frauen ein Ziel der Ursulinen«, murmelte Sneijder und klopfte nachdenklich mit dem Finger auf sein Set mit den Akupunkturnadeln. Noch war es verschlossen.

»Auch die Betreuung von Waisenmädchen, dic dort in Armut, Ehelosigkeit und Gehorsam aufwachsen«, präzisierte Sabine und nahm Platz. »Und wie heißt unsere Nonne?«

»Schwester Maria Magdalena. Ihr Mädchenname ist Engelmann«, erklärte Tina.

»Was für ein passender Name für eine Heilige«, kommentierte Sneijder zynisch. »Was wissen wir noch über sie?«

»Sie ist jetzt fünfundsechzig Jahre alt, war verheiratet, ist aber früh verwitwet. Nach dem Tod ihres Mannes trat sie mit fünfundzwanzig in das Kloster ein, wo sie bis vor drei Wochen noch Ordensschwester war.«

»Ausgetreten?«

Tina nickte.

»Ich dachte, das geht nicht so einfach?« Sneijder runzelte die Stirn.

»Sie hat aus gesundheitlichen Gründen und anscheinend auch wegen psychischer Probleme um Exklaustrierung angesucht«, erklärte Tina. »Die zuständige Kongregation des Vatikans hat sie von den Gelübden entbunden und für ein Jahr freigestellt.«

»Und wo hat sie die letzten drei Wochen verbracht?«

Tina zuckte die Achseln. »Das weiß niemand. Es gibt auch keine Hinweise auf einen Wohnsitz, und ich konnte keine Leute ausfindig machen, die Kontakt zu ihr hatten.«

»Das scheint der springende Punkt zu sein«, sagte Sneijder. »Was haben Sie noch herausgefunden? Wovon hatte sie vor zu leben? Von Erspartem?«

»Keine Ahnung. Sie hat einen sechs Jahre jüngeren Bruder, Zeno Engelmann. Im Moment habe ich von ihm noch keinen Wohnsitz. Das ist alles.«

»Den brauchen wir«, entschied Sneijder und sah Sabine an. »Was haben Sie herausgefunden?«

»Walter Greims hat in den letzten drei Jahren seinen Ruhestand in der Nähe von Braunau am Inn verbracht. Kleines Haus mit Vorgarten, in dem er Obst, Gemüse und Kräuter angebaut hat. Keine Frau, keine Familie. Ich habe mit seiner Nachbarin telefoniert. Er hat ein unauffälliges Leben geführt und tageweise in einem Blumenladen im Ort ausgeholfen.«

»Der unbescholtene Gärtner aus dem Nonnenkloster«, resümierte Sneijder missgelaunt.

»Nicht unbedingt«, widersprach Sabine. »Anfang der 70er-Jahre, als Greims bereits für Garten und Wald des Klosters verantwortlich war, hatte Bruggtal einen schlechten Ruf. Die frommen Schwestern wurden als die *Huren Satans* bezeichnet.«

Sneijder hob eine Augenbraue.

»Dachte mir, dass Sie das interessiert. Es gab Gerüchte«, fuhr Sabine fort, »dass die jungen Nonnen in einem bestimmten Trakt des Klosters – dem Internat – über Jahre hinweg regelmäßig missbraucht wurden.«

»Von Greims?«

Sabine schüttelte den Kopf. »Angeblich nicht. Der hatte nichts damit zu tun. Ich habe mit dem Bürgermeister und der Gemeindesekretärin von Braunau telefoniert. Den Gerüchten zufolge war auch nicht das karg vorhandene männliche Personal dafür verantwortlich, wie Elektriker, Tischler oder Koch, die es im Kloster gab. Die Dorfbewohner erzählten sich damals, dass die Nonnen *verkauft* wurden. Verschiedene Männer hätten für die Misshandlung der Frauen bezahlt.«

»Und wer bitte schön bezeichnete diese Frauen als die *Huren Satans*?«

»Die damalige Priorin des Klosters, die für ihren religiösen Wahn bekannt war.«

»*Wat in gods naam!*«, entfuhr es Sneijder. »Aber dann hätte sie den Missbrauch doch verhindern müssen. Das ergibt doch keinen Sinn!«

Sabine zuckte mit den Achseln, und sie schwiegen eine Weile. Schließlich öffnete Sneijder eine Datei auf seinem Notebook. Es waren Fotos, die die Überwachungskamera von der Nonne gemacht hatte. Sneijder zoomte zwei Bilder heran. Die Ausschnitte zeigten die Narben am Hals, an den Handgelenken und auf den Handrücken der Frau. Er schob das Notebook zu Sabine und Tina. »Was halten Sie davon?«

»Ein wenig kenne ich mich mit Tätowierungen, Brandings und Narben von Ritzern aus«, murmelte Tina. »Diese Narben sehen nicht so aus, als hätte ihr sie jemand zugefügt.«

Sneijder nickte zustimmend. »Der Winkel der Schnitte?«

»Genau«, bestätigte Tina. »Und links sind die Narben etwas tiefer und breiter, was auf eine Rechtshänderin hindeutet. Vermutlich hat sie sich die Schnitte selbst zugefügt. Dem Narbengeflecht nach zu urteilen schon vor einigen Jahrzehnten. Aber warum?«

»Um sich als mögliches Opfer für Vergewaltiger unattraktiv zu machen oder selbst für etwas zu bestrafen?«, vermutete Sneijder. »Oder weil sie sich das Leben nehmen wollte.« Er klappte das Notebook zu und stand auf. »Es wird Zeit, mit Magdalena Engelmann ein Gespräch zu führen.«

11. Kapitel

Das Erste, was Sabine wahrnahm, nachdem sie allein den Verhörraum 2B betreten hatte, war, dass sich der Geruch nach Minzöl verflüchtigt hatte. Trotz Klimaanlage roch es nun nach abgestandener Luft. Aber etwas anderes überraschte sie noch viel mehr: Die Nonne trug zwar immer noch ihre schwarze Tracht, hatte aber den Schleier abgelegt. Ihr dichtes weißes langes Haar war zu einem Knoten aufgesteckt. Außerdem hatte man ihr die Handschellen abgenommen, da sie sowieso unter permanenter Aufsicht stand.

Sabine nahm am Tisch gegenüber der Nonne Platz. »Guten Morgen.«

Die Frau sah erstaunt zur Wanduhr. Es war halb zehn. »Guten Morgen, meine Liebe. Es ist spät. Ich hätte früher mit Ihnen gerechnet. Haben Sie schlecht geschlafen?«

Dir wird das Grinsen gleich vergehen, dachte Sabine, sagte aber nichts.

Im nächsten Moment öffnete sich die Tür ein weiteres Mal und Sneijder trat ein. Sabine drehte sich nicht um, sondern beobachtete die Reaktion der Nonne. Allerdings war diese keineswegs überrascht, sondern lächelte nur zufrieden. Sabine fragte sich, ob die Frau dieses geheimnisvolle Lächeln sechs weitere Tage lang durchhalten würde. Denn sie wusste, Sneijders Geduldsfaden glich einer bereits zur Hälfte abgebrannten Zündschnur an einem Pulverfass, das neben einem Nitroglyzerin-Container stand.

»Wie ich sehe, haben Sie Ihre Kündigung zurückgezogen«, stellte die Nonne fest. »Hat der Tod von Walter Greims Sie umgestimmt?«

Sneijder blieb unbeeindruckt. »Der räudige Hund hat nichts anderes verdient, als langsam von Säure zerfressen zu werden, nach alldem, was er Ihnen angetan hat«, stellte er kühl fest.

»Oh, er hat mir nichts angetan«, widersprach Magdalena.

Sneijder warf Sabine einen wissenden Blick zu. »Warum musste er dann sterben?«

»Das kann ich Ihnen nicht sagen.«

Jetzt fängt diese Scheiße schon wieder an, fluchte Sabine in Gedanken, während ihr Bein unter dem Tisch unruhig auf und ab wippte.

Magdalena sagte nichts weiter, und auch Sneijder zeigte keine Reaktion. Da sich nur zwei Stühle in dem Raum befanden, musste Sneijder stehen. Allerdings nutzte er das geschickt aus, indem er sich neben dem großen Spiegel an die Wand lehnte. Somit war die Nonne gezwungen, in Richtung Glas zu sehen, wenn sie mit ihm sprechen wollte. Dadurch filmte die Kamera jede ihrer Reaktionen in Großaufnahme. Falls Sneijder glaubte, ihre Mimik oder eine ihrer Gesten nicht richtig gedeutet zu haben, konnte er sich anschließend das Videomaterial noch einmal ansehen.

»Warum wurden Sie Nonne?«, fragte er.

»Darum fraget Eure Wünsche, schönes Kind«, sagte sie mit erhobenem Kopf und feierlicher Stimme. *»Bedenkt die Jugend, prüfet Euer Blut: Ob Ihr die Nonnentracht ertragen könnt.«*

Es klang wie ein Zitat.

»Shakespeare«, murmelte Sneijder wie nebenbei, als hätte er ein Leben lang nichts anderes getan, als die Werke Shakespeares zu lesen. »Sie tragen die Nonnentracht also, weil Sie alles andere nicht ertragen können«, stellte er fest. »Was konkret ertragen Sie nicht?«

Sie lächelte nachsichtig. »Gott hat mir verboten, darüber zu sprechen. Sie müssen es selbst herausfinden. Das ist Ihre Aufgabe. Dafür haben Sie noch sechs Tage Zeit. Falls es Ihnen nicht gelingt, wird jeden Abend eine weitere Person sterben.«

»Es sei denn, es passiert was?«, hakte Sneijder nach.

»Es sei denn, Sie finden die Zusammenhänge heraus.«

»Und Sie können mir dabei nicht helfen?«

»Ich bin ein Werkzeug Gottes, ich habe die Sache ins Rollen gebracht, der Rest liegt nun in seiner Hand.«

Sneijder dachte nach, sein Blick verlor sich im Nirgendwo. Seine Gesichtszüge zeigten, dass etwas in seinem Gehirn vorging. *Aber was?* Nach all den Jahren wusste Sabine immer noch nicht, was sich wirklich im Kopf dieses Mannes abspielte. Sneijder liebte Rätsel, und er liebte die Mörderjagd. Es war das Einzige, was er richtig gut beherrschte. Das zeigte seine hohe Aufklärungsrate. Nur er konnte sich – wenn er sich bis zur Selbstaufopferung genügend Joints reingezogen hatte – mit seiner eigens entwickelten Methode des Visionären Sehens in die Köpfe der Killer hineinversetzen. Doch dieser Fall war anders. Diesmal wussten sie bereits, wer der Killer war. Und der Zutritt zum Geist der Nonne schien Sneijder vorerst wie durch eine undurchdringliche Firewall verwehrt.

Schließlich bekam er wieder einen klaren Blick. »Was verlangen Sie?«

Anscheinend war das die entscheidende Frage, denn die Nonne krempelte sich die Ärmel hoch und beugte sich über den Tisch. »Sie bekommen von mir jeden Tag *einen* entscheidenden Hinweis. Aber dafür möchte ich, dass Sie die Presse ebenfalls jeden Tag über die Vorkommnisse und das Voranschreiten Ihrer Recherchen informieren. Und am siebten und letzten Tag – an jenem Tag, an dem Gott ruhte, weil sein Werk vollendet war – will ich eine große Pressekonferenz haben.«

Sabine rückte unruhig auf dem Stuhl herum. *Das ist Wahnsinn! Darauf steigt er niemals ein.*

»Okay«, sagte Sneijder salopp. »Sie bekommen Ihren Medienrummel. Ich kann Ihnen nicht versprechen, dass wir es heute

Abend schon auf die Titelseite der Tageszeitungen schaffen, aber einen Artikel im Blattinneren und einen zwanzig Sekunden langen Beitrag in der Meldungsübersicht der Spätnachrichten im TV kriegen wir allemal hin.«

»Können Sie mir Beweise dafür liefern?«

»Natürlich, das werde ich.«

Sabine versuchte, sich ihre Überraschung nicht anmerken zu lassen – aber das war unnötig. Schwester Magdalena hatte nur Augen für Sneijder. Ihre Pupillen leuchteten. Ihre Lippen wurden voller.

»Also«, forderte Sneijder, »was können Sie uns bieten?«

Sie streckte die Arme aus und drehte die Handflächen nach oben. »Lassen Sie uns beten.«

Sneijder und Beten! Beinahe hätte Sabine lauthals aufgelacht. Doch Sneijder überraschte sie ein weiteres Mal.

»In Ordnung.« Er warf Sabine einen auffordernden Blick zu, sodass sie sich erhob und ihm den Stuhl überließ. Mit einer schneidigen Bewegung schlüpfte er aus dem Sakko, hängte es über die Lehne, dann nahm er gegenüber der Nonne Platz.

»Einen schönen Anzug tragen Sie«, bemerkte Magdalena.

»Maßgefertigt bei *Steenweg en Zonen* aus Rotterdam«, murmelte er und reichte der Frau die Hände.

Sie betrachtete die tätowierten Punkte und Einstiche auf seinen Handrücken. »Sie sind verletzt.«

»Akupunkturnadeln«, erklärte er knapp. »Ich leide an Cluster-Kopfschmerzen. Mit den Nadeln ziehe ich mir die Schmerzen aus den Nervenpunkten.«

»Sie geben so viel von sich preis?«, staunte sie.

»Glauben Sie mir, dort wo Sie hingehen, nachdem dieser Fall abgeschlossen ist, haben Sie keinerlei Verwendung für dieses Wissen«, sagte Sneijder kühl. »Ich werde dafür sorgen, dass Sie für mindestens dreißig Jahre in den Knast gehen. Falls *Sie* dann noch am Leben sind, wenn Sie rauskommen, bin *ich* höchstwahrscheinlich schon lange tot. Also was soll's?«

Sie lächelte. »Ihre Ehrlichkeit ist erfrischend.«

»Ich spiele mit offenen Karten, und das erwarte ich auch von Ihnen. *Quid pro quo.*«

Sie nickte und packte seine Hände. »*Quid pro quo.*« Plötzlich veränderte sich ihre Tonlage. »Nur wenn Sie stark im Glauben sind, Maarten Somerset Sneijder, werden Sie diesen Fall lösen können! Beten wir.«

Innerlich zuckte Sabine zusammen. *Somerset.* Die Nonne kannte tatsächlich Sneijders zweiten Vornamen. Aber woher? Ihr selbst hatte Sneijder ihn vor vielen Jahren bei ihrem ersten gemeinsamen Fall in Wien verraten. Sneijders Vater war Buchhändler und ein Bewunderer des Autors William Somerset Maugham gewesen. Aber diese Information kannte doch sonst niemand – die, die es gewusst hatten, waren mittlerweile alle tot.

Als Sabine sich wieder gefangen hatte, war das Gebet in vollem Gang. Magdalena hielt Sneijders Hände fest umklammert und rezitierte das Vaterunser mit einer kräftigen tiefen Stimme, die völlig anders klang als der übliche Singsang in der Kirche.

Während die Nonne mit geschlossenen Augen sprach, beobachtete Sneijder sie mit einer tiefen Konzentration.

Doch etwas stimmte nicht. Sabine hatte einen Fehler bemerkt. Aber welchen?

Nachdem Magdalena nach dem *Gegrüßet seist du Maria* zum zweiten Mal das Vaterunser aufsagte, fiel Sabine der Fehler auf. Die Nonne hatte nicht *Führe uns nicht in Versuchung* gesagt, sondern die Textstelle leicht abgeändert.

»… führe uns aus der Versuchung und erlöse uns von den Bösen, denn dein ist das Reich und die Kraft und die Herrlichkeit …«

Führe uns *aus der* Versuchung!

War das die persönliche Variante der Nonne? Oder eine andere, vielleicht ältere Interpretation? *Und ist diese vielleicht sogar richtig?*, überlegte Sabine. Warum sollte Gott die Menschen auch in Versuchung führen? War das nicht die Aufgabe des Teufels und der Schlange im Paradies? Stattdessen sollte Gott die Menschen doch viel eher aus der Versuchung des Satans herausführen.

Während Sabine, eingelullt von dem Gebet, noch tief in Gedanken versunken war, sprang Sneijder plötzlich auf, packte die Hand der Nonne und schob ihr den Ärmel bis zum Ellenbogen hinauf.

Sie brach das Gebet ab und schrie auf. »Lassen Sie los! Sie tun mir weh!« Sie wollte sich wehren, doch Sneijder hielt sie fest im Griff.

Sabines Herz raste. Normalerweise wäre bei einer solchen Aktion jedes weitere Verhör hinfällig geworden und ein Anwalt hätte sofort Sneijders Suspendierung beantragt, doch das schien ihn nicht zurückzuhalten. Nun schob er ihr auch noch den Ärmel des anderen Armes hinauf.

Auf dem linken Handgelenk war die schwarze Rose mit den Dornen zu sehen, auf dem rechten Unterarm eine weitere Tätowierung. Wieder in schlichtem Schwarz. Zwei Köpfe, deren Gesichter sich voneinander abwandten.

Die Nonne riss sich los und zog sich die Tracht über die Arme bis zu den Handgelenken hinunter.

Die Tattoos sind vielleicht Hinweise!, schoss es Sabine durch den Kopf.

»Sie haben mein Vertrauen missbraucht«, fuhr Magdalena ihn an.

Sneijder erhob sich kommentarlos und schlüpfte in sein Sakko.

»Sie haben das Wort Gottes und mein Vertrauen missbraucht!«, wiederholte sie, diesmal lauter und vorwurfsvoller.

»Im Missbrauchtwerden scheinen Sie ja Erfahrung zu haben«, entgegnete er.

Sabine schluckte. Das war starker Tobak!

Dementsprechend funkelten die Augen der Nonne. Hass, Zorn, Wut und unglaubliche Verachtung lagen in ihrem Blick. »Was ist mit der Pressekonferenz?«, zischte sie gefährlich leise.

»Für Sie wird es keine Presse geben«, sagte Sneijder.

»Dann bekommen Sie von mir keine Hinweise!«

»Ich lasse mich nicht erpressen. Für Sie gibt es keinen Medienrummel. Weder heute noch am siebten Tag!« Er wandte sich ab und ging zur Tür.

»Sie spielen nicht fair!«, schrie sie ihm nach.

Sabine stand wie perplex daneben.

»Fair?«, rief Sneijder, drehte sich um und kam noch einmal zum Tisch zurück. »Wenn Sie wollen, dass das BKA fair mit Ihnen spielt, hätten Sie nicht nach mir verlangen dürfen. Ich jage Mörder, und im Moment bringe ich *Sie* zur Strecke. Mit allen mir zur Verfügung stehenden Mitteln.« Dann verließ er das Zimmer.

12. Kapitel

Der Techniker, der das Verhör aufgezeichnet hatte, war aufgesprungen und starrte Sneijder fassungslos an. »Ich finde, Sie sind …«

»Was? Zu weit gegangen? Ich habe gerade erst angefangen«, rief Sneijder. »Lassen Sie uns für einen Moment allein«, befahl er.

Sabine gab keinen Kommentar zu dem Vorfall ab. Sie wartete, bis der Kollege das Zimmer verlassen hatte.

»War das schlau, das Gespräch so zu beenden?«, fragte sie.

Sneijder ging nicht darauf ein.

»Woher wussten Sie, dass das Zitat von Shakespeare stammt?«, fragte Sabine weiter.

»Klang es für Sie wie ein Zitat aus der Bibel?«, entgegnete Sneijder.

»Nein.«

»Eben. Dann kommen höchstwahrscheinlich nur noch Shakespeare, Goethe oder Schiller infrage. Und sie wirkt nicht so auf mich, als würde sie deutsche Literatur bevorzugen.«

»Sie haben geraten!«, stellte Sabine überrascht fest.

Auch diesmal gab er keine Antwort. »Sie hat das Vaterunser falsch aufgesagt«, bemerkte er.

»Es war vielleicht nicht unbedingt falsch, aber zumindest anders. Sie sagte *führe uns aus der Versuchung.*«

»Nicht nur das«, murmelte Sneijder. »Sie hat auch eine zweite Stelle abgeändert.«

Eine zweite? Das war ihr gar nicht aufgefallen. »Welche?«

»Sie sagte nicht *erlöse uns von dem Bösen*, sondern *erlöse uns von den Bösen.*«

Sabine kramte einen Moment lang in ihrer Erinnerung. *Tatsächlich!* »Und wie deuten Sie das?«

»Sie spricht nicht vom *Bösen* im Allgemeinen, sondern personifiziert es. In ihren Augen sind *die Bösen* eine bestimmte Gruppe anderer Menschen, gegen die sie etwas unternehmen will.«

»Sieben Menschen, um genau zu sein.«

Sneijder nickte. »Ich denke, wir haben genug erfahren. Jetzt ist es an der Zeit zu handeln.«

Fünf Minuten später stand Sneijder im Vorraum des Verhörzimmers vor einer dicht gedrängten Gruppe uniformierter Männer und Frauen, die nicht nur für den Haussicherungsdienst zuständig waren, sondern auch für die Personen in U-Haft im BKA-Hauptgebäude.

Sneijder nickte zur Glasscheibe. »Hier sehen Sie Magdalena Engelmann, eine ehemalige Schwester eines Ursulinenklosters, fünfundsechzig Jahre alt. Sie steht im Verdacht, den Tod eines Mannes herbeigeführt zu haben, und voraussichtlich wird sie noch sechs weitere Menschen töten …«, Sneijder machte eine Pause, »… falls wir sie nicht stoppen.«

Die Kollegen betrachteten zuerst die Inhaftierte, danach Sneijder. Sabine hielt sich im Hintergrund und beobachtete die Szene.

»Aus diesem Grund werden wir unkonventioneller vorgehen als sonst. Ich kann Ihnen jedoch versichern, dass unsere Maßnahmen von der obersten BKA-Führung abgesegnet sind. Wenn sich jemand unwohl dabei fühlt, kann er jetzt gehen. Es wird keine Konsequenzen auf Ihre Karriere beim BKA haben. Aber falls Sie sich entscheiden hierzubleiben, müssen wir das durchziehen, und es gibt kein Zurück. Haben Sie verstanden?«

Alle nickten.

»Der Kreis der Wissenden muss so klein wie möglich gehalten

werden, und was wir herausfinden, darf offiziell nirgends auftauchen«, fuhr Sneijder fort. »Möchte jemand aussteigen?«

Alle blieben stehen.

Sabine atmete erleichtert auf. Sie hatte die Auswahl der Kollegen selbst getroffen und gehofft, dass keiner von ihnen kalte Füße bekommen würde.

»Gut. Ich habe nichts anderes von Ihnen erwartet.« Der Anflug eines Lächelns huschte über Sneijders Gesicht, dann wurde er wieder ernst. »Magdalena Engelmann wird die nächsten sechs Tage in diesem Raum inhaftiert bleiben, ohne dass sie einem Haftrichter vorgeführt oder offiziell in U-Haft genommen wird. Ebenso wenig wird die Presse darüber informiert werden. Ihr wird auch kein Anwalt zur Verfügung gestellt, denn diese Frau hat, solange sie sich in diesem Gebäude befindet, keinerlei Rechte.«

Einige Kollegen gaben ein Grummeln von sich, doch niemand sagte etwas.

»Diese Frau befindet sich seit über vierundzwanzig Stunden in diesem Raum und hat bisher nur ein paarmal die Toilette aufgesucht. Ich möchte, dass Sie sie ausziehen und in eine Dusche stecken. Dabei ist mir eine Sache wichtig: Sie hat jeweils eine Tätowierung am Handgelenk und am Unterarm, was für eine Nonne ihres Alters ungewöhnlich ist. Ich nehme an, dass es sich dabei um Hinweise handelt. Untersuchen Sie ihren gesamten Körper auf weitere Tätowierungen. Ich möchte erstklassige Fotografien davon haben. Außerdem soll sich ein Tattoospezialist diese Bilder ansehen. Ich möchte alles darüber erfahren. Welche Technik das ist, *wer* sie gemacht hat und vor allem, *wann* sie gemacht wurden.«

Einige Kollegen wurden unruhig, doch Sabine fürchtete, dass Sneijder noch lange nicht am Ende seiner Ausführungen angelangt war.

»Außerdem möchte ich eine vollständige Gesundheitsuntersuchung dieser Frau inklusive gynäkologischem Attest.«

Erneut ging ein Murren durch den Raum. Eine Kollegin starrte Sneijder entsetzt an. »Gegen den Willen der Frau? Wie in Guantanamo?«

»Überreden Sie die Nonne von mir aus. Ist mir egal, wie Sie das anstellen, nur tun Sie es!«

»Wir müssen sie bestimmt dazu zwingen.«

Sneijder gab keine Antwort. »Spätestens morgen früh möchte ich die Ergebnisse auf meinem Tisch haben.«

Eine halbe Stunde später saßen Sabine und Tina in Sneijders Büro. Die übliche Mischung aus Vanilletee- und Marihuanaduft lag in der Luft.

»Wenn die Presse rausbekommt, wie wir vorgehen, werden uns die Journalisten den Kopf abreißen«, sagte Tina.

Sneijders Gesichtszüge blieben hart. »Wenn es sechs weitere Tote gibt, machen die das sowieso – aber darum kümmern wir uns erst, wenn es so weit ist.«

»Haben Sie die zweite Tätowierung genauer erkennen können?«, fragte Sabine, um das Thema zu wechseln.

Sneijder nahm einen Bleistift und ein Blatt Papier und skizzierte zwei Köpfe, die so aussahen, als wären sie am Hinterkopf zusammengewachsen. Zumindest gingen die lockigen Haare ineinander über. Die beiden Gesichter blickten jeweils in eine andere Richtung. Ein älterer Mann mit Vollbart und ein Jüngling.

»Janus?«, fragte Tina.

»Einer der ältesten Götter der römischen Mythologie«, bestätigte Sneijder. »Der zweiköpfige Gott des Anfangs und des Endes.«

»Wie hängt das mit dem anderen Tattoo von der schwarzen Rose zusammen?«, fragte Sabine.

Sneijder wiegte den Kopf. »Das wissen wir erst, wenn die Kollegen mit der Untersuchung der Frau fertig sind.«

Tina deutete auf die Skizze. »Und was fangen wir damit an?«

»Ich kann mir nicht vorstellen, dass eine Ordensschwester der Ursulinen, die im katholischen Glauben aufgewachsen ist und nach den Evangelien lebt, viel mit römischer Mythologie am Hut hat«, antwortete Sneijder. »Das passt meines Erachtens nicht.«

»Was dann?«

»Ich schätze, unsere Nonne möchte auf etwas anderes hinaus: Janus ist der Name eines Kriminellen. Zumindest wurde er unter diesem Namen in den Akten des BKA geführt.«

Sabine und Tina sahen Sneijder überrascht an.

»In den 70er-Jahren hat er als Schlepper Frauen aus dem Osten, hauptsächlich aus der Ukraine und Thailand, nach Deutschland geholt. Unter dem Vorwand, ein Casting für Fotomodels zu machen. Er hat sie heroinabhängig gemacht, anschließend zur Prostitution gezwungen und damit Bordelle versorgt. Drogen, Menschenhandel, Prostitution – das alles ging Hand in Hand. Es war ein Riesengeschäft.«

»Und wo genau hat das stattgefunden?«

»Das ist der springende Punkt. In Süddeutschland, genauer gesagt in Bayern. Sein Sitz lag direkt an der österreichischen Grenze …«

»… in der Nähe von Braunau«, vermutete Sabine.

Sneijder nickte.

»Ort und Zeit, Bayern und die 70er-Jahre, passen zusammen«, fasste Tina zusammen. »Ist Janus im gleichen Alter wie Walter Greims?«

Sneijder nickte. »Finden Sie heraus, ob er noch lebt und falls ja, wo er jetzt wohnt. Er könnte das nächste Opfer sein.«

»Wenn das stimmt, könnte das der Grund sein, warum Magdalena Engelmann nach Ihnen verlangt hat, weil sie wusste, dass jemand wie Sie Janus und seine Machenschaften noch in Erinnerung hat.«

»Möglich. Jedenfalls scheint sie mir eine Schlüsselrolle in der ganzen Sache zukommen lassen zu wollen.« Sneijder fühlte sich anscheinend keineswegs geehrt. »Aber schauen wir erst mal, ob ich recht habe.«

Er erhob sich, richtete seinen Hemdkragen und die Manschettenknöpfe. »Wenn ja, dann schätze ich, dass unser nächster Weg uns nach Bayern führt.« Er blickte auf seine Armbanduhr, eine Swatch in den Farben der niederländischen Flagge. »Jetzt ist es kurz nach elf. Wir treffen uns in drei Stunden am Helikopterlandeplatz der Akademie. Bis dahin besorgen Sie Janus' Akte aus dem Archiv und nehmen mit dem Mann Kontakt auf. Ich muss noch etwas Privates erledigen.«

13. Kapitel

Eigentlich hätte Sneijders nächster Weg nach Süden zum stillgelegten Fährhafen am Ufer des Mains geführt, wo die Wellblechhütte eines ehemaligen Fährmannes stand. Dort wohnte seit geraumer Zeit ein polnischer Ex-Soldat und ehemaliger Auftragsmörder, den Sneijder vor über einundzwanzig Jahren in den Knast gebracht hatte.

Krzysztof.

Mittlerweile war er schon lange wieder draußen, und Sneijder besuchte ihn regelmäßig, sorgte dafür, dass er einen Job hatte und anständig blieb – sofern man bei ihm von *anständig* reden konnte.

Doch als Sneijder Krzysztofs Handynummer wählte, um sein Kommen anzukündigen, lautete der Ansagetext auf der Mobilbox des Polen nur lapidar: *Bin in Weiterstadt!*

»*Nee, nee, nee!*«, grummelte Sneijder verärgert und rief sofort in der Justizvollzugsanstalt an. Dort erfuhr er, dass Krzysztof seit zwei Tagen wieder im Knast saß.

»*Verdomme!*«, knurrte Sneijder, nachdem er sich mit dem Beamten unterhalten und das Handy anschließend auf den Tisch geknallt hatte.

Dann fuhr er kurz entschlossen mit dem Taxi in die JVA Weiterstadt, vierzig Kilometer von Wiesbaden entfernt, kurz vor Darmstadt, wo er dem Pförtner seinen Dienstausweis zeigte, mit dem Direktor über Krzysztof redete und ihn um ein dringendes Gespräch mit dem Häftling bat.

Zehn Minuten wartete Sneijder nun schon im Besucherraum darauf, dass Krzysztof endlich seinen Küchendienst beenden und man ihn in den Besuchertrakt führen würde.

Kurz nach Mittag öffnete sich endlich die Tür und Krzysztof wurde in den kargen Raum mit dem vergitterten Fenster gebracht, in dem nur ein fest auf dem Boden montierter Tisch und zwei Stühle standen. Das lange graue Haar des Polen war zu einem Pferdeschwanz gebunden, die Ärmel seines orangefarbenen Overalls waren aufgerollt, er trug ausgelatschte Turnschuhe und hatte immer noch seine beiden breiten Lederbänder an den Handgelenken.

Krzysztof war zwar einen Kopf kleiner als Sneijder, aber seine Statur war außerordentlich drahtig und muskulös. Seine Handflächen waren fast so groß wie Klodeckel und seine Finger so kräftig, dass er einem ausgewachsenen Mann mit einer Hand mühelos die Kehle zerquetschen konnte – was er früher auch, ohne zu zögern, getan hatte. Doch heute sah man ihm seine sechsundsechzig Jahre an, die frühere Energie schien verschwunden, seine Augen waren wässrig mit dunklen Ringen, in ihnen lagen jede Menge Kummer und Sorgen.

Krzysztof nahm am anderen Ende des Tisches Platz, nickte kurz zur Begrüßung und stellte erstaunt fest, dass der Wachbeamte sie in dem Raum allein ließ und hinter sich die Tür schloss. »Ungewöhnlich, dass ich mit einem Besucher allein gelassen werde.«

»Sonderkonditionen des BKA.«

Krzysztof grinste. »Van Nistelrooy, der alte Hurensohn, hat sie dir also genehmigt?«

»Nach einem Dreivierteljahr.« Sneijder nickte. »Und unser Gespräch wird weder abgehört noch gefilmt.«

»Und wenn du mir jetzt eine Feile zustecken würdest?«, fragte Krzysztof.

»Die müsstest du in deinem schmalen Arsch in die Zelle

schmuggeln, aber da hat sie wohl kaum genügend Platz«, antwortete Sneijder.

Krzysztof grinste wieder. »Apropos Arsch – entschuldige die Assoziation –, aber bist du immer noch solo oder hast du mittlerweile wieder einen Lebensgefährten?«

Sneijder ging nicht auf die Frage ein.

»Du bist also wieder mal nur in der Theorie schwul«, schlussfolgerte Krzysztof, dann senkte er die Stimme. »Du solltest zu mir in den Knast kommen, Maarten, hier hättest du jede Menge Sex – und zwar auf die harte Art und Weise, wie es dir gefällt.« Er lachte laut und wischte sich eine Träne aus den Augen.

»Ohne Liebe?«

»Weißt du, Sex ohne Liebe ist besser als gar kein Sex.« Krzysztof lachte wieder auf.

»Du scheinst die Zeit hier ja richtig zu genießen«, stellte Sneijder fest.

»Ja, aber verstehe mich bitte nicht falsch, ich mache bei dieser ganzen Homo-Clique hier nicht mit. Die Schwuchteln müssen leider ohne mich zurechtkommen.«

Hätte mich auch gewundert, wenn sich jemand an Krzysztof vergreift. Der hat trotz seines Alters immer noch Reflexe wie ein tollwütiger Wolf, dachte Sneijder. »Ja, im Knast kann es einsam sein, aber eigentlich wollte ich …«

Krzysztof beugte sich über den Tisch und senkte die Stimme. »Weißt du, ich habe immer noch die DVD-Box, die du mir letztes Jahr geschenkt hast. *Dr. Quinn – Ärztin aus Leidenschaft*, mit Jane Seymour.« Er gab dem Namen eine besondere Betonung. »Der Vorteil ist, dass man sich nicht schick machen muss, wenn man sich einen runterholt.« Er grinste wieder.

Wat in gods naam? Sneijder atmete tief durch. »Danke für das Bild in meinem Kopf. Können wir das Thema jetzt beenden?«

»Du hast damit angefangen!«

So kamen sie nicht weiter. Auch wenn Krzysztof einer der wenigen Menschen war, von denen er sich solche Erwiderungen gefallen ließ – er war nicht zum Vergnügen hier.

»Um es kurz zu machen.« Sneijder hielt die Hand hoch und spreizte drei Finger ab, seine typische Geste, mit der er signalisierte, dass er Sachverhalte aus Zeitmangel in drei knappen und präzisen Sätzen abhandeln wollte. »Erstens …«

»Was soll das bedeuten?« Krzysztof starrte auf Sneijders Finger. »Dass du heute noch keinen Finger krumm gemacht hast?« Wieder grinste er.

Doch Sneijder ging nicht mehr darauf ein. »Erstens hat mir der Direktor verraten, dass du wegen Dealens mit rezeptpflichtigen Medikamenten in den Bau gegangen bist. Zweitens, dass du bis zum Prozess in Untersuchungshaft sitzt, obwohl der Richter bei der Erstanhörung mit einem rechtskräftigen Beschluss angeboten hat, dass du innerhalb kürzester Zeit rauskommst, wenn eine Kaution hinterlegt wird – was du jedoch abgelehnt hast. Bist du verrückt?«

»Und drittens?«, fragte Krzysztof unbeeindruckt.

»Drittens werde ich die Kaution hinterlegen und dich jetzt rausholen.«

»Zwölftausend Euro?«

Sneijder nickte. »So viel habe ich flüssig. Ich brauche dich draußen.«

Krzysztof schien nicht gerade beeindruckt zu sein. »Wofür?«

»Was soll die blöde Frage? Ich will dich rausholen. Genügt das nicht?«

»Nein.«

Sneijder knirschte mit den Zähnen. »Ich stelle ein Team zusammen.«

»Du und ein Team?« Krzysztof grinste. »Wofür?«

»Zunächst einmal werde ich Janus einen Besuch abstatten.«

Krzysztof zog eine Augenbraue hoch und massierte sein graues Stoppelkinn. »Sprechen wir beide von *dem* Janus? Frauenhandel, Menschenschmuggel, Drogen, Prostitution, Bestechung und Auftragsmorde?«

Sneijder nickte.

Krzysztof zog die Luft zischend durch seine Zahnlücke ein. »Meine Herren, ich schätze, du brauchst mich, um ungeschoren in seine Nähe zu kommen, richtig?«

Sneijder nickte.

»Wie sieht Plan B aus?«

»Gibt es nicht.«

»Tja, dann haben wir wohl ein kleines Problem.« Krzysztof lehnte sich im Stuhl zurück und verschränkte die Arme hinter dem Kopf. »Ich bleib nämlich hier drin.«

»Was? Ich hinterlege die Kaution, und die Zeit bis zur Verhandlung bist du ein freier Mann. Ich frage mich sowieso, wie du *vervloekter Domkop* deinen Job derart missbrauchen konntest. Es war doch klar, dass sie dich beim Verhökern erwischen. Wie kann man nur so blöd sein?«

Krzysztof schwieg eine Weile.

»Was?«, drängte Sneijder schließlich.

»Werden wir tatsächlich nicht abgehört?«, fragte Krzysztof.

»Worauf du dich verlassen kannst.«

Krzysztof beugte sich nach vorn, senkte die Stimme und hielt sich sicherheitshalber die Hand vor den Mund, sodass niemand, der über die Videokamera an der Decke vielleicht doch zusah, von seinen Lippen lesen konnte. »Glaube mir, wenn ich wirklich dealen wollte, hätte mich garantiert niemand erwischt, aber ich habe mich absichtlich fassen lassen. Und die Kaution ausgeschlagen, weil ich in diesen Knast kommen *wollte*.«

Nun wurde es verrückt. »In *diesen* Knast? Warum zur Hölle? Möchtest du das Gebäude sprengen?«

Krzysztof ging nicht darauf ein. »Ich habe seit drei Monaten eine Lebensgefährtin«, erzählte er. »Eine nette Frau, die mich so akzeptiert, wie ich bin.«

»Schwer vorstellbar.«

»Danke, aber wir passen wirklich gut zusammen. Ich habe sie beim Ausliefern der Medikamente kennengelernt. Sie arbeitet in einer Apotheke und ist die erste wirklich intelligente Frau, die sich mit mir abgeben will. Kannst du dir das vorstellen?«

»Nein.«

»Ist aber so.« Krzysztof lächelte und wischte sich eine Träne von der Wange.

Schau an, er ist tatsächlich verliebt. Dass ich das noch erleben darf. »Und weiter?«, drängte Sneijder.

»Maya ist alleinerziehend. Ihr Mann ist kurz nach der Geburt ihrer Tochter gestorben. War Pilot, Flugzeugabsturz. Emily ist jetzt sieben. Ein entzückendes Kind. Blonde Zöpfe, Sommersprossen, hat immer gelacht und war fürchterlich intelligent. Sie konnte sogar Beethovens Opus 67 am Klavier spielen.«

Die Schicksalssinfonie. »Was ist ihr zugestoßen?«

»Mayas Chef, der Apotheker, hat sich an ihr vergangen. Während Maya vorn im Laden stand, Hustensaft an alte Weiber verkaufte und Emily hinten im Aufenthaltsraum darauf wartete, dass ihre Mutter endlich Feierabend machen konnte. Das Schwein hat sie vergewaltigt. *Fünfzehn Minuten lang!* Damit sie nicht schreit, hat er ihr den Hals zugedrückt.« Krzysztof atmete tief ein, seine Hände zitterten.

Sneijders Kehle wurde eng. Schweigend hörte er weiter zu.

»Im Krankenhaus haben sie das Mädchen wieder zusammengeflickt, zwei Notoperationen waren notwendig, aber sie hat einen bleibenden Hirnschaden. Der Mistkerl hat ihr zu lange die Luftröhre abgedrückt, nicht nur während er endlich kam, sondern auch noch danach.«

Sneijders Magen zog sich zusammen. Er schloss für einen Moment die Augen.

»*Du* wolltest die Story hören«, verteidigte sich Krzysztof. »Und es geht noch weiter. Maya wollte sich ein paar Wochen danach das Leben nehmen, hat sich die Pulsadern aufgeschnitten. Aber ich habe sie hinten im Warenlager gefunden. Habe sie gerettet. Seitdem sind wir zusammen.«

»Lass mich raten.« Sneijders Kehle war trocken. »Der Apotheker ist Häftling in diesem Gefängnis?«

Krzysztof nickte.

»Und du möchtest es ihm heimzahlen?«

Krzysztof schwieg.

Da schossen Sneijders Augenbrauen in die Höhe. »Du willst ihn doch nicht etwa ... kaltmachen?«

Krzysztof beugte sich nach vorn und senkte die Stimme zu einem kaum hörbaren Flüstern. »Das Schwein ist erst seit zwei Wochen im Knast. Und der feine Herr Apotheker hat gute Chancen, mit einem psychiatrischen Gutachten wieder rauszukommen. In den Maßregelvollzug. Du weißt, was das bedeutet. In zwei Jahren ist er wieder draußen. Therapiert und resozialisiert. Aber Emily bleibt für immer ein geistiger und seelischer Krüppel. Das kann ich Maya nicht antun.«

»Ich kann gut nachvollziehen, dass du ihm am liebsten den Hals umdrehen willst, aber damit zerstörst du dein eigenes Leben!«, zischte Sneijder. »Und dann ist Maya mit ihrer Tochter wieder allein – und du bist weder für sie noch für Emily da.«

»Glaubst du wirklich, ich habe mir deswegen nicht schon wochenlang das Hirn zermartert? Aber ich habe keine andere Wahl.«

»Auch wenn sie dich dafür wegen Totschlags verknacken?«

Krzysztof nickte. »Ich gehe erst hier raus, wenn der Kerl seine gerechte Strafe erhalten hat.«

Nee, nee, nee!

»*Godverdomme!*«, seufzte Sneijder schließlich. »Wenn ich mich um dein kleines Problem kümmere, kommst du dann auf Kaution raus?«

Krzysztof sah ihn erstaunt an. »Sicher.«

Sneijder erhob sich. »Gut, gib mir eine halbe Stunde Zeit.«

»Was hast du vor?« Krzysztof richtete sich auf. »Willst du das Schwein abknallen?«

Sneijder setzte sein Leichenhallenlächeln auf. »Das macht man subtiler.«

14. Kapitel

Sneijder stand vor dem Besucherraum in der JVA Weiterstadt und warf einen Blick in die Akte des Apothekers, die man für ihn aus dem Archiv gezogen hatte.

Der Mann hatte einen langen komplizierten Doppelnamen, aber den wollte Sneijder gar nicht wissen. Es war besser, wenn der Kerl in seinem Bewusstsein nur anonym als Apotheker abgespeichert war. Ein knapp sechzigjähriger Mann, glatzköpfig und übergewichtig, mit Pharmaziestudium, gewaltigen Minderwertigkeitskomplexen und pädophilen Neigungen. Ein Mann ohne Vor- und Nachnamen. *Der Apotheker.* So und nicht anders würde Sneijder ihn in Erinnerung behalten.

»Ich bin so weit.« Sneijder legte die Akte auf den Tisch, ließ dabei jedoch den Kugelschreiber, der in der Mappe gesteckt hatte, im Ärmel seines Sakkos verschwinden. Die Beamten hatten es nicht bemerkt.

Die Tür wurde geöffnet, und Sneijder trat in den Besucherraum, der für die nächste halbe Stunde zu einem diskreten Besprechungszimmer umfunktioniert worden war. Keine Audio-, keine Videoüberwachung – darauf hatte Sneijder bestanden.

Der Apotheker sah auf. Seine rahmenlose Brille war vor Nervosität und Schweiß teilweise beschlagen. Auch unter den Achseln befanden sich gewaltige Schweißflecken. Er hatte einen geröteten Hautausschlag und Schorf an Hals und Armen, weil er sich vermutlich ständig seine Pusteln, Warzen und Muttermale aufkratzte. Zudem zuckte sein Gesicht nervös. Vielleicht war das aber auch nur gespielt, weil er auf geistige

Unzurechnungsfähigkeit plädierte und sich so aus der Affäre zu ziehen versuchte.

»Wer sind Sie? Was wollen Sie von mir? Mein Anwalt hat gesagt, ich muss mit niemandem sprechen.« Seine Stimme klang schrill und hektisch, überschlug sich fast.

»Ihr Anwalt hat vollkommen recht.« Sneijder nahm Platz. »Sie müssen nicht mit mir sprechen. Sie müssen nur zuhören.«

»Wer sind Sie?«

»Mein Name ist Sneijder, ich bin Analytiker und Kripopsychologe beim Bundeskriminalamt.« Er schob seinen Ausweis über den Tisch. »Ich bin hier, weil ich mir Sorgen um Sie mache.«

»Sorgen?«

»Ihr psychologisches Gerichtsgutachten wird morgen veröffentlicht«, log Sneijder. »Es fällt positiv aus. Das bedeutet, Sie sind voll zurechnungsfähig.«

»Aber …«

Sneijder hob die Hand. »Sie sagten, Sie wollten nicht mit mir sprechen, also tun Sie das auch nicht. Hören Sie mir einfach nur zu.« Er atmete tief durch. »Sie kommen nicht in den Maßregelvollzug, sondern werden eine ordentliche Haftstrafe absitzen müssen.«

»Und wo soll das sein?«

»Ich kenne den Richter. Auf der Insel Ostheversand in der Ostsee. Eine Gefängnisinsel mit Hochsicherheitstrakt, erbaut 1933 aus wuchtigen Marmorsteinen und mit einer überaus düsteren Geschichte. Ich kenne diese Haftanstalt leider nur zu gut. Dort ist es nicht besonders schön. Das Essen ist nicht so fein wie in diesem Nobelknast, und es gibt auch kein Schwimmbad und keine schicken Innenhöfe. Außerdem sitzen dort hauptsächlich Tschetschenen, Ukrainer, Araber, Sinti und Roma.«

Der Mann sah auf. »Zigeuner?«

»Wenn Sie *das* sagen, sind Sie sofort tot. Aber ja, *Zigeuner*. Sowie jede Menge Serientäter und eine Gruppierung von Neo-Nazis.

Deswegen bin ich hier. Ich möchte Sie auf das vorbereiten, was Sie in den nächsten fünfzehn Jahren dort erwartet.«

»Fünfzehn Jahre! Das ist nicht wahr! Und weshalb sollte man mich überhaupt dorthin verlegen?«

»Weil die Gerichtspsychiater in ihrem Urteil zu dem Schluss gekommen sind, dass Sie keine Therapie brauchen.«

»Aber ich *brauche* eine Therapie. Ich bin krank!«

»Natürlich.« Sneijder lächelte. »Das behaupten die meisten in Ihrer Situation. Aber nur wenige kommen damit durch. Und warum? Weil sie durchschaubar sind.«

»Was? Aber ...«

»Ein einfaches Beispiel«, unterbrach Sneijder ihn mit erhobener Hand, »warum haben Sie dem Mädchen die Kehle zugedrückt, während Sie es vergewaltigt haben?«

Der Apotheker kratzte sich am Unterarm. »Warum? Das Mädchen wollte schreien und hätte nicht damit aufgehört. Seine Mutter stand nur wenige Meter entfernt im Verkaufsraum.«

»Sie waren also mit der Situation überfordert?« Sneijder beugte sich nach vorn. »Sie bekommen einen Aggressionsanfall gegenüber einem kleinen siebenjährigen Mädchen?«

Er kratzte sich eine Stelle am Unterarm blutig. »Ich musste sie nur zum Schweigen bringen.«

»Warum haben Sie nicht einfach den Raum verlassen, nachdem Sie fertig waren?«

»Ich dachte, ich schaffe es, das Mädchen zu beruhigen.«

»Haben Sie das im Endeffekt?«

»Nein.«

»Sie haben ein Menschenleben ausgelöscht mit Ihrer Selbstüberschätzung«, sagte Sneijder.

»Verdammt, ja«, presste der Mann hervor.

»Allein dieses kurze Gespräch sagt mir, dass Sie kühl, kalkulierend und voll zurechnungsfähig sind.«

»Scheiße!« Statt Reue war nur aufkeimende Verzweiflung im Blick des Mannes zu erkennen. »Kann man nicht mit dem Richter reden?«

Sneijder schüttelte den Kopf. »Ich kenne, wie gesagt, den Richter, und er ist Vater eines kleinen Mädchens.«

»Scheiße!«, zischte er. »Wie ist Ostheversand?«

»Sie müssen von Anfang an hart sein. Sie dürfen gegenüber Ihren Mithäftlingen keine Schwäche zeigen. Wenn die fragen, weshalb Sie dort sind, müssen Sie lügen. Denn sobald die erfahren, was Sie tatsächlich gemacht haben …« Sneijder schüttelte den Kopf. »Kinderschänder stehen da ganz unten in der Hackordnung, und das ist durchaus wörtlich zu nehmen.«

»Aber ich bin nicht hart. Die können mich doch nicht einfach dorthin mitten zu diesem Dreck und Abschaum stecken.«

Dreck und Abschaum? Beinahe wäre Sneijder über den Tisch gesprungen und hätte dem Apotheker die Kehle zugedrückt und seinen Kopf gegen die Tischplatte geknallt. »Sie schaffen das«, sagte er stattdessen. »Sie dürfen sich bloß nicht jede Minute Ihres Lebens vor Angst verkriechen oder sich ständig ausmalen, was nachts passieren könnte. Dass da ein Zellengenosse zu Ihnen unter die Decke schlüpfen könnte. Ständig in Angst zu leben, was in der nächsten Nacht, im Hof unter freiem Himmel, im Waschraum, der Werkstatt oder im Abstellraum bei den Putzmitteln passieren könnte. Sie dürfen nicht daran denken, hören Sie!«

»Ja, natürlich …« Er biss sich die Fingerkuppe blutig.

»Wie gesagt, keine Schwäche. Denn wenn es einmal anfängt, hört es nicht mehr auf. Eine Woche kann verdammt lang dauern. Fünfzehn Jahre lang halten Sie das nicht durch.«

»Aber *wenn* es passiert?«, heulte er auf.

»Rufen Sie auf keinen Fall die Wachleute, die helfen Ihnen nicht. Das macht es nur schlimmer. Sie sind ganz auf sich allein gestellt.

Und wenn Sie sich beim allerersten Mal wehren, *müssen* Sie erfolgreich sein. Das ist wichtig! Sonst provoziert die das nur noch mehr.«

»Aber wenn ich das nicht kann?«

»Dann müssen Sie es über sich ergehen lassen. Aber dann wird es jede Nacht passieren, das garantiere ich Ihnen … und es wird jede Nacht heftiger. Ich habe Männer gesehen, die dabei so schwer verletzt wurden, dass sie gestorben sind.«

Der Apotheker schluckte. »Gestorben?«

Sneijder winkte ab. »Das wollen Sie nicht hören.«

»Warum?«, beharrte der Apotheker.

»Es fängt mit Bauchschmerzen an. Ein kleiner Dammriss zwischen Anus und Hodensack. Dadurch gelangen Darmbakterien in die Bauchhöhle. Vierundzwanzig Stunden später sind Sie tot, wenn man das nicht rechtzeitig behandelt.«

Der Apotheker schwieg.

Sneijder dachte nach. »Sie waren vorhin ehrlich zu mir, darum werde ich mich für Sie einsetzen und mit den Häftlingen reden, dass die Sie in Ruhe lassen. Wenn Sie Glück haben, werden Sie dadurch zumindest anfangs eine Schonfrist bekommen. Danach müssen Sie sich durchbeißen. Denken Sie immer daran, dass Sie eines Tages wieder rauskommen und ein normales Leben führen werden.«

»Dann bin ich Mitte siebzig.« Der Apotheker starrte an Sneijder vorbei ins Nichts.

»Das ist der einzige Rat, den ich Ihnen geben kann«, sagte Sneijder. »Lernen Sie, hart zu sein, dann überstehen Sie diese Zeit am besten.«

Der Apotheker sah ihn an, seine Unterlippe bebte. »Deswegen sind Sie hergekommen? Um mir das zu sagen?«

Sneijder nickte. »Es ist eine Vorbeugemaßnahme. Ich habe keine Lust, einen weiteren Selbstmord auf Ostheversand untersuchen zu müssen.« Er erhob sich und legte dem Apotheker kurz die Hand auf die Schulter. »Leben Sie wohl.«

»Sehe ich Sie wieder?«, kreischte der Mann.

»Nein – Sie werden bereits morgen nach Ostheversand verlegt.« Sneijder ging raus, ließ jedoch den Kugelschreiber auf dem Tisch liegen.

Anschließend trank Sneijder einen starken Kaffee. Da er zu wissen glaubte, was als Nächstes passieren würde, versuchte er, das Gespräch so gut wie möglich aus seinem Gedächtnis zu löschen. *Für immer!* Nur eine anonymisierte Erinnerung an einen fetten blassen Kerl würde zurückbleiben.

Verdräng es!

Während er durch den Korridor ging, versuchte er an etwas Positives zu denken, versuchte sich auszumalen, wie Krzysztof mit Maya und Emily die nächsten Wochenenden verbringen würde – als halbwegs funktionierende und glückliche Familie, sofern das überhaupt noch ging, nach dem, was passiert war.

Doch dann sagte eine Stimme tief in ihm drinnen, dass er um keinen Deut besser war als die Nonne, die er zur Strecke bringen wollte. Hass, Wut, Zorn, Rache, Vergeltung – waren die Motive, aus denen heraus sie mordete, gerade nicht auch seine gewesen? Ja, du bist genau wie sie.

Nein, bin ich nicht! Ich habe einem erwachsenen Mann die Wahl gelassen.

Du hast ihn manipuliert!

Es ist allein seine Entscheidung, was er tut. Und wenn er es tatsächlich macht, hat er es nicht anders verdient. Jeder Mensch hat das Recht darauf, sein eigener Richter und Henker zu sein.

Das intensive Schrillen einer Sirene fuhr Sneijder durch Mark und Bein. Plötzlich kam Bewegung in die Beamten, die im Gang standen. Alle liefen zum Besucherraum.

Nur Sneijder blieb stehen. Sein Magen fühlte sich an, als läge ein schwerer Stein darin, ihm wurde leicht übel. Sneijder ignorierte den bitteren Geschmack im Mund, atmete tief durch, zerdrückte den leeren Plastikbecher, warf ihn in einen Mülleimer und ging weiter.

Eine halbe Stunde später hatte Sneijder die zwölftausend Euro auf das Verwahrkonto des Oberlandesgerichts überwiesen und dem Richter den Überweisungsbeleg gemailt, woraufhin dieser Krzysztofs Freilassung angeordnet hatte.

Kurz darauf saß Sneijder noch einmal Krzysztof gegenüber.

»Was hatte die Sirene zu bedeuten?«, fragte der Pole.

»Der Apotheker hat sich das Leben genommen.«

»Wow.« Sprachlos starrte Krzysztof ihn an.

Mit einem Kugelschreiber. Eigentlich hätte Sneijder damit gerechnet, dass sich der Apotheker mit der Metallklemme des Kulis beide Pulsadern der Länge nach aufschneiden würde. Aber stattdessen hatte er sich die Spitze des Stifts in den Kehlkopf getrieben und war mit dem Hals gegen den Rand der Tischplatte geknallt, um sich den Kuli richtig tief hineinzurammen. Vor den Augen der Wärter. Und danach war er innerhalb weniger Sekunden an seinem eigenen Blut erstickt … oder besser gesagt *ertrunken.*

Effizient.

Als Apotheker wusste er, wie das ging.

»Du siehst scheiße aus«, stellte Krzysztof fest.

»Mir geht's prima«, log Sneijder. Seine Stimme war rau. »Können wir gehen?«

»Ich bin bereit«, sagte Krzysztof. »Muss nur noch ein paar Formulare unterzeichnen und meine Sachen holen.«

»Mach schon, wir haben nicht mehr viel Zeit.« Sneijder spürte den Schweiß auf seiner Stirn.

Krzysztof erhob sich. »Ja, ich beeil mich, damit du an die frische Luft kommst.«

15. Kapitel

Kurz vor 14 Uhr saßen Sabine und Tina auf dem Hubschrauberlandeplatz der Akademie in einem Helikopter. Der Pilot ließ bereits die Rotorblätter warmlaufen, als sich der Schlagbaum neben dem Pförtnerhäuschen hob und ein Taxi das Gelände erreichte.

Tina stieß Sabine mit dem Ellenbogen in die Seite. »Schau mal!«, dröhnte Tinas Stimme in Sabines Kopfhörer.

Sie blickte zum Taxi. Sneijder stieg aus, gefolgt von einem kleineren, grauhaarigen Mann, der in Jeans, Schnürstiefeln, Rippshirt und schwarzer Windjacke eine gute Figur machte.

»Ich werd verrückt«, entfuhr es Sabine. »Das ist Krzysztof.«

Die beiden Männer überquerten mit eingezogenem Kopf den Platz. Nachdem der Pole an Bord geklettert war, sprang Sneijder auf den letzten freien Sitz im vorderen Bereich hinter dem Cockpit, zog die Tür zu, legte seinen Gurt an und bedeutete dem Piloten mit einer kreisenden Geste, dass sie abheben konnten.

Sogleich setzte sich der Helikopter in Bewegung und stieg mit einem Höllentempo in die Höhe. Der Pilot neigte die Nase der Maschine leicht nach unten, und sie flogen in südliche Richtung. Mit einer Marschgeschwindigkeit von knapp 300 km/h würden sie rasch an ihr Ziel kommen.

»Willkommen im Team«, sagte Sabine, nachdem Krzysztof sein Headset aufgesetzt hatte.

»Maarten, der alte Stinkstiefel, hat mir verheimlicht, dass ihr zwei Damen auch dabei seid. Sonst hätte ich mich beeilt.«

Sabine und Tina grinsten, und der Pole begrüßte sie, indem sie die Fäuste aneinanderschlugen.

Nun setzte sich auch Sneijder sein Headset auf. »Was ist so lustig?«

»Das wollen Sie nicht wissen«, antwortete Tina. Sie blickte Krzysztof an. »Hat Sneijder Sie direkt aus dem Knast geholt?«

Krzysztof kniff die Augen zusammen. »Sie sind nicht nur hübsch, sondern auch verdammt clever. Woher wissen Sie das?«

Tina deutete auf Krzysztofs Finger. »Auf den Polizeikommissariaten werden Fingerabdrücke mit dem Livescanner genommen, in manchen Gefängnissen aber immer noch mit Tinte auf Papier. Sie haben noch Reste von schwarzer Farbe auf den Fingerkuppen.«

»JVA Weiterstadt.« Krzysztof verzog anerkennend das Gesicht. Dann deutete er mit einer umfassenden Geste in den Innenraum des Helikopters. »Das geht alles ziemlich rasch.«

»Sonderkonditionen des BKA«, erklärte Sabine ihm knapp.

»Habe schon davon gehört«, sagte Krzysztof. »Sneijder strapaziert van Nistelrooys Geduld.«

»Das ist erst der Anfang«, rief Sneijder, der das Gespräch mitgehört hatte. »Und nun ist Schluss mit dem Small Talk.« Er beugte sich zurück und heftete Krzysztof einen BKA-Besucherausweis an die Jacke. »Den hast du ab jetzt bei dir.« Dann sah er Sabine an. »Wohin genau geht die Reise?«

»In die Nähe von Bach an der Donau am Rand des Bayerischen Waldes«, antwortete sie. »Dort hat Janus seit einigen Jahren seinen Landsitz.«

Sneijder tippte dem Piloten auf die Schulter. »Wie ist unsere Flugroute?«

»Fast Luftlinie in einem Bogen nach Süden, und ab Regensburg an der Donau entlang«, hörte Sabine die Antwort des Mannes über ihre Kopfhörer. »In siebzig Minuten sind wir da.«

»Gut.« Sneijder nickte. »Bis dahin haben wir einiges zu besprechen.«

»Das glaube ich auch«, fügte Tina hinzu, »denn es war uns unmöglich, mit Janus Kontakt aufzunehmen.«

Sneijder verzog das Gesicht. »Dann müssen wir ihn leider überraschen.«

Kurz nach drei Uhr nachmittags überflogen sie Janus' Grundstück, das nur wenige Kilometer von der Donau entfernt lag, auf der Suche nach einem geeigneten Landeplatz. Eine von Kiefern umgebene Waldlichtung war schließlich groß genug für die Landung. Von dieser Stelle lag die riesige mehrstöckige Villa nur knapp fünfzig Meter entfernt.

Der Helikopter hatte mit den Kufen noch nicht mal richtig im Gras aufgesetzt, da liefen von der großzügigen Terrasse, die die ganze Länge der Villa umfasste, schon zwei Männer mit Gewehr im Anschlag die Treppe hinunter.

Sneijder zog die Tür auf, und Krzysztof und er sprangen als Erste aus dem Hubschrauber. Die beiden Männer warteten bereits auf sie.

»Bundeskriminalamt Wiesbaden!«, brüllte Sneijder gegen den Lärm der Rotorblätter an und zeigte seinen Dienstausweis her.

»Was wollen Sie? Haben Sie überhaupt die Erlaubnis, hier zu landen, und einen Hausdurchsuchungsbeschluss?«, rief einer der bewaffneten Männer, ohne einen Blick auf den Ausweis zu werfen.

»Brauchen wir nicht!«, brüllte Sneijder in einem Ton, der klarmachte, dass er Klugscheißer hasste. »Wir wollen nur ein paar Worte mit Janus wechseln.«

»Haben Sie einen Termin? Denn falls nicht, dann …«

Sneijder zog eine von Dirk van Nistelrooy unterzeichnete interimsmäßige Sondervollmacht aus dem Sakko. »Wenn wir nicht sofort einen Termin kriegen, landen wir mit dem Helikopter direkt im Wohnzimmer dieser Villa.«

Während nun einer der Männer die Waffe hinunternahm und

das Dokument las, wand Krzysztof dem anderen mit einem raschen Griff das Gewehr aus der Hand und hielt ihn damit auf Distanz.

»He!«, rief der Kerl, der die Vollmacht immer noch in der Hand hielt.

Nun sprangen auch Sabine und Tina aus dem Helikopter. Die beiden Männer waren kurz abgelenkt, da packte Sneijder auch den Lauf des zweiten Gewehrs und drehte es seinem Besitzer aus der Hand. »Nicht nervös werden. Das Gespräch dauert nicht lange.«

Perplex standen die beiden Wachleute da und starrten Sneijder an. Er übergab Sabine das Gewehr, einen russischen Karabiner, woraufhin sie sogleich die Patrone aus dem Lauf auswarf.

Da Krzysztof während der Zeit, in der er auf Kaution draußen war, offiziell nicht einmal am Öl einer Waffe riechen durfte, reichte er seinen Karabiner an Tina weiter. Dann schnappte er sich das Funkgerät vom Gürtel des Wachmanns. In diesem Moment knackte es auch schon im Lautsprecher.

»Was ist da draußen los? Was wollten die Typen? Die sollen sich mit ihrem Hubschrauber verpissen!«, drang es auf dem Funkgerät.

Krzysztof führte das Funkgerät zum Mund. »Achte auf deine Wortwahl, Kumpel, noch kommen wir in Frieden.«

Langsam beruhigten sich die Rotorblätter des Helikopters, trotzdem wehte der Luftzug einige Servietten von der Terrasse über die Wiese herunter und ließ die bunten Heliumballons, die an der marmornen Balustrade festgebunden waren, wild durch die Luft tanzen.

Es roch nach Pferdemist – ein Geruch, der in Sabine angenehme Kindheitserinnerungen weckte, da sie bei ihren Großeltern in der Nähe von München auf einem Bauernhof zwischen Pferden und Kühen aufgewachsen war. Janus' Landsitz verfügte über ein Gestüt und ein eigenes Waldgebiet; das Gelände musste insgesamt riesig sein, sie hatten mehrere Minuten zum Überflug gebraucht, in denen Sabine etliche Pferdeställe und Hindernisparcours aufgefallen waren. Aber als mehrfacher Millionär konnte Janus sich so etwas wohl leisten.

Angeführt von Sneijder ging ihre kleine Gruppe mit den beiden jetzt waffenlosen Sicherheitsmännern über den Kiesweg zur Marmortreppe.

»Was für eine Party steigt hier gerade?«, fragte Sneijder, als sie die Stufen hochgingen.

»Es ist Samstag, der dreizehnte Mai«, krächzte der Wachmann, als wäre damit alles gesagt.

»Und?«

»Heute Abend findet die Geburtstagsfeier von Janus' beiden Söhnen statt.«

»Der hat noch so kleine Jungs?« Sneijder tippte zwei blaue Heliumballons an, auf denen die Zahlen *fünfzehn* und *siebzehn* standen. »Ist denen das in diesem Alter nicht peinlich?«

»Wenn Sie mehr wissen wollen, fragen Sie den Chef«, sagte der Wachmann.

Sie erreichten die Veranda. Unter den Sonnenschirmen war ein gutes Dutzend Tische für einen fürstlichen Empfang gedeckt.

Sabine schnappte sich eine der herumliegenden Menükarten und warf einen Blick hinein. *Nicht schlecht!* Die Menüfolge war auf Polnisch geschrieben, und ein wenig davon konnte Sabine übersetzen. Etwas, das so ähnlich klang wie gegrillter Hummer mit Kartoffel-Kubus und Sauce hollandaise. Anscheinend waren sie in die Vorbereitungen eines wirklich opulenten Festes hineingeplatzt. Am Ende der Terrasse sah Sabine sogar den Bühnenaufbau für eine Jazz-Combo. Die Instrumente standen bereits in den Halterungen, unter anderem eine alte Drehleier mit Kurbel und Tasten. Wie sie von einem Museumsbesuch mit ihren Nichten wusste, wurde diese Art Instrument eher in Osteuropa verwendet. Janus war offenbar Pole. Es war, als hätten sie das Territorium der polnischen Mafia betreten – und nun war ihr klar, warum Sneijder unbedingt Krzysztof dabeihaben wollte.

Wie um ihren Gedankengang zu bestätigen, preschten in diesem Moment zwei Jeeps mit polnischen Kennzeichen über den Kiesweg und hielten mit knirschenden Reifen zwischen Helikopter und Treppenaufgang. Fünf Männer sprangen aus den Fahrzeugen. Wahrscheinlich ein Teil der Leute, die das Haupttor bewachten.

Im gleichen Augenblick trat ein kleiner, breitschultriger Mann im weißen Anzug aus der Villa ins Freie. Rote Lackschuhe, rotes Stecktuch und rote Krawatte. *Kein Zweifel, das ist Janus.* Hinter ihm stand eine hochgewachsene Blondine, deren Haarfarbe nicht so recht zu den derben osteuropäischen Gesichtszügen passen wollte, den operierten Wangenknochen und künstlich vergrößerten Lippen. Die Frau hatte eine sportliche Figur, die gewiss hart auftrainiert war, eine beneidenswerte bronzefarbene Haut und trug ein elegantes gelbes Abendkleid mit Spaghettiträgern. Mit ihren geschätzten fünfundvierzig Jahren war sie sicher zwanzig Jahre jünger als Janus. Daher auch die beiden jungen Söhne, vermutete Sabine.

»Was zum Teufel ist hier los, verfluchte Scheiße?«, rief Janus mit gurgelnder Stimme.

Die Blondine zuckte kaum merklich zusammen. Außerdem fiel Sabine auf, dass sie eine böse Schramme neben dem Auge überschminkt hatte. Dazu passend trug Janus einige Ringe mit scharfen Kanten an der Hand.

Kommentarlos zeigte Sneijder seinen Ausweis her.

»Maarten Sneijder?«, wiederholte Janus erneut mit einem Gurgeln. »Was für eine Ehre.« Es klang zynisch.

Janus' Mund war schief, als hätte er einen Schlaganfall gehabt. Doch dann erkannte Sabine, dass er unter dem Schnauzbart eine

Lippenspalte und vermutlich einen künstlichen Gaumen hatte, weshalb es so klang, als spräche er durch die Nase.

»Maarten S. Sneijder«, korrigierte Sneijder ihn.

Der Mann grinste schief. »Ich dachte tatsächlich, Sie wären kleiner.« Anschließend warf er den beiden Wachmännern einen bitterbösen Blick zu, die sich – zumindest musste es so auf ihn wirken – von zwei jungen Damen, beide kaum größer als eins sechzig, hatten entwaffnen lassen.

Nach einem weiteren Blick zum Helikopter breitete Janus die Arme aus. »Wir feiern heute eine kleine private Party im engsten Kreis der Familie. Selbst wenn Sie einen Hausdurchsuchungsbeschluss vom obersten Richter hätten – was ich bezweifle –, warum sollte ich Ihnen allen inklusive Ihres Piloten nicht auf der Stelle wegen Hausfriedensbruchs die Beine brechen lassen?«

Sneijder reichte ihm van Nistelrooys Vollmacht. »Ich …«

Janus riss ihm das Blatt aus der Hand, warf es auf den Boden und spuckte drauf. Dann wurde sein Ton härter. »Was sollte mich daran hindern, euch vier Arschgesichter anschließend von meinen Pferden eine Runde über das Gestüt schleifen zu lassen?«, brüllte er.

Anscheinend war er nicht gut auf die Polizei zu sprechen.

Sabine hörte, wie die Gewehre hinter ihnen durchgeladen wurden, schielte über die Schulter und erstarrte. Die neu hinzugekommenen Security-Leute hielten keine alten russischen Karabiner in der Hand, sondern moderne Armeegewehre, die laut Waffengesetz unter verbotenes Kriegsmaterial fielen.

Sneijder blieb ruhig und warf Krzysztof einen auffordernden Blick zu. Aber was sollte der schon großartig ausrichten? *Die fünf Kerle niederschlagen?*

Stattdessen breitete Krzysztof nun seinerseits die Arme aus, dann begann er mit Janus auf Polnisch zu sprechen. Sabine verstand nur einige wenige Wortfetzen über das polnische Militär, für das Krzysztof früher gearbeitet hatte, von seiner Zeit als Auftragsmörder in Deutschland und seinen Jobs in der Drogenbranche. Danach fielen die Begriffe Warschau, Bielski, Sobibor und Nalibozkaja-Wald.

Sobibor?

Soviel Sabine sich zusammenreimen konnte, war Krzysztofs Vater als junger Mann im polnisch-jüdischen Widerstand gegen die Nazis gewesen und einer derjenigen, denen die Flucht aus dem KZ Sobibor gelungen war.

Janus' Blick hellte sich von Minute zu Minute auf, schließlich umarmten sich die beiden und küssten sich dreimal auf die Wangen, als wären sie seit Jahrzehnten die besten Freunde.

Sabine und Tina warfen sich einen überraschten Blick zu.

»Kommt weiter und seid meine Gäste«, sagte Janus schließlich gönnerhaft und deutete zu den Tischen. »Kamila«, rief er seiner Frau zu und zeigte auf die Terrasse, »kümmere dich darum, dass hier sauber gemacht wird. Und das Personal soll alles beschweren, damit nichts wegfliegt, wenn der Helikopter wieder startet.«

Sabine und Tina lehnten die Karabiner an die Balustrade. Dann setzten sie sich unter einen Sonnenschirm an einen großen runden Tisch. Ein grauhaariger Hausangestellter in schwarzweiß gestreifter Weste mit einem Hörgerät brachte sofort mehrere Kaffeetassen, Schnapsgläser, Trinkgläser und zwei Karaffen mit zartgelbem Holundersaft, in denen Zitronenscheiben und Pfefferminzblätter schwammen; bei dem heißen Wetter genau die richtige Erfrischung.

Janus blickte auf seine Armbanduhr, eine schwere goldene Breitling mit jeder Menge Knöpfe. »Ich habe zehn Minuten Zeit, dann muss ich mich um meine Jungs kümmern. Das ist heute ihr Fest. Also, wie kann ich Ihnen helfen?«

Sneijder kam gleich zur Sache. »Ich fürchte, Ihr Leben ist in Gefahr. Jemand könnte einen Anschlag auf Sie geplant haben.«

Janus lachte laut auf und beugte sich zurück, sodass sich sein blütenweißes Hemd über seinen Brustkorb spannte. »Das wäre nicht das erste Mal. Wissen Sie, wie oft ich von derartigen Attentatsversuchen höre? Aber schauen Sie sich um. Wir sind bestens gesichert.«

»Das haben wir gesehen«, bemerkte Sabine ironisch.

»Wer sollte einen Anschlag planen?«, fragte Janus. »Jemand, der so wie Sie mit einem Helikopter herkommt oder gar mit einem Panzer über das Grundstück rattert?«

Sneijder presste für einen Moment die Lippen zusammen. »Eigentlich müsste es mir verdammt gleichgültig sein, wenn ein *Rotzak* wie Sie abkratzt. Doch leider sind Sie ein kleines, aber wichtiges Puzzleteil in einem viel größeren Spiel, und mir liegt viel daran, das Gesamtbild zu verstehen.«

»Nun, was schlagen Sie vor?«, fragte Janus.

»Die Feier abzusagen und die Sicherheitsvorkehrungen zu verstärken.«

»*Nie!*«, sagte Janus auf Polnisch und schüttelte entschieden den Kopf.

Sabine seufzte innerlich. Einem angeblichen Ex-Verbrecher wie Janus das Leben zu retten würde ein hartes Stück Arbeit werden.

16. Kapitel

Nachdem Sneijder von dem Fall erzählt hatte, in dem sie gerade ermittelten, dabei aber für Sabines Geschmack viel zu viel verraten hatte, stützte Janus das Kinn auf die Faust und dachte lange nach.

»Das Kloster Bruggtal in Oberösterreich …«, murmelte er, dann zuckte er mit den Achseln. »Ich habe zwar davon gehört, dass junge Frauen, die in den Ursulinenorden eingetreten sind, damals an zahlungswillige Kunden vermittelt wurden – wie man halt davon hört, was jenseits der Grenze passiert –, aber damit hatte ich nie etwas zu tun.«

»Und was haben Sie noch gehört?«, fragte Sabine weiter.

Er nahm einen Schluck von seinem Espresso, dann steckte er sich eine Zigarre an. »Auch einige meiner Kunden sind damals zu diesem Kloster gefahren. Es gab einen eigenen Trakt mit Räumen, die für diverse *Spiele* benutzt wurden.«

»Selbst wenn es stimmt, dass Sie nichts damit zu tun hatten«, sagte Tina, »sind Sie erstaunlich gesprächig.«

»Erstens verjähren Vergewaltigung und schwerer sexueller Missbrauch bereits zwanzig Jahre nach Vollendung des dreißigsten Lebensjahrs des Opfers.« Er hob die Schultern und paffte an der Zigarre. »Und zweitens, wie ich bereits sagte, hatte ich nichts damit zu tun. Ich war damals noch jung und in einem völlig anderen Geschäftszweig tätig. Den habe ich mir vor knapp vierzig Jahren aufgebaut, und in all der Zeit konnte mir die Staatsanwaltschaft nie etwas nachweisen.« Er lächelte zufrieden.

»Und heute?«, fragte Sabine.

»Heute habe ich nichts mehr mit Drogen, Prostitution und

Menschenhandel zu tun. Ich bin glücklich verheiratet, zum zweiten Mal – Kamila war früher Schwimmerin im polnischen Nationalteam –, und mit ihr habe ich zwei anständige Söhne, denen ich ein Vorbild bin.«

Und nebenbei schlägst du deine Frau, dachte Sabine, ließ sich jedoch nichts anmerken und deutete zur Villa. »Womit verdienen Sie heute Ihr Geld, mit dem Sie all das finanzieren?«

»Ich bin rechtzeitig bei den Bitcoins ausgestiegen.«

Na klar! Das Kryptogeld diente neuerdings jedem als Alibi, der plötzlich in Geld schwamm.

»Könnten Sie uns eine Liste mit den Namen derjenigen zusammenstellen, von denen Sie wissen, dass sie das Ursulinenkloster besucht haben?«, bat Tina.

Janus schmunzelte. »Mit Geburtsdatum, Telefonnummer, Wohnsitz und Sozialversicherungsnummer?«

Tina biss sich auf die Lippen. An ihrem Blick merkte Sabine, dass sie Janus am liebsten an die Gurgel gegangen wäre.

»Was sagt Ihnen der Name Werner Greims?«, fragte Sneijder, der sich in den letzten Minuten aus dem Gespräch herausgehalten hatte.

»Werner? Ich da…« Augenblicklich verstummte Janus und presste die Lippen zusammen.

Was?, fragte sich Sabine. *Du dachtest, er heißt Walter Greims, nicht wahr?* Ihr gefiel Sneijders subtile Falle.

»Keine Ahnung, wer das sein soll«, fügte Janus rasch hinzu.

Aber sie alle wussten, dass er den Namen Walter Greims schon einmal gehört hatte. Und damit war klar, dass Janus mehr über die Vorgänge im Kloster wusste, als er zugeben wollte.

Als Sneijder ansetzte, seine nächste Frage zu stellen, trat der grauhaarige Butler durch die Terrassentür ins Freie. »Wir sind so weit.«

Janus blickte wieder auf die Uhr. »Die zehn Minuten, die ich Ihnen von meiner kostbaren Zeit geschenkt habe, sind längst um.« Er erhob sich und schlüpfte aus seinem Sakko, das er seinem Angestellten reichte. Unter dem Hemd zeichneten sich seine dicken Oberarmmuskeln ab. »Sie müssen jetzt leider wieder …« Plötzlich hielt er inne, dachte nach, dann erhellte sich sein Gesicht. »Wie viele Paintballmarkierer haben wir?«

»Sechs Gewehre mit Munition in drei verschiedenen Farben«, antwortete der Alte.

Janus nickte, dann sah er Sneijder an. »Bevor die eigentliche Feier heute Abend um halb neun steigt, habe ich eine kleine Überraschung für meine Jungs vorbereitet. Wir spielen Paintball im Wald.«

Wie aufregend, dachte Sabine gelangweilt.

Janus deutete zum nahe gelegenen Waldrand. »Meine Leute haben einen Paintball-Parcours vorbereitet, mit Gräben, Hütten, Hügeln und Hindernissen. Eigentlich wollte ich mir die Zeit bis zum Abendessen mit meinen Jungs und zwei Angestellten vertreiben, doch wenn Sie schon hier sind …«

»Was?« Sneijder kniff die Augenbrauen zusammen und richtete sich auf.

»… schlage ich vor, dass Sie und Ihre Leute uns bei diesem kleinen Paintballspiel begleiten und mitmachen.« Plötzlich war Janus Feuer und Flamme. »Für meine Söhne wäre es eine interessante Erfahrung, mit einem Markierer gegen Sie und zwei erfahrene BKA-Kommissarinnen anzutreten.«

Sabines Körper versteifte sich. *Was für eine Kuhscheiße!*

Sneijder hingegen lächelte milde. »Ich gebe mir ganz bestimmt nicht die Blöße, in einem Overall mit einem Plastikgewehr durch den Wald zu laufen und zwei Teenager mit Farbbällen zu jagen.« Er sah zu Krzysztof. »Machst *du* mit?«

»Ich? Bist du bescheuert?« Krzysztof schüttelte amüsiert den Kopf. »Ganz sicher nicht.«

Janus rieb sich die Hände. »Warum nicht?«

»Paintball-Markierer fallen unter das Waffengesetz, und ich bin auf Kaution draußen«, antwortete Krzysztof.

Janus breitete gönnerhaft die Arme aus. »Aber wir sind doch unter uns.«

»Nun …«, knurrte Krzysztof. »… es könnte passieren, dass ich den beiden Jungs im Affekt den Arm breche und ihnen den Kolben ihrer Waffe in den Kehlkopf ramme, falls sie mir zu nahe kommen.«

»Verstehe.« Janus blickte ihn enttäuscht an, dann sah er zu Sabine und Tina. »Was ist mit Ihnen?«

»Meinen Sie diese Frage tatsächlich ernst?« Tina schob ihre Lederjacke zur Seite und entblößte an ihrem Gürtel das Sicherungsholster, in dem eine Sig Sauer steckte. »Wir sind vom BKA und ziehen nicht bloß zum Spaß die Waffe. Wenn wir ziehen, verletzen wir jemanden oder töten ihn vielleicht sogar.«

Janus deutete auf Tina. »Lady, Sie gefallen mir. Das ist die richtige Einstellung.« Er grinste breit. »Sie beide machen mit. Sind Sie mit den Regeln des Spiels vertraut?«

»Wer von einer Farbkugel getroffen wird, ist ›tot‹, hebt die Hand und verlässt das Gelände«, antwortete Tina perplex. »Aber trotzdem werde ich nicht …«

»Perfekt!«, unterbrach Janus sie. »Zeigen Sie meinen Jungs, was BKA-Ermittlerinnen bei taktischen Einsätzen so draufhaben. Während ich mich umziehe, erhalten Sie Ihre Kleidung, Schutzhelme, Protektoren, Markierer und Munition.« Er schnippte seinem grauhaarigen Angestellten mit den Fingern zu, dann verschwand er durch die Terrassentür in die Villa.

Sabine warf Sneijder einen entsetzten Blick zu. »Ich werde mich nicht zum Affen machen«, zischte sie. »Noch dazu stehen wir unter Zeitdruck, weil heute immerhin Opfer Nummer zwei sterben wird, und ich soll hier …?«

»Nemez«, flüsterte er. »Sie und Martinelli werden mit Janus in den Wald gehen. Und zwar aus drei Gründen.« Er hob die Hand. »Erstens: Sie schützen Janus' Leben, während ich und Krzysztof auf dem Grundstück nach Sicherheitslücken suchen.«

»Der Esel nennt sich immer zuerst«, maßregelte Krzysztof ihn.

»Was?« Sneijder sah ihn genervt an.

»Es heißt *Krzysztof und ich.*«

»Beklugscheiß jemand anders, aber nicht mich«, fuhr Sneijder ihn an, dann wandte er sich wieder an Sabine. »Zweitens: Zwingen Sie Janus ein Gespräch auf und erfahren Sie so viel wie möglich über das Kloster, denn er hat garantiert nicht die Wahrheit gesagt.«

»Und drittens?«

Sneijder grinste. »Machen Sie mir keine Schande und treten Sie seine beiden Rotzbengel ordentlich in den Arsch.«

Zehn Minuten später erhielten Sabine und Tina von dem Butler ihre Bekleidung: viel zu große knallgelbe Overalls. Nachdem sie die in einem der zahlreichen Gästezimmer der Villa angezogen hatten und wieder auf die Terrasse kamen, warteten die beiden Jungs bereits erwartungsvoll an der Balustrade auf sie.

Die Burschen waren hochgewachsen, beide blond und mit Sommersprossen; richtig fesche Kerle. Anscheinend hatte ihnen ihr Vater bereits erzählt, worum es ging. Denn Lukasz, der Fünfzehnjährige, gab ihnen artig die Hand. Ebenso Bartosz, der mit seinen siebzehn im Gegensatz zu seinem jüngeren Bruder schon etwas mehr die Coolness eines Teenagers heraushängen ließ und aus dem Augenwinkel ständig zu Tina schielte.

Die beiden Jungs trugen Overalls in grüner Tarnfarbe, mit jeder Menge Protektoren aus Hartplastik.

»Prima«, murrte Tina. »In unserer gelben Kluft sehen wir aus wie zwei Hühner auf dem Präsentierteller.«

»Komm schon.« Sabine stieß ihr den Ellenbogen in die Seite. »Das wird super lustig.«

»Ein Riesenspaß«, knurrte Tina.

Im Gegensatz zu den Jungs verzichteten Tina und sie auf Knie- und Ellenbogenprotektoren, weil sie sich so besser bewegen konnten, und legten nur den Schutz für Brust und Rücken an.

Dann bekamen sie ihre Helme mit Schutzmaske und gelbe Reservemagazine. Die Farbkugeln bestanden aus einer Gelatinehülle, die mit Lebensmittelfarbe gefüllt war. Traf der Ball auf ein Hindernis, so platzte er auf und hinterließ einen Farbklecks. Dann war man *tot und ausgeschieden*, egal wo am Körper man getroffen wurde.

Zuletzt brachte ihnen Janus' Angestellter die Markierer. Mit einem Mal kam sich Sabine wie früher auf der Akademie des BKA vor, als sie mit Waffen und Platzpatronen gestellte Szenarien von Geiselbefreiung bis Abtransport von festgenommenen Personen trainiert hatten. Nur war dies hier eine Spur lächerlicher. Zudem handelte es sich bei Tinas und ihrer »Waffe« um Pump-Action-Markierer, bei denen das Gewehr nach jedem Schuss mühsam repetiert werden musste.

Dagegen hielten Lukasz und Bartosz semiautomatische Waffen in den Händen, die bei jedem Abdrücken einen Schuss auslösten und automatisch den nächsten Paintball nachluden. Außerdem verwendeten die Jungs Hochdruck-Pressluftflaschen, die die Paintballs mit dreihundert Bar beschleunigten und dadurch eine viel größere Reichweite hatten als Sabines Waffe.

»Unsere lahmen Knarren haben nur zweihundert Bar«, maulte Tina. »Damit kannst du nicht einmal ein Eichhörnchen vom Baum schießen.«

Ja, es war ein mieses abgekartetes Spiel.

Sabine senkte die Stimme. »Sobald wir im Wald sind, müssen wir den Jungs die Waffen abnehmen und gegen unsere tauschen.«

»Oder wir bauen ihnen die Pressluftflaschen aus«, flüsterte Tina und steckte den Munitionsbehälter auf ihren Markierer. »Bereit«, sagte sie laut und lächelte dabei.

17. Kapitel

Sneijder stand an der Balustrade und sah dem Jeep nach, der mit Janus, seinen beiden Söhnen, Nemez und Martinelli auf einem Forstweg holpernd im Wald verschwand.

Dann versicherte er sich, dass niemand sie hören konnte, und warf Krzysztof einen Blick zu. »Worüber hast du vorhin mit Janus auf Polnisch gesprochen?« Zwar hatte er einige Wortfetzen verstanden, doch weil Janus seine Antworten teilweise so schnell herausgefeuert hatte wie ein Maschinengewehr die Patronen, war ihm der generelle Sinn entgangen.

Krzysztof leerte die mittlerweile kalt gewordenen Reste von Martinellis und Nemez' Kaffeetassen, trank einen Schnaps und wischte sich über den Mund.

»Dir graut wirklich vor gar nichts«, bemerkte Sneijder.

»Wäre ja schade drum – außerdem macht kalter Cappuccino schön. Darum hättest eigentlich *du* ihn trinken müssen.«

»Witzig! Also, worüber habt ihr gesprochen?«

Krzysztof steckte sich eine Zigarette an. »Ich hab ihm von der Vergangenheit meines Vaters erzählt.«

»Das habe ich mitbekommen«, unterbrach Sneijder ihn. »Aber was hat *er* gesagt?«

Krzysztof stieß einen Rauchring in die Luft. »Sein Vater ist als elfjähriger Junge auch in einem KZ gewesen. In Treblinka. Er lebt noch, ist mittlerweile fünfundachtzig, aber Janus hat schon seit Jahren kaum noch Kontakt zu ihm. Der hat nicht einmal auf die Einladung zur Geburtstagsfeier seiner Enkelsöhne reagiert. Dabei wohnt er nur ein paar Kilometer weit entfernt, am anderen Ende des Grundstücks ganz allein in seinem Haus und …«

Sneijder brachte ihn mit erhobener Hand zum Schweigen und dachte nach. Was hatte Janus noch gleich gesagt?

Ich war damals noch jung und in einem völlig anderen Geschäftszweig tätig. Den habe ich mir vor knapp vierzig Jahren aufgebaut.

Vor *knapp* vierzig Jahren! Das heißt, das konnte auch achtunddreißig oder neununddreißig Jahre her sein. Die Internatsschule der Ursulinenschwestern, wo die Missbrauchsfälle stattgefunden hatten, war jedoch nur bis zum Ende der 70er-Jahre eine Unterkunft für alleinstehende junge Frauen gewesen. Falls Janus diesbezüglich die Wahrheit sagte, hatte er damit tatsächlich noch nichts zu tun haben können.

Verdomme! Hatten sie sich geirrt und waren die ganze Zeit auf der falschen Fährte gewesen?

»Dein Gesichtsausdruck macht mich nervös«, presste Krzysztof hervor.

Sneijder sah sich um und winkte den grauhaarigen Butler zu sich, der am anderen Ende der Terrasse die Servietten faltete.

»Wann genau hat Janus damit begonnen, Frauen aus Osteuropa nach Deutschland zu bringen? Und wann ist er in die Prostitution und ins Drogengeschäft eingestiegen?«

Der Butler nestelte an seinem Hörgerät. »Ich fürchte, ich bin nicht befugt …«

»Mann!«, herrschte Sneijder ihn an. »Ich will Janus doch nur helfen! Also!«

Der Mann wirkte alt genug, um das zu wissen, weil er diese Zeit womöglich sogar noch selbst miterlebt hatte. Er legte die Stirn in Falten, dachte nach und rechnete mit den Fingern. »Ich würde sagen, vor siebenunddreißig Jahren.«

»Wer hat die Geschäfte davor geführt?«

»Oh.« Seine Augen leuchteten. »Janus' Vater.«

»Seit wann?«

»Ab …« Der Mann dachte nach. »1972.«

Vervloekt! In Wahrheit war Janus' Vater das Ziel. »Wo ist er jetzt? In seinem Haus auf dem Grundstück?«

»Vermutlich schon.« Der Butler nickte zum Wald. »Es steht am anderen Ende des Areals. Allerdings haben wir ihn schon seit Tagen weder gesehen noch gehört.«

Krzysztof drückte die Zigarette im Aschenbecher aus. »Können Sie uns zu dem Haus bringen?«

Der alte Mann sah sich verdattert um. »Ja, natürlich.«

»Wird uns das Sicherheitspersonal Schwierigkeiten machen?«, fragte Sneijder.

»Nein, aber es ist ein weiter Weg.«

Sneijder sah über die Balustrade zur Wiese. »Dann nehmen wir den Jeep.«

18. Kapitel

Die blaue Farbkugel zerplatzte auf Sabines Helm und spritzte in alle Richtungen. Der Treffer dröhnte hohl unter dem Hartplastik. Neben ihr lief Tina, hielt Janus' Kopf unten und trieb ihn an weiterzurennen. Ihr Ziel war ein Hochstand am anderen Ende des Areals, dort wären sie in Sicherheit. Doch die Angreifer gingen raffiniert vor, wollten erst Sabine und Tina ausschalten, um sich dann in Ruhe Janus vorknöpfen zu können.

Safe-the-President hieß die Challenge, auf die sie sich eingelassen hatten, bei der Janus den amerikanischen Präsidenten spielte und Tina und Sabine seine Bodyguards waren. Die Jungs agierten als russische Auftragskiller, und auch wenn sie die Regeln etwas abgeändert hatten und man jetzt erst nach drei Treffern tot war, schienen die USA kurz davor, ihr Staatsoberhaupt zu verlieren.

So etwas Hirnverbranntes!

Sabine hasste Sneijder dafür. Eigentlich sollten sie Janus als mögliches Mordopfer beschützen, aber stattdessen rannten sie mit ihm durch den Wald.

Wenige Meter vor sich sah sie eine Mulde, in die sie sprang und sich keuchend an die schützende Böschung lehnte. Tina und Janus ließen sich neben sie fallen.

»Und? Macht es Spaß?«, rief Tina.

»Mein Herz macht nicht mehr lange mit«, schnaufte Janus.

»Wir können jederzeit aufhören«, schlug Sabine ihm vor.

»Wir haben doch gerade erst angefangen.« Mit einer automatischen Geste wollte sich Janus den Schweiß von der Stirn wischen, verschmierte dabei aber nur mit dem Handschuh den Dreck auf seinem Visier. »Fuck!«, fluchte er. »Außerdem spielen wir das jedes Jahr.«

»Jedes Jahr?«, wiederholte Sabine.

»Alte Tradition zum Geburtstag meiner Söhne, seit Lukasz zehn ist.«

Na großartig! Was für eine verrückte Familie.

Sabine hob den Kopf, um die Lage zu sondieren, da zerplatzte ein Ball auf ihrem Helm. *Der dritte Treffer!* Die Flüssigkeit spritzte ihr durch die Atemschlitze ins Gesicht, und sie schmeckte die bittere Lebensmittelfarbe.

Hühnerkacke!

Sie hob den Arm mit der Waffe, als Zeichen, dass sie tot war, um ungeschoren das Gelände verlassen zu können, wie es die Regel verlangte. Doch die Jungs pfefferten aus allen Rohren auf sie. Auf Hände, Oberarme und sogar seitlich zwischen die Brust- und Rückenprotektoren.

»Hört auf, ihr Arschgeigen!«, brüllte Sabine. »Ich bin *tot*!«

Der Kugelhagel erstarb; das würde satte Blutergüsse geben.

Sie versuchte, aus der Mulde zu klettern, rutschte jedoch ab und fiel hin. *Dämliches Spiel!*

Da zog sich Janus den Helm vom Kopf, schnappte nach Luft und wischte sich den Schweiß von der Stirn.

»Sind Sie verrückt?«, schrie Tina. »Setzen Sie den Helm wieder auf!«

»Ja, gleich, bloß eine kurze Verschnaufpause«, keuchte er.

»Nein, jetzt!«, rief nun auch Sabine. »Wenn Sie ein Paintball unglücklich im Auge erwischt, sind Sie blind!«

»Was ist?«, brüllte einer der Jungs aus dem Wald. »Ich dachte du kapitalistische Schlampe bist tot. Raus mit dir!«

Was für nette Jungs! »Auszeit!«, brüllte Sabine.

Sie ließ sich neben Janus hinfallen. »Sie kennen Walter Greims doch tatsächlich, nicht wahr?«

»Ich habe befürchtet, dass Sie es bemerkt haben. Ja, Sneijder hat mich reingelegt«, seufzte er. »Allerdings kenne ich Greims nicht persönlich.«

»Sondern?«, hakte Tina nach.

»Was ist jetzt?«, brüllte der andere der beiden Jungs. »Gebt ihr auf?«

»Eine Minute Feuerpause, du Rotzbengel!«, rief Tina, dann sah sie Janus an.

»Mein Vater kannte ihn, er hat damals die Geschäfte mit Greims gemacht – ich war noch zu jung dafür.«

»Ihr Vater?« Da dämmerte es Sabine. »Wo …?«

In diesem Moment richtete Janus sich auf und streckte das Kreuz durch.

»Unten bleiben!« Martinelli versuchte ihn, auf den Boden zu drücken.

Da knallte ein Schuss. Doch diesmal kam das dumpfe Geräusch aus einer anderen Richtung.

War das überhaupt ein Paintball?

Sabine wandte sich um. Und sah im nächsten Moment durch das verschmierte Glas, wie Janus von hinten am Kopf getroffen wurde, aufschrie und der Länge nach hinfiel.

19. Kapitel

Während Krzysztof den Jeep über den holprigen Waldpfad lenkte, hockte der grauhaarige Butler auf dem Beifahrersitz und dirigierte ihn durch das Dickicht.

Sneijder saß auf der Rückbank und telefonierte. Zuerst mit dem Landeskriminalamt in München, das ein Sondereinsatzkommando bereitstellen sollte, um bei Bedarf möglichst rasch nach Bach an der Donau zu kommen, und danach mit der Notrufzentrale, die sicherheitshalber einen Rettungswagen mit Notarzt herschicken sollte. Beide Male gab Sneijder die GPS-Koordinaten ihres aktuellen Standorts durch.

»Dort in diesen Waldweg mit den Wurzeln hinein.« Der Alte hielt sich am Griff über der Tür fest, da der Wagen ordentlich durchgeschüttelt wurde.

Sneijder zog die Glock aus dem Holster, überprüfte das Magazin und zog den Schlitten zurück, damit sich die erste Patrone in die Kammer lud. Dann rammte er die Waffe wieder ins Holster. Sein Bauchgefühl sagte ihm, dass sie auf der richtigen Spur waren. Er blickte auf die Uhr. Es war halb fünf. Falls die Nonne es auf diesen Mann abgesehen hatte, lebte er vielleicht nicht mehr.

Vor ihnen lichtete sich der Wald. Die Sonne hing über den Baumwipfeln, und Sneijder schirmte das Licht mit der Hand über den Augen ab. Vor ihm wurden die Umrisse eines L-förmigen Bungalows sichtbar. Die Lichtung wurde von kleinen Zypressen begrenzt, und neben dem Haus lag ein Swimmingpool. Das war also der Alterswohnsitz des alten Janus'. Idyllisch, mit ein wenig Toskana-Flair.

Krzysztof stoppte den Jeep mit knirschenden Reifen vor der Eingangstür des Bungalows. Als sie ausstiegen, wurden sie sogleich von einer Horde Stechmücken empfangen.

»Haben Sie einen Schlüssel für das Haus?«, rief Sneijder, während er bereits zur Eingangstür lief.

»Nein. Niemand von uns hat einen Schlüssel. Nur seine Köchin und die Putzfrau. Die kommen jeden zweiten Tag her. Er lebt auf eigenen Wunsch sehr einsam hier draußen.«

»Wissen Sie, ob er eine Waffe im Haus hat?«

»O bestimmt. Aber ich bezweifle, dass er mit seiner chronischen Gicht noch dazu in der Lage ist, sie abzufeuern.«

Sneijder erreichte die Tür. Sie war abgesperrt, aber er sah Kratzspuren neben dem massiven Sicherheitsschloss. Ein Amateur musste mit einem Dietrich daran herumgefummelt haben. Theoretisch konnte das zwar auch schon Monate oder Jahre zurückliegen, doch dann hätte Janus das Schloss bestimmt austauschen lassen. Folglich musste es erst kürzlich passiert sein.

»Kannst du diese Tür öffnen?«, rief Sneijder.

Krzysztof erreichte ihn und lehnte sich an die Hauswand. »Ohne Pickset?« Er schüttelte den Kopf. Dann machte er einen Schritt zurück, holte aus und wollte bereits die Tür eintreten, doch Sneijder stoppte ihn.

»Vergiss es! Du brichst dir nur den Knöchel.« Er betrachtete die Fenster neben der Eingangstür. Obwohl jedes davon mit Insektengittern ausgestattet war, waren alle trotz der Affenhitze geschlossen.

»Soll ich mit dem Handy im Haus anrufen?«, fragte der Butler.

Sneijder winkte ab. »Das ist zu spät. In diesem Haus ist niemand mehr am Leben. Gehen Sie zurück!« Er zielte mit der Waffe auf das Schloss und feuerte zweimal. Die Projektile zerfetzten den Holzrahmen und sprengten den Riegel. Ein Querschläger flog sirrend davon.

Sneijder sah sich um. »Jemand verletzt?«

Krzysztof und der Butler verneinten.

»*Jetzt* kannst du die Tür eintreten.«

Krzysztof holte aus und trat schwungvoll dagegen, sodass die Tür nach innen aufflog und gegen eine Kommode krachte.

Im Haus war es dunkel. Das wilde Surren zahlreicher Fliegen war zu hören.

Godverdomme! Kein gutes Zeichen.

Sneijder schickte die bereits vorbereitete SMS an das LKA München. *Zugriff aufs Grundstück!* Dann ging er hinein, gefolgt von Krzysztof und dem Butler.

20. Kapitel

»Waffenstillstand!«, brüllte Sabine. »Wir haben einen Verletzten.«

Eine Farbkugel war auf Janus' Hinterkopf zerplatzt, und Tina hatte sich schützend über ihn geworfen.

Janus lag mit dem Gesicht auf dem Boden. Die Haare an seinem Hinterkopf waren verklebt. Die Platzwunde, in der sich Blut mit roter Farbe vermischte, sah hässlich und tief aus.

So konnten sie ihm unmöglich den Helm überziehen.

Tina hatte sich die Handschuhe ausgezogen und fühlte Janus' Puls an der Halsschlagader. »Sind Sie okay?«

»Ja«, stöhnte er auf. »Welche von den beiden Mistkröten war das?«

»Keiner Ihrer Jungs.« Sabine spähte in die Richtung, aus der der Schuss gekommen war. »Es muss sich außer uns noch jemand im Gelände befinden.«

»Bestimmt nicht.« Janus wollte sich wieder aufrappeln. »Die wissen, dass wir …«

»Unten bleiben!«, befahl Sabine und drückte ihn wieder hinunter. »Wir verwenden gelbe Paintballs, Ihre Jungs blaue – Sie wurden von einer roten Kugel getroffen.«

»Aber wer soll das gewesen sein?«

»Jemand, der sich den sechsten Markierer geschnappt oder seinen eigenen mitgebracht hat.«

»Wann geht's weiter?«, rief einer der Söhne.

»Das Spiel ist aus, wir haben einen Verletzten«, rief Sabine. »Bleibt, wo ihr seid.« Sie griff zum Handy und wählte die Notrufnummer. Sie brauchten dringend einen Arzt. Möglicherweise hatte Janus nicht nur eine Platzwunde und eine Gehirnerschütterung, sondern war auch noch mit einer chemischen Farbmischung vergiftet worden. »Mist, ich hab hier kein Netz.«

Tina starrte auf ihr eigenes Handy. »Ich auch nicht.«

Plötzlich legte sich von oben ein Schatten über sie. Sabine fuhr mit dem Lauf des Markierers nach oben.

»Hoho!«, rief Lukasz und hob abwehrend die Hände.

»Ich sagte, ihr sollt in Deckung bleiben«, zischte Sabine.

Neben ihm stand Bartosz und blickte über den Rand der Böschung in die Mulde. »Was ist mit unserem Vater?«

Sabine zog sich die Handschuhe aus, riss sich den Helm vom Kopf und spuckte die Lebensmittelfarbe vom letzten Treffer aus. Dann löste sie die Klettverschlüsse ihrer Protektoren. »Setzt eurem Vater den Helm wieder auf, aber vorsichtig, und bringt ihn zum Jeep. Könnt ihr damit fahren?«

Bartosz nickte.

»Gut, bringt ihn zur Villa, desinfiziert seine Wunde und ruft einen Krankenwagen.«

Tina schlüpfte ebenfalls aus Helm und Protektoren, hielt jedoch inne, als der Knall zweier weit entfernter Schüsse die Stille zerriss.

Was zum Teufel war das?

Die Schüsse waren diesmal von einer echten Pistole gekommen – und aus einer völlig anderen Richtung.

»Ich bleibe bei Janus und kümmere mich um alles«, entschied Tina rasch.

Sabine nickte. Gleichzeitig zogen sie ihre Dienstwaffen.

»Mann, sind die echt?«, rief Lukasz.

»Das darfst du annehmen.« Sabine kletterte aus der Mulde und lief in die Richtung, aus der der rote Paintball gekommen war.

21. Kapitel

Einige Fensterläden in dem Bungalow waren geschlossen. Nachdem sich Sneijders Augen an die Dunkelheit gewöhnt hatten, sah er auf dem Teppich des Wohnzimmerbodens nebeneinander zwei Personen liegen. Reglos, in große gelbe Plastikmüllsäcke eingepackt und fest verschnürt.

Als sich Krzysztof neben die Säcke hinkniete, stob eine Horde Fliegen auf und umschwirrte ihn. Mit dem Taschenmesser schnitt er einen der Säcke auf. Sogleich wich wie unter Hochdruck ein bestialischer Fäulnisgestank daraus hervor.

Krzysztof wandte den Kopf ab.

»Lass den zweiten Sack zu.« Sneijder betrachtete die beiden Leichen. Die erste war eindeutig weiblich, und auch bei der in dem noch verschlossenen Sack schien es sich um eine Frau zu handeln, wie Sneijder trotz des aufgeblähten Körpers an den langen schwarzen Haaren zu erkennen glaubte. *Die Köchin und die Putzfrau.* Dem Zustand nach zu urteilen lagen sie seit mindestens drei Tagen hier.

»O Gott, o Gott!«, rief der Butler.

»Ist niemandem aufgefallen, dass die beiden Frauen abgängig sind?«, fragte Sneijder.

»Es sind ill… Einwanderer aus den Philippinen«, antwortete der Butler.

»Das *waren* sie. Gehen Sie raus und fassen Sie nichts an«, befahl Sneijder. »Ein Krankenwagen und ein SEK-Team des Münchner LKA sind hierher unterwegs. Gibt es auf dieser Seite des Grundstücks eine Zufahrt?«

»Ja«, würgte der Mann hervor.

»Fahren Sie hin, öffnen Sie das Tor und führen Sie den Arzt und die Polizisten her. Und sagen Sie den Kollegen, dass wir ein Spurensicherungsteam brauchen.«

»O Gott!«

»Los, machen Sie schon!«

Währenddessen hatte sich Krzysztof im Haus umgesehen. »Die anderen Räume sind sauber, keine Spur von dem Alten.« Er stampfte mit dem Fuß auf. Unter dem Boden des Vorraums klang es hohl. Im nächsten Moment zog Krzysztof den Teppich weg und enthüllte darunter eine Falltür aus Holz. »Diese Hütte hat sogar einen Keller.«

»Sehen wir ihn uns an.« Sneijder ging hin, zog am Metallgriff, und gemeinsam stemmten sie die Klappe hoch.

Eine breite Holztreppe führte hinunter. Merkwürdiges rotblaues Licht mehrerer LED-Lampen erhellte den Keller. Diesmal drang kein Leichengeruch nach oben. Allerdings lag eine speckige tropische Feuchtigkeit in der Luft, die Sneijder automatisch den Schweiß aus den Poren trieb.

»Das ist wie im Dschungel«, kommentierte Krzysztof. Er wollte bereits hinuntersteigen, doch Sneijder hielt ihn zurück.

»Bleib hinter mir!« Sneijder ging zuerst hinunter, mit der Glock im Anschlag. Zwar glaubte er nicht wirklich, dass der geheimnisvolle Komplize der Nonne dort unten auf sie lauerte, andererseits wusste er auch nicht, was *genau* sie dort erwartete.

Der Raum war fensterlos, lag etwa zwei Meter unter der Erde und diente, so viel Sneijder an den Wandregalen erkennen konnte, als Vorratskeller für Lebensmittel und Stauraum für Werkzeug, Töpfe, Gemüsekisten, Torf und Blumenerde.

»Leck mich …«, entfuhr es Krzysztof.

Der Keller wurde von vier Lampen erhellt, die in den Ecken auf niedrigen Stativen standen und den Boden beleuchteten. Dem intensiven Licht nach zu urteilen waren es Pflanzenlampen, und ihr Blech war glühend heiß. Sie mussten schon seit einigen Tagen ununterbrochen brennen, und darum war es hier unten auch dermaßen heiß.

In der Mitte des Raums befand sich ein Stahlrohrbett ohne Matratze. Die Metallbeine waren mit Schrauben und je einer Metallplatte auf dem Betonboden montiert. Auf dem Geflecht aus Stahlfedern lag ein alter Mann in einer fleckigen Unterhose. Arme und Beine waren abgespreizt und mit Fesseln an das Kopf- und Fußende des Bettrahmens gekettet. *Was für ein Aufwand, um einen Mann vor sich hin rotten und langsam sterben zu lassen.*

Es stank nach Kot und Urin. Den Fäkalien nach zu urteilen, lag der Mann seit mehreren Tagen hier unten. Ein Stoffknebel steckte in seinem Mund. In den aufgerissenen Mundwinkeln befand sich getrocknetes Blut. Offenbar hatte er versucht, den Stoff zu zerbeißen und zu schlucken, damit er um Hilfe rufen konnte. Aber hier draußen hätte ihn sowieso niemand gehört – und seine ermordete Köchin und die tote Putzfrau schon gar nicht.

Wie durch ein Wunder atmete der Mann noch. Leicht hob und senkte sich sein Brustkorb. Trotzdem traten Krzysztof und Sneijder nicht näher an ihn heran. Denn die Fesseln waren bei Weitem nicht alles, was ihn ans Bett fixierte.

Krzysztof ging in die Hocke und blickte unter das Bett. »Was zur Hölle soll das sein?«

»Nicht berühren.« Sneijder hockte sich in sicherem Abstand neben Krzysztof und betrachtete die breiten mit Erde gefüllten Blumenkisten, die unter dem Bett auf dem Boden standen. »Das ist Bambus.«

Aus der Erde, in der Dutzende Plastikflaschen steckten, die das Erdreich in den letzten Tagen vermutlich mit Wasser versorgt hatten, wuchsen zahlreiche grüne und graue Bambussprossen. Das Wurzelwerk hatte die Kisten gesprengt und die Triebe der Sprossen zwischen den Federn des Betts hinaufwandern lassen. Etwa die Hälfte der spitzen Enden war bereits einige Zentimeter tief in den Rücken des Mannes hineingewachsen.

So viel Sneijder erkennen konnte, waren die Stellen blutig, entzündet und einige eiterten bereits. Janus' Vater musste Höllenqualen durchlitten und sich vor Schmerzen die Seele aus dem Leib gebrüllt haben. Wie Sneijder seitlich an der gewölbten Haut erkennen konnte, waren einige der Bambusspitzen sogar so tief in seinen Körper vorgedrungen, dass sie bereits die inneren Organe perforiert haben mussten. Bei intensivem Licht, großer Wärme und hoher Feuchtigkeit wuchs Bambus mit einem rasenden Tempo von mehreren Zentimetern pro Tag – und die hohlen Halme waren äußerst robust.

Krzysztof zog sein Klappmesser aus der Hosentasche und öffnete die längste Klinge. »Wir müssen das abschneiden.«

»Nein.«

»Oder zumindest abbrechen.«

Sneijder legte ihm die Hand auf den Arm. »Durch die Bewegung würdest du ihn nur noch mehr verletzen.«

»Aber dieses Höllenzeug wächst jede Minute weiter. Lass uns die Halme zumindest aus seinem Körper ziehen.«

Sneijder schüttelte erneut den Kopf. »Einige sind bereits zu fest mit ihm verwachsen.« Er deutete auf die Niere. Aber vermutlich waren auch der Dickdarm und weiter oben die Lunge betroffen. »Das würde ihn töten – er würde sofort innerlich verbluten.« *Godverdomme!* Sneijder legte die Waffe an.

»Woha!« Krzysztof sprang auf und machte einen Satz zurück.

Mit einigen gezielten Schüssen zerschoss Sneijder die dicksten Bambusstränge, die aus der Erde wucherten. Holz und Erde spritzen auf, flogen davon, und der ohrenbetäubende Lärm ließ Sneijder augenblicklich taub werden. Nur ein lautes nachhallendes Klirren war zu hören. Hinter ihm hatte Krzysztof sich die Ohren zugehalten. Die Projektile waren hinter dem Bett in die Kellerwand eingeschlagen. Eine Wolke aus Staub und Verputz stob auf.

Durch den Krach hatte Janus' Vater die Augen geöffnet. Sie waren trüb, er blickte apathisch zur Decke und verzog dann das Gesicht. Kaum aus der Bewusstlosigkeit erwacht, mussten die kaum auszuhaltenden Schmerzen wieder eingesetzt haben.

Vorsichtig, um keine der Blumenkisten zu berühren, kniete sich Sneijder neben den Kopf des Mannes und entfernte den blutverkrusteten Stoffknäuel aus seinem Mund.

Gierig schnappte der Alte nach Luft. Der Geruch von Erbrochenem stieg hoch. Der Mann war kaum noch zu retten. Er spuckte Blut – ein sicheres Zeichen, dass die Lunge perforiert war, Luft zwischen Lunge und Brustwand eindrang und die Atmung vermutlich innerhalb der nächsten Stunden versagen würde. Er begann bereits zu hyperventilieren, während Blutbläschen auf seinen Lippen zerplatzten.

Bevor er wieder in die rettende Bewusstlosigkeit sank, berührte Sneijder ihn an der Wange und wischte ihm den Schweiß von der Stirn.

»Mein Name ist Sneijder vom Bundeskriminalamt Wiesbaden«, sagte er laut, da in den Ohren des Mannes bestimmt auch noch der Krach der Schüsse nachhallte. »Ich werde versuchen, Ihr Leben zu retten. Hilfe ist bereits unterwegs. Haben Sie das verstanden?« Er wartete, bis seine Worte bei dem Mann angekommen waren. Dieser drehte den Kopf und blinzelte.

Obwohl die Zeit drängte und der Atem des Mannes jeden Moment aussetzen konnte, zwang Sneijder sich zur Ruhe. »Konnten Sie die Person erkennen, die Ihnen das angetan hat?«

Der Alte schwieg, schnappte nur wie ein Fisch auf dem Trockenen nach Luft.

»Waren es mehrere?«

Der Mann zeigte keine Reaktion.

»Kennen Sie eine ehemalige Nonne namens Maria Magdalena?«, fragte Sneijder.

Keine Antwort.

»Magdalena Engelmann?«

»Nein«, röchelte der Alte schließlich. Das Wort war kaum mehr als ein Hauch.

»Kennen Sie einen Gärtner namens Walter Greims?«, fragte Sneijder weiter.

»Greims ...«, wiederholte der Mann. Seine spröden Lippen rissen auf.

Krzysztof hob eine Wasserflasche auf, die neben einer der Kisten auf dem Boden lag, wischte die Öffnung ab und reichte sie Sneijder. Darin befand sich noch ein wenig Flüssigkeit, mit der Sneijder die Lippen des Mannes befeuchtete. »Was wissen Sie über Greims?«

»Hat das Geschäft eingefädelt ... meine Klienten ... und die Frauen ...«

»Welches Geschäft?«, drängte Sneijder nun doch, da er merkte, wie der letzte Lebensfunke den Mann verließ. »Ging es dabei um Missbrauch? Oder steckte etwas anderes dahinter?«

»Suchen Sie nach den Kindern ...«

»Was?« Sneijder sah ihn verwirrt an. »Welche Kinder?«

Doch Janus' Vater gab keine Antwort mehr. Er war tot.

22. Kapitel

Sabine hatte die Spur des Paintballschützen quer durch den Wald bis zur Villa verfolgt, dann aber verloren. Inzwischen hatten Tina und die Jungs Janus im Jeep aus dem Wald zum Haus gebracht, wo sie auf den Notarzt warteten.

Frustriert betrat Sabine das Gästezimmer. Während sie aus den schmutzigen und verschwitzten Klamotten schlüpfte, hörte sie den Krankenwagen eintreffen. Durchs Fenster sah sie, wie Janus im Heck der Ambulanz verarztet wurde.

Da rief Sneijder an. In knappen Worten berichtete er, was inzwischen auf der anderen Seite des Geländes passiert war, was die Schüsse zu bedeuten hatten und dass die Kripo des Bayerischen LKA, die Spurensicherung und ein weiterer Krankenwagen im Einsatz waren. Anscheinend hatte der Paintballschütze nichts mit ihren Ermittlungen zu tun.

Wieder in Straßenkleidung ging sie über den Hinterausgang zur Rückseite des Gebäudes und trat ins Freie, um nach Sneijder und Krzysztof Ausschau zu halten. Doch von hier aus war nichts zu erkennen. Es würde wohl noch eine Weile dauern, bis alle für eine Einsatzbesprechung zur Villa kamen.

Da hörte sie aus dem Schuppen, der an die Villa grenzte, ein quietschendes metallenes Geräusch. Die Wiese vor der Holztür war niedergetreten, Erdklumpen lagen im Gras. Vorsichtig trat sie mit der Hand am Holster näher und schob die Tür auf. Ein junger athletischer Mann Anfang zwanzig verstaute soeben einen Markierer mit den dazugehörigen Paintballs in einem Metallschrank und wischte dabei seine Fingerabdrücke mit seinem T-Shirt ab.

Rote Paintballs!

Als er bemerkte, dass durch die geöffnete Tür Licht in den Schuppen fiel, fuhr er herum.

»Keine Bewegung, Freundchen!« Sabine trat rasch näher. Sie ließ die Waffe stecken, bog ihm stattdessen den Arm auf den Rücken und drückte sein Gesicht neben dem Schrank an die Bretterwand. »Und jetzt sag schön, wer du bist.«

»Der Poolboy«, keuchte er.

»Witzig! Das soll ich glauben?«, rief sie.

»Wirklich! Das heißt, ich *war* der Poolboy. Seit zwei Jahren arbeite ich für Janus, aber heute Morgen hat er mich gefeuert. Wenn er erfährt, dass ich noch hier bin, dann …« Er verstummte.

Sabine bog sein Handgelenk weiter nach oben, sodass er aufschrie. »Warum hat er dich entlassen? Ist ein Blatt in den Pool gefallen?«

»Ich habe mir gestern Nacht seinen Lamborghini für eine kleine Spritztour ausgeborgt«, sprudelte es aus ihm heraus, »und eine Delle in den Wagen gefahren.«

»Und da hat dich Janus nicht gleich kaltgemacht?«

»Hätte er beinahe …« Er drehte das Gesicht zur Seite, und nun erkannte Sabine sein geschwollenes Auge und die aufgeplatzte Lippe. Er öffnete den Mund. Ein Schneidezahn fehlte. *Auch das noch!* Ohne die Blessuren wäre der Bursche wirklich hübsch gewesen.

Sabine blickte zu den roten Paintballs. »Und der Schuss mit dem Markierer war deine Rache? Dein Abschiedsgeschenk für deinen ehemaligen Arbeitgeber? Mein Gott, wie blöd kann man sein!« Mit der anderen Hand packte sie den Mann am Genick, riss ihn herum und schob ihn vor sich aus dem Schuppen. »Du hast verdammtes Glück, dass du Janus kein Auge ausgeschossen hast.«

»Wo bringen Sie mich hin?«, fragte er.

»Dreimal darfst du raten.«

»Sie haben keine Ahnung, was Janus mit mir macht, wenn er davon erfährt«, jammerte er.

»Doch. Ich kann es mir vorstellen.«

»Dabei war es gar nicht meine Idee«, presste er hervor.

»Was, der Racheakt?«, fragte Sabine.

»Nein, die Spritztour.«

Die Spritztour?

Sabine erreichte die Vorderseite der Villa, wo sie den Mann an Janus' Leute übergeben wollte. Bestimmt sagte der Poolboy die Wahrheit, kannte die Nonne gar nicht und wusste nicht einmal, dass es ein Ursulinenkloster gab.

Da bemerkte Sabine Janus' Ehefrau, die plötzlich an der Balustrade der Terrasse stand und mit einem peinlich berührten und zugleich besorgten Blick zu ihnen heruntersah.

Schau an! Dieser Blick sprach Bände. Wieder fiel Sabine die überschminkte Schramme neben Kamilas Auge auf – und schlagartig erkannte sie die Zusammenhänge. Nicht Janus hatte seine Frau verprügelt. Die Schramme stammte von der missglückten Spritztour und dem Unfall!

»Du hast in den letzten Jahren anscheinend nicht nur die Fliesen des Schwimmbeckens geputzt«, flüsterte Sabine dem Mann von hinten ins Ohr, »sondern nebenbei auch noch die Dame des Hauses gebürstet.«

»Kamila und ich sind seit …«

»Sei still!«, zischte Janus' Ehefrau von oben herunter.

»Ja, seid lieber beide still!«, sagte nun auch Sabine und wollte den Jungen weiter vor sich her in Richtung Ambulanz schieben, hielt jedoch inne.

Die beiden haben gestern Nacht vermutlich im Wald eine Nummer im Lamborghini schieben wollen, dabei aber die Karre gegen den Baum gefahren. Und nun war der Schuss mit dem Paintballmarkierer auch noch im wahrsten Sinn des Wortes nach hinten losgegangen – denn jetzt würde Janus garantiert dafür sorgen, dass der Poolboy nicht nur eine kleine Abreibung bekam, sondern für ein paar Monate im Krankenhaus landete. Aber das alles hatte nichts mit ihrem Fall zu tun.

Sabine ließ den Arm des Jungen los, der sich sogleich das Handgelenk rieb. »Ich gebe dir eine Minute, um vom Grundstück zu verschwinden. Lass dich hier nie wieder blicken.«

So schnell konnte sie gar nicht schauen, da hatte der Poolboy schon kehrtgemacht und rannte zurück zum Schuppen. Bestimmt kannte er einen Weg, um unbemerkt von dem Areal zu verduften.

Janus' Ehefrau warf Sabine einen dankbaren Blick zu, den sie kurz erwiderte, dann ging sie weiter. Kurz darauf erreichte sie den Krankenwagen, der auf der Wiese vor der Villa geparkt hatte. Der Notarzt kümmerte sich immer noch um Janus. Der lag mit dem verschmutzten Overall auf einer Trage, hatte bereits eine kahl rasierte, desinfizierte Stelle auf dem Hinterkopf und einen dicken Verband.

Wie Sabine von einem Sanitäter erfuhr, ging es Janus so weit gut. Nachdem ihm der Notarzt intravenös ein Schmerzmittel verabreicht und noch ein paar Ratschläge gegeben hatte, hievte sich Janus von der Trage und war wieder auf den Beinen.

»Sie müssen die Wunde nähen lassen«, schärfte ihm der Arzt ein.

»Ja, ja, einer meiner Leibwächter fährt mich später noch ins Krankenhaus«, murrte Janus. Dann betrachtete er Sabine. »Haben Sie den Schützen gefunden?«

»Ich habe einen flüchtenden Mann bemerkt.« Sabine beschrieb ihm das Aussehen des Jungen.

Janus' Kiefermuskeln mahlten. »Der Poolboy«, knirschte er. »Wo ist er jetzt?«

»Ich habe ihn nicht erwischt.«

Janus stieß einen polnischen Fluch aus. Sein Kopf lief rot an, als wollte er jeden Moment selbst nach dem Burschen suchen, um ihn vor Sabines Augen eigenhändig zu erwürgen. Doch noch bevor er etwas sagen konnte, kam Sneijder auf sie beide zu.

Ungewöhnlich derangiert und mit ramponiertem Anzug berichtete er ihnen, was Krzysztof und er im Haus von Janus' Vater herausgefunden hatten. Sabine sah nur, wie Janus' Gesicht starr wurde, während er sich alles kommentarlos anhörte.

Nachdem Sneijder seinen Bericht beendet hatte, war Janus' Blick vollends versteinert. Er wollte sofort zum Haus seines Vaters, doch Sneijder hielt ihn zurück. »Die Spurensicherung hat den Tatort abgesperrt, das SEK durchkämmt gerade das gesamte Areal, und die Ermittler befragen alle Angestellten.«

»Das ist mir scheißegal, ich …«

»Stopp!«, rief Sneijder. Seine Stimme ließ keinen Widerspruch zu. »Wir fassen den Täter. *Wir!* Haben Sie das verstanden?«

Janus' breite Schultern entspannten sich ein wenig. Er atmete tief durch. »Das werden Sie, bei Gott, denn falls nicht …« Mit zusammengebissenen Zähnen drückte er Sneijder den Finger auf die Brust.

»Okay.« Sneijder nickte. »Kommen Sie mit auf die Terrasse«, schlug er vor.

Mittlerweile war die Sonne hinter den Baumwipfeln verschwunden und färbte den Horizont blutrot. In einer Stunde sollten die ersten Gäste kommen, aber so etwas Banales wie eine Geburtstagsparty schien jetzt in weite Ferne gerückt. Zwei Beamte standen mit einem Polizeiwagen am Eingangstor und würden jeden Gast nach Hause schicken. Offizielle Begründung: *Der Gastgeber ist erkrankt.*

»Kommen Sie«, wiederholte Sneijder.

Janus und Sabine folgten ihm auf die Terrasse. Kaum stand Sabine an der Balustrade, läutete ihr Handy. Sie wollte den Anrufer bereits wegdrücken, als sie die Nummer sah. Der erste Lichtblick an diesem missglückten Tag.

»Entschuldigen Sie mich bitte kurz.« Sie ging zum anderen Ende der Terrasse, wo auf der Bühne immer noch die Instrumente der Band standen. Dort konnte sie ungestört telefonieren. »Hallo?«

»Guten Abend, Tante Bine«, sagte eine Mädchenstimme.

Connie. Ihre jüngste Nichte, mittlerweile neun Jahre alt.

»Hallo, mein süßer Fratz. Ich habe leider nur kurz Zeit.« Sabine starrte zum anderen Ende der Terrasse. »Wie geht's dir?«

»Und, kommst du morgen auch zu uns nach München?«

Morgen? O verdammt! Sabine hatte völlig vergessen, das geplante sonntägliche Familientreffen mit ihrem Vater, ihrer Schwester und den drei Mädchen abzusagen. Stattdessen würde sie den Rest des Wochenendes ziemlich sicher mit nur ein paar Stunden Schlaf in ihrer Mietwohnung in Wiesbaden verbringen und darüber hinaus garantiert keine freie Minute haben.

Connies ältere Schwestern, Kerstin und Fiona, waren mittlerweile zehn und zwölf. Früher, als Sabine noch beim Kriminaldauerdienst in München gewesen war, hatte sie ihnen ständig vorgeflunkert, dass sie in topsecret Missionen unterwegs war. Die Mädchen hatten ihre Geschichten von Einsätzen mit Helikoptern geliebt, die Storys von Spürhunden, Nachtsichtgeräten und Wärmebildkameras. Außerdem waren sie die einzigen Kinder in der Vorschule gewesen, die die Wörter *Tellerminen* und *Mitteldistanzwaffen* richtig aussprechen konnten – zum großen Ärgernis von Sabines Schwester.

»Das schaffe ich leider nicht«, sagte Sabine niedergeschlagen. »Ich ermittle in einem dringenden Fall.«

»Über den du natürlich nicht sprechen darfst, verstehe«, sagte Connie altklug. »Ist dein fieser Ausbilder auch wieder mit dabei?«

»Ja, Maarten Sneijder leitet die Ermittlungen.«

»Maarten S. Sneijder«, korrigierte Connie sie.

Sabine sah zu Janus und Sneijder und musste unwillkürlich schmunzeln. »Ja, genau der.«

»Seid ihr wieder mit Helikoptern und Spürhunden im Einsatz?«

»Na klar, was denkst du?«, antwortete Sabine. »Und mit einer taktischen Gruppe des bayrischen SEK.«

»Du bist in Bayern?«

»Ja, nicht einmal weit von euch entfernt. Wir haben auch Minensuchhunde dabei, Wärmebildkameras – das ganze Programm eben«, flunkerte sie.

»Kugelsichere Westen?«

Sabine dachte an die Hartplastikprotektoren. »Klar, die auch.«

»Gut, dann kann dir ja nichts passieren.«

»Das ist doch alles erstunken und erlogen«, mischte sich plötzlich Fiona, die Älteste, in das Gespräch, die offenbar auf einem zweiten Telefon mithörte.

»Ist es nicht!«, rief Connie.

»Ist es wohl!«, riefen Kerstin und Fiona im Chor.

»Mädchen, beruhigt euch wieder«, unterbrach Sabine den Streit. Mittlerweile waren die beiden älteren der drei blonden Orgelpfeifen zu groß für diese Geschichten, und schon bald würde auch Connie nicht mehr daran glauben. Es wurde Zeit, damit aufzuhören. »Grüßt Opa und eure Mama von mir. Ich schicke viele Küsse und melde mich nächste Woche wieder.«

»Erzählst du uns dann von deinem Einsatz?«, fragte Connie.

»Wenn ihr wieder die Verschwiegenheitserklärung unterschreibt«, antwortete Sabine.

»Seht ihr, sie sagt also *doch* die Wahrheit!«, beharrte Connie, und dann ging das Gezeter im Hintergrund auch schon wieder los.

Sabine verabschiedete sich und steckte das Handy weg.

Tina trat an ihre Seite und hatte wohl den letzten Teil des Gesprächs mitbekommen. »Du erzählst ihnen immer noch diese Geschichten? Merken die nicht, dass du sie anschwindelst?«

Sabine zuckte mit den Achseln. »Bisher haben sie ihnen gefallen. Immerhin haben wir heute den US-Präsidenten fast vor einem Attentat bewahrt.«

»Das ist uns ja gut gelungen«, sagte Tina ironisch und klopfte ihr auf die Schulter. »Komm, wir haben eine Besprechung.«

Als sie zurückkamen, saßen Sneijder, Krzysztof und der Pilot des Helikopters neben Janus und seinen beiden Jungs an einem Tisch auf der Terrasse.

Janus' Blick war in die Ferne gerichtet. Erde klebte unter seinen Fingernägeln, und er hatte seinen Ehering abgenommen, den er nachdenklich zwischen den Fingern drehte. Von seiner Frau fehlte jede Spur. Bestimmt hatte sich Janus bereits zusammengereimt, was vorgefallen sein musste.

Sabine und Tina setzten sich zu den anderen an den Tisch.

Janus presste die Lippen schmerzvoll zusammen und drehte sich im Sessel zu Sabine. »Ziemlich viel für einen Tag, was?« Er griff nach einem Glas. Obwohl ihm der Notarzt jeglichen Alkohol verboten hatte, kippte er einen dreifachen Bourbon in sich hinein.

Sabine konnte es ihm nicht verdenken. »Kann man wohl sagen.« Etwas Besseres fiel ihr nicht ein. Andererseits hatte sie auch keine große Übung darin, ehemalige Verbrecher aufzumuntern.

»Sie und Sneijder hatten recht«, gab Janus zu. »Ihre Nonne hat es tatsächlich auf uns abgesehen. Mein Gott … eine *Nonne*!« Er lachte auf.

»Helfen Sie uns, mehr über die Hintergründe rauszufinden.«

»Ich habe keine Ahnung, was mein Vater und Greims damals inszeniert haben. Alles, was ich weiß, habe ich Ihnen bereits gesagt.« Diesmal klang es wirklich nach der Wahrheit.

»Warum machen Sie so ein Gesicht, Nemez?«, fragte Sneijder ohne aufzusehen, während er eine SMS in sein Handy tippte.

Sabine biss die Zähne zusammen. »Ich wünschte, wir hätten den Mord verhindern können«, presste sie hervor. »Außerdem ist ein weiterer Tag vergangen, und wir sind keinen Schritt weiter.«

»Das ist nicht richtig«, widersprach Sneijder, steckte das Handy ein und warf Krzysztof einen Blick zu. Der saß schweigend neben ihm und drehte das Lederband an seinem Handgelenk. »Wir haben durchaus einen Hinweis erhalten. *Suchen Sie nach den Kindern.* Und ich frage mich, ob unsere Nonne das alles allein inszeniert hat oder einen Komplizen hat.«

»Das frage ich mich schon von Anfang an«, entgegnete Sabine.

»Bei dem Aufwand, den sie betrieben hat, spricht einiges für die Komplizentheorie«, überlegte Sneijder. »Und dieser Komplize muss Kenntnis von Bambusgewächsen haben.«

»Vielleicht ein Botaniker«, schlug Sabine vor.

»Oder jemand, der in Südostasien im Krieg war«, sagte Krzysztof.

»Wie kommen Sie darauf?«, fragte Sabine.

»Die Bambusfolter wurde früher auf der Insel La Réunion im Indischen Ozean als Todesstrafe bei Sklaven angewandt«, murmelte Sneijder nachdenklich.

Lukasz und Bartosz schwiegen betroffen.

»Und die Japaner haben sie im Zweiten Weltkrieg bei alliierten Gefangenen eingesetzt«, ergänzte Janus. Er beugte sich nach vorn und sah Sneijder mit einem intensiven Blick an. »Was immer Sie und Ihre Leute tun und herausfinden, Sie haben meine volle Unterstützung.«

Sabine zog eine Augenbraue hoch. Und das aus dem Mund eines ehemaligen Kriminellen.

»Zuerst müssen wir versuchen, Magdalenas Komplizen zu finden. Ich glaube, ihr Bruder Zeno könnte dahinterstecken, aber bis jetzt haben wir keine Spur von ihm. Außerdem wissen wir immer noch nicht, wo sich die Nonne seit ihrem Austritt aus dem Kloster aufgehalten hat und was sie in dieser Zeit gemacht hat.« Sneijder erhob sich. »Brechen wir auf.« Er nickte dem Piloten zu, dann sah er Janus an. »Haben wir Starterlaubnis?«

»Inklusive meines Einverständnisses, diese Nonne kräftig in den Arsch zu treten.«

23. Kapitel

Wenige Kilometer östlich von Wiesbaden hing der Halbmond über dem Waldrand und beleuchtete die Baumwipfel sowie eine alte stillgelegte Mühle, durch deren gemauertes Untergeschoss ein Bach floss. Im Haus brannte nur ein winziges Licht.

Es war weit nach Mitternacht, als Sneijder im Wohnzimmer seines Hauses in seinem bequemen Lesesessel saß, ein Glas Tomatensaft mit Pfeffer, Salz, Tabasco und jeder Menge Wodka in der Hand kreisen ließ und in das Dämmerlicht starrte. Mittlerweile sein drittes Glas. Bis auf das leise Klicken der Eiswürfel war es still im Haus. Das Fenster war gekippt, im Wald rief ein Uhu, und der Blechhahn auf dem Kamin drehte sich sanft im Wind.

Unter Sneijders Buchregal strahlte nur eine stark gedimmte indirekte Beleuchtung. Daneben qualmten zwei Räucherstäbchen und verbreiteten einen süßen Geruch.

»Auch einen Wodka?«, fragte Sneijder sein Gegenüber.

Der Mann schwieg. Er saß in einem bequemen Sessel, ein Bein über das andere geschlagen, einen Arm im Schoß, den anderen auf der Lehne. Durch das Licht hinter ihm lag sein Gesicht im Schatten, nur seine Silhouette war zu erkennen, das zerzauste Haar und der dunkle Anzug. Hinter ihm waberte der Rauch der Stäbchen.

»Dann eben keinen Wodka«, murmelte Sneijder. »Zigarette?« Er hielt dem Mann eine Schachtel mit selbst gedrehten Joints hin. »Dachte ich mir.« Sneijder zog die Hand zurück, zündete sich selbst einen Glimmstängel an, inhalierte und stieß die Luft langsam durch die Nase aus. Ein vertrauter süßer Geruch verbreitete sich im Raum.

Sneijders angespannte Nackenmuskeln lockerten sich. Während

der Joint in seinem Mundwinkel hing und die Glut im Dämmerlicht rötlich leuchtete, öffnete er sein Nadelset, zog die längste Akupunkturnadel heraus und stach sie sich in einen tätowierten Punkt auf seinem Handrücken zwischen Daumen und Zeigefinger.

Sneijders Augenlid zuckte. Er drehte an der Nadel und zog sich den Schmerz aus dem Nervenpunkt. *Diese verdammten Cluster-Attacken!* Das Dröhnen im Helikopter während des Rückflugs hatte ihm nicht gutgetan. Am besten half reiner Sauerstoff, aber Sneijder wollte sich nicht mit einer Sauerstoffmaske ins Bett legen. *Noch nicht.* Dieser Fall hatte gerade erst begonnen, und das hob er sich für den Zeitpunkt auf, wenn die Schmerzen absolut unerträglich wurden.

»Danke, dass Sie so kurzfristig Zeit hatten«, murmelte er, ohne aufzusehen. »Sie haben sich bestimmt schon gefragt, weshalb ich Sie hergebeten habe.« Er zog am Joint, drehte an der Nadel und stöhnte kurz auf. »Ich möchte mit Ihnen über Walter Greims sprechen.« Er glaubte, ein Nicken bei seinem Gegenüber zu sehen.

»Ich habe vor zwei Stunden das Obduktionsergebnis von Greims erhalten. Der alte Mistkerl war kerngesund. Wäre bestimmt neunzig geworden. Ist am Freitagmorgen mit dem ICE aus Braunau in Wiesbaden angekommen, schnurstracks zur alten Lackfabrik gegangen, hat sich dort fesseln und ermorden lassen. Bestimmt nicht freiwillig, wie die Spuren an seinen Handgelenken und dem Knebel gezeigt haben. Stunden zuvor saß er jedoch noch allein im Zug, wie uns Zeugen und Überwachungsvideos bestätigt haben. Die Frage ist: Wer hat ihn hergeholt? Und aus welchem Grund? Irgendwelche Ideen?«

Sneijders Gegenüber neigte leicht den Kopf. Eine Geste, die wohl ein *Was-denken-Sie?* andeuten sollte. Das Kissen unter ihm knirschte.

»Klar, unsere Nonne steckt dahinter. Doch aus welchem Grund hätte er ihrem Wunsch nachgeben sollen? Unter welchem Vorwand hat sie ihn nach Wiesbaden gelockt? Wusste er überhaupt, dass sie dahintersteckt?« Sneijder zog am Joint.

Der Mann ließ Sneijders Fragen mit einer unerschütterlichen Ruhe über sich ergehen.

»Mittlerweile liegen uns auch Greims' Daten von der Telekom vor. Er hat in den letzten Tagen vor seinem Tod oft mit der Schweiz telefoniert. Immer wieder derselbe Gesprächspartner. Unsere IT-Abteilung wertet die Daten dazu noch aus.« Er machte eine Pause. »Lebt Zeno in der Schweiz? Was meinen Sie?«

Schweigen.

»Ich weiß, was Sie denken«, sagte Sneijder schließlich, zog die Akupunkturnadel aus seiner Hand und leerte das Wodkaglas in einem Zug. »Es hat keinen Sinn, ich muss meine Methode des Visionären Sehens abändern«, nuschelte er. »Zumindest in diesem Fall. Hier funktioniert sie nicht. *Verdikkeme!*« Er zerbiss einen Eiswürfel. »Verdammte Nonne. Ein Buch mit sieben Siegeln.«

Der Mann honorierte Sneijders Worte mit zustimmendem Schweigen.

»Auch wenn es nicht besonders aufschlussreich war … danke, dass Sie sich Zeit für mich genommen haben.« Sneijder griff zum Handy und tippte eine SMS.

Sie können ihn holen.

Sekunden später öffnete sich vor Sneijders Haus eine Wagentür. Durch den Vorhang des Fensters leuchteten die roten Rücklichter eines Autos auf, kurz darauf fiel grelles Licht aus dem Heck über den Vorplatz. Dort stand die schwarze Limousine des Bestatters.

Sneijder griff zur Seite und knipste das Licht der Stehlampe an.

Ihm gegenüber saß Walter Greims im dunklen Anzug auf einer Plastikfolie im Sessel.

Gesicht und Kopf der Leiche waren von Säure zerfressen und sahen fürchterlich entstellt aus, wie ein schwammiges weich gekochtes Ei. Es wirkte, als lächelte Greims mit gefletschten Zähnen.

Drei Jahre zuvor

In der Berghütte in den Tiroler Alpen stand Grit Maybach Thomas Schaeffer gegenüber. Sie hatte ihre Waffe auf den Amokläufer gerichtet – so wie auch der Lauf seiner Glock auf sie zeigte.

Eine verfahrene Pattsituation. Und nur weil sie gezögert hatte, sofort zu schießen. Der Grund war sein rotes Feuermal im Gesicht gewesen, der schockierende Moment, in dem sie es in natura gesehen hatte. *Es sieht tatsächlich genauso aus wie meins.* Sie musste sich zwingen, wegzusehen und stattdessen den Finger am Abzug seiner Waffe zu beobachten.

Allerdings war ihr nicht entgangen, dass er sie genauso überrascht anstarrte wie sie ihn.

»Ich habe nicht vor abzudrücken«, log sie. »Lassen Sie uns vernünftig sprechen – von Soldat zu Soldat.«

»Was sollte ich mit Ihnen besprechen?« Trotz der ganzen Dosen Energydrinks klang seine Stimme ruhig. »Wir beide haben nichts gemeinsam.«

»Da irren Sie sich.« Sie nannte ihm ihr Geburtsdatum. Vielleicht war das jetzt von Vorteil.

»Was soll der miese Trick? Lernt man das bei den Gebirgsjägern im Grundkurs für *Alpin-Psychologie*?«

Er weiß also, was mein Spezialgebiet ist, dachte Grit. Dann wusste er vermutlich auch, dass sie keinen Moment zögern würde, ihn zu erschießen, um ihr eigenes Leben und vor allem das der anderen zu retten. Gebirgsjäger wurden nicht darauf trainiert, Menschenleben zu verschonen. Da hätte die Landespolizeidirektion schon einen Trupp Polizisten mit einem Verhandlungsführer schicken müssen.

Ohne den Blick von Schaeffer zu lösen, sah sich Grit in der Hütte um. Aus dem Augenwinkel bemerkte sie, dass die Fensterläden geschlossen waren. Oberst Aichinger würde also nicht genau erkennen können, was in dem Raum vorging.

Bis auf ein Bett, auf dem Schaeffer vermutlich mit einem Anorak als Kopfkissen gelegen hatte, einem Schrank und einem offenen Kamin, in dem Holzscheite knackten, gab die Hütte nicht viel her.

Ein spartanischer Unterschlupf für Patrouillen im militärischen Sperrgebiet. Hinter Schaeffer hingen T-Shirt, Pullover und Windjacke auf einer Wäscheleine.

»Was jetzt?« Er hatte einen leichten bayrischen Akzent. »Wie viele seid ihr?«

»Ich bin allein«, log Grit.

Schaeffer lächelte. Bestimmt nahm er ihr die Lüge nicht ab. Seine Brustmuskeln spannten sich trotz seiner äußeren Ruhe an. Sein Oberkörper war rasiert, und um den Hals trug er nur seine Hundemarken.

»Wo sind Sie geboren?«, fragte er.

»Das weiß ich nicht.« Diesmal sagte sie die Wahrheit. Aufgewachsen war sie hingegen im Waisenhaus in Kufstein, doch das würde sie ihm nicht auf die Nase binden. Mit ihrem Geburtsdatum hatte sie schon zu viel verraten.

»Ich weiß es auch nicht. Jedenfalls bin ich in Regensburg im Heim groß geworden«, erzählte er gelassen.

»Weiß ich bereits«, sagte sie.

Aus einem ihr unerklärlichen Grund zögerte sie immer noch, auf ihn zu schießen. Der Lauf seiner Waffe zielte auf ihre Brust. Selbst wenn er noch die Zeit hätte, einmal abzudrücken, würde sein Projektil sie vermutlich nicht lebensgefährlich verletzen. Zumal sie unter dem Overall eine schusssichere Weste trug. Das Projektil seiner Glock würde das Kevlar zwar durchschlagen, aber abgebremst werden. Ihre Chancen standen gut. Trotzdem wartete sie.

Und Schaeffer schien das zu merken, denn er sprach ruhig weiter. »Haben dich deine Eltern auch weggegeben?«

Gut kombiniert. Außerdem benutzte er plötzlich das vertrauliche *Du*. Möglicherweise war sie seit Monaten die Erste, mit der er glaubte, vernünftig reden zu können.

»Warum?«, bohrte er weiter.

»Das weiß ich nicht – und es ist mir auch egal«, sagte Grit. Sie hatte Mutter und Vater nie kennengelernt.

Mit einem Mal lächelte er traurig. »Ist ziemlich scheiße, wenn man ein Leben lang das Gefühl hat, dass einen die eigene Mutter nicht wollte.«

»Vielleicht war sie erst sechzehn oder drogensüchtig oder kam aus einer streng religiösen Familie. Womöglich schämte sie sich oder hatte schon zu viele Kinder«, versuchte es Grit nun doch mit ein wenig Psychologie. »Vermutlich war es am besten so.«

»Am besten für wen?«, fuhr er sie an. »Vielleicht war sie auch nur von einem verheirateten Mann schwanger, einem reichen Kerl, bei dem sie geputzt hat, von dem sie aber unter Druck gesetzt wurde und der eigentlich für mein Leben hätte bezahlen müssen. Sprachreise nach London, eine goldene Uhr zur Firmung, Universitätsabschluss.«

»Sind Sie deshalb zum Heer gegangen, weil Sie Geld brauchten?«

»Viele andere Möglichkeiten hatte ich nicht. Ich habe meine ganze Wut in den Sport gesteckt.«

Sie betrachtete seinen nackten Oberkörper. *Das sieht man.* »Das Militär bietet einem eine neue Familie und ein Gefühl der Zugehörigkeit. Als Sie es trotzdem nicht mehr ausgehalten haben, sind Sie ausgerastet«, erzählte sie seine Geschichte zu Ende.

»Ich habe in Kuwait, Libyen, Afghanistan und im Sudan Dinge

gesehen, die würdest du nicht einmal deinem schlimmsten Feind wünschen.«

»Es gibt psychologische Betreuung.«

»Vergiss es – funktioniert bei mir nicht!«

Da hörte Grit vor dem Fenster ein Knirschen im Schnee. Als sie instinktiv den Kopf zur Seite wandte, wusste sie im selben Augenblick, dass sie einen Fehler begangen hatte.

Schaeffer war mit einem Schritt neben ihr und schlug mit seinem Arm ihre Schusshand beiseite. Noch bevor sie mit der anderen Hand ihr Messer aus der Scheide am Gürtel ziehen konnte, hatte er ihr über seinem Knie den Ellenbogen gebrochen.

Sie schrie auf und lag im nächsten Moment auch schon mit dem Rücken auf dem Boden.

Gottverdammt! Ein Anfängerfehler!

Er saß über ihr und drückte ihr den Lauf seiner Waffe an den Hals. »Keinen Laut!«, zischte er. »Ich weiß, es tut weh, aber beiß die Zähne zusammen, Grit.«

Sie biss tatsächlich vor Schmerzen die Zähne zusammen. »Woher kennst du …?«, presste sie hervor. Nun hatte sie ihn auch geduzt.

»Ich habe den Funkspruch deines Kollegen gehört. Verwendet ihr keine Codenamen?«

Sie antwortete nicht. Ihre Blicke begegneten sich. Der Druck der Waffe an ihrem Hals ließ für den Bruchteil einer Sekunde nach, dann hatte er sich wieder im Griff.

Trotz der Schmerzen, die in ihrem Ellenbogen pulsierten, wurde sie das Gefühl nicht los, dass es zwischen ihnen eine Verbindung gab. Auch er schien sie bemerkt zu haben. Sie waren sich erstaunlich ähnlich. Nicht nur in ihrer Einstellung und ihrer Herkunft, sondern auch in ihrem Aussehen. *Das ist das Erschreckendste an der ganzen Sache. Diese äußerliche Ähnlichkeit!*

Er beugte sich zu ihr herunter. »Jeder andere würde dir jetzt eine Kugel in den Kopf jagen, aber ich bin kein Mörder, Grit«, flüsterte er. »Eines Tages wirst du vielleicht herausfinden, wer deine Eltern sind. Dann bestell ihnen einen schönen Gruß von mir und richte ihnen aus: Ich habe ihre Tochter am Leben gelassen. Willst du den Grund dafür wissen?«

»Warum?«, keuchte sie.

»Damit du sie in den Arsch treten kannst. Stellvertretend für alle Eltern, die ihre Kinder weggegeben haben. Wie mich. In einem Korb zwischen zwei Mülltonnen auf einem Hinterhof.«

Ein eiskalter Schauer lief ihr über den Rücken.

Sie spürte zwar nicht die gleiche Verbitterung, die Schaeffer in sich trug, konnte sich jedoch gut in ihn hineinversetzen. Möglicherweise wäre sie eines Tages ebenso geworden wie er, aber zum Glück hatte sie mit der Vergangenheit abgeschlossen. *Versuche nicht, den Grund für etwas herauszufinden, wenn du keine Chance hast, jemals dahinterzukommen!*, hatte Oberst Aichinger ihr schon vor vielen Jahren mit auf den Weg gegeben. Und von diesem Tag an waren sowohl das Militär als auch ihr Ausbilder ihre Ersatzfamilie gewesen.

An der Hinterseite des Hauses knarrte eine Holzbohle, und Grit drehte den Kopf zur Seite.

Schaeffer sprang auf, schlüpfte in Pullover und Anorak und blickte zu ihrer Waffe, die unter die Kommode geschlittert war. »Ich weiß, du schießt nicht auf mich! Andernfalls hättest du es längst getan.«

Dann verschwand er ohne ein weiteres Wort durch die Tür in den Vorraum.

Sogleich rollte Grit über den Boden und zog mit dem unversehrten Arm ihre Waffe hervor. Noch auf dem Boden liegend drehte sie sich herum und zielte auf Schaeffer, der gerade seinen Rucksack schnappte und die Eingangstür aufzog. War er erst einmal draußen, würden das Schneetreiben seine Fußspuren sofort verwischen.

Du schießt nicht auf mich!

Sie blickte über Kimme und Korn, zielte auf seinen Kopf und atmete langsam aus.

Irrtum!

Sie drückte ab, senkte jedoch im letzten Moment den Arm. Das Projektil durchschlug seinen Oberschenkel und warf ihn durch die Wucht nach draußen in den Schnee. *Irgendwie hat er doch recht gehabt.* Trotzdem hätte sie niemals einen Amokläufer entkommen lassen.

Mit der Waffe in der Hand richtete sie sich auf. Im Licht der Petroleumlampe, das nach draußen fiel, sah sie, wie sich der Schnee um sein Bein rasch rot färbte.

Im nächsten Moment glaubte sie Schritte zu hören. Oberst Aichinger stapfte tatsächlich durch den Schnee, und noch bevor Schaeffer sich aufrappeln konnte, drückte ihm Aichinger den Lauf seines Gewehrs ins Genick. »Liegen bleiben! Waffe weg! Sie sind verhaftet.«

Eine halbe Stunde später kam die Verstärkung. Grit hörte die Worte der Kollegen nur dumpf, da der ohrenbetäubende Knall ihrer Pistole immer noch wie ein Sirren in ihren Ohren nachhallte.

Sie wurde mit Schmerztabletten vollgepumpt, die rasch wirkten, und ihr Arm behelfsmäßig geschient. Nachdem der Sanitäter der Gebirgsjäger auch Schaeffers Bein versorgt hatte, wurde dieser unsanft abgeführt. Die Männer eskortierten ihn hinunter zum nächstmöglichen Landeplatz des Hubschraubers.

Grit sah ihnen nach, während das Licht ihrer Stirnlampen langsam in der Dunkelheit verschwand. Mit dröhnendem Schädel dachte sie über das Gespräch nach, das sie mit Schaeffer geführt hatte.

Habe ich die richtige Entscheidung getroffen? Vielleicht hätte ich ihn doch entkommen lassen sollen.

Sie wusste es nicht.

Denn auch sie war in einem Korb zwischen den Mülltonnen auf dem Hinterhof eines Waisenhauses gefunden worden.

3. TAG

Bern

SCHWEIZ

– SONNTAG, 14. MAI –

24. Kapitel

Sneijder hatte die erste Einsatzbesprechung an diesem Tag für sieben Uhr früh anberaumt – und zwar in seinem Büro. Sabine hatte nur eine Tasse starken Kaffee intus. Das Frühstück würde sie entweder in der Kantine der BKA-Akademie oder unterwegs nachholen. Tina hatte vermutlich auch noch nichts gegessen, und Krzysztof wirkte mit seinen kleinen Augen, als wäre er erst vor fünf Minuten aus dem Bett gekrochen.

Doch am schlimmsten von allen sah Sneijder aus. In dieser Verfassung hatte Sabine ihn seit einem Jahr nicht mehr gesehen. Er wirkte, als hätte er die Nacht über kein Auge zugetan. Sein Gesicht glänzte weiß, die Handrücken waren zerstochen und seine Pupillen waren von geplatzten roten Äderchen umrahmt. Offenbar hatte er sich die Nacht mit Joints, Vanilletee, Wodka und Akupunkturnadeln um die Ohren geschlagen. Außenstehende dachten vielleicht, es sei kein gutes Zeichen, wenn er sich bereits am dritten Tag ihrer Ermittlungen in diesem desolaten Zustand befand, doch Sabine wusste, dass Sneijder wochenlang so durchhalten konnte, ohne zusammenzubrechen. Je desolater sein Äußeres, umso effektiver arbeitete er.

Es klopfte an der Tür, und ein junger Ermittler mit Stoppelfrisur von der IT-Abteilung trat mit einer Mappe in der Hand ins Büro. Da jeder im Haus wusste, dass Sneijder auf förmliches Geplänkel wie *Ja, bitte?* und *Herein!* verzichtete, kam er gleich zur Sache.

»Hier sind die Unterlagen der Telekom.« Der junge Mann reichte Sneijder die Mappe.

Sneijder schlug sie sofort auf, und Sabine schielte auf die Blätter. Es waren Telefonverbindungen – und zwar die von Walter Greims.

»Greims erhielt drei Anrufe von ein und demselben Prepaidhandy, die sich aber nicht zurückverfolgen ließen«, erklärte der Mann. »Jeder dieser Anrufe dauerte etwa eine Minute.«

»Ich sehe es.« Sneijder blätterte durch die Seiten. Seine Gesichtszüge erstarrten. »Was sollen die bunten Farben in diesem Bericht?« Einige Telefonnummern waren mit Leuchtstiften markiert.

»Ich dachte, ich gestalte es etwas übersichtlicher für Sie«, antwortete der Mann. »Diese …« Er wollte auf eine Nummer zeigen.

»Wenn Sie sich künstlerisch verwirklichen wollen, malen Sie ein Bild für den Louvre«, unterbrach Sneijder ihn. »Wurde eines der Telefonate zufällig aufgezeichnet?«

»Nein.«

»Noch was?«

»Hier sind die Fotos von den Tätowierungen.« Der Mann reichte Sneijder eine zweite Mappe.

Sneijder nahm die Unterlagen und grinste, als hätte er bereits darauf gewartet wie ein Wolf auf ein gerupftes Hühnchen.

Nachdem der Kollege von der IT das Büro verlassen hatte, ging auch Sneijder zur Tür. »Statten wir unserer Nonne einen Besuch ab.«

Er scheuchte sie alle hinaus in den Gang und sperrte sein Büro ab. Dann marschierten sie zu den Fahrstühlen, wo Tina den Lift holte.

Sneijder ging jedoch daran vorbei zum Treppenhaus und zog die Tür auf. »Gehen wir zu Fuß, das bringt die Gehirnzellen in Schwung.«

»Warum nicht gleich einen Aerobic-Kurs zum Frühstück?«, knurrte Krzysztof.

Also liefen sie die Stufen hinunter. In diesem Teil des Gebäudes roch es nach Scheuermittel, Silikon und Malerarbeiten. Ihre Schritte hallten an den Wänden wider. Außer ihnen befand sich niemand im Treppenhaus. Wollte man ungestört sprechen, war es hier wohl am besten.

Während sie die Stockwerke nach unten gingen, studierte Sneijder die Telefonnummern mit den zugehörigen Namen und Anmerkungen. »Greims hat in den Wochen vor seinem Tod kaum telefoniert. Abgesehen von dem Prepaidhandy tauchen all diese Nummern nur einmal auf – Hausverwaltung, Elektriker, Zahnarzt, Rehaklinik, verschiedene Restaurants und die Auskunft der Österreichischen Bundesbahnen. Da Greims kein Auto besaß und vermutlich auch kein Internet, hat er sich bei der ÖBB wahrscheinlich nach einer Zugverbindung zwischen Braunau und Wiesbaden erkundigt. Aber *diese* Nummer taucht insgesamt fünfmal auf.« Sneijder sah auf. »Eine Festnetznummer mit Schweizer Vorwahl – Nemez, kümmern Sie sich darum.« Er drückte ihr den Packen Papiere in die Hand.

Als Erstes rief Sabine aus Neugierde mit ihrem Handy die Prepaidnummer an, doch die war tot. *Welch Überraschung!* Während sie als Nächstes die Schweizer Nummer wählte, öffnete Sneijder die zweite Mappe und blätterte durch die Fotografien, die allesamt Großaufnahmen verschiedener schwarzer Tätowierungen zeigten. Offenbar war die Nonne tatsächlich von den Ermittlerinnen entkleidet worden, und diese hatten alle auffälligen Stellen ihres Körpers fotografiert.

»Ich bin im Moment nicht zu Hause«, erklang eine ältere weibliche Stimme mit Schweizer Akzent von einem Tonband. *»Sprechen Sie nach dem Pfeifton …«*

Sabine hielt sich die Hand vor den Mund und senkte die Stimme. »Hier spricht Sabine Nemez vom deutschen Bundeskriminalamt in Wiesbaden«, sagte sie und gab ihre Nummer durch.

»Würden Sie mich bitte dringend zurückrufen.« Danach bedankte sie sich und legte auf.

Inzwischen war Sneijder mit den Bildern durch und drückte Tina den Packen Fotos in die Hand. »Was halten Sie davon, Martinelli?«

Sabine wusste, dass Tina nicht nur gepierct, sondern auch großzügig tätowiert war.

Nachdem Tina die Bilder betrachtet hatte, reichte sie sie an Krzysztof weiter, der sich im Knast auch jede Menge Tattoos hatte stechen lassen. Wenn sich jemand mit dieser Kunstform auskannte, dann die beiden.

»Scheint so, als wäre Magdalena Engelmanns Körper mit ziemlich vielen Symbolen versehen«, murmelte Tina. »Handgelenk, Unterarm, Oberarm, Schulter, Bauch, Oberschenkel und Wade … allesamt Stellen, an die man selbst rankommt. Auch Perspektive und Winkel sprechen dafür, dass sie sich die Motive selbst gestochen hat.«

Wieder kein Beweis für einen möglichen Komplizen.

Sneijder nickte, während er die Zeilen des dazugehörigen Berichts überflog. »Ein Tattoospezialist des BKA, der jahrelang undercover in der Szene ermittelt hat, ist ebenfalls der Ansicht, dass die Frau sie sich selbst zugefügt hat. Außerdem meint er, dass die Tätowierungen aufgrund des Abheilungsprozesses vielleicht drei, höchstens jedoch vier Monate alt sind. Genaueres ließe sich erst nach einer Untersuchung der Lymphdrüsen feststellen, über die ein Großteil der Tinte abgebaut wird.«

»Woher kennt eine Nonne diese Technik?«, fragte Sabine. »Und woher hat sie das Equipment?«

»Kein Tätowierer würde dir je seine Maschine leihen – die ist ein Heiligtum –, aber sie könnte sich ein komplettes Tattooset mit Trafo aus dem Internet bestellt haben«, vermutete Tina. »Und so perfekt sehen die Arbeiten jetzt auch nicht aus.«

»Die hat das mit keiner Maschine gemacht«, widersprach Krzysztof.

Tina runzelte die Stirn. »Und warum nicht?«

»Wenn man eine Maschine nicht fachmännisch benutzt oder die Nadel zu rasch stumpf wird, vernarben die Stellen, und wenn die Farbe nicht richtig drinbleibt, die Maschine nicht hart genug läuft oder zu tief eingestellt ist, kommt es zu Blow-outs …« Er sah in die Runde. »… die Farbe zerläuft in der Fettschicht und sieht aus wie verschmierte Tinte auf nassem Papier«, erklärte er. »Doch nichts davon ist hier der Fall.«

»Aber wie soll sie es sonst gemacht haben?«, fragte Sneijder.

Krzysztof zog den Ärmel seines schwarzen T-Shirts hoch und zeigte ihnen auf seiner Schulter und dem sehnigen Oberarm dicke Kreuze und Bibelsprüche in gotischer Schrift. »Im Knast haben wir früher einen mit Tinte getränkten Bindfaden um eine Nähnadel gewickelt und uns so Motive gestochen. Und als Farbe haben wir einfach schwarze Rotringtusche verwendet.« Krzysztof zuckte mit den Achseln.

»Warum sollte die Nonne das so altmodisch gemacht haben?«, fragte Sneijder.

»Du hast selbst gesagt, die Tattoos sind mindestens drei Monate alt – und die Nonne ist erst vor drei Wochen aus dem Kloster ausgetreten«, antwortete Krzysztof.

»Zu dem Zeitpunkt war sie also noch im Kloster.« Sneijder nickte. »In der Näherei fand sie Nadel und Faden, und in der Bibliothek kam sie an Tinte heran.«

»Zum Beispiel«, sagte Krzysztof. »Die Technik heißt *stick and poke*. Der Vorteil ist, dass sie leise ist und keinen Strom braucht. Ein Tattooset hätte die Nonne jedes Mal auf- und abbauen und wieder verstauen müssen.«

»Da ist was dran«, gab Tina zu.

»Aber *warum* hat sie das getan?«, fragte Krzysztof.

»Liegt das nicht auf der Hand?«, entgegnete Sneijder. »Offenbar ist sie paranoid. Sie vertraut keinen Behörden. Anscheinend befürchtet sie, dass Aussagen, Protokolle, Beweise, Sachverhalte oder was weiß der Kuckuck verschwinden, vernichtet oder vertuscht werden könnten. Darum hat sie sich die Hinweise auf den Körper tätowiert – damit niemand sie verschwinden lassen kann.« Er blieb kurz auf dem Treppenabsatz stehen, kniff ein Auge zu und massierte mit einer Hand seine Schläfe.

»Was ist los? Wieder Kopfschmerzen?«, fragte Krzysztof.

»Nein.« Langsam ging Sneijder weiter. »Wir dachten, wir hätten unserer schweigenden Nonne durch raffinierte Tricks Informationen entlockt. Tatsächlich war es gar nicht unsere Raffinesse, sondern von ihr beabsichtigt, dass wir das erfahren, was wir erfahren sollten.«

»Das glaubst du?«

Sneijder nickte. »Sie ist zu intelligent, als dass wir sie überlisten könnten.«

Während ihrer Diskussion waren sie stehen geblieben. Nun gingen sie wieder weiter, und als sie das erste Untergeschoss erreichten, bekam auch Sabine, die sich bis dahin alles schweigend angehört hatte, die Fotos in die Hand.

»Also glaubst du, dass all diese Motive Hinweise für uns sind?«, fragte Krzysztof.

»Was sonst? Hübsche Verzierungen, um den Papst zu beeindrucken?« Sneijder schüttelte den Kopf.

Sabine betrachtete die Tätowierungen. Die schwarze Rose kannte sie bereits. Nun sah sie Janus, den Doppelkopf, in Großaufnahme. Weitere Bilder zeigten einen Sarg mit vier Kreuzen, das Wort *MörDer*, das englische Wort für Hölle *Hell7*, ein großes *X* und einen Uhrturm, auf dem es neun Uhr war.

Sehr kryptisch, das alles.

Insgesamt waren es sieben Tätowierungen.

Sieben Motive, sieben Morde, sieben Tage, sieben Hinweise.

Sabine brachte die Fotos in eine andere Reihenfolge und sah sich die Bilder erneut an.

»Ja, es sind alles Hinweise«, murmelte sie plötzlich und blieb stehen.

Sie hatten bereits das zweite Untergeschoss erreicht. Die anderen blieben ebenfalls stehen und starrten sie an.

»Was ist?«, fragte Sneijder. »Wollen Sie den Tag neben dem Treppengeländer verbringen, weil es hier besonders gemütlich ist?«

Sabine ignorierte die Bemerkung. »Die sieben Hinweise sind durchnummeriert«, sagte sie und fächerte die Bilder auseinander. »*Eine* Rose, *zwei* Köpfe, *vier* Kreuze, MörDer sind *sechs* Buchstaben, im Wort Hell7 steckt die Zahl *sieben*, *neun* Uhr auf der Turmuhr und dann noch ein großes X für die römische Zahl *zehn.*«

»Die Hinweise Nummer drei, fünf und acht fehlen«, bemerkte Sneijder.

Sabine nickte zu dem Bericht. »Könnte sie weitere Tattoos haben, die bei der Untersuchung vielleicht übersehen wurden?«

Sneijder verneinte. »Die haben jeden Zentimeter ihres Körpers abgesucht, sogar Kopfhaut und Augenlider. Es sind nur sieben Tätowierungen.«

Sabine schüttelte sich bei dem Gedanken, was der Frau angetan worden war. Sonderbefugnisse hin oder her – die Frage war, ob hier der Zweck die Mittel wirklich rechtfertigte.

»Könnte es sich dabei um die sieben Todsünden handeln?«, vermutete Sabine. »Oder um die sieben Siegel, sieben Posaunen oder die sieben Schalen der Apokalypse?«

»Wohl kaum«, würgte Sneijder den Gedanken ab. »Hinter ihrem Motiv steckt kein religiöser Wahn, sondern etwas zutiefst Persönliches. Außerdem haben Sie eine Sache falsch interpretiert, Nemez.« Er deutete auf das Foto vom Uhrturm. »Dieses Motiv ist spiegelverkehrt. Offenbar hat sich die Nonne, während sie sich das Bild auf ihrem Bauch gestochen hat, selbst im Spiegel betrachtet.«

»Also ist es *drei* Uhr?«, fragte Sabine.

»Exakt, und falls Sie mit Ihrer Theorie recht haben, dann ist diese Uhr der Hinweis für den dritten Tag.« Sneijder nahm ihr die Fotos aus der Hand und sortierte sie neu.

1. Hinweis: linkes Handgelenk
Schwarze Rose mit Dornen

2. Hinweis: rechter Unterarm
Janus Doppelkopf

3. Hinweis: Bauch
Uhrturm mit den Zeigern auf drei Uhr

4. Hinweis: linker Oberarm
Sarg mit vier Kreuzen

6. Hinweis: rechte Wadeninnenseite
MörDer

7. Hinweis: linker Oberschenkel
Hell7

10. Hinweis: rechte Schulter
X

»Aber woher willst du wissen, dass dieser Uhrturm tatsächlich spiegelverkehrt ist?«, fragte Krzysztof. »Wie viele Uhrtürme gibt es in Deutschland?«

»Den hier gibt es nur einmal. Und er steht in der Schweiz«, sagte Sneijder. »Das ist die *Zytglogge*, die Zeitglocke, der Uhrturm am Rand der Berner Altstadt.«

Bern!

Sabine zog ihr Handy aus der Tasche. »Ich wette, diese Schweizer Telefonnummer, die ich vorher angerufen habe, hat die Vorwahl von Bern.«

25. Kapitel

Einige Minuten später standen sie im Vorzimmer des Verhörraums 2B. Mittlerweile befanden sich ein Bett mit Matratze und ein dritter Stuhl in dem Raum. Keine Bücher, keine Zeitungen, kein Radio und auch keine Wanduhr mehr. Die Nonne trug graue Haftanstaltskleidung, ihr langes schlohweißes Haar war frisch gewaschen und fiel ihr offen über die Schultern. Die Frau saß mit einer Tasse Kaffee da und starrte in den Spiegel, als könnte sie ihn mit ihren finsteren Blicken durchdringen.

Höchstwahrscheinlich ist sie eine mehrfache Mörderin, aber für das, was wir dieser Frau antun, dachte Sabine, *bekommen wir garantiert nicht den Nobelpreis für Nächstenliebe.* Und wie sie an Tinas Blick zu erkennen glaubte, empfand es ihre Kollegin ähnlich.

Einzig Krzysztof schien Sneijders spartanische Zermürbungstaktik kaltzulassen. Anscheinend hatte er im Knast selbst öfters in Einzelhaft gesessen, sodass ihn dieser Anblick nicht schockierte.

»Kein Wort, keine Fragen, keine Beschwerden«, erklärte der Techniker, der vor den Monitoren saß. »Sie wollte in der Nacht bloß dreimal auf die Toilette, wohin zwei Beamtinnen sie begleitet haben.«

Da flog die Tür auf. Dirk van Nistelrooy kam mit zwei Personenschützern herein, die sich allerdings dezent im Hintergrund hielten. Der Präsident ersparte sich jegliche Begrüßung und reichte Sneijder eine Mappe. »Hier ist die gynäkologische Untersuchung – gottverflucht, wenn die Presse davon erfährt, sind wir dran.« Er warf Sabine einen warnenden Blick zu, den sie jedoch mit einem Ziehen im Magen zu ignorieren versuchte.

Noch ist alles halbwegs vertretbar.

»Das ist genau das, was sie will – einen Draht zur Presse«, erwiderte Sneijder. »Aber diesen Gefallen tue ich ihr nicht.«

Und dir selbst kommt das auch nicht ungelegen! Sabine wusste, dass Sneijder nicht ungehindert und hoch konzentriert arbeiten konnte, sobald ihm Presseheinis, Reporter und Fotografen im Nacken saßen. Niemand von ihnen konnte das. Außerdem würde dieser Rummel nur all jene Leute aufschrecken, hinter denen die Nonne – und damit letztendlich auch sie – her waren.

Sneijder schlug den Bericht auf und überflog die ersten Zeilen. Sein Gesicht hellte sich auf. »Saubere Arbeit.«

Krzysztof trat näher. »Was? Sieh mal einer an, unsere Ordensschwester war schwanger.«

»Ja, sie hat ein Kind zur Welt gebracht«, erklärte van Nistelrooy.

»Wie wir wissen, ist sie früh verwitwet. Vielleicht starb das Kind, und sie wurde deshalb Nonne«, spekulierte Sabine. »Das würde sogar zusammenpassen.«

»Tut es nicht«, widersprach Sneijder. »Mit vierundzwanzig wurde sie Witwe, mit fünfundzwanzig ging sie ins Kloster, aber die Ärzte sind sich einig, dass sie bei der Geburt zwischen achtundzwanzig und dreißig war, zu dem Zeitpunkt also schon mindestens drei Jahre lang im Kloster gelebt hat.« Er sah auf. *»Verdomme!«*

»Was wiederum auf den sexuellen Missbrauch im Kloster hindeuten könnte«, spekulierte Tina.

»Möglich«, murmelte Sneijder. »Bis auf dieses ärztliche Attest gibt es keine Dokumente über irgendeinen Nachkommen.«

»Vielleicht eine Totgeburt?«, vermutete Sabine erneut. »Auf welchem Körperteil befindet sich das Tattoo von der Zeitglocke?«

»Auf ihrem Bauch«, antwortete Sneijder.

Einen Moment lang war es still im Raum.

»*Suchen Sie nach den Kindern …*«, zitierte Krzysztof mit nachdenklicher Stimme.

Alle drehten sich zu ihm um.

Krzysztof hob die Schultern. »Das hat doch Janus' Vater gesagt, bevor er gestorben ist«, erinnerte er sie.

Sneijder nickte gedankenverloren. »Ja, und er sprach nicht bloß von *einem* Kind, sondern von *mehreren* …«

Van Nistelrooy, der schweigsam zugehört hatte, ging zur Scheibe, legte die Hand aufs Glas und blickte in die Zelle. »Was immer dieser ganze Mist zu bedeuten hat – findet es heraus. Und verhindert um Himmels willen weitere Morde.«

Sneijder trat an seine Seite, und wie im stillen Zwiegespräch warfen er und van Nistelrooy der Nonne stumme Blicke zu. »Wir sind dran.«

»Wie stehen unsere Chancen?«, flüsterte van Nistelrooy.

Sneijder steckte die Hände in die Hosentaschen und verzog das Gesicht. »Ich war stets von einer Sache überzeugt: Ein Mann, der niemals eine Schule von innen gesehen hat, wird in einem Zugabteil eine Handtasche klauen. Hat er Schulbildung, wird er alle Fahrgäste eines Waggons ausrauben, hat er einen Universitätsabschluss, wird er wahrscheinlich den ganzen Zug stehlen.« Er machte eine Pause. »Aber wie ist das mit einer Frau, die die meiste Zeit ihres Lebens in einem Kloster verbracht hat und ihrem Glauben gefolgt ist? Das ist neues Terrain für mich.«

»Für mich auch«, antwortete van Nistelrooy. »Und was machst du jetzt?«

Sneijder drehte sich zu Sabine um. »Finden wir heraus, wie stark ihr Glaube ist.«

26. Kapitel

Sabine betrat hinter Sneijder den Verhörraum und schloss die Tür wieder. Tina und Krzysztof warteten draußen, wo sie das Gespräch durch die Scheibe und über die Lautsprecher mitverfolgen konnten.

Die Nonne sah überrascht auf. Offenbar hatte sie nicht mit einem so frühen Besuch gerechnet.

Sneijder sparte sich jegliche Begrüßungsfloskel, setzte sich zu ihr an den Tisch und schob ihre Kaffeetasse beiseite.

Im nächsten Moment veränderten sich Magdalena Engelmanns Gesichtszüge. Hasserfüllt starrte sie Sneijder an. Von der eloquenten Ruhe, die sie vor zwei Tagen noch im Foyer des BKA-Gebäudes ausgestrahlt hatte, war nichts mehr zu spüren. Die knapp achtundvierzig Stunden Isolationshaft hatten sie zu einem anderen Menschen gemacht – innerlich wie äußerlich.

»Gestern wurde ich einer Zwangswaschung unterzogen«, sagte sie kalt. »Und mir wurde alles weggenommen.«

Sneijder nahm den Vorwurf gelassen. »Wir mussten Sie auf Läuse, Krankheiten oder Verletzungen untersuchen. Dieser Check ist das übliche Prozedere bei Häftlingen, sonst dichten die uns was an und verklagen das BKA.«

»Dabei sind Ihre Kollegen nicht gerade zimperlich mit mir umgegangen«, presste sie hervor.

»Was haben Sie erwartet?«, entgegnete Sneijder. »Maniküre, Lymphdrainage und eine Haartönung mit Dauerwelle?«

Sie funkelte ihn an. »Etwas mehr Respekt und Menschenwürde vielleicht?«

»So, wie Sie mit Janus' Vater umgegangen sind?«, konterte Sneijder.

Reglos stand Sabine im Hintergrund und beobachtete das Mienenspiel der Frau. Die ursprüngliche Mischung aus barmherziger Güte und Selbstbewusstsein war einem menschenverachtenden Groll gewichen. *Dadurch gleicht sie Sneijder sogar irgendwie.* Hier begegneten sich zwei ähnliche Menschen auf Augenhöhe.

»Lebt er noch?«, fragte die Nonne.

»Nein, er ist qualvoll an seinen inneren Verletzungen gestorben«, gab Sneijder zu. »Diese Information ist mein Entgegenkommen für die Tortur, die Sie gestern durch meine Kollegen erleiden mussten. Und hier ist Ihr Rosenkranz.« Er legte ihr die Perlenkette mit dem Holzkreuz auf den Tisch. »Sind wir quitt?«

»*Quid pro quo.*« Ihre Anspannung ließ ein wenig nach. »Sie haben mich und mein Gebet benutzt. Sie haben mich gedemütigt, bis auf die Knochen erniedrigt, aber ich habe Ihnen soeben verziehen. Das ist meine Stärke, denn im Gegensatz zu Ihnen habe *ich* Gott auf meiner Seite.« Sie nahm den Rosenkranz.

»Wenigstens einen«, sagte Sneijder.

Sie hob den Kopf. »Er wacht über mich.«

»Über eine Mörderin?«

»Ich bin ein Instrument Gottes – seine Gesandte, die Sodom und Gomorrha vernichtet.«

»Allerdings mussten bei all Ihrer Stärke neben dem alten Mann auch noch zwei weitere Menschen sterben. Ich nehme nicht an, dass die beiden ein Teil der von Ihnen angekündigten sieben Morde sind.«

»Wie kommen Sie darauf?«

»Sie waren bereits mehrere Tage tot, als wir sie fanden – und gestern sagten Sie, Sie würden erst in den nächsten sieben Tagen sieben Menschen töten.«

Sie hob die Schultern. »Dann gehören sie wohl nicht dazu.«

»Wie viele Tote wird es noch geben? Ist das in Ihrem Sinn, dass unschuldige Menschen sterben, nur damit Sie Ihrem Ziel näher kommen?«

»Glauben Sie mir, so unschuldig, wie Sie glauben, sind diese Leute nicht, die für Janus und seinen Vater arbeiten. Die haben kein bisschen von Gottes Gnade verdient.« Sie wischte mit der Hand durch die Luft, als wollte sie Gott helfen, den Abschaum vom Antlitz der Erde zu fegen.

»Ach, dann kannten Sie die beiden weiblichen Hausangestellten also, die bei Janus gekocht und geputzt haben?«

Die Nonne sah Sneijder stumm an – etwas schien sie zu irritieren –, und Sneijder legte sofort eine Schippe nach. »Sie wollten einen Mann bestrafen, der Frauen Gewalt angetan hat, schrecken aber selbst nicht davor zurück, zwei weibliche philippinische Armutsflüchtlinge grausam zu ermorden?« Er legte den Kopf schief. »Sieht so Ihre Vorstellung einer gerechten Welt aus?«

Die Nonne schluckte.

In Wahrheit war sie wohl gar nicht so eiskalt und berechnend, wie sie sich gerne gab, und zum ersten Mal glaubte Sabine, einen Riss in ihrer Fassade zu bemerken. Hörte die Nonne möglicherweise gerade zum ersten Mal von diesen Opfern? Falls ja, hatten sie endgültig ihren Beweis für einen Komplizen.

Im nächsten Moment war die Frau jedoch wieder vollkommen gefasst. »Die zwei Frauen hätten sich nicht wehren sollen, dann wären sie nur gefesselt und geknebelt worden. Aber leider passieren diese Dinge nun mal auf dem Weg zur Wahrheit.« Sie sah Sneijder direkt in die Augen. »Und jetzt sind wir an dem Punkt angelangt, wo *Sie* herausfinden müssen, worum es eigentlich geht.«

»Lassen Sie uns vorher *darüber* reden.« Er zog eine kleine Klarsichtfolie aus der Sakkotasche, in der sich seine Visitenkarte befand. »Haben Sie Komplizen?«

Die Nonne schüttelte den Kopf.

Sneijder tippte auf die Folie. »Diese Karte habe ich Ende der 90er-Jahre verwendet. Damals sah das Logo des BKA noch anders aus. Woher haben Sie diese Karte?«

Die Nonne schwieg.

»Was passiert am siebten Tag?«, fragte Sneijder. »Was bedeutet *Hell7*? Bricht dann die Hölle über uns alle herein? Was bedeutet das X?«

»Ich kann es Ihnen nicht sagen. Das herauszufinden ist Ihre Aufgabe. Wenn Sie es bis dahin nicht geschafft haben, sind mindestens sieben Menschen gestorben, und Sie werden nie den Grund dafür erfahren.«

»Gestern sagten Sie, dass Gott Ihnen verboten habe, darüber zu sprechen. Warum? Und kommen Sie mir jetzt nicht wieder mit diesem Dreck, dass ich das selbst herausfinden müsse.«

Die Nonne blieb beherrscht. »Er gab mir den Auftrag, Sie in diese Sache zu involvieren.«

Sneijder stieß geräuschvoll die Luft aus der Lunge.

Sabine wusste, wie wenig er von Religion hielt. Sie räusperte sich. »Was ist mit Ihrem Kind passiert?«

Die Nonne presste die Lippen aufeinander, ohne Sabine dabei anzusehen. »Was würde mein Anwalt wohl sagen, falls ich einen hätte? *Mein Privatleben geht Sie nichts an?*«

»Geht es Ihnen um Rache?«, hakte Sabine nach.

Die Frau schüttelte den Kopf. »Nein, meine Liebe, um Gerechtigkeit.«

»Warum sind Sie dann verdammt noch mal nicht selbst zur Presse und damit an die Öffentlichkeit gegangen, anstatt von uns zu verlangen, eine Pressekonferenz für Sie einzuberufen?«, entfuhr es Sabine.

»Glauben Sie, das habe ich nicht all die Jahre probiert?«

All die Jahre. Sabine versuchte, sich ihre Reaktion nicht anmerken zu lassen. Offenbar lagen sie mit ihrer Vermutung richtig, dass der Grund für all das, was gerade passierte, weit in der Vergangenheit zu finden war.

»Und was genau haben Sie mit der Presse erlebt?«, übernahm Sneijder wieder das Gespräch.

Sie lehnte sich zurück. »Wir wissen doch beide, wie das läuft. Diese sogenannten Journalisten behaupten, das wären keine Beweise, sondern bloß Indizien und Hirngespinste. Mir wird eine Verleumdungsklage angehängt, oder, was noch schlimmer ist, die Sache wird für immer totgeschwiegen.«

»Bei wem waren Sie? Bei der Bild? Der FAZ, der Süddeutschen Zeitung oder bei der österreichischen Presse?«

Keine Antwort.

»Und warum sind Sie damit nicht zur Polizei gegangen?«

Sie lächelte milde. »Denken Sie an den Kinderschänder Marc Dutroux.«

Sabine lief ein Schauer über den Rücken. Erst kürzlich hatte Sneijder diesen Fall selbst erwähnt.

»Was ist damit?«, wollte er jetzt trotzdem wissen – obwohl er die Antwort darauf garantiert kannte.

»Siebenundzwanzig Zeugen, die gegen ihn aussagen wollten, sind innerhalb eines Jahres gestorben.«

Seufzend beugte sich Sneijder nach vorn. »Das war in Belgien, nicht in Deutschland. Noch können wir beide zusammenarbeiten, aber meine Geduld geht rasch zu Ende. Nennen Sie mir Ihre Indizien, damit ich ermitteln kann.«

Sie presste die Lippen zusammen, dann schüttelte sie langsam den Kopf. »Damit Ihre Vorgesetzten, die diese Gespräche vermutlich mithören, Sie vom Fall abziehen und die Informationen in der Schublade verschwinden lassen? Und mich ebenfalls? Nein. Finden Sie selbst heraus, worum es geht.« Nun beugte auch sie sich nach vorn. »Finden Sie die Beweise. Ermitteln Sie! Speichern

Sie Ihr Wissen *hier* ab.« Sie lehnte sich über den Tisch und tippte Sneijder mit dem Zeigefinger an die Stirn.

Er ließ die Berührung über sich ergehen, bewegte sich keinen Millimeter. Dann nickte er, als hätte er verstanden. »Sie wollen das BKA zu den Ermittlungen zwingen.«

»Nicht das BKA, sondern *Sie*!«

»Und wenn ich das nicht tue oder dabei nicht schnell genug bin, werden noch mehr Menschen sterben. Richtig?«

»*Jetzt* haben Sie es erfasst. Das Leben dieser Menschen liegt in Ihrer Hand. Wollte ich Rache, wären sie zu diesem Zeitpunkt bereits tot. Glauben Sie mir.« Ihr Blick wurde kalt. »Aber sie haben eine Überlebenschance. Und das ist zugleich *Ihre* Chance, die Wahrheit ans Licht zu bringen. Mir blieb das verwehrt, aber Ihnen könnte es gelingen.«

»Das ist also Ihre Interpretation von Gerechtigkeit«, sagte Sabine. »Wahrheit oder Tod.«

»So ist es.« Und ihr Blick sagte, dass sie dafür sogar ihr eigenes Leben opfern würde.

27. Kapitel

Als Sabine mit Sneijder den Verhörraum verließ, sah sie, dass van Nistelrooy schon wieder gegangen war. Krzysztof hatte es sich auf einem Stuhl gemütlich gemacht, die Beine auf den Tisch gelegt, eine kalte Coladose aus dem Automaten an die Schläfe gedrückt. Im Hintergrund beendete Tina soeben ein Telefonat.

»Es gibt Neuigkeiten«, sagte sie. »Der Erkennungsdienst durchleuchtet seit gestern alle Personen, die jemals mit dem Ursulinenkloster in Verbindung standen. Darunter auch eine Hebamme, die vor vierzig Jahren in der Nähe des Klosters praktiziert hat und manchmal dort zu Besuch war. Bis gerade eben hatte sie eher wenig Priorität.«

Bis gerade eben!

Unwillkürlich dachte Sabine an Magdalena Engelmanns Entbindung und Janus seniors Aussage über die Kinder. »Aber die neuesten Erkenntnisse lassen eine Hebamme auf einmal sehr interessant werden.«

»Genau.« Tina schob Krzysztofs Beine vom Tisch und setzte sich hin. »Ein Kollege kommt gleich runter und erzählt uns mehr über die Frau.«

Nach nicht mal einer Minute klopfte es an der Tür und derselbe Bursche von vorhin mit der Stoppelfrisur kam herein. Er hielt ein Tablet in der Hand und wollte bereits eine Datei öffnen, doch Sneijder kam ihm zuvor.

Er streckte drei Finger hoch. »Wie ist der Name der Hebamme? Ist sie noch am Leben? Und falls ja, wo ist sie jetzt?«

Der Bursche las die Daten aus einem Bericht herunter. »Viviane Krohner. Sie ist jetzt neunundsechzig. Eine gebürtige Oberösterreicherin, die vor zwanzig Jahren in die Schweiz ausgewandert ist.«

»Ich nehme an nach Bern«, vermutete Sabine.

Der Beamte sah sie verwundert an. »Woher wissen Sie das?«

Sabine zog die Unterlagen der Telekom aus ihrer Tasche und blätterte zu einer Seite, die der Bursche zuvor mit Leuchtstift markiert hatte. »Ist das ihre Nummer?«

Der Mann warf einen Blick darauf und verglich die Daten mit denen in seinem Tablet. »Ja«, murmelt er erstaunt.

Sabine sah auf. »Walter Greims hat letzte Woche fünfmal mit dieser Hebamme telefoniert. Ich fürchte, Viviane Krohner ist nicht mehr am Leben – zumindest geht sie nicht an ihr Telefon.«

»Danke, Sie können gehen«, sagte Sneijder. »Die Zytglogge in Bern ist unser Hinweis. Dort müssen wir hin.« Er zog sein Handy aus der Tasche und tippte eine gespeicherte Kurzwahl an.

Krzysztof nahm die Coladose von der Stirn. »Wen rufst du an? Das Reisebüro?«

»Horowitz. Er kann uns helfen.«

»Aber er ist siebzig«, gab Sabine zu bedenken.

»Zweiundsiebzig«, korrigierte Sneijder sie.

»Noch schlimmer – ist der nicht schon ein wenig eingerostet?«, fragte sie.

»Eingerostet? Der?«, wiederholte Sneijder und warf Sabine ein kaltes Lächeln zu. »Das glaube ich nicht.«

»Aber …«

»Nemez!«, unterbrach er sie mit erhobener Hand. »Die Kriminologie hat in den letzten Jahrzehnten drei wahre Genies hervorgebracht: Meinen Ausbilder und Mentor Konrad Wessely, der vor knapp vier Jahren gestorben ist, Horowitz und mich.«

»Wow!«, entfuhr es ihr zynisch. »Dann ist der Fall ja schon so gut wie gelöst.«

28. Kapitel

Trotz des drückend heißen Wetters, das in Bern herrschte, ließ Rudolf Horowitz seinen Rollstuhl energisch auf die Hinterräder kippen und hievte die Vorderräder schwungvoll über die Bodenschwelle. Dann fuhr er mit kräftigen Schwüngen durch die Halle des Krankenhauses zu den Fahrstühlen.

Eigentlich hätte er den Tag vor seinem Wohnzimmerfenster verbringen wollen, um wieder einmal die Tauben zu füttern, damit sie seinem fiesen Nachbarn von unten auf den Balkon schissen, aber er musste ins Krankenhaus.

Wie ich den Geruch in diesem Gebäude hasse, dachte er.

Zu viel Zeit hatte er in den verschiedensten Stationen wie OP, Aufwachzimmer, CT, MRT, auf diversen Röntgentischen und in der Physiotherapie verbracht, seit ihn vor sieben Jahren die Kugel eines Serienmörders im Rücken getroffen hatte. Das verdammte Mistding war im Knochen stecken geblieben, hatte den vierten Lendenwirbel zerschmettert und das Rückenmark vollends zerstört, sodass Horowitz mit 65 aus dem Dienst geschieden war. Ein Jahr später hätte er das sowieso getan, allerdings mit zwei gesunden muskulösen Beinen; die waren hingegen jetzt zu zwei dürren Ästen verkümmert. Dagegen waren seine Arme und sein Geist jedoch so stark wie nie zuvor.

Obwohl ihm das Schweizer Bundesamt für Polizei bestimmt einen hochmodernen elektrischen Rollstuhl mit einem Akku von der Leistung eines mittleren Atom-U-Boots bezahlt hätte, hatte er dankend darauf verzichtet. Er wollte sich von keinem möglicherweise unzuverlässigen Elektromotor abhängig machen, sondern selbst über sein Schicksal bestimmen. So war sein Oberkörper binnen kürzester Zeit immer kräftiger geworden, und auf seinen Händen hatten sich Schwielen so hart wie Asphalt gebildet.

Zum Glück musste er an diesem Morgen zu keiner Untersuchung. Eine Freundin hatte ihn darum gebeten herauszufinden, wer vor zwei Tagen während des Nachtdienstes im Krankenhaus auf ihren Vater, den Oberarzt der Chirurgie, eingestochen hatte. Dreimal mit einem Skalpell von hinten seitlich in die Kehle. Der Chirurg lag seitdem auf der Intensivstation und war nicht ansprechbar – und die Kripo hatte den Täter bisher nicht gefunden. *Mein Gott, aber so schwer kann das doch nicht sein!*

Als sich die Fahrstuhltür öffnete, stand Kommissariatsleiter Rüthy von fedpol in der Kabine. Der junge Mann mit den roten Haaren, Sommersprossen und abstehenden Ohren starrte Horowitz missmutig an. »Dachte ich es mir doch.«

»Lassen Sie mich vorbei«, knurrte Horowitz.

Rüthy schüttelte den Kopf. »Möglicherweise sind Sie auch im Ruhestand einer der besten Profiler, die es gibt, und kennen die Psyche sämtlicher Serientäter, aber trotzdem haben Sie hier nichts zu suchen.«

»Warum sind *Sie* denn hier?«, entgegnete Horowitz ebenso bissig.

»Der Staatsanwalt hat vermutet, dass Sie hier auftauchen werden – immerhin kennen Sie die Tochter des Opfers.« Rüthy trat aus dem Fahrstuhl und vermied es, Horowitz die Hand zu geben. Offenbar erinnerte er sich, dass Horowitz das nicht besonders leiden konnte. *Wenigstens funktioniert das Gedächtnis des Jungen noch einwandfrei.*

»Was hat der kriminaltechnische Dienst der Kantonspolizei bisher herausgefunden?«, fragte Horowitz.

Hinter Rüthy schloss sich die Tür. »Nicht viel.«

»Was heißt *nicht viel*? Geht es ein wenig konkreter?«

Rüthy stöhnte auf. »Keine Zeugenaussagen, kein Videobeweis, keine DNA-Spuren des Täters. Alle Ärzte, Pfleger und Schwestern sowie das gesamte Personal haben ein Alibi. Sie sehen also, Ihr Besuch ist völlig umsonst.«

Horowitz zuckte die Achseln. »Dann kann es nur einer der Patienten gewesen sein.«

»Die wurden bereits alle überprüft.«

»Besucher?«

»Alle mit Kameras in der Eingangshalle gefilmt, keiner davon war es«, antwortete Rüthy.

Interessant, dachte Horowitz. »Aber irgendjemand *muss* es getan haben.«

»Die Kripo hat alle Möglichkeiten überprüft.«

»Und das glauben Sie?«, konterte Horowitz.

»Sie natürlich nicht«, entgegnete Rüthy spitz.

»Hören Sie mal, Rüthy, einfältigen Leuten kann man das vielleicht einreden, aber mich müssen Sie schon überzeugen!«

»Wie bitte? Ich …«

»Sie müssen außerhalb der üblichen festgefahrenen Schemata denken und offen für unorthodoxe Überlegungen sein.«

»Ich glaube nicht, dass Sie …« Rüthy stieß die Luft geräuschvoll aus. »Ach was, am besten, Sie fahren wieder heim.«

Die Fahrstuhltür öffnete sich wieder, und während ein Pärchen rauskam, nutzte Horowitz die Chance, in die Kabine zu fahren. Rüthy folgte ihm. Horowitz drückte auf die Taste für das zweite Stockwerk. Die Tür schloss sich und der Aufzug setzte sich in Bewegung.

»Was wollen Sie im zweiten Stock? Dort ist die Neurologie. In dieser Abteilung liegen nur die Patienten mit Querschnittlähmung«, stellte Rüthy fest. »Ich schlage vor, dass Sie …«

»Ja, ja«, unterbrach Horowitz ihn. Im Moment brauchte er einen übereifrigen Burschen wie Rüthy so dringend wie einen

Pickel in der Arschfalte. »*Ich* dagegen würde vorschlagen, dass *Sie* mir einen Becher heißen Kakao holen, mit so viel Milch und Honig, dass der Löffel drin stecken bleibt.«

»Ich …«

»Ja, richtig, ich brauche Zucker beim Denken.«

Rüthy schüttelte verzweifelt den Kopf. Er kannte diese Aufgabe bereits und hatte sie früher schon mehrmals erfolgreich gemeistert. »Von mir aus«, seufzte er. »Wenn Sie mir versprechen, danach wieder heimzufahren.«

Anscheinend dachte er, dass Horowitz in der Neurologie nicht viel würde anrichten können. *Weit gefehlt, Junge!*

Die Fahrstuhltür glitt auf, und ihre Wege trennten sich. Während Rüthy in die Küche marschierte, fuhr Horowitz durch den Gang, bis er das Zimmer der männlichen Patienten mit Lähmungserscheinungen erreichte. Er stieß die Tür auf und fuhr mit einem freundlichen »Guten Morgen« ins Zimmer.

Es roch nach abgestandener Luft, Medikamenten und den Speiseresten des Frühstücks. Sechs Männer lagen in diesem Zimmer, alle Betten waren belegt.

»Kein Platz frei«, knurrte ein alter Mann beim Fenster.

»Bald schon.« Horowitz nahm die Tafel mit dem Krankenbericht, die am Bett des ersten Mannes hing, und überflog Name, Einlieferungsdatum und die medizinischen Infos.

Nachdem er sich über alle sechs Krankengeschichten informiert hatte, rollte er in die Mitte des Zimmers und wartete auf Rüthy. Der kam ein paar Minuten später mit einem dampfenden Pappbecher in der Hand herein. Horowitz schloss für einen Moment die Augen und inhalierte das angenehme Aroma von Honig.

Rüthy wollte ihm den Becher reichen, doch Horowitz wehrte ab. »Zu spät, brauche den Zucker nicht mehr.«

»Was?« Beinahe hätte sich Rüthy den heißen Kakao übers Handgelenk geschüttet.

Horowitz streckte den Arm aus. »Ihre Dienstwaffe bitte.«

Verdattert stellte Rüthy den Becher auf einem Tisch ab, löste die Pistole aus dem Holster, nahm das Magazin raus, vergewisserte sich, dass keine Patrone im Lauf war und reichte sie Horowitz. Der nahm sie, fuhr damit zum Bett des alten Mannes beim Fenster, schlug die Decke zurück und holte mit der Waffe aus.

»Was soll die Kacke?«, protestierte der Alte und wollte sich aufrappeln.

Horowitz schlug dem Mann mit dem Griff der Waffe oberhalb des Knies auf den Oberschenkel. Im Reflex zuckte das Bein des Alten hoch.

»Das ist er!«, sagte Horowitz knapp und reichte Rüthy die Waffe wieder.

Plötzlich ging ein Raunen durchs Zimmer. Rüthy nahm die Pistole an sich. »Ruhe!«, rief er.

»Nachdem bereits alle Leute dieses Krankenhauses, die als Täter infrage kommen konnten, überprüft worden sind«, erklärte Horowitz, »konnte es nur jemand sein, der *nicht* dafür infrage kommt.«

»Ein Gelähmter«, entfuhr es Rüthy.

»Genau«, antwortete Horowitz. »Laut Krankenakte hat sich dieser Mann einen Tag vor dem Mordversuch nach einem Treppensturz als gelähmt einliefern lassen.« Er drehte sich im Rollstuhl zu dem Alten. »Um im Krankenhaus auf den Chirurgen einzustechen, nicht wahr?«

»Blödsinn!«, fauchte der Alte. »Wenn es wirklich so wäre, wie Sie behaupten, warum habe ich nach der Tat nicht gleich für meine Entlassung aus dem Krankenhaus gesorgt?«

»Um das Ergebnis Ihres Werks zu genießen und darauf zu warten, ob der Mann auf der Intensivstation vielleicht noch stirbt«, vermutete Horowitz. »Ich weiß, dass Sie es waren. Die Verhöre und der DNA-Abgleich werden Sie überführen! Warum haben Sie es getan?«

»Ich habe es nicht getan, verdammt! Scheren Sie sich zum Teufel!«

»War es aus Rache, weil der Chirurg Ihre Operation verpfuscht hat?«, bohrte Horowitz nach.

»Nein! Und jetzt raus!«

Horowitz wandte sich an Rüthy. »Überprüfen Sie die Akte des Mannes, ob es eine Verbindung zum Arzt gibt.«

»Schon dabei.« Rüthy hatte bereits zum Handy gegriffen und die Kollegen von der Polizei informiert. Er blickte kurz zum Schild und gab den Namen des Mannes durch.

»Scheren Sie sich alle zum Teufel!«, brüllte der Alte.

Nach zwei Minuten beendete Rüthy schließlich das Gespräch. »Die Kollegen haben tatsächlich eine Verbindung gefunden. Seine Frau ist vor einem halben Jahr auf dem Operationstisch gestorben – unter den Händen des betreffenden Chirurgen –, und der hat sich mit einem Gutachten der Ärztekommission rausgewunden.«

Der Alte stemmte sich im Bett hoch. »Er hat sie *sterben lassen*!«, rief er mit Tränen in den Augen. »Jeder im Haus wusste, dass der Mistkerl wie ein Loch gesoffen hat. Aber so etwas hat nie Konsequenzen. Da halten alle fest zusammen.« Er sank in seinem Bett zusammen und starrte aus dem Fenster.

Horowitz' Bekannte hatte erwähnt, dass ihr Vater trank, aber Horowitz hatte nicht gewusst, dass es bereits so schlimm war. Er blickte den Alten traurig an. *Mann, das ist kein leichtes Schicksal.* Doch nun musste der Alte den Rest seines Lebens nicht nur ohne seine Frau, sondern noch dazu wegen Mordversuchs im Knast verbringen. »Das tut mir aufrichtig leid«, presste Horowitz zerknirscht heraus.

Da läutete sein Telefon. Eigentlich hatte er jetzt keine Lust ranzugehen. Irgendwie hätte er dem Alten sogar gewünscht, dass er mit seinem Racheakt davongekommen wäre, aber nun war es dafür zu spät – und die Zeit ließ sich nicht mehr zurückdrehen.

Horowitz wollte den Anrufer bereits wegdrücken, als er sah, wer da anrief. *Sneijder.*

Horowitz nahm das Gespräch entgegen. »Was ist? Ich bin im Moment nicht in der Verfassung für Small Talk.«

»Ich auch nicht«, sagte Sneijder.

»Was willst du?«

»Ich stelle ein Team zusammen.«

»Du?«, rief Horowitz. »Aber …«

»Ich dachte, du wolltest keinen Small Talk«, unterbrach Sneijder ihn. »Lass dein Handy eingeschaltet, ich schicke dir von unterwegs die Daten. Wir kommen nach Bern.«

»Wer ist *wir*?«, fragte Horowitz, doch Sneijder hatte bereits aufgelegt.

Horowitz steckte sein Handy in die Tasche, fuhr zum Tisch und leerte den Kakaobecher in einem Zug. Dann sah er zu Rüthy. »Hätten Sie noch eine Tasse für mich?«

Nun brauchte er doch noch eine gehörige Portion Zucker.

29. Kapitel

Sabine und Sneijder flogen nur zu zweit in die Schweiz, während Tina in Wiesbaden blieb und mit einem SoKo-Team sowohl die Historie des Ursulinenklosters als auch das Leben von Magdalena Engelmann unter die Lupe nahm und zugleich immer noch nach dem Aufenthaltsort des Bruders suchte. Da Krzysztof auf Kaution draußen war und das Land ohnehin nicht verlassen durfte, würde er Tina zur Hand gehen.

Um 15 Uhr landeten Sabine und Sneijder in Bern. Sie reisten nur mit Handgepäck, zudem hatte Sneijder diesmal auf seine Glock verzichtet, und so gab es keine langwierigen Zollformalitäten.

Horowitz erwartete sie bereits in der klimatisierten Ankunftshalle.

Sabine nickte ihm zu, als sie vor ihm stand. »Schön, Sie wiederzusehen.« Er schien kein bisschen älter geworden, hatte nur etwas größere Tränensäcke unter den Augen.

»Schön, *Sie* mal wieder zu sehen. Jedes Mal von Neuem eine Augenweide.« Horowitz gab ihr die Hand.

Von einem Mann wie Horowitz, der über siebzig war, nahm sie dieses Kompliment gerne an. »Danke.« Der Druck seiner von Schwielen überzogenen Hand war so kräftig wie eh und je.

»Können wir das Süßholzgeraspel nun sein lassen?«, fragte Sneijder, ohne zu grüßen. Stattdessen blickte er nur kurz zu Horowitz. »Hast du meine Unterlagen erhalten?«

Horowitz nickte. »Hab mir schon alles durchgesehen. Scheint ja eine verrückte Frau zu sein.«

»Sie hat sich freiwillig gestellt«, sagte Sabine. »Das macht die Sache noch verrückter.«

»Was hältst du von ihr?«, fragte Sneijder.

»Der Fall ist ziemlich komplex. Da scheinen sich mehrere Themen miteinander zu verbinden.« Horowitz dachte kurz nach. »Vermutlich ist sie wegen sexuellen Missbrauchs ohne anschließende psychotherapeutische Behandlung stark traumatisiert. Anscheinend kam es nach der Vergewaltigung zu einer ungewollten Schwangerschaft. Die Frage ist, was mit dem Kind passiert ist und wie viel Liebe sie für dieses Baby aufbringen wollte oder konnte? Noch dazu hatte sie im Kloster vermutlich kaum jemanden zum Reden. Wie hat das ihre Gottesfurcht beeinflusst? Ist sie in einen religiösen Wahn oder in Rachefantasien gekippt?« Er hob die Schultern.

»Ich fürchte, wir stehen da noch ziemlich am Anfang«, gab Sneijder zu.

Horowitz deutete zum Ausgang. »Dort wartet ein Wagen der Berner Kripo, der uns zur Wohnung dieser Hebamme bringt.«

Sneijder schloss die Knöpfe seines Sakkos. »Habt ihr Viviane Krohner gefunden?«

Horowitz schüttelte den Kopf. »Sie ist seit vier Tagen verschwunden.«

Sneijder zog scharf die Luft ein. »Dann ist sie bereits tot.«

Draußen wartete ein behindertengerechter schwarzer SUV mit verspiegelten Seitenscheiben. Die Heckklappe stand offen, Metallschienen für den Rollstuhl ragten daraus hervor und führten auf die Straße. Die Umgebung des Wagens war im Halbkreis mit roten Kegeln abgesperrt.

»Ich brauche Ihre Hilfe, meine Liebe«, sagte Horowitz, woraufhin Sabine ihn mit Schwung ins Innere des Autos schob und die Räder des Rollstuhls am Boden festklemmte.

Kaum saßen Sneijder und sie im Wagen, fuhr ihr Chauffeur auch schon los.

»Ich frage mich …«, begann Sneijder, als gleichzeitig sein und Sabines Handy summten. Sie hatten beide den Spurensicherungsbericht vom Tatort auf Janus' Grundstück erhalten. Allerdings war er nicht sonderlich aussagekräftig. Im Landhaus des alten Janus waren zwar Einbruchspuren festgestellt, aber außer seinen eigenen Fingerabdrücken und denen seiner Angestellten keine fremden gefunden worden. Anders als in der Halle, in der Walter Greims von Säure zersetzt worden war, wo sie zumindest Hinweise auf die Nonne entdeckt hatten.

Sneijder steckte das Handy weg. »Das bringt uns nicht weiter. Was hat der alte Janus nur mit seiner Aussage über die Kinder gemeint? Ich frage mich, was mit den Kindern passiert ist, falls die Nonnen im Kloster schwanger wurden.« Er drehte sich nach hinten zu Horowitz.

»Vielleicht wurden die Föten abgetrieben«, schlug der vor. »Eine Hebamme müsste wissen, wie das geht.«

»Oder die Babys wurden, wie bei unserer Nonne, zur Welt gebracht«, überlegte Sabine. »Und anschließend ermordet … oder verkauft.«

Sie schwiegen den Rest der Fahrt, bis sie Bern erreicht hatten und in der Halteverbotszone direkt vor einem Altbau neben der Aare hielten.

Über dem Eingang ragte die Schweizer Fahne an einem Mast über die Straße und unter den bunten Fensterläden hingen Blumenkästen, deren wild wuchernde Gewächse im Wind wehten. Einige Stromleitungen spannten sich vom Haus über die Straße. Die Gegend wirkte alt, aber bestimmt nicht billig. Von hier aus hatte man einen guten Ausblick auf die Aare und sah, wie sich der Fluss in einer engen Schleife um die Altstadt schlängelte, die über Brücken mit dem anderen Teil Berns verbunden war.

Da es keinen Lift gab, wurde Horowitz vom Fahrer des SUV und seinem Kollegen im Rollstuhl mühsam über die enge Wendeltreppe in den dritten Stock getragen. Oben erwarteten sie bereits Kommissariatsleiter Rüthy und seine Kollegen von der Spezialfahndung Entführungsfälle der Kantonspolizei Bern.

Sneijder blickte auf das aus dem Holzrahmen gerissene Schloss. »Waren das die Kripobeamten?«

»Die würden nie so vorgehen.« Horowitz schüttelte den Kopf. »Offenbar ist gewaltsam in die Wohnung eingebrochen worden.«

»Und das hat vier Tage lang niemand bemerkt?«, fragte Sneijder.

»In der obersten Etage wohnt nur Viviane Krohner. Die gegenüberliegende Wohnung steht leer«, erklärte Rüthy.

»Haben Sie das überprüft?«

»Ja.«

Sneijder betrachtete die Bruchstelle, ohne sie zu berühren, dann verzog er das Gesicht. »Dieses Muster passt nicht zu den anderen«, murmelte Sneijder. »Zweifelsohne wurde Viviane Krohner vor vier Tagen von unserer Nonne oder ihrem Komplizen, an den ich mehr denn je glaube, entführt. Das Tor zur Lackfabrik wurde sauber mit einem Dietrich geöffnet, ebenso die Tür zu Janus' Landhaus. Aber diese Tür wurde gewaltsam aufgebrochen, vermutlich aufgetreten, obwohl es sich nicht einmal um ein Sicherheitsschloss handelt. Warum? Das Schema hat sich verändert.« Er löste sich von dem Anblick und sah auf. »Machen wir weiter.«

Sie betraten den Vorraum der Zweizimmerwohnung. Anscheinend hatte es hier einen Kampf gegeben. Zwei Bilder hingen schief, Schuhe lagen unordentlich herum, und an einer Stelle in Kopfhöhe klebten Blut und Haarreste auf der Raufasertapete. Dort war sogar eine kleine Delle in der Wand zu sehen.

Sneijder deutete darauf. »Lassen Sie die Spritzer untersuchen und das Blut mit dem von Viviane Krohner vergleichen.«

Rüthy hob die Arme. »Und wie komme ich an das Blut von Viviane …?«

»Herrgott! Fragen Sie die Nachbarn, wer ihr Hausarzt ist, und machen Sie ihn ausfindig. Uns läuft die Zeit davon. Er soll ihre Unterlagen rausrücken. Und wenn das hier für eine Probe nicht reicht, bleibt uns immer noch ein DNA-Abgleich. Schauen Sie sich im Badezimmer um, da finden Sie sicher …«

»… eine Bürste mit Haaren.« Rüthy nickte. »Ich kann mich noch gut an Sie und Ihre *nette* Art erinnern«, sagte er genervt. »Damals waren Sie wegen dieser Märchensache in Bern.«

Sneijder wurde nicht gern an diesen Fall erinnert. Er musterte den rothaarigen Burschen mit den Segelohren. »Ich vergesse nie ein Gesicht, aber in Ihrem Fall würde ich gern eine Ausnahme machen.«

»Bemühen Sie sich nicht, mich einzuschüchtern«, sagte Rüthy gefasst. »Hunde, die bellen, beißen nicht.«

Oh, oh! Sabine schielte zu Sneijder. *Schwerer Fehler!*

»Verschonen Sie mich mit Ihren Bauernweisheiten«, fuhr Sneijder ihn an. »Nicht alle stillen Wasser sind immer tief, hinter einer harten Schale muss nicht immer ein weicher Kern stecken, und manchmal beißen auch bellende Hunde.« Er bleckte die Zähne. »Und nun an die Arbeit!«

Rüthy schnappte nach Luft. »Wo zuerst?«

Sneijder blickte zu einer Tür. »Ich nehme an, dort ist die Küche.«

Rüthy nickte.

»Gehen Sie dorthin, um Ihren Horizont zu erweitern. Vielleicht finden Sie eine Tasse starken Vanilletee.«

Murrend wandte sich Rüthy ab. »Der ist immer noch verrückt«, knurrte er, als er sich an Sabine vorbeidrückte.

»Nein, ist er nicht«, seufzte sie. »Seine Realität ist nur etwas anders als unsere.«

Nachdem Rüthy in die Küche verschwunden war, atmete Sabine tief durch. »Ich würde gern einmal, bloß einmal, einen Tatort begehen, ohne dass Sie alle Kollegen beleidigen müssen.«

»*Noch* habe ich nicht alle beleidigt – das kommt vielleicht noch.«

Dann betraten sie das Wohnzimmer. Es war offensichtlich die Wohnung einer religiösen älteren Frau: Kruzifixe, Jesusstatuen, gehäkelte Deckchen, Setzkästen, Keramikfiguren, dicke Teppiche, eine zerschlissene Couch und ein Röhrenfernsehgerät machten die Einrichtung aus. Das Modernste war der Festnetzanschluss mit dem Anrufbeantworter, an dem eine rote Lampe blinkte. Daneben stand ein gerahmtes Foto, das eine ältere Dame mit Strohhut, Sonnenbrille und bunter Bluse zeigte. Dahinter waren ein Reisebus, der Felsen von Gibraltar und Palmen zu sehen, die sich im Wind bogen. Anscheinend ein Urlaubsfoto. Möglicherweise war das die Hebamme. Deutlich waren Brandnarben in ihrem Gesicht und auf dem Rücken der Hand zu erkennen, mit der sie ihren Hut festhielt.

Das jüngste noch nicht abgerissene Kalenderblatt an der Wand war vier Tage alt, und auch das TV-Magazin lag auf der Doppelseite vom Mittwoch, dem 10. Mai, aufgeschlagen auf dem Couchtisch.

Das passt alles zusammen.

Rüthys Kollegen hatten noch nichts angefasst, da Horowitz ihnen eingebläut hatte, alles in seinem ursprünglichen Zustand zu lassen, bis Sneijder eintraf. Wie immer musste er die Atmosphäre des Tatorts spüren, solange sie noch erhalten war.

»Wie haben Sie unsere offizielle Mitarbeit an den Ermittlungen so rasch durchbekommen?«, raunte Sabine Horowitz zu. »Immerhin sind Sie selbst schon lange im Ruhestand, und normalerweise hätten wir keine Befugnisse im Ausland.«

»Sagen wir so«, murmelte Horowitz. »Ich habe beim Berner Staatsanwalt etwas gut.«

»Ruhe!« Sneijder schloss die Augen und atmete tief ein, während die Adern an seinen Schläfen hervortraten. Er hielt einen Joint in der Hand, roch jedoch nur daran, ohne ihn anzuzünden, dann öffnete er wieder die Augen. »Okay, Sie können die Wohnung durchsuchen. Wir brauchen Hinweise auf die Zytglogge.«

Bevor Bewegung in die Beamten kam, sah Sneijder zum Anrufbeantworter und schnippte mit den Fingern. »Handschuh!«

Einer der Kollegen reichte ihm einen Latexhandschuh, in den er schlüpfte. Dann ging er zum Anrufbeantworter und betätigte eine Taste. Zwei Nachrichten befanden sich darauf.

Sneijder spielte zuerst die jüngere Aufnahme ab. Sie stammte von diesem Morgen. Sabine hörte ihre eigene blechern und verzerrt klingende Stimme.

»Hier spricht Sabine Nemez vom deutschen Bundeskriminalamt in Wiesbaden …« Es folgten ihre Nummer und die Bitte, sie dringend zurückzurufen.

Danach spielte Sneijder die ältere Nachricht ab.

»Falls jemand nach mir suchen sollte …«, klang die verängstigte und brüchige Stimme einer Frau aus dem Lautsprecher.

Sneijder hob die Hand, augenblicklich verstummten alle Beamten und verharrten in ihrer Tätigkeit.

»… achtzehn Uhr …« Pause. *»… ich darf Ihnen nur ausrichten: Sonntag, achtzehn Uhr.«* Dann änderte sich ihre Tonlage. *»Ich bin …«*

Sie hatte etwas in den Hörer schreien wollen, doch es klang, als wäre ihr das Telefon aus der Hand gerissen worden. Im gleichen Moment wurde die Verbindung unterbrochen.

Sneijder hörte sich die Nachricht ein zweites Mal an, dann blickte er auf das Display. »Ihr Entführer hat sie dazu gezwungen, uns eine Nachricht auf ihrem AB zu hinterlassen. Aber der Anruf ist erst zweieinhalb Tage alt – wurde also getätigt, kurz bevor die Nonne sich gestellt hat. Ich nehme an, die Nachricht wurde gleich nach der Entführung auf ein Tonband oder eine Kassette aufgenommen und erst bei diesem Anruf abgespielt. Eine Datenrückverfolgung können wir uns sparen.« Er blickte auf seine Armbanduhr. »Heute ist Sonntag, jetzt ist es 17.21 Uhr.«

»Wir haben noch knapp vierzig Minuten Zeit«, murmelte Rüthy aus der Küche. »Aber wofür?«

»Die Zytglogge«, murmelte Horowitz gedankenverloren, dann sah er auf. »Jeden Sonntag um achtzehn Uhr wird dort ein Räderwerk in Gang gesetzt.«

»Nur einmal pro Woche?«, fragte Sneijder.

»Solange die Renovierungsarbeiten dauern, ja«, ergänzte Rüthy. »Das große Triebwerk wird gerade gründlich überholt.«

»Und was passiert dann?«

»Der Hahn kräht, das Glockenspiel beginnt und die Bärenfiguren kommen aus dem Spielerker des Uhrturms und drehen sich zur Musik im Kreis«, erklärte Rüthy.

Sneijder sah sich um. »Wie weit ist es von hier bis zur Zytglogge?«

»Wenn wir schnell fahren, zwanzig Minuten«, antwortete einer der Beamten, der zugehört hatte.

»Wenn ich hierbleibe und ihr sofort aufbrecht, schafft ihr es vielleicht in fünfzehn Minuten«, sagte Horowitz.

»Gut, dann bringen Sie uns rasch zur Fußgängerzone!«, rief Sneijder dem Beamten zu. »Und Sie«, befahl er Rüthy, »schicken in der Zwischenzeit einen weiteren Polizeiwagen und einen Rettungswagen dorthin. Und organisieren Sie jemanden von der Stadtverwaltung, der uns Zutritt zum Uhrturm verschafft.« Er wollte bereits die Wohnung verlassen, als Horowitz ihn am Arm packte. »Willst du doch mit?«

»Glaub mir, das würde ich gern.« Horowitz griff seitlich unter sein Sakko. Dort befand sich ein Lederholster. Er zog eine kleinkalibrige Waffe hervor, die er Sneijder reichte.

»Was soll ich damit?«

»Nimm schon, das ist meine private Waffe. Und beeil dich!«

30. Kapitel

Sie brachen sofort auf, aber trotz Blaulichts, Sirene und riskanter Fahrweise erreichten sie die Fußgängerzone wegen des abendlichen Verkehrs erst um 17.45 Uhr.

Das andere Polizeiauto und der Rettungswagen standen bereits vor dem Uhrturm. Ebenso ein Mann im grauen Anzug mit einer Mappe im Arm, der wie jemand von der Verwaltung aussah.

Sneijder sprang sofort aus dem Fahrzeug, und noch während Sabine ausstieg, erteilte er bereits die ersten Befehle. »Riegeln Sie diesen Teil der Straße ab. Oben und unten. Ein schmaler Streifen für die Fußgänger muss reichen. Und richten Sie einen Korridor ein, damit der Rettungswagen notfalls sofort losfahren kann.« Sneijder blickte zum Uhrturm hoch. »Falls sich Touristen in dem Gebäude befinden, lassen Sie es sofort räumen.«

»Nicht notwendig. Da ist niemand«, antwortete der Mann von der Verwaltung.

»Gibt es einen Keller?«

»Unter dem Turm? Nein. Bloß einen Kanal für das Abwassersystem.«

»Gut, öffnen Sie uns das Tor zum Turm.«

Indessen hatte Sabine sich den Uhrturm genauer angesehen. Ein mittelalterliches Gebäude, das im Grunde genommen auf vier massiven Säulen stand, da sich in der Mitte etwa fünf Meter hohe Tordurchgänge mit Rundbogen befanden. Unter dem altertümlichen Spitzdach aus roten Schindeln prangte die monströse Uhr. Auf der Westfront sah man Sonne und Halbmond als Zeiger und drei auf das Mauerwerk gemalte überlebensgroße Figuren: einen

Ritter mit Schwert und Heiligenschein, einen gekrümmten roten Teufel und eine nackte Jungfrau.

Sabine lief unter dem Torbogen zum Beginn der Fußgängerzone durch und sah auf der anderen Fassade die astronomische Uhr, die mit mehreren Anzeigen und Zifferblättern noch viel verspielter war. In knapp zwölf Minuten würden aus der Öffnung daneben die Figuren auf einer Drehscheibe herauskommen. Kein Wunder, dass die Berner stolz auf ihre Zytglogge waren.

Sneijder trat an Sabines Seite. »Sie gehen mit einem der Polizeibeamten hoch zum Uhrturm. Ich steige mit einem Kollegen runter ins Abwassersystem.« Er blickte auf die Uhr. »Noch zehn Minuten.«

Sabine wollte bereits loslaufen, doch Sneijder stoppte sie und drückte ihr Horowitz' Waffe in die Hand. »Nehmen Sie!«

»Die hat er *Ihnen* gegeben«, protestierte Sabine.

»Und ich möchte, dass *Sie* sie nehmen. Beeilen Sie sich.«

Sabine nahm die Pistole und lief zum Tor. Mittlerweile hatte der Mann von der Stadtverwaltung das Schloss der schweren eisenbeschlagenen Holztür geöffnet, die sich unter dem Rundbogen befand. Sabine half ihm, sie aufzuziehen. Aus dem Inneren drangen Kälte und ein muffiger Geruch durch den Spalt.

Sabine drehte sich zu dem Schweizer Polizisten um, der sie begleiten würde. »Haben Sie eine Taschenlampe?«

Er nickte und zog eine kleine Stablampe vom Gürtel. Indessen hatte Sabine das Magazin der Waffe überprüft. Sechs Patronen. Sie lud die Pistole durch und lief los. »Kommen Sie! Wir gehen nach oben.«

Der Mann folgte ihr im Laufschritt. Im Licht der Lampe fanden sie den Weg durch einen Korridor, der in eine Wendeltreppe mündete. Die gekrümmte Decke war niedrig, es roch nach Kalk. Von draußen fiel nur durch zwei schlitzförmige Ausguckfenster Licht. Während sie zügig nach oben liefen, erklärte Sabine dem

Polizisten in knappen Worten, worum es ging. Dann standen sie auch schon vor einer massiven Holztür mit Vorhängeschloss, die in jenen Bereich führte, in dem sich das Uhrwerk befand.

»Haben Sie einen Schlüssel?«, rief Sabine.

»Einen Moment …« Er klimperte mit einem Schlüsselbund. »… der Mann von der Stadtverwaltung hat mir alle mitgegeben.«

»Vergessen Sie es«, sagte Sabine, als das Licht der Taschenlampe auf das Schloss fiel. Jemand hatte es aufgebrochen, vermutlich mit einem Brecheisen.

Sabine drückte die Klinke mit dem Ellenbogen herunter und schob die Tür mit der Schulter auf. Der Raum war dunkel, es roch nach Holz. Sie hörte das mächtige Ticken des Uhrwerks und das Klicken der Zahnräder. Schon wollte sie den ersten Schritt in den Raum setzen, da zögerte sie unwillkürlich. Die Erinnerung an ihr allzu forsches Eindringen in die Wiesbadener Fabrikhalle, das zu Walter Greims' Tod geführt hatte, saß ihr noch tief in den Knochen.

»Was ist?«, fragte der Polizist.

Sabine nahm ihm die Taschenlampe aus der Hand und leuchtete zuerst den Türrahmen ab, danach in den Raum. *Keine Drähte, keine Fallen.* Sie machte den ersten Schritt auf die monströsen, ineinandergreifenden Zahnräder zu und sah die Rückseite des Zifferblatts der riesigen Astrolabiumsuhr mit der großen 12-Stunden-Anzeige. Alles um sie herum war in ständiger Bewegung, als wäre man im Gehäuse einer riesigen Standuhr gefangen. Leicht schwindelig blickte sie nach oben, wo der Glockenstuhl thronte.

Sabine sah wieder hinunter. Neben dem Uhrwerk befand sich der Spielerker mit den Figuren. Etwas Licht fiel durch eine hüfthohe Öffnung in der Wand, jenes Fenster, durch das man von außen die Figuren sehen konnte. Auf einer Drehscheibe am Boden standen die Skulpturen und warteten auf ihren Auftritt. Sie waren so groß wie kleinwüchsige Menschen und hatten die Form von bewaffneten Bären und Pferden, auch wenn Sabine bei dem Gegenlicht nur ihre Silhouetten erkennen konnte. Doch etwas irritierte sie.

Sabine trat näher, spähte hinunter – und da sah sie es. Eine der Figuren war abgebrochen, die andere zur Seite gebogen. Dazwischen hockte ein Mensch auf dem Boden, auf allen vieren, als wollte er zwischen den Figuren hindurchkriechen.

Sabine leuchtete mit der Taschenlampe hin. Es war eine grauhaarige Frau. Sie kniete mit hängendem Kopf auf der Drehscheibe, die sich jeden Moment in Bewegung setzen würde.

»Dort ist jemand!«, rief der Polizeibeamte aufgeregt und wollte bereits hinlaufen, doch Sabine hielt ihn zurück.

»Warten Sie!« Hastig leuchtete sie den Boden vor ihnen ab. *Keine Stolperdrähte, keine Seile oder Lichtbalken.* Nur Schuhabdrücke auf dem staubigen Eichenboden.

Dann leuchtete sie wieder zu der Frau. Sie trug ein knappes weißes Kleid, hockte in gekrümmter Haltung auf dem drehbaren Boden. Hand- und Fußgelenke sowie Arme und Beine waren eng mit Stacheldraht an den Blechfiguren befestigt, sodass sie sich kaum bewegen konnte. Getrocknetes schwarzes Blut, das ihr über Arme und Beine geflossen war, glänzte im Licht. Zudem war die Frau geknebelt. Ihr Kopf mit den langen grauen Haaren hing leblos nach unten.

Anscheinend befand sie sich schon seit einiger Zeit in dieser Position, denn es stank auffällig nach Kot und Urin. Falls die Hitze in dieser Dachkammer sie nicht umgebracht hatte und sie nur bewusstlos war, würde sie das Uhrwerk töten, sobald sich das Spiel der Figuren in Bewegung setzte. Denn nach einer halben Drehung würde die Frau in der Öffnung stecken bleiben. Und dann würden ihr Genick, falls der Motor stark genug war, an der Mauer brechen und ihr Kopf zerquetscht werden.

Sabine wandte sich an den Polizisten. »Haben Sie die Telefonnummer des Mannes von der Verwaltung?«

Der Polizist nickte.

»Rufen Sie ihn an. Er muss das Uhrwerk sofort stoppen. Notfalls die Stromzufuhr kappen, die Ketten trennen oder die Pendel aushängen.«

»Verstanden.« Der Mann griff bereits zum Handy.

»Und danach funken Sie Ihren Kollegen an, der mit Sneijder in die Kanalisation gestiegen ist. Sagen Sie ihm, wir haben die Frau gefunden.«

Während der Mann im Dunkeln zurückblieb und in einem Schweizer Dialekt telefonierte, den Sabine nicht verstand, ging sie zu den Figuren. Sie legte die Taschenlampe auf den Boden und hob den Kopf der Frau vorsichtig an. Erschrocken starrte sie in ihr Gesicht. Es war die Hebamme, wie an den Brandnarben nur unschwer zu erkennen war, die ihr Gesicht fürchterlich entstellt hatten. Sabine fühlte den Puls der Frau. Wie durch ein Wunder war sie noch am Leben.

Vorsichtig löste Sabine das Lederband am Hinterkopf, öffnete mit einem Druck auf die Wangen den Kiefer der Frau und entfernte den viel zu großen Kunststoffball aus ihrem Mund. Sogleich erwachte die Frau aus ihrer Bewusstlosigkeit, und Speichel, Blut und Erbrochenes ergossen sich auf den Boden.

Die Frau hustete und rang schwach nach Luft.

»Sie sind in Sicherheit«, sagte Sabine.

»Wasser …«, röchelte die Frau. Ihre Augen waren verklebt.

»Ja, kommt gleich«, sagte Sabine. »Sind Sie Viviane Krohner?«

Wie zur Bestätigung stöhnte die Frau auf.

Während der Polizist im Hintergrund immer hastiger redete, versuchte Sabine, den Stacheldraht an den Armen und Handgelenken der Frau zu lösen, damit sie sich wenigstens aus der gedrungenen Stellung aufrichten und Oberkörper und Kopf so zur

Seite drehen konnte, dass sie nicht an der Mauer zerdrückt wurde. Doch der Draht saß so fest, dass Sabine sich nur zweimal tief schnitt, ohne etwas zu bewirken. Außerdem ließen sich weder Anfang noch Ende des Drahts erkennen, sodass es unmöglich war, das Geflecht irgendwie zu entwirren.

Sabine schnappte sich die Taschenlampe und sah sich um. Natürlich lag hier keine Zange herum. Da lehnte nur eine rot-gelbe Wetterfahne mit dem Wappen Berns. »Haben Sie eine Zange?«, rief sie ans andere Ende des Raums.

»Was?« Der Beamte nahm kurz das Handy herunter. »Eine Zange? Nein.«

Scheiße! Sabine zog die Waffe aus dem Hosenbund. Diesmal würde sie nicht zögern.

»Erschrecken Sie nicht«, flüsterte Sabine. »Und bewegen Sie sich nicht. Haben Sie verstanden?«

Die Frau nickte.

Sabine legte die Waffe an, zielte auf den Draht und schoss. Der Knall, das sirrende Geräusch und das schrille Quietschen des Eisens schmerzten in den Ohren.

Die Frau hatte tapfer ausgehalten und war nur einmal zusammengezuckt.

»Was tun Sie da?«, rief der Beamte.

Sabine ignorierte ihn und schoss ein weiteres Mal. Diesmal prallte das Projektil jedoch an einem Draht ab, und der Querschläger verletzte die Frau am Unterarm. Sie schrie auf, aber Sabine konnte jetzt das Drahtgeflecht auseinanderbiegen und eine Hand befreien. Blut lief der Frau über den Handballen.

»Was tun Sie!«, brüllte der Beamte erneut.

In diesem Moment krähte ein mechanischer Hahn, und ein oberhalb in einer Nische sitzender Narr schellte an zwei über ihm hängenden Glocken. Dann ertönte der erste Schlag, das Räderwerk setzte sich in Bewegung und das Glockenspiel begann.

Sabine, die mit einem Bein auf der beweglichen Drehscheibe kniete, rutschte zur Seite. »Stoppen Sie das Spielwerk!«, rief sie.

»Die sind schon dabei. Aber so einfach geht das nicht.«

»Gibt es keine Notabschaltung?«

»Am Hauptpendel hängt eine drei Zentner schwere Mörserkugel als Schwunggewicht. Es braucht seine Zeit, bis die steht.«

Die Frau schrie auf und drehte sich mit den anderen Figuren in Richtung Öffnung.

Sabine zielte und schoss auf den Stacheldraht, der die andere Hand umschloss. Einige Stränge lösten sich. Doch als Sabine danach greifen und den Draht zur Seite winden wollte, ruckelte die Scheibe so heftig auf der Schiene, dass Sabine sich die Haut auf den Fingern aufriss.

Verdammt!

Mit der Pistole war das unmöglich. Sie sprang auf, schnappte sich die Wetterfahne und rammte die Metallspitze zwischen Holzboden und Drehscheibe. Es knarrte und quietschte. Das Ende der Stange schlug gegen Sabines Hände, doch sie packte sie noch fester und drückte sich mit ihrem ganzen Gewicht dagegen.

Der Hebel funktionierte, die Bewegung stoppte. Die Zahnräder des mächtigen Uhrwerks verharrten für einen Augenblick, dann drohte das Räderwerk sich jedoch erneut ruckartig in Bewegung zu setzen.

»Helfen Sie mir!«, keuchte Sabine.

Der Beamte unterbrach sein Telefonat und lief zu ihr. Doch ehe er sie erreichen konnte, klickte ein Zahnrad in die nächste Vertiefung, die Stange wurde Sabine aus der Hand geschleudert und knallte an die Wand.

Die Drehscheibe glitt weiter, und in ihrer Verzweiflung griff Sabine wieder zur Waffe und legte sie an.

»Ich habe kein einziges Kind abgetrieben«, kreischte die Frau plötzlich. »Niemals!«

»Was?« Verdattert betrachtete Sabine die Frau, die sich mit einer blutüberströmten Hand das Haar aus dem Gesicht zu wischen versuchte. Mit jeder Sekunde kam sie der Maueröffnung näher. Sabine wollte auf den Draht schießen, doch die Frau redete weiter.

»Ich bin keine Engelmacherin, sondern eine Hebamme«, krächzte sie mit heiserer Kehle. »Ich habe immer alle Kinder zur Welt gebracht.«

»Sie meinen im Ursulinenkloster im Bruggtal?«, fragte Sabine.

»Ja, ich habe gesündigt«, kreischte die Frau voller Panik und hob den Blick nach oben. »Es tut mir leid.«

»*Was* haben Sie getan?«, rief Sabine. »Haben Sie die Kinder anschließend getötet?«

»Getötet?« Viviane Krohners Blick schien verwirrt. »Ich musste sie doch alle gesund zur Welt bringen.« Sie drehte den Kopf. »Helfen Sie mir!«

Und dann hörte Sabine nur noch ein schreckliches Knacken und Knirschen.

31. Kapitel

Sneijder hatte den Funkspruch des Kollegen mitbekommen und sofort kehrtgemacht.

»Wir haben die Frau gefunden ...«

Er hörte nicht weiter zu, sondern rannte durch den Kanal zurück und kletterte über die Leiter wieder aus der Kanalisation raus.

Im nächsten Moment erklang auch schon das Schlagen der Glocke. *18 Uhr!* Kurz darauf krachte ein Schuss. Als Sneijder im Erdgeschoss nach der Treppe suchte, die in die obere Etage des Uhrturms führte, hörte er von der Straße einen entsetzten Aufschrei der Menschenmenge.

Vervloekt!

Er sparte sich den Weg nach oben und rannte stattdessen durch das Holztor ins Freie. Hinter der Polizeiabsperrung hatte sich eine Menschentraube angesammelt. Immer mehr Schaulustige strömten herbei. Alle Köpfe waren nach oben gerichtet.

Sneijder trat vor die Absperrung und blickte ebenfalls hinauf. Das Spielwerk hatte sich in Gang gesetzt, doch auf der Drehscheibe befanden sich nicht nur Figuren, sondern auch eine gekrümmte, mit Stacheldraht festgezurrte menschliche Gestalt, die sich in der Öffnung verkeilt hatte. Ihr Kopf hing leblos herunter und wurde bei jedem Versuch der Scheibe, sich weiterzudrehen, gegen das Mauerwerk gedrückt. Jedes Mal schrie die Menschenmenge erneut auf.

»Stoppt endlich das Uhrwerk und holt die Leiche herunter«, rief Sneijder und wandte sich ab.

Die Rettungsmannschaft war bereits im Gebäude verschwunden, als die Uhr endlich zum Stillstand kam.

Minuten später trafen ein dritter und vierter Polizeiwagen ein, und nun waren ausreichend Beamte da, um die Menschenmenge in Schach zu halten. Im Fenster des Spielerkers konnte Sneijder erkennen, wie der Notarzt und seine Helfer die Frau von dem Draht befreiten.

So ein vervloekter Mest!

Aus dem Augenwinkel sah er, wie sich ein Mann durch die Zuschauer zur Absperrung drängte.

»Mein Name ist César Durand, ich schreibe für die …«

»Hauen Sie ab!«, knurrte Sneijder, ohne sich umzudrehen.

»Ich schreibe für die Berner Zeitung«, beharrte der Mann mit einer Mischung aus Schweizer und französischem Akzent. »Was …?«

Jetzt wandte Sneijder sich um. Der Mann hatte ein kantiges Gesicht, rotblonde Haare und einen rötlichen Vollbart. »Ich sagte, Sie sollen von hier verschwinden!« Sneijder wollte sich schon wieder abwenden.

»Was ist dort oben passiert?«

War der Mann taub? Sneijder bleckte die Zähne. »Jetzt hören Sie mir mal gut zu, Sie Intelligenzallergiker! Sie sind hier genauso hilfreich wie ein Sandkasten in der Sahara.« Er hob die Hand, um die schon kommende nächste Frage zu unterbrechen. »Noch ein Wort und ich lasse Sie festnehmen.«

Sneijder drehte sich wieder um und ignorierte die Reaktionen der anderen Leute. Mitten im aufkommenden Tumult starrte er bestimmt an die fünf Minuten reglos nach oben, ehe er einen Joint aus der Schachtel schüttelte und anzündete. Einige Male inhalierte er tief, dann sah er, wie Nemez den Turm verließ, sich suchend umblickte, ihn entdeckte und zu ihm lief. Ihre Hände waren mit weißen Mullbinden bandagiert.

Normalerweise hätte er sich den Tatort unbedingt zuerst ansehen wollen, bevor jemand anderer ihn betrat, doch von seinem Standort aus hatte er genug gesehen. *Exakt hier zu stehen und zur Zytglogge hinaufzusehen!* Das war das Bild, das die Nonne ihm, den anderen Ermittlern und den Menschen Berns hatte zeigen wollen. Eine Frau, eingewickelt in Stacheldraht, blutüberströmt und mit zerschmettertem Körper. Zur Schau gestellt an einem heißen Frühlingsabend vor Hunderten Passanten in der Berner Fußgängerzone. Damit hatte sie ein Wahrzeichen der Stadt entweiht und ihm eine Botschaft ausgerichtet.

Mit jedem Glockenschlag läuft dir die Zeit davon!

»Die Spurensicherung kann sich den Tatort ansehen«, sagte er zu Nemez, als sie ihn erreichte. »Ich habe genug ...«

»Die Frau ist noch am Leben!«, keuchte Nemez.

»Was?« Sneijder sah sich um, um sicherzugehen, dass der Reporter nicht mehr in ihrer Nähe war. Dann schirmte er das Licht der Abendsonne mit der Handfläche ab und blickte zum Turm hinauf, aber durch die Öffnung war nicht wirklich zu erkennen, was im Inneren vor sich ging.

»Viviane Krohner lebt«, wiederholte Nemez. »Schulter und Schlüsselbein sind gebrochen, eine Gesichtshälfte ist zerquetscht und vermutlich auch die untere Halswirbelsäule angebrochen, aber sie lebt.«

Die Halswirbelsäule? Angebrochen? Dann war sie bestenfalls querschnittgelähmt, schlimmstenfalls nur noch kurz am Leben. Sneijder nahm den Joint aus dem Mund und trat ihn auf dem Boden aus. »Ich muss mit der Frau sprechen.«

Nemez packte ihn am Arm, schüttelte den Kopf. »Der Notarzt versucht sie zu stabilisieren. Im Moment wird gerade in der Universitätsklinik ein Saal für eine Notoperation vorbereitet.«

»Darum muss ich sie *jetzt* sprechen!«

»Das geht nicht«, zischte Nemez. »Ihre Atmung hat ausgesetzt.

Der Notarzt hat sie narkotisiert, intubiert und in einen künstlichen Tiefschlaf versetzt. Wenn sie Röntgen, CT und Operation überlebt, *dann* können wir mit ihr sprechen.«

»*Niet goed!*« Sneijder ballte die Faust. Er wusste, wie schlecht die Chancen dafür standen. Wenn erst einmal die Atmung versagte, waren vermutlich der erste oder zweite Halswirbel gebrochen.

»Aber *ich* habe mit der Frau gesprochen«, sagte Nemez. »Das heißt, sie hat mir etwas gesagt. Offenbar wusste sie, dass sie sterben würde und wollte ihr Gewissen erleichtern.«

Mit einer neugierig hinaufgezogenen Augenbraue betrachtete er sie. »Und? Weiter!«

Nemez gab Wort für Wort wieder, was die Hebamme ihr anvertraut hatte.

Nun klang die ganze Sache noch konfuser für ihn als vorher. »Die Kinder sollten *gesund* zur Welt gebracht werden?«, wiederholte er. »Und sie hat tatsächlich von dem Kloster in Bruggtal gesprochen?«

»Sie hat keinen Zweifel daran gelassen, dass es darum ging.«

In diesem Moment öffnete sich das Holztor und die Sanitäter hievten die Frau ins Freie. Sie lag auf einer Vakuummatratze, trug eine steife Halskrause und hing mit zahlreichen Schläuchen und Kabeln an Infusionsbeuteln und Überwachungsgeräten. Dann verschwand sie auch schon im Heck des Krankenwagens. Die Türen schlugen zu, und der Wagen fuhr sogleich mit Blaulicht und Sirene durch den frei gehaltenen Korridor in der Fußgängerzone und im Eiltempo weiter durch den Feierabendverkehr.

Sneijder sah den Rücklichtern nach. »Gute Arbeit.« Er wusste, wie hohl das angesichts des fast geglückten Mordes klang, aber sie hatten ihr Bestes getan.

»Danke, aber es wird trotzdem eine Untersuchung geben, denn ich habe die Frau mit der Waffe verletzt.«

Sneijder schüttelte den Kopf. »Das wird es nicht, dafür sorge ich.«

»Wie wollen Sie das hinkriegen?«

»Ohne uns hätte die Stadt Bern eine Leiche am Hals. Außerdem brauche ich Sie in Wiesbaden – einsatzfähig und funktionstüchtig. Dieser Fall hat gerade erst begonnen.« Er betrachtete sie. »Wie geht es Ihren Händen?«

»Nur Kratzer und Schnitte.«

In diesem Moment hielt der schwarze SUV der Kripo, der sie zuvor vom Flughafen abgeholt hatte, am Rand der Fußgängerzone. Horowitz fuhr mit dem Rollstuhl die Heckrampe herunter und kam mit ein paar kräftigen Schwüngen auf sie zu.

»Ich habe gehört, ihr habt die Frau gefunden.«

Nemez nickte und gab Horowitz kommentarlos die Waffe zurück. Der roch am Lauf, dann überprüfte er das Magazin. »Sie sind verletzt?«

»Kaum der Rede wert.«

»Verschwinden wir von hier«, schlug Sneijder vor. »Hier wimmelt es von Reportern.«

Horowitz nickte. »Wir haben vielleicht noch zehn Minuten, um ungestört reden zu können, dann nimmt uns der Staatsanwalt in die Mangel und der Papierkrieg beginnt.« Er nickte zu einem Restaurant auf der gegenüberliegenden Straßenseite. »Dorthin!«

Da fast alle Besucher ins Freie gestürmt waren, um den Grund für die Straßensperre und das Aufgebot an Polizeifahrzeugen herauszufinden, war das Lokal nahezu leer. Sie setzten sich in eine Nische, durch deren Fenster sie einen guten Blick auf das Geschehen hatten.

»Willst du dir den Tatort nicht ansehen?«, fragte Horowitz. »Fünf Minuten hättest du noch, danach bezweifle ich, dass sie dich …«

»Nein«, murmelte Sneijder.

Ein junger Kellner kam. Nemez bestellte ein Wasser, Horowitz eine heiße Schokolade mit viel Milch und Honig, Sneijder hingegen sah den Mann erst einmal lange an. »Haben Sie einen Vanilletee?«, fragte er schließlich.

»Bedaure, nein.«

»Dann ein Glas Tomatensaft mit Pfeffer, Salz, Tabasco und Wodka.«

Der Kellner lächelte. »Bedaure, auch das haben wir nicht.«

Sneijder seufzte. »Dann eine Tasse Kaffee, oder haben Sie die auch nicht?«

Der Kellner nickte. »Mit Schlagsahne?«

Sneijder stützte die Ellenbogen auf den Tisch und beugte sich nach vorn. Nemez setzte an, etwas zu sagen, doch er schnitt ihr das Wort ab. »Nicht jetzt!« Dann wandte er sich an den Kellner. »Haben Sie überhaupt eine Ahnung, wozu Schlagsahne dient?«

Der Kellner starrte Sneijder verzweifelt an. »Ich … äh …«

»Na los, das war keine rhetorische Frage. Sie dürfen ruhig den Mund aufmachen, um zu antworten.«

»Nein, ich weiß es nicht«, sagte der Mann verunsichert. »Damit der Kaffee besser schmeckt?«

»Was für ein Quatsch!«, entfuhr es Sneijder. »Schlagsahne dient dazu, damit der Kaffee länger heiß bleibt und an der Oberfläche nicht so rasch auskühlt.«

»Gut, wenn Sie meinen.« Der Kellner sah Hilfe suchend zu Nemez herüber. »Und wollen Sie nun Schlagsahne?«

»Ich habe mich wohl verhört!«, rief Sneijder. »Sie werden doch einen Kaffee hinbekommen, der auch ohne Schlagsahne lange genug heiß bleibt?«

»Ich werde es versuchen.«

»Aber lassen Sie den Kaffee bloß nicht wie einen Versuch aussehen.« Sneijder lehnte sich zurück. »Und nun ab, wir haben zu tun.«

Der Kellner verschwand in die Küche.

Es ist immer dasselbe, schien Nemez' Blick zu sagen. Sie beugte sich über den Tisch. »Dieser junge Bursche kann nichts dafür, dass wir womöglich eine Zeugin verlieren werden«, zischte sie. »Außerdem sieht er aus, als arbeitete er nur als Aushilfskraft hier, vielleicht um sich sein Studium zu finanzieren.«

»Dann hätte er schneller studieren müssen.« Sneijder ließ die Fingerknöchel knacken. »Können wir nun?«

»Ja«, murrte Nemez.

»Gut.« Sneijder sah sich um und versicherte sich, dass sie ungestört reden konnten. »Offenbar sind die Kinder der Schlüssel zu allem. Der sexuelle Missbrauch an den Nonnen war nur der Anfang, der Auftakt, die Spitze des Eisbergs, ein netter Nebenerwerb von Walter Greims und dem alten Janus, mit dem alles begonnen hat. Aber in Wahrheit steckt viel mehr dahinter.«

»Und was?«, fragte Horowitz.

»Menschenhandel?«, vermutete Nemez.

Sneijder deutete wie zur Bestätigung mit dem Finger auf sie. »Zum Beispiel.«

»Oder Organhandel«, schlug Horowitz vor.

Nun deutete Sneijder auch auf ihn. »Jetzt kommen wir der Sache schon näher. Oder es ging um Nachschub für einen extremen Pädophilenring«, ergänzte er, »oder einfach nur um Schwarzmarktadoptionen von Kindern.«

»Für all das sind kräftige und gesunde Kinder vonnöten«, sinnierte Nemez und wiederholte für Horowitz die letzten Worte der Hebamme.

Der Kellner brachte ein Tablett mit Wasser, Kakao und einer Tasse Kaffee, die so heiß dampfte, dass er sie kaum anfassen konnte. »Ich hoffe, Sie sind zufrieden«, sagte er, nachdem er die Getränke abgestellt hatte.

Sneijder ignorierte ihn, und während der junge Mann sich wieder davonmachte und er mit dem Löffel gedankenversunken in der Tasse rührte und dem Dampf hinterherblickte, kam ihm ein seltsamer Gedanke. *Das Zeitmuster!* »Als unsere Nonne sich vor drei Monaten ihren Körper mit Hinweisen tätowiert hat, muss sie bereits alles bis ins letzte Detail geplant haben, wie beispielsweise das mit der Zytglogge.« Er sah auf. »Wie lange dauert die Renovierung noch?«

»Bis Ende des Monats«, antwortete Horowitz.

»Danach läuft das Glockenspiel wieder täglich?«

»Ja.«

»Nehmen wir an, sie hat Viviane Krohner entführt, dazu gezwungen, ihren eigenen Anrufbeantworter zu besprechen und danach im Uhrturm gefesselt«, fuhr Sneijder fort. »Das war vor vier Tagen. Einen Tag davor hat sie den alten Janus in Bach an der Donau auf das Stahlrohrbett gefesselt und die Bambussprossen daruntergeschoben – und zwei Tage danach Walter Greims in der Fabrikhalle in Wiesbaden an das Säurerohr gehängt.« Er holte einen Kugelschreiber aus seinem Sakko, zog eine Serviette aus der Halterung und begann zu schreiben.

Dienstag, 9. Mai – Bach a. d. Donau:
Janus & Bambusspitzen

Mittwoch, 10. Mai – Bern:
Krohner & Stacheldraht

Freitag, 12. Mai – Wiesbaden:
Greims & Säuredusche

»Das ist der Zeitplan aus der Sicht der Nonne.« Sneijder starrte auf die Serviette. »Was hat sie am Donnerstag zwischen Bern und Wiesbaden getan?« Er tippte auf die Serviette. »Für das alles braucht es Monate an Planung. Und wer weiß, was uns noch alles bevorsteht.«

»Sie hat einen oder mehrere Helfer«, sagte Nemez bestimmt.

»Mit ziemlicher Sicherheit«, antwortete Sneijder. »Aber wen? Andere Nonnen? Jedenfalls gibt es eine Verbindung zwischen den Mordopfern. Magdalena Engelmann will uns etwas damit sagen, und deshalb müssen wir zum Ursprung.« Er ließ die Serviette in der Tasche verschwinden und blickte auf. »Wir müssen in das Kloster. Ins Bruggtal nach Oberösterreich.«

In diesem Moment läutete Nemez' Handy. Sie ging ran, sprach kurz, dann reichte sie Sneijder das Telefon. »Tina Martinelli«, erklärte sie knapp.

Sneijder führte das Handy zum Ohr. »Ja?«

»Wie ist es Ihnen ergangen?«, fragte Martinelli.

»Wir sind in Bern fertig und fliegen zurück. Was gibt es?«

»Zwei Dinge. Die Chemiker haben die Säure analysiert, mit der Walter Greims in der Fabrik ermordet wurde.«

»Flusssäure?«, vermutete Sneijder, bevor Martinelli ihm die Ohren vollquatschen konnte.

»Stimmt, und zwar in hoher Konzentration. Woher wissen Sie das?«

»Die Flüssigkeit hat nicht nur Haare, Haut und Kleidung zerstört, sondern auch Beton verätzt und wurde in einem Kunststoffbehälter gelagert. Außerdem habe ich Greims' Gesicht gesehen«, antwortete Sneijder. »Die Säure hat nicht nur die Oberfläche verätzt, sondern wurde von der Haut regelrecht aufgenommen und ist bis zum Knochen vorgedrungen.«

»Richtig, sie hat sich sogar über das Blut im Körper verteilt«, ergänzte Martinelli. »Im Wasser des Dreihundert-Liter-Fasses befanden sich über vierzig Prozent Säure.«

Vierzig Prozent, dachte Sneijder. *Wahnsinn!* Er hätte nur mit dreißig Prozent gerechnet, aber anscheinend war die Nonne auf

Nummer sicher gegangen. »Und woher stammt dieses Konzentrat?«

»Bei den gängigen Chemikalienlieferanten gibt es nur kleine Fünf-Liter-Gebinde, und ohne Sachkundenachweis kann man keine größeren Mengen bestellen.«

»Also wurde das Konzentrat gestohlen«, vermutete Sneijder.

»Genau. Elf Tage vor dem Mord wurde im Dillenburger Stahlwerk eingebrochen und eine große Menge hochkonzentrierte Flusssäure gestohlen, die dort zur Oberflächenbehandlung von Edelstahl verwendet wird.«

»Dillenburg«, wiederholte Sneijder nachdenklich. »Das ist gerade mal hundert Kilometer von Wiesbaden entfernt.« Er sah auf. »Und was ist die zweite Sache, die Sie entdeckt haben?«

»Die Spurensicherung hat herausgefunden, woher die Handschellen stammen, mit denen Walter Greims an das Rohr gefesselt wurde.«

»Aus der Asservatenkammer in Wiesbaden?«, vermutete Sneijder.

»Falsch. Vom österreichischen Bundesheer. Die eingravierte Bataillonsnummer deutet auf die 6. Gebirgsbrigade hin. Die österreichischen Gebirgsjäger verwenden solche Handschellen.«

Eineinhalb Jahre zuvor

Wien war eigentlich gar nicht so übel, wie alle behaupteten. Vor allem um die Weihnachtszeit, wenn die Straßen hell beleuchtet, die Schaufenster bunt dekoriert waren und es an jeder Ecke nach Bratäpfeln, Punsch und heißen Maroni duftete.

Dieses Jahr war sogar noch vor Weihnachten der erste richtig dichte Schnee gefallen, und da es am vierten Dezember immer noch schneite, verwandelte er sich am Straßenrand noch nicht in den üblichen grauen Matsch, sondern glitzerte im Licht der Autoscheinwerfer.

Thomas Schaeffer liebte die Kälte und die klare frische Luft. Aus dem Innsbrucker Knast, wo er wegen mehrfacher schwerer Körperverletzung gesessen hatte, war er nach knapp eineinhalb Jahren entlassen worden. Weil es seine Erstverurteilung gewesen war, hatten sie ihm nur die Hälfte der Höchststrafe aufgebrummt. *Wie gnädig!*

Seine Karriere bei der Bundeswehr war allerdings für immer vorbei, also war er gleich in Österreich geblieben und hatte sich nach der Entlassung in den nächstbesten Zug nach Wien gesetzt, wo er seitdem in der Innenstadt als Rausschmeißer in einer Diskothek arbeitete. So ein richtiger Schickimicki-Schuppen mit zahlreichen DJ-Events am Wochenende.

Mit seiner Statur und seinem eiskalten Blick war der Job für Schaeffer kein Problem. In der Regel sorgte er ohnehin lediglich dafür, dass niemand blöd angemacht wurde und keiner auf die Tanzfläche kotzte. Mittlerweile hatte er ein Auge dafür, wer zu viel intus hatte oder wer Ärger machen würde. Ein Vorteil war, dass sein Dienst erst um 20 Uhr begann, und so hatte er in den letzten Wochen tagsüber viel Zeit gehabt.

Auch heute, an diesem Sonntagnachmittag, hatte er etwas ganz anderes im Kopf als seinen Job. Obwohl es erst kurz nach fünf Uhr war, war es bereits stockdunkel. Umso heller brannten die Lichter der Ringstraße. Er saß bei einer Flasche Tonic im Café Landtmann und blickte von seinem Fensterplatz aus direkt auf die gegenüberliegende Straßenseite zum Rathaus und die angrenzende Universität.

Von Weitem sah er, wie eine Frau aus dem Taxi stieg und über die Straße lief. Sie trug einen langen schwarzen Mantel mit Schal und Stiefel mit hohen Absätzen. Grit Maybach hatte seinen Brief also tatsächlich erhalten und war wirklich gekommen. Eigentlich hatte er nicht damit gerechnet.

Als sie das Café betrat, winkte er ihr zu, und sie kam direkt zu seinem Tisch. Keine Handtasche. So etwas fiel ihm sofort auf. Frauen wie sie mussten immer beide Hände frei haben. Er half ihr aus dem Mantel, und sie setzte sich ihm gegenüber. Grit sah genauso hübsch aus wie damals, vor eineinhalb Jahren, als er sie zum ersten Mal in der Hütte in den Tiroler Alpen gesehen hatte. Blaue Augen, lange Wimpern, Sommersprossen, hohe Wangenknochen, kurzes brünettes Haar und das rote Feuermal.

Sie zerrte am Rollkragen ihres Pullovers und bestellte beim Kellner ein Glas Karottensaft mit Wasser und Zitrone. Dann zog sie das Kuvert aus der Hosentasche, legte es auf den Tisch, ließ aber die Hand darauf liegen. »Woher hast du meine Adresse?«

Er zuckte mit den Achseln. »Von der Gerichtsverhandlung kenne ich deinen Namen, wusste, du bist bei den Gebirgsjägern – der Rest war ein Klacks.«

Sie nickte nur und steckte das Kuvert wieder in ihre Tasche. Es sah so abgegriffen aus, als hätte sie den Brief in den letzten Wochen Dutzende Male in die Hand genommen. »Wie lange bist du schon draußen?«, fragte sie schließlich.

»Seit Oktober.«

»Wow.« Sie zog die Augenbrauen hoch, dann beugte sie sich nach vorn. »Wenn man bedenkt, was du alles gemacht hast. Fünf Typen krankenhausreif geprügelt, davon drei Soldaten und einen Polizisten, dich der Verhaftung widersetzt und einem weiblichen Leutnant der Gebirgsjäger den Ellenbogen gebrochen.«

»Meine Anwältin hat es geschafft, dass die psychische Belastung meines Jobs beim Militär zu meinen Gunsten berücksichtigt wurde«, antwortete er. »Tut es noch weh?«

Sie bewegte die Finger der linken Hand. »Drei Wochen Krankenstand, einen Monat Reha, Aufbautraining und danach war ich wieder so fit wie vorher.«

»Tut mir leid.«

»Vergiss es. Was macht dein Bein?«

»Ist wieder okay. Hast den Knochen verschont, war nur eine Fleischwunde.«

»Ich weiß.«

Er nickte. »Klar, weißt du das.«

»Im Brief hast du geschrieben, dass sie dir zusätzlich zur Strafe eine Anti-Aggressionstherapie nahegelegt haben.«

»Hätte sich strafmildernd ausgewirkt, hab sie aber abgelehnt. Ich mach meine eigene Therapie.«

»Du wirkst ruhiger und ausgeglichener. Scheint zu funktionieren«, stellte sie fest.

Er nickte. »Definitiv.«

»Und hast du deine Wut und den Hass unter Kontrolle?«

»Yepp. Im Knast lernt man das, andernfalls kommst du da nicht heil raus.«

Grits Getränk wurde gebracht, und sie leerte das Glas in einem Zug.

»Was war die schlimmste Erfahrung in deinem Leben?«, fragte er.

Sie dachte nicht lange nach. »Die Zeit im Heim.«

»Wo war das?«

»In Kufstein«, erklärte sie. »Ich musste in meinen Kleidern schlafen, damit die nicht geklaut wurden.«

»Trinkst du deshalb alles auf einen Zug leer? Damit dir niemand was wegnimmt?«

Sie dachte darüber nach, dann lächelte sie. »Vermutlich.«

»Das war auch meine schlimmste Zeit, die im Heim.«

Sie schmunzelte. »Dagegen waren die jeweils fünf Wochen Ausbildung im Sommer und im Winter sowie die Gebirgskampfwochen ein Spaziergang.«

»Gegen das Heim war Afghanistan ein Sommerausflug.«

Sie lachten beide – zum ersten Mal –, dann schob Grit den Ärmel ihres Pullovers hinauf und zeigte ihm hässliche Brand- und Schnittnarben auf ihrem Unterarm. »Stammen auch aus dem Heim.«

»Die anderen Kinder?«, fragte er.

»Die Aufseherin. Abwechselnd Zigaretten und Glasscherben.«

»Wow.« Thomas neigte den Kopf, schob das Haar am Scheitel auseinander und zeigt ihr eine lange Narbe, die seinerzeit mit neun Stichen genäht worden war.

»Nicht schlecht. Darf ich?« Sie berührte seine Kopfhaut. »Ein Messer?«

»Eine Glastür, durch die ich geworfen wurde.«

»Von anderen Kindern?«

»Vom Aufseher, weil ich mich nicht ficken lassen wollte.«

Sie schwieg. »Ficken?«, fragte sie schließlich.

Er nickte. »Ich war damals sieben. Habe ihm die Nase gebrochen.«

»Offenbar verbindet uns mehr, als ich ursprünglich dachte«,

seufzte sie. »Du bist nach dem Heim in Regensburg zum BKA und anschließend zur Bundeswehr, nicht wahr?«

Er nickte.

»Ich habe nach dem Heim das Sportgymnasium in Innsbruck besucht und bin danach zum Heer. Das war *meine* Therapie.« Sie machte eine Pause. »Also gut. Stichwort *Therapie*. Ich nehme an, deshalb bin ich hier. Oder aus welchem Grund wolltest du mich sonst unbedingt sprechen?«

Er beugte sich nach vorn und senkte die Stimme. »Um nicht um den heißen Brei zu reden: Wir sind uns doch einig, dass wir möglicherweise Zwillinge sind, richtig?«

Sie presste die Lippen aufeinander.

»Und dass wir nach der Geburt getrennt wurden«, fuhr er fort.

Grit schwieg eine Weile, schließlich nickte sie. »Wir könnten einen DNA-Test machen, um wirklich sicherzugehen«, schlug sie vor.

Er winkte ab. »Solange ich noch nicht weiß, warum wir getrennt wurden, möchte ich keinen Staub aufwirbeln und irgendwelche Behörden auf uns aufmerksam machen.« Es klang dramatischer als beabsichtigt.

»Wie wäre es, wenn wir den Test in Tschechien machen?«, schlug sie vor.

Er schüttelte den Kopf. »Ich habe eine andere Idee.«

Sie sah ihn neugierig an.

»Ich war in meinem ehemaligen Waisenhaus in Regensburg, wollte mir die Unterlagen ansehen, wie und wo ich genau gefunden wurde. Aber die gibt es nicht mehr. Ein Wasserrohrbruch im Keller hat vor über zehn Jahren alles vernichtet.«

Sie kniff die Augen skeptisch zusammen. »Und weiter?«

»*Deine* Unterlagen könnte es noch geben. In Kufstein. Aber um das herauszufinden und sie mir anzusehen, brauche ich dich.«

»Was bringt dir das?«

Er ließ sich mit der Antwort Zeit, nahm vorher einen großen Schluck aus seiner Flasche. Dann beugte er sich nach vorn. »Ich möchte unsere Mutter finden.«

»Warum? Um sie zu fragen, warum sie uns weggegeben hat?«

»Nicht nur. Ich möchte herausfinden, wer wir sind, woher wir kommen und warum wir getrennt wurden …«

Mit einem Nicken ergänzte sie: »… und wer unser Vater ist.«

4. TAG

Bruggtal

OBERÖSTERREICH

– MONTAG, 15. MAI –

32. Kapitel

Als Sabine am nächsten Morgen das BKA betrat, erfuhr sie von Falcone, dem Pförtner, dass Sneijder noch nicht da war. Er saß also immer noch in Bern fest, wo er mit Horowitz den bürokratischen Papierkram erledigte. Trotz aller Sonderbefugnisse wurde es eben doch kompliziert, sobald die Behörden eines anderen Landes involviert waren. Und so war sie gestern Nacht allein heimgeflogen, hatte zu Hause die Bandagen abgenommen, die Wunden gesäubert, mit Heftpflastern neu versorgt, ein Schmerzmittel genommen und sich hingelegt. Solange sie nicht versuchte, eine Faust zu machen, war alles in Ordnung.

Nun fuhr sie mit Tina in das zweite Untergeschoss, um mit der Nonne in die nächste Verhörrunde zu gehen.

»Die Frau hat in der Zwischenzeit kein Wort von sich gegeben«, informierte Tina sie. »Die Versuche der Psychologen und Verhörspezialisten sind allesamt gescheitert.«

»Dass sie nicht einmal die Androhung einer wochenlangen Isolationshaft beeindruckt«, wunderte sich Sabine.

»Anscheinend ist das dem Leben im Kloster gar nicht so unähnlich.« Tina rollte mit den Augen. »Und sie betet.«

Die beiden verließen den Fahrstuhl und gingen den Gang hinunter.

»Was hast du gestern noch herausgefunden?«, fragte Sabine.

»Wir haben den Bruder der Nonne ausfindig gemacht. Zeno Engelmann lebt nicht einmal weit von uns weg, in Mittelhessen, in Marburg. Ich habe Sneijder bereits darüber informiert.«

Sabine sah überrascht auf. »Ist Zeno ihr Komplize?«

»Wohl kaum«, antwortete Tina. »Er ist blind.«

»Hühnerkacke!«

Sie erreichten den Verhörraum und betraten das Vorzimmer. Wie immer saß ein Mitarbeiter vor den Monitoren.

»Und noch etwas«, fuhr Tina fort. »Anscheinend muss die Priorin, die damals das Ursulinenkloster geleitet hat, von den Übergriffen auf die Nonnen gewusst haben. Anders kann ich es mir nicht erklären. Sie heißt Constance Felicitas und hat seinerzeit mit neununddreißig Jahren die Leitung übernommen.«

»Dann müsste sie ja jetzt schon weit über achtzig sein. Lebt sie noch?«

»Ja, aber sie ist krank. Die Kirche schottet sie ab, und sie ist für niemanden zu sprechen.«

In diesem Moment flog die Tür auf. Sneijder kam mit wächserner Gesichtsfarbe herein. Er trug dieselbe Kleidung wie am Vortag. Grußlos ging er direkt zur Glaswand und starrte in die Zelle, wo die Nonne im grauen Overall bei einer Tasse Kaffee am Tisch saß, leise vor sich hin murmelte und die Perlen des Rosenkranzes durch die Finger gleiten ließ.

»Neuigkeiten?«, fragte Tina.

»Ich bin mit der Frühmaschine direkt von Bern hergeflogen«, sagte Sneijder knapp und wandte sich um. »Viviane Krohner hat die Nacht überstanden, allerdings ist ihr Zustand immer noch höchst kritisch.«

»Konnten Sie mit ihr sprechen?«, fragte Sabine.

»Nein.«

»Ist Horowitz bei ihr?«

Sneijder schüttelte den Kopf. »Er ist mit mir nach Frankfurt geflogen – solange wir in dem Fall ermitteln, bleibt er hier und unterstützt uns.«

»Geht es ihm gut? Wo haben Sie ihn denn untergebracht?«, fragte Sabine.

»Nemez … ich …« Sneijder sah sie an, als könnte er es nicht fassen. »Warum zur Hölle ist das so wichtig? Ich denke, wir haben Dringenderes zu tun, als so etwas zu besprechen.« Er atmete tief durch. »Aber da Sie das ja so brennend interessiert: Er wohnt bei Krzysztof.«

»Bei Krzysztof?«, entfuhr es Sabine. »In dieser Containerwohnung am Ufer des Mains?«

»Ja, genau dort!«, rief Sneijder. »Horowitz hasst Hotels, liebt die Nähe von Wasser und braucht Gesellschaft. Diese Lösung erschien mir am besten.« Er sah wieder durch die Scheibe. »Spricht sie?«

»Abgesehen von ihren Gebeten schweigt sie wie ein Grab«, antwortete Tina.

»War nicht anders zu erwarten.« Sneijder riss sich von dem Anblick los und sah Sabine an. »Können wir?«

Tina blieb im Vorzimmer, und Sabine begleitete Sneijder in die Zelle. Kaum hatten sie die Tür hinter sich geschlossen, verstummte die Nonne in ihrem Gebet und sah erwartungsvoll auf. »Wie war Ihre Reise in die Schweiz?«

Gut geraten!

Sneijder nahm auf dem freien Stuhl ihr gegenüber Platz, während Sabine wie gehabt hinter ihm an der Wand stehen blieb.

»Der Stacheldraht hat die Arme und Beine der Frau zerrissen. Nacken, Schultern und Kopf wurden regelrecht eingequetscht.«

Auf dem Gesicht der Nonne zeigte sich keine Regung. Genauso gut hätte Sneijder eine Bemerkung über das Wetter machen können.

Er sah zur Glasscheibe, machte eine Drehbewegung mit der Hand und deutete zur Decke. Offenbar wollte er, dass der Kollege draußen den Rauchmelder abschaltete. Danach schüttelte er einen Joint aus der Packung, zündete ihn mit einem Streichholz an, inhalierte und blies den Rauch zur Decke. »Warum tun Sie das?«, fragte er. »Was versprechen Sie sich davon?«

»Ich wünsche nicht, dass Sie in meiner Gegenwart rauchen.«

»Das interessiert mich einen Dreck«, sagte er mit einer völligen Ruhe. Den Rauch des nächsten Zugs blies er ihr direkt ins Gesicht, sodass sie husten musste. »Sie wollten ausdrücklich mich sprechen. Diesen Gefallen habe ich Ihnen getan, also müssen Sie mit den Konsequenzen leben. Das heißt, dass Sie, solange Sie hier sind und weder Haftrichter, Staatsanwalt, Reporter oder Strafverteidiger davon wissen, keinerlei Rechte haben.« Er zog einige Farbfotos aus der Sakkotasche und warf sie über den Tisch.

Sabine konnte von Weitem erkennen, dass es sich dabei um das zerschundene Gesicht der Hebamme handelte.

»Warum tun Sie das?«, wiederholte Sneijder.

Die Nonne blickte auf die Bilder, dann schlug sie das Kreuzzeichen und senkte den Kopf. »Mein Gott und Herr«, murmelte sie mit nahezu geschlossenen Lippen. »Ich erhoffe von dir die Verzeihung meiner Sünden, deine Gnade und die ewige Seligkeit, weil du, gütiger und getreuer Gott, Herr über Leben und Tod, dieses alles versprochen hast. Stärke meine Hoffnung, stärke meinen Glauben …«

»Warum tun Sie das?«, unterbrach er sie.

Sie sah auf. Ihre Stimme veränderte sich, wurde betroffen. »Liebe und Glück kann man teilen. Aber Leid lässt sich nicht teilen«, sagte sie. »Es lässt sich nur auf andere übertragen.«

»Welches Leid hat Ihnen diese Frau zugefügt?«

»Lebt sie noch?«

Sneijder schüttelte den Kopf. »Sie ist noch am Tatort verstorben«, log er.

Die Nonne sah kurz zu Sabine.

Sabine verzog keine Miene. Anscheinend wollte Sneijder die Nonne in dem Glauben lassen, ihr Plan sei aufgegangen, um ihr ein Gefühl der Überlegenheit zu geben. Da man ihr mit nichts drohen konnte und sie sich nicht unter Druck setzen ließ, war das der einzig vernünftige Schachzug.

»Damit sind wir bei insgesamt fünf Toten angelangt. Auf eine gewisse Weise, die niemand von meinen Kollegen verstehen würde, haben Sie meinen absoluten Respekt«, fuhr Sneijder fort. »Aber Sie müssen das nicht tun, wir könnten Freunde sein.«

»Solange Sie nicht das tun, worum ich Sie gebeten habe, ziehe ich es vor, mich der Gnade Ihrer Feindschaft auszuliefern als mich der Geißel Ihrer Freundschaft auszusetzen«, antwortete sie.

Schön gesagt. Sabine verkniff sich jegliche Reaktion. Wenn sie Sneijders Mimik richtig deutete, war tatsächlich auch er ein wenig von der Aussage beeindruckt. Aber auch diese Taktik schien in eine Sackgasse zu führen.

Nun griff er erneut in die Sakkotasche und holte die zerknüllte Serviette hervor, die er in dem Berner Restaurant beschrieben hatte, strich sie glatt und schob sie der Nonne über den Tisch. »Das ist Ihr Zeitplan, den ich aufgrund der vorläufigen Daten erstellt habe, richtig?«

Die Nonne betrachtete die Kritzelei von Wochentagen und Namen der Opfer, schwieg jedoch, ohne eine Reaktion zu zeigen.

»Wo waren Sie am Donnerstag, dem 11. Mai, zwischen Ihren Stationen in Bern und Wiesbaden?«

»Was haben Sie bereits alles herausgefunden?«, entgegnete sie.

»Da Viviane Krohner gestorben ist, noch gar nichts«, log er, und damit war der Ball wieder bei ihr.

Sie hob die Schultern. »Ich nehme an, dann sind Sie auch noch nicht an die Öffentlichkeit gegangen.«

So kam er anscheinend nicht weiter. »Was bedeutet die Tätowierung mit den vier Kreuzen?«

Schweigen.

»Einige dieser Hinweise werden wir vermutlich erst im Nachhinein verstehen, nicht wahr? Aber da ist es dann schon zu spät«, gab er zu bedenken, »und es wird weitere Tote geben.«

»Vielleicht will ich, dass Sie manche Hinweise erst im Nachhinein verstehen«, antwortete die Nonne.

Sneijder erhob sich. »Ich verschwende meine Zeit mit Ihnen.« Ohne weiteren Kommentar ging er zur Tür.

Als sie wieder draußen waren, hielt Tina die Fotografie von dem Tattoo mit dem Sarg und den vier Kreuzen in der Hand. »Wohin soll uns das führen?«

Sabine zuckte die Achseln. »Keine Ahnung, wir haben rein gar nichts erfahren.«

»Nemez …« Sneijders Stimme klang gleichermaßen vorwurfsvoll wie enttäuscht. »Wir haben zwar nichts Neues erfahren – okay –, aber dadurch haben wir doch *etwas* herausgefunden.«

Sabine sah ihn verwirrt an.

»Magdalena Engelmann ist ein wenig gefallsüchtig und eitel. Sie hätte uns sehr wohl Hinweise gegeben. Die hat sie Ihnen nämlich sogar am ersten Tag gegeben, als ich noch gar nicht im Spiel war. Diesmal aber nicht. Was lernen wir daraus? Dass wir auf der richtigen Fährte sind. Wir sind genau da, wo sie uns haben will. Andernfalls hätte sie garantiert den Mund aufgemacht.«

Tina wedelte mit der Fotografie. »Das ist also unsere Spur? Ein Sarg mit vier Kreuzen?«

»Hat das Ursulinenkloster einen Friedhof?«, fragte Sneijder.

»Ja.«

»Gut. Sie und Nemez machen sich auf den Weg nach Österreich ins Bruggtal. Walter Greims, Janus und Viviane Krohner sind unser gemeinsamer Nenner. Ich möchte, dass Sie mit allen im Kloster sprechen, die jemals Kontakt mit den dreien, Magdalena Engelmann und der Priorin gehabt haben.«

Sabine nickte. Immerhin war das die einzige Spur, die ihnen

noch blieb. »Was machen Horowitz und Krzysztof in der Zwischenzeit?«

Sneijder setzte sein Leichenhallenlächeln auf. »Die sind bereits seit einer Stunde unterwegs, um Magdalena Engelmanns Bruder einen Besuch abzustatten.«

33. Kapitel

Marburg an der Lahn hatte einen mittelalterlichen Stadtkern, der auf einer steilen Anhöhe mit nahezu senkrechten Felswänden thronte. Entweder ging man die vielen Treppen nach oben, oder man nahm einen der Fahrstühle.

»Treppe oder Lift?«, fragte Krzysztof.

»Sehr witzig.« Horowitz wartete auf das Klingeln der Fahrstuhltür, dann fuhr er mit dem Rollstuhl in die Kabine mit den Glasfenstern.

»Von mir aus, ich laufe rauf«, sagte Krzysztof.

»Das ist keine gute Idee.« Horowitz drückte den Knopf für das obere Stockwerk.

»Warum?«, fragte Krzysztof.

»Weil du dich sicher verläufst.«

»Sehr witzig.« Krzysztof sprintete die Treppe hoch.

Einmal musste Horowitz umsteigen und einen zweiten Lift nehmen. In der Oberstadt angelangt fuhr er mit dem Rollstuhl aus der Kabine. Krzysztof wartete bereits vor der Tür. *Der Kerl keucht nicht einmal.* Vor seinem Unfall war er auch so in Form gewesen.

Dann sah Horowitz sich um. *Verfluchter Mist!* Hier gab es nur Kopfsteinpflaster und schiefe Wege mit Steigungen, die mühsam zu überwinden sein würden.

»Soll ich dich schieben, alter Mann?«, fragte Krzysztof.

Horowitz seufzte. »Warum bin ich nicht mit dem Taxi gefahren?«

»Weil es in meinem Wagen viel gemütlicher ist«, antwortete Krzysztof.

Ja, sehr gemütlich. In Krzysztofs altem Arzneimittelwagen, mit dem großteils bereits abgeblättertem Motiv einer Äskulapnatter an den Seitenwänden hatte es ziemlich streng nach Medikamenten gerochen.

Horowitz verdrängte die Erinnerung und sah sich um. Vor ihnen lagen enge Gässchen mit Fachwerkhäusern, Rundbogen und spitzen Türmchen, vieles davon von Efeu umrankt. Hinter den Dächern ragte die graue Turmspitze der Stadtpfarrkirche empor.

Horowitz setzte sich in Bewegung. Der Weg an Bistros und Weinläden vorbei zum Schloss war beschwerlich, und bei manchen Steigungen musste Krzysztof dann wirklich helfen und den Rollstuhl schieben.

»Warum haben wir uns mit Zeno nicht unten in der Stadt getroffen?«, maulte Krzysztof.

»Weil er hier oben wohnt, und ich sein privates Umfeld kennenlernen möchte.«

Sie erreichten die Burgmauer, hinter der das Landgrafenschloss emporragte. Allein der großartige Ausblick auf den tiefer liegenden Teil Marburgs war die Anstrengung wert. Fachwerkhäuser, Fahnen, Bäume und Blumen ergaben ein buntes Gemälde. Die Sonne schien kräftig, und Horowitz schirmte die Augen mit der flachen Hand ab.

»Wie sieht dieser Zeno aus?«, fragte Krzysztof.

»Er ist neunundfünfzig und blind.«

»Das weiß ich; deshalb kann *er* uns nicht finden – das ist nicht gerade hilfreich«, entgegnete Krzysztof.

»Mensch, er hat einen Blindenstock!«, entfuhr es Horowitz. »*Daran* werden wir ihn erkennen.«

»Ach so.« Krzysztof sah sich um. »Wie wäre es mit dem dort?«

»Zu jung.« Horowitz war bereits bei ihrer Ankunft aufgefallen, dass alle Fußgängerampeln in Marburg piepten, es viele Tafeln in Blindenschrift und jede Menge sehbehinderter Menschen gab, was wohl an der Blindenstudienanstalt mit Rehaeinrichtung, Blindenbibliothek und Brailledruckerei lag, die es in dieser Stadt gab.

»Was braucht ein Blinder im Schwimmbad?«, fragte Krzysztof unvermittelt.

»Ich will das nicht mehr hören«, ächzte Horowitz. Er hatte die schlechten Witze satt, mit denen Krzysztof ihn über eineinhalb Stunden lang während der Autofahrt zugetextet hatte.

»Einen Seehund.« Krzysztof lachte laut auf.

Horowitz gab keinen Kommentar dazu ab und schüttelte nur den Kopf.

»Ein Blinder und ein Tauber spielen Jazz in einer Bar. *Wie gefällt es den Leuten?*, fragt der Blinde. Daraufhin der Taube: *Spielen wir denn schon?*«

»Ich sagte: *Ich will das nicht hören!*«, rief Horowitz.

»Warum nicht? Weil es Witze über Behinderte sind?«

»Genau!«

»Und ich dachte immer, behinderte Menschen wollen wie alle anderen Menschen behandelt werden, ohne Mitleid und Rücksicht.«

Horowitz sah ihn mit funkelnden Augen an, entgegnete aber nichts. Dann reckte er den Hals. »Dort drüben ist er!«

Aus hundert Meter Entfernung kam ihnen von der Pfarrkirche her ein Mann in kakifarbenen Shorts und weißem Hemd entgegen, der eine braungebrannte Halbglatze mit grauem Haarkranz und eine muskulöse Statur hatte. Soviel Horowitz erkennen konnte, stimmte das Gesicht mit dem Foto von Zeno Engelmanns Passfoto überein. Der Mann trug keine Armbinde, ging jedoch mit einem weißen Stock zielstrebig am Bürgersteig entlang Richtung Schlossmauer. Dort hatten sie sich telefonisch für elf Uhr verabredet.

Horowitz blickte auf die Uhr. Zeno war überpünktlich.

»Machen wir mit ihm einen kleinen Spaziergang durch die Altstadt?«, fragte Krzysztof.

Horowitz betrachtete den Mann. »Eine Bummeltour ist keine gute Idee«, sagte er, während Zeno noch außer Hörweite war. Dann sah er sich um. »Wir sollten uns irgendwohin setzen, wo ich ihm direkt ins Gesicht sehen kann. Ich muss seine unmittelbaren Reaktionen erkennen. Zudem sollte es eine Stelle sein, wo es Wind und Hintergrundgeräusche gibt. Er ist blind, seine anderen Sinne sind besser ausgeprägt als unsere, und er sollte von *unseren* Reaktionen möglichst wenig mitbekommen. Außerdem möchte ich herausfinden, ob er tatsächlich restlos blind ist. Denn falls nicht …«

»… könnte er vielleicht der Komplize sein«, entfuhr es Krzysztof. »Ich hab dich wohl unterschätzt, alter Mann.« Er sah sich um. »Dann bleibt nur dieses Kaffeerestaurant dort drüben.«

Knapp unterhalb der Burgmauer lag das Bierlokal Bückingsgarten mit großer Terrasse und Ausblick auf die Stadt und das Lahntal. Ein Tisch an der Balustrade war noch frei. Daneben das Gemurmel der anderen Gäste und der Wind, der die Efeuranken an der Felswand hin und her bewegte.

»Perfekt«, flüsterte Horowitz, da Zeno bereits näher gekommen war. »Ich möchte seine Wahrnehmung noch zusätzlich irritieren.« Rasch holte er ein intensives Rasierwasser aus der Tasche und strich sich davon einige Tropfen auf Hals und Wangen. Dann reichte er Krzysztof die Flasche.

»Was soll ich damit?«

»Deinen Geruch übertünchen. Vermutlich beginnst du zu schwitzen, wenn du lügst. Beeil dich!«

»Ich schwitze nie, wenn ich lüge.« Trotzdem strich sich Krzysztof ebenfalls etwas von dem Parfüm auf Wangen und Handgelenke, dann gab er die Flasche Horowitz zurück, der sie in seinem Sakko verschwinden ließ.

Zeno kam ihnen entgegen, und als er vor ihnen stand, sprach

Horowitz ihn an, stellte sich und Krzysztof vor und empfahl dann, das Restaurant zu besuchen.

»Einverstanden«, sagte Zeno mit fester Stimme. »Ich kenne das Lokal und finde den Weg dorthin.«

»Prima«, entgegnete Horowitz, »dann muss ich mich im Rollstuhl nicht mehr so weit über das Kopfsteinpflaster quälen.«

Nachdem sie den einzigen freien Tisch auf der Terrasse erreicht hatten, nahmen sie Platz. Horowitz rollte mit seinem Stuhl neben Krzysztof so an den Tisch, dass Zeno von Stimmengewirr umgeben war.

Zeno stützte sich auf seinen Stock und knetete den Griff. »Weshalb will jemand vom Bundeskriminalamt mit mir über meine Schwester sprechen?«, begann er das Gespräch. »Steckt sie in Schwierigkeiten?«

»Nein, machen Sie sich keine Sorgen«, log Horowitz. »Genau genommen sind wir auch nur externe Berater des BKA. Ihre Schwester wohnt nicht hier in Marburg, oder?«

Zeno schüttelte den Kopf. »In der Nähe von Braunau.«

»Marburg ist eine fantastische Stadt, und das behaupte immerhin ich als Schweizer, wo wir doch in der Schweiz die schönsten Städte haben.« Horowitz lachte. »Sie und Ihre Schwester sind in Oberösterreich geboren. Aber Sie haben keinen österreichischen Dialekt mehr«, stellte er fest. »Leben Sie schon lange hier?«

»Erst seit zwei Monaten. Davor war ich in Prag.«

Ich weiß, deshalb haben wir dich nicht gleich gefunden.

»Sind Sie wegen der vielen Blindeneinrichtungen nach Marburg übersiedelt?«, beteiligte sich Krzysztof an dem Gespräch.

Zeno nickte. »So ist es.«

Horowitz warf Krzysztof einen auffordernden Blick zu, mit genau solchen Fragen weiterzumachen. Noch war es zu früh, um mit Zeno über seine Schwester zu reden. Zuerst musste Horowitz herausfinden, ob dieser Mann hinter den Morden stecken konnte, und dazu brauchte er ein gutes Bauchgefühl, um Zenos Reaktionen treffsicher einschätzen zu können. Und das bekam er am besten bei einem unverfänglichen Small Talk.

Eine junge blonde Kellnerin mit Piercings in Lippe und Nase kam an ihren Tisch, um die Getränkebestellung aufzunehmen. Doch zuvor berührte sie Zeno von hinten an der Schulter und fragte: »Errätst du, wer ich bin?«

Zeno verzog unglücklich das Gesicht, dann blickte er Horowitz direkt in die Augen. »Melli weiß, dass ich diese Frage hasse, trotzdem bekomme ich sie jedes Mal zu hören, wenn ich hier bin.« Er seufzte. »Bring mir bitte einen Cappuccino.«

Krzysztof blickte irritiert von der Getränkekarte auf. »Kirsch-Bananen-Saft. Was ist denn das für eine Kombination?«

»KiBa«, erklärte die Kellnerin. »Ist lecker.«

»Von mir aus, Melli, wenn Sie mir versprechen, dass ich davon keine Läuse im Magen bekomme.« Krzysztof grinste sie an.

Horowitz bestellte eine heiße Schokolade, dann verschwand die Kellnerin.

»Was wollen Sie über meine Schwester wissen?«, fragte Zeno erneut.

»Dazu komme ich gleich – wir sind bei Marburg stehen geblieben«, antwortete Horowitz stattdessen. »Besuchen Sie die Blindenschule?«

Zeno lächelte milde. »Ich unterrichte hier.«

»Sie?«, entfuhr es Krzysztof.

Zeno verzog den Mund. Offenbar war ihm Krzysztofs spöttischer Ton nicht entgangen. »Ich bringe jungen blinden Menschen bei, wie man mit Computern umgeht.«

Krzysztof rückte näher. »Wie soll das gehen?«, stichelte er weiter, um Zeno zu reizen. Keine schlechte Taktik, um ihn zum Reden zu bringen.

»Auf der Tastatur gibt es eine Zeile in Brailleschrift, auf der man mit den Fingern lesen kann, was auf dem Monitor steht. Damit können Blinde genauso im Internet surfen und E-Mails lesen wie Sie. Sie können doch lesen, oder? Außerdem bringe ich ihnen bei, auf Bibliotheken zuzugreifen, und begleite sie bei den Vorbereitungen zum Studium.«

»Beeindruckend«, sagte Horowitz. »Mir ist übrigens aufgefallen, dass Sie beim Reden sowohl meinen Kollegen als auch mich direkt anschauen«, stellte er fest.

»Und nun fragen Sie sich, ob ich nicht vielleicht doch etwas sehe?«

»Der Gedanke kam mir.«

»Anscheinend kennen Sie nur Blinde, die nach oben schauen, die Augen verdrehen und deshalb meistens dunkle Brillen tragen«, sagte Zeno.

Horowitz nickte zunächst, murmelte dann jedoch ein rasches »Ja«.

Nachdem die Getränke gebracht wurden, nippte Zeno an seiner Tasse und stellte sie anschließend wieder sicher ab. »Ich habe mir Verhaltensregeln antrainiert, wie man sich bei Tisch benimmt. Ich schaue in die Richtung, aus der der Ton kommt.«

»Sind Sie von Geburt an blind?«, fragte Horowitz.

Zeno schüttelte den Kopf. »Was ich habe, nennt sich Retinopathia pigmentosa. Diese Krankheit kann jederzeit ausbrechen. Bei mir begann es nach der Pubertät. Zuerst legt sich ein Schatten auf die Augenwinkel. Das Blickfeld wird immer enger. Es ist, als stünde man am Beginn eines Tunnels und ginge rückwärts in die Dunkelheit hinein. Irgendwann ist nur noch ein kleiner heller Punkt zu sehen.«

»Tatsächlich?« Krzysztof klang skeptisch.

Zeno ignorierte die Bemerkung. »Beispielsweise sieht man einen Vogel in hundert Meter Entfernung am Himmel fliegen, aber nicht die Stufen, die sich unter einem befinden.« Er machte eine

Pause. »Und irgendwann ist auch dieses Licht verschwunden. Dann lebt man in absoluter Dunkelheit.«

»Wann ist das bei Ihnen eingetreten?«, fragte Horowitz.

»Mit zwanzig Jahren.« Zeno neigte den Kopf, als dachte er nach. Plötzlich schmunzelte er. Anscheinend hatte er gerade eine schöne Erinnerung. »Meine letzte Autofahrt führte mich ins Bruggtal zum Ursulinenkloster. Danach wurde ich rapide blind.«

Der Moment war gekommen, um über Magdalena zu sprechen. »Haben Sie damals Ihre Schwester besucht?«, fragte Horowitz.

Zeno wandte den Kopf und sah Horowitz direkt an. »Nein, ich habe sie hingebracht.«

»Sie waren damals dabei, als sie in den Orden eingetreten ist?«, hakte Horowitz nach.

Zeno nickte. »Sie war fünfundzwanzig, ich neunzehn.« Es schien, als verlor sich sein Blick wieder in der Ferne. »Es war ein verdammt nebeliger Herbsttag damals ... ein ironischer Vorgeschmack auf meine bevorstehende Erblindung.«

34. Kapitel

Vierzig Jahre zuvor

Die tief stehende Nachmittagssonne verschwand nun endgültig hinter den Baumspitzen. Gleichzeitig wurden die Nebelschwaden, die über den Asphalt krochen, dichter. Feuchtigkeit legte sich auf die Windschutzscheibe des VW Käfers. Zeno schaltete das Licht an, betätigte den Scheibenwischer und legte den zweiten Gang ein. Der Motor heulte auf und der Wagen kämpfte sich über die Serpentinen durch den Wald hinauf zur Bergspitze.

»Achtung, da! Ein Reh!«, rief Magdalena.

Sogleich riss Zeno das Lenkrad herum und stieg auf die Bremse. Sein Herz raste. Er sah nach links, dann nach rechts. Dort stand es. Ein Jungtier. Verharrte erschrocken am Waldrand und starrte sie an. Vermutlich kamen hier nicht viele Autos vorbei. Und beinahe hätte er das Tier übersehen.

Langsam lenkte Zeno den Wagen in die nächste Serpentine.

Magdalena umklammerte die Tasche auf ihrem Schoß. »Ich weiß, was du sagen willst, aber ich hätte trotzdem mit dem Taxi herfahren sollen. Wäre besser gewesen. Für dich!« Sie legte die Hand auf sein Knie.

»Und womit hättest du das bezahlt? Mit Gebeten?« Zeno schüttelte den Kopf. »Es geht schon. Wir sind gleich da. Hinter dieser Kuppe muss es sein.«

Sie erreichten die Spitze des Hügels. Dahinter lag ein noch höherer Berg, zu dem ein schmaler Forstweg führte, der teilweise im Nebel verschwand. An dessen Ende ragten die grauen Dächer und Turmspitzen des Klosters aus der Milchsuppe. Das Gebäude schmiegte sich an die schroffe Felswand. Offenbar war das hier die einzige Zufahrt.

»In dieser Gegend ist es wohl immer nebelig«, bemerkte Zeno und blickte ins Tal hinunter. Er war kein Meteorologe, aber wenn es hier mal regnete, hielt sich die Feuchtigkeit bestimmt tagelang in den Wäldern. Wegen der hohen Berge schien die Sonne hier sicher nicht lange am Tag.

Finster wie in einem Bärenarsch, dachte er.

Sie fuhren über den Forstweg und hielten vor dem Kloster. Das lang gezogene Gebäude sah mit der spitzen Kirche, dem Glockenturm und all den Neben- und Zubauten zwar ziemlich beeindruckend aus, wirkte aber mit seinen grauen Steinmauern, schmalen Fenstern, spitzen Türmen und hervorspringenden Erkern eher düster und abschreckend als wie eine schutzbietende Heimstatt Gottes.

Verstärkt wurde dieser Eindruck noch durch den Wind, der weit unter ihnen durch das Tal heulte, und irgendwo in der Nähe hörte Zeno das Rauschen eines Wasserfalls.

Während er die zwei Taschen seiner Schwester aus dem Kofferraum hob, ging Magdalena bereits auf das Tor zu. Wie hübsch sie war, in ihrem dunklen Rüschenkleid und mit der Stola. Ihr langes schlohweißes Haar, das unter der Mütze hervorquoll, passte wunderbar zu dem Nebel, der sich am Mauersockel staute und Magdalena einhüllte, als wollte er sie an diesem Ort willkommen heißen. In wenigen Stunden würde sie ihre Kleidung gegen eine schwarze Nonnentracht tauschen, und dann würde ihre Welt nur noch aus Schwarz, Weiß und diversen Grauschattierungen bestehen.

Wie die meine!

Er nahm beide Taschen und ging ebenfalls auf das Tor zu. Seit Magdalena ihm von ihrem Vorhaben erzählt hatte, Ursulinenschwester zu werden – weil es der erste und älteste Frauenorden war, der auch von Frauen gegründet worden war –, hatte er sich in der Stadtbibliothek über dieses Kloster informiert und bereits zahlreiche Fotografien gesehen. Vom düsteren Speisesaal, den engen Schlafräumen, lichtlosen Innenhöfen und kahlen Verbindungstrakten. Aber nun erblickte er diesen unheimlichen Ort zum ersten Mal und sah seine schlimmsten Befürchtungen bestätigt.

Im Gegensatz zu Magdalena hatte er mit Religion noch nie viel anfangen können. Nicht einmal, als ein Arzt seine beginnende Krankheit diagnostiziert hatte. Magdalena hätte sich an seiner Stelle ins Gebet geflüchtet, doch er hatte gemeinsam mit einem Freund Autofahren gelernt, sich bei der Führerscheinprüfung durchgemogelt und war mit viel Glück tatsächlich zugelassen worden, obwohl er im Jahr darauf komplett erblindet sein würde. Solange er noch halbwegs sehen konnte, wollte er alles auskosten, was er später nicht mehr würde machen können. Als Anhalter vielleicht noch nach Griechenland fahren, im Sommer mit Schneeschuhen die Alpen überqueren oder auf einem norwegischen Fischkutter anheuern und von Stavanger über Spitzbergen bis ins Eismeer zum Krabbenfischen fahren. Und mit dem Rebellenherz, das in seiner Brust schlug, würde er versuchen, so viel wie möglich davon auch noch später zu machen und ein aufregendes Leben zu führen.

Doch eines hätte er nie getan. *In dieses Kloster zu gehen!* Er spürte förmlich, dass in diesen Mauern das Böse nistete. Aber Magdalena hatte sich ganz bewusst für diesen abgelegenen Ort entschieden, ihn sogar als *Geschenk Gottes* empfunden.

Magdalena läutete an der Glocke, und Minuten später öffnete ihnen eine hochgewachsene Frau in schwarzem Ordensgewand das Tor. Sie hatte schiefe Gesichtszüge, Mund und Wange waren verzerrt, als hätte ein Schlaganfall eine Gesichtshälfte gelähmt zurückgelassen. Abgesehen davon musste sie einmal eine Schönheit gewesen sein. Mit den pechschwarzen Haaren, die unter dem Schleier hervorlugten, vollen Lippen, dunklen Brauen und klarem, scharfem Blick sah sie äußerst beeindruckend aus.

»Sie müssen Magdalena sein. Mein Name ist Constance Felicitas. Ich bin die Priorin dieses Klosters. Sie dürfen mich mit Schwester Oberin ansprechen.« Die Frau, die Zeno etwa zwanzig Jahre älter als seine Schwester schätzte, breitete die Arme aus, zögerte jedoch im nächsten Moment, als sie Magdalenas weißes Haar bemerkte.

Zeno konnte es ihr nicht verdenken. Wann sah man schon eine junge Frau, deren Haar über Nacht vollkommen weiß geworden war?

»Ich begleite dich noch zu deinem Zimmer«, sagte Zeno, um überhaupt etwas zu sagen und das peinliche Schweigen zu überbrücken.

Die Priorin hob die Hand. »Männern ist der Zutritt zu diesem Kloster nicht gestattet. Magdalena wird ihre Taschen selbst tragen müssen.«

In diesem Moment knirschte der Kies neben Zeno. Er sah sich um, und aus dem diffusen Schatten seines nachlassenden Augenlichts schälten sich die Umrisse eines jungen Mannes im grünen Overall mit Stiefeln und Hut, der einen Schubkarren mit Herbstrosen vor sich herschob.

»Das ist Walter, unser Gärtner«, erklärte die Priorin. »Für ihn, den Priester, den Handwerker und den Koch bestehen Ausnahmeregelungen.« Sie lächelte. »So hoch oben und weit weg vom nächsten Ort wollen wir mit unserem Personal autonom sein, so gut es geht.«

»Ich warte hier draußen noch, bis du dich in deinem Zimmer eingerichtet hast«, schlug Zeno vor, in der Hoffnung, dass Magdalena es sich doch noch anders überlegen würde, wenn sie erst einmal das Innere des Klosters gesehen hatte. Deshalb hatte er sich auch den Wagen seines Freundes geliehen und Magdalena persönlich herbringen wollen.

»Ihre Schwester bekommt kein eigenes Zimmer, sondern wird mit fünf anderen jungen Novizinnen in einem Schlafraum untergebracht«, erklärte die Priorin.

»Aber die Vorbereitung …«

»Ihre Schwester hat in ihrem Schreiben an mich auf ihre Vorbereitungszeit verzichtet«, erklärte ihm die Priorin. »Sie wird ohne Kandidatur ins Kloster eintreten, die Aufnahme ins Postulat erfahren und nach einem Jahr als Novizin ihre Armuts-, Keuschheits- und Gehorsamsgelübde ablegen.«

Das wird ja immer schlimmer!

Nun lächelte auch Magdalena, aber es war ein beschämtes Lächeln. Anscheinend hatte sie nicht gewollt, dass er es auf diese Weise erfuhr. Sie nahm ihm die Taschen aus der Hand und gab ihm einen Kuss auf die Wange. »Es ist alles in Ordnung. Warte nicht auf mich.«

»Doch, ich …«

Sie stellte die Taschen noch einmal ab und umarmte ihn. »Du musst heimfahren, solange es noch hell ist«, flüsterte sie ihm ins Ohr. »Im Dunkeln siehst du noch weniger.« Sie küsste ihn. »Mach dir keine Sorgen um mich, ich bin hier gut aufgehoben.«

In seinem Magen formte sich ein Knoten.

»Ich werde als Schneiderin in der Wäscherei arbeiten und die Kleider flicken.« Magdalena löste sich von ihm und griff wieder nach ihren Taschen.

Die Priorin legte eine Hand um seine Schwester und führte sie ins Innere. Bevor sich das Tor schloss, lächelte die Priorin Zeno noch einmal zu.

Aber es war ein kaltes, hartes, triumphierendes Lächeln, das nicht von Herzen kam.

35. Kapitel

»Warum hatte Ihre Schwester damals schon schlohweißes Haar?«, fragte Horowitz, nachdem Zeno seine Erzählung beendet hatte.

Zeno ließ sich mit der Antwort Zeit und nippte an seinem mittlerweile sicher kalt gewordenen Cappuccino. »Magdalena hatte mit dreiundzwanzig Jahren geheiratet«, sagte er schließlich, »aber ihren Ehemann schon im Jahr darauf verloren. Ein guter Kerl, aufrichtig und verständnisvoll. Arbeitsunfall in der Fabrik, angeblich wegen Übermüdung selbst verschuldet, darum zahlte die Versicherung nichts. Mit vierundzwanzig war sie also schon Witwe. Ihr Mann wurde in einem Krematorium in Linz verbrannt. Als Schneiderin und Fabrikarbeiter hatten sie beide nicht viel verdient. Der Sarg war aus einem billigen Material, es gab nur wenige Kerzen, und das Sarggesteck bestand aus Waldblumen und Fichtenzapfen.«

Zeno machte eine Pause, tippte mit dem Finger auf die Kaffeeuntertasse. »Ich weiß nicht, ob Sie schon einmal bei einer Feuerbestattung dabei waren. Die Flammen steigen hoch, mindestens tausend Grad heiß. Dann kommt das Geräusch der Filteranlage dazu. Es ist schrecklich.«

»Das klingt, als hätten Sie zugesehen«, stellte Horowitz fest.

»Im Verabschiedungsraum waren nicht viele Leute, bloß ein paar Arbeitskollegen. Nachdem die gegangen waren, wurde der Sarg in den Ofen geschoben. Magdalena ging durch die Seitentür in den Heizraum des Krematoriums. Ich wollte sie daran hindern, doch sie drängte zum Guckloch, weil sie unbedingt die Einäscherung ihres Mannes sehen wollte. Ein letzter Abschied sozusagen … eine verdammt schlechte Idee.« Er verzog das Gesicht, seine Stimme wurde brüchig. »Es krachte und knackste. Zuerst brannten Blumen und Gesteck, dann ging der Fichtensarg in Flammen auf. Er fiel rasch in sich zusammen, und plötzlich richtete sich die Leiche ihres Mannes im Feuer auf. Seine Kleidung war schon verbrannt, das Fleisch schmolz. Er saß mit ausgestreckten Armen da, und Magdalena begann zu schreien. Sie hörte gar nicht mehr auf.« Zeno verstummte.

Krzysztof runzelte ungläubig die Stirn.

»Durch die Hitze haben sich die Sehnen der Leiche zusammengezogen«, vermutete Horowitz.

»Nicht nur das.« Zeno starrte ins Nichts. »Durch die Hitze dehnte sich die Flüssigkeit des Gehirns im Kopf aus. Die Schädeldecke sprang nach hinten weg, und es sah aus, als wäre er bei lebendigem Leib …« Er verstummte.

»Haben Sie Ihrer Schwester die Zusammenhänge erklärt?«, fragte Horowitz.

»Das war unmöglich. Magdalena hörte nicht mehr auf zu schreien, war traumatisiert, weinte die ganze Nacht durch und wollte sich verzweifelt das Leben nehmen, was aber zum Glück misslang. Am nächsten Morgen hatte sie weißes Haar. Von da an nannten die Leute im Ort sie nur noch die *Weiße Witwe.*«

»Und danach trat sie in das Ursulinenkloster ein«, vermutete Horowitz.

Zeno nickte. »Es war ihre lebenslange Buße, die sie sich selbst auferlegt hatte, weil sie sich am Tod ihres Mannes die Schuld gab.«

»Aber zum Zeitpunkt der Einäscherung war er doch schon tot«, stellte Horowitz fest.

»Das war nicht der Grund.« Zeno schüttelte den Kopf. »Sie hatte ihren Mann gedrängt, am Wochenende Überstunden in der Fabrik zu machen. *Deswegen* hat sie es getan! Das Leben außerhalb der Klostermauern war für sie unerträglich geworden.«

»Wussten Sie, dass sie schwanger war?«, fragte Krzysztof plötzlich.

Zeno blickte überrascht in Krzysztofs Richtung. »Nein … ich … aber wie? Ihr Mann konnte keine Kinder zeugen.« Zenos Reaktion war aufrichtig.

»Jahre nach seinem Tod, während ihrer Zeit im Kloster«, erklärte Horowitz.

»Aber sie lebte doch keusch. Von wem …?«

»Wissen wir nicht.«

Zeno griff sich ans Kinn und rieb die kurzen grauen Bartstoppeln. »Sie lebte sehr zurückgezogen im Kloster. Ich habe sie jahrelang nicht getroffen und kaum mit ihr telefoniert.«

»Sie sagten gerade *lebte*«, hakte Horowitz ein. »Demnach wissen Sie bereits, dass die Kongregation sie von den Gelübden entbunden und sie das Kloster verlassen hat.«

»Ja, vor drei Wochen. Sie wollte mich in Marburg besuchen, aber dazu ist es bis jetzt nicht gekommen.« Zeno beugte sich über den Tisch. »Was ist passiert? Warum führen wir dieses Gespräch?«

Horowitz ignorierte die Frage. »Erzählen Sie mir mehr über Ihre und Magdalenas Kindheit.«

Zeno ging geduldig darauf ein. »Unsere Mutter starb kurz nach meiner Geburt. Vater war Lehrer, ein Mathematiker und ein Rechengenie. Er war ein Bewunderer Zenon von Eleas', eines griechischen Philosophen, nach dem die Zenomaschine benannt wurde, eine fiktive Maschine, die unendlich viele Berechnungen ausführen kann. Daher mein eher ungewöhnlicher Name. Etwas davon hat auf mich abgefärbt, zumindest was den Umgang mit Computern betrifft.«

»Und Ihre Schwester?«, bohrte Horowitz weiter.

Zeno lächelte, als wäre ihm soeben eine Anekdote eingefallen. »Mein Vater erzählte mir einmal, dass Magdalena mit fünf Jahren stundenlang weg gewesen und schließlich völlig schmutzig und mit zerrissenem Kleid vom Spielen am Flussufer heimgekommen war. Mutter tobte. Sie befahl Magdalena, raus auf die Wiese zu gehen und selbst nach einem Stock zu suchen, mit dem Mutter sie anschließend schlagen sollte. Erst nach einer halben Stunde kam Magdalena wieder zurück. Sie weinte, weil sie keinen Stock gefunden hatte. Deshalb hatte sie einen großen Stein mitgenommen, den sie Mutter reichte, damit Mutter diesen anstelle des Stocks nehmen sollte.«

Horowitz schluckte.

»Mutter hatte ihr den Stein aus der Hand genommen«, fuhr Zeno fort, »sich zu ihr auf den Boden gekniet, ebenfalls zu weinen begonnen und sie in die Arme geschlossen.«

»Nette Geschichte«, kommentierte Krzysztof kalt.

Zeno blickte nicht auf. »Magdalena war schon damals hart, und zwar sowohl zu anderen als auch zu sich selbst.« Schließlich sah er zu Krzysztof. »Sie besitzt übrigens eine Fähigkeit, die nur wenige Menschen haben: Sie kann mit beiden Händen gut leserlich schreiben.«

»Sie ist sowohl Links- als auch Rechtshänderin?«, fragte Horowitz.

»Ja, und sie kann sogar gleichzeitig zwei Briefe an verschiedene Personen schreiben.«

»Haben Sie das selbst gesehen?«, fragte Krzysztof.

»Damals, als ich noch sehen konnte, ja.«

Horowitz hatte von solchen Fähigkeiten gehört. Und das würde auch erklären, warum die Tätowierungen, die sich die Nonne mit der jeweils anderen Hand links und rechts gestochen hatte, von gleicher Qualität waren.

»Diese Fähigkeit …«, sinnierte Horowitz. »Ist Magdalena Engelmann ein Genie oder ein Monster?«

»Ein Monster? Wie kommen Sie darauf?« Nachdenklich legte Zeno den Kopf schief. »Ist *das* der Grund, weshalb wir dieses Gespräch führen?«

»Ja«, sagte Horowitz und wiederholte die Frage.

»Nun …« Während Horowitz' Frage hatte Krzysztof Zenos Kaffeetasse unauffällig um einige Zentimeter nach rechts gerückt. Als dieser jetzt erneut einen Schluck trinken wollte, griff er ins Leere und hätte die Tasse beinahe umgeworfen. Das Porzellan klimperte.

Schlagartig veränderte sich Zenos Gesichtsausdruck. Seine Stirn legte sich in Falten, seine Augenbrauen zogen sich zusammen und die Kiefermuskeln mahlten. Dann senkte er die Stimme. »Ich dachte, wir würden ein faires Gespräch auf Augenhöhe führen«, sagte er betont langsam.

»Tun wir das nicht?«, fragte Horowitz.

»Sie wollen testen, ob ich wirklich blind bin«, antwortete Zeno wenig überrascht. »Das ist der Nachteil, wenn selbstständige Menschen wie ich auf Zweifler wie Sie treffen.«

Krzysztof wollte etwas sagen, doch Zeno schnitt ihm das Wort ab. »Außerdem verwenden Sie beide dasselbe Rasierwasser, um meinen Geruchssinn zu verwirren. Ich nehme wohl an, dass Sie diesen Platz mit der Geräuschkulisse auch absichtlich gewählt haben?«

»Wir haben uns wohl in Ihnen getäuscht – und unser Gespräch hat einen unerwarteten Verlauf genommen«, gab Horowitz zu.

Zeno rückte mit dem Stuhl zurück und erhob sich. »Ich nehme an, Sie haben dennoch erfahren, was Sie wollten. Die Rechnung geht auf mich – mein Lehrgeld für dieses Treffen.« Er kramte einen Zwanzigeuroschein aus der Tasche und klemmte ihn unter seine Tasse. »Allerdings bin ich Ihnen noch eine Antwort schuldig. Sie wollten wissen, ob Magdalena ein Genie oder ein Monster ist.«

Horowitz schwieg.

»Diese Frau ist Feld, Blüte, Schönheit und Weide«, sagte Zeno mit sanfter Stimme, »aber sie ist auch Sodom und Gomorrha. Sie beide und Ihre Kollegen tun mir leid, denn falls Sie sich mit ihr angelegt haben, werden Sie Ihr blaues Wunder erleben.«

Er griff nach seinem Stock und ging.

Nach seinem Gespräch mit diesen beiden Männern vom BKA musste er erst einmal seinen Kopf frei bekommen. *Solche Idioten*, dachte Zeno.

Nachdem er mit seinem Stock eine kleine Runde unterhalb der Schlossmauer Richtung Stadtpfarrkirche gegangen war und nach zehn Minuten wieder das Restaurant erreicht hatte, stellte er sich an den Tresen, wo die Kellnerinnen die Bestellungen entgegennahmen.

Er wartete, bis er eine vertraute Stimme hinter sich hörte.

»Errätst du, wer ich bin?«

»Lass die Scherze, Melli«, sagte er. »Sind die beiden Männer noch hier, mit denen ich vorhin gesprochen habe?«

»Nein.«

»Haben Sie mich verfolgt?«

»Nein«, sagte die Kellnerin. »Sie haben dir nachgesehen, noch fünf Minuten gewartet und sind dann schließlich auch gegangen. Also, der eine im Rollstuhl, der andere zu Fuß. Warum?«

»Alles bestens«, sagte Zeno.

»Wirklich?«

»Ja.« Zeno hörte, wie sie zu einem der Tische ging. Als er spürte, dass er allein war, griff er zum Handy und tippte auf eine Taste.

Tastatur freigegeben, sagte eine elektronische weibliche Stimme.

Danach wählte er eine Kurzwahl. Nach dem fünften Klingeln nahm jemand das Gespräch kommentarlos entgegen. Zeno hörte den Atem.

»Sie waren soeben bei mir«, sagte Zeno und legte auf.

36. Kapitel

Sneijder war in Wiesbaden geblieben. Sabine wusste, er wollte die Namen weiterer potenzieller Opfer herausfinden, die auf der Todesliste der Nonne stehen konnten, und musste dazu sämtliche Vermisstenanzeigen in Österreich, Deutschland und der Schweiz durchgehen. Sofern die Frau ihren Modus Operandi nicht änderte, gab es noch mindestens vier Menschen, die in Lebensgefahr schwebten und die sie eventuell retten konnten. Aber mit jeder Stunde, die verstrich, schwanden ihre Chancen.

Außerdem nahm er Kontakt zu allen Presseagenturen auf, um herauszufinden, ob eine Frau namens Magdalena Engelmann tatsächlich versucht hatte, den Medien Informationen über das Kloster in Bruggtal zuzuspielen.

Während Sneijders Telefon in Wiesbaden heißlief, flogen Sabine und Tina mit einer Maschine von Frankfurt nach Linz, wurden am Flughafen von einer Gruppe österreichischer Kollegen des LKA abgeholt und mit zwei Polizeiwagen ins Bruggtal gebracht.

Am späten Nachmittag standen sie vor dem Tor des Ursulinenklosters. Eingebettet zwischen den Felsen der oberösterreichischen Berge inmitten eines nebeligen, feuchten Tals wirkte das Kloster mit seinen Nebengebäuden wie eine kleine Siedlung. Schafe blökten, ein Hund kläffte, und ganz in der Nähe stürzte ein Wasserfall rauschend die Felsen herunter.

Trotz der Hitze, die an diesem Morgen noch in Wiesbaden geherrscht hatte, fröstelte Sabine jetzt. Klöster und Kirchen erinnerten sie an ihren ersten gemeinsamen Fall mit Sneijder, der mit dem Tod ihrer Mutter begonnen hatte.

Denk jetzt nicht dran! Konzentrier dich auf diesen *Fall!*

Während die österreichischen Kollegen vor dem Tor warteten, da Männern der Zutritt verwehrt war, wurden Tina und Sabine von einer Klosterschwester durch eine Halle und über eine breite Treppe, die von Marmorsäulen umgeben war, in ein oberes Stockwerk gebracht. Am Ende eines langen Säulenganges, abseits des Klosterbetriebs, lag ein Büro mit einer schweren Eichentür. Dort wurden sie von Pater Michael Hass empfangen. *Einem Mann – wie seltsam!* Mit ihm hatten sie zuvor telefoniert und den Termin für dieses Gespräch vereinbart, da die Priorin immer noch für niemanden zu sprechen war.

Der Pater war etwa so alt wie Sabine, ein fescher Kerl mit kantigem Gesicht und kurzen schwarzen Haaren, aber viel zu jung, um bei den damaligen Vorkommnissen dabei gewesen zu sein. Doch wie sie bereits von ihm am Telefon erfahren hatten, kannte er sämtliche Gerüchte von damals.

»Möchten Sie etwas trinken?« Er deutete auf eine spärlich bestückte Bar unter einem Spiegel.

»Nein, danke, wir wurden bereits im Flieger versorgt«, lehnte Tina ab.

Sabine ging zum Fenster und blickte in das schmale Tal hinunter, in dem die Brugg sich zwischen den Felsen in Richtung Braunau wand. Sie wischte sich den Schweiß aus dem Nacken und merkte, dass sie abermals fröstelte. »Hier ist es kühl.«

»Angenehm kühl, ja«, sagte der Pater. »Die Sonne scheint kaum in dieses Tal. Im Hochsommer gerade mal ein paar Stunden.«

»Das Kloster ist ziemlich spartanisch eingerichtet«, stellte Sabine fest. »Sogar Ihr Büro.« Sie deutete auf den Schrank, das Bücherregal und den schweren Holzschreibtisch mit der Lampe. Ein alter wuchtiger Laptop hing an einer Steckdose, der wie ein Anachronismus in diesen Räumlichkeiten wirkte.

»Es ist nicht bloß ein Büro, sondern gehört zur Priesterwohnung«, korrigierte der Pater sie und ließ die Hände in der Soutane verschwinden. »Zu viele Menschen geben Geld aus, das sie nicht haben, um sich Dinge zu kaufen, die sie nicht brauchen, um Menschen zu beeindrucken, die sie nicht mögen.«

Sabine ließ den Spruch kurz sacken. Er hätte von ihrer Schwester stammen können, die mit ihren Töchtern in bescheidenen Verhältnissen lebte. »Schön gesagt.«

»Und um dem zu entfliehen, bin ich Priester geworden.«

»Sie sagten vorhin, das hier gehöre zu Ihrer *Wohnung*«, wiederholte Sabine. »Das bedeutet, Sie *leben* hier?«

Er nickte. »So ist es. Da für die Schwestern jeden Tag eine Messe abgehalten wird, gibt es eine eigene Wohnung für den Priester. Das ist normal für ein Kloster dieser Größe, das eine eigene Kirche hat. Außerdem betreue ich die Schwestern, bin sozusagen für ihre Seelsorge zuständig.«

»Und damit sind Sie ausgelastet?«, fragte Tina direkt heraus.

Er lächelte nachsichtig. »Um ehrlich zu sein, nein! Aber ich lebe deshalb hier so zurückgezogen, weil ich studiere«, er blickte zu seinem Laptop, »und nebenbei an meiner Dissertation schreibe.«

»Worüber?«, wollte Sabine wissen.

»Bioethik«, antwortete er und fügte noch einen erklärenden Satz hinzu. »Also die Ansicht der Weltreligionen, wie Wissenschaft verantwortungsvoll mit Leben umgehen sollte.«

Sabine nickte.

»Wie überaus spannend! Lassen Sie uns lieber über die Priorin und die damaligen Vorfälle sprechen«, kam Tina zum eigentlichen Thema. »Ich habe gehört, dass die Priorin für ihren religiösen Wahn bekannt war. Wusste sie von den Misshandlungen der Nonnen? Falls ja, wie passt das zusammen?«

Pater Michael Hass breitete die Arme aus. »Offiziell wurde nie etwas unternommen, um die Vorfälle zu untersuchen oder die Gerüchte aufzuklären. Und nachdem die Kirche die Vorkommnisse totgeschwiegen hat und die Betroffenen versucht haben, sie zu verdrängen, vermischte sich im Lauf der Jahre die Realität mit den wildesten Gerüchten. Ich kann Ihnen nur sagen, was *ich* weiß.«

»Bitte.« Tinas Stimme klang nach wie vor herausfordernd.

»Zunächst einmal muss ich eine Sache richtigstellen. Es kam nur äußerst selten vor, dass eine *Nonne* sexuell missbraucht wurde.«

»Na, da sind Sie sicher froh gewesen«, sagte Tina schnippisch.

Der Pater atmete tief durch. »Stattdessen traf es vor allem jene jungen Frauen, die damals in unserem Internat lebten – geistig und körperlich behinderte Mädchen, die man in der Nachkriegszeit einfach dorthin abgeschoben hatte. Sie waren es, die über viele Jahre hindurch missbraucht wurden.«

»Und die Internatsleitung hat nichts dagegen unternommen?«, fragte Sabine.

»Das Internat war keine öffentliche Schule«, erklärte der Pater. »Die Mädchen standen unter der Aufsicht der Schwestern, die als Lehrerinnen befähigt waren zu unterrichten. Im Internat gab es zwar Schulklassen mit eigenen Wasch- und Schlafräumen, aber die restliche Zeit verbrachten die Mädchen im Schwesternbereich des Klosters.«

»Das beantwortet die Frage nicht«, hakte Tina nach. »Wenn es so viele Gerüchte gab und offenbar so viele Menschen etwas von den Vorfällen ahnten, warum wurden die dann nie untersucht?«

Der Pater hob die Schultern. »Mit genügend Geld kann man dafür sorgen, dass Geheimnisse auch Geheimnisse bleiben.«

»Können Sie das etwas konkretisieren?«

»Ich habe gehört, dass der damalige Polizeichef von Braunau bestochen worden ist – und einige andere Männer in hohen Ämtern ebenso.«

»Zum Beispiel?«

»Der Kirchenrat und der Stadtrat.«

»Wer noch?«

»Der alte Dorfarzt«, sagte der Pater. »Aber wie gesagt, das sind nur Gerüchte. Einige der Frauen bekamen auf ›unerklärliche Weise‹ Syphilis, was einem Skandal gleichgekommen wäre, deshalb wurde der Arzt angeblich bezahlt, damit das nicht an die Öffentlichkeit drang.«

»Leben Arzt und Polizeichef noch?«

Der Pater schüttelte den Kopf. »Sind beide in den späten 90er-Jahren gestorben, und von den anderen ist auch niemand mehr am Leben. Sie haben das Geld genommen und weggesehen.« Er schluckte. »Die ganze verdammte Stadt hat weggesehen.«

»Und Walter Greims war ebenfalls darin involviert«, fügte Sabine nun hinzu.

»Der ehemalige Gärtner, ja. Er ist dafür bezahlt worden, die *Klienten* durch den Hintereingang zu den Frauen zu bringen. Constance Felicitas, die Priorin, erzählte mir, dass sie an jenen Abenden immer zehn Rosenkränze gebetet hat, wenn die Männer das Internat betraten.«

»Sie wusste also über alles Bescheid?«

Der Pater nickte.

»Und trotzdem hat sie nichts dagegen unternommen?«

»Nichts dagegen unternommen?« Der Pater sah sie traurig an. »Es war *ihre* Idee! *Sie* hat die Sache ins Rollen gebracht und sogar unterstützt.«

Sabine blieb für einen Moment die Luft weg, dann atmete sie tief durch. »Auch des Geldes wegen?«

Er presste die Lippen zusammen und schüttelte den Kopf. »Ich habe nur einmal mit ihr darüber gesprochen – eines Nachts, als sie wieder einmal schwere Depressionen hatte und jemanden zum Reden brauchte.«

»Hat sie Ihnen gegenüber gebeichtet?«

»Nein, sonst dürfte ich Ihnen nichts davon erzählen. Wir haben zwanglos in ihrem Wohnzimmer bei einer Flasche Wein über die damaligen Vorfälle gesprochen. Es war schrecklich. Sie nannte die jungen Frauen die Huren des Satans. Sie bezeichnete es als die gerechte Strafe Gottes. Damit wollte sie ihnen die Lust austreiben und sie keusch machen.«

»Durch Massenvergewaltigungen?«, entfuhr es Sabine.

»Constance Felicitas war selbst einmal als junges Mädchen von russischen Soldaten im Krieg vergewaltigt worden. Mit …« Er machte eine Pause. »… Glasflaschen, die man ihr in alle Körperöffnungen einführte. Dieses Erlebnis hat sie … nun ja … *verändert.* Sie war dankbar für diese Erfahrung. Sie nannte sich selbst *geläutert.* Offenbar dachte sie, dass andere Frauen ebenso wie sie diesen Prozess der Reinigung durchleben müssten, um ihren schändlichen Gedanken und der sexuellen Verführbarkeit abzuschwören und Gott aus ganzem Herzen lieben zu lernen.«

»Aber das ist doch absolut krank!«, empörte sich Tina.

»Es ist die alte Methode, Feuer mit Feuer zu bekämpfen«, antwortete der Pater. »Wie Eltern, die ihr Kind zwingen, eine Packung Zigaretten zu rauchen, bis es sich erbricht, damit es nie wieder Tabak anrührt.«

Sabine verzog das Gesicht. Solche Methoden gab es zum Glück nicht mehr – oder zumindest fast nicht mehr. »Aber hatten die Frauen nicht ohnehin ein Keuschheitsgelübde abgelegt?«

»Die Nonnen schon, aber die Novizinnen noch nicht und die jungen Frauen im Internat natürlich auch nicht. Dort lebten fast ausschließlich geistig und körperlich behinderte Mädchen, und nach Constances Auffassung hatten geistig behinderte Menschen ein höheres Sexualverlangen – umso härter fiel ihre … nun ja … *Behandlung* aus.«

»O Gott«, entfuhr es Sabine.

»Damit will ich nichts schönreden oder gar verharmlosen, was die Priorin gemacht hat«, erklärte der Pater. »Es war eine dunkle Zeit, und wir sind nicht stolz darauf, was im Treibhaus passiert ist.«

»Im Treibhaus?«, wiederholte Sabine. »Wo Pflanzen angebaut werden?«

Der Pater nickte. »So nannten sie das Internat damals, weil es früher teilweise ein Glasdach hatte und Blumen darin gezüchtet wurden.«

»Wenn Ihnen die Priorin all das erzählt hat …«, mischte sich Tina in das Gespräch ein, »… warum haben Sie sie dann nie angezeigt?«

Der Pater schluckte, presste die Lippen zusammen. »Dann wäre hier die Hölle ausgebrochen, wenn Sie mir das Wortspiel erlauben.« Er blickte kurz zum Schreibtisch, wo der Laptop lag. »Ich stehe kurz vor dem Abschluss meiner Dissertation. Das hört sich für Sie vielleicht seltsam an, aber ich habe da jahrelange Arbeit investiert … und die Vorfälle liegen Jahrzehnte zurück. Wem hätte das genützt?«

Tolle Begründung!

Sie schwiegen eine Weile.

»Ich würde gern mit den älteren Nonnen sprechen, die wie Magdalena Engelmann und die Priorin schon seit den 70er-Jahren in diesem Kloster sind«, sagte Tina schließlich.

Der Pater nickte. »Wir haben zwar einen fest geregelten Tagesablauf mit gemeinsamen Küchen-, Gebets- und Essenszeiten, und einige Schwestern müssen den abendlichen Gottesdienst vorbereiten, aber die Frauen sind bereits über Ihren Besuch informiert und halten sich entsprechend bereit. Eine Schwester bringt sie in den Arbeits- und Wirtschaftsraum. Dort können Sie ungestört reden.«

»Und ich würde mir gern das ganze Gebäude ansehen und vor allem auch den Ort, wo es damals passiert ist«, ergänzte Sabine.

»Das Treibhaus«, sagte der Pater leise. »Dieser Teil des Gebäudes ist Ende der 70er-Jahre abgebrannt und nicht mehr wieder instand gesetzt worden. Wollen Sie ihn trotzdem sehen?«

Sabine nickte.

»Das hatte ich befürchtet.« Der Pater öffnete eine Schublade und holte einen schweren Schlüsselbund hervor.

37. Kapitel

Nachdem Sabine und Tina sich getrennt hatten, führte der Pater Sabine durch die verschiedenen Trakte. Sie sah die Küche, den Speisesaal, das Gemeinschaftszimmer, die Schlafräume, die Schneiderei und Wäscherei, die Bibliothek und den Rekreationsraum für die Freizeit.

Nach nicht ganz eineinhalb Stunden, in denen Sabine vom Pater auch viele Fakten über die Geschichte des Klosters erfahren hatte, gelangten sie wieder ins Freie. Neben einem Brunnen mit Handpumpe sah sie den Blumen- und Kräutergarten mit Dutzenden Beeten, dahinter einen schmalen Kartoffelacker, Rübenfelder und die Stallungen für die Schafe. Danach gingen sie an dem Gewächshaus und der Bewässerungsanlage für den Obst- und Gemüsegarten vorbei. Die gesamte Klosteranlage wirkte beinahe wie eine autonome Selbstversorgersiedlung abseits jeglicher Zivilisation. Fast war es ein Wunder, dass die Früchte bei der geringen Sonneneinstrahlung gediehen. Feuchtigkeit bekamen sie allerdings mehr als genug.

»In den 70er-Jahren erlebte das Kloster seine Hochblüte …« Der Pater verstummte, da er vermutlich selbst bemerkt hatte, wie unpassend seine Wortwahl klang. »Ich meine, damals lebten noch über achtzig Nonnen im Kloster und etwa fünfundzwanzig Mädchen und junge Frauen im Internat«, fügte er rasch hinzu. »Nach Abschluss der Schulzeit legten die meisten Frauen, die nur eine körperliche Behinderung hatten, die Gelübde ab und wurden Nonnen. Die Frauen mit geistiger Behinderung kamen in – heute würden wir sagen – geschützte Werkstätten.«

»Und wie viele Nonnen sind es heute?«, fragte Sabine.

»Nun, das Internat gibt es nicht mehr, und im Kloster leben nur noch fünfzig Nonnen.« Der Pater blieb stehen. »So, hier ist das Treibhaus.« Vor ihnen lag eine Kirche mit spitzem Turm, an den ein zweistöckiges Gebäude grenzte. »Im Glockenturm befand sich eine Wendeltreppe, um in das obere Stockwerk des Treibhauses zu gelangen.«

Kirche und Glockenturm waren renoviert worden, aber das ehemalige Backsteinhaus daneben war vom Feuer, das wie der Teufel gewütet haben musste, schwarz geworden. Das Dach, die Fenster- und Türrahmen waren einst überwiegend aus Holz gewesen und nur noch bruchstückhaft zu erkennen.

»Ich warte hier«, sagte der Pater. »Eigentlich ist das Gebäude seit damals feuerpolizeilich gesperrt. Geben Sie acht, dass Sie nicht einbrechen.«

»Hat das Haus einen Keller?«

»Nein, aber einen nur noch teilweise vorhandenen Holzboden.«

Sabine trat auf die Türschwelle des ehemaligen Internats. Obwohl so viele Jahrzehnte vergangen waren, glaubte sie, den Rauch der verkohlten Holzteile immer noch riechen zu können. Die brüchigen schwarzen Bohlen auf dem Boden, die das Feuer übrig gelassen hatte, waren von Regen und Schnee, der seit Jahren durchs kaputte Dach fiel, fast endgültig zerstört worden. Der Boden sah aus wie ein Minenfeld aus Morast und schwarzem Schlick. Ohne Gummistiefel wagte sich Sabine keinen weiteren Meter mehr in das Haus hinein.

Von der ehemaligen Treppe existierte nur noch das Eisengeländer; der Zugang zum oberen Stockwerk war unmöglich geworden. Normalerweise wucherten in solchen Gebäuden Unkraut, Efeu und Moos. Oder Vögel und Mäuse nisteten sich ein. Doch hier befand sich nichts außer abgrundtiefer Schwärze.

Durch eine Öffnung, in der keine Tür mehr hing, konnte Sabine in einen Raum sehen. Mit der Taschenlampe ihres Handys versuchte sie mehr zu erkennen. Rostige Bettgestelle mit Eisenfedern standen dort an der Wand aneinandergereiht. Während sie in das Dämmerlicht starrte, glaubte sie die Schreie und das Wimmern der jungen Frauen zu hören, und das Stöhnen der Männer. Roch den Schweiß, das Blut, den Samen und die vielen Tränen, die sich in die Laken gerieben hatten.

Sabine schluckte den galligen Geschmack hinunter, der in ihrer Speiseröhre hochstieg, trat wieder ins Freie, blickte zum Himmel und schnappte nach Luft. *Die Huren des Satans.* Wie viele von ihnen mochten noch am Leben sein, so wie Magdalena Engelmann? Sie dachte an die Gespräche, die Tina gerade führte. Mit etwas Glück fand sie es heraus.

Schließlich ging Sabine wieder zu Pater Michael Hass, der neben den Tomaten- und Brombeerstauden stand und sie beobachtete.

»Wissen Sie, ob bei dem Feuer jemand ums Leben gekommen ist?«, fragte Sabine.

»Ich kann mich aus der Erzählung der Priorin noch genau an das Datum erinnern. Der neunte Mai vor siebenunddreißig Jahren. Damals hat ein schlimmes Gewitter in den Bergen getobt. Blitze gingen bis ins Tal nieder, krachten in den Wald – und einer fuhr schließlich in den Glockenturm. Angeblich standen die Kirche und das angrenzende Treibhaus binnen Sekunden in Flammen. Aber alle, die drin waren, haben es rausgeschafft.«

Unwillkürlich dachte Sabine an das von Brandnarben verunstaltete Gesicht der Schweizer Hebamme. »Sagt Ihnen der Name Viviane Krohner etwas?«

Der Pater dachte nach, schüttelte dann jedoch den Kopf. »Wer soll das sein?«

»Schon gut«, sagte Sabine. *Offenbar hat die Hebamme die Kinder der schwangeren Frauen im Treibhaus zur Welt gebracht und es noch rechtzeitig aus dem Flammen geschafft.*

»Sind wir fertig?«, fragte der Pater.

Sabine blickte zu einer dichten Heckenreihe. »Was befindet sich dahinter?«

Der Pater sah hinüber. »Unser Friedhof. Wollen Sie den auch sehen?«

Sabine dachte an die Tätowierung von dem Sarg mit den vier Kreuzen. »Unbedingt.« Sie hatte sich bereits in Bewegung gesetzt.

Zwischen den Hecken versteckte sich ein fast gänzlich zugewuchertes schmiedeeisernes Gatter, auf das Sabine zuhielt. Sie drückte die Klinke hinunter, doch es war abgesperrt.

Hinter ihr klimperte der Pater bereits mit seinem Schlüsselbund. »Der Friedhof ist schon seit Jahren zu.«

»Pflegt niemand die Gräber?«

»Die letzte Schwester wurde hier im Jahr 1970 beerdigt.«

Also kurz bevor die Vergewaltigungen begonnen haben, überlegte Sabine.

Der Pater drängte sich an ihr vorbei, fummelte im Schloss herum und bekam es schließlich auf. »Diese Tür ist seit Jahren versperrt.« Er bog einige Äste zur Seite und zog das laut quietschende Gatter auf.

Gebückt betraten sie den Friedhof.

Hier befand sich also der letzte Teil des Areals. Das hintere Ende des Friedhofs wurde von einer windschiefen Backsteinmauer mit Rundbogen begrenzt, dahinter fiel die Felswand steil bergab in die Bruggtalschlucht.

Auf engstem Raum reihte sich auf diesem eher kläglichen Gottesacker ein einfacher Grabstein an den anderen. Die meisten Gräber waren eingesunken, einige Steintafeln hingen schief, ein paar waren sogar umgefallen und zerbrochen. Über allen wucherte

Moos. Abseits der Kieswege rankten Disteln und andere Unkrautstauden empor, und in den Ecken hatte sich das Laub von den Obstbäumen zu Haufen gesammelt.

So geht das Kloster also mit seinen ehemaligen Nonnen um. Auch wenn die letzte Beerdigung schon beinahe fünfzig Jahre her war, war es dennoch ein trauriger Anblick. Aber noch mehr erstaunte Sabine, was sie in der Mitte des Friedhofs sah.

»Ich habe mich schon gefragt, wann du endlich herfindest.« Unter einem knorrigen Apfelbaum hockte Tina am Rand eines Grabes und stützte das Kinn auf die Hände. Nachdenklich drehte sie den Kopf und starrte wieder auf die Inschrift.

»Ich dachte, du befragst die Schwestern?«, fragte Sabine.

»Bin vor zehn Minuten damit fertig geworden.«

Sabine senkte die Stimme, damit sie der Pater, der beim Eisengatter stehen geblieben war, nicht hören konnte. »Und was hast du herausgefunden?«

Tina starrte immer noch auf die Inschrift vor sich. »Die schweigen. Jede Einzelne. Nach all den Jahren. Entweder haben sie die Ereignisse erfolgreich verdrängt und wollen sich nicht mehr daran erinnern, haben immer noch Angst davor, den Mund aufzumachen, oder schämen sich für das, was man ihnen und den Internatsschülerinnen angetan hat.«

Vermutlich ist es eine Mischung aus allem, dachte Sabine. »Und wie bist du hierhergekommen?«

Tina nickte zur Backsteinmauer mit dem Rundbogen. »Dahinter liegt ein schmaler Wanderweg, der zuerst am Hintereingang des Treibhauses vorbei und danach entlang der Schlucht in den Wald hinaufführt.«

»Du warst beim Treibhaus?«

»Eine taubstumme Nonne hat mich hingeführt.« Tina nickte. »Hab kurz hineingesehen, dann wurde mir schlecht. Ich musste raus, fand den Weg und hier bin ich.«

Sabine sah sich um. »Hast du auch an das Tattoo mit den vier Kreuzen gedacht?«

Tina nickte. »Aber hier ist nichts Ungewöhnliches zu sehen. Das jüngste Grab stammt von 1970 – aus einer Zeit, bevor das alles hier losgegangen ist.«

Sabine hörte hinter sich ein Knirschen auf dem Kiesweg. »Haben Sie genug gesehen?«, rief der Pater.

»Wir versuchen seit Tagen, mit der Priorin Kontakt aufzunehmen«, antwortete Tina. »Aber das ist unmöglich. Angeblich ist sie krank. Wissen Sie, was sie hat und wo wir sie finden können?«

Der Pater kam näher und sah sie mit einer bedauernden Miene an. »Constance Felicitas ist für ihre 84 Jahre zwar geistig noch wirklich topfit, hat aber vor einigen Jahren schwere Gicht bekommen.«

»Und da fungiert sie immer noch als Priorin?«

Er hob entschuldigend die Arme. »Sie weigert sich standhaft, das Amt niederzulegen – und das, obwohl ihre Krankheit von Woche zu Woche schlimmer wird.«

Sabine wurde hellhörig. »Sie ist also immer noch in diesem Kloster?«

»Ja, sicher.« Er sah sie beide verwirrt an.

»Aber wo? Wir haben sie nicht gesehen«, stellte Sabine fest.

Der Pater deutete zum Rundbogen, von wo der Pfad zum Wald hinaufführte. »Sie lebt dort oben, fünfhundert Meter den Forstweg entlang, auf einer Lichtung liegt die kleine Waldkapelle. Früher, als Platzmangel im Kloster herrschte, weil so viele Nonnen hier lebten, ist die Priorin in die Kapelle übersiedelt und hat dort ihren Wohnbereich und ihr Büro eingerichtet.«

»So weit weg?«

Er zuckte die Achseln. »Männer dürfen nicht in den Schwesternbereich, deshalb hat sie die Amtsgeschäfte mit dem Gärtner, den Arbeitern oder die Besprechung des Speiseplans mit dem

Koch dort oben geführt. Außerdem hat sie in der Kapelle Platz genug, und die Aussicht ist …«

Tina stand auf. »Obwohl sie so schwer krank ist, wohnt sie immer noch allein dort oben?«

»Sie hat eine Pflegerin. Eine Schwester aus unserem Kloster, die bereits seit vielen Jahren eine enge Vertraute der Priorin ist und sich um sie kümmert.«

»Krank oder nicht – wir müssen mit ihr sprechen«, drängte Sabine. »Oder zumindest mit dieser Pflegerin.«

Der Pater verzog das Gesicht. »Das geht leider nicht. Sie sind beide weggefahren. Die Pflegerin hat sie zum Bahnhof gebracht und ist mit ihr mit dem Zug nach Linz gefahren – zur halbjährlichen Kontrolluntersuchung in das Krankenhaus der Barmherzigen Schwestern.«

»Wann war das?«, fragte Sabine.

»Vor vier Tagen.«

»Hatten Sie seither Kontakt zu ihr oder ihrer Pflegerin?«

»Nein – aber sie kommen heute Abend wieder zurück.«

Garantiert nicht.

Sabine und Tina sahen sich kurz an, dann liefen sie los.

38. Kapitel

Die alte Waldkapelle sah von außen wie ein kleines schmuckes Forsthäuschen aus, einstöckig mit spitzem Schindeldach, Fensterläden, Blumenkisten und Außenkamin. Das Haus lag auf einer Lichtung, von der aus man das Kloster überblicken und direkt ins Bruggtal hinuntersehen konnte.

Keuchend erreichten Sabine und Tina den Vorplatz mit der angebauten überdachten Terrasse mit Sitzschaukel. Neben dem Haus stand ein alter roter Opel Kadett mit dem Kennzeichen *BR*, was wohl für Braunau stand.

Sabine wollte zum Holster nach ihrer Glock greifen, fuhr aber ins Leere. *Verdammt!* Im Ausland hatte sie ihre Dienstwaffe nie dabei. Stattdessen zog sie das Handy und die Visitenkarte des Leiters der Polizeigruppe vom LKA Linz heraus, der sie hergebracht hatte und mit seinen Kollegen immer noch vor dem Eingang des Klosters wartete.

Während Sabine mit dem Mann sprach, inspizierte Tina das Fahrzeug. Offenbar war es das Gefährt jener Pflegerin, die die Priorin hinunter in den Ort zum Bahnhof hätte bringen sollen, um mit dem Zug nach Linz zu fahren. Bestimmt war das nie passiert, und der Krankenhausbesuch war abgesagt worden.

Und garantiert war die Pflegerin bereits seit vier Tagen tot.

»Das erkläre ich Ihnen später«, würgte Sabine alle Fragen ab. »Verständigen Sie einen Krankenwagen und kommen Sie mit Ihren Leuten rauf zur alten Waldkapelle.«

»Wo ist das?«

»Fahren Sie mit dem Auto zur Rückseite des abgebrannten Gebäudeteils. Dort gibt es einen Forstweg, der zur Kapelle führt. Pater Michael Hass soll Ihnen den Weg zeigen.« Sie beendete das Gespräch.

Indessen hatte Tina das Auto links liegen lassen und war bereits auf die Veranda getreten. Sabine folgte ihr.

»Auf dem Rücksitz liegt ein Koffer«, flüsterte Tina. »Offenbar wollten sie gerade losfahren.« Sie drückte die Klinke hinunter.

Die Tür ließ sich öffnen. Sabine schnappte sich eine Unkrautharke, die in einem Blumentopf steckte, und dann betraten sie hintereinander das Haus und durchschritten zügig einen Raum nach dem anderen. Die ehemalige Kapelle war wie eine Wohnung eingerichtet und erinnerte nur noch von außen an ein Gebetshaus. In den Zimmern muffelte es nach Holz und abgestandener Luft.

Kein Leichengeruch!

Sabine ließ die Hand mit der Harke sinken. »Das Haus hat weder Keller noch Dachboden. Wo sind die beiden Frauen?«

»Schau mal.« Tina winkte sie zu sich her.

An einer Wand hingen gerahmte Schwarz-Weiß-Fotos. Eines zeigte eine große schlanke Frau in schwarzer Nonnentracht, die von anderen Nonnen umringt wurde. Falls das Constance Felicitas war, so war die Frau in jungen Jahren recht hübsch gewesen, mit pechschwarzen Haaren, dichten Brauen, vollen Lippen und ausdrucksstarken dunklen Augen. Allerdings war eine Gesichtshälfte schief und verzerrt.

Tina tippte auf ein anderes Foto. »Schau mal. Wie krank muss man sein, um sich davon ein Bild an die Wand zu hängen?«

Sabine starrte auf eine Schwarz-Weiß-Aufnahme von dem Treibhaus. Damals hatte das Feuer es noch nicht zerstört. Vor dem intakten Gebäude standen Frauen in schwarzem Ordensgewand, die sich an den Händen hielten.

»Sieh mal, hier ist auch Magdalena, unsere Nonne.« Tina zeigte auf eine Frau Mitte zwanzig.

Die Huren des Satans.

Keine von ihnen lächelte.

Das Foto sah harmlos aus, kannte man jedoch die Hintergründe, stellten sich einem bei diesem Anblick die Nackenhaare auf.

Das Treibhaus in seiner vollen Blüte.

»Die Polizei wird jeden Augenblick kommen«, drängte Sabine. »Vielleicht finden wir etwas.«

Bei der genaueren Durchsuchung des Hauses entdeckten sie eine Hintertür, die ebenfalls nicht versperrt war. Hinter dem Haus lag ein schmaler, aber lang gezogener Garten mit Holzspalieren, zwischen denen Wildrosen wucherten. Ein Rosengarten. Bienen summten herum, und es roch nach Blüten und feuchter Erde. An der Bretterwand des Hauses lehnte ein Spaten, an dessen Schaufelblatt Erdkrumen klebten. Sabine hätte das Werkzeug nicht weiter beachtet, wenn es nicht so ausgesehen hätte, als klebte auch eingetrocknetes Blut auf dem Metall. *Als hätte man jemandem damit den Schädel eingeschlagen.*

Von der Rückseite des Hauses führte zwischen den Rosen ein schmaler Weg weiter in den Wald hinauf, der nicht mit dem Auto befahren werden konnte.

»Schau dort!« Tina lief bereits den Pfad entlang zum Wald.

Dort lag etwas im Schatten der Bäume auf dem Boden.

Sabine lief ihr hinterher. Und dann roch sie es bereits. Der süßliche Geruch eines verwesenden Körpers. Fliegen stoben auseinander, als Tina und Sabine sich näherten.

Die Leiche – definitiv weiblich in schwarzer Nonnentracht – sah aus, als läge sie bereits seit Wochen hier. Doch in dieser Gegend und bei dieser Witterung mochte das täuschen. Schließlich war der Kadaver nicht nur dem Wetter, sondern auch Ameisen, Vögeln, Igeln und Füchsen schutzlos ausgesetzt gewesen.

»Ich nehme an, das ist die Pflegerin.« Tina wandte den Kopf ab. Der Frau war eindeutig der Schädel eingeschlagen worden. »Aber warum liegt sie hier und nicht beim Haus? Sie hat sich mit dieser Wunde doch nicht so weit hergeschleppt. Und wenn, dann wäre sie zum Auto gekrochen und nicht in Richtung Wald.«

Sabine schüttelte den Kopf. »Es war ganz anders. Die Pflegerin und derjenige, der ihr das angetan hat, kamen *aus* dem Wald.« Sabine betrachtete den Pfad, der zwischen den Bäumen verschwand und sah die Szene plötzlich vor sich. *»Die Pflegerin wurde gestoßen und vorangetrieben, musste weitergehen, stolperte über den Pfad, weigerte sich jedoch, woraufhin ihr Entführer ihr schließlich den Spaten über den Schädel gezogen hat, die Leiche hier liegen ließ und das Werkzeug wieder an die Bretterwand stellte.«*

»Aber warum …?«, fragte Tina, doch Sabine hob die Hand und brachte sie zum Verstummen.

»Der Mörder hat sie im Wald gezwungen, etwas mit dem Spaten zu vergraben oder eine Grube auszuheben. Sie war die engste Vertraute der Priorin, also musste sie graben. Vielleicht sogar … ein Loch für ihre Priorin.« Sabine sah auf. »Die Frau muss noch irgendwo im Wald sein.«

»Du hast von *dem* Mörder gesprochen, von keiner *Mörderin*«, machte Tina sie auf ein Detail aufmerksam.

Stimmt! Irgendwie wollte der Gedanke nicht in ihren Schädel, dass Magdalena Engelmann all diese Morde begangen haben sollte, auch wenn sie noch so skrupellos erschien.

Ihre Überlegungen wurden durch aufblitzendes Blaulicht unterbrochen. Die Polizisten, die sie hergebracht hatten, rollten mit den beiden Streifenwagen vor das Haus.

»Bleib bei der Leiche«, schlug Sabine vor. »Die sollen alles absperren – das übliche Programm.«

»Und du?«

Sabine hielt immer noch die Unkrautharke in der Hand. »Ich laufe weiter den Pfad rauf. Ich bin sicher, die Priorin ist hier irgendwo in der Nähe.«

Sabine rannte los. Kaum befand sie sich im Wald, wurde es kühler. Obwohl sie sich schon so viele Meter entfernt hatte und von Moos, Pilzen und Nadelbäumen umgeben war, hatte sie den Leichengeruch immer noch in der Nase – und würde ihn auch längere Zeit nicht mehr loswerden. *Spielt sich alles in der Psyche ab!*

Sabine suchte links und rechts vom Pfad nach Hinweisen. Fußspuren, abgeknickte Äste, aufgehäufte frische Erde.

Nichts!

Schließlich blieb sie keuchend stehen. »Felicitas?«, schrie sie, hielt den Atem an und lauschte.

Keine Antwort!

Das war eine aussichtslose Suche. Sie brauchten jede Menge Polizeischüler und Hunde, um diesen Wald zu durchkämmen.

Schaltet doch endlich das Blaulicht ab!

Sie ging weiter in den Wald und rief erneut den Namen der Priorin. *Wieder nichts!* Nur das Rauschen des Windes in den Ästen und das Zwitschern der Vögel.

»Felicitas?«, rief sie erneut.

Wieder hielt sie den Atem an, lauschte und wollte schon weiterlaufen, als sie einen hohlen metallischen Klang hörte. Ein Klimpern, als würde eine Münze gegen ein Rohr schlagen.

»Hallo?«, rief Sabine.

Das Schlagen kam ganz aus ihrer Nähe. Sie sah sich um. Blickte zwischen die Bäume, dann wieder auf den Boden. Wenige Meter vor ihr befand sich eine lichte Stelle neben dem Pfad. Die Erde sah aus, als wäre sie frisch aufgehäuft worden. Nur ein Zweig lag darüber. Als Sabine näher kam, sah sie, dass vier kleine Holzkreuze in der Erde steckten. Und mittendrin ein Metallrohr aus dem Boden ragte.

Was zur Hölle …?

Hastig fingerte sie das Handy heraus und rief Tina an. »Mach schnell!«, rief sie, ohne Tina zu Wort kommen zu lassen. »Dreihundert Meter den Pfad entlang. Bring einen Kollegen und eine Schaufel mit!«

Keuchend erreichte Sabine die Stelle und ließ sich neben den Kreuzen auf die Knie fallen. Das Klimpern kam eindeutig aus dem nur zweifingerdicken Metallrohr. Sie beugte sich über die Öffnung. »Constance Felicitas?«, rief sie. »Klimpern Sie zweimal für *Ja*.«

Es klimperte zweimal.

Okay!

»Schonen Sie Ihre Kräfte. Ich bin von der Polizei. Ich hole Sie da raus.« Noch während sie sprach, hatte sie mit dem Handy ein Foto für die Kollegen von der Spurensicherung gemacht. Dann fegte sie die Holzkreuze mit der Hand beiseite und begann mit der Unkrautharke zu graben.

Zum Glück war das Loch nicht tief. Nach einigen Zentimetern Erde stieß Sabine auch schon auf Holzbretter, die sie mit der Harke und den Händen freilegte. Die Kiste hatte die Umrisse eines Sarges, aus dessen oberem Ende das Rohr ragte.

Endlich hörte sie Schritte und Stimmen hinter sich. Tina kam in Begleitung eines Polizisten, der einen Klappspaten in der Hand hielt. Sabine brauchte nicht viel zu erklären, da der Kollege bereits ahnte, was hier los war und zu graben begann.

Innerhalb weniger Minuten hatten sie den Deckel des Sarges gemeinsam freigelegt.

»Ist ein Krankenwagen unterwegs?«, schnaufte Sabine.

Der Beamte nickte. Er wollte bereits das Metallrohr aus dem Deckel ziehen, doch Sabine hielt ihn zurück. Sie dachte an Sneijders Schilderungen von den Bambussprossen. »Vielleicht ist das Rohr direkt mit dem Mund verbunden.«

Der Beamte sah sie entsetzt an. »Ist das Ihr Ernst?«

»Sie hat recht«, sagte Tina. »Versuchen wir vorsichtig, den Sargdeckel abzunehmen.«

Während der Mann die Kante des Spatens zwischen Sarg und Deckel ins Holz trieb und den Griff wie einen Hebel benutzte, um die Bretter aufzubrechen, beugte sich Sabine über die Öffnung des Rohrs.

»Können Sie sprechen?«

»Ja«, drang es schwach aus dem Inneren des Sargs.

»Sind Sie verletzt?«

»Ja.«

Sabine stockte. »Ein Arzt ist auf dem Weg hierher«, sagte sie schließlich. »Können wir das Rohr herausziehen, ohne Sie zu verletzen?«

»Ja.«

»Und den Deckel abnehmen?«

Schweigen!

Schließlich folgte ein leises *Ja*.

Sabine nickte dem Beamten zu. Tina half ihm, und gemeinsam brachen sie den Deckel Stück für Stück auf.

Es dauerte weitere fünf Minuten, bis sie das Rohr draußen und die Bretter so weit entfernt hatten, dass sie die Person in dem Sarg erkennen konnten. Es war die Frau auf dem Foto. *Die Priorin.* Sabine erkannte sie an der gelähmten Gesichtshälfte. Aber das war auch schon alles. Als Sabine und Tina das letzte Brett über ihrem Kopf entfernten, fuhren sie erschrocken zurück.

Sabine verschlug es die Sprache. Hinter ihr hörte sie, wie der Polizeibeamte aufstöhnte und würgte. Die Hände der Frau waren gefesselt. Käfer, Würmer, Ameisen und Schnecken, die durch das Rohr ins Innere gekrochen waren, hatten Teile ihres Körpers angefressen. Ihr Gesicht sah entsetzlich aus. Am schrecklichsten war jedoch die Stelle, an der einmal die Augen gewesen waren.

Es war ein Wunder, dass die Frau unter diesen Umständen vier Tage lange ohne Wasser und Nahrung in diesem Sarg überlebt hatte.

Trotz allen Ekels beugte sich Sabine zu ihr hinunter und griff nach ihren Händen. Die Finger der Frau waren dünn und eiskalt. »Mein Name ist Nemez. Ein Arzt ist unterwegs.«

Der Händedruck der Frau war kaum vorhanden. Ihr Mund öffnete und schloss sich. Die Atmung ging schwer.

Indessen befreite Tina sie von den Tieren, die über ihr Gesicht krabbelten.

»Wissen Sie, wer Ihnen das angetan hat?«, fragte Sabine.

»Ja … und ich weiß auch … warum …«, stöhnte die Priorin auf. »… muss das gleiche Schicksal erleiden.«

»Wer hat das gesagt?«

»Sie wollte wissen, wo die Kinder sind …«, hauchte die Frau.

Sie? Welche Kinder?, hätte Sabine beinahe herausgeschrien. Stattdessen bemühte sie sich um eine ruhige Stimme. »Was ist mit den Kindern? Wo sind sie? Und wen meinen Sie mit *Sie*?«

»Die Erde ist saftig, der Dünger ist gut … die Pflanzen wachsen prächtig … auf diesem Boden … stehen seit vielen Jahrzehnten saftig in ihrer Blüte.«

»Was?«, rief Sabine und blickte hoch. *Ist diese Frau verrückt?*

»Im Rosengarten …«, flüsterte die Priorin erleichtert, als hätte sie nur auf diesen Moment gewartet. »… so fühlt es sich … also an …« Dann versagte ihre Atmung.

»Nein!«, schrie Sabine auf und griff nach der Halsschlagader.

Kein Puls!

»Nein, verdammt!« Sie legte die Hände übereinander und begann mit einer Herzdruckmassage. Sekunden später hörte sie, wie die Rippen in dem dünnen Körper brachen.

Nach dreißig Mal Pumpen überwand Sabine sich, beugte sich hinunter und beatmete die Frau zweimal. Dann pumpte sie wieder weiter.

Nach einer Weile legte Tina ihr die Hand auf die Schulter. »Hör auf«, sagte sie leise.

Erschöpft sackte Sabine zusammen und wischte sich den Schweiß von der Stirn. Ihre Finger rochen nach Walderde und Tod.

Tina suchte noch einmal den Puls, schüttelte aber den Kopf.

»Scheiße!« Sabine ballte die Faust. »Diese verfluchte Nonne hat alles so getimt, dass wir immer zu spät kommen.«

»Beruhige dich«, sagte Tina. »Die Hebamme in Bern lebt noch.«

»Ja, aber im Koma nützt sie uns nicht viel!«

Der Polizist sah sie schockiert an und wusste offenbar nicht, was er dazu sagen sollte.

Plötzlich riss Tina die Augen auf. »Ich weiß, wo die Kinder sind!«

»Was? Welche Kinder?« Sabine sah verwirrt auf.

Tina deutete auf die vier Holzkreuze, die auf dem Erdhaufen lagen. »Die haben hier in der Erde gesteckt, richtig?«

Sabine nickte.

»Aber das ist vielleicht nicht die einzige Botschaft der Tätowierung. Kreuz- und Sarg-Motiv deuten auf einen Friedhof hin, oder? Erinnere dich, was die Priorin gesagt hat.«

»Im Rosengarten?«, wiederholte Sabine die letzten Worte der Frau.

»Exakt! Hinter der Waldkapelle liegt dieser Garten mit den Wildrosen. *Dort* müssen wir graben.« Sie schnappte sich den Handspaten des Polizisten und lief los.

39. Kapitel

Während die österreichischen Polizisten mit den beiden Leichen im Wald beschäftigt waren und auf die Kollegen von Kripo und Spurensicherung warteten, stürmten Sabine und Tina den Pfad zum Haus der Priorin hinunter. Vom Tal her wehte ein kühler Wind über die Schlucht hinauf. Mittlerweile begann es bereits zu dämmern.

Schnaufend erreichten sie die Rückseite der Waldkapelle, wo die Wildrosen zwischen den Spalieren wucherten. Der Garten war relativ groß. Zwar sehr schmal, aber bestimmt zwanzig Meter lang. Sabine sah sich um. Direkt an der Hauswand wuchsen die Rosen am dichtesten.

Im Rosengarten. Das musste hier sein.

Tina trat die Wiese zwischen den Rosenstöcken mit den Schuhen nieder und suchte den Boden ab. Ein von Unkraut und Naturwiese überwucherter Waldboden wie jeder andere auch. An einer beliebigen Stelle stach Tina den Spaten in die Erde und trat ihn so tief wie möglich hinein. Dann hob sie die Erde aus.

»Was tun Sie hier?«, hallte es hinter ihnen.

Sabine sah auf. Pater Michael Hass kam um die Waldkapelle herum und starrte sie ungläubig an.

»Gibt es einen Rosengarten im Kloster?«, fragte sie.

»Was? Nein. Nur diese Stelle. Hier wachsen sie schon seit vielen Jahrzehnten. Die Hanglage ist nämlich …« Er verstummte, dann wurde er wieder verärgert. »Was tun Sie hier?«

»Wir graben den Boden auf«, sagte Tina knapp, während sie weitere Löcher im Boden aushob.

»Und was ist mit dem Schaden, den Sie hier anrichten? Das wird der Priorin nicht gefallen.«

Sabine und Tina tauschten einen kurzen wortlosen Blick aus, dann grub Tina weiter.

»Haben Sie überhaupt einen Hausdurchsuchungsbeschluss?«, fragte der Pater.

»Brauchen wir nicht. Das ganze Kirchenareal ist ein Tatort. In wenigen Minuten rückt die Kripo an.«

»Aber …«, schnaufte er. »Ist Ihnen das nicht klar, dass das hier Kirchengrund ist?«

»Kirchliche Sonderrechte gelten nur für den Sitz des Heiligen Stuhls«, schnitt Tina ihm das Wort ab.

»Hören Sie auf!«, rief er trotzdem. »Das können Sie nicht machen!«

Sabine sah kurz auf. »Sie werden sich noch wundern, was wir alles können.« Dann trieb sie die Unkrautharke in die Erde und riss ein Büschel Wiese mit Wurzeln aus dem Boden.

Falls in diesem Garten tatsächlich Kinderleichen vergraben sind, dann möglicherweise nicht so nah am Abhang, überlegte sie, *sondern eher bei der Kapelle.* Dort wäre man während des Grabens auch vor neugierigen Blicken vom Kloster geschützt gewesen.

»Versuch es dort.« Sabine deutete zu einer Stelle an der Wand, wo die Rosen besonders dicht wuchsen.

Tina ließ von ihrer Stelle ab und grub zwischen den Rosen ein Loch. Hier war die Erde weicher. Nach dem dritten Versuch an einer weiteren Stelle stieß sie plötzlich auf etwas Hartes. »Hier ist etwas.«

»Ein Stein?«, fragte Sabine. »Holz?«

Tina schaufelte die Erde rundherum weg und brachte einen schmutzig grauen Gegenstand zum Vorschein, der wie eine Keramikschale aussah.

Irgendwie hatte Sabine mit einem verwitterten Holzsarg gerechnet, oder mit einem in einer Folie eingewickelten Körper, aber das, was Tina in der Abenddämmerung aus der Erde befreite, entpuppte sich als etwas anderes.

»Ein Schädel … und hier, weitere Knochen!«

Der Pater trat näher. »Das muss von einem Tier stammen.«

»Bleiben Sie, wo Sie sind. Keinen Schritt näher.« Sabine griff bereits zum Telefon und wählte die Nummer des Polizeibeamten, der sie hergebracht hatte. Sie sah, wie er weiter oben am Waldrand neben der Leiche der Pflegerin stehend zum Handy griff, aufs Display und dann zu ihnen hinunterblickte.

Es knackte in der Leitung. »Haben Sie eine weitere Leiche gefunden?«, fragte er verzagt.

Tina stach einen halben Meter von ihrem Fund ein weiteres Mal in den Boden und auch diesmal hob sie nicht nur Erde, sondern auch poröse Knochenstücke hervor.

»Eine?«, fragte Sabine. »Wir brauchen ein Zelt mit Scheinwerfern und ein komplettes Team vor Ort – Leute von Spurensicherung und Kriminaltechnik, sowie einen Rechtsmediziner und einen forensischen Anthropologen.«

»Machen Sie Scherze?«, fragte der Polizist.

»Ich wünschte, es wäre so.«

Kurz vor Mitternacht stand das Zelt. Es begann an der Rückseite der Kapelle und umspannte den gesamten Rosengarten. Das Innere war mit einem Dutzend Lampen taghell erleuchtet, und mittlerweile war ein Drittel der Erde aufgegraben. Zwischen den Gruben lagen Bretter, sogenannte *Trampelpfade* für die Arbeiter, und mit Fäden war ein Raster über den Boden gespannt worden, um genau zu dokumentieren, was wo gefunden wurde.

Ein Team von Spezialisten hatte zunächst ein Grab mit den Bestandteilen von drei Babyskeletten freigelegt, daneben eines mit fünf und gleich daneben ein weiteres mit sieben entdeckt. Und so ging es weiter. Vermutlich war das gesamte Areal ein Massengrab von ungeahntem Ausmaß.

Sabine kannte den typischen schwarzen Humor von Rechtsmedizinern und Pathologen. Normalerweise nahmen diese Leute kein Blatt vor den Mund und trieben Scherze, dass Außenstehende nur fassungslos den Kopf schütteln konnten. Doch in diesem Fall verrichteten die Männer und Frauen ihre Arbeit nahezu schweigend. Je mehr Zeit verging, umso ruhiger wurde es in dem Zelt, bis bald nur noch das Klimpern der Schaufeln und die Auslöser der Kamerablitzlichter zu hören waren. Auch auf Sabine wirkte diese Atmosphäre mehr als bedrückend. Sie spürte die Anspannung sogar körperlich; in ihrer Brust wurde es immer enger, bis sie schließlich kaum noch atmen konnte.

Während Tina im Zelt stand und bereits seit einer halben Stunde mit Sneijder telefonierte, ging Sabine nach draußen, um in den Sternenhimmel zu sehen und frische Luft zu schnappen. Die Leiterin der forensischen Anthropologie, eine Ärztin Anfang fünfzig mit grauen Haaren, langem Zopf und Nickelbrille, saß auf einem Generator, rauchte eine Zigarette und starrte ebenfalls in die Finsternis, allerdings in die Bruggtalschlucht hinunter. Sie hatte fünf Stunden durchgearbeitet und machte jetzt ihre erste Pause.

»Wie viele Babys sind es?«, fragte Sabine.

Die Frau blickte in die Glut der Zigarette. Die Ärmel ihres weißen Overalls waren aufgerollt. »So etwas habe ich bisher nur in Vietnam und Thailand gesehen.«

Sabine setzte sich zu ihr. »Wie viele Babys haben Ihre Leute bisher gefunden?«, wiederholte sie.

»Bis jetzt … mindestens vierzig, aber wir sind noch lange nicht fertig.«

Vierzig? Um Himmels willen. Bei dem Gedanken, was sich hier vor vielen Jahrzehnten abgespielt haben musste, wurde ihr unbeschreiblich elend.

»Was schätzen Sie? Wann wurden die Babys hier begraben?« Wobei … *begraben* traf es nicht ganz. Die Säuglinge waren ohne Sarg, ohne Kreuz und ohne Kleidung achtlos in eine Grube geworfen und einfach zugescharrt worden. Unschuldige Wesen, die bis auf einen Atemzug nicht eine Minute vom Leben gehabt hatten. Ihre Mörder hatten sich nicht einmal die Mühe gemacht, ein besonders tiefes Loch auszuheben. Gerade mal so weit, dass wilde Tiere die Leichen nicht wieder ausbuddeln konnten.

Und jetzt wusste Sabine auch, warum die Priorin ausgerechnet hier oben so einsam gelebt hatte. Nicht wegen der Aussicht, dem ausreichenden Platz oder den ungestörten Gesprächen mit dem männlichen Personal des Klosters. In Wahrheit hatte sie darauf geachtet, dass niemand die Leichen finden würde. Sie wollte deren Geheimnis bis zu ihrem Tod behüten. *Das* war der wahre Grund gewesen.

»Vor wie langer Zeit wurden sie hier begraben?«, wiederholte Sabine die Frage, da die Ärztin nichts gesagt hatte.

Jetzt hob sie die Schultern. »Genaueres kann ich Ihnen erst nach dem Laborbefund sagen. Kommt auf die Proben und die Bodenbeschaffenheit an. Aber ich schätze, das ist vor dreißig oder vierzig Jahren passiert.«

»Haben Sie schon eine Idee, was die Todesursache sein könnte?«

Die Frau schüttelte den Kopf. »Das Kuriose daran ist, dass von diesen Knochen eigentlich nicht mehr viel übrig sein dürfte. Bei Kleinkindern hat sich noch nicht so viel Kalzium in den Knochen eingelagert wie bei Erwachsenen. Ich kann es mir nur so erklären: Wegen der Höhe, auf der das Kloster liegt, dem ständigen Wind, der in diesem Tal herrscht, und der Sonneneinstrahlung an dieser Stelle muss der Boden des Hangs trotz des Regens relativ trocken sein.« Völlig überzeugt von ihrer Theorie klang sie jedoch nicht.

»Das bedeutet, dass die Leichen rasch mumifiziert wurden?«, vermutete Sabine.

»Unser Glück, sonst hätte das Wasser den Fäulnisprozess beschleunigt. Aber so verfügen einige der Knochen sogar noch über einen partiellen Hautmantel. Mehr zur Todesursache kann ich ihnen aber erst nach einem DNA-Test und der Isotopenanalyse sagen.« Sie zog am Glimmstängel. »Wie sind Sie eigentlich auf diesen Hinweis gestoßen?«

Ja, wie eigentlich? »Darüber kann ich nicht sprechen«, sagte Sabine. Und plötzlich wurde ihr klar, aus welchem Grund die Nonne so beharrlich geschwiegen hatte.

Hätte Magdalena Engelmann von Anfang an erzählt, dass auf dem Areal des Ursulinenklosters in Bruggtal, auf geweihtem Boden, über vierzig Babys verscharrt lagen, wäre alles seinen offiziellen Weg gegangen. Anfrage an das BKA Österreich, tonnenweise Papierkrieg, wochenlange Bürokratie, und der Staatsanwalt hätte aufgrund dieser einen Behauptung einer aus dem Kloster ausgetretenen Nonne vom zuständigen Ermittlungsrichter beim Amtsgericht niemals einen Durchsuchungsbeschluss erhalten.

»Verstehe.« Die Ärztin schnaufte. »Aber die Todesursache ist nicht das einzige Rätsel, das wir lösen müssen.«

Sabine sah auf. »Sondern?«

»Das Problem ist, dass es sich bei diesem Fund um keine *Babyskelette* handelt.«

»Was?« Sabine hatte mit eigenen Augen einen Schädel, gut erhaltene Rippen und Teile einer Wirbelsäule gesehen. *Was sollte das sonst sein?*

»Die Knochenfunde entsprechen etwa ein Jahr alten Kleinkindern.«

Ein Jahr? »Sind Sie sicher?«

»Absolut. Das waren keine Säuglinge mehr. Manche Skelette

haben sogar die Größe von vierzehn oder fünfzehn Monate alten Kindern.«

Deshalb hatten sowohl Janus' Vater als auch die Hebamme und zuletzt auch die Priorin nicht von Babys oder Säuglingen gesprochen, sondern immer nur von *Kindern*.

Die haben das alle gewusst!

Womöglich hatten all diese Kinder über ein Jahr lang in diesem Kloster gelebt, ehe sie gestorben waren. Aber woran?

Sabines Gedanken wurden unterbrochen, als sie hastige Schritte hörte. Vor dem Licht aus der Zeltplane erschien Tinas Silhouette. Sie hob die Hand mit dem Smartphone. »Sneijder lässt ausrichten … gute Ermittlungsarbeit.«

Sabine zog eine Augenbraue hoch.

»Und jetzt fragt er sich«, fuhr Tina fort, »ob auch das Baby der Nonne hier beerdigt worden ist?«

Sabine sah auf. »Richte ihm aus … es waren keine Babys.«

Neun Monate zuvor

Du kannst es kaum erwarten, das Gesicht deiner Mutter, ihr Lächeln und den gütigen Blick zu sehen. Sie zu riechen und zu spüren. Du sehnst dich danach, dass sie dich in den Arm nimmt, sanft wiegt, dir etwas vorsingt, mit ihrer Stimme so dicht an deinem Ohr.

So lange hast du auf diese Umarmung gewartet.

Aber dann kommt die Enttäuschung.

Ihr Blick ist nicht von Freude und Liebe erfüllt. Sie schreit. Du wirst gepackt, ihr gewaltsam entrissen, dann schreist auch du.

Wieder Dunkelheit. Schreckliche Enge. Etwas liegt über deinem Kopf und du kriegst keine Luft!

Grit Maybach schreckte hoch, schnappte nach Luft und wollte sich das Ding vom Kopf reißen, doch ihre Hand fuhr ins Leere. Ihr Puls raste, sie zitterte und spürte Schweiß auf ihrer Stirn.

Fuck! Sie saß auf einem Beifahrersitz. Das Auto holperte über einen Feldweg. Da spürte sie die Hand auf ihrer Schulter.

»He, alles in Ordnung? Du hattest bloß einen schlechten Traum.«

Grit wischte sich den Schweiß weg, bemerkte dabei, dass ihre Hände eiskalt waren. »Es ist immer wieder der gleiche Traum.« Sie blickte aus dem Fenster. Ein verregneter Septemberabend, die Sonne war bereits hinter dunklen Wolken verschwunden.

Thomas Schaeffer lenkte den Jeep durch die Berge. »Wir müssten es gleich geschafft haben.«

»Und wenn sie nicht da ist?«

»Das ist sie bestimmt. Wo sollte sie sonst sein?«

»Und wenn sie es gar nicht ist?«, fragte Grit weiter.

»Hast du etwa Angst?«

Reflexartig versteckte sie die zitternden Hände in ihrem Schoß. Doch dann wurde ihr bewusst, dass sie ihrem eigenen Bruder nichts vormachen musste. »Natürlich«, sagte sie schließlich.

»Ich auch.« Er drückte ihren Unterarm, dann legte er die Hand wieder aufs Lenkrad.

»Aber ich meine«, begann sie wieder, »wenn die Informationen falsch sind? Wenn wir uns geirrt haben?«

»Warum sollten die Informationen falsch sein?«

Darauf wusste sie auch keine Antwort. Gemeinsam waren sie im Archiv ihres ehemaligen Waisenhauses in Kufstein gewesen und hatten in Grits Akte zusätzlich zu der nachträglich vom Kufsteiner Standesamt ausgestellten Kopie der Geburtsurkunde auch eine handschriftliche Notiz gefunden. Und die hatte eine echte Überraschung enthalten.

Grit war nämlich gar nicht auf dem Hinterhof des Kufsteiner Waisenhauses anonym abgelegt worden, wie man ihr weisgemacht und sie es all die Jahre geglaubt hatte. Stattdessen war sie unmittelbar nach ihrer Geburt ganz woanders abgegeben und dann erst nach Kufstein gebracht worden. *Ursprünglich stammst du nämlich aus Oberösterreich!* Auf dem vergilbten Zettel waren Unterschrift, Ort und Datum der Übergabe zu erkennen gewesen.

V. Krohner, Kinderheim Braunau, 9. Mai, Mutter unbekannt.

Bei ihren anschließenden Recherchen waren sie auf eine Hebamme gestoßen, Viviane Krohner, die jetzt irgendwo in der Schweiz lebte, damals aber in der Nähe des Klosters Bruggtal bei Braunau gearbeitet hatte. Es lag nahe, dass diese Hebamme sie beide zur Welt gebracht und an das Kinderheim übergeben hatte, wo man sie dann getrennt und in verschiedene Waisenhäuser gesteckt hatte – Thomas nach Regensburg und sie nach Kufstein.

Doch weshalb waren sie getrennt worden? Und warum hatte

man sie noch dazu in verschiedene Länder geschafft? Zu ihrer eigenen Sicherheit? Hatte jemand nach ihnen gesucht?

Jedenfalls schien ihr tatsächlicher Geburtsort in der Nähe von Braunau zu liegen. Daraufhin waren sie nach Braunau gefahren und Grit hatte – unauffällig und ohne viel Staub aufzuwirbeln – Gespräche mit einigen älteren Dorfbewohnern geführt. So waren sie auf die schrecklichen Gerüchte gestoßen, die sich seit den 70er- und 80er-Jahren um das Ursulinenkloster rankten.

Und noch etwas hatten sie erfahren. Ein Blitz hatte vor beinahe siebenunddreißig Jahren nachts im Glockenturm des Klosters eingeschlagen, und infolge war das Nebengebäude völlig niedergebrannt. Angeblich verunzierten seither hässliche Brandnarben Viviane Krohners Gesicht. Das Datum des Blitzeinschlages stimmte mit dem Datum auf der Aktennotiz überein.

Der 9. Mai.

Ihr Geburtstag.

Zufall?

Um das herauszufinden, hatte Grit mit dem nötigen Fingerspitzengefühl Kontakt mit einer der älteren Nonnen aus dem Kloster aufgenommen und im Ort mit ihr gesprochen. Thomas hatte sich im Hintergrund gehalten, denn einer Frau erzählte man gewöhnlich mehr als einem Mann. Danach glaubten sie an keinen Zufall mehr, denn Grit hatte erfahren, dass in jener Nacht eine der Nonnen im neunten Monat schwanger gewesen war. Grit hatte sogar den Namen der Ordensfrau herausgefunden. Er lautete Magdalena Engelmann.

Engelmann, was für ein schöner Name, überlegte Grit und stellte sich ein engelsgleiches Gesicht vor.

Und etwas musste an ihren Überlegungen dran sein, so abstrus sie auch klingen mochten – denn nach einem kurzen Telefonat hatte Schwester Magdalena tatsächlich zugestimmt, sie zu empfangen, und hatte für ihren Besuch im Kloster einen Tag vorgeschlagen, an dem weder die altehrwürdige Priorin noch der junge Pater anwesend waren. Ein inoffizielles Treffen – an eben jenem nebelig verregneten Septemberabend, an dem sie nun zu diesem seltsamen Ort unterwegs waren.

Schwester Magdalena hatte ihnen einen Forstweg zur Rückseite des Klostergeländes beschrieben. In einer alten Backsteinmauer befände sich ein Rundbogen, durch den sie zu einem verwilderten Friedhof gelangen würden. Dort sollten die beiden auf sie warten.

Thomas und Grit hatten den Wagen in der Nähe des Klosters abgestellt, das Gebäude zu Fuß umrundet und den Friedhof gefunden. Seit einer Viertelstunde harrten sie bereits neben der Klostermauer aus. Die Feuchtigkeit kroch vom Tal herauf, und Grit zog den Reißverschluss ihrer dunkelblauen Gore-Tex-Jacke zu. Sie sprachen kein Wort, warteten nur, wurden aber mit jeder Minute, die verstrich, nervöser.

Da näherten sich Schritte über den Kies. Sie hörten das Quietschen eines Metallgitters, und dann betrat eine hochgewachsene Frau in schwarzer Tracht, schwarzem Schleier und mit einem Rosenkranz am Gürtel, den Friedhof. Sie ging mit gebeugtem Kopf, und um ihren Hals hing ein silbernes Kreuz. Als sie vor ihnen stehen blieb, richtete sie sich auf.

»Schwester Magdalena?«, fragte Thomas. Seine Stimme hatte einen eigenartig krächzenden Unterton.

Grit sah die Frau nur schweigend an. Die weißen Haare, die erhabenen Wangenknochen, die vollen Lippen, die grauen Augen, in die ihr auf einmal Tränen traten und die Wangen herunterliefen.

Da bestand für Grit kein Zweifel mehr. Sie spürte die Verbindung. »Mama …«, sagte sie, und ihr Herz machte einen Satz.

Im nächsten Moment nahm die Frau sie in die Arme, und Grits Herz schlug so rasch und aufgeregt, als wollte ihr Brustkorb zerspringen. Sie bekam kaum Luft. Der Druck schnürte ihr die Kehle zu.

»Schon gut, mein Kind.« Magdalena strich ihr übers Haar. »Groß und hübsch bist du geworden …« Ihre Stimme schien für einen Moment zu versagen. »All die Jahre habe ich gehofft, dass du es einmal gut haben wirst im Leben.« Sie drückte sie fest an sich, dann löste sie sich und wischte sich die Tränen aus den Augen. Blinzelnd betrachtete sie Thomas. Sie lächelte, als überkäme sie eine große Erleichterung.

Doch er stand nur wie versteinert da, als zweifelte plötzlich *er* daran, dass das alles soeben wirklich passierte.

»Das ist Thomas, dein Sohn«, schniefte Grit.

Magdalena nahm ihn an den Händen, aber er stand weiterhin steif da und starrte sie ungläubig an. Als er schließlich doch sprach, klang seine Stimme hart. »Warum hast du uns weggegeben?«

»Das ist die einzige Frage, die dir jetzt einfällt?«, fuhr Grit ihn an.

»Lass ihn«, sagte Magdalena sanft. »Die Frage ist berechtigt.« Sie hielt Thomas immer noch an den Händen. »Es war zu eurem eigenen Schutz. Hätte ich es nicht getan, hättet ihr kaum länger als ein Jahr überlebt.«

»Was?« Thomas zog die Stirn in Falten.

Magdalena blickte zu den Grabsteinen. »Irgendwo auf diesem Gelände liegen viele eurer Geschwister begraben.« Sie löste die Hand und strich über eine Marmortafel. »Aber ich weiß nicht, wo.«

»Geschwister?« Thomas warf Grit einen Blick zu, als befürchtete er, diese Frau wäre soeben verrückt geworden.

»So vieles muss ich euch erzählen«, seufzte sie. »Aber ich bin mir nicht sicher, ob ihr es überhaupt hören wollt.«

»Ich möchte *alles* hören«, sagte Grit.

»Und *ich* möchte bloß wissen, wer mein Vater ist«, knurrte Thomas. Anscheinend hatte er sich das Treffen anders vorgestellt.

»Das weiß ich nicht.«

»Nein?«, entfuhr es Thomas.

Magdalena drehte sich weg. Ihr Blick wanderte von der Backsteinmauer zu einer niedergebrannten schwarzen Ruine. »Ich kann mich noch gut an die vielen Vergewaltigungen erinnern … aber das ist Vergangenheit. Ich habe gelernt, damit zu leben.« Sie drehte sich wieder zu ihnen um. »Wichtig ist nur, dass ihr am Leben seid.«

Vergewaltigungen?

Grit schnürte es erneut die Kehle zu. »Aber … warum?«

»Wollt ihr das wirklich hören?«

»Deshalb sind wir hier.« Thomas klang gefasst.

»Es waren viele, und sie hörten erst auf, wenn wir im fünften Monat schwanger waren«, begann Magdalena zu erzählen. »Und drei Monate nach der Geburt machten sie weiter. Jedoch nicht mehr bei mir. Denn während eurer Geburt brannte das Treibhaus nieder.« Sie nickte zur schwarzen Ruine.

»Das Treibhaus?«, fragte Thomas, doch Grits Blick brachte ihn zum Schweigen.

»Nach dem Brand hörte alles auf.« Sie sah ihre Kinder an, ihr Blick wurde gütig, sanft und voller Liebe. »Ich erzähle euch, wie und warum ich euch fortgeschafft habe. Gehen wir ein Stück.« Sie setzte sich in Bewegung und verschwand durch den Torbogen.

Thomas und Grit folgten ihr den Forstweg hinauf.

»Es war eine stürmische Nacht. Ich lag auf einer Matratze im ersten Stock. Die Wehen setzten ein, die Blitze erhellten alles wie am Tag, und der Donner krachte so laut, dass wir glaubten, der Glockenturm würde einstürzen. Und da sandte mir Gott einen Plan, wie ich euch fortschaffen konnte, damit euch das Schicksal, das allen anderen widerfahren war, erspart blieb …«

5. TAG

Wien

ÖSTERREICH

– DIENSTAG, 16. MAI –

40. Kapitel

Die erste Besprechung an diesem Morgen fand in Wiesbaden in Dirk van Nistelrooys Büro statt.

Sabine hatte Tina nach einer kurzen Nacht mit dem Wagen von ihrer Wohnung abgeholt, und als sie van Nistelrooys Büro eine Minute zu spät betraten, waren der BKA-Präsident, Sneijder, Horowitz und Krzysztof bereits da. Allerdings saßen sie nicht am Besprechungstisch, sondern daneben auf Stühlen im Halbkreis. Es roch nach starkem Kaffee. Zwei Plätze waren noch frei.

»Nehmen Sie sich einen Kaffee«, sagte van Nistelrooy, ohne aufzusehen.

Sabine und Tina gossen sich je eine Tasse ein und setzten sich leise, während Horowitz ausführlich von seiner Begegnung mit Zeno Engelmann in Marburg berichtete. Krzysztof steuerte nur ein paar Bemerkungen bei und spielte den Rest der Zeit mit dem BKA-Besucherausweis, den er sich an den Ärmel seines schwarzen Rippshirts geheftet hatte.

»Und jetzt zu Ihnen beiden«, sagte van Nistelrooy, nachdem Horowitz seinen Bericht beendet hatte.

Tina schilderte ihren gestrigen Besuch im Kloster, den gescheiterten Versuch, das Leben der Priorin zu retten, und den Fund der Kinderskelette.

»Mittlerweile liegt uns der vorläufige Bericht des österreichischen BKA vor«, sagte van Nistelrooy, nachdem auch Tina geendet hatte. »Insgesamt sind es vierundsiebzig Kinderleichen. Ich hatte alle Hände voll zu tun, dass bis zum Ende der Siebentagefrist nichts an die Medien durchsickert.«

Vierundsiebzig Leichen!

Nun war Sabine klar, warum die Besprechung im Büro des Präsidenten stattfand. »Wer leitet die Untersuchung?«

Mit einem knappen Nicken übergab van Nistelrooy Sneijder das Wort.

»Das BKA Wiesbaden«, erklärte dieser. »Die Dienststellen in Bern und Linz wurden uns unterstellt.«

Sabine nickte. Nun hatten sie es also zusätzlich zu den bisherigen sechs Mordopfern und der Hebamme im Koma auf einen Schlag mit vierundsiebzig weiteren Leichen zu tun.

»Was haben Sie gestern herausgefunden?«, fragte Sabine.

Sneijder drückte mit dem Daumen einen Punkt auf seinem Handrücken und kniff für einen Moment die Augen zusammen. »Das BKA hat Kontakt zu sämtlichen Presseagenturen, Zeitungen, Radio- und Fernsehstationen aufgenommen – aber kein Hinweis darauf, dass Magdalena Engelmann je versucht hätte, ihre Informationen über das Ursulinenkloster an die Medien weiterzugeben.«

»Also hat sie uns angelogen, als sie behauptete, sie hätte sich an die Medien gewandt.«

»Oder die Medien schweigen darüber, weil das Thema zu heiß ist«, vermutete van Nistelrooy.

»Zu heiß?«, wiederholte Sabine. »Die Presse stürzt sich doch heutzutage wie ein Geier auf jeden Missbrauchsskandal in der Kirche. Das wäre doch ein gefundenes Fressen für die. Aus welchem Grund sollten die sich ein solches Thema entgehen lassen?«

»Ich vermute …«, begann Sneijder, »dass wir bei diesem Fall trotz aller Ermittlungsarbeit erst am Anfang stehen und nur die Spitze des Eisbergs sehen.«

Möglicherweise hatte er recht, und es ging um etwas völlig anderes, viel Weitreichenderes, als sie bisher angenommen hatten.

»Haben Sie mögliche Opfer der nächsten drei Tage ausfindig machen können?«, wechselte Sabine das Thema.

Sneijder schüttelte den Kopf. »Ich habe mit all den Fakten, die uns bekannt sind, Diagramme entworfen und mit unseren Programmierern über Daedalos alle denkbaren Verbindungen hergestellt. Aber es gibt keine vermissten Personen, die in unser Schema passen würden.«

Daedalos war das überaus komplexe Datenbanksystem des BKA, das auf alle europäischen Datenbanken zugreifen konnte und nicht zufällig wie der Baumeister eines antiken Labyrinths hieß. »Dann gibt es entweder keine weiteren Opfer – oder die Nonne ist schlauer als wir.«

»Ich glaube nicht, dass sie schlauer ist.« Van Nistelrooy schüttelte den Kopf. »Hier sitzen einige der brillantesten Köpfe des BKA. Diese Frau kann uns intellektuell nicht überlegen sein. Wahrscheinlich haben wir deshalb noch nichts gefunden, weil sich der Fall in eine Richtung entwickelt, von der wir noch nichts ahnen.«

Sneijders Eisberg. Sabines Haut begann zu kribbeln – sie alle hier schienen zu ahnen, dass da noch etwas ganz Großes auf sie zukam.

»In welche Richtung entwickelt?«, fragte Tina.

»Fassen wir zusammen«, übernahm Sneijder wieder das Wort, beugte sich nach vorn und stützte sich mit den Ellenbogen auf den Knien ab. »Walter Greims, der Gärtner des Klosters, hat die Klienten von Janus' Vater durch den Hintereingang des Klosters ins Treibhaus gebracht, und für diese Vermittlung Geld erhalten. Die geistig und körperlich behinderten Frauen des Internats sowie einige Novizinnen und Nonnen wurden über viele Jahre hinweg regelmäßig sexuell missbraucht. Anscheinend konnten sie nicht fliehen oder wurden so unter Druck gesetzt, dass sie sich das gefallen ließen. Einige wurden schwanger, und Viviane Krohner hat die Kinder zur Welt gebracht, die dann – etwa ein

Jahr später – in dem Rosengarten hinter der alten Waldkapelle beerdigt wurden.«

An Sneijders rot geränderten Augen glaubte Sabine zu erkennen, dass er in der letzten Nacht kaum geschlafen hatte.

»Erstens.« Sneijder streckte den Zeigefinger aus. »Warum sind es so viele Kinder? *Vierundsiebzig!* Diese vielen Geburten passen mit der Anzahl der Frauen im gebärfähigen Alter gar nicht zusammen, selbst wenn man davon ausgeht, dass *jede* von ihnen mehrmals schwanger wurde und einige von ihnen sogar Zwillinge bekommen haben.«

Und falls die Rechnung doch aufginge, wurden die Frauen in diesen Mauern wie Gebärmaschinen gehalten, kam Sabine in den Sinn, wobei sich ihr der Magen umzudrehen drohte.

»Zweitens«, fuhr Sneijder fort. »Warum wurden diese Kinder nur ein Jahr alt? Drittens: Wo haben die Kinder bis zu ihrem Tod gelebt?«

»Im Kloster?«, vermutete Tina.

Sneijder schüttelte den Kopf. »Die Beamten des LKA Linz verhören seit den frühen Morgenstunden die Nonnen in Bruggtal. Die Mauer des Schweigens ist endlich zusammengebrochen. Wie wir seit Kurzem wissen, wurden ihnen die Babys gleich nach der Geburt weggenommen. Und zu keiner Zeit gab es irgendwelche Kinder im Kloster.«

»Gibt es Vermutungen, wohin die Kinder gebracht wurden?«, fragte Sabine.

Sneijder schüttelte den Kopf.

Sie schwiegen.

»Vierte und letzte Frage«, sagte Sneijder schließlich. »Bei Magdalena Engelmanns Tätowierungen fehlt der Hinweis Nummer fünf. Die Hinweise gehen erst wieder von sechs bis sieben weiter und enden mit einem X. Warum ist das so?«

Niemand von ihnen kannte die Antwort.

Sneijder erhob sich. »Gehen wir in den Verhörraum und versuchen es herauszufinden.«

»Warum sollte Sie uns ausgerechnet heute etwas verraten?«, fragte Sabine.

Sneijder setzte sein unergründliches Lächeln auf. »Weil van Nistelrooy und ich ihr ein Ultimatum stellen.«

41. Kapitel

Sabine betrat nach Sneijder den Verhörraum. Sie setzten sich nicht hin, sondern blieben vor dem Tisch stehen, an dem die Nonne saß. Die Bettwäsche auf der Matratze in der Ecke schien unberührt.

Magdalena Engelmann hob müde den Kopf. Ihre Augen lagen tief, und sie wirkte, als hätte sie ebenso wenig geschlafen wie Sneijder. Vermutlich hatte sie die ganze Nacht über reglos und in ein langes Gebet versunken am Tisch gesessen.

»Wie spät ist es?«, fragte die Frau.

Sneijder gab ihr keine Antwort.

»Was haben Sie bis jetzt herausgefunden?«

Er betrachtete sie schweigend.

Mittlerweile war der fünfte Tag ihrer Isolierung angebrochen, und Sabine hatte täglich mitverfolgen können, wie sie sich äußerlich veränderte. Sie aß und trank wenig, kam weder an die frische Luft noch in die Sonne, hatte nicht viel Raum für Bewegung und wurde Tag und Nacht von einer Belüftungsanlage angeblasen, während Kameras sie filmten und fremde Menschen sie hinter einem Spiegel beobachteten. Bei so etwas ging das Zeitgefühl völlig verloren, und vermutlich wusste sie nicht einmal, ob es Morgen oder später Nachmittag war.

Aber Magdalena Engelmann hatte diese Behandlung letztlich ohne größeren Widerstand in Kauf genommen. Der Rosenkranz und ihr Glaube an Gott gaben ihr offenbar die Kraft, diese sieben Tage durchzustehen.

Magdalena ließ die Perlen des Kranzes mit einer meditativen Ruhe durch die Finger gleiten und wiederholte ihre letzte Frage.

»Quid pro quo«, sagte Sneijder. »Sie geben mir einen Hinweis auf die bevorstehenden Opfer Nummer fünf bis sieben, und ich sage Ihnen, was wir herausgefunden haben.«

Sie deutete ein leichtes Kopfschütteln an. »Sie kennen meine Bedingungen. Wie viele Menschen müssen noch sterben, bis Sie endlich einlenken?« Sie holte tief Luft. »Geben Sie mir meine Pressekonferenz und gehen wir mit allem, was Sie bisher herausgefunden haben, an die Öffentlichkeit, dann erfahren Sie von mir den Rest, den Sie noch nicht kennen.«

Sabine erfasste eine unangenehme Kälte. *Und wer weiß, was das alles ist.*

»Sie wissen, dass das nicht passieren wird. Das BKA lässt sich nicht erpressen«, antwortete Sneijder kalt und blickte auf seine Armbanduhr. »Das wird mein letztes Gespräch mit Ihnen sein, und ich stelle Ihnen hiermit ein Ultimatum.«

»Und zwar?«, fragte sie. »Wollen Sie mich in eine noch schlimmere Isolationshaft stecken, wenn ich nicht rede?«

Sneijder winkte ab, als wüsste er, dass das keinen Sinn hätte. »Ich gebe den Fall ab. So einfach ist das. Nicht an Sabine Nemez oder eine ihr ebenbürtige Kollegin, sondern an einen jungen Kommissaranwärter, frisch von der Akademie, den noch dazu nicht einmal ich ausgebildet habe und der seinen ersten Fall bekommt.«

Sabine zuckte innerlich zusammen. *Das würde er nicht wagen!* Allerdings sagte sein Gesichtsausdruck etwas anderes.

Doch die Nonne blieb hart. »Sie kennen meine Antwort«, sagte sie und ließ die Perlen durch ihre Finger gleiten.

Sneijder fixierte sie mindestens eine Minute lang, in der niemand etwas sagte. Es war ein Kräftemessen, wer dem anderen psychisch überlegen war. Sabine wagte kaum zu atmen.

Schließlich brach Sneijder die Stille. »Jeder andere wäre in dieser Zeit unter diesen Bedingungen zusammengebrochen. Sie jedoch nicht. Ich gebe zu, das ringt mir Respekt ab.« Er machte eine Pause. »Sie sind eine tapfere Frau.«

An Magdalena Engelmanns Gesichtszügen war keinerlei Regung zu erkennen, dass sie sich geschmeichelt fühlte, obwohl es nun schon das zweite große Kompliment war, das Sneijder ihr gegenüber gemacht hatte – was nur allzu selten vorkam.

»Wissen Sie, meine Tapferkeit kommt von Gott«, erklärte sie dann. »Von Gott, nicht der Kirche. Manche Auswüchse der katholischen Kirche sind in Wirklichkeit der Teufel selbst. In Wahrheit gibt es diesen gefallenen Engel nicht – die Kirche verkörpert ihn selbst. Sie hat bei den Kreuzzügen, der Inquisition und den Hexenverbrennungen mehr Menschen getötet, als es der Satan in seiner schlimmsten und grausamsten Form es je hätte vollbringen können.«

»Sind Sie eine Abtrünnige?«, fragte Sneijder. »Sind Sie deshalb aus dem Orden der Ursulinen ausgetreten, weil Sie Ihren Glauben verloren haben?«

»Oh, ich habe meinen Glauben nicht verloren. Ich glaube an Gott, an Jesus Christus, seinen eingeborenen Sohn, geboren von der Jungfrau Maria. Ich glaube auch an den Heiligen Geist, die Gemeinschaft der Heiligen, die Vergebung der Sünden, die Auferstehung der Toten und das ewige Leben – mehr denn je –, aber nicht mehr an die sogenannte *heilige* katholische Kirche. Mittlerweile haben Sie vielleicht selbst schon herausgefunden, wozu sie fähig ist.«

»Und das ist Ihre Vergeltung?«

»Ach, dieses Thema hatten wir doch schon. Gott gibt mir die Kraft, das alles durchzustehen. Denn er ist nicht nur ein gnädiger Gott, müssen Sie wissen – seine Geduld ist nahezu erschöpft, und mittlerweile ist der Tag seiner Rache nahe. Und sein Vertrauen in die Kirche ist ebenso ins Wanken geraten wie meines.«

»Das wäre mein Vertrauen auch«, gab Sneijder zu, »hätte ich

mit ansehen müssen, wie dreißig Kinder auf dem heiligen Boden meines Klosters begraben werden.«

Sie sah überrascht auf, dann machte sich ein erleichtertes Lächeln auf ihrem Gesicht breit. Zum ersten Mal sah Sabine ihre Schönheit. »Sie haben sie also gefunden.« Sie schloss für einen Moment die Augen, als wollte sie beten. Dann sah sie wieder auf. »Aber es müssten mehr als dreißig sein.«

Sneijder nickte. »Vierundsiebzig, um genau zu sein.«

Nun sah sie ihn erneut überrascht an. »So viele Babys …« Ihre Stimme war nur ein Hauch. »Ich habe tatsächlich gehofft, es wären weniger.« Sie war sichtlich schockiert, nickte jedoch, als hätte sie dieses Ergebnis im tiefsten Inneren ihrer Seele all die Jahre befürchtet. Außerdem schien sie Sneijder zu verzeihen, dass er sie getestet hatte, um herauszufinden, wie viel sie tatsächlich wusste.

»Friede ihren kleinen Seelen«, sagte sie schließlich.

»Was können Sie mir noch sagen?«, fragte Sneijder.

»Wir drehen uns im Kreis.« Ihre Stimme klang flehend. »Sie kennen meine Bedingungen.«

»Gut«, seufzte er. »Wenn das Ihre letzten Worte sind, sehen wir uns beide erst wieder, wenn es in einem Gerichtssaal zu einem Prozess gegen Sie kommt.«

»So ist es.« Sie sah auf. »Bis dahin wird Gott den Rest der Schuldigen der Reihe nach niederstrecken!«

»Ihre letzten Worte?«

»Ja.«

Sneijder presste die Lippen zu einem dünnen Strich zusammen. Schließlich nickte er. »Gratuliere«, presste er hervor. »Sie haben mich kleingekriegt.« Er drehte sich zum Spiegel, hob die Hand und deutete eine kreisende Bewegung an.

Überrascht hob die Nonne den Blick. »Sie geben den Fall nicht ab?«

»Hätte ich nie«, gab Sneijder seinen missglückten Bluff zu.

Im nächsten Augenblick öffnete sich die Tür und eine etwa vierzigjährige Frau mit langen braunen Haaren im dunkelblauen Businessanzug kam herein, dezent geschminkt, mit Lesebrille und Notebook im Arm. Sabine hatte keine Ahnung, was als Nächstes passieren würde, doch dann erkannte sie den Presseausweis am Blazer der Dame.

»Guten Morgen.« Die Stimme der Frau hatte das angenehme tiefe Timbre einer Nachrichtensprecherin. »Mein Name ist Pia Taborsky, ich arbeite für die Deutsche Presseagentur und habe vom BKA das Zugeständnis bekommen, eine Exklusivreportage über die Hintergründe des Leichenfunds im Bruggtalkloster zu machen.«

Sabine blieb die Spucke weg. Sneijder und van Nistelrooy hatten sich also tatsächlich hinreißen lassen.

»Das Zugeständnis?«, wiederholte Magdalena. »Und Sie glauben, das BKA lässt tatsächlich zu, dass Sie anschließend das Gebäude verlassen und diese Daten veröffentlichen dürfen?«

Taborsky lächelte. »Darf ich?« Sie setzte sich der Nonne gegenüber an den Tisch und zog aus der Innentasche ihres Blazers ein Schriftstück heraus, das sie der Nonne hinschob. »Überzeugen Sie sich selbst. Das ist der Vertrag, den das BKA mit der DPA ausgehandelt hat.«

Magdalena blätterte die Seiten durch und überflog den Text.

»Ich darf Sie weder zu den Bedingungen Ihrer Sonderhaft noch zu den Umständen der bisherigen Verhöre befragen, darf weder Staatsanwalt noch Pflichtverteidiger zu diesem Gespräch hinzuziehen noch Ihren Namen in den Medien erwähnen. Ich darf lediglich über die Vorfälle im Ursulinenkloster und die Hintergründe berichten. So lautet der Deal. Sind Sie damit einverstanden?«

Die Nonne blickte zu Sneijder, sah dann Taborsky an. »Einverstanden.«

Sabine stieß die angehaltene Luft langsam und geräuschlos aus der Lunge. Das war der erste große Durchbruch in dem Fall. Wobei sie sich nicht wirklich darauf freute, die Ermittlungen im Licht der Öffentlichkeit weiterzuführen, mit all den anstrengenden und auch gefährlichen Konsequenzen, die das haben würde.

Taborsky legte ihr Handy auf den Tisch und aktivierte eine Taste. »Ich nehme unser Gespräch auf – es wird nur für den internen Gebrauch verwendet.« Dann öffnete sie ihr Notebook. Anscheinend hatte sie bereits jede Menge Fragen vorab formuliert. »Wurden alle Kinder, deren Skelette im Rosengarten gefunden wurden, im Kloster geboren?«

Die Nonne sah auf, ihr Blick wurde klar und wach. »Sie sind im Rosengarten gefunden worden? Oben am Hang hinter der Waldkapelle?«

Taborsky sah etwas verunsichert zu Sneijder, woraufhin dieser nickte. »So lauten zumindest meine Informationen«, sagte die Pressedame.

»Mein Gott, im Rosengarten also …«, hauchte die Nonne.

Sie hat den genauen Ort gar nicht gekannt, kam Sabine in den Sinn.

»Wurden alle Kinder im Kloster geboren?«, wiederholte Taborsky ihre Frage von vorhin.

»Nein. Vierundsiebzig sind viel mehr, als je innerhalb der Mauern des Klosters zur Welt gekommen sind.« Die Nonne schüttelte den Kopf, sie hatte sich wieder gefangen. »Diese Säuglinge waren von der Stunde ihrer Geburt mit einem Todesmal auf der Stirn gezeichnet.«

»Blieben die Babys nach ihrer Geburt bis zu ihrem Tod im Kloster?«

»Nein. Die Neugeborenen wurden uns sofort weggenommen, ich weiß nicht, wohin sie gebracht wurden.«

Geduldig tippte Taborsky die Antworten der Nonne in ihr Notebook, ehe sie die nächste Frage stellte. »Einige Kinderleichen stammten ursprünglich also vermutlich aus dem Kloster. Woher kamen die anderen?«

»Das weiß ich nicht. Sämtliche Leichen wurden immer nachts auf das Klosterareal gebracht. Ich habe es von meinem Fenster aus gesehen. Ich weiß bis heute nicht, woher die anderen stammten. Ich nehme an, aus ähnlichen Einrichtungen wie dem Treibhaus.«

»Sie vermuten also, dass es weitere gab?«

Die Nonne nickte.

»Wenn Sie damit einverstanden sind, lassen Sie uns später über dieses Treibhaus sprechen. Über den diesbezüglichen Stand der Ermittlungen hat mich das BKA schon informiert«, meinte Taborsky. »Wissen Sie, wer die Neugeborenen aus dem Kloster entfernt hat? Woran sie gestorben sind? Und wer ihre Leichen ein Jahr später wieder zurück ins Kloster gebracht hat?«

Die Nonne hob den Blick, sah zu Sneijder und verharrte einen Moment lang. Schlagartig wusste Sabine, dass es sich bei dieser Antwort um den nächsten entscheidenden Hinweis handeln würde. Denn diese Person – der Transporteur der Babys – würde Opfer Nummer fünf am Tag Nummer fünf sein. Und diese Information war für sie umso wichtiger, da ihnen der entsprechende Hinweis auf den Tattoos fehlte.

Sneijder blickte zu Sabine und deutete eine knappe Kopfbewegung an. *Gehen wir*, schien sein Blick zu sagen. Dann wandte er sich an Taborsky. »Sie haben noch genau eine halbe Stunde für dieses Gespräch, danach gehen die Juristen des BKA mit Ihnen alle Antworten durch und legen fest, ob davon Fakten betroffen sind, die nicht veröffentlicht werden dürfen.«

»Einverstanden«, antwortete Taborsky, ohne sich umzudrehen.

Sneijder nickte der Nonne zu. »Leben Sie wohl.«

Ein zartes Lächeln huschte über ihr Gesicht. Letztendlich hatte sie also doch gewonnen.

Sneijder verließ er den Verhörraum, Sabine folgte ihm.

»Sind wir schon so verzweifelt, dass wir auf die Wünsche der Nonne eingehen mussten?«, fragte Sabine, nachdem sie die Tür hinter sich geschlossen hatte und sie wieder im Vorraum standen.

Statt die Frage zu beantworten, stellte sich Sneijder neben den Techniker ans Mischpult, stützte die Hände am Tisch auf und blickte mit vornübergebeugtem Oberkörper durch den Einwegspiegel. Mit angespannten Gesichtszügen beobachtete er die Szene in dem Verhörzimmer.

Tina stand hinter ihm. An ihrem Gesicht sah Sabine, dass sie ebenso überrascht war wie sie selbst. Auch Krzysztof und Horowitz hielten den Blick gespannt auf den Spiegel gerichtet.

»Wir sind nicht verzweifelt«, antwortete Sneijder schließlich und lauschte dem Interview, das über die Lautsprecher in den Vorraum übertragen wurde.

»Der Name der Hebamme, die uns die Kinder unmittelbar nach der Geburt weggenommen hat, war Viviane Krohner«, klang die blechern verzerrte Stimme der Nonne aus dem Lautsprecher. *»Keines der Babys wurde jemals gestillt. Sie hat sie an einen Kinderarzt übergeben, der die Neugeborenen tags darauf fortgeschafft hat. Er war es auch, der die Leichen Monate später wieder zurückgebracht hat. Eine der Nonnen hat sie gesehen. Im Kofferraum eines Wagens. Nackt, in ein Tuch gewickelt. Die meisten waren etwa ein Jahr alt, andere sogar ein paar Monate älter.«*

Sneijder beugte sich nach vorn zu einem Mikrofon und betätigte eine Taste. »Wir brauchen den Namen des Arztes!«

»Wie lautete der Name des Arztes?«, fragte Taborsky im nächsten Augenblick.

Sabine betrachtete die Szene überrascht. Anscheinend verbarg sich im Ohr der Journalistin, gut versteckt unter ihren langen Haaren, ein Minisender, über den sie mit dem Vorraum in Verbindung stand.

»Kann ich davon ausgehen, dass Sie den Namen auch wirklich

veröffentlichen und die Medien meine Behauptungen überprüfen?«, fragte die Nonne.

»*Ja, davon können Sie ausgehen. Wir sind eine seriöse Agentur und können nicht irgendwelche ungeprüften Gerüchte veröffentlichen*«, antwortete Taborsky.

Die Nonne nickte zwar, zögerte jedoch.

Sneijder beugte sich wieder nach vorn. »Machen Sie Druck, Taborsky!«, rief er ins Mikrofon. »Und *vervloekt* noch mal, verkacken Sie es nicht, haben Sie verstanden? Das ist unsere letzte Chance, Frau Kollegin!«

Kollegin?

Sabine zuckte zusammen. *O verflucht!* Endlich begriff sie. Sie warf Tina, Krzysztof und Horowitz einen überraschten Blick zu. Tina runzelte die Stirn, schien ebenso irritiert. Doch Krzysztof und Horowitz zeigten keine Reaktion.

Natürlich hatte Sneijder nicht nachgegeben – hätte sie sich auch denken können. Stattdessen hatten er und van Nistelrooy offenbar beschlossen, die Nonne mit einer falschen Journalistin zu täuschen. Nichts von dem Gespräch würde je an die Öffentlichkeit gelangen.

Taborsky pochte mit dem Finger auf den Vertrag, der vermutlich ebenso erstunken und erlogen war wie der Rest der Inszenierung. »*Ich habe die schriftliche Bestätigung, dass ich die Zusammenhänge veröffentlichen darf. Und das werde ich! Selbst wenn mich das BKA nach diesem Gespräch im Gebäude festhalten sollte – die Aufnahme unseres Gesprächs wird soeben live an meinen Chef bei der DPA übertragen. Glauben Sie mir, heute Abend geht Punkt achtzehn Uhr die erste Pressemeldung über den Liveticker raus – an alle Zeitungen, Radiosender und öffentlichen Fernsehstationen.*«

»Gut gemacht«, sprach Sneijder ins Mikrofon, dann richtete er sich mit verschränkten Armen auf, starrte durch den Spiegel und wartete ab.

Sabine trat näher an ihn heran. »Pia Taborsky hat in Wahrheit nichts mit der DPA zu tun, habe ich recht?«

Sneijder starrte weiterhin geradeaus. »Wer versucht, das BKA zu ficken, muss damit rechnen, dass wir ihn mit allen Mitteln zum Sprechen bringen.« Er machte eine Pause, lauschte, doch die Nonne schwieg immer noch, als überlegte sie.

»Und falls sie hinter diesen Schwindel kommt?«, fragte Sabine.

»Kommissarin Taborsky ist die Pressesprecherin des Polizeipräsidiums Niedersachsen, die wir uns für dieses Gespräch ausgeborgt haben. Sie wurde heute seit fünf Uhr früh gebrieft. Da sitzt ein Profi.« Sneijder beugte sich nach vorn zum Mikrofon. »Los, machen Sie schon! Denken Sie daran, Sie stehen unter Zeitdruck!«

»Ich darf sie daran erinnern, dass wir nur noch zwanzig Minuten für dieses Gespräch haben. Und ich benötige handfeste Beweise für die Berichterstattung, andernfalls ...«

»Ja, schon gut«, unterbrach die Nonne sie. *»Sein Name ist Doktor Hirsch, er war früher Kinderarzt mit eigener Praxis in Linz und hatte gute Kontakte zu einem Hausarzt in Braunau, der aber mittlerweile verstorben ist. Außerdem kannte er Walter Greims, den Gärtner des Klosters.«*

»Goed! Verdomme, goed!«, rief Sneijder und schlug mit der Faust in die offene Hand. Dann wandte er sich zu Tina um. »Finden Sie alles über diesen Doktor Hirsch heraus, ob er noch lebt und wo wir ihn finden können. Aber stellen Sie vorerst keinen Kontakt zu ihm her. Wir liegen gut in der Zeit und werden ihn vorläufig verdeckt observieren, ehe wir uns mit ihm in Verbindung setzen.«

»Und falls uns die österreichischen Behörden keine Informationen ...?«

Kommentarlos kramte Sneijder in seiner Brieftasche und reichte ihr eine Visitenkarte. »Oliveira ist mein Kontaktmann beim österreichischen Verfassungsschutz – er schuldet mir etwas.«

Tina nahm die Karte, griff zum Handy und verließ den Raum.

Dann wandte sich Sneijder an den Techniker, der am Mischpult saß, und drückte zugleich den Knopf am Mikrofon, sodass Taborsky mithören konnte. »Taborsky, sobald die Nonne zu ahnen beginnt, dass Sie nicht von der Presse sind, stellen Sie eine private Frage zu den Haftbedingungen und bisherigen Verhören, dann wird der Techniker das Interview über den Lautsprecher sofort unterbrechen und Sie werden vom Haussicherungsdienst aus dem Raum gebracht.« Er nahm den Finger vom Knopf, richtete sich auf und drehte sich um.

Horowitz nickte. »Hat also tatsächlich geklappt.«

Sneijder sah zufrieden aus, dann blickte er zu Sabine. »Es war unmöglich, Sie einzuweihen. Ich konnte nicht riskieren, dass unser Auftritt auch nur einen Moment lang nicht authentisch wirken könnte. Sind Sie enttäuscht?«

Echt jetzt? Als hätte es ihn jemals gekümmert, ob irgendwer auf dieser Welt von ihm enttäuscht ist. War sie ohnehin nicht. Eher beeindruckt. »Schon okay«, sagte sie. »Es hatte mich sowieso gewundert, als Sie klein beigaben. Dabei hatten Sie von Anfang an geplant, dass sie das Ultimatum ablehnt, richtig?«

»Richtig. Der Trick mit Taborsky musste plausibel aussehen.«

»Sie sind ein hinterhältiges Schlitzohr!«

»Ein Verhör ist wie ein Pokerspiel. Man muss seinem Gegner das Gefühl geben, er wäre im Vorteil, und dann den Köder so auswerfen, dass er nicht widerstehen kann und anbeißt.«

»Tut Ihnen die Frau nicht wenigstens ein bisschen leid?«, fragte Sabine.

»Mitleid ist ein Luxus, den ich mir nicht leisten kann.« Er klopfte Sabine auf die Schulter, eine vertrauliche Geste, die nur zu selten vorkam. »Ab jetzt arbeiten wir wieder im Team. Keine Geheimnisse mehr, versprochen!«

Sneijder entwickelte wohl, trotz aller Anwandlungen, im

Grenzbereich der Legalität zu ermitteln, einen Anflug menschlichen Einfühlungsvermögens – zumindest bestimmten Personen gegenüber.

»Alles klar«, sagte sie und musste sogar lächeln. Denn jetzt schienen die Ermittlungen tatsächlich in die richtige Richtung zu laufen.

42. Kapitel

Zehn Minuten später wurde Magdalena Engelmann misstrauisch und begann, die Finte zu riechen, woraufhin Sneijder das Interview sofort abbrechen ließ. Viel Neues hatten sie in dieser Zeit nicht mehr herausgefunden, aber immerhin waren sie einen großen Schritt weitergekommen.

Kurz darauf trafen sie sich in der Rauchernische draußen vor der Kantine des BKA zu einer Nachbesprechung. Sabine, Horowitz, Krzysztof und Sneijder.

An diesem Vormittag verbarg sich die Sonne hinter einer Wolkenwand. Sneijder zündete sich einen Joint an, während Krzysztof die Getränke verteilte, die er besorgt hatte. Die Kollegen, die sich in der Kantine des BKA eine kurze Pause gönnten, sahen neugierig durch die Drehtür zu ihnen hinaus, denn es hatte sich schon herumgesprochen, dass sie an einem ungewöhnlichen Fall arbeiteten.

Tina kam quer über den Innenhof gelaufen und stieß als Letzte zu ihrer Gruppe dazu. Nachdem sie sich so hingestellt hatte, dass ihr der Wind Sneijders Qualm nicht ins Gesicht blies, verstummten die anderen sogleich und hörten ihr aufmerksam zu. »Es gibt wirklich einen Kinderarzt namens Ulrich Hirsch, der jahrelang eine Praxis in Linz und seit Mitte der 80er-Jahre eine in Wien geführt hat«, begann sie. »Von 2005 an hatte er zusätzlich eine Funktion in der österreichischen Ärztekammer inne, wurde politisch tätig und ist seit den letzten Nationalratswahlen …«

Sneijder verzog unglücklich das Gesicht, als ahnte er bereits, worauf Tinas Bericht hinauslief.

»… österreichischer Gesundheitsminister«, schloss Tina.

Stumm sahen sie sich an.

»Das ist eine schöne Scheiße«, brach Horowitz die Stille.

»Du sagst es«, pflichtete Sneijder ihm bei.

»Aber das ist leider noch nicht alles«, sagte Tina. »Minister Hirschs jüngerer Bruder ist ebenfalls Arzt. Sie sind zwar seit vielen Jahren zerstritten, aber der Bruder ist immerhin Vorsitzender im Bundesamt für die Zulassung von Arzneimitteln.«

Auch das noch!

Sabine schluckte. Das sah wirklich nicht gut aus. Damit bekam die Sache eine politische Komponente – was besonders Dirk van Nistelrooy nicht schmecken würde. Aber sie hatten mit den Ermittlungen begonnen, jetzt mussten sie diese auch zu Ende führen. Außerdem wurde Sabine nun klar, warum die Presse die Finger von Magdalena Engelmann und ihren haarsträubenden Anschuldigungen gelassen hatte – falls sie es denn tatsächlich bei irgendjemandem versucht hatte.

»Minister Hirsch wird nicht zufällig seit mehreren Tagen vermisst?«, stellte Sneijder nun die Frage, die sie alle am meisten interessierte.

»Wie befürchtet rücken weder das österreichische Bundeskanzleramt noch das Gesundheitsministerium Informationen heraus, aber über Ihren Kontaktmann bin ich an die Daten seines Terminkalenders gekommen. Im Moment ist der Minister gerade in Wien.«

Sneijder zog eine Augenbraue hoch. »*Goed, goed.*« Er griff zum Handy und wählte eine Kurzwahl, die auch Sabine mittlerweile vertraut war. Dirk van Nistelrooys Sekretärin. Sneijder ließ sie nicht zu Wort kommen. »Maarten hier, ich brauche vier Flüge nach Wien. Nein, das ist zu früh …« Er blickte auf die Uhr. »… sagen wir in zwei bis drei Stunden. Gut.« Er legte auf.

»Also wieder packen«, seufzte Tina, doch da kam die nächste Überraschung.

»Nein, Martinelli, *Sie* brauche ich hier«, sagte Sneijder. »Ich möchte, dass Sie und Horowitz das Gespräch auswerten, das Taborsky mit der Nonne geführt hat, und uns über alle neuen Erkenntnisse unterrichten.« Er sah zu Horowitz. »Ist das okay?«

Dieser nickte. »Du weißt, wie sehr ich Flüge hasse.«

»*Goed.*« Sneijder sah Tina an. »Außerdem – falls Minister Hirsch gar nicht das fünfte Opfer sein sollte – brauche ich ein funktionierendes Team vor Ort, das sofort reisefertig ist.«

»Okay«, fügte sich Tina.

Horowitz leerte den Becher mit seinem Kakao-Honig-Gemisch, knüllte ihn zusammen und warf ihn in den Mülleimer. »Meine Damen und Herren ...« Er fuhr mit seinem Rollstuhl zurück und wendete. »... ich fange schon mal an.«

Sneijder nickte, und Horowitz rollte zur Drehtür.

»Sie sagten: *Vier* Tickets!«, hakte Sabine nach und sah sich unter den verbliebenen Personen um. »Für wen sind die?«

»Für mich, Krzysztof, Sie und ...«, antwortete Sneijder.

»Ich?«, rief Krzysztof überrascht. »Du holländischer Stinkstiefel weißt genau, dass ich das Land nicht verlassen darf, solange ...«

Sneijder unterbrach Krzysztofs Protest mit einer knappen Handbewegung. »Erstens heißt es *niederländischer* Stinkstiefel ...«, er fischte ein mehrseitiges Dokument aus der Sakkotasche, das mit einer Klammer zusammengeheftet war, »... und zweitens ist das hier dein offizieller Beratervertrag.«

Krzysztof kniff die Augen zusammen und lehnte das Tablett, mit dem er die Getränke transportiert hatte, achtlos an die Hauswand. An seiner gedrungenen Körperhaltung merkte Sabine, dass er sich ziemlich unwohl fühlte. »Welcher Vertrag? Ich habe nicht vor, irgendetwas zu unterschreiben.«

»Auch nicht einen Vertrag mit dem BKA über ein beträchtliches Honorar?«

»Honorar?« Krzysztof riss Sneijder die Papiere aus der Hand

und blätterte rasch durch die Seiten, bis er schließlich einen Pfiff ausstieß.

Sneijder wandte sich zu Sabine. *Zweitausend Euro*, formte er tonlos mit den Lippen.

Sabine grinste. Das war doppelt so viel, wie Krzysztof mit seinen Medikamentenzustellungen verdiente.

»Und drittens«, ergänzte Sneijder, »befindet sich auf der letzten Seite eine Sondergenehmigung, dass du in Begleitung von BKA-Beamten ins Ausland reisen darfst.«

»Ja, schon, aber …« Krzysztofs Stimme wurde leiser. »… mein Reisepass ist lange abgelaufen.«

»Domkop«, seufzte Sneijder kopfschüttelnd, griff erneut zum Handy und wählte diesmal eine andere Kurzwahl. »Ja, Sneijder hier … ist mir egal! Hör zu! Wir brauchen einen Fotografen und einen neuen Reisepass für Krzysztof … *nee vervloekt*, nicht morgen! Sofort!« Er hörte eine Weile zu, dann unterbrach er die Verbindung, steckte das Handy weg und sah Krzysztof an. »Trakt B, dritter Stock, Zimmer achtundvierzig. Deinen alten Pass brauchst du nicht … Kämm deine Haare und verlauf dich nicht.«

Krzysztof faltete den Vertrag zusammen, stopfte ihn in seine Gesäßtasche, wischte sich mit der flachen Hand durchs Haar und grinste, sodass man seinen abgebrochenen Schneidezahn sehen konnte. Dann stellte er den Kragen seiner Lederjacke auf. »Bis später.« Er klemmte sich das leere Tablett unter den Arm und marschierte zur Drehtür.

»Was für ein Draufgänger«, seufzte Sabine, nachdem der Pole in der Kantine verschwunden war.

»Ja, er schafft es immer auf die Sonnenseite des Lebens«, sagte Sneijder. »Aber Sie werden noch feststellen, dass er als Rückendeckung, Backup oder Ass im Ärmel – wie immer Sie es nennen wollen – viel wert ist.«

In diesem Moment brummte Sneijders Handy. Er öffnete die

SMS, überflog den Text, dann blickte er auf die Uhr. »Die Flüge sind bereits reserviert«, informierte er sie. »Abflug in Frankfurt um 13 Uhr. Wir haben also noch genug Zeit.« Er massierte einen Punkt an der Schläfe. »Wir werden uns in Wien den Gesundheitsminister zur Brust nehmen. Einen offiziellen Termin bei den österreichischen Behörden können wir uns abschminken, den würden wir vermutlich frühestens in drei Monaten bekommen. Da haben wir selbst mit van Nistelrooys Sonderkonditionen keine Chance.«

»Was machen wir stattdessen?«, fragte Sabine mit einem unbehaglichen Gefühl. »Und wer ist die vierte Person auf unserem Flug?«

Sneijder sah Tina und Sabine an. »Wir brauchen einen *wirklich* guten Techniker, der darin ausgebildet ist, eine unauffällige Abhöraktion durchzuführen.«

»Sie wollen den Minister abhören?«, entfuhr es Sabine.

»Verwanzen und abhören«, präzisierte Sneijder. »Noch ist er nicht spurlos verschwunden, also möglicherweise keines von Magdalena Engelmanns potenziellen Opfern. Aber Engelmanns Komplizen – und ich bin jetzt restlos davon überzeugt, dass es mehr als einen gibt – könnten Kontakt mit ihm aufnehmen oder zumindest in seiner Nähe sein. Außerdem müssen wir herausfinden, wie sehr er in die Vorfälle im Bruggtalkloster verstrickt ist. Und diese Information wird er nicht freiwillig herausrücken, nur weil wir so hübsch aussehen.«

»Booah«, stöhnte Sabine auf, da ihr gerade klar wurde, worauf sie sich da einließen.

»Also!«, drängte Sneijder. »Wer kommt dafür infrage? Die IT-Spezialisten, die uns bisher zugearbeitet haben, haben mich eher durch ihre Trägheit und Dummheit beeindruckt.«

Sabine und Tina warfen sich einen kurzen Blick zu. »Marc Krüger!«, sagten sie wie aus einem Mund.

Sneijder hob abwehrend die Hände. »Stopp! Ich möchte jemanden im Team haben, weil er verdammt gut ist, und nicht, weil er verdammt gut aussieht.«

»So gut sieht er nun auch wieder nicht aus«, murmelte Tina.

»Außerdem ist er in der Abteilung Mobilfunkforensik der Beste, den wir kennen«, fügte Sabine hinzu. Sie hatte im Fall *Todesreigen*, als Sneijder noch suspendiert gewesen war und das BKA so viele gute Kollegen verloren hatte, auf Marc Krügers Hilfe und Wissen zurückgegriffen. »Marc ist außerordentlich intelligent und hat eine Inselbegabung als Computertechniker. Ein richtiger Nerd, der in seinem Job aufblüht …« Beinahe hätte sie gesagt *Genau wie Sie!*, sich jedoch rechtzeitig gebremst. »Außerdem denke ich, dass er kein Problem mit unseren etwas erweiterten *Sonderbefugnissen* hat«, fügte sie hinzu, indem sie Gänsefüßchen in die Luft zeichnete.

Sneijder musterte die beiden, schnippte schließlich den Joint in den Aschenbecher und knöpfte sein Sakko zu. »Von mir aus, ich sehe mir den Jungen an. Falls er wirklich so gut ist, wie Sie behaupten, ist er im Team.«

43. Kapitel

Marc Krüger saß im Vorzimmer des Verhörraums 1A und blickte durch die Spiegelwand.

In dem hell erleuchteten Zimmer hockte ein Kleinganove mit Dreadlocks, der mit Marihuana und Kokain gedealt hatte. Löchrige gesprenkelte Camouflagehose mit Seitentaschen, schwarzes Motörhead-T-Shirt, jede Menge Kettchen und Lederbänder auf den tätowierten Unterarmen und einen wackeligen Schneidezahn im blutenden Mund. Den hatte er sich selbst beinahe ausgeschlagen, als er mit dem Kopf gegen die Tischkante geknallt war – aber zum Glück hatte Marc die Szene von Anfang an gefilmt, sonst hätte sie sogar der mieseste Pflichtverteidiger wegen Polizeigewalt drangekriegt.

Das MEK hatte den Typen drei Tage lang überwacht und an diesem Morgen schließlich festgenommen. Seit zwei Stunden wurde er nun verhört und wollte nicht zugeben, dass er sich gestern Abend in Wiesbaden auf dem Blücherplatz mit einem Mann mit dunkler Kapuze getroffen hatte, der in Verdacht stand, in Hessen fünf Drogenplantagen zu führen. Leider wussten sie nicht mehr über den Kapuzenmann, der rasch abgetaucht und dem MEK entwischt war – aber sie hatten zumindest *Mister Motörhead*, der jedoch lieber versuchte, sich einen Zahn auszuschlagen, als mit ihnen redete.

Die BKA-Ermittler verließen soeben das Verhörzimmer und kamen in den Vorraum.

»Himmel, Arsch«, fluchte einer und schleuderte eine Mappe auf das Pult, an dem Marc saß. »Der macht einfach nicht den Mund auf.«

»Und blutet uns stattdessen alles voll«, knurrte ein anderer. »Machen wir eine Pause. Holt in der Zwischenzeit einen Sanitäter, der soll die Wunde versorgen. Aber seht zu, dass der Typ ihn nicht beißt.« Frustriert ließ er sich in einen Stuhl fallen.

»Sanitäter kommt in fünf Minuten«, bestätigte ein Kollege, der gerade am Telefon hing.

Marc drehte einen Kugelschreiber zwischen den Fingern. »Ich hätte da eine Idee. Kann ich mal mit dem Typ reden?«

Die Beamten sahen sich an. »Was für eine Idee?«

»Werdet ihr gleich sehen.«

Einer der Kollegen zuckte mit den Achseln. »Von mir aus. Versuch dein Glück. Du hast fünf Minuten, bis der Sani kommt. Aber lasst die Kamera mitlaufen – falls er sich noch einen Zahn ausschlägt!«

Marc knöpfte sein Hemd auf und zog es aus. Darunter trug er ein schwarzes ausgewaschenes Akte-X-T-Shirt. *Akte X* hatte zwar nichts mit *Motörhead* zu tun, aber immerhin waren sie beide Freaks – und der Typ hatte mit ihm vermutlich mehr gemein als mit den frisch rasierten und tipptopp geschniegelten BKA-Ermittlern mit Anzug, Krawatte und Stahlrahmenbrille.

Marc schnappte sich zwei flache runde Blechdosen mit dem Aufkleber *Videomaterial*, die neben dem Monitor lagen, pfiff die Kennmelodie von *Akte X* und betrat den Verhörraum.

Der Typ sah auf und wischte sich mit dem Handrücken über die blutigen Lippen. »Der nächste Wichser, der versucht, mich unter Druck zu setzen. Aber ich war nicht am Blücherplatz! Und ich habe mich nie mit einem Kerl mit Kapuze getroffen! Geht das nicht in eure verdammten Schädel rein?«

Marc setzte sich unbeeindruckt an den Tisch und breitete die Dosen mit den Videobändern vor sich aus. »Stimmt, du warst gestern Abend nicht am Blücherplatz, Lemmy.«

»Ich heiße nicht Lemmy.«

Marc ließ den Blick nur kurz über das Motörhead-T-Shirt wandern. »Hör zu, Lemmy. Du kannst gehen. Die Drogenfahndung hat nichts mehr mit dir zu schaffen.«

»Okay.« Der Typ grinste mit blutverschmierten Zähnen und streckte selbstbewusst das Rückgrat durch. »Und was hat zu diesem plötzlichen Sinneswandel geführt? Geht euch der Arsch auf Grundeis, weil *ihr* mir einen Zahn ausgeschlagen habt?«

Marc schüttelte den Kopf, dann fuhr er sich über den blonden Dreitagebart. »Wir würden dich ja noch gern weiter verhören, aber du kommst in einen anderen Trakt des BKA. Die Mordgruppe wird sich ab jetzt mit dir befassen.«

Das Gesicht des Typen gefror. »Die Mordgruppe?«

Marc klopfte auf die Videobänder. »Wir haben soeben erfahren, dass dich die Verkehrskameras gestern Abend in der Tannhäuserstraße gefilmt haben. Das ist fünf Kilometer vom Blücherplatz entfernt. Und du kannst ja nicht zur selben Zeit an zwei Orten gewesen sein.«

»Okay …« Der Typ schien etwas verunsichert, grinste aber immer noch zufrieden.

Wiege den verlogenen Mistkerl zuerst in Sicherheit, dachte Marc, *danach lass diese Sicherheit langsam zerbröckeln.*

»Und warum die Mordgruppe?«, fragte der Typ dann.

Marc hob die Schultern. »Dazu kann ich nichts sagen. Ich weiß nur, dass es in der Tannhäuserstraße gestern Abend einen Mord gegeben hat – Mann mit eingeschlagenem Schädel – in dem Haus, aus dem du gekommen bist. Anscheinend gab es einen Streit …« Marc deutete auf den ausgeschlagenen Zahn. »… und im Affekt hast du ihn dann wahrscheinlich erledigt.«

»Was?«, brüllte der Knilch. »Ich habe keinen ermordet! Ich hab mir den Zahn selbst ausgeschlagen! Das habt ihr doch alle gesehen! Außerdem war ich gar nicht in dieser verfickten Straße!«

»Ist mir egal, Lemmy«, sagte Marc. »Ich wollte dir nur sagen, dass dich die Mordgruppe jetzt in die Mangel nimmt. Sorry. Worum ging es da eigentlich? Um Drogen? Hast du dem Kerl verschnittene Ware verkauft, und dann ist er ausgerastet?«

»Was?« Er sprang auf. Roter Speichel flog aus seinem Mund. »Ich war gar nicht dort!«

»Lemmy, beruhig dich wieder!«, sagte Marc. »Die Verkehrskameras zeigen, wie du kurz nach dem Gebrüll, das die Nachbarn gehört haben, durch die Tür des Wohnhauses auf die Straße gerannt bist.«

»Wann verflucht?«

»Kurz nach acht.«

»Das war ich nicht!«

»Doch! Die Aufnahmen zeigen dich zwar nur von hinten, aber ich muss zugeben, du bist eindeutig darauf zu sehen, wie du …«

»Zu dieser Zeit war ich am Blücherplatz!«

»Komm schon, Lemmy.« Marc lächelte nachsichtig. »Die ganze Zeit hast du geleugnet, dort gewesen zu sein, und jetzt auf einmal behauptest du es. Wer soll dir das glauben? Die Kollegen von der Mordgruppe jedenfalls nicht.«

»Ich habe einen Zeugen!«

»Ist mir egal«, sagte Marc. »Pack dein Zeug und komm mit, ich bringe dich …«

»Jaspers kann das bestätigen. Um acht habe ich mich mit …« Er verstummte.

Jaspers also! Der Cleverste bist du ja nicht gerade. Zufrieden wandte Marc den Kopf zum Spiegel. Bestimmt griffen im Moment alle Kollegen hinter der Glaswand zum Handy und begannen eifrig zu telefonieren.

»Scheiße!«, brüllte der Typ plötzlich los. »Das war ein Fake! In Wahrheit hat mich gar keine Kamera gefilmt, oder?«

Marc öffnete eine der Blechdosen und schob sie über den Tisch. »Ein Bonbon?«, fragte er.

In der Dose befanden sich nur Süßigkeiten.

Marc ignorierte den tobenden Kerl hinter sich, verließ mit seinen Blechdosen in der Hand den Verhörraum und betrat wieder das Vorzimmer.

Niemand von seinen Kollegen empfing ihn mit Schulterklopfen oder lobenden Worten. Wie er geahnt hatte, telefonierten bereits alle hektisch, um diesen Jaspers zu finden. Bloß ein Mann, der vorher noch nicht da gewesen war, stand völlig reglos inmitten des Trubels, gänzlich unbeeindruckt von der Hektik um ihn herum. Er war hochgewachsen und trug einen dunklen Anzug. Das Licht der Deckenlampe spiegelte sich in seiner Glatze.

»Nicht schlecht«, sagte der Mann in einem niederländischen Akzent.

Automatisch schlug Marcs Herz schneller. *Das ist doch nicht etwa …?*

»Nicht schlecht«, wiederholte der Mann. »Bezichtige jemanden einer schwerwiegenden Tat, dann wird er ein kleineres Vergehen freiwillig zugeben, um den Kopf aus der Schlinge zu ziehen. Hätte aus meinem Kurs stammen können.«

»Stammt aus Ihrem Kurs«, gab Marc zu.

»Sie wissen, wer ich bin?«, fragte der Mann.

»In diesem Gebäude weiß jeder, wer Sie sind.«

Für einen Moment huschte ein kaltes Lächeln über die Gesichtszüge des Niederländers.

Mann, aus der Nähe betrachtet wirkt Sneijder noch kälter und gruseliger als im Hörsaal, dachte Marc. Ab und zu, wenn er mittags Pause hatte, ging er statt zu essen rüber zur Akademie, schwindelte sich als »Gasthörer« in einen von Sneijders Vorträgen und setzte sich für eine halbe Stunde in die letzte Reihe, um zuzuhören. »Was führt Sie zu uns?«, fragte Marc.

Sneijder fixierte ihn. »Ich stelle ein Team zusammen.«

»Ja, davon hab ich gehört«, murmelte Marc. »Ist ziemlich ungewöhnlich, dass ausgerechnet Sie …«

»Können wir in Ruhe reden?«, unterbrach Sneijder ihn.

Marc nickte zur Tür. »Klar.«

Sie verließen den Raum und traten in den Korridor. Bis auf das Surren von Belüftung und Klimaanlage und das Lachen aus einem der anderen Räume war nichts zu hören.

»Ich brauche jemanden, der bereit ist, mir im Ausland, wo wir keine Befugnis haben, – sagen wir mal – nicht ganz legale technische Unterstützung zu leisten«, begann Sneijder.

Marc schluckte, sein Mund wurde trocken. »Und an wen haben Sie da gedacht?«

»Sie sind IT- und Abhörspezialist?«

»Ja, von wem wissen Sie das?«

»Von Sabine Nemez.«

Marc spürte, wie seine Augen einen Moment lang wie Kerzen auf einem Christbaum leuchteten, was Sneijder garantiert bemerkt hatte, dann kriegte er sich wieder ein. »Wann soll es losgehen?«, fragte er vorsichtig.

»Nicht so schnell«, bremste Sneijder ihn ein. »Vorher gibt es einen Aufnahmetest.«

»Klar.« Marc verschränkte die Hände hinter dem Rücken. Alle im Haus wussten, dass Sneijder nicht mit jedem zusammenarbeitete. Dass Sneijder mal in Betracht ziehen würde, ausgerechnet seine Dienste in Anspruch zu nehmen, damit hätte er nie gerechnet – oder dass der überhaupt wusste, dass Marc existierte. »Und worum geht es bei diesem Test?«

»Machen Sie sich keine Sorgen, es geht nur darum, wie Sie sich in bestimmen Situationen verhalten würden.«

Marc nickte. »Sie sagten, es sei eine *nicht ganz* legale Aktion.«

»Hätten Sie ein Problem damit?«

Marc schüttelte den Kopf. »Wenn wir dadurch ein Verbrechen aufklären können.«

»Gut, ich will nämlich den österreichischen Gesundheitsminister abhören.«

»Oh!« Marcs Hände wurden feucht.

»Können Sie das?«, fragte Sneijder.

»Ich bin seit einem Jahr für sämtliche Installationen bei Überwachungsaufträgen des MEK zuständig. Davor habe ich in der Mobilfunkforensik Daten ausgewertet, mit denen das BKA gemeinsam mit dem Bundesamt für Verfassungsschutz drei Terroristen festnehmen und ein Terrornetz ausheben konnte, das Anschläge in Köln und Berlin geplant hatte. Davor habe ich Handypeilungen und Datenrückverfolgungen …«

Sneijder hob die Hand. »Wenn ich einen Lebenslauf gewollt hätte, hätte ich danach gefragt.«

»Alles klar.«

»Und wie sieht es mit Ihrer Bereitschaft aus, unter dem Radar von Dirk van Nistelrooy zu operieren?«

»Also …« Marc schluckte. Er hatte schon öfter von Sneijders außergewöhnlichen Methoden gehört – und von Sabine wusste er, dass Sneijder bisher keinen seiner Schützlinge je im Stich gelassen hatte. Im Gegenteil, er hatte Sabine sogar schon einige Male das Leben gerettet. Was aber auch bedeutete, dass die Arbeit mit Sneijder gerne mal gefährlich wurde. »Wenn Sie mit meinem Vorgesetzten klären, dass ich für Ihren Fall freigestellt werde, genügt mir das.«

»Und wenn nicht?«

»Ja, dann … also ich bin meinen Chefs gegenüber bisher immer loyal gewesen. Sie sollten das auf jeden Fall klären.«

»*Goed*, wenn Sie darauf bestehen.« Sneijder blickte auf die Uhr. »Das wäre in fünf Minuten geregelt. Wann wären Sie reisefertig?«

Marc holte tief Luft. »Also, der vorherige Fall ist für mich soeben erledigt, also eigentlich gleich – aber wann findet denn der Test statt?«

»Das war der Test«, sagte Sneijder. »Packen Sie Ihren Koffer. Unser Flug startet um 13 Uhr in Frankfurt.«

44. Kapitel

Um 15 Uhr landeten sie mit ein wenig Verspätung in Wien Schwechat. Bis auf Marc, der einen Rollkoffer mit seinem Equipment bei sich führte, waren sie alle nur mit Handgepäck unterwegs.

Während Sneijder und Krzysztof auf die Toilette gingen, wartete Sabine mit Marc beim Gepäckband Nummer drei auf Marcs Koffer.

Bisher hatte sie noch keine Gelegenheit gefunden, ungestört mit ihm zu sprechen, aber jetzt waren sie endlich mal allein. »Gut, dass du Zeit hast und dabei bist«, begann sie das Gespräch.

Lässig stand er neben dem Gepäckband und wartete darauf, dass es sich in Bewegung setzte. »Klar.« Dann verstummte er wieder, und ein irgendwie peinliches Schweigen setzte ein.

Marc war einen Kopf größer als sie, was keine Kunst war, und ein Jahr älter, sah aber mit seinem blonden Stoppelbart, dem schmalen Gesicht und den widerspenstigen blonden Naturwellen jünger aus. Er trug Jeans, schwarze Schnürschuhe, ein weißes kurzärmeliges Hemd und darunter ein T-Shirt. Sabine sah den Teil eines Schriftzugs darauf; *Star Wars*, *Star Trek* oder irgendetwas in der Art.

»Danke, dass du mich Sneijder empfohlen hast«, schien er nun endlich seine Sprache wiederzufinden.

»Bedank dich lieber nicht zu früh – außerdem war es streng genommen meine *und* Tinas Empfehlung.«

»Martinelli?«, fragte Marc. »Die Schwarzhaarige mit den …« Er fuhr mit den Fingern vor seinem Gesicht herum, und sie bemerkte, wie sich sein Bizeps unter dem Hemd spannte.

»… Tattoos und den Piercings im Gesicht, ja«, sagte sie.

»Warum ist sie eigentlich nicht mitgekommen?«

»Ist in Wiesbaden geblieben und wertet mit Horowitz ein Verhör mit unserer Tatverdächtigen aus.« Dann erklärte sie ihm mit knappen Worten, worum es bei diesem Fall ging. Wobei sie feststellte, dass Marc eigentlich schon bestens informiert war. Sneijder hatte ihm vor dem Abflug einen Datenstick mit sämtlichen Ermittlungsunterlagen gegeben, die sich Marc während des Flugs auf seinem Notebook angesehen hatte – zwanzig Reihen hinter ihr, wo er mit Krzysztof gesessen hatte.

»Warum hast du eigentlich so rasch zugesagt mitzumachen?«, fragte sie schließlich.

Marc überlegte nicht lange. Seine blauen Augen blitzten auf. »Am effizientesten arbeitet man dann, wenn man für jemanden arbeitet, der effizient an eine Sache herangeht, richtig?«

Sabine verzog das Gesicht. »Das ist ein Argument.«

Er grinste. »*Erster Kriminalhauptkommissar Marc Krüger.*« Er deutete auf ein imaginäres Namensschild auf seiner Brust.

Träum weiter! Bis dahin würde noch viel Zeit vergehen. »Warum schreibt sich Marc eigentlich mit C und nicht mit K?« Das hatte sie sich schon lange gefragt.

Kommentarlos zog Marc sein Handy aus der Tasche, scrollte durch die Playlist und betätigte eine Taste. Im nächsten Moment hörte sie einen Oldie aus den frühen 80er-Jahren.

Sometimes, I feel I've got to … tom-tom … run away.

Marc drehte die Lautstärke etwas nach oben. Einige der anderen Wartenden sahen zu ihnen herüber. »Marc Almond. Meine Mutter war ein Fan von Soft Cell«, erklärte er. »*Tainted Love.* Sie hat behauptet, ich wurde während eines Livekonzerts zu diesem Song …«

»Was? Geboren?«, fragte Sabine.

»Nein, gezeugt. Sie …«

»Danke. Genug Information.« Sie sah sich um. »Schalt das wieder aus!«, zischte sie.

Zwei bewaffnete Beamte der Wiener Flughafenpolizei gingen mit einem Spürhund an ihnen vorbei.

Marc steckte das Handy weg. »Hast du nicht Verwandte in Österreich oder so?« Allmählich schien er aufzutauen.

»Willst du mich verarschen? In München«, stellte sie richtig. »Mein Vater, meine Schwester und meine drei Nichten. Letzten Sonntag hätte ich mit ihnen verbringen sollen, aber der Fall …« Sie zuckte mit den Achseln. »Doch das hole ich nach.«

»Mit Kino, Pizzeria und Eisdiele? Soll ich euch einen guten Film empfehlen?«

Sie lachte. »Schön wär's – und nein danke, deinen Filmgeschmack kenne ich. Ich schätze eher, es wird ein Museumsbesuch werden. Meine Nichten sind ganz wild drauf, meine Schwester verteilt nämlich Audioguides an die Besucher.«

Marc grinste. »In dem Alter war ich in jeder freien Minute im Naturhistorischen Museum, konnte nicht genug von Dinosaurierskeletten kriegen. Dachte damals, Außerirdische hätten sie ausgerottet.«

Typisch Marc! »Wäre interessant, aber die drei Orgelpfeifen wollen ständig ins Deutsche Museum, sind nur an Technik interessiert und an allem, was piept, leuchtet und knallt.«

»He!« Seine Augen strahlten.

»Du könntest doch …«, murmelte Sabine, doch da hörte sie Krzysztofs lautes Lachen hinter sich und drehte sich um. Krzysztof und Sneijder kamen aus Richtung der Toiletten auf sie zu.

»Hat dieser Krzysztof nicht mal wegen mehrfachen Mordes im Knast gesessen?«, flüsterte Marc, solange die beiden noch außer Hörweite waren. »Der arbeitet doch nicht etwa auch fürs BKA?«

»Jetzt schon«, sagte Sabine.

Dann waren die beiden da. Im gleichen Moment setzte sich das Gepäckband ruckelnd in Bewegung.

»Warum trägst du immer wieder denselben Anzug?«, fragte Krzysztof.

»Es ist nicht *derselbe* Anzug«, antwortete Sneijder genervt und wischte sich mit den noch nassen Fingern über die Augenbraue.

»Aber deine Anzüge sehen alle gleich aus«, beharrte Krzysztof. »Wie viele hast du davon?«

»Neun.«

»Neun?«, wiederholte Krzysztof. »Was kostet einer?«

»Sind maßgefertigt von *Steenweg en Zonen* aus Rotterdam.« Mehr sagte Sneijder nicht, da er offenbar der Auffassung war, dass dies als Antwort genügte.

»Und warum sehen die alle gleich aus?«, bohrte Krzysztof weiter.

»Mann, du nervst!«, rief Sneijder. Am liebsten hätte er sich jetzt vermutlich einen Joint angezündet, doch in der Gepäckhalle galt striktes Rauchverbot.

»Ja, warum eigentlich?«, fragte nun auch Sabine. Sie hatte Sneijder tatsächlich noch nie in anderer Kleidung gesehen.

Auch Marc blickte ihn neugierig an.

»Na schön«, seufzte Sneijder. »Vielleicht lernen Sie ja etwas dabei. Dadurch, dass sie sich nicht jeden Morgen vor dem Kleiderschrank das Hirn über die Klamottenfrage zermartern müssen, erleichtern sich kluge Menschen wie ich das Leben.«

»Ich muss mich bloß zwischen einem Sherlock-Holmes-, Twin-Peaks- oder Akte-X-T-Shirt entscheiden«, warf Marc ein.

»Oder Star Trek«, fügte Sabine hinzu.

»Star *Wars*«, korrigierte er sie.

»Sehen Sie – ich nicht!« Sneijder deutete mit dem Finger auf ihn. »Das menschliche Gehirn verarbeitet jeden Tag über achtzig Gigabyte an Informationen – das sind knapp zehn DVDs Datenmaterial. Früher dachten wir, wir könnten uns auf bis zu neun Dinge gleichzeitig konzentrieren. Heute wissen wir, dass alles, was über drei Dinge hinausgeht, auf Kosten der Hirnleistung geht.«

»Sind Sie nicht multitaskingfähig?«, ätzte Sabine.

»Witzig, Nemez!« Nun deutete Sneijder auf sie. »Multitaskingfähigkeit ist eine Illusion. Das menschliche Gehirn kann – ähnlich dem Computer – nur ein paar Sachen gleichzeitig machen. Dabei springt die Konzentration abwechselnd zwischen den einzelnen Tätigkeiten hin und her, wodurch Leistung verloren geht. Während andere die tägliche Entscheidung über die Wahl des Outfits fällen, so wie Sie, bleibt mir ohne Ablenkung mehr Kapazität für die wirklich wichtigen Entscheidungen des Lebens.« Er deutete zum Gepäckband. »Unser Koffer kommt. Gehen wir!«

Während Marc seinen hohen schwarzen Hartschalentrolley vom Band hob, war Sneijder bereits auf dem Weg Richtung Ausgang. Da läutete sein Handy, er ging ran, hielt sich das andere Ohr mit dem Finger zu und sprach eine Weile mit gedämpfter Stimme.

Zehn Minuten später hatten sie sich durch das Gewühl der Menschen aus der Halle gedrängt und standen nun vor dem Ausgang im Freien vor einer Reihe von Taxis. Sneijder winkte einen lang gezogenen schwarzen 8-Sitzer ohne Taxischild herbei, der sogleich den Blinker setzte und zu ihnen fuhr.

»Von Martinelli habe ich soeben erfahren, dass Minister Ulrich Hirsch ab 16.30 Uhr im Wiener Dorotheum ist«, erklärte er. »Ein privater Termin. Er will im Auktionshaus ein Exponat für seine Villa ersteigern.«

Der schwarze Van, ein Mercedes mit hinten verspiegelten Scheiben, hielt vor ihnen und der Fahrer stieg aus. Er war jung, blond, frisch rasiert, trug Anzughose, schwarzes Hemd und weiße Hosenträger. Auf Sneijders Wunsch hin hob er Marcs Trolley nicht in den Kofferraum, sondern legte ihn auf die Rückbank.

»Oliveira, ein befreundeter Kollege, hat uns einen Dienstwagen zur Verfügung gestellt«, erklärte Sneijder den anderen, die offenbar genauso wie Sabine damit gerechnet hatten, dass sie mit einem Taxi fahren würden.

»Sie haben *Freunde*?«, fragte sie spitz.

»Beim österreichischen Verfassungsschutz, und zwar auf direkte Anweisung von höchster Ebene aus dem Innenministerium«, ergänzte ihr junger Chauffeur grinsend. »Ich nehme an, Sie sind die Gäste aus …«

»Ja, sind wir«, unterbrach Sneijder ihn. »Und verschonen Sie uns mit Small Talk, dafür bekommen Sie von meiner Kollegin ein Extratrinkgeld.« Er deutete zu Sabine.

»Okay, danke.« Der Fahrer sah sie überrascht an. »Kommen Sie alle aus den Niederlanden?«

»Ich sagte: Keinen Small Talk!«

»Ist ja in Ordnung. Sie sind der Chef! Der Wagen gehört den Rest des Tages Ihnen. Wohin soll es gehen?«

»Als Erstes zum Dorotheum«, erklärte Sneijder.

»In welche Filiale?«

»Was?« Sneijder dachte kurz nach. »Dort, wo heute um 16.30 Uhr eine Versteigerung stattfindet.«

»Aha, im Hauptgebäude.«

Nachdem der Fahrer nickend in den Wagen gestiegen war, beugte sich Sneijder zu Marc. »Sie bleiben während dieser Aktion mit Ihrem Equipment im Wagen. Bereiten Sie während der Fahrt alles vor, damit ich den Minister verwanzen kann. Ein unauffälliges Mikro mit Sender und winziger Batterie als Stromquelle, das auf Stoff haften bleibt.«

»Alles klar.«

Dann stiegen sie ein und fuhren los.

Fünfunddreißig Minuten später erreichten sie ihr Ziel. Das Auktionshaus befand sich in der Dorotheergasse in der Wiener Innenstadt in der Nähe des Stephansdoms: ein mehrstöckiger grauer Altbau mit großem Torbogen als Eingang, neben dem links und rechts die roten Dorotheum-Fahnen im lauen Nachmittagswind flatterten.

Ihr Chauffeur fuhr los, um einen Parkplatz zu suchen, inzwischen betraten Sneijder, Krzysztof und Sabine das Gebäude. Marc war im Auto beschäftigt.

Meine Güte, dachte Sabine. Die Eingangshalle sah mit den zahlreichen Marmorsäulen, den Kronleuchtern und dem Treppenaufgang so prunkvoll wie bei einem Staatsempfang aus.

Während Krzysztof telefonierte, meldete Sneijder sie im Foyer an, sodass sie an der Auktion teilnehmen konnten. Indessen suchte Sabine mit ihrem Handy im Internet nach einem Foto des Ministers. Auf der Webseite des Bundeskanzleramts fand sie schließlich eine aktuelle Aufnahme von Univ.-Prof. Dr. Ulrich Hirsch, Bundesminister für Arbeit, Soziales, Gesundheit und Konsumentenschutz. Der Mann war knapp siebzig, sah aber im schwarzen Anzug, mit roter Krawatte, grauem Haarkranz und schmaler roter Lesebrille viel jünger, sportlich und zudem außerordentlich sympathisch aus.

Schließlich kam Sneijder zu ihnen und reichte Krzysztof und ihr jeweils eine Eintrittskarte. »Es beginnt gleich, wir sind registriert.« Er selbst hatte außerdem noch eine weiße Plastikkarte mit der Bieternummer 70. Dann drückte er Krzysztof einen zusammengerollten Katalog in die Hand, in dem sich die Beschreibung der Exponate befand, die an diesem Tag versteigert wurden. »Ruf Martinelli an und versucht herauszufinden, woran Hirsch interessiert ist.«

»Habe ich schon«, murmelte Krzysztof, während er durch den Katalog blätterte. »Hier ist es! Ein mannshohes Ölgemälde. Heißt *Die Pestsäule*. Ist das hässlich! Von der Künstlerin Madeleine Bohmann. Starb vor einigen Jahren bei einem tragischen Zwischenfall am Kahlenberg in der Nähe einer Mühle.«

»Erspar mir die Details. Wann ist das Gemälde dran?«

»Das Exponat hat die Nummer fünf.«

»*Verdomme*, dann bleibt uns nicht mehr viel Zeit.«

Sabine zeigte Sneijder das Foto von Minister Hirsch auf ihrem Handy. »So sieht er aus.«

Sneijder prägte sich das Bild ein, dann senkte er die Stimme. »Selbst ohne Foto hätten wir ihn rasch gefunden.« Er nickte zum Eingang.

Soeben betrat ein Mann im eleganten Dreiteiler das Foyer; seine zwei Begleiter hatten jeweils ein verkabeltes Mikrofon im Ohr und auffällig breite Schultern.

»Krzysztof, du wartest vor dem Eingang des Auktionssaals«, sagte Sneijder. »Nemez, Sie bleiben in meiner Nähe. Ich hefte mich an Hirschs Fersen.« Er setzte sich in Bewegung.

Der lang gezogene Auktionssaal verfügte über hohe Fenster und eine Decke aus kunstvoller Stuckatur. Am anderen Ende des Saals erstreckte sich ein Podium über die gesamte Breitseite, und in der Mitte waren etwa hundertfünfzig Stühle für die Besucher aufgestellt. Links saßen einige Damen hinter Computermonitoren, die vermutlich für die finanzielle Abwicklung zuständig waren, und auf der anderen Seite mehr als doppelt so viele Personen an Telefonapparaten, vermutlich im Haus angestellte Makler, die mit Telefonbietern in Kontakt standen. Stühle rückten über das Parkett, Leute hüstelten, und es herrschte eine überaus geschäftige Atmosphäre.

Minister Hirsch zwängte sich mit seinen beiden Leibwächtern zwischen den Stühlen in die vorletzte Reihe. Indessen drängte sich Sneijder von der anderen Seite kommend in dieselbe Reihe und nahm neben Hirsch Platz. Sabine setzte sich hinter Hirsch, sodass Sneijder sie aus dem Augenwinkel sehen konnte.

Pünktlich um 16.30 Uhr ertönte ein Gong, es wurde ruhig im

Saal, und nach einer kurzen Ansprache der Leiterin wurde die Auktion eröffnet.

Da laut Katalog etwa vierzig Exponate auf dem Programm standen, wurde die Versteigerung zügig durchgeführt. Nach zwei Pop-Art-Gemälden und zwei ziemlich hässlichen Skulpturen wurde das nächste Objekt angekündigt.

»Wir fahren fort mit dem Exponat 3864, römisch zwei B, Nummer 5, aus Madeleine Bohmanns Nachlass: *Die Pestsäule*, Öl auf Leinwand.« Während die Auktionsleiterin ein paar biografische Details über die Künstlerin abspulte, rollten zwei Helfer ein Gestell mit dem Gemälde in den Saal.

Sabine konnte es gar nicht fassen. *Was für ein düsteres, bedrückendes und hässliches Gekleckse!*

»Entsprechend dreier unabhängiger Gutachten und eines Zertifikats des Körner-Instituts«, las die Leiterin von ihrem Tablet vor, »liegt der Schätzwert, den das Gemälde zurzeit auf dem internationalen Markt bringen würde, zwischen 30 000 und 40 000 Euro. Der Rufpreis wurde auf 20 000 Euro festgelegt. Wir haben fünf telefonische Mitbieter und drei schriftliche Kaufaufträge.«

Sneijder beugte sich zu Hirsch. »Und, aufgeregt?«

Hirsch betrachtete ihn mit gerunzelter Stirn. »Kennen wir uns?«

Statt eine Antwort zu geben, zeigte Sneijder seinen BKA-Ausweis her, den er schon die ganze Zeit in der Hand hielt. Hirsch blickte zu seinem Leibwächter, der zunächst den Ausweis, dann Sneijder mit stoischer Ruhe von oben bis unten betrachtete. Ehe der Schrank eingreifen konnte, hob Hirsch den Finger mit einer knappen Geste.

»Schon gut«, sagte der Minister und wandte sich an Sneijder. »Was wollen Sie von mir?«

Sneijder ließ sich mit der Antwort Zeit.

»Durch mehrere Höchstgebote ist der Preis bereits auf

41 000 Euro angesteigert worden«, sagte die Auktionsleiterin in der Zwischenzeit. »Ihre Gebote.« Eine Hand ging vorn hoch. »42 000 Euro, die Dame in der zweiten Reihe …«

»Ich möchte mit Ihnen reden«, sagte Sneijder schließlich.

Hirsch ignorierte Sneijders Wunsch und blickte nach vorn. »Nicht jetzt, ich möchte dieses Gemälde ersteigern, machen Sie einen Termin mit meiner Sekretärin aus«, zischte er, ohne den Blick von der Auktionsleiterin zu nehmen.

»Es ist wichtig, wir müssen *jetzt* sprechen«, beharrte Sneijder. »Ihr Leben könnte in Gefahr sein.«

Der Minister blickte seine Leibwächter irritiert an. »Davon ist im Ministerium nichts bekannt.«

»Jetzt schon, ich habe Sie gerade darüber informiert.«

Eine Dame aus der vorderen Reihe drehte sich um und zischte nach hinten. »Ruhe!«

»Wollen Sie uns bitte einen Gefallen tun, gnädige Dame?«, fragte Sneijder höflich. »Ja? Setzen Sie sich vorn hin, dann stören Sie unser Gespräch nicht.«

Die Dame drehte sich entrüstet um.

Mittlerweile ließen die Gebote nach, und das Höchstgebot lag bei 48 000 Euro.

»48 000 Euro zum ersten …«, sagte die Auktionsleiterin.

Hirsch hob die Hand.

»49 000 Euro, der Herr in der vorletzten Reihe, Bieter Nummer zwölf.«

Hirsch wandte sich an Sneijder. »Wir haben nichts zu besprechen, und jetzt entschuldigen Sie mich bitte.«

»49 000 Euro zum ersten, zum zweiten und zum …«

Sneijder hob die Hand.

»50 000 Euro, der Herr in der vorletzten Reihe, Bieter Nummer siebzig.«

Hirsch fuhr herum. »Sind Sie verrückt?«

Sneijder sah ihn entschuldigend an. »Ein Reflex. Was ist mit den Neugeborenen im Kloster Bruggtal geschehen?«

Bevor Sneijder den Zuschlag für das Gemälde erhalten konnte, fuhr Hirschs Hand rasch nach oben.

»52 000 Euro, Bieter Nummer zwölf.«

»Was ist mit den Neugeborenen passiert?«, fragte Sneijder.

»Woher soll ich das wissen?«, zischte Hirsch genervt. »Ich habe keine Ahnung, was damals geschehen ist.«

»Ich habe nie behauptet, dass es sich um *damalige* Geschehnisse gehandelt hat«, sagte Sneijder ruhig.

Hirsch knurrte etwas Unverständliches.

»52 000 Euro zum ersten, zum zweiten und zum …«

Sneijder hob die Hand.

»54 000 Euro, Bieter Nummer siebzig.«

»Wollen Sie mich verarschen?«, presste Hirsch hervor.

»Sie wissen, worum es geht«, stellte Sneijder fest. »Ich muss mit Ihnen über die Vorkommnisse im Ursulinenkloster Ende der 70er- und Anfang der 80er-Jahre sprechen.«

Hirschs Hand fuhr in die Höhe, woraufhin er das höchste Gebot mit 56 000 Euro hielt. »Nein«, knurrte er.

Diesmal fackelte Sneijder gar nicht lange herum, hob seine Bieterkarte und rief nach vorn. »60 000 Euro!«

Ein Raunen ging durch den Saal.

Sabine sah, wie Hirschs Schlagadern deutlich pochend hervortraten. »Was soll diese Scheiße? Haben Sie überhaupt so viel Geld?«

»Ich nicht, aber das deutsche Bundeskriminalamt.«

»Und Sie können einfach so mit jeder Menge Steuergeldern um sich werfen?«

»Sie wollen das Gemälde, und ich möchte ein Gespräch mit Ihnen – Sie sind es, der den Preis nach oben treibt, nicht ich«, antwortete Sneijder berechnend.

»Lecken Sie mich am Allerwertesten!«, zischte Hirsch und hob die Hand.

»62 000 Euro, Bieter Nummer zwölf.«

Sneijder wollte die Hand erneut heben, doch Hirsch packte sie, ehe Sneijder die Karte nach oben bekam. »Okay, ich rede mit Ihnen. Inoffiziell. Nur unter vier Augen, und ohne dass unser Gespräch aufgezeichnet wird. Fünf Minuten! Länger nicht. Danach sehen wir uns nie wieder, haben Sie verstanden? Falls doch, werde ich abstreiten, je mit Ihnen gesprochen zu haben.«

»Nein«, sagte Sneijder und hob die andere Hand. »70 000 Euro!«, rief er nach vorn.

Wieder ging ein Raunen durch den Saal.

»Sie verfluchter Dreckskerl!«, presste Hirsch mit zornesrotem Kopf hervor. Seine Faust ballte sich.

Die beiden Leibwächter wurden ebenfalls unruhig. »Sollen wir eingreifen?«, flüsterte einer von ihnen.

»Falls Sie riskieren wollen, eine laufende Ermittlung zu behindern«, sagte Sabine von hinten.

Die Männer wandten sich zu ihr um.

Indessen drehte sich Sneijder auf dem Stuhl herum und sah Hirsch mit kühlem Blick an. »Wir reden so lange, bis ich alles weiß, und meine Kollegin hinter Ihnen wird zuhören. Das sind *meine* Bedingungen. Wenn Sie damit einverstanden sind, höre ich auf zu bieten.«

Sabine sah, wie Sneijders Arm sich über die Lehne von Hirschs Stuhl legte. Während dieser fließenden Bewegung schob er ihm die Wanze unter den Kragen seines Sakkos.

Sabine hielt sich die Hand vor den Mund und hüstelte.

»Okay, der Rasende Falke ist gelandet«, ertönte Marcs blecherne Stimme in ihrem Ohrmikro. *»Ich habe Kontakt, höre alles klar und deutlich. Bekomme auch das Peilsignal vom Standort rein.«*

»70 000 Euro zum ersten, zum zweiten und zum …«

»Einverstanden!«, sagte Hirsch und riss gleichzeitig die Hand hoch.

»72 000 Euro, Bieter Nummer zwölf.«

»Aber ich möchte vorher noch einmal Ihre beiden Ausweise sehen«, verlangte Hirsch.

Sneijder und Sabine zeigten ihm ihre Ausweise, und er betrachtete sie lange und intensiv. »Einverstanden«, wiederholte er. »Sobald ich das Gemälde habe, können wir reden.«

Sneijder nickte und lehnte sich zufrieden in seinen Stuhl.

»72 000 Euro zum ersten, zum zweiten und zum …«

Sneijders Hand blieb unten.

»… dritten! Das Gemälde geht um eine Rekordsumme von 72 000 Euro an den Bieter in der vorletzten Reihe mit der Nummer zwölf.«

Der Hammer knallte auf das Podest, und das Murmeln im Saal schwoll wieder an.

»Puuuh, und ich dachte schon, wir kaufen tatsächlich dieses Gemälde als Mitbringsel aus Wien für van Nistelrooys Büro«, ertönte Marcs Stimme leicht amüsiert in Sabines Ohr.

Sie musste unwillkürlich schmunzeln, ließ jedoch ebenfalls erleichtert die angespannten Schultern sinken.

Nachdem Minister Hirsch eine Viertelstunde später die Formalitäten des Kaufs abgewickelt hatte, standen er, Sabine und Sneijder am Ende eines Korridors beim Fenster neben einem Wasserspender. Niemand sonst befand sich im Gang, und Hirschs Leibwächter warteten am anderen Ende der Etage in Blick-, aber außer Hörweite.

»Was wollen Sie wissen?«, fragte Hirsch.

»In den 70er-Jahren sind einige Dutzend Babys im Ursulinenkloster Bruggtal zur Welt gekommen. Unseren Informationen zufolge wurden die Säuglinge von Ihnen weggebracht. Wohin?«

»Woher stammt diese Information?«

»Darüber kann ich nicht sprechen. Wohin haben Sie die Babys gebracht?«

»Ich war damals ein junger Kinderarzt mit eigener Praxis in Linz. Ich kannte den Gärtner des Klosters. Er hat mich über die Geburten informiert, aber ich habe seinen Namen vergessen.«

»Walter Greims«, half Sneijder seinem Gedächtnis weiter.

Hirschs Wangen wurden rot, er schluckte. »Ja, stimmt, er heißt Walter Greims.«

»Hieß! Greims ist bereits tot. Wurde vor vier Tagen ermordet«, sagte Sneijder. »Wohin haben Sie die Babys gebracht?«

Hirschs Gesicht wurde blass. »Wissen Sie, wer ihn ermordet hat?«

»Wohin haben Sie die Babys gebracht?«, wiederholte Sneijder.

»Ja, ich weiß, ich hätte diese Vorkommnisse der Polizei melden sollen, aber ich hatte verdammt noch mal Angst.«

»Es ist mir scheißegal, ob Sie sich vor Angst angepisst haben oder nicht«, wurde Sneijder direkt. »Ich möchte wissen, wohin Sie die Babys gebracht haben!«

»Ich habe sie einem Mann übergeben, dessen Namen ich tatsächlich nie erfahren habe. Er hat sie an sich genommen.«

»Wie sah er aus? Größe? Haarfarbe? Hatte er Muttermale, Narben oder Tattoos? Welchen Akzent hatte er? Wonach hat er gerochen? Welchen Wagen fuhr er? Wo haben Sie sich getroffen? In welche Richtung ist er mit den Babys gefahren?«

»Mein Gott, das weiß ich alles nicht mehr«, presste Hirsch hervor.

»Hatte er Kontakte zu einem Pädophilenring?«, drängte Sneijder. »Wurden die Kinder im Ausland auf dem Schwarzmarkt verkauft? Gab es illegale Adoptionen? Wurden die Babys für den Organhandel gebraucht?«

»Sneijder soll dem Armleuchter endlich eine reinhauen!«, ertönte Marcs Stimme in Sabines Ohr.

Er ist kurz davor, dachte sie.

»Nein, nichts von alledem … vermute ich«, sagte Hirsch dumpf. »Ich weiß nur eines, und das müssen Sie mir glauben. Der Mann hat für ein medizintechnisches Unternehmen gearbeitet, mehr weiß ich nicht. O Gott. Ich weiß nicht, was mit den Babys geschehen ist.«

Medizintechnik!

»Das kann ich Ihnen verraten«, sagte Sneijder kalt. »Ein Jahr später wurden ihre Leichen auf dem Gelände des Klosters vergraben.«

»Herrgott im Himmel«, entfuhr es Hirsch. »Davon wusste ich nichts.«

»Wir wissen bereits, dass Sie, Herr Minister, die Kinderleichen wieder zurückgebracht haben«, sagte Sneijder leise.

»Sie sind verrückt! Das sind haltlose Unterstellungen. Ich habe Ihnen gesagt, was ich weiß, mehr können Sie von mir nicht erfahren. Und dieses Gespräch …«, er sah zu seinen Leibwächtern, »… hat nie stattgefunden.« Dann wandte er sich ab und ging.

»Das war's dann wohl«, sagte Marc.

Sabine hob das Handgelenk zum Mund, wo sie ihr Mikrofon angebracht hatte. »Scheint so«, flüsterte sie. »Hast du alles aufgenommen?«

»Ja.«

»Haben wir immer noch das Signal?«

»Ja.«

»Und wer zum Teufel ist der *Rasende Falke*?«

»Vergiss es!«

Sneijder brachte Sabines Gespräch mit einer Handbewegung zum Verstummen. »Es ist nicht bei diesem einen Mord geblieben«, rief er Hirsch mit lauter Stimme nach, doch der ging unbeeindruckt weiter. »Auf Viviane Krohner und Constance Felicitas ist ebenfalls ein Anschlag verübt worden.«

Hirsch hielt einen Moment lang in der Bewegung inne. Anscheinend hatte er die Hebamme und die Priorin des Klosters gekannt. Aber trotzdem ging er im nächsten Moment wieder weiter.

»Sie sind in Gefahr!«, rief Sneijder ihm nach. »Sie brauchen einen besseren Personenschutz. Dieser wird nicht reichen!«

Hirsch wandte sich kurz um. »Danke für die Warnung. Aber ich *habe* ausreichend Personenschutz. Lassen Sie mich in Ruhe!« Er trat zu seinen Leibwächtern, die ihn in ihre Mitte nahmen und mit ihm über die Treppe nach unten verschwanden.

Sabine sah ihm nach. »Das vorhin bei der Auktion hätte ordentlich in die Hose gehen können«, bemerkte sie. »Falls Hirsch Sie kein weiteres Mal überboten hätte, besäße das BKA jetzt ein scheußliches Gemälde für 70 000 Euro.«

»Glauben Sie tatsächlich, dass ich so unvorsichtig mit Steuergeldern umgehe?« Sneijder setzte sein Leichenhallenlächeln auf. »Martinelli hat mir zuvor übers Telefon den aktuellen Stand von Hirschs Privatkonto bei der Vienna Capital Bank genannt.«

»Mit van Nistelrooys Sonderbefugnis?«

Sneijder nickte. »Dort liegen über 600 000 Euro, und er hat die Malerin gekannt. Ich hätte bis 78 000 mitgesteigert.« Sein Lächeln verschwand. »Haben wir das Gespräch aufgezeichnet?«

»Ja, und das Signal ist klar und deutlich«, antwortete sie.

Sneijder atmete erleichtert auf. »Gut, wenigstens das. Die Saat ist gesät. Heften wir uns an seine Fersen.«

Die Saat für unseren Untergang, ergänzte Sabine in Gedanken. Wenn diese illegale Abhöraktion bekannt wurde, würden österreichisches BKA und Innenministerium sich wegen Verletzung der staatlichen Souveränität mit Dirk van Nistelrooy in Verbindung setzen. Dann hätte Sneijder ein Disziplinarverfahren mit einer Androhung von bis zu fünf Jahren Freiheitsstrafe am Hals. *Aber dafür gibt es eine einfache Lösung*, dachte Sabine.

Sie mussten eben ganz vorsichtig sein!

45. Kapitel

Sie trafen sich mit Krzysztof und gingen zum Treppenabsatz, der ins untere Stockwerk direkt ins Foyer führte. Dort blieb Sneijder stehen.

»Laufen Sie zu unserem Van und folgen Sie Hirsch. Krzysztof begleitet Sie«, befahl Sneijder, während er eine SMS in sein Handy tippte. »Von Martinelli wissen wir, dass er heute keine weiteren Termine im Amt hat. Ich nehme an, er fährt heim in die Straßergasse nach Grinzing, eine Villengegend im Nordwesten Wiens. Den Rest müssen Sie selbst rausfinden.«

»Sie kommen nicht mit?«, fragte Sabine überrascht.

»Ich bleibe hier und versuche über den Verfassungsschutz einen angemessenen Personenschutz für Hirsch zu organisieren.«

»Viel Glück.« Sabine rannte los, die Treppe hinunter und durch das Foyer ins Freie. Krzysztof folgte ihr. Draußen empfing sie die warme Abendluft. Von Hirsch und seinem Personenschutz war nichts zu sehen. Da fuhr eine schwarze Limousine mit hinten verspiegelten Scheiben langsam an ihnen vorbei. Laut Kennzeichen war es ein Wagen der Bundesregierung.

»Marc, wo steht unser Van?«, rief Sabine in ihr Mikrofon am Ärmel.

Marc lotste sie über Funk nach links in die zweite Seitengasse, wo ihr Wagen vor einem Blumenladen parkte.

Da Marc die komplette hintere Bank mit seinem Equipment belegt hatte, sprangen Krzysztof und Sabine hinter den Fahrer in die zweite Reihe.

»Was macht Hirsch?«, keuchte Sabine.

»Er telefoniert seit neun Minuten mit dem Innenministerium und informiert sich über den Tod von Walter Greims«, antwortete Marc, der einen großen Kopfhörer schräg über einem Ohr aufhatte und an den Reglern eines Equalizers drehte. »Dadurch, dass Greims in Wiesbaden ermordet wurde, haben die Kollegen in Wien aber noch nicht viele Informationen. Allerdings versucht Hirsch parallel auch etwas über den Skelettfund im Bruggtal herauszufinden.«

Dem geht der Arsch auf Grundeis! Bestimmt hatte er sie beinhart angelogen und wusste in Wahrheit viel mehr über die damaligen Ereignisse.

Da drehte sich ihr Chauffeur zu Sabine herum. Unschlüssig zog er an seinem Hosenträger. Neben ihm knackte der Polizeifunk in einem Gerät, das neben dem Lenkrad hing. »Es geht mich ja wirklich nichts an, aber ist das alles legal, was Sie hier treiben?«

»Machen Sie sich bitte keine Sorgen, wir sind von einer Bundesbehörde und versuchen, ein Verbrechen aufzuklären beziehungsweise ein weiteres zu verhindern. Und je weniger Sie darüber hinaus wissen, desto besser.« Sabine drehte sich wieder zu Marc. »Wohin fährt sein Wagen?«

»Richtung Nordwesten.«

»Gut, wir folgen ihm.«

»Äh … und wie soll ich …?«, stammelte ihr Chauffeur.

»Nach Grinzing, in die Straßergasse«, instruierte Sabine ihn. »Und fahren Sie vorsichtig, wir sind nicht in Eile.«

Der Van blinkte und setzte sich in Bewegung.

Nachdem sie eine Viertelstunde durch den Abendverkehr in Richtung Grinzing unterwegs waren, riss sich Marc plötzlich die Kopfhörer herunter. »Himmel, Arsch und Zwirn!«, fluchte er.

»Was?« Sabine fuhr herum.

»Die Verbindung zu Hirsch ist abgerissen. Kein Audiokontakt mehr, und das Signal ist auch weg.«

»Was heißt *weg*?«

Marc drehte an den Reglern. »Ich nehme an, dass die Funkwellen der Wanze seinen Handyempfang gestört haben. Irgendwie müssen er oder einer seiner Leibwächter das Mikrofon entdeckt und die Wanze zerstört haben.«

Fuck!

Sabine beugte sich zu ihrem Chauffeur nach vorn. »Fahren Sie weiterhin in Richtung Straßergasse.«

Dieser nickte. »Soll ich mich jetzt beeilen?«

»Wäre gut, aber keine roten Ampeln überfahren!«

Zehn Minuten später fuhren sie am Grinzinger Friedhof vorbei und bogen in die Straßergasse ein. In dieser Gegend gab es keine alten hohen Wohnbauten mehr. Die Grundstücke waren größer, die Gärten grüner, und versteckt hinter hohen Heckenreihen lagen prunkvolle Einfamilienhäuser. Leider kannten sie die Hausnummer nicht. Außerdem war es nur eine Vermutung, dass der Minister hierher unterwegs gewesen war.

»Fahren Sie langsam die Straße rauf und runter. Wir suchen eine Villa, vor der eine schwarze Limousine mit Regierungskennzeichen parkt.«

»Das könnten in dieser Gegend mehrere sein«, gab ihr Chauffeur zu bedenken und steuerte den Van langsam die Straße hinauf.

»Hier!« Krzysztof deutete in eine von Smaragdthujen gesäumte Kiesauffahrt mit Wendeplatz, hinter dem eine zweistöckige Villa mit Erkern und großzügigem Treppenaufgang lag. Zwei Balkone, eine fette Satellitenschüssel auf dem Dach und vergitterte Fenster in der unteren Etage. Auf dem Umkehrplatz stand neben einem Springbrunnen mit Marmorskulpturen eine schwarze Limousine.

Ihr Van hielt.

Sabine fotografierte das Kennzeichen und zoomte es mit dem Handy heran. »Ja, hier ist es. Bleibt im Wagen, aber parkt nicht so auffällig vor dem Haus. Falls Sneijder erfolgreich war, müsste bald

Personenschutz von der Polizei kommen. Ich gehe in der Zwischenzeit rein und versuche mit Hirsch zu reden.«

Sabine stieg aus und betrat das Grundstück. Das elektrische Tor war offen. Sie stellte sich vor eine der Videokameras und hielt ihren Ausweis einige Sekunden lang hoch, dann ging sie die Kiesauffahrt hinauf. Soviel sie erkennen konnte, saß niemand im Wagen. Die Fahrertür war abgesperrt, und von den beiden Leibwächtern fehlte jede Spur.

Sabine ging die Treppe hinauf und läutete an der Eingangstür. Ein dumpfer Gong, der Ähnlichkeiten mit Big Ben hatte, ertönte im Haus. Sabine wartete und betätigte nach einer Weile erneut die Glocke.

Schließlich hörte sie das Klappern von Stöckelschuhen auf Fliesenboden. Dann öffnete sich die Tür. Vor ihr stand eine junge Frau Mitte dreißig mit kurzen brünetten Haaren in einem eng anliegenden dunklen Hosenanzug. »Wie kann ich Ihnen helfen?«

Ist das die Tochter oder die Ehefrau?, überlegte Sabine. Jedenfalls hatte ihr Gegenüber eine sportliche Figur, wie Sabine an den definierten Formen unter der Bluse und der Hose erkennen konnte. Unwillkürlich musste sie an Janus' Ehefrau denken, die athletische Schwimmerin aus dem Nationalteam. Mit dem Unterschied, dass diese Frau keinen polnischen, sondern einen – wie Sabine vermutete – Tiroler oder Vorarlberger Dialekt hatte.

»Mein Name ist Sabine Nemez, deutsches Bundeskriminalamt Wiesbaden.« Sie zeigte ihren Ausweis. »Ich würde gern mit Minister Hirsch sprechen … Wir kennen uns bereits«, fügte sie hinzu.

»Mein Mann ist gerade erst heimgekommen. Er ist oben im Bad!« Die Frau nahm den Ausweis und betrachtete ihn. Dann strich sie sich eine Strähne hinter das Ohr. Sie war attraktiv, obwohl ein Feuermal ihre Wange zierte. »Weiß mein Mann, dass Sie zu ihm kommen?«

Sabine ging nicht auf die Frage ein. »Wir haben uns vorhin im Dorotheum unterhalten. Es ist dringend.«

Die Frau gab Sabine den Ausweis zurück. »Gut, kommen Sie herein. Mein Mann kommt gleich herunter, ich werde ihn holen.«

Sabine trat ein, und Hirschs Ehefrau führte sie durch die Halle ins Wohnzimmer. Der Raum war hell, die Fenster groß. Überall hingen düstere Gemälde, die einen Kontrast zur sonst freundlichen Atmosphäre des Hauses bildeten. Hier würde *Die Pestsäule* tatsächlich gut hineinpassen.

»Wo sind die beiden Leibwächter?«, rief Sabine der Frau nach, ehe sie über die Treppe in das obere Stockwerk verschwinden konnte.

»Nur einer davon ist der Leibwächter meines Mannes. Der andere ist sein Chauffeur. Sie sind im Garten hinter dem Haus, rauchen eine Zigarette«, rief Hirschs Frau hinunter. »Ich brauche die beiden Kerle nicht im Haus. Was soll uns hier schon passieren?«

Das dachte Janus' Vater in seinem Landhaus auch.

Sabine ging zu einem der Fenster und warf einen Blick hinaus. Von hier konnte sie einen Teil des Gartens erkennen. Hinter dem Haus befanden sich ein Pavillon und ein Swimmingpool, in dem eine rote Luftmatratze trieb. Dahinter lag ein Gewächshaus, in dem anscheinend Tomatenstauden gezogen wurden. Von den beiden Männern fehlte jede Spur.

Sabine hörte, wie oben eine Tür zuschlug und die Stimme der Frau erklang. Sabine wartete. Irgendwie war sie erleichtert, dass in der Zwischenzeit nichts passiert war. Aber wäre Magdalena Engelmann tatsächlich so leichtsinnig gewesen, einen Mordversuch auf einen bewachten Minister vorzubereiten? Vielmehr glaubte Sabine, dass sie sich auf dem Holzweg befanden. Hier in Wien würde nichts passieren. Andererseits war bisher weder von Tina noch von Horowitz ein Anruf gekommen, der sie auf eine andere Spur gebracht hätte. Wenn hier tatsächlich nichts geschah, würde der heutige Tag in einer Sackgasse enden.

Sabine sah auf die Armbanduhr. *Mann, das dauert!* Es war bereits 18.15 Uhr.

Sie blickte sich im Wohnzimmer um. Auf dem Kaminsims standen jede Menge gerahmte Fotos. Aufnahmen von der Ernennung Hirschs zum Minister und diverse Bilder vom Urlaub. *Berghütten, Seen, Fahrradtouren.* Doch auf jedem war Hirsch mit einer rothaarigen Frau in etwa seinem Alter zu sehen, Mitte bis Ende sechzig. Vielleicht seine Ex-Frau? Kaum möglich, Hirsch war noch nicht so lange Bundesminister, und sie war auch auf dem Ernennungsfoto drauf.

Sabine dachte an den Tiroler Akzent. Die Frau war ihr ohnehin merkwürdig vorgekommen. Sie hob den Arm und sprach in das Mikro. »Alles in Ordnung bei euch?«

»Sicher, alles ruhig, und bei dir?«, drang Marcs Stimme aus ihrem Ohrstöpsel.

»Ich weiß nicht …« Sabines Blick fiel auf den Anrufbeantworter, der auf einer Kommode neben dem Eingang zum Wohnzimmer stand. Ein rotes Licht blinkte.

Sie ging zu dem Gerät und lauschte eine Weile, doch aus dem oberen Stockwerk war nichts zu hören. Dann betätigte sie die Abspieltaste. Eine ungehörte Nachricht war auf dem AB.

Die Aufnahme knisterte. Im Hintergrund waren Verkehrslärm und Musik zu hören. Vermutlich aus einem Autoradio.

»Hallo, mein Schatz. Konnte dich auf dem Handy nicht erreichen. Außerdem ist deine Mobilbox wieder mal voll. Hoffe, du hörst das. Bin immer noch einkaufen. Komme frühestens um sieben heim. Hoffentlich warst du auf der Auktion erfolgreich. Kuss!«

Klack! – die Nachricht war zu Ende. Laut Ansage auf dem Band war sie erst eine halbe Stunde alt. Die Stimme einer älteren Frau – kein Tiroler, sondern ein Wiener Akzent.

Scheiße!

»Riegelt das Haus ab!«, rief Sabine ins Mikro. »Du vorn, Krzysztof hinten. Die Dame im Haus ist nicht Hirschs Ehefrau! Dunkler, sportlicher Hosenanzug, Feuermal im Gesicht. Schnappt sie euch!«

»Was, was, was?«, rief Marc. »Wo ist Hirsch?«

»Vermutlich schon tot.« Sabine griff sich den Schürhaken aus dem Kamin, lief aus dem Wohnzimmer und rannte die Treppe hinauf.

Im oberen Stockwerk riss sie alle Türen auf, doch dahinter befanden sich nur Badezimmer, eine Toilette und leere Schlafräume. Allerdings stand eine Balkontür offen. Sabine warf einen Blick über den Balkon in den Garten, dort war jedoch nichts Auffälliges zu sehen.

»Sie ist vermutlich hinten raus!«, rief sie knapp ins Mikro. Offenbar hatte sie zuvor mit Magdalena Engelmanns Komplizin gesprochen, der es nicht gelungen war, rechtzeitig aus dem Haus zu flüchten, und die sich in ihrer Verzweiflung als Hirschs Ehefrau ausgegeben hatte. Vielleicht hatte die Frau auch vorgehabt, Sabine zu töten, dann jedoch geahnt, dass noch weitere Kollegen auf sie warten könnten und sich doch lieber zur Flucht entschieden.

Während all dieser Überlegungen lief Sabine die Treppe zur Dachbodenetage hinauf und riss auch dort die letzte verbleibende Tür auf. Sogleich schlug ihr die Hitze des Speichers entgegen. Es roch nach Dämmwolle. Dieser Raum war der größte des Hauses. Die Dachbalken reichten weit nach hinten. Sabine tastete nach dem Lichtschalter, legte ihn um und flackernde Leuchtstoffröhren erwachten summend zum Leben.

Im Deckenlicht offenbarte sich eine riesige Modelleisenbahn in L-Form mit zahlreichen Gleisanlagen, Bergen, Tunnels, Häusern und Bahnhöfen. Wie jede Miniaturanlage so war auch diese noch nicht völlig fertig, es schienen immer wieder neue Tische dazugestellt worden zu sein. Und auf einem davon lag Minister Hirsch auf dem Rücken. Arme und Beine abgespreizt, inmitten seiner Loks, Waggons und Miniaturmenschen – wie Gulliver im Land der Liliputaner.

In Stirn und Brust waren die versengten Ränder von Einschüssen zu sehen. Im gleichen Moment bemerkte Sabine den Geruch von Schießpulver, der in der Luft hing. Die Mörderin musste eine großkalibrige Waffe mit Schalldämpfer benutzt haben.

Nach Hirschs Puls zu fühlen war nicht mehr nötig. Sein Hinterkopf fehlte, Reste davon klebten an der Wand und auf einer Tafel, die die Weichenstellungen anzeigte.

Für Hirsch war der letzte Zug abgefahren.

46. Kapitel

Sabine riss sich von dem Anblick los, verließ den Speicher und stürzte die Treppe wieder hinunter. Währenddessen rief sie ins Mikro, erhielt jedoch keine Antwort. *Nur verflixtes Rauschen.* Also wählte sie mit ihrem Handy Krzysztofs Nummer, doch auch er ging nicht ran. Sie ließ es trotzdem läuten und lief weiter die Treppe nach unten, bis sie die Eingangshalle erreichte und aus dem Haus stürmte.

Wo sind die verdammten Leibwächter?

Dann stockte ihr der Atem. Vor ihr, mit dem Rücken im Brunnen und den Beinen über der Marmoreinfassung, lag ihr junger Chauffeur im Wasser und hielt sich die blutende Nase.

Mit einem Satz sprang Sabine über die Treppe auf den Wendeplatz und lief zu dem Mann, der ihnen offenbar hatte helfen wollen. Zum Glück hatte er keine Schussverletzungen. Sie wollte ihm aus dem Brunnen helfen, doch er wehrte ab.

»Die Frau wollte vorn raus …«, presste er mit nasaler Stimme hervor, während ein Sturzbach aus Blut aus seiner Nase quoll. »… doch dann ist sie nach hinten …«

Im gleichen Moment erklang von der Rückseite des Hauses ein Schrei.

Marc!

»Bleiben Sie hier!« Sabine half ihm doch noch aus dem Brunnen, dann lief sie an der Hausmauer entlang zur Rückseite des Gartens, rannte an Pavillon und Swimmingpool vorbei und sprang mit ein paar Sätzen über Blumen- und Gemüsebeete. Als sie das Glashaus erreichte, bremste sie ab.

Sabine glaubte ihren Augen nicht zu trauen. Marc war zwar IT-Fachmann, hatte aber wie jeder andere BKA-Ermittler eine Nahkampf- und Waffenausbildung und war ziemlich fit. Trotzdem lag er röchelnd in gekrümmter Haltung auf der Wiese und hielt sich die Kehle. Daneben kämpfte Krzysztof mit der Frau.

Obwohl er trotz seines Alters bisher nie ein Problem gehabt hatte, jemand anderen mit seinen exakten, explosionsartigen Boxhieben auf die Bretter zu schicken, schien der Pole nun ebenfalls ums Überleben zu kämpfen. Die Frau hielt seinen Kopf in einem eisernen Griff und versuchte, ihm die Luftzufuhr abzudrücken, während sie gleichzeitig seine Beine mit den ihren fixierte und sein Handgelenk umbog.

Verflucht noch mal, so eine Technik hatte Sabine noch nie zuvor gesehen. Derweil wehrte Krzysztof sich verzweifelt. Obwohl sein Gesicht durch das Gewicht der Frau in die Erde gedrückt wurde, versuchte er nach hinten auszuschlagen, um mit dem Hinterkopf ihre Nase zu treffen.

Rasch ging Sabine auf die beiden zu. In einigen Metern Entfernung lag ein Messer, das Krzysztof der Frau vermutlich aus der Hand gewunden hatte. Und nicht weit von Marc war die großkalibrige Pistole mit Schalldämpfer im Gras zu erkennen. Offenbar war es Marc gelungen, der Frau die Waffe aus der Hand zu schlagen, ehe er kampfunfähig gemacht worden war.

Sabine ignorierte jedoch beide Waffen. Stattdessen trat sie von hinten an die Frau heran, die sich darauf konzentrierte, Krzysztof auszuschalten – scheinbar erfolgreich, denn mit einem letzten Röcheln schien soeben sein Kampfgeist zu ersterben.

Im Gegensatz dazu wurde Sabine jetzt erst richtig wütend. Ohne zu zögern, holte sie mit dem Schürhaken aus, den sie immer noch in der Hand hielt, und knallte ihn der Frau mit voller Wucht auf den Hinterkopf. Wie ein Kartoffelsack fiel diese nach vorn in die Wiese und blieb reglos liegen.

Sogleich befreite sich Krzysztof, wälzte sich auf den Rücken und schnappte lauthals nach Luft. Marc kam auf allen vieren ebenso röchelnd angekrochen und griff zitternd nach der Waffe mit dem Schalldämpfer. Mittlerweile war auch der Chauffeur zur Rückseite des Hauses getorkelt. Mit wackeligen Beinen stand er neben Sabine und wischte sich mit seinem blutverschmierten Hemdsärmel die Nase ab.

»Teufel noch mal, war *das* ein Schlag!«, presste der junge Mann nasal hervor.

Sabines Hände zitterten.

Und es brauchte vier Leute, um diese Frau zu überwältigen.

»Danke für Ihre Hilfe. Sie wollten wissen, wer wir sind.« Nun zog Sabine ihren Ausweis heraus. »BKA Wiesbaden.« Dann reichte sie ihm ein Taschentuch.

Da Marc die Fingerabdrücke an der Waffe ohnehin schon verwischt hatte, nahm Sabine die Pistole ohne größeres Prozedere an sich, roch am Lauf, leerte sicherheitshalber das Magazin und warf die Patrone im Lauf aus.

Dann drehte sie der bewusstlosen Frau, die aus einer schlimmen Platzwunde am Kopf blutete, die Arme auf den Rücken, legte ihr Handschellen an und brachte sie in eine stabile Seitenlage, damit sie nicht erstickte, falls sie sich übergeben musste. Sicherheitshalber fesselte Sabine ihr auch noch die Beine mit einem Kabelbinder, den sie immer bei sich führte. So wie die drauf war, konnte sie ihnen auch noch mit den Beinen lebensgefährliche Verletzungen zufügen.

Als Nächstes trafen der Reihe nach zwei Krankenwagen, drei Autos der Wiener Polizei und eine schwarze Limousine des Bundesamts für Verfassungsschutz mit Sneijder auf dem Beifahrersitz ein. Doch der Personenschutz kam zu spät.

Zuerst wurden Krzysztof, Marc und ihr Chauffeur verarztet,

zuletzt kam die Mörderin dran. Währenddessen sah sich Sneijder mit den Wiener Kollegen den Tatort auf dem Dachboden der Villa an. Kurz nach sieben Uhr traf dann auch noch Minister Hirschs echte Ehefrau in ihrem sportlichen Cabrio ein, auf dessen Rücksitz jede Menge Einkaufstaschen lagen. Sie bekam einen hysterischen Schreikrampf, woraufhin eine Mitarbeiterin vom Kriseninterventionsteam des Roten Kreuzes sich um sie kümmerte.

Danach tanzten die Kollegen von der Kripo und der Spurensicherung an. In all dem Trubel aus Funksprüchen, Verhören, Sichern des Areals, Untersuchung des Hauses, Blaulicht, Sirenen und neugierigen Passanten und Reportern, die sich immer dichter an der Grundstücksgrenze zusammendrängten, trat Sneijder an Sabine heran.

»Leibwächter und Chauffeur liegen tot in der Vorratskammer der Küche«, flüsterte er ihr ins Ohr. »Mit Einschüssen in Stirn und Brust. Der Leibwächter hielt sogar schon seine Waffe in der Hand, mit dem Finger am Abzug. Aber zu spät!«

Sabine wurde schlecht. Ihre Beine waren ohnehin schon so weich wie Gummi, und jetzt auch noch das. Weitere Kollateralschäden auf der Suche nach der Wahrheit. Wäre es dem Leibwächter noch gelungen abzudrücken, hätte man den Schuss gehört und alles wäre anders gekommen.

Plötzlich fiel ihr etwas siedend heiß wieder ein, was sie in dem ganzen Durcheinander völlig vergessen hatte. »Was ist mit der Wanze am Sakko des Ministers?«, flüsterte sie.

»Der Form halber habe ich an seiner Halsschlagader nach dem Puls gefühlt und wollte dabei die Wanze unter dem Kragen entfernen. Aber dort war sie nicht mehr«, sagte Sneijder. »Sie war zerstört und befand sich in seiner Brusttasche. Wir hatten verdammtes Glück, dass die Sache so glimpflich für uns ausgegangen ist«, zischte er. »Trotz allem, gute Arbeit. Wir haben jetzt zumindest eine Verdächtige.«

»Und wenn die auch nicht redet?«

»Das wird sie«, beharrte Sneijder. »Nur gut, dass Sie ihr den Schädel nicht ganz eingeschlagen haben.«

Obwohl ich das nur zu gern getan hätte!, dachte Sabine und war einen Moment lang von der Heftigkeit ihrer Gefühle irritiert. Aber als sie ihren jungen Chauffeur, Marc und Krzysztof verletzt auf dem Boden liegen sah, waren wohl die Sicherungen in ihr durchgebrannt, und so richtig hatte sie sich noch nicht beruhigt.

Aus dem Augenwinkel bekam sie mit, wie die Mörderin mit einem Verband um den Kopf abgeführt und in einen Polizeiwagen verfrachtet wurde.

»Krzysztof, Krüger und unser Fahrer kommen zur Beobachtung auf die Unfallstation«, erklärte Sneijder ihr.

»Okay«, seufzte Sabine. »Ich begleite sie.«

»Nichts da.« Sneijder packte sie am Arm. »Im Van liegt noch unser Equipment. Können Sie so einen Wagen fahren?«

Sie nickte verdutzt.

»Gut, dann kommen Sie mit. Wir verhören jetzt unsere Gefangene.«

»*Unsere?* Haben Sie vergessen, dass wir in Österreich sind?«

Sneijder bleckte die Zähne. »Ich habe mit dem Verfassungsschutz das Recht der ersten informellen Anhörung ausgehandelt.«

Zwar war Sabine es nicht gewohnt, einen so großen Wagen zu fahren, aber der späte Abendverkehr in Wien ging immer noch so zähflüssig voran, dass sie Zeit hatte, das Navi einzuschalten, den Polizeifunk abzudrehen und sich mit dem Van vertraut zu machen.

Während der Fahrt zum Josef-Holaubek-Platz, wo sich das Gebäude des Wiener BKA befand, saß Sneijder auf dem Rücksitz, genoss sichtlich, dass er wie immer kutschiert wurde, telefonierte zuerst mit Horowitz und ließ sich danach zu van Nistelrooy weiterverbinden.

Van Nistelrooys Stimme konnte Sabine auch ohne Lautsprecherfunktion deutlich genug hören.

Was, der österreichische Gesundheitsminister wurde ermordet? Warum hast du das nicht verhindert?

Sabine konzentrierte sich auf den Verkehr und ließ Sneijder die Sache regeln. Entweder wurden sie nach dem Ende dieser Ermittlungen suspendiert, oder sie saßen selbst in U-Haft – wenn ihnen der Fall nicht ohnehin zuvor entzogen wurde.

Sneijder beendete das Gespräch erst, nachdem Sabine den Wagen auf dem Besucherparkplatz des BKA abgestellt und sie das Gebäude betreten hatten. Nach ihrer Anmeldung am Empfang wurden sie von einer Beamtin zu den Vernehmungsräumen geführt.

Anders als im BKA Wiesbaden befand sich dieser Bereich nicht in den unteren fensterlosen Kelleretagen, sondern im fünften Stock. Nachdem sie mit dem Lift hinaufgefahren und einen langen Flur entlanggelaufen waren, vorbei an Toiletten und einer Nische mit einem Kopiergerät, erhielt Sneijder einen Anruf.

Zuerst dachte Sabine, der Anruf käme von Tina, doch dafür klang Sneijder viel zu freundlich. Schließlich sagte er »Einen Moment bitte!«, nahm das Handy herunter und wandte sich an die Polizistin. »Ich brauche einen Raum, in dem wir ungestört telefonieren können.«

»Jetzt?«

»Nein, in zwei Wochen.«

Die Polizistin verzog das Gesicht und deutete auf eine Zimmertür. »Der Besprechungsraum ist frei. Kommen Sie bitte anschließend in das Zimmer Nummer 17. Der vorletzte Raum.« Sie deutete zum Ende des Gangs. »Wir warten dort mit der Vernehmung auf Sie.«

Sneijder bedeutete Sabine, ihm zu folgen. Sie betraten das Besprechungszimmer. Hier staute sich die Hitze, die Klimaanlage war anscheinend defekt. Sabine wollte das Fenster kippen, doch es war mit einem Schlüssel abgesperrt. Durch die getönte Scheibe sah sie ein Pharmaziezentrum, die bunte Müllverbrennungsanlage und die Straße, die am BKA vorbei zu einem dunkelgrünen Seitenkanal der Donau führte. Sie nahm neben Sneijder an einem ovalen Tisch Platz, auf dem sich Mineralwasserflaschen, Gläser, ein Videobeamer und ein Gerät für eine Telekonferenz mit jeder Menge Anschlüssen befanden.

»Die Anthropologin aus Linz«, erklärte Sneijder und schaltete sein Handy auf Lautsprecher. »Meine Kollegin Sabine Nemez, die Sie ja bereits von den Ausgrabungen im Kloster kennen, hört mit.«

»Guten Abend«, sagte Sabine. Sie hatte die Frau im weißen Overall mit der Nickelbrille und dem grauen Zopf noch gut in Erinnerung.

»Ich habe bereits das LKA Linz informiert – aber ich wollte, dass auch Sie erfahren, dass wir zusammen mit einem Expertenteam der Innsbrucker Gerichtsmedizin schon einen Großteil der vierundsiebzig Babyskelette untersucht haben«, erklärte die Anthropologin. »Die Knochen lagen zwischen 37 und 43 Jahren in der Erde. Eigentlich müssten sie bei dieser feuchten Witterung längst zerfallen sein, aber aus einem Grund, zu dem ich gleich noch komme, ist das nicht passiert. Jedenfalls haben wir zwei Auffälligkeiten entdeckt …«

Sabine hörte, wie die Frau auf einer Tastatur klapperte. Rasch zog sie ihr eigenes Handy aus der Tasche, legte es neben Sneijders Telefon auf den Tisch und startete die Aufnahme, da sie von dem gleich folgenden rechtsmedizinischen Fachgeplänkel vermutlich nur die Hälfte verstehen würden. Sneijder saß hoch konzentriert mit gerunzelter Stirn neben ihr.

»… normalerweise sind die Skelette von Babys eher knorpelig, da sie erst später verknöchern. Diese Babys hatten allerdings bereits eine für ihr Alter untypische Verknöcherung«, fasste die Anthropologin zusammen. »Beispielsweise wächst die große Fontanelle, wo die Stirn- und Scheitelbeine des Kopfes aufeinandertreffen, erst nach zwei Jahren zusammen. Die Fontanelle hatte sich aber schon bei allen Köpfen geschlossen.«

»Woran könnte das liegen?«, unterbrach Sneijder sie.

»Wir haben in den Knochen hohe Anteile verschiedener Chemikalien entdeckt, die wir allerdings noch genauer untersuchen müssen«, antwortete die Anthropologin. »Das Problem dabei ist, dass jedes Baby Spuren einer *anderen* chemischen Zusammensetzung in den Knochen hat. Das macht die Auswertung so komplex und zeitintensiv.«

»Und diese Chemikalien sind dafür verantwortlich, dass die Knochen langsamer als normal verwest sind?«, fragte Sabine.

»Nein, das hat einen anderen Grund – und damit kommen wir zur zweiten Auffälligkeit.«

Sabine warf Sneijder einen irritierten Blick zu.

»Der Grund, weshalb die Skelette rascher als normal verknöchert und langsamer verwest sind, könnte an einer intensiven Dosis Röntgenstrahlung liegen.«

»Röntgenstrahlung?« Sneijder runzelte die Stirn. »Meinen Sie nachträglich, nachdem die Skelette vergraben wurden, oder noch zu Lebzeiten der Kinder?«

»Zu Lebzeiten.«

Sabine schluckte unbehaglich.

»Aber auch das müssen wir noch näher untersuchen«, sagte die Frau. »Wir stehen noch am Anfang unserer Auswertungen, aber weil der Fund so merkwürdig ist, wollte ich Sie schon mal vorab informieren.«

»Vielen Dank. Wenn Sie mehr herausfinden, lassen Sie es uns bitte unverzüglich wissen.« Sneijder unterbrach das Gespräch.

Sabine schaltete die Aufnahme ab. »Röntgenstrahlen?« Sie hätte mit vielem gerechnet, aber nicht damit.

»Minister Hirsch erwähnte, dass der Mann, dem er die Neugeborenen gebracht hat, für die Medizintechnik gearbeitet hat«, erinnerte Sneijder sie.

Chemikalien und Röntgenstrahlen.

Ein Schauder erfasste Sabine. »Wo sind wir da nur hineingeraten?«

Sneijder sprach das aus, was auch sie dachte. »Ich fürchte, es handelte sich um medizinische Experimente mit Menschen.«

47. Kapitel

Obwohl sich der Verhörraum im fünften Stock befand, war er ebenso fensterlos wie im BKA Wiesbaden und ebenfalls mit Vorraum und Einwegspiegel ausgestattet.

Bevor Sabine und Sneijder den eigentlichen Raum betraten, erfuhren sie von den österreichischen Kollegen, dass die Frau aufgrund der abgenommenen Fingerabdrücke als Grit Maybach identifiziert worden war.

»Eine ehemalige Gebirgsjägerin des österreichischen Bundesheeres, die vor etwas mehr als drei Wochen ihren Job gekündigt hat und sofort vom Dienst freigestellt wurde«, erklärte ihnen der Major des österreichischen Bundeskriminalamts, ein grobschlächtiger Mann mit aufgerollten Hemdsärmeln.

Beim Wort *Gebirgsjäger* dachte Sabine automatisch an die Handschellen, mit denen Walter Greims an das Säurerohr gefesselt worden war.

»Was führte zur Kündigung?«, fragte Sneijder.

»Wissen wir nicht. Ebenso wenig haben wir eine Ahnung, warum sie ein Attentat auf ein Mitglied der Regierung verübt hat.«

»Bei dieser Sache geht es nicht um Ihre Regierung«, beruhigte Sneijder den Mann. »Dass Dr. Ulrich Hirsch Minister ist, ist nur ein bedauerlicher Zufall.«

Der Mann sah ihn fragend an. »Und warum dürfen Sie das erste informelle Gespräch mit ihr führen?«

»Das ist unser Fall, an dem wir seit mehreren Tagen arbeiten, der sich nach Österreich ausgeweitet hat und über den ich im Moment nicht sprechen kann.« Sneijder wehrte mit einer knappen Handbewegung weitere Fragen ab und dachte nach. »Sie sagten *vor mehr als drei Wochen.*« Er drehte sich zu Sabine. »Unsere Nonne ist ebenfalls vor über drei Wochen aus ihrem Orden ausgetreten. Das gleiche Zeitfenster! Was verbindet die beiden Frauen miteinander?«

»Sie denken an das Baby, das die Nonne zur Welt gebracht hat?«, vermutete Sabine und wandte sich an den Major. »Wie alt ist Grit Maybach?«

»Laut ihrer Akte siebenunddreißig.«

»Könnte hinkommen«, überlegte Sneijder. »Wer sind ihre Eltern?«

»Wissen wir nicht, Maybach wuchs in einem Waisenhaus in Kufstein auf.«

»*Goed.*« Sneijder lächelte, als wären sie auf der richtigen Fährte. »Ich brauche eine DNA-Analyse von Grit Maybach und einen Abgleich mit einer Person, die in Wiesbaden in Sonderhaft sitzt.«

Der Major verzog unglücklich das Gesicht. »Das geht nicht.«

»Kommen Sie mir jetzt bloß nicht mit Menschenrechten, Behördenkram und Datenschutzquatsch!«

Der Major kniff die Augenbrauen zusammen. »Dazu bräuchten wir das Einverständnis der Frau oder einen richterlichen Beschluss.«

»Brauchen wir nicht«, widersprach Sneijder. »Die Frau hat eine Platzwunde am Kopf. Wechseln Sie ihr den Verband und dann schicken sie die blutgetränkte Mullbinde ins Labor. Und beeilen Sie sich. Ich brauche das Ergebnis noch heute Abend.«

»Was Sie brauchen, ist mir …«

»Klären Sie das mit Ihrem Vorgesetzten!«, unterbrach Sneijder ihn.

Während zwei Sanitäter Grit Maybachs Verletzung neu verbanden, mussten Sneijder und Sabine ein Formular unterschreiben, dass sie die Zelle auf eigene Verantwortung und Gefahr betraten und im Falle einer Verletzung oder ihres Todes die Republik Österreich nicht haftete.

Ist das wirklich notwendig?, hätte Sabine normalerweise gefragt, doch die Frau war Gebirgsjägerin, und nachdem Sabine gerade erst selbst gesehen hatte, wozu Grit Maybach imstande war, hielt sie den Mund.

»Bereit?«, fragte Sneijder.

Sabine nickte, und sie betraten den Verhörraum.

In dem Zimmer mit dem kalten weißen Fliesenboden und der Leuchtstoffröhre befand sich nur ein Tisch mit drei Stühlen. Maybach trug orangefarbene Kleidung, und ihre Hände waren vorn mit Handschellen gefesselt. Außer der Wunde am Hinterkopf zierte ein schlimmes Veilchen ihr linkes Auge, das ihr mit ziemlicher Sicherheit Krzysztof zugefügt hatte. Ihr Blick funkelte hasserfüllt, als Sneijder und Sabine sich ihr gegenüber an den Tisch setzten.

»Sie haben eine beeindruckende Akte«, begann Sneijder. »Im Lauf Ihrer Karriere beim Bundesheer haben Sie vielen Menschen das Leben gerettet und einige Terroristen, Mörder und Amokläufer zur Strecke gebracht. Und nun … erschießen Sie ein Mitglied der Regierung?«

Die Frau schwieg.

»Sie haben Ihre Vorgehensweise geändert«, stellte Sneijder in aller Ruhe fest. »Statt weiterhin Fallen zu inszenieren, wie in Wiesbaden, Bayern, Bern und im Bruggtal, sind Sie dazu übergegangen, den Mord direkt vor unseren Augen zu verüben. Warum?«

Auf Maybachs Gesicht lag nicht einmal der Anflug einer Überraschung. Anscheinend hatte sie Sneijder bereits an seinem niederländischen Akzent erkannt.

»War es unmöglich, den Tod eines gut bewachten Ministers mit einer Falle vorzubereiten?«, spekulierte Sneijder. »Und überdies ist es medienwirksamer als eine Entführung, nicht wahr?«

Maybach schwieg weiterhin.

Sneijder beugte sich zu ihr. »In den nächsten zweiundsiebzig Stunden werden das österreichische Bundeskriminalamt und das Bundesamt für Verfassungsschutz und Terrorismusbekämpfung Sie so kräftig in den Arsch treten, dass Ihnen Ihre Ausbildung bei den Gebirgsjägern wie ein süßer Traum vorkommen wird.«

Zum ersten Mal zeigte Maybach eine Regung. »Von mir erfahren Sie nichts.«

Sneijder hob die Hand. »Mich interessiert es einen Dreck, warum Sie Ihren Job gekündigt und was Sie die letzten drei Wochen getrieben haben, woher Sie den Schalldämpfer hatten und warum die beiden Leibwächter ebenfalls sterben mussten. Die Antworten darauf sparen Sie sich für die Staatspolizei auf. Mich interessieren nur drei Dinge.« Er strecke drei Finger aus. »Wessen Ermordung haben Sie für morgen geplant? Welche für übermorgen? Wer sind Ihre Komplizen?«

Maybach blickte kurz von ihm zu Sabine, schwieg aber immer noch.

»Hören Sie mir jetzt gut zu«, sagte Sneijder leise. »Die Beamten der Staatspolizei stehen im Moment hinter diesem Spiegel und haben keine Ahnung, worüber wir hier reden, aber *Sie* wissen es und *wir* auch!« Er deutete kurz zu Sabine. »Und wenn Sie nicht bald den Mund aufmachen, schwöre ich, dass ich Ihrer Mutter so den Arsch aufreißen werde, dass sie sich wünscht, nie geboren worden zu sein.«

Jetzt klappte Maybachs Mund auf, und Sabine merkte, wie ihre Wangen rot wurden und ihr Puls nach oben ging.

Sneijder hat ins Schwarze getroffen!

»Magdalena geht es gesundheitlich nicht besonders gut, seitdem sie bei uns in Isolationshaft sitzt«, fuhr Sneijder fort. »Wiesbaden ist anders als Wien – von dem berühmten österreichischen Charme weit entfernt. Aber Sie können die ganze Sache beenden, indem Sie endlich reden!«

Nun machte Maybach tatsächlich den Mund auf. »Gut, aber zuerst sagen *Sie* mir, was Sie bisher herausgefunden haben«, verlangte sie. »Und dann möchte ich, dass wir eine offizielle Pressemitteilung mit all Ihren Ermittlungsergebnissen herausgeben.«

»So läuft das Spiel aber nicht!«, sagte Sneijder. »Bevor wir das tun, muss *ich* die Zusammenhänge kennen. Wer wird in den nächsten beiden Tagen sterben? Wer sind Ihre Komplizen?«

»Ich habe keine Komplizen.«

»Bullshit!«, rief Sneijder. »Die Lackfabrik in Wiesbaden und das Landhaus von Janus' Vater wurden sauber mit einem Dietrich geöffnet. Die Tür zur Zytglogge und Viviane Krohners Wohnung in Bern wurden hingegen gewaltsam aufgebrochen, obwohl es gar keine Sicherheitsschlösser waren. Ich nehme an, Sie haben bei den Gebirgsjägern gelernt, Schlösser zu knacken – Ihr Komplize dagegen nicht. Wer ist es?«

Maybach schwieg.

»Hatte *er* die nette Idee mit den Bambussprossen?«

»Ihre Ermittlungen gehen in die falsche Richtung«, sagte Maybach schließlich. »Stattdessen sollten Sie sich Gedanken darüber machen, was mit den Kindern passiert ist. Nur so können Sie die letzten beiden Morde verhindern. Aber ich warne Sie: Es werden keine schönen Dinge sein, die Sie zutage fördern. Je tiefer Sie graben und je mehr Türen Sie aufstoßen, desto dunklere Abgründe werden sich auftun. Sie brauchen die Presse im Rücken – vertrauen Sie mir –, sonst wird man Sie nach diesen zwei Tagen mitsamt Ihren Ermittlungen verschwinden lassen.« Maybach blickte zu Sabine. »Und Sie ebenfalls!«

Eine ziemlich düstere Prophezeiung. Doch Sabine ließ sich nicht beeindrucken. Sie hatte im Lauf ihrer Zeit beim BKA schon schlimmere Drohungen erhalten und saß immer noch hier.

»Dann haben wir mit diesem Gespräch das Ende der Sackgasse erreicht«, resümierte Sneijder und faltete die Hände.

Maybach nickte. »Ab jetzt verweigere ich jede weitere Aussage. Außerdem möchte ich einen Anwalt sprechen.«

»Einverstanden.« Sneijder zog sein Handy heraus und blickte auf die Anzeige. »Fünf Balken. Hier oben gibt es ein gutes Netz.« Gleichzeitig erhöhte er die Lautstärke des Handys bis zum Anschlag, wie Sabine bemerkte. Dann reichte er Maybach das Telefon. »Ein Anruf steht Ihnen frei. Bitte.«

Mit einem überraschten Blick nahm Maybach das Handy an sich. Ebenso überrascht war Sabine. Tagelang hatte Sneijder sich geweigert, Magdalena Engelmann einen Anwalt zur Seite zu stellen, doch jetzt ließ er das bei Grit Maybach diskussionslos zu.

Die Frau wählte eine Nummer und ließ sich, wie Sabine mitbekam, vom Oberkommando der Gebirgsjäger mehrmals verbinden, bis sie schließlich einen Oberst Aichinger in der Leitung hatte.

Maybach schilderte – etwas beschönigend – kurz den Sachverhalt, woraufhin Aichinger sofort zusagte, ihr einen der besten Anwälte zu schicken, selbst wenn sie vor über drei Wochen gekündigt hatte. Einen gewissen Doktor Behrens.

Nachdem Maybach das Gespräch beendet hatte, schob Sie Sneijder das Telefon lächelnd wieder hin. »Mein Anwalt ist in spätestens einer Stunde hier.«

»Fein.« Auch Sneijder lächelte. »Dann führen wir das Gespräch in sechzig Minuten zu viert fort.«

Kaum dass sie den Verhörraum verlassen hatten, prasselten Dutzende Fragen von den österreichischen Kollegen auf Sneijder ein, die er jedoch allesamt mit einer genervten Handbewegung wegwischte. »Bemühen Sie sich gar nicht erst. Kein Kommentar!« Er reduzierte die Lautstärke seines Handys wieder. »In zwei Stunden gehört die Frau Ihnen, bis dahin ist sie *meine* Gefangene! Und danach stelle ich Ihnen meine Ermittlungsergebnisse zur Verfügung.«

Murrend ließen die Beamten von ihm ab. Während die Kollegen das mitgefilmte Gespräch auf dem Monitor noch einmal ablaufen ließen, stellte sich Sneijder in eine Nische, zog einen Joint aus der Tasche, rollte ihn gedankenverloren zwischen den Fingern und roch fast schon meditativ am Tabak.

Nun bemerkte Sabine, dass Sneijder gar nicht mehr so elend aussah wie zu Beginn der Ermittlungen. Weil er Kraft aus der Mörderjagd schöpfte, lief er im Moment – trotz wenig Schlafs, kaum Nahrung und vieler Reisen – auf Hochtouren.

Sie stellte sich an seine Seite. »War das wirklich clever, bei Maybach so mit der Brechstange vorzugehen, anstatt es auf eine subtilere Art zu versuchen?«

»Man muss die Methode der Situation anpassen«, antwortete er und inhalierte den Geruch des Joints. »Ob unter Druck oder subtil – wir hätten so und so nichts aus ihr herausbekommen.«

»Aber vielleicht hätten wir es erst einmal mit der *Good Cop-Masche* versuchen sollen, anstatt gleich den *Bad Cop* raushängen zu lassen?«

Sneijder hob die Augenbraue. »Das war die *Good-Cop-Masche*«, antwortete er. »Der *Bad Cop* kommt noch.«

Und dann weihte er Sabine in seine Pläne ein.

48. Kapitel

In der nächsten Stunde wurde der Verhörraum exakt nach Sneijders Anweisungen mit speziellen Kameras und Monitoren hergerichtet.

Sneijder sprach mit den Wiener Kollegen und führte einige Telefonate, unter anderem auch mit Marc und Krzysztof. Die beiden waren wieder aus dem Krankenhaus entlassen worden und unterwegs zum Josef-Holaubek-Platz. Eine Viertelstunde vor Ablauf der Stundenfrist trafen sie ein. Beide hatten ein Besucherkärtchen an der Brust.

Bis auf ein paar Quetschungen am Hals und ein leichtes Humpeln sahen die zwei wieder halbwegs fit aus, stellte Sabine erleichtert fest. »Wie geht es dir?«, fragte sie Marc.

Er schielte durch die Glaswand in den Verhörraum, wo Maybach allein saß und in nervenzermürbender Monotonie mit dem Zeigefinger auf die Tischplatte pochte. »Alles okay.« Seine Stimme klang angeschlagen, als hätte er noch Probleme beim Sprechen. »Du hast der Tante ganz schön eins übergebraten.« Er führte einen Schlag wie mit einem imaginären Golfschläger aus.

»Mir gingen die Sicherungen durch.«

»Übrigens … mir geht es auch gut, danke der Nachfrage«, knurrte Krzysztof hinter ihnen.

Sneijder trat an ihre Gruppe heran. »Schluss damit, ihr könnt euch nachher gegenseitig bedauern. Wir haben nicht viel Zeit. Nemez!«, er schnippte mit den Fingern. »Geben Sie Krüger den Schlüssel vom Van. Wir brauchen unser Equipment.«

Sabine kramte den Autoschlüssel aus der Tasche. »Der Wagen steht auf dem BKA-Besucherparkplatz.«

»Hab ich gesehen, in Ordnung.« Marc schnappte sich den Schlüssel und verschwand. Krzysztof folgte ihm.

Sie waren erst ein paar Minuten weg, da flog die Tür auf. Ein hochgewachsener Mann im grauen Anzug stand in Begleitung zweier Polizistinnen im Türrahmen. Augenblicklich sah er durch die Glaswand in den Verhörraum. »Ich habe es schon früher geschafft. Ist das meine Mandantin?«

»Doktor Behrens?«, fragte Sneijder.

Der Mann nickte. »Wer will das wissen?«

Noch bevor einer der österreichischen Beamten etwas sagen konnte, stellte Sneijder sich vor. Sie gaben sich die Hand, woraufhin Sneijder den Ausweis des Mannes überprüfte.

So wie Behrens aussah und wie Sabine anhand seiner Statur, der knappen Sprache, dem Blick und den kantigen Bewegungen zu erkennen glaubte, hatte er früher sicherlich ebenso wie Maybach beim Militär gedient.

»In Ordnung«, sagte Sneijder schließlich zu dem Wiener Major und dessen Kollegen und gab Behrens den Ausweis zurück.

Der Anwalt steckte das Etui ein und wollte sich bereits in Richtung Verhörraum bewegen, doch der Major stoppte ihn. »Tut mir leid, aber ich muss Sie das fragen. Tragen Sie eine Waffe oder einen spitzen oder scharfen Gegenstand bei sich?«

Behrens sah ihn verwirrt an. »Nein, natürlich nicht.«

»Gut, denn so schnell könnten Sie gar nicht schauen, wie Maybach Ihnen das abgenommen, sich befreit und Sie alle drei getötet hat.« Der Major sah Sneijder und Sabine an.

»Meine Dienstzeit beim Militär ist zwar lange vorbei, aber trotzdem denke ich nicht, dass es dazu kommen wird«, sagte Behrens. »Können wir jetzt?«

»Einen Augenblick noch.« Sneijder wartete.

Endlich öffnete sich die Tür wieder und Krzysztof trat ein, gefolgt von Marc, der eine schwarze Umhängetasche trug.

»Das ist Marc Krüger, mein technischer Berater«, erklärte Sneijder. »Er wird das Gespräch von hier aus mitverfolgen.«

»In Ordnung«, knurrte Behrens. »Aber später, wenn ich mit meiner Mandantin unter vier Augen spreche, wechseln wir in einen anderen Raum, wo wir ungestört und unbeobachtet reden können.«

»Sicherlich.« Sneijder schüttelte Marc die Hand, als würden sie sich erst jetzt begegnen. Dabei schob Marc eine kleine Schachtel in Sneijders Hand, in der sich vermutlich eine weitere Wanze befand, die er aus dem Van geholt hatte. Dann wandte sich Sneijder dem Militäranwalt zu. »Nach Ihnen.«

Sie betraten den Verhörraum, und Doktor Behrens reichte Maybach mit einer knappen Bewegung die Hand. Danach nahmen sie um den Tisch herum Platz. Sneijder hatte zuvor die Ordner und Mikrofone auf dem Tisch sowie die Stühle für Behrens und Maybach so arrangiert, dass sie nicht immer direkten Augenkontakt zueinander hatten. Außerdem stand ein alter Röhrenmonitor auf dem Tisch, sodass Maybach ihr eigenes Bild im Monitor sehen konnte, was sie garantiert verunsicherte.

»Muss das sein?«, fragte Behrens.

»Würde ich es sonst tun?« Sneijders Psychokrieg hatte soeben begonnen.

Doch bevor Sneijder noch etwas sagen konnte, schnitt Behrens ihm das Wort mit einer scharfen Handbewegung ab. Dabei fiel Sabine auf, dass an seiner linken Hand Ringfinger und kleiner Finger fehlten – zudem zierte tiefes hässliches Narbengewebe den Handrücken. Möglicherweise die Folgen eines alten Berufsunfalls.

»Während der Herfahrt habe ich mich beim BKA Wiesbaden über Sie beide erkundigt und viel Interessantes erfahren.« Behrens sah zu Sneijder und Sabine. »Sie sind vermutlich Sabine Nemez, richtig?« Dann wandte er sich wieder zu Maybach. »Vor Sneijder müssen Sie sich in Acht nehmen, der sticht Ihnen ohne mit der Wimper zu zucken ein Messer in den Rücken. Nemez ersticht Sie wenigstens von vorn.«

Sneijder sagte nichts, gab nur ein unverständliches Grummeln von sich. Auch Sabine ersparte sich jeden Kommentar.

»Ferner habe ich mich über den Sachverhalt informiert«, sprach Behrens weiter. »Sie, Leutnant Maybach, sagen nur dann etwas, wenn *ich* Sie frage, haben Sie verstanden?«

Maybach nickte.

»Leutnant *außer Dienst*«, korrigierte Sneijder ihn.

Behrens sah Sneijder hart an. »Das sind Sie auch, sobald ich mit Ihnen fertig bin.«

Sneijders Blick war ebenso kalt. »Unter uns Pastorentöchtern – es geht mir an meinem süßen Arsch vorbei, wenn Sie mir drohen!«

Behrens blickte zu Sabine.

Sie nickte wie zur Bestätigung. »Mit uns würde ich mich nicht anlegen.«

»Ach?« Behrens rümpfte die Nase. »Das wird ein Spaß. Ich mache Sie beide nämlich so fertig, dass Sie froh sein werden, wenn Sie eine Stelle beim Kloputzen auf einem Polizeirevier in der miesesten Ecke der Eifel erhalten ...« Er senkte die Stimme und betonte jede einzelne Silbe. »Keine Staatsgewalt im Ausland, Hausfriedensbruch und widerrechtliches Eindringen ohne Beschluss in die Villa eines Ministers, Nötigung und Gefährdung eines österreichischen Beamten, Sachbeschädigung, schwere Körperverletzung, Überschreitung der Notwehr und unrechtmäßige Festnahme.«

»Sonst noch was?« Sneijder sah kurz auf. »Denn das wird nicht reichen.«

»Das zu entscheiden, überlassen Sie mal mir.« Behrens beugte sich nach vorn und blickte kurz zu Maybach, die sich das alles mit einer gewissen Genugtuung angehört hatte. »Welches Delikt werfen Sie meiner Mandantin vor?«

»Grit Maybach drohen wegen dreifachen Mordes in Wien, Beihilfe zu mehrfachem Mord in Wiesbaden, Bayern und Braunau sowie Mordversuchs in Bern lebenslange Haft. Falls sie kooperiert und uns Informationen zukommen lässt, wer die beiden letzten geplanten Opfer sind, können wir einen Deal mit dem Staatsanwalt aushandeln.«

»Deutschland und die Schweiz sind also ebenfalls involviert?« Behrens nickte nachdenklich. »Wer wird Anklage erheben?«

»Die Oberstaatsanwaltschaft in Wiesbaden.«

»Beinhaltet der Deal größtmögliche Straffreiheit für meine Mandantin?«

»Sofern es in meiner Macht steht, werde ich mich beim Staatsanwalt dafür einsetzen«, gestand Sneijder zu.

Behrens nickte zufrieden. »Sind Sie damit einverstanden, Leutnant Maybach?«

Maybachs Gesichtsausdruck blieb unergründlich und hart. »Ich möchte, dass der Fall in aller Öffentlichkeit unter Einbezug von Presse und Medien verhandelt wird.«

»Bei diesen schweren Vorwürfen und dem internationalen Aspekt wird das sowieso passieren«, antwortete Behrens, als ob es daran nie den geringsten Zweifel gegeben hätte.

Nun huschte ein zufriedener Ausdruck über Maybachs Gesicht. »Einverstanden.«

»Was wollen Sie von meiner Mandantin also wissen?«, fragte Behrens.

»Ich frage mich schon seit Tagen, warum Ihre Mutter nicht selbst zur Presse gegangen ist, anstatt das BKA in den Fall zu verwickeln. Sie hat mir gegenüber zwar behauptet, dass sie das versucht habe, aber niemand sei an der Story interessiert gewesen. Doch unseren Nachforschungen zufolge hat Magdalena Engelmann in den letzten Jahren weder mit einer Zeitungsredaktion noch mit einer Radio- oder Fernsehstation gesprochen.«

»Das stimmt.« Maybach nickte. »Magdalena Engelmann war vor dreißig Jahren bei der Presse. Schon damals vergeblich. Aber kürzlich habe *ich* versucht, einen Journalisten für diese Story zu finden. Und raten Sie mal, wie seine Reaktion war.«

Sneijder sah sie fragend an.

»Er hat mir versichert, dass das völlig aussichtslos sei, weil keine Zeitung diese Geschichte jemals ohne handfeste Beweise bringen würde«, antwortete Maybach.

Das erklärt es, dachte Sabine.

»Warum wurden die toten Kinder wieder auf die Liegenschaft des Ursulinenklosters zurückgebracht und im Rosengarten verscharrt?«, fragte Sneijder.

Maybach hob überrascht die Augenbrauen. »Sie haben sie also gefunden?«

Sneijder nickte.

»Und haben Sie auch herausgefunden, was mit den Babys bis zu ihrem Tod passiert ist?«, fragte Maybach.

»Medizinische Experimente?«, vermutete Sneijder.

Maybach nickte, plötzlich bekamen ihre Augen einen feuchten Glanz. »Die Priorin des Klosters besaß bei all ihrer unmenschlichen Härte, ihrem Wahnsinn und Fanatismus zumindest einen hauchdünnen Funken von Anstand. Die Leichen der Babys sollten nicht wie Abfall in einer Mülltonne entsorgt werden, sondern zumindest auf heiligem Boden beerdigt werden. Also wurden sie nachts auf demselben Weg ins Kloster zurückgebracht, wie sie einst hinausgeschafft worden waren.«

»Wer hat die Babys zurückgebracht?«, fragte Sabine.

»Der, der sie auch fortgeschafft hat. Doktor Ulrich Hirsch, bis vor Kurzem der ehrwürdige und hoch angesehene Bundesminister für Soziales und Gesundheit.«

»Hätten Sie ihn nicht getötet, hätten wir ihn dazu befragen können«, warf Sabine ein.

»Woha, hoho …« Behrens, der sich bisher alles mit einer unglaublichen Ruhe und Selbstbeherrschung angehört hatte, hob die Hand. »… für diese Anschuldigung fehlen Ihnen jegliche Beweise.«

Sabine schnappte nach Luft, doch Sneijder legte ihr besänftigend die Hand auf den Unterarm. »Welches medizintechnische Unternehmen steckt dahinter? Was haben die mit den Babys angestellt? Wer sind die letzten beiden Opfer?«

Maybach gab keine Antwort, und Behrens deutete dieses Schweigen richtig. »Meine Mandantin hat bereits sehr viel preisgegeben. Nun sind Sie an der Reihe! Bevor es zu einem weiteren Zugeständnis unsererseits kommt, brauchen wir *Ihre* schriftlichen Zusagen.«

»Das dauert.« Sneijder ließ seine Hände für einen Augenblick unter dem Tisch verschwinden, als ringe er sie in einer verzweifelten Geste.

»Fein, wir haben Zeit«, antwortete Behrens. »In der Zwischenzeit möchte ich mit meiner Mandantin unter vier Augen sprechen.«

Sneijder nickte. »In Ordnung, ich werde mein Bestes versuchen, nichts für ungut.« Er stand auf, klopfte Behrens versöhnlich auf die Schulter – und klebte ihm dabei, wie Sabine bemerkte, eine Wanze auf das Sakko.

Fünf Minuten später sprach Behrens mit seiner Mandantin auf derselben Etage in dem abhörsicheren Konferenzraum, in dem Sabine und Sneijder zuvor mit der Anthropologin telefoniert hatten.

Mittlerweile war es halb zehn Uhr nachts. Sabine wartete mit Sneijder, Marc und Krzysztof im Gang, jeder einen Becher Kaffee in der Hand und umgeben von Wiener Kollegen, die aufgeregt durcheinanderredeten.

Sneijder hob die Hand, damit es ruhiger wurde und steckte sich einen Empfänger ins Ohr. Sabine, die ihren immer noch in der Tasche hatte, tat es ihm gleich.

»Hören Sie das Gespräch etwa ab?«, zischte der Major des österreichischen BKA, der das Verhör bisher nur überwacht hatte.

»Seien Sie still!«, presste Sneijder mit zusammengekniffenen Augenbrauen hervor.

»Sind Sie verrückt?«, herrschte der Mann Sneijder mit gedämpfter Stimme an und packte ihn gleichzeitig an der Schulter. »Erstens haben Sie hier keinerlei Befugnis – und es war schon ein mehr als großzügiges Entgegenkommen unsererseits, dass wir Sie den Beginn der Vernehmung führen ließen –, und zweitens wird Sie das den Arsch kosten! Der Mann ist *Militäranwalt*!«

Langsam entfernte Sneijder mit leicht angewiderter Miene die Hand des Majors von seiner Schulter. »In nicht geschützten öffentlichen Räumen ist der kleine Lauschangriff erlaubt, und jeder Anwalt weiß, dass im Sprechbereich mitgehört werden darf. Also?«

»Trotzdem können Sie das nicht tun!«

»Sie werden sehen, dass ich noch ganz andere Sachen tun kann!«, antwortete Sneijder. »Wir haben noch zweimal vierundzwanzig Stunden Zeit, um zwei Menschenleben zu retten, und dafür ist mir jedes Mittel recht. Und jetzt seien Sie endlich still, denn wenn *das* schiefgeht, riskieren wir weitere Morde mit etlichen Kollateralschäden. Wollen *Sie* die verantworten?«

Der Mann blähte die Backen und stieß die Luft geräuschvoll aus, sagte aber nichts weiter.

Nun hielt sich Sabine das andere Ohr zu und lauschte dem Gespräch im Konferenzraum.

»*... und deshalb würde ich an Ihrer Stelle Sneijders Deal annehmen*«, sagte Behrens. »*So eine Gelegenheit ...*«

»… bekommen Sie nicht so rasch wieder, Leutnant Maybach.« Behrens blickte auf die Armbanduhr. Dann sah er seine Mandantin auffordernd an.

Maybach drehte die mittlerweile geröteten Gelenke in den Handschellen hin und her. »Mir geht es gar nicht darum, möglichst straffrei davonzukommen. Ja, ich habe mehrere Menschen getötet, aber ich stehe dazu und werde das auch vor Gericht verantworten müssen. Mord ist niemals okay, das ist mir klar, aber wenn Sie wüssten, was die alles jahrelang mit staatlichen Fördergeldern verbrochen haben.«

»Ich habe bereits einen Eindruck davon bekommen«, murmelte Behrens.

»Mir geht es darum, dass die ganze Sache aufgedeckt wird. Um jeden Preis, auch wenn es mich meine Zukunft kostet.«

»Das wird es sowieso.«

»Ich weiß, aber ich rede nicht nur von der Spitze des Eisbergs, sondern ich möchte, dass *alle* drankommen, die dahinterstecken! Von oben bis ganz nach unten!«

»Das habe ich schon begriffen«, antwortete Behrens. »Aber warum auf diese Art und Weise?«

»Die Polizei muss massiv unter Druck gesetzt und dazu gezwungen werden, die Ermittlungen durchzuführen. Andernfalls würde ein Großteil vertuscht werden. Mit Minister Hirsch haben Sie ja bereits einen ersten Eindruck davon bekommen, dass die Drahtzieher und Hauptfiguren von damals heute mächtige und einflussreiche Personen sind.«

»Sie wissen, dass ich beim Militär war. Unter uns …«, Behrens machte eine Pause, »… warum haben Sie die Hintermänner nicht gleich alle selbst getötet, statt das BKA sieben Tage lang zu diesen Ermittlungen zu nötigen?«

Maybach nickte, als wäre das die entscheidende Frage. »Wenn es nach mir ginge, wären jetzt wohl schon alle tot. Aber …« Sie schüttelte den Kopf und presste die Lippen zusammen. »… ich habe keine *echten* Beweise, sondern nur Indizien. Außerdem geht es nicht nur nach mir. Meine Mutter war dagegen, die Schuldigen alle gleich zu töten. Also haben wir uns auf diesen Kompromiss geeinigt.«

Behrens ließ die Worte auf sich wirken. »Ihre Mutter ist diese ehemalige Nonne, die sich zurzeit in Wiesbaden in Sonderhaft befindet, richtig?«, fragte er nach.

Maybach nickte. »Um das Leben dieser Menschen zu retten, musste das BKA die Zusammenhänge zwischen den Mordopfern finden. Werden sie rechtzeitig gerettet, wird man sie anklagen – falls nicht, sterben sie. Meine Mutter ist eine gläubige Frau, und so legte sie die Entscheidung in Gottes Hand. Er brauchte sechs Tage zur Erschaffung der Welt, ruhte am siebten …«

»… und er würde den Menschen eine Frist von sieben Tage für die Findung der Wahrheit geben – allerdings ohne Ruhepause«, hörte Sabine Maybachs Stimme in ihrem Empfänger.

Was für ein Wahnsinn, dachte sie.

»Sind Sie bereit, mir oder dem BKA die letzten Namen zu nennen?«, fragte Behrens.

Sabine hielt den Atem an. Nun kam der entscheidende Moment.

»Nein«, sagte Maybach. *»Nur während einer Pressekonferenz, die live übertragen wird.«*

»Gut.« Behrens seufzte. *»Ich werde sehen, was ich machen kann.«*

Sabine hörte, wie ein Stuhl über den Boden gerückt wurde und Behrens sich erhob. Dann nahm sie den Empfänger aus dem Ohr und ließ ihn in der Hosentasche verschwinden.

Im nächsten Moment öffnete sich die Tür. Einer der Sicherheitsbeamten griff zur Waffe, doch es trat nur Behrens in den

Gang. Maybach saß gefügig hinter dem Tisch. Sogleich wurde die Tür abgesperrt.

Sneijder trat an die Seite des Anwalts. »*Eine Stelle beim Kloputzen auf einem Polizeirevier in der miesesten Ecke der Eifel?*«, äffte er Behrens' harten Ton von vorhin nach. »Ist das dein Ernst?«

Behrens zuckte mit den Achseln. »Etwas Besseres ist mir in der Eile nicht eingefallen.«

»Hast die Rolle trotzdem einigermaßen überzeugend gespielt«, sagte Sneijder zufrieden.

Der Major und die Männer vom Sicherheitsdienst starrten die beiden ungläubig an.

»Sie sind gar kein Anwalt?«, presste der Major hervor.

Richtig erkannt, dachte Sabine.

»Dann sind das widerrechtlich erlangte Beweismittel, die wir als Ermittlungsbehörde nicht verwerten dürfen«, fügte der Major hinzu.

Sneijder hob die Hand. »Moment! Wer sagt, dass ich diese Informationen vor Gericht verwenden möchte?«

»Was?«, schnaubte der Major. »Und selbst wenn, Ihr ganzes Vorgehen war nicht nur rechtswidrig, sondern wird auch eine dienstaufsichtsrechtliche Maßnahme nach sich ziehen.«

»Sagt wer?«

»Mein gesunder Menschenverstand.«

»Ach, der verwechselt anscheinend Rechtswidrigkeit mit kriminalistischer List«, sagte Sneijder.

»Ob der Europäische Gerichtshof für Menschenrechte das genauso sieht?«, fragte der Major.

Sneijder fixierte ihn und senkte die Stimme. »Und wer verrät es ihm? Sie?«

Bevor der Major noch etwas darauf erwidern konnte, zog der Mann, den sie alle für Doktor Behrens gehalten hatten, seinen Ausweis aus der Tasche. »Meine Herren, ich nehme an, ich kann das klären. Frank Oliveira, österreichisches Bundesamt für Verfassungsschutz und Terrorismusbekämpfung. Auf Anfrage von Präsident Dirk van Nistelrooy und eines Zugeständnisses unseres Innenministers kooperieren wir in dieser Sache mit dem deutschen BKA.«

Keiner der Wiener Beamten sagte ein Wort. Nur der Major prustete frustriert, als fühlte er sich hintergangen. Da klingelte ein Fahrstuhl, kurz darauf ertönten Schritte im Gang. Ein schmächtiger Mann im hellen cremefarbenen Anzug kam schnaufend den Korridor entlanggelaufen.

»Ich bin Doktor Behrens«, keuchte das Männlein und presste sich eine Aktentasche an die Brust. »Ich wurde am Empfang aufgehalten. Wo ist meine Mandantin?«

Sneijder stellte sich ihm in den Weg. »Danke, dass Sie hergekommen sind, aber wir brauchen Sie nicht mehr.«

»Das, mein Bester, wer immer Sie sind, entscheiden immer noch meine Mandantin und ich. Wo finde ich sie?«

»Sie werden nicht mehr benötigt«, wiederholte Sneijder emotionslos.

»Ich rede hier wohl gegen Windmühlen! Wer zum Kuckuck sind Sie überhaupt?«

»Maarten S. Sneijder.«

»Noch nie gehört, Sie Witzbold. Lassen Sie mich durch!«

»Nein.«

»Wie Sie wollen. Dann gehe ich zuerst zum Staatsanwalt, danach direkt zum zuständigen Haftrichter.«

»Lassen Sie sich von mir nicht aufhalten«, sagte Sneijder großzügig. »Aber vorher sollten Sie vielleicht mit Ihrer Mandantin telefonieren.«

»Das werde ich, darauf können Sie Gift nehmen! Aber Sie haben ihr doch sicherlich das Handy abgenommen.«

»Unter Aufsicht darf sie Anrufe entgegennehmen«, antwortete Sneijder.

»Schön, wir werden sehen.« Während der echte Doktor Behrens sein Telefon aus der Sakkotasche fischte und mit dem Finger über die Liste der letzten Anrufer wischte, drückte Sneijder Sabine unauffällig sein Smartphone in die Hand.

Sie wusste, was zu tun war. Rasch nahm sie es an sich und ging damit den Gang hinunter in die Richtung, aus der Behrens gekommen war. Vorbei an der Nische mit dem Kopiergerät erreichte sie nach wenigen Metern die Damentoilette. Bevor sie darin verschwand, sah sie noch, wie Behrens vermutlich eine SMS öffnete, eine Nummer wählte und das Handy zum Ohr führte.

Kaum saß Sabine in der ersten Kabine auf dem Klodeckel, klingelte auch schon Sneijders Telefon. Sie ging ran. »Ja, hallo?«

»Ja, guten Abend, hier spricht Doktor Behrens, Ihr Anwalt. Oberst Aichinger hat mir die Nummer gegeben, von der Sie angerufen haben. Ich bin jetzt im BKA Wien, aber so ein unfähiger Niederländer namens Maarten Sneijder hat mich nicht zu Ihnen durchgelassen.«

Sabine atmete tief durch. Sie wusste, für diese Aktion würde sie keinen Eintrag für *Fairness* ins Guinnessbuch der Rekorde bekommen – andererseits mussten sie mit allen Mitteln versuchen, zwei Menschenleben zu retten, auch wenn die es vielleicht gar nicht verdient hatten. »Vielen Dank, dass Sie gekommen sind«, sagte sie schließlich, »aber ich brauche Sie nicht mehr.« Sie legte auf.

Und der unfähige Niederländer heißt Maarten S. *Sneijder*, fügte sie in Gedanken hinzu.

49. Kapitel

Nachdem sich der echte Doktor Behrens endlich grollend und schimpfend verzogen hatte, verschwand Oliveira in die Kantine, wo er sich auf Abruf bereithielt. Allerdings hoffte Sabine, dass sie ihn nicht mehr als falschen Behrens benötigen würden, da das ganze Täuschungsmanöver ohnehin ein viel zu riskantes Spiel gewesen war.

Soeben wurde Maybach aus dem Konferenzraum an ihnen vorbei zurück in den Verhörraum geführt.

»Wir sind fertig, die Gefangene gehört jetzt Ihnen«, sagte Sneijder zum Major. »Aber ich befürchte, dass Sie nichts aus ihr herausbekommen werden. Setzen Sie sich mit dem Sekretariat von BKA-Präsident Dirk van Nistelrooy in Wiesbaden in Verbindung. Er wird entscheiden, welche Ermittlungsergebnisse er Ihnen zukommen lassen kann.«

Damit war für Sneijder der Fall erledigt. Er trommelte Sabine, Marc und Krzysztof zusammen und nahm das mittlerweile wieder leere Konferenzzimmer in Beschlag. Sie setzten sich, und Sabine schob ihm sein Handy über den Tisch.

Sneijder steckte es ein – sein Gesichtsausdruck war zufrieden. »Sie hätten Behrens sehen sollen, der hat geschnaubt wie eine Dampflok.«

»Die werden uns alle den Arsch aufreißen«, murmelte Marc, der das Ende der ganzen Aktion mitbekommen hatte.

»Nicht, wenn wir den Fall rechtzeitig lösen«, widersprach Sneijder. »Können Sie eine Videoverbindung zu Martinelli aufbauen?«

»Sicher.« Marc holte sein Tablet aus der Umhängetasche, stellte über das Behördennetz des deutschen BKA eine sichere Videokonferenz mit Wiesbaden her und schob das Gerät in die Mitte des Tisches, sodass sie alle auf den Bildschirm sehen konnten.

Es dauerte eine Weile, bis Tina auf dem Monitor erschien. Sie sah müde aus. Im Hintergrund waren die Aktenwand ihres Büros und ein Fenster zu sehen. Auch in Wiesbaden war es schon lange dunkel. »Wie geht es in Wien voran?«

»Minister Hirsch ist tot«, sagte Sneijder knapp.

»Oh!« Tina machte ein langes Gesicht.

»Wir brauchen alle Informationen, die Sie und Horowitz über Hirsch herausgefunden haben, und zwar konkret jene, die in Richtung Medizintechnik gehen.«

»Okay …« Tinas Augen wurden groß. »Da gibt es tatsächlich Auffälligkeiten, die wir uns näher angesehen haben. Minister Hirsch ist … *war* vermögend.«

»Das weiß ich, Sie selbst haben mir erzählt, dass über 600 000 Euro auf seinem Konto bei der Vienna Capital Bank liegen.«

»Das sind Peanuts«, unterbrach Tina ihn. »Auf seinem Konto bei der *Credit & Commerce World Financial Group* in Liechtenstein liegen über drei Millionen Euro – aber diese Informationen haben wir weder legal noch offiziell erhalten.«

Krzysztof stieß einen Pfiff aus. »Politiker müsste man sein.«

»Dann wärst du jetzt schon tot«, kommentierte Sneijder. »Okay, Martinelli. Was noch?«

»Darüber hinaus besitzt … *besaß* er Beteiligungen an mehreren Firmen, für die er als Berater tätig war oder wo er als Arzt im Vorstand saß.«

»Maybach hat von einflussreichen Personen gesprochen«, erinnerte Sabine sie. »Beispielsweise ist Minister Hirschs Bruder Vorsitzender in der Arzneimittelzulassung.«

Sneijder nickte. »Welche Firmen?«, drängte er. »Sind da vielleicht große medizintechnische Unternehmen darunter?«

»Einen Moment …« Tina klackerte auf einer Tastatur und starrte in ihren Monitor. »Krankenhäuser, Medizinmarktaufsicht, Forschungsinstitute an Universitäten … aber da! *Moerweck & Derwald* ist ein medizintechnischer Konzern, der seit Beginn der 70er-Jahre in der Strahlenforschung tätig ist.«

Sneijders Finger schnippten. »Das muss es sein! Die Linzer Anthropologin hat gemeint, dass beispielsweise Chemikalien oder Röntgenstrahlen für die Verknöcherung der Skelette verantwortlich sein könnten.«

Da schob sich Horowitz mit seinem Rollstuhl von der Seite ins Bild und drehte den Monitor ein wenig in seine Richtung. Vor ihm stand ein dampfender Becher. Sein Blick war betrübt. »Sprechen wir über Forschung an … *lebenden* Babys?«

Sneijder nickte.

»Wie wir wissen«, sprach Horowitz weiter, »sind nicht alle der vierundsiebzig Babys im Kloster zur Welt gekommen, aber alle wurden dort begraben. Das bedeutet, dass sich dieser Konzern, falls er tatsächlich dahintersteckt …«

»… die anderen Babys aus anderen Quellen organisiert haben muss«, vollendete Tina den Gedanken. »Babys, die ebenfalls nie offiziell existiert haben, nach denen nie jemand gesucht hätte und die völlig anonym verscharrt wurden.«

»Das sind alles nur Indizien«, gab Marc zu bedenken. »Die passen zwar ganz gut zusammen, aber wer sagt, dass das auch wirklich so war? Vielleicht verrennen wir uns in eine völlig falsche Richtung. Möglicherweise steckt ein Chemiekonzern dahinter.«

Sabine, die bisher stumm zugehört hatte, wurde ganz schlecht bei dem Thema. »Das glaube ich nicht.« Sie zog ihr Handy heraus, aktivierte die Aufnahme des Gesprächs mit der Anthropologin, spielte einige Minuten vor und betätigte die Play-Taste.

»Und diese Chemikalien sind dafür verantwortlich, dass die Knochen langsamer als normal verwest sind?«, hörte sie ihre eigene Stimme.

»Nein, das hat einen anderen Grund – und damit kommen wir zur zweiten Auffälligkeit. Der Grund, weshalb die Skelette rascher als normal verknöchert und langsamer verwest sind, könnte an einer intensiven Dosis Röntgenstrahlung liegen.«

Sabine drückte auf Stopp. »Und dann sind da noch die Tätowierungen«, fügte sie hinzu. »Uns fehlt der Hinweis Nummer fünf für den heutigen Tag. Stattdessen haben wir jedoch ein tätowiertes X auf der Schulter der Nonne.«

»X steht nicht für zehn, sondern für X-Ray«, rief Horowitz. »Röntgenstrahlen!«

»Genau! Und zugleich ist X eine gespiegelte römische V für fünf«, fügte Krzysztof hinzu. »Das ist der verborgene fünfte Hinweis.«

»*Verdomme!*«, entfuhr es Sneijder. »Und das sechste Tattoo lautet *MörDer* … Moerweck & Derwald.«

Einen Moment lang schwiegen sie, dann redeten plötzlich alle durcheinander.

»Ruhe!«, rief Sneijder. »Sobald wir hier fertig sind, kommen wir nach Wiesbaden zurück. Nehmt bis dahin schon mal diesen Konzern unter die Lupe.«

Tina klapperte auf der Tastatur. »Schon in Arbeit.«

»Aber wirbelt dabei nicht zu viel Staub auf«, warnte Sneijder. »Und kein Wort zu van Nistelrooy.« Er wollte die Verbindung bereits trennen, als es an der Tür klopfte. »Herein!«, rief er.

Die Tür öffnete sich einen Spalt, und ein Beamter des Wiener Bundeskriminalamts schob den Kopf ins Zimmer. Neugierig sah er sich um.

»Was ist?«, schnauzte Sneijder. »Das hier ist kein Zoo.«

»Entschuldigung«, stammelte der Mann. »Grit Maybach verweigert jegliche Aussage.«

»Das habe ich Ihrem Vorgesetzten doch prophezeit.«

»Ich weiß.« Der Mann nickte. »Aber sie möchte noch einmal mit ihrem Anwalt sprechen.«

Plötzlich bekam Sabine ein ungutes Gefühl. An Sneijders Gesichtsausdruck bemerkte sie, dass ihm diese Sache auch nicht besonders schmeckte.

»In Ordnung«, sagte er trocken. »Aber ein Gespräch mit Oliveira allein ist keine gute Idee. Nemez, Sie begleiten ihn.«

50. Kapitel

Nachdem sie Oliveira von der Kantine in den fünften Stock geholt hatten, betraten Sabine und er den Verhörraum.

Maybach saß nicht mehr hinter dem Tisch wie zuvor, sondern stand mit dem Rücken an der Spiegelwand. Ihr Auge war mittlerweile zugeschwollen – das Veilchen schimmerte in allen Farben –, und sie ließ die metallenen Verbindungsglieder der beiden Handschellen in einer monotonen Ruhe aneinanderklicken. Als sie Sabine sah, wurde ihr Blick kalt.

»Ich wollte mit meinem *Anwalt* allein sprechen.« Das Wort Anwalt betonte sie wie ein Schimpfwort.

»Keine Chance«, sagte Sabine, ehe Oliveira darauf antworten konnte. »Sie hatten Ihre Gelegenheit – von jetzt an ist mindestens immer ein Polizeibeamter dabei.«

»Vor mir aus«, murmelte Maybach, »mit Ihnen habe ich sowieso noch eine Rechnung offen.« Sie tippte sich auf den Hinterkopf.

Sabine ging nicht darauf ein. »Was wollen Sie?«

»Mir ist unser vorheriges Gespräch mehrmals durch den Kopf gegangen, und ich frage mich, Doktor Behrens, woher Sie eigentlich wissen, dass meine Mutter eine ehemalige Nonne ist und in Wiesbaden in Sonderhaft sitzt. Und wie haben Sie von der Siebentagesfrist erfahren, die das BKA hat?«

Oliveira schwieg – für Sabines Geschmack zu lange.

»Ganz einfach, wir haben Ihren Anwalt darüber informiert …«, antwortete sie, verstummte aber im gleichen Moment.

»Sie sind eine verdammt schlechte Lügnerin«, entfuhr es Maybach.

Stimmt! Das BKA hätte einem echten Anwalt niemals von der Nonne erzählt – genauso wenig wie von den sieben Tagen.

Im selben Moment machte Maybach einen Schritt auf Oliveira zu und schlug ihm ansatzlos mit beiden Händen an den Kehlkopf. Noch während er röchelnd zu Boden ging, schnappte sie sich auf dem Weg zur Tür einen Stuhl und klemmte ihn mit der Lehne unter die Klinke, sodass sich die Hinterbeine in den Fliesenfugen verkeilten.

Instinktiv fuhr Sabines Hand seitlich unter die Achsel ins Leere, wo sich normalerweise ihr Schulterholster befand.

Mist.

Im gleichen Moment wurde von außen an der Tür gerüttelt, doch die ließ sich nicht öffnen. Außerdem stand Maybach zwischen der Tür und Sabine.

»Machen Sie nichts Unüberlegtes!«, warnte Sabine sie.

»Keine Sorge, das hier *ist* genau überlegt«, antwortete Maybach. »Sie haben versucht, mich reinzulegen.« Sie blickte kurz zu Oliveira, der auf allen vieren über den Boden kroch und vergeblich nach Luft schnappte. »Dieser Mann ist gar kein Anwalt, sondern einer von Ihren Leuten, richtig? Deshalb hat Sneijder mir *sein* Handy angeboten.«

Noch bevor Sabine sich zu Oliveira hinunterbeugen konnte, um nach ihm zu sehen, kam Maybach auf sie zu. Sofort machte Sabine einen Schritt zurück, um Raum zu gewinnen, und nahm die Fäuste hoch.

Maybach war verdammt schnell. Den ersten Schlag deutete sie nur an, um Sabine zu täuschen, der zweite Schlag ging mit den Fingerspitzen seitlich unter Sabines Rippen und drückte ihr die Luft aus der Lunge. Dann folgte eine Körperdrehung, und der dritte Schlag traf Sabines Nase mit dem Ellenbogen.

Sabine flog zurück, knallte rücklings auf den Boden, bekam keine Luft durch die Nase und schmeckte Blut im Rachen. Für einen Moment wurde ihr schwarz vor Augen, trotzdem rappelte sie sich sofort auf. Während draußen immer noch Schreie ertönten, wild an der Tür gerüttelt wurde und sich die Stuhlbeine tiefer in die Fugen fraßen, war Maybach schon wieder bei ihr.

Sie hat Handschellen! Du kannst sie besiegen. Und wenn nicht, versuch sie zumindest so abzulenken, dass es dir gelingt, den Stuhl wegzureißen.

Sabine ging in den Angriff über, doch wie aus dem Nichts traf Maybachs Fußtritt Sabine im Magen und schleuderte sie in die Ecke. Sie fiel vornüber zu Boden, und noch bevor sie nach Luft schnappen konnte, stand Maybach bereits hinter ihr, schlang ihr die Arme um den Kopf und drückte zu.

Sabine hatte nicht einmal die Zeit, einen Finger zwischen ihren Hals und Maybachs Handschellen zu bekommen. Die metallenen Kettenglieder drückten gegen ihren Kehlkopf, und im nächsten Augenblick bekam sie keine Luft mehr.

»*Vervloekt* noch mal, öffnen Sie diese Scheißtür!«, brüllte Sneijder. »Maybach erwürgt sie!«

Zwei Männer vom Sicherheitsdienst standen vor der Tür und warfen sich abwechselnd dagegen.

»Ich brauche eine Waffe!«, brüllte Sneijder.

»Es nützt gar nichts, wenn Sie das Schloss aufschießen«, rief der Mann am Schaltpult.

»Nicht das Schloss, *Idioot*!«, rief Sneijder. »Die Glaswand!« Er packte einen Drehstuhl, riss ihn hoch und schleuderte ihn gegen die Scheibe. Doch die Wand erzitterte nur, sonst passierte nichts. Der Stuhl wurde zurückgefedert und flog krachend auf den Boden.

Godverdomme!

Sneijder beugte sich nach vorn und starrte durch die Scheibe. Maybach stand hinter Nemez, zerrte sie quer durch den Raum und würgte sie mit ihren Handschellen so fest, dass Nemez' Beine teilweise gar nicht mehr den Boden berührten.

Verzweifelt versuchte Nemez, den Stuhl zu erreichen, um die Beine wegzuschlagen, aber Maybach ließ sie nicht einmal in die Nähe. Stattdessen trat Nemez den Bildschirmmonitor vom Tisch.

Sneijders Hand ballte sich zur Faust. Er würde diese Frau eigenhändig kaltmachen!

Durch die Glaswand sah er, wie sich die Stuhlbeine verbogen, tiefer in die Fliesen gruben und den Kitt auswarfen. Die Tür war jetzt einen winzigen Spalt offen, aber nach wie vor hoffnungslos verkeilt.

Mittlerweile bewegte sich Oliveira gar nicht mehr. Er lag einige Meter von Nemez entfernt neben dem Tisch mit dem Gesicht auf dem Boden. *O Gott!*

Was würde ich jetzt für eine Waffe geben! So hilflos wie in diesem Moment hatte sich Sneijder schon lange nicht mehr gefühlt. Beim Anblick von Nemez' rotem Gesicht mahlten seine Kieferknochen, und er spürte ein Zucken im Augenwinkel.

Eichkätzchen!

Dann setzte sein Herzschlag für einen Moment aus. Nemez hatte Maybachs Unterarme gepackt und krümmte nun den Oberkörper nach vorn. Wollte sie die Gebirgsjägerin mit einem Wurf über die Schulter zu Boden werfen? Das konnte unmöglich gelingen! Doch da knallte Nemez den Hinterkopf gegen Maybachs Stirn.

Maybach taumelte zwar zurück, straffte den Griff aber im nächsten Moment gleich wieder. Der Schlag schien ihr nicht viel ausgemacht zu haben. Umso fester drückte sie jetzt zu.

Sneijder hielt den Atem an.

In der Zwischenzeit war ein Techniker gekommen. Der rammte jetzt ein Werkzeug gewaltsam in den unteren Türspalt und hob die Tür aus den Angeln. Krachend fiel sie über den Stuhl in den Raum.

Sogleich drängten sich Männer vom Haussicherungsdienst in die Türöffnung und richteten ihre Waffen in den Raum.

»Nicht schießen!«, rief Sneijder.

»Sonst ist Nemez tot!«, schrie Maybach. »Gehen Sie von der Tür weg, ich komme raus!«

Die Männer wichen zurück.

Hoffentlich hat niemand von denen einen nervösen Finger.

»Raus aus dem Zimmer und zurück in den Gang«, befahl der Major seinen Leuten. »Schneidet ihr den Fluchtweg in Richtung Fahrstühle und Feuertreppe ab!«

Die Männer befolgten die Anweisung und verließen den Vorraum.

Instinktiv fragte sich Sneijder, ob das so eine gute Idee war. Im nächsten Moment schob Maybach ihre Geisel vor sich aus dem Verhörraum, durchschritt den Vorraum und stand im Gang. Danach machte sie einen Schritt nach hinten zum Ende des Gangs, wo sich ein Fenster befand.

»Was immer Sie geplant haben – Sie werden damit nicht durchkommen«, rief der Major.

»Sie haben doch keine Ahnung, was ich vorhabe«, keuchte Maybach.

»Nicht schießen«, versuchte Sneijder die Männer zu beruhigen. Aus dem Augenwinkel sah er, wie zwei Kollegen in den Verhörraum drängten und sich um Oliveira kümmerten.

Sneijder sah kurz hinein. »Wie geht's ihm?«

Der Mann fühlte Oliveiras Puls an der Halsschlagader, dann nickte er.

Sneijder ließ erleichtert die Schultern sinken. *Wenigstens etwas.*

Die Männer brachten Oliveira aus dem Verhörraum und trugen ihn den Gang hinunter in Richtung Fahrstühle. In der Zwischenzeit hatte Maybach mit Nemez das andere Ende des Gangs erreicht.

»Sie kommen hier nicht lebend raus«, röchelte Nemez mit hochrotem Kopf. Immerhin hatte Maybach den Druck so weit gelockert, dass sie sprechen konnte.

»Wer sagt, dass ich lebend raus will?«, zischte Maybach, machte mit Nemez ein paar Schritte auf die bewaffneten Männer zu, dann lockerte sie plötzlich den Würgegriff, ließ Nemez los und hob die Hände. »Ich ergebe mich.«

»Nicht die Waffen runternehmen«, warnte Sneijder die Männer, da er noch nicht wusste, was Maybach vorhatte.

Während Nemez noch röchelnd nach Luft schnappte, stieß Maybach sie von sich weg, nahm mit zwei kräftigen Sätzen Anlauf und sprang mit der Schulter voraus durch das Fenster.

Nein! Sneijder stockte der Atem.

Glas splitterte, einige Scherben prasselten auf den Boden, und im nächsten Moment wehte die kühle Nachtluft in den Gang. Verkehrslärm drang zu ihnen herauf. Sekunden später war auf der Straße das Hupen von Autos und das Kreischen der Passanten zu hören.

Diese Frau war so kalt und berechnend wie eine Maschine. *Der Fluchtversuch ist nur ein Fake gewesen. Sie wollte von Anfang an sterben!*, schoss es Sneijder durch den Kopf. An Nemez' entsetztem Blick erkannte er, dass sie das Gleiche dachte.

»Machen Sie den Weg frei!«, verlangte einer der Wiener Beamten von Nemez.

»Seien Sie still!«, schnauzte Sneijder ihn an. »Geben Sie Ihr eine Minute Zeit.«

Der Mann drängte sich an Nemez zum Fenster vorbei und blickte hinunter. »Sie ist tot«, lautete sein einziger Kommentar.

Kunststück! Sechs Etagen tief runter auf den Asphalt.

Plötzlich riefen alle durcheinander. Jeder wollte nach unten sehen. In dem Chaos kümmerte sich niemand um Nemez, die mit starrem Blick und glänzenden Augen an den Männern vorbei stolperte. Auf halber Strecke zu den Fahrstühlen versagten ihre Beine, und sie sank mit dem Rücken an der Wand langsam zu Boden. Dann zog sie die Beine an. Apathisch starrte sie ins Nichts.

Sneijder folgte Nemez, schlüpfte aus seinem Sakko und legte es ihr um die Schultern. Aus dem Augenwinkel sah er, wie Krzysztof und Krüger aus dem Besprechungszimmer kamen und zu Nemez wollten, doch er stoppte sie mit einer knappen Handbewegung. Dann ließ er sich neben Nemez zu Boden sinken, lockerte die Krawatte und zog ebenfalls die Beine an. Er nahm Nemez' Hand und hielt sie sanft. Ihre Finger waren eiskalt, sie zitterte am ganzen Leib, und Sneijder spürte, wie ihr Puls auf Hochtouren lief.

»Es ist alles okay«, murmelte er.

»Nichts ist okay«, flüsterte Nemez mit einem rauen Krächzen, den Blick geradeaus an die gegenüberliegende Wand gerichtet. Dann brach sie in Tränen aus.

»Ich weiß, wie Sie sich fühlen«, sagte Sneijder. Es war kein hohles Gerede, er wusste es wirklich. In solchen Momenten stellte man alles infrage. Sogar die eigene Existenz.

»Wie geht es Oliveira?«, schluchzte Nemez.

»Um den machen Sie sich mal keine Sorgen, der ist ein zäher Bursche.«

Sie schwiegen.

»Nemez!«, sagte Sneijder schließlich. »Ich …«

»Sie hatte das von Anfang an geplant«, unterbrach Nemez ihn, während ihr Körper wie unter Schüttelfrost bebte. »Ich konnte es nicht verhindern. Wie hätte ich das vorhersehen können? Sie *wollte* sterben!«

»Ich weiß, wir alle haben es gesehen.« Er blickte kurz zu Krzysztof und Krüger.

Mit der freien Hand wischte sie sich die Tränen aus den Augen. »Aber warum zum Teufel hat sie das getan?«

»Ist das nicht egal?«

»Für mich nicht.«

Natürlich. Er konnte das gut verstehen. »Sie hat durchschaut, dass wir sie hereingelegt haben und nie vorhatten, mit der Geschichte an die Öffentlichkeit zu gehen.«

»Aber wovor hatte sie Angst?«, presste Nemez hervor. »Vor lebenslanger Haft?«

Sneijder schüttelte den Kopf. »Einer Frau wie Maybach, die alles wegwirft und ihr Leben für eine Sache opfert, die ihr wichtiger als alles andere erscheint, ist das egal. Nein …« Er dachte nach. »… das war eiskalt kalkulierte Psychologie. Sie hat gewusst, dass wir mit allen Mitteln versuchen würden, sie zum Reden zu bringen. Darum musste sie absolut sichergehen, dass wir keinen Erfolg haben würden.«

»Und was wollte sie verheimlichen? Die Namen der letzten beiden Opfer?«

»Nein. Ich wette, sie hat einen Komplizen – und *den* wollte sie schützen.«

»Das heißt …« Nemez' Stimme versagte. Sneijder ließ sie los, sie massierte ihren Hals und versuchte zu schlucken. »… das Morden geht weiter?«

»Zumindest noch zwei Tage lang.«

Nemez sah zum Fenster. »Warum hat sie ausgerechnet diesen Weg gewählt?«

»Sie wollte möglichst viel Aufsehen erregen«, seufzte Sneijder. »Mit ihrem Tod hat sie das jetzt tatsächlich erreicht.«

In diesem Moment beugte sich ein Polizist zu ihnen herunter. »Wie geht es Ihnen?«

Reichlich spät, dachte Sneijder, sagte aber nichts.

»Alles okay«, krächzte Nemez.

Mittlerweile war ihr Hals oberhalb des Kehlkopfs rot angeschwollen. Bald würde die Quetschung blau werden.

Sneijder erhob sich, reichte Nemez die Hand und half ihr auf. »Ein Sanitäter soll sich Ihre Verletzung ansehen.«

Der Polizist begleitete Nemez in das Besprechungszimmer, wo sie sich hinsetzen konnte. Krzysztof und Krüger folgten ihr und betrachteten sie mit besorgtem Blick.

»Willkommen im Club.« Krzysztof deutete auf seine eigenen Würgemale am Hals.

Krüger legte seinen Arm um sie. »Du hättest ihr den Schürhaken härter an den Schädel knallen sollen.«

Jeder versuchte witzig zu sein, um die Anspannung zu überspielen. Plötzlich musste Nemez tatsächlich kurz lächeln, wurde jedoch gleich wieder ernst.

Diesmal verkniff Sneijder sich jeglichen Kommentar von wegen *Bedauern könnt ihr euch später*. Er holte ein Glas Wasser und reichte es Nemez, die dankbar mit kleinen Schlucken daran nippte, dabei aber schmerzhaft das Gesicht verzog.

In diesem Moment kam der Major des österreichischen Bundeskriminalamts ins Zimmer.

»Halten Sie mir jetzt bloß keinen Vortrag!«, warnte Sneijder ihn. Er wollte gar nicht dran denken, wie viele Tote es inklusive Maybach in diesem Fall bereits gab. Blieb nur noch die Hoffnung, dass zumindest Viviane Krohner nicht auch noch starb.

»Jetzt stehen wir mit einem Skandal im Kreuzfeuer der Medien!«, brauste der Major auf, sichtlich darum bemüht, die Fassung nicht zu verlieren. »Warum sind Sie verdammt noch mal nicht an die Öffentlichkeit gegangen, wie Maybach es wollte?«

Sneijder glaubte seinen Ohren nicht zu trauen. Er richtete sich auf und sah den Oberst mit einem kalten Blick an. »Ist das Ihr Ernst? Das BKA verhandelt nicht mit Mördern und lässt sich auch nicht erpressen. Andernfalls steht in der Zeitung, dass wir Verbrechern eine Plattform bieten, und dann kommt jeder Verrückte zu uns, der in die Medien möchte.« Der Major wollte etwas sagen, doch Sneijder schnitt ihm das Wort ab. »Wie wollen wir dann weiterhin unauffällig ermitteln? Wir würden alle Verantwortlichen, die hinter dem Massenmord an diesen Kindern stecken, aufscheuchen. Die würden hellhörig werden, sich verkriechen und so rasch wie möglich alle Beweise verschwinden lassen. Sehen Sie eine Alternative?«

Der Major schob schweigend den Unterkiefer hin und her, dann grummelte er etwas Unverständliches. »Es hat jetzt sowieso keinen Sinn, das zu bereden.« Er blickte kurz zu Nemez. »Es tut mir leid, was passiert ist.« Dann sah er wieder zu Sneijder und räusperte sich. »Unser Labor hat die Auswertung von Maybachs DNA nach Wiesbaden geschickt.«

Sneijder kniff die Augen zusammen – sein Magen zog sich zusammen. »Haben Sie schon eine Antwort erhalten?«

Der Major nickte. »Maybachs DNA und die Ihrer Inhaftierten in Wiesbaden sind ziemlich identisch. Wir haben jetzt die Bestätigung. Sie sind tatsächlich Mutter und Tochter.«

Sneijder nickte. Das hatte er längst geahnt. Und gleichzeitig wusste er, dass die Scheiße, in der sie saßen, ihnen allmählich bis zum Hals stieg.

Siebenunddreißig Jahre zuvor

Es war eine stürmische Nacht, als die Wehen einsetzten. Magdalena lag auf einer Matratze und krallte die Finger in das graue Laken. Neben ihr wusch sich die Hebamme die Hände in einer Schale. Frische warme Handtücher lagen neben ihr auf einer Kommode. Außer ihnen beiden befand sich sonst niemand im ersten Stock des Treibhauses.

Bei jedem Blitz, dem unmittelbar ein schrecklicher Donner folgte, wurde die Etage hell erleuchtet, und durch die Rundbogen fiel der grelle Schein an die gegenüberliegende Wand. Der Wind, der durchs Tal fegte, peitschte den Regen sintflutartig an die Scheiben. Da auch noch der Strom in diesem Gebäudetrakt ausgefallen war, flackerten Kerzen unruhig auf der Kommode.

Falls es in dieser Nacht zu Komplikationen käme, würden weder ein Arzt noch ein Krankenwagen das Kloster erreichen. Nicht in dieser Nacht, und nicht bei diesem Sturm!

Und dabei *würde* es fast sicher Komplikationen geben! Auch wenn keine der Frauen hier jemals zum Arzt geschickt worden war, hatte Magdalena gemerkt, dass sie Zwillinge in sich trug. Sie bewegten sich fast immer gleichzeitig, drückten mal da ein Ärmchen und mal da ein Beinchen gegen die Bauchdecke. Und wenn Magdalena in ruhigen Momenten die Hände auf ihren Bauch legte, glaubte sie sogar, die zwei kleinen Herzen im gleichen Takt schlagen zu hören.

In ihrer Zeit im Bruggtal hatte sie durchaus mitbekommen, was mit ihren Mitschwestern, den Novizinnen und Internatsschülerinnen passierte. Wie sie im Treibhaus weggesperrt wurden, sobald sich die erste Wölbung am Bauch zeigte oder sich nicht mehr mit den viel zu engen Corsagen verheimlichen ließ. Wie in der Stille der Nacht aus dem Treibhaus manchmal Babyschreie zu ihnen drangen. Und wie die Schwestern dann wieder zu ihnen ins Kloster gebracht wurden; beschämt den Blick nach unten gerichtet, kaum in der Lage, jemanden in die Augen zu schauen und stets tief ins Gebet versunken.

Nein, mir wird so etwas hoffentlich nicht passieren! Aber vermutlich hatten das alle gedacht, die von der Schwester Oberin als die Huren des Satans auserwählt worden waren.

Als Magdalena bemerkte, wie ihre Tage ausblieben … und als sie bemerkte, wie ihr Appetit zunahm … und als sie dann auch noch bemerkte, wie sich ihr Körper veränderte, wäre sie am liebsten davongelaufen. Aber sie hatte die Gelübde abgelegt, und sie würde diese Zeit durchstehen. Gott hatte es so gewollt. *Das ist deine Prüfung!* Gleichzeitig hatte sie jedoch beschlossen, dass sie ihre Kinder retten musste. Vor dem, was allen Babys in diesem Kloster zustieß.

Der nächste Donner krachte so laut, dass Magdalena glaubte, der Glockenturm würde jeden Moment einstürzen. Begleitet von Regen, Donner, Blitz, Sturm und den harten und gefühllosen Worten der Hebamme wusste Magdalena gar nicht, wie sie es zustande gebracht hatte, die Kinder zur Welt zu bringen. Manchmal hatten ihre Schreie so laut geklungen, als wäre ein Echo aus einem weit entfernten Nebenraum quer durch das Gebäude zu ihr gedrungen.

Jetzt lag sie erschöpft auf der Matratze, als sie das Schreien zweier kleiner neugeborener Menschen hörte. *Ich hatte also recht!* Zwei unterschiedliche Stimmen, aber beide so kräftig und laut. Geboren am 9. Mai.

Magdalena wusste, dass die Priorin in jener Nacht nicht im

Kloster weilte, weil sie zum Bischof fahren musste. *Das ist deine Chance!* Sie packte die Hebamme am Arm. »Bitte nehmen Sie mir die Kinder nicht weg.«

»Hör auf, Unfug zu reden!«, herrschte die Frau sie an.

»Bringen Sie meine Kinder fort«, flehte Magdalena sie an. »Ich bin nicht verrückt. Meine Kinder sind gesund. Ich höre es. Ich spüre es. Sorgen Sie dafür, dass …«

»Sei still!«

Nein!, schrie Magdalena innerlich auf. *Sie dürfen nicht dorthin kommen, wo alle anderen hinkommen!* Kraftlos versuchte sie, sich aufzustemmen, aber sie hatte bei der Geburt zu viel Blut verloren. Die Handtücher neben ihr glänzten feucht im Kerzenlicht.

Und dann wurde es taghell, die Erde bebte, und der Krach war so intensiv, dass die Druckwelle wie mit einer unsichtbaren Faust auf Magdalenas Herz presste.

Die Hebamme hob erschrocken den Kopf, die Haare hingen ihr wirr in die Stirn.

Der Blitz hatte im Glockenturm eingeschlagen. Eine Staubwolke fegte durch die Etage, Glas splitterte, Krachen und Knirschen waren zu hören. Und dann brannte das Dachgebälk. Trotz des Regens nahm das Holz die Flammen gierig auf.

Nun fand Magdalena die Kraft, sich aufzusetzen. »Die Kirche brennt!«

»Nur das Treibhaus. Bleib liegen. Ich schicke Schwestern her, die werden dir helfen.« Die Hebamme wickelte das Kind in eine Decke und legte es in einen großen Korb zu dem anderen Baby.

»Schaffen Sie meine Kinder irgendwohin fort!«, flehte Magdalena.

»Das geht nicht.«

»Sagen Sie, es wären Totgeburten gewesen!«

»Das kann ich nicht.«

»O Herr Jesus! Das Kloster brennt. Leute werden kommen. Es

wird Untersuchungen geben, und dann fliegt sowieso alles auf«, beschwor Magdalena die Hebamme.

Doch die Frau hörte nicht zu. Stattdessen erhob sie sich, packte den Korb und verschwand in den Nebenraum.

In diesem Moment glaubte Magdalena das Schreien eines dritten Babys zu hören. *Nein, das ist unmöglich. Nur eine Täuschung!*

Die Hebamme tauchte wieder im Zimmer auf, der Korb wog schwer in ihrer Hand. »Ich komme gleich wieder.«

Magdalena spürte, wie die Luft stickig wurde, dann roch sie den Rauch. Flammen loderten auf, der Dachstuhl ächzte. Ein brennender Balken stürzte herunter, traf die Hebamme an der Schulter und klemmte sie im Türstock ein. Die Frau schrie verzweifelt. Der Korb mit den Babys fiel ihr aus der Hand. Dort lagen sie, unter dem Tuch, hilflos auf dem Boden.

Gott hat eingegriffen!

Er hat dir ein Zeichen geschickt!

»Helfen Sie mir!«, kreischte die Hebamme.

Magdalena rollte sich zur Seite, schob die Beine aus dem Bett, stemmte sich von der Matratze hoch und stand wankend da, eine Hand auf die Kommode gestützt. Der kalte Steinboden ließ sie frösteln.

Dann ließ sie die Kommode los und versuchte freihändig zu stehen. Die Schmerzen im Unterbauch waren unerträglich. Ihre Knie waren weich und zitterten. Sie spürte, wie ihr warmes Blut an den Innenseiten der Oberschenkel hinunterlief.

»Helfen Sie mir doch!«, schrie die Hebamme.

Gott wird dir helfen! Nicht ich.

Magdalena schleppte sich an der Wand entlang zum Türstock. Da ertönten Schreie aus dem Nebenraum und Rufe aus dem unteren Stockwerk. Die Nonnen waren aus dem Kloster gekommen, um den Brand zu löschen.

»Hier oben«, brüllte die Hebamme.

Magdalena packte den Kopf der Frau und drückte deren Gesicht an den glosenden Holzbalken. Sogleich wichen ihre Hilferufe entsetzlichen Schreien, und es roch nach verbrannter Haut und versengten Haaren.

Doch Magdalena empfand innerlich nur Kälte für diese Frau. Sie bückte sich nach dem Korb, und obwohl er so schwer war, presste sie ihn mit zitternden Händen an sich und schob sich damit an der Wand entlang in die andere Richtung. Weg vom Türstock. Weg vom Treppenhaus, vom Glockenturm und von den Frauen, die bald die Stufen hinaufgerannt kommen würden.

Auf der anderen Seite des Gebäudes gab es auch eine Treppe. Eine gewundene und viel schmälere, die ebenfalls nach unten und zur Rückseite des Treibhauses hinaus ins Freie führte. Von dort waren die Männer nachts hereingekommen und dort würde Magdalena keiner der anderen Nonnen in die Hände laufen. Und falls doch, konnte sie nur hoffen, dass diese die Courage haben würde, ihr zu helfen. Helfen, die Babys zu verstecken und fortzubringen, solange die Priorin noch nicht wieder da war.

Magdalena wusste nicht, wie lange es gedauert hatte und wie sie es überhaupt geschafft hatte hinauszugelangen. Sie wusste nur, dass sie plötzlich im Freien stand. Mit nackten Füßen im schlammigen Gras, im Wind, der ihr das nasse Kleid an den Körper presste, und mit dem Regen im Gesicht, der ihr die salzigen Tränen wegwischte.

Als sie das verrutschte Tuch über den Korb zog, damit ihre Kinder nicht frieren mussten, erhellte ein Blitz den Himmel unmittelbar über ihr, und ihr Blick fiel in den Korb.

Und da sah sie es.

Ich hatte recht!

In dieser Nacht war tatsächlich noch ein drittes Baby zur Welt gekommen.

6. TAG

Bodensee

DEUTSCHLAND

– MITTWOCH, 17. MAI –

51. Kapitel

Kurz nach sieben Uhr früh öffnete Sneijder unendlich schlecht gelaunt die Tür zu Dirk van Nistelrooys Büro. Dieser Fall war zum Kotzen. Und er hatte kaum geschlafen.

Sneijder blickte in die Runde. Krzysztof, Krüger, Martinelli und Horowitz saßen bereits mit dem Präsidenten um den Besprechungstisch. Getränke gab es keine – es würde also nur ein kurzes Gespräch werden; dafür aber bestimmt umso heftiger.

Dirk van Nistelrooys Krawatte war straff gebunden, und seine Manschettenknöpfe funkelten blitzblank an den Hemdsärmeln. Genervt blickte er auf die Armbanduhr. »Ich habe fünfzehn Minuten Zeit, danach fängt ein neuer spannender Tag für mich an, den ich kaum erwarten kann.« Es klang zynisch, anscheinend hatte auch er nur wenig geschlafen.

Unter anderem lag das wahrscheinlich daran, dass ihm morgen zusätzlich zu seinem sonstigen Stress eine wichtige Europol-Tagung in Den Haag bevorstand. Kein Wunder, dass sich sein Enthusiasmus in Grenzen hielt, von Sneijder ständig in die Ermittlungen hineingezogen zu werden. Aber seit der Ermordung des österreichischen Gesundheitsministers und Maybachs Selbstmord hatte der Fall eine neue Dimension angenommen, die ohne Zusammenarbeit auf höchster Ebene kaum noch zu bewältigen war.

»Wir sind komplett, fangen wir an«, beschloss Sneijder.

Martinelli sah auf. »Wo ist Sabine?«

»Die kommt nicht.«

»Was? Warum?«

Sneijder stöhnte auf. »Nemez muss den österreichischen Behörden noch weiterhin zur Verfügung stehen. Außerdem laufen gegen sie wegen Maybachs Festnahme und deren Selbstmord ein Disziplinarverfahren und eine Anzeige wegen Körperverletzung.«

Nun ging ein Raunen durchs Zimmer.

»Aber unser Chauffeur, Krzysztof und ich lagen doch schwer verletzt auf Hirschs Grundstück, und Sabine hat in Notwehr zugunsten mehrerer Dritter gehandelt«, brauste Krüger auf.

Es klang wie ein Zitat aus dem Gesetzbuch. *Dabei hat der Technik-Nerd tatsächlich recht*, dachte Sneijder.

»Wissen wir, aber die Wiener Staatsanwaltschaft, die Maybachs Todesfall prüft, sieht das anders«, antwortete van Nistelrooy an Sneijders Stelle. »Die untersuchen jetzt auch noch Maybachs Kopfverletzung, die Nemez ihr während der unrechtmäßigen Festnahme verpasst hat, und haben ein Ermittlungsverfahren eingeleitet.«

Sie schwiegen eine Weile, bis Krzysztof die Stille brach. »Wie geht es übrigens unserem Wiener Chauffeur?«

»Gebrochenes Nasenbein«, antwortete van Nistelrooy. »Das BKA übernimmt die Krankenhauskosten, den Verdienstausfall und spendiert ihm einen dreitägigen Urlaub in einem Wiesbadener Wellnesshotel.«

»Wow, so großzügig sind wir?«, entfuhr es Martinelli.

»Ein offizielles Entgegenkommen von uns«, knurrte van Nistelrooy.

»Können wir uns jetzt auf das Wesentliche konzentrieren?«, unterbrach Sneijder das Geplänkel und deutete auf Horowitz. »Was habt ihr in der Röntgensache herausgefunden?«

Da Horowitz gestern mit Martinelli in Wiesbaden geblieben war, hatten sie die ganze Nacht intensiv recherchieren können. Außerdem hatte Horowitz, seitdem er im Rollstuhl saß, so viele Untersuchungen hinter sich, dass er am meisten von ihnen allen über Strahlung wusste.

Nun fuhr er sich mit der Hand über das zerknautschte Gesicht. »Röntgenstrahlen kommen vor allem in zwei Gebieten zum Einsatz: In der Strahlentherapie, wo eine hohe Dosis in einer kurzen Zeitspanne dazu verwendet wird, Tumorzellen zu vernichten. Und bei der Erstellung von Röntgenbildern. Dabei wird der menschliche Körper von den Strahlen durchleuchtet. Bei den Knochen bleibt die Strahlung hängen und wird vom Körper absorbiert. Wenn man das fotografiert, erhält man ein Röntgenbild.«

Van Nistelrooy wedelte ungeduldig mit der Hand. »Weiter!«

»Die Energiemenge in Kilovolt oder Megavolt *und* die Dauer der Bestrahlung in Millisekunden ergeben die Dosis in Gray. Je höher die Strahlendosis, desto schärfer das Bild. Aber desto schädlicher sind auch die Nebenwirkungen.« Horowitz streckte die Arme aus. »Langfristig könnte ein Tumor entstehen.«

»Okay, ich hab's kapiert«, sagte van Nistelrooy. »Einerseits können Tumorzellen zerstört werden, andererseits entstehen Tumore.«

Horowitz nickte. »Je nachdem, wie man die Strahlen einsetzt. Kein Licht ohne Schatten.«

»Und woran hat Moerweck & Derwald in den 70er-Jahren geforscht?«, unterbrach Sneijder die Fragestunde.

»Was?«, entfuhr es van Nistelrooy. »Stopp! Deine Ermittlungen gehen doch nicht etwa in diese Richtung?«

Mit dieser Reaktion hatte Sneijder gerechnet. Darum sagte er nichts, sondern bedachte seinen Chef nur mit einem kühlen Blick.

»Moerweck & Derwald ist der mit Abstand größte medizintechnische Konzern Europas. Trotz Steueroasenkonstruktionen zahlen die allein in Deutschland mehr Steuern, als das Jahresbudget des BKA beträgt.«

Sneijder schwieg immer noch, als interessierte ihn das nicht die Bohne.

»Wäre Moerweck & Derwald ein Nationalstaat, stünde er

auf …«, van Nistelrooy wedelte mit dem Arm, »… Rang siebzig der Weltwirtschaftsliste.«

»Fünfundsiebzig«, korrigierte Sneijder. »Und?«

»Ach, du Scheiße«, murrte van Nistelrooy. »Darum geht es also.«

»Ja, darum geht es«, antwortete Sneijder. »Also?«

»Moerweck & Derwald arbeitete an der Verbesserung der Röntgentechnik«, setzte Horowitz ungerührt fort. »Die betrieben Anfang der 70er-Jahre intensive Forschung – Strahlenbiologie, um genau zu sein –, um die Wirkung von Strahlen auf lebendes Gewebe zu erforschen, mit dem Ziel, effizientere Röntgengeräte auf den Markt zu bringen.«

»Okay, und was soll daran falsch sein?«, fragte van Nistelrooy mit einem Gesichtsausdruck, als wollte er die Ermittlungen jeden Moment einstellen.

»Dafür muss man wissen, was Röntgenstrahlen bewirken«, sagte Horowitz. »Sie schaden nicht der ganzen Zelle, sondern nur dem Zellkern. Aber genau der beinhaltet die Erbmasse, die DNA. Röntgenstrahlen können nicht nur Krebs verursachen, sondern generelle Veränderungen im lebenden Organismus.«

»Ja, das ist tragisch. Und?«

»Röntgen hat diese Strahlung 1895 entdeckt. Achtundzwanzig Jahre später starb er an Darmkrebs. Und Marie Curie starb 1934 am Strahlentod. Seit dieser Zeit versucht man, Röntgenstrahlen in einem Energiebereich zu entdecken, der für den menschlichen Körper nicht schädlich ist. Aber das ist bis heute nicht gelungen, obwohl man seit den 30er-Jahren Grundlagenforschung mit Mäusen und Zellkulturen im Labor betrieben hat.«

»Noch mal«, knurrte van Nistelrooy genervt. »Wie berührt das unseren Fall? Was unterstellt ihr den Leuten im Konzern? Dass sie Experimente an Menschen durchgeführt haben?«

»Das könnte jedenfalls der Grund sein, warum die Skelette der

Kleinkinder stärker verknöchert sind, als es in dem Alter normalerweise der Fall wäre«, übernahm Sneijder die Antwort.

Van Nistelrooy faltete die Hände vor dem Gesicht und stützte das Kinn darauf. Er dachte nach, und niemand wagte es, seine Gedankengänge zu unterbrechen. »Okay«, sagte er schließlich. »Wir haben das ja schon bisher nicht an die große Glocke gehängt, aber von jetzt an unterliegt der Fall der strengsten Geheimhaltung. Kein Kontakt mehr zu den Kollegen. Und Sie werden alle wirklich ausschließlich nur noch an mich persönlich berichten. Das ist jetzt gerade zur absoluten Chefsache deklariert worden. Ist das klar?«

Alle nickten.

»Und noch etwas.« Van Nistelrooy hob die Hand. »Wenn wir uns mit diesem Konzern anlegen, brauchen wir knallharte Fakten. Keine Spekulationen einer verrückten Nonne, sondern in Stein gemeißelte Tatsachen, die wir der Generalstaatsanwaltschaft beim Landesjustizministerium vorlegen können! Wir müssen alles aufdecken, müssen ganz genau wissen, *wer* involviert war, und zwar vom kleinsten Laborassistenten bis zum obersten Chef des Managements, damit es für eine hieb- und stichfeste Anklage reicht. Außerdem bleiben uns nur noch zwei Tage, um die letzten beiden Morde zu verhindern und bis uns die Presse endgültig zerpflückt.«

»Ehrlich gesagt habe ich daran gezweifelt, dass du uns tatsächlich grünes Licht gibst«, gestand Sneijder.

Van Nistelrooy nickte. »Ich auch«, gab er unumwunden zu. »Andererseits habe ich es satt, dass dem BKA ständig Vertuschung, Verschleierung, Korruption und Bestechung vorgeworfen werden«, brach es aus ihm heraus. »Normalerweise hätte ich die Ermittlungen an diesem Punkt tatsächlich abgebrochen. Aber du und deine Leute, ihr seid die Richtigen dafür. Leg den Sumpf trocken.«

»Wäre nicht das erste Mal«, sagte Sneijder.

Van Nistelrooy schöpfte tief Atem. »Gut, aber bevor du weitermachst, solltest du noch einmal mit der Nonne sprechen.«

Diesmal schüttelte Sneijder entschieden den Kopf. »Nicht diese Nonne, sondern die Zeit ist mein größter Feind«, widersprach er.

»Aber sie ist unsere einzige Informationsquelle«, beharrte van Nistelrooy. »Du *musst* sie endlich kleinkriegen!«

»Ich habe dieser Frau gestern ein Ultimatum gestellt und ihr gesagt, dass das mein letztes Gespräch mit ihr sei«, sagte Sneijder. »Nachdem sie den Trick mit der Presse beinahe durchschaut hat, wird sie mir kein Wort mehr verraten.«

»Und wer soll sie dann verhören?«, entfuhr es Krzysztof. »Mit Horowitz, Tina, Marc oder mir wird sie wohl kaum reden. Sie kennt uns nicht mal.«

Da klopfte es an der Tür.

Während alle zur Tür blickten, sah Sneijder auf seine Armbanduhr. *Früher als gedacht!*

»Herein!«, rief van Nistelrooy missgelaunt.

Die Tür öffnete sich.

»*Sie* wird mit der Nonne sprechen«, sagte Sneijder.

Sabine Nemez stand im Türrahmen und betrat das Büro. Ihr Hals schimmerte blau.

Martinelli fuhr vom Stuhl hoch. »Sabine!«

Auch das Aufleuchten in Krügers Augen entging Sneijder nicht. »Ich dachte …«, stammelte der IT-Nerd.

»Guten Morgen«, sagte Nemez erschöpft. »Ich bin mit der ersten Frühmaschine in Frankfurt gelandet.«

Bis auf van Nistelrooy wandten sich alle mit verwirrten Blicken Sneijder zu.

»Mit viel Druck ist es uns gelungen, dass Nemez Österreich verlassen durfte und bis auf Weiteres ohne rechtliche Konsequenzen im aktiven Dienst bleibt«, erklärte er. Van Nistelrooy nickte zustimmend, auch wenn ihm das sichtlich schwerfiel. »Wir stehen so knapp davor, die Zusammenhänge der Mordfälle aufzudecken, dass ich jede Person in meinem Team brauche. Das haben in Österreich letztendlich nach langen Diskussionen auch Innenminister, Bundeskriminalamt und Bundesamt für Verfassungsschutz und Terrorismusbekämpfung eingesehen.«

Nemez nickte bestätigend, sah dabei allerdings furchtbar aus. Bestimmt hatte sie keine angenehme Nacht in Wien verbracht und zwischen den Verhören kaum ein Auge zugetan.

Sneijder erhob sich, füllte einen Becher mit frischem dampfendem Kaffee und drückte ihn Nemez in die Hand. »Bereit für das Gespräch?«

Nemez nickte.

Er berührte sie an der Schulter. »Gut, bringen wir es hinter uns.«

52. Kapitel

Sabine betrat allein den Verhörraum und setzte sich Magdalena Engelmann gegenüber an den Tisch. Die Ereignisse der letzten fünf Tage hatten sie beide gezeichnet.

Das schlohweiße Haar der Nonne war frisch gewaschen, doch das konnte nicht über die sowohl geistige als auch körperliche Erschöpfung hinwegtäuschen, die in ihrem Gesicht lagen. »Allein?«, fragte sie.

»Ja, Sie werden Sneijder nicht mehr zu Gesicht bekommen.«

Die Nonne nickte, als habe sie verstanden. »Wie weit sind Sie mit Ihren Ermittlungen?«

»Ich habe Ihre Tochter kennengelernt«, sagte Sabine, anstatt zu antworten. Eigentlich hätte sie die Hand dafür ins Feuer gelegt, dass als nächste Frage kommen würde: *Und wie geht es ihr?* Aber sie irrte sich.

Stattdessen wurde Magdalena vollkommen ruhig. »Letzte Nacht hat es mir einen Stich im Herzen gegeben. Es war ein ganz seltsames Gefühl. Haben Sie Kinder, Frau Nemez?«

Sabine gab keine Antwort.

»Wissen Sie«, fuhr die Nonne fort. »Ich habe die ganze Nacht kein Auge zugetan. Wie eine Mutter, die um ihr Kind bangt, wenn es klein ist und Fieber hat. Obwohl ich das ja nie erlebt habe. Ich war nie eine Mutter. Ich bin es erst seit wenigen Monaten.«

Sabine schwieg. *Lass die Frau reden!*

Die Nonne sah auf. »Etwa Schreckliches ist gestern Nacht passiert, nicht wahr?«

Sabine nickte. »Ja, Minister Hirsch, sein Chauffeur und sein Leibwächter wurden ermordet.«

»Und meine Tochter ebenfalls, richtig?«

Sabine presste die Lippen zusammen und nickte schließlich. Das Sprechen und Schlucken tat ihr immer noch weh. »Aber sie wurde nicht ermordet, sie hat sich selbst das Leben genommen.«

Magdalena betrachtete Sabines blauen Hals, dann ging ihr Blick durch Sabine hindurch und verlor sich in weiter Ferne. »Warum haben Sie ihren Tod nicht verhindert?«

Ja, warum? »Sie wollte sterben. Niemand hätte das verhindern können«, antwortete Sabine, obwohl sie gar keinen Grund hatte, sich zu rechtfertigen. Andererseits konnte sie sich gut in die Lage der Nonne hineinversetzen. Sabine wusste, wie es war, einen geliebten Menschen zu verlieren.

»*Sie* haben den Tod meiner Tochter auf dem Gewissen …«, beharrte die Nonne mit einer plötzlichen Traurigkeit in der Stimme. »… es ist, als hätten Sie sie eigenhändig ermordet.«

»Sie haben ebenfalls getötet!«, erinnerte Sabine die Nonne nun mit einer etwas lauteren Stimme, ihre Halsschmerzen ignorierend. »Soll ich Ihnen die Bilanz Ihres Rachefeldzuges präsentieren, mit allen bisherigen Kollateralschäden?«

Die Nonne sah Sabine schweigend an.

»Dachten sie tatsächlich, Sie kämen damit durch, ohne selbst ein Opfer zu bringen?«, fuhr Sabine fort. »Dass Sie Ihre eigene Tochter in die Sache mit hineingezogen haben, war nicht *meine*, sondern allein *Ihre* Entscheidung. Wem wollen Sie jetzt also etwas vorwerfen?«

Die Nonne nickte nur; es schien, als hätte sie die Situation akzeptiert. »Niemand von uns ist ohne Schuld und ohne Bosheit. Sonst wären wir ja Engel.« Sie sah auf. »Vielleicht müssen Sie ja auch eines Tages ein Opfer bringen, Frau Nemez.«

Wenn du wüsstest ... Sabine ballte die Faust, um das Zittern zu unterbinden, und legte den Kopf schief. »War das eine Warnung?«

»Vielleicht.« Danach schwieg die Nonne.

Sabine ignorierte den Gedanken. *Du darfst nicht zulassen, dass es persönlich wird!* »Was bedeutet der Hinweis Hell7?«, wechselte sie das Thema.

Die Nonne dachte kurz nach. »Nachdem Sie mich nicht nach der Bedeutung von *MörDer* gefragt haben, nehme ich an, dass Sie zumindest schon mal *das* herausgefunden haben.«

»Was bedeutet Hell7?«, wiederholte Sabine.

Die Nonne schwieg.

»Welche Komplizen hatte Ihre Tochter?«

»Ich gebe Ihnen noch einen letzten guten Rat ... vielmehr habe ich eine Bitte: Beeilen Sie sich, denn sonst muss noch jemand sterben, denn ich kann und werde es nicht aufhalten.« Nach diesen Worten lehnte sie sich zurück und ließ die Perlen des Rosenkranzes durch die Finger gleiten.

Am liebsten hätte Sabine ihr den Rosenkranz aus der Hand geschlagen. Doch bevor sie etwas sagen konnte, flog die Tür auf. Aus dem Augenwinkel sah sie, dass Sneijder nun doch den Raum betrat.

Er blieb hinter Sabine stehen, und im Spiegel konnte sie erkennen, wie er auf die Nonne herabsah. »Ich hoffe, Ihnen ist klar, dass der Tod Ihrer Tochter nur der Anfang war. Ich werde alle, die Ihnen helfen, eigenhändig zur Strecke bringen.«

Magdalenas Stimme wurde bitter. »Steht Mord etwa auch in Ihrer Berufsbezeichnung?«

»Dachten Sie etwa, dass wir die Hände in den Schoß legen und tatenlos zusehen, wie Ihre Helfer morden?«, rief Sneijder. »Wir sind kein Pfadfinderverein, sondern das BKA!«

»Ist das eine Drohung?«

»Betrachten Sie es als das, was Sie wollen. Am Schluss werde ich alle Ihre Handlanger und Komplizen entweder festgenommen oder – wenn es sich nicht vermeiden lässt – getötet haben, denn das ist mein Beruf. Und Gott der Herr wird mir das verzeihen, denn das ist *sein* Beruf.«

Die Nonne wollte etwas sagen, doch Sneijder schnitt ihr das Wort ab. »Kommen Sie, Nemez! Das ist reine Zeitverschwendung. Wir haben neue Informationen erhalten.«

53. Kapitel

»War das ein Fake mit den neuen Informationen?«, fragte Sabine, nachdem sie den Raum verlassen hatten.

Im Vorraum standen Marc, Tina und Krzysztof, die das Gespräch mit der Nonne verfolgt hatten.

»Nachdem unsere Täuschung bei Maybach derart schiefgegangen ist, spiele ich nicht mehr mit gezinkten Karten«, antwortete Sneijder bitter. »Wir haben tatsächlich neue Informationen.« Er wandte sich an den Techniker. »Lassen Sie uns einen Moment allein.«

Der Techniker überprüfte, dass die Geräte alles automatisch aufzeichneten, und verschwand dann nach draußen.

Sneijder setzte sich auf das Pult, die anderen blieben stehen. »Höchstwahrscheinlich hat die Nonne nicht damit gerechnet, bereits an diesem Punkt der Ermittlungen einen Vertrauten oder Komplizen aus ihrem engsten Kreis zu verlieren. Dadurch sind wir im Vorteil. Sie hatten alles auf sieben Tage geplant, und wenn wir jetzt schnell genug agieren, können wir das sechste und siebte Opfer retten.«

»Wollen wir die *Opfer retten*, oder wollen wir den *Fall lösen*?«, stellte Tina die entscheidende Frage.

Sneijder betrachtete sie nachdenklich. Schließlich nickte er. »Das kann jeder sehen, wie er will. Meines Erachtens bedingt das eine das andere. Ich möchte die letzten Morde verhindern, damit die Leute, die den Tod der Babys auf dem Gewissen haben, vor Gericht kommen.«

Alle nickten zustimmend.

»Und welche Informationen haben wir nun?«, hakte Sabine noch einmal nach.

In diesem Moment öffnete der Techniker von draußen die Tür und hielt sie auf, damit Horowitz mit dem Rollstuhl ins Zimmer fahren konnte. In seinem Schoß lagen einige Ausdrucke. »Krieg ich eine Tasse heißen Kakao mit Honig?«, fragte er in die Runde.

»Das ist kein Kakao-und-Kuchen-Kränzchen, erzähl!«, drängte Sneijder ihn.

Horowitz blickte zur Glasscheibe. »Hat sie etwas gesagt?«

»Nein. Mach schon!«

»Ja, ja«, murmelte Horowitz. »Ich habe mich weiter durch das Firmengeflecht von Moerweck & Derwald geackert und bin auf folgende Informationen gestoßen. Damals war der Sitz von deren Forschungseinrichtung in Wien auf dem neu errichteten Gelände der UNO-City – hatte steuerliche Gründe.«

»Da kommen wir gerade her ...«, stöhnte Sabine auf.

»Keine Sorge«, unterbrach Horowitz sie. »Da müssen Sie nicht noch mal hin. In der Abteilung waren damals über zweihundert Physiker und Biologen beschäftigt, die an der Erforschung von für Menschen unschädlichen Röntgenstrahlen gearbeitet haben.«

Krzysztof massierte sein stoppeliges Kinn. »Hat wohl nicht so richtig funktioniert, was?«

Horowitz schüttelte den Kopf. »Nein, aber die ehemalige Chef-Radioonkologin und Leiterin dieser Entwicklungsabteilung hieß Doktor Freda Rombusch.«

Sneijder wollte etwas sagen, doch Horowitz unterbrach ihn. »*Ja*, sie lebt noch – und *nein*, sie ist bisher nicht spurlos verschwunden. Nach ihrer Karriere bei Moerweck & Derwald war sie in diversen Forschungsprojekten in der Privatwirtschaft tätig. Doktor Rombusch wurde zweimal für den Physik-Nobelpreis nominiert – einmal 1981 und ein zweites Mal 2001 –, hat ihn aber niemals gewonnen.«

»Strahlenforschung?«, fragte Sabine.

»Richtig. Außerdem war sie vor über dreißig Jahren mit Minister Hirsch liiert, als er noch Kinderarzt war. Wir können also davon ausgehen, dass sie ganz tief in der ganzen Sache mit dringesteckt hat.«

Sneijder nickte zufrieden. »Und was macht sie heute?«

»Rombusch ist sechsundsiebzig Jahre alt, immer noch beruflich aktiv und erfreut sich bester Gesundheit.«

»Und wo lebt sie?«, fragte Sneijder.

»Das …«, Horowitz hob den Finger, »… ist nicht der springende Punkt. Die Frage lautet: Wo ist sie heute Abend?«

»Und wo ist sie heute Abend?«, murrte Sneijder.

Horowitz wedelte mit einem ausgedruckten farbigen Flyer. »Sie ist heute Abend Gastrednerin bei einem internationalen Radiologen-Symposium in Konstanz am Bodensee.«

»Konstanz …«, murmelte Sneijder nachdenklich.

»Das könnte aber nur eine von vielen möglichen Spuren sein«, gab Tina zu bedenken.

»Kein anderer der zweihundert Physiker und Biologen ist das Ziel – es ist Rombusch.« Sneijder nickte nach einer kurzen Überlegung. »Beim Konzil von Konstanz fand vor sechshundert Jahren die bisher einzige Papstwahl auf deutschem Boden statt. Mit ziemlicher Wahrscheinlichkeit ist genau dieser Ort das nächste Ziel unserer Nonne – ein symbolischer Akt.«

Sabine schielte zu Sneijder. »Das heißt, wir fahren an den Bodensee?«

»Nein«, widersprach Sneijder. »Wir fliegen.« Er sah zu Horowitz. »Und zwar diesmal die ganze Truppe.«

54. Kapitel

Mit dem Helikopter des BKA brauchten sie nur etwas mehr als eine Stunde für die knapp dreihundert Kilometer Luftlinie nach Konstanz, wo sie zur Mittagszeit auf dem Dach des Klinikums landeten. Eine steife Brise hatte die Wolken vertrieben, und in der blauen Oberfläche des Bodensees, den Sabine ganz in der Nähe erkennen konnte, spiegelte sich glitzernd die Sonne.

Rasch ging es weiter mit dem Fahrstuhl nach unten. Auf dem Parkplatz vor dem Hospital wartete schon ein Abhörwagen des Mobilen Einsatzkommandos Baden-Württemberg, der Marc mit seinem Equipment an Bord nahm und mit ihm voraus zum Tagungshotel fuhr.

Sneijder hatte bereits während des Fluges vorab die wichtigsten organisatorischen Dinge erledigt, und so trafen sie sich mit den Vertretern des hiesigen LKA, um die Sicherheitsvorkehrungen der Tagung zu besprechen. Anschließend stiegen sie in zwei zivile Fahrzeuge der Konstanzer Polizei und fuhren ebenfalls zum Tagungshotel.

Sneijder sah keine Veranlassung, das Radiologie-Symposium absagen zu lassen oder auch nur Freda Rombuschs Vortrag offiziell zu canceln. Alles würde wie gewohnt ablaufen – mit einer einzigen Ausnahme, die sie während der Fahrt zum Hotel besprachen.

Das Seaside Resort Hotel lag direkt am Ufer des Bodensees, mit Blick auf die Blumeninsel Mainau, und sah aus wie ein amerikanisches Grand Hotel aus den 1920er-Jahren. Der klassische alte Bau mit weißer Holzfassade war sieben Stockwerke hoch und wurde nach unten hin immer breiter. Die unterste Etage war eine einzige lang gezogene Veranda mit vielen Fensterfronten, Schaukelstühlen, weißen schmiedeeisernen Verzierungen und Holzgittern für Efeu und Rosen, die ein historisches Ambiente vermittelten.

Vor dem Hotel lag ein schmaler aufgeschütteter weißer Sandstrand mit Palmen in übergroßen Töpfen und Korbstühlen sowie mehrere Holzmolen, die auf hohen Stelzen weit aufs Wasser hinausreichten. Dutzende Segelboote ankerten dort und schaukelten auf den Wellen auf und ab.

Es sah nicht nur so aus, es roch auch wie am Meer, und dieses mediterrane Flair wurde durch die zahlreichen Möwen verstärkt, die kreischend und im Tiefflug über den Booten kreisten.

Idyllisch!, dachte Sabine.

Die Medizintechnikbranche wusste, wie und vor allem *wo* man Symposien veranstaltete. Aber das wunderte Sabine nicht, denn es gab kaum einen Industriezweig, in dem mehr Geld zu holen war als in der Entwicklung medizinischer Geräte. Die Menschen wurden schließlich immer älter und dabei auch immer kränker, und somit wurde die gesundheitliche Versorgung immer wichtiger.

Krzysztof stieg aus dem Wagen, schirmte die Augen mit der Handfläche ab, blickte sich um und atmete tief durch. »Wow! Hier lasse ich mich nieder, wenn ich alt bin.«

»Du bist schon alt«, kommentierte Horowitz, der über die Schienen aus dem Heck des Wagens rollte.

»Diskutiert das im Hotel«, unterbrach Sneijder sie. »Eine Suite ist für uns reserviert. Versucht auf dem Weg dorthin wie Kurgäste auszusehen.«

»Das dürfte kein Problem sein.« Krzysztof packte die Griffe von Horowitz' Rollstuhl und schob ihn die Auffahrt hoch Richtung Eingang. »Kommen Sie, mein Herr«, sprach er in breitem Schwyzerdütsch. »Unser Kräuterschaumbad samt Quietsche-Entchen ist bereits eingelassen.«

Sneijder nickte zu Tina und Sabine und bedeutete ihnen, ihm zu folgen.

Sie gingen zum Hotelparkplatz, wo der Abhörwagen des MEK, ein schwarzer fensterloser Kastenwagen, auf einem reservierten Stellplatz für die Bediensteten stand. Das Auto hatte ein Konstanzer Tarnkennzeichen, und die Seitenflächen waren mit einer Folie und dem Logo einer Installateurfirma beklebt. Würde jemand unter der Nummer dieser angeblichen Firma anrufen, ging garantiert eine freundliche Dame vom LKA Baden-Württemberg ran, um zu fragen, wo denn der Wasserschaden vorlag.

Sneijder öffnete die Hecktür und trat ein. Sabine und Tina folgten ihm.

»Rasch, Tür zu!«, befahl er und blickte sich um.

Sabine schloss die Tür. Das Innere sah aus wie auch bei ihren eigenen BKA-Wagen. Eine Reihe mit Monitoren und Videogeräten und davor drei fest auf dem Boden montierte Drehsessel. Auf einem davon saß Marc. Neben ihm befanden sich eine Arbeitsfläche und ein Schrank als Stauraum.

Marc zog sich soeben den Kopfhörer herunter und blickte Sneijder an. »Wir standen zuerst woanders, aber ich habe mir erlaubt, den Wagen umparken zu lassen, weil wir hier sowohl einen besseren Empfang als auch einen besseren Überblick haben. Außerdem habe ich einige der Geräte gegen unsere ausgetauscht.« Er klopfte auf sein Notebook, einen speziellen Computer, mit dem er direkten Zugang zum polizeilichen Datennetz hatte.

Die nahezu geräuschlose Be- und Entlüftung summte über ihren Köpfen. Sneijder inspizierte sämtliche Geräte, dann blickte er auf den Boden, wo Pizzakartons, Schokoriegelpapier und eine leere Plastikflasche lagen, die sicher nicht von Marc stammten.

Die beiden Männer des MEK Baden-Württemberg sahen zwar nicht gerade glücklich über Marcs Eigenmächtigkeiten aus, aber Sneijder nickte. Offenbar vertraute er darauf, dass Marc sein

Handwerk besser verstand als die beiden mindestens zwanzig Jahre älteren Typen.

»Ist was?«, fragte Sneijder den einen, der einen genervten Blick aufsetzte.

»Wir machen die Observationen schon seit zehn Jahren so und …«

»Man kann es auch zehn Jahre lang falsch machen«, kommentierte Sneijder.

»Ist okay, ist ja nicht unser Einsatz«, murmelte der andere in einem gelangweilten Ton. »Wir wurden nur angefordert, um Sie zu unterstützen. Fein.« Er hob die Arme. »Also, wie können wir Ihnen und Ihrem Kollegen bitte schön helfen?«

Sabine und Tina warfen sich einen vielsagenden Blick zu. Der lustlose und unmotivierte Ton, in dem der Mann mit Sneijder sprach, schmeckte ihm garantiert nicht.

»Möchten Sie mit Ihrem Job bei der Polizei etwas bewegen?«, fragte Sneijder den Mann.

Der Polizist nickte. »Ja, sicher, ich …«

»Gut, dann bringen Sie den Müll raus!« Sneijder deutete auf den Boden. »Hier sieht es vermutlich genauso aus wie bei Ihnen zu Hause.«

Kommentarlos, aber mit finsteren Mienen sammelten die zwei Beamten den Mist vom Boden auf und verließen den Wagen.

»Wow, nicht schlecht«, sagte Marc beeindruckt, nachdem sich die Tür wieder geschlossen hatte. »Mir gegenüber waren die nicht so hilfsbereit.«

»Hören Sie auf, so dämlich zu grinsen«, fuhr Sneijder ihn an, obwohl sein Mundwinkel selbst für einen Moment nach oben zuckte.

Nachdem Marc ihnen Mikrofone und Ohrstöpsel gegeben hatte, verließen Sneijder, Sabine und Tina den Abhörwagen und gingen über den Parkplatz zum Hotel.

Die frühe Nachmittagssonne brannte gnadenlos herunter und ließ die Luft über dem Asphalt flimmern. Vom Strand wehte eine laue Brise zu ihnen herüber. Ein Kiter schwebte der Länge nach an dem Seaside Resort Hotel vorbei.

Sneijder lockerte den Knoten seiner Krawatte und sah Sabine an. »Wie finden Sie Krüger?«

»Was? Ich?« Ihr Herzschlag beschleunigte.

»Ja, Sie! Oder rede ich undeutlich?«

»Nein, äh, wie ich ihn finde?«, wiederholte sie. »Da müsste ich erst mal eine Nacht mit ihm darüber schlafen!«

»Mit *ihm* darüber schlafen?«, wieherte Tina los und stieß ihr gackernd den Ellenbogen in die Rippen.

Sabine wurde rot, und Sneijder schüttelte nur verständnislos den Kopf.

Verflixter Freud'scher Versprecher!

Den Rest des Weges sagte Sabine kein Wort mehr, während Tina immer wieder lachte.

Blöde Kuh!

Sie erreichten das Hotel, gingen die Treppe hinauf und betraten die Empfangshalle.

»Ihre Koffer?«, fragte ein Page hinter der Drehtür.

»Verzieh dich!«, zischte Sneijder.

Ein Springbrunnen plätscherte in der Mitte der Halle, es duftete nach Orangen, und eine unterschwellige Meditationsmusik lag in der Luft. Alles war vornehm, leise und sehr gediegen.

Als eine Managerin mit aufgesteckten brünetten Haaren im dunkelblauen Businessanzug auf sie zuhielt, senkte Tina die Stimme und flüsterte Sneijder zu: »Sind Sie ein Lobbyist und wir Ihre beiden Töchter?«

»Das hätten Sie wohl gerne«, zischte Sneijder.

»Maarten S. Sneijder?«, fragte die Dame mit einem professionellen Lächeln.

Wow!, dachte Sabine. Sie hatte sogar an das *S* gedacht.

Sneijder nickte.

»Wenn Sie mir bitte zum Empfang folgen wollen.« Sie setzte sich ihre Lesebrille auf, die an einem Kettchen um den Hals hing, und griff in eine Mappe. »Ich habe hier Ihre Eintrittskarten und die Namensschilder für das Symposium. Sie sind von der Firma Dorrex aus Wien. Hier ist der Veranstaltungskalender. Sämtliche Vorträge finden im Hotel statt.«

Sneijder nahm Karten, Schilder und Prospekt und reichte alles Sabine, die einen kurzen Blick darauf warf. *Dorrex Pharmaceuticals GmbH.* Die Namen darunter waren falsch.

»Die Zimmer?«, fragte Sneijder, als sie den Tresen erreichten.

Die Frau nickte und sah sich um, um sicherzugehen, dass niemand sie belauschte. »Wir haben Doktor Freda Rombusch umquartiert und ihr nun offiziell die Suite 705 gegeben, die am weitesten von der Feuertreppe entfernt liegt. Die Suite für Sie und Ihre Kollegen ist die 605 direkt unter Frau Doktor Rombuschs Zimmer.«

»Perfekt. Wann wird sie eintreffen?«

»Voraussichtlich um drei Uhr.« Die Managerin griff nach einem Kuvert, das hinter dem Tresen lag. »Hier sind die restlichen elektronischen Zimmerschlüssel für beide Suiten. In Ihrem Zimmer wurden die Feuermelder abmontiert und die Zimmerpflanzen entfernt. Außerdem finden Sie die Uniformen der Angestellten im Kleiderschrank, und hier sind die Schlüssel für den Frachtaufzug der Bediensteten, die die hiesige Polizei für Sie angefordert hat.«

Sneijder nahm je einen Schlüssel aus dem Kuvert und reichte den Rest kommentarlos an Tina weiter.

»Und in Ihrem Zimmer finden Sie auch die Schüssel mit den blauen Smarties.«

»Sehr gut.«

Die Frau räusperte sich. »Bloß aus Neugierde … darf ich fragen, wer Sie sind und woher Sie wirklich kommen?«

»Nein, dürfen Sie nicht«, antwortete Sneijder.

Rasch mischte sich Sabine in das Gespräch. »Danke für Ihre Hilfsbereitschaft und Aufmerksamkeit.«

Die Frau blickte nun zu Sabine, woraufhin diese knapp nickte und stumm das Wort *Bundeskriminalamt* formte.

Die Frau riss die Augen auf. »Gut, dann wäre wohl alles geklärt. Die Fahrstühle sind dort drüben.«

Sabine, Tina und Sneijder gingen zum Lift.

»Nur *blaue* Smarties?«, fragte Sabine, nachdem sich die Tür geschlossen hatte und sie in den sechsten Stock fuhren. »Warum musste die extra jemand für uns aussortieren? Außerdem essen Sie doch gar nichts Süßes.«

»Ich habe der Polizei eine Liste von Anweisungen übermittelt, die sie an das Hotel weitergegeben hat, aber nicht die Zeit, um zu überprüfen, ob alles passt. Wenn also sogar die dämlichste und nebensächlichste Anordnung umgesetzt wird und im Zimmer tatsächlich nur blaue Smarties liegen, kann ich davon ausgehen, dass auch alle anderen Anweisungen korrekt ausgeführt wurden.«

»Das heißt, das war nur ein Test?«

»Sicher, oder dachten Sie, ich esse wirklich Smarties? Und ausgerechnet die blauen?«

Sie stiegen aus dem Fahrstuhl, gingen zur Suite 605, Sneijder öffnete die Tür, und sie traten ein.

Die Zimmer in der vorletzten Etage waren riesig, mit weitem Ausblick auf den Bodensee. Horowitz saß im Rollstuhl vor der Balkontür und blickte zum Strand hinunter, und Krzysztof lag vor der Couch auf dem Boden und pumpte Liegestütze.

Und neben ihm auf dem Wohnzimmertisch stand tatsächlich eine große Schüssel ausschließlich mit blauen Smarties.

55. Kapitel

Sneijder ließ sich in einen bequemen Fauteuil fallen, legte die Füße auf den Wohnzimmertisch, wischte sich den Schweiß von der Stirn und zog Akupunkturnadelset und Zigarettenschachtel aus der Sakkotasche.

Bei siebzig hörte Krzysztof auf zu zählen, sprang in die Hocke und setzte sich auf die Couch. »Was machen wir hier?«

Sneijder öffnete das Set, holte drei Nadeln heraus und stach sie sich in die Handrücken. »Wir warten auf Freda Rombusch.«

»Ich dachte, die hätte die Suite über uns«, bemerkte Sabine.

»Hat sie auch – offiziell, aber das Personal am Empfang hat die Anweisung, sie in *dieses* Zimmer zu begleiten, wo wir sie erwarten.«

»Ob dieser Plan so clever ist?«, gab Tina zu bedenken. »So viele erfahrene Leute sind in diese Ermittlung involviert, und dann fällt uns nichts Besseres ein?«

Sneijder schwieg.

Krzysztof dachte kurz nach. »Ich habe mir gerade ausgerechnet, dass wir drei«, er deutete zu Horowitz, Sneijder und sich, »gemeinsam immerhin knapp hundertneunzig Jahre alt sind.«

»Fantastisch«, murmelte Horowitz, der vom Balkon zur Hausbar rollte, in den Kühlschrank blickte und eine Packung Buttermilch aufriss, die er in ein Glas leerte. »Und wie bringt uns dieses Wissen weiter?«

»Er will damit sagen, dass wir alte Knacker sind«, murmelte Sneijder mit geschlossenen Augen, während er an den Nadeln drehte.

»Mann, wenn ich jetzt aus dem Rollstuhl könnte, würde ich ihn erwürgen.«

»Wenn ich nicht solche Kopfschmerzen hätte, würde ich es selbst tun.«

Krzysztof grinste, Horowitz trank seine Buttermilch und Sneijder steckte sich einen Joint an. Nach dem ersten Zug stöhnte er laut auf und ließ den Kopf in den Nacken sinken.

Während Sabine nun ebenfalls zum Balkon ging und nach unten blickte, öffnete Tina eine Dose Pepsi, die sie mit Eiswürfeln in ein Glas leerte. »Sonst noch jemand etwas zum Trinken?«

»Eine Tasse Vanilletee ...«, stöhnte Sneijder.

Tina kramte durch die Teelade, fand tatsächlich einen Beutel und schaltete den Wasserkocher ein. Während das Wasser blubberte, blickte sie sich in der Suite um und sagte: »Ich kenne einen Witz. Treffen sich ein Niederländer, ein Pole und ein Schweizer ...«

»Dauert der Witz noch lange?«, unterbrach Krzysztof sie gelangweilt.

»*Sie kommt*«, hörte Sabine plötzlich Marcs Stimme in ihrem Ohrstöpsel. Rasch blickte sie seitlich am Balkon hinunter zum Eingang, wo eine Reihe internationaler Flaggen im Wind flatterte. Davor stand eine schwarze Limousine. Der Kofferraum war offen, und ein Page hob soeben zwei Trolleys heraus. »Freda Rombusch kommt«, sagte sie laut zu den anderen.

Sneijder rappelte sich auf. »So früh?« Er zog noch einmal an seinem Joint, dann drückte er den Glimmstängel in der Smartiesschüssel aus, die Krzysztof gerade leer gefuttert hatte.

Sie warteten zehn Minuten lang, dann hörten sie das Klingeln des Fahrstuhls in der sechsten Etage.

Im Flur näherte sich das durchdringende Quietschen von Trolleyrollen. Das elektronische Schloss ihrer Suite surrte, und ein Page drückte die Tür auf.

Eine zierliche Dame im schwarzen Businessanzug, dunkler Bluse, weitem Dekolleté mit Perlenkette und einer Sonnenbrille in den schwarz-grau gefärbten Haaren trat ein.

Dass diese Frau sechsundsiebzig war, hätte Sabine niemals für möglich gehalten. Anscheinend hielt ein Job in der Medizinbranche jung. Oder lag es an Fitnesscenter, Sonnenstudio, fettarmer Ernährung, ein paar chirurgischen Eingriffen und einem guten Schneider?

Abrupt blieb Freda Rombusch stehen und sah sich verwirrt im Zimmer um. »Das muss ein Irrtum sein. Wer sind diese Menschen?« Im nächsten Moment rümpfte sie die Nase. »Außerdem riecht es hier wie in einer Opiumhöhle.«

»Marihuana«, stellte Sneijder richtig und ging auf sie zu. »Und es ist *kein* Irrtum. Die Dame am Empfang hatte die Anweisung, Sie in dieses Zimmer zu schicken.«

»Aber es ist besetzt. Wo ist meine Suite?«

»Ihre *offizielle* Suite liegt genau ein Stockwerk über uns. Aber die werden Sie nicht betreten.«

»Soll das ein dummer Scherz sein? Wer sind Sie alle?«

Sneijder zeigte ihr seinen Ausweis. »Maarten S. Sneijder, polizeilicher Fallanalytiker, Entführungsspezialist und forensischer Kripopsychologe, BKA Wiesbaden.«

»Das interessiert mich alles nicht«, schrie sie, ohne sich den Ausweis anzusehen. »Ich möchte sofort meine Suite beziehen!«

»Brüllen verstärkt Ihre Stimme, aber nicht die Argumente«, sagte Sneijder überraschend ruhig. Dann winkte er dem Pagen, woraufhin der die beiden Trolleys im Zimmer abstellte und verschwand.

»Setzen Sie sich erst einmal«, forderte Sneijder sie auf. »Wollen Sie einen Gin Tonic, Martini oder Whisky?«

»Ein doppelter Whisky mit Eis wäre für den Anfang mal nicht schlecht«, fauchte Rombusch.

»Krzysztof!« Sneijder schnippte mit den Fingern, woraufhin Krzysztof sich erhob, die Hausbar öffnete und ein Getränk mixte. Dann ging er zu Horowitz, der ihm eine Mappe reichte. Sneijder schlug die Akte auf und legte ein großes Hochglanzfoto vor Freda Rombusch auf den Tisch. »Das ist Walter Greims … zumindest das, was die Säure von seinem Gesicht übrig gelassen hat.«

Rombusch verzog den Mund. »Kenne ich nicht.«

»Hab ich mir gedacht«, sagte Sneijder. »Zu Ihrer Information: Er hat im Bruggtal die männliche Klientel durch den Hintereingang in das Internat des Ursulinenklosters gebracht.«

Schlagartig versteinerte Rombuschs Gesicht.

Soeben wird ihr klar, worum es hier eigentlich geht, dachte Sabine, verhielt sich aber weiterhin still im Hintergrund und beobachtete die Frau.

»Und zwar die Klientel eines gewissen Janus. Das ist Janus – das Blut um seinen Mund stammt von Bambussprossen, die seine Lunge perforiert haben«, bemerkte Sneijder nebenbei und legte ihr ein zweites Farbfoto auf den Tisch. »Eine Hebamme hat die Babys der schwangeren Klosterschülerinnen zur Welt gebracht. Das ist sie … zumindest das, was von ihrem Gesicht übrig geblieben ist.« Er knallte ihr ein drittes Foto auf den Tisch.

Rombusch sagte immer noch nichts.

»Und ich nehme an, dass Sie auch Constance Felicitas, die Priorin des Klosters, nicht persönlich kannten. Das ist sie … ihre Augen und Teile des Gesichts fehlen.« Er warf ihr das nächste Foto auf den Tisch. »Aber Minister Ulrich Hirsch kennen Sie bestimmt. So sah er aus, nachdem ihm ein Projektil aus nächster Nähe den Hinterkopf weggeblasen hat.« Sneijder warf ihr das letzte Foto auf den Tisch. Wie Anklageschriften lagen die Bilder nebeneinander.

Rombusch sah demonstrativ weg.

»Schauen Sie sich das an!« Sneijder pochte auf die Fotos.

Jetzt schnappte Rombusch nach Luft. »Warum zwingen Sie mich, diese schrecklichen Bilder anzusehen?«

»Ich bitte Sie«, sagte Sneijder mit völliger Ruhe in der Stimme. »Wer für den Tod von über siebzig Babys verantwortlich ist, die mit Chemikalien behandelt, Röntgenstrahlen ausgesetzt und anschließend nackt in einem Erdloch verscharrt wurden, dem traue ich etwas weniger Skrupel, einen härteren Magen und mehr Kompromisslosigkeit zu. Also sparen Sie sich Ihre *Oh-was-sind-das-nur-für-schreckliche-Fotos*-Nummer für den Staatsanwalt auf.«

»Sie wollen mich verhaften?«

»Nein.« Sneijder setzte sich ihr gegenüber an den Tisch und breitete die Arme aus. »Zunächst einmal möchte ich Ihr Leben retten. Ich und meine Kollegen …«, er macht eine kreisende Bewegung durch die Suite, »… werden alles daransetzen, dass Sie die nächsten zwei Tagen überstehen.«

Krzysztof trat zu ihnen an den Tisch und stellte ein Glas Whisky mit Eis für Rombusch und die Teetasse für Sneijder ab.

Sneijder nippte sogleich an der Tasse und hob überrascht eine Augenbraue. »Verdammt guten Vanilletee haben die hier.«

Rombusch ignorierte den Whisky. Sie schluckte mit trockenem Mund, starrte zuerst irritiert auf die Akupunkturnadeln, die immer noch in Sneijders Handrücken steckten, dann blickte sie erneut auf die Fotos. »Wer hat das getan?«

»Wissen wir noch nicht.« Sneijder nahm noch einen Schluck und stellte die Tasse ab. »Aber wir wissen, dass Sie mit an Sicherheit grenzender Wahrscheinlichkeit das nächste Opfer unseres kreativen Mörders sein werden. Seit fünf Tagen radiert er einen nach dem anderen aus. Und diese Spur führt direkt zu Ihnen.« Er zeichnete mit dem Finger eine imaginäre Linie durch die Luft.

Rombusch schwieg.

Sneijder beugte sich nach vorn und senkte die Stimme. Sein

Ton wurde ernst. »Ich stelle Ihnen jetzt einige Fragen, und wenn ich den Eindruck habe, dass Sie mich verarschen, dass Sie versuchen, mich anzulügen, dass Sie probieren, die Dumme und Ahnungslose zu spielen …« Er machte eine Pause. »… dann ziehe ich mit meinen Kollegen ab und überlasse Sie Ihrem Schicksal.«

Sie lächelte ihn an. »Das wagen Sie nicht!«

Sneijder lächelte ebenfalls. »Doch! Und morgen, wenn ich gemütlich in meinem Büro in Wiesbaden bei meinem Frühstücksei und einer Tasse Tee sitze, eine Zigarette rauche und die Zeitung aufschlage, werde ich lesen, wann und wie Sie heute Abend gestorben sind. Und mich und meinen Vorgesetzten juckt das nicht die Bohne. Haben Sie das verstanden?«

Die Frau schluckte, dann nickte sie.

»*Goed.* Woran hat Moerweck & Derwald in den 70er-Jahren geforscht?«

Sie atmete tief durch, ihr Busen hob und senkte sich mehrere Male, ehe sie zu einer Antwort ansetzte. »Sie wissen, dass Moerweck & Derwald heute um ein Vielfaches größer ist als damals, mit über zwei Dutzend Geschäftsfeldern. Und weltweit allein in der Rechtsabteilung fast halb so viele Anwälte beschäftigt wie das BKA Mitarbeiter hat?«

»Wissen wir«, unterbrach Sneijder sie. »Und in den 70er-Jahren?«

»Da war es ein rein medizintechnischer Konzern, der vor allem Röntgengeräte hergestellt hat. Unsere Abteilung experimentierte von 1971 bis 1980 in der Strahlenforschung. Das Feld war groß, viele Unternehmen machten das damals. Das MRT wurde erst 73 erfunden, die Ultraschalluntersuchung erst 80. Zu jener Zeit konnte man noch keine Bilder mit Magnetfeldern ohne Nebenwirkungen machen.«

»Wie genau ging die Forschung vonstatten?«, fragte Sneijder.

Die glänzenden Farbfotos lagen wie eine schreckliche Drohung vor Freda Rombusch. Sie starrte wieder darauf, dann presste sie die Augen zusammen, als wollte sie das alles verdrängen.

»Vor der Wirklichkeit kann man die Augen verschließen«, bemerkte Sneijder. »Aber nicht vor der Erinnerung, nicht wahr?«

Sie gab keine Antwort.

»Wie genau ging die Forschung vonstatten?«, wiederholte er.

Sie sah endlich auf. »Anfangs ist unsere Forschung gescheitert. Es ist uns nicht gelungen, einen Energiebereich mit für den menschlichen Körper ungefährlichen Röntgenstrahlen zu finden. Weil es den nicht gibt. Also gingen wir andere Wege. Wir suchten nach einer Methode, um mit einer niedrigen Strahlendosis ein besseres und schärferes Röntgenbild zu erzeugen.«

»Mit welcher Methode?«, drängte Sneijder.

Sie gab keine Antwort.

»Welche Methode?«

Nun wurde auch ihre Stimme lauter. »Ich war Entwicklungsleiterin eines *Technologiekonzerns*, der Röntgenapparate hergestellt hat. Ich bin weder Chemikerin noch Biologin. Ich weiß nur eines: Je jünger und kindlicher das Gewebe von Zellkulturen ist, desto schneller wächst es und umso strahlungssensibler ist es.«

»Konkretisieren Sie *jüngeres Gewebe*!«, forderte Sneijder.

»Wir haben mit Nabelschnüren gearbeitet.« Sie hob die Arme. »Das war damals legal! Damit erzielten wir raschere Ergebnisse, was die Forschung beschleunigte und uns voranbrachte.«

»Und mit Babys!«

»Davon weiß ich nichts«, sagte sie rasch und hob die Schultern. »Das müssen Sie die damaligen Verantwortlichen von Glostermed fragen, nicht mich!«

An Rombuschs Körperhaltung merkte Sabine, wie sie zumachte und sich von nun an jedem weiteren Verhör entziehen würde, ganz gleich, wie hoch die Bedrohung für ihr Leben war.

»Glostermed, der Pharmakonzern, der Medikamente herstellt?«, fragte Sabine nach.

Rombusch nickte. »Moerweck & Derwald entwickelte die Röntgenapparate, Glostermed das entsprechende Medikament und Kontrastmittel dazu. Sie haben die biologische *und* chemische Forschung betrieben.«

Die Pharmaindustrie!

Sneijder blickte auf und sah in die Runde. »Glostermed also.« Er nickte zu Tina und Horowitz, die sogleich zu ihren Handys griffen und zu telefonieren begannen.

Dann wanderte Sneijders Blick wieder zu Rombusch. »Sie haben es zwar nicht verdient, dass wir Ihren Arsch retten, wir werden es aber dennoch tun. Und wissen Sie, warum?«

Sie schüttelte den Kopf.

»Weil ich Ihren Gesichtsausdruck bei der Anklageverlesung sehen will. Gut«, seufzte er und erhob sich. »Es wird Zeit.«

»Darf ich jetzt in meine Suite?«, fragte Rombusch.

Sneijder schüttelte den Kopf. »Sie bleiben hier. Wir werden Sie gegen eine Person vom BKA austauschen, die Ihnen ähnlich sieht.«

»Und mein Vortrag?«

»Abgesagt.«

»Was? Das können Sie nicht tun!«, rief Rombusch und sprang nun ebenfalls auf.

»Es gibt nichts, was wir nicht tun können«, antwortete Sneijder.

Rombusch starrte erneut auf die Nadeln in Sneijders Handrücken. »Sie sind verrückt!«

»Das mag sein«, gab Sneijder zu. »Je näher man dem Wahnsinn kommt, desto besser versteht man die Wirklichkeit. Sie müssten das besser wissen als jeder andere in diesem Raum.« Er wandte sich ab und ging zum Kleiderschrank. »Krzysztof, bring sie ins Nebenzimmer und sorg dafür, dass sie still bleibt und nicht abhaut!«

»Sie sind wahnsinnig! Das ist Machtmissbrauch. Ich werde Sie bis aufs letzte Hemd verklagen«, warf Rombusch ihm an den Kopf, während Krzysztof sie packte und nach nebenan zerrte.

Sneijder ignorierte den Kommentar. »Vergessen Sie Ihren Whisky nicht«, sagte er nur.

Dann fiel die Tür zu, und Sabine hörte Rombusch im Nebenraum toben, bis eine Ohrfeige knallte.

Sneijder zog die Nadeln aus seinen Handrücken, ließ sie in seinem Set verschwinden und schob die Kleiderbügel beiseite. »Barkeeper für mich«, sagte er, »Zimmermädchen für Sie.« Er warf Sabine eine zweiteilige Uniform zu. »Dürfte Ihre Größe sein.«

Sabine fing die Kleidung auf. *Ist das dein Ernst?* »Das soll ich anziehen?«

Sneijder nickte und packte ihr noch zwei Stöckelschuhe oben drauf, die er ebenfalls dem Schrank entnommen hatte. »Wir beide kümmern uns von jetzt an im Stockwerk darüber um die falsche Freda Rombusch. Legen Sie das Holster ab. Sie bekommen noch einen Servierwagen, dort können Sie Ihre Dienstwaffe unter der Käseglocke verstecken.«

Tina hielt grinsend einen Moment lang das Handy weg. »Unter der Glocke die Glock.«

Ja, grins nur blöd! Sabine schnaubte. Warum hatte Sneijder nicht Tina für diesen Job ausgewählt?

»Und binden Sie sich auch dieses hübsche Dings da um den Hals, damit man Ihre Würgemale am Hals nicht sieht«, fügte Sneijder hinzu.

Mit einem Stöhnen stapfte sie ins Bad, pfefferte die Turnschuhe in eine Ecke, zog sich aus und schlüpfte in den kurzen engen schwarzen Rock, die Schuhe und die Bluse mit den weißen Rüschen und band sich auftragsgemäß die dekorative schwarze Stoffschleife um.

Als sie das Bad wieder verließ, strahlte Sneijder sie an. »Perfekt.

Habe ich Ihre Größe also richtig geschätzt. Und *godverdomme*, machen Sie nicht so ein Gesicht.«

»Wenn ich Gesichter machen könnte, hätten Sie schon längst ein anderes.«

»Witzig, Nemez. Reißen Sie sich zusammen, das ist eine verdeckte Ermittlung!«

»Ich habe keine Ahnung, wie ich mich als Dienstmädchen verhalten soll«, protestierte Sabine.

»Richtiges Verhalten ist die Kunst des richtigen Weglassens«, antwortete Sneijder kryptisch.

»Was soll das jetzt wieder?«

»Das fängt beim Reden an und endet beim Dekolleté.« Er ging auf sie zu und wollte die ersten beiden Knöpfe ihrer Bluse öffnen, doch Sabine schlug seine Hand im Reflex beiseite.

»Entschuldigung … aber keine Übergriffe!«, warnte sie ihn.

»Herrgott! Würden Sie zumindest bitte den obersten Knopf öffnen.«

Sabine tat es und betrachtete sich im Spiegel über der Hausbar. »Aber so sehe ich ziemlich naiv aus.«

»Die größte Klugheit einer klugen Frau besteht darin, ihre Klugheit zu verbergen.«

»Wollen Sie damit sagen, dass für eine Frau Schönheit wichtiger ist als Intelligenz?«, fuhr Sabine ihn an. »Gerade von Ihnen hätte ich das nicht erwartet.«

»Nemez!« Er kniff die Augenbrauen zusammen. »Es ist deshalb wichtiger, weil bei Männern das Sehen schneller funktioniert als das Denken. Sie sehen übrigens großartig aus.«

Wen interessiert das schon …

Da klopfte es an der Tür, und kurz darauf kam ein Page herein, der einen Servierwagen mit Käseglocke, Kaffeekanne und Sandwiches vor sich herschob. »Ich soll Ihnen ausrichten, Doktor Freda Rombusch sei soeben in Suite 705 eingetroffen.«

»Perfekt.« Sneijder schlüpfte aus seinem Sakko und nahm ebenfalls Holster und Dienstwaffe ab. Dann legte er die schwarze Fliege und die golden-gelb gestreifte Weste an, schob das weiße Hemd an den Armen hinauf und streifte sich die schwarzen Ärmelhalter darüber. Das Barkeeper-Outfit stand Sneijder richtig gut.

»Sie sehen ziemlich cool aus«, bemerkte Tina.

Sneijders Mundwinkel zuckte. »Gewöhnen Sie sich nicht daran.«

Indessen zog Sabine ihre Pistole aus dem Holster, überprüfte das Magazin und versteckte die Waffe unter der leeren Käseglocke.

»Können wir?«, fragte Sneijder.

»Einen Moment noch«, ertönte Marcs Stimme in Sabines Ohr.

An Sneijders Reaktion bemerkte Sabine, dass auch er mithörte. »Was?«, rief er und justierte den Knopf im Ohr.

»Ich konnte alles mithören. Bringen Sie Sabine wieder heil zurück.«

»Wenn Sie mich so sehr darum bitten …«

»Das ist keine Bitte«, unterbrach Marc ihn, *»sondern eine Bedingung!«*

Diesmal musste Sabine grinsen.

56. Kapitel

Die falsche Freda Rombusch sah der echten tatsächlich ein wenig ähnlich. Eine kleine, sportliche, ältere Dame vom LKA in Stuttgart, die bis vor drei Jahren bei der Polizei die Ausbildung in Waffentechnik geleitet hatte. Zwar war sie mittlerweile bereits im Ruhestand, besaß aber immer noch ihren Waffenschein und machte regelmäßig ihre Übungen im Schießkeller. Außerdem trug sie eine schusssichere Weste unter ihrem Blazer.

Warum sie diesen Job freiwillig übernommen hatte, konnte Sabine sich nicht erklären. Vermutlich hatte das LKA sie mit einem entsprechenden Honorar überredet.

Wenn das mal gut geht.

Bereits seit einer geschlagenen Stunde stand Sabine mit ihrem Servierwagen neben der Hausbar der Suite, die man von der Strandseite aus durchs Balkonfenster nicht einsehen konnte. Hin und wieder blickte sie zu Rombuschs Double, das auf der Couch saß und sich seelenruhig in die Symposiumsunterlagen vertiefte.

Soeben verließ das Team der Kriminaltechnik und forensischen Toxikologie die Suite. Die Frauen, ebenso wie Sabine in Zimmermädchenkleidung gepfercht, hatten alle Räume so gut es ging durchsucht. *Aber erfolglos.* Keine Kameras, keine Wanzen, kein Sprengstoff, keine versteckten tödlichen Fallen. Sogar die Flaschen der Hausbar waren originalverschlossen, und vermutlich enthielten weder die Nüsse in der Schale noch die Willkommensschokolade auf dem Kopfkissen Gift.

Wie immer Freda Rombusch sterben sollte – falls das überhaupt geplant war –, es würde auf eine andere Art und Weise passieren, als sie bisher angenommen hatten.

Nachdem Minister Hirschs Tod von Maybach ohne tagelange Vorbereitung direkt inszeniert worden war, würde das hier vielleicht ebenso spontan passieren. Je länger Sabine über die Zusammenhänge nachdachte, desto geringer wurde ihr Engagement, die zweifach nobelpreisnominierte Freda Rombusch zu retten, die im Stockwerk darunter von Krzysztof ruhig gehalten wurde.

»*Noch immer nichts?*«, erklang Marcs Stimme in ihrem Ohrstöpsel.

»Nein«, antwortete Sabine in ihr Mikro, das unter dem Kragen ihrer Bluse versteckt war.

»*Wo ist Sneijder?*«

»Immer noch draußen in der Panoramalounge«, antwortete Sabine.

Im siebten Stockwerk befand sich zwischen den Trakten mit den Suiten direkt beim Treppenaufgang eine Panoramalounge mit Leseecke und Bibliotheksregal. Sneijder stand hinter dem Bartresen, mixte Cocktails für die Gäste – anscheinend kannte er viele Rezepte – und ließ Cappuccinos aus der Maschine laufen. Von dieser zentralen Position aus hatte er sowohl das Treppenhaus im Blick als auch die Fahrstühle und die Korridore, die zu den Suiten führten.

Andererseits war er zwar genauso gut für alle zu erkennen, auch für den Mörder. Doch Sneijder hielt an seiner Philosophie fest, dass gerade das Offensichtliche gern übersehen wurde.

»*Du klingst nicht gerade hoch motiviert?*«, stellte Marc fest.

»Soll ich ehrlich sein?«

»*Zu mir? Ich bitte darum!*«

Sie ließ sich mit der Antwort Zeit. »Ich habe ein Problem damit, dieser Frau das Leben zu retten.«

Die falsche Rombusch sah kurz auf, doch Sabine schüttelte den Kopf und deutete mit der Hand nach unten zum anderen Stockwerk. »Wenn ich daran denke, was die im Namen der Wissenschaft alles verbrochen hat, kommt mir die Galle hoch.«

»War das nicht immer so im Lauf der Geschichte?«

»Mag sein, aber du hast die vielen Kinderskelette nicht gesehen. Was sind das nur für Monster, die Säuglingen und Kleinkindern so etwas antun?«

»Vielleicht wusste Rombusch nicht, womit sie da experimentiert hat?«

»Willst du mich verarschen? Klar wusste die das! Und so jemandem soll ich helfen?« Sie zögerte. »Kann Sneijder mithören?«

»Nein, ich habe dich auf eine eigene Leitung gelegt.«

»Danke.« Sie dachte nach. »Anfangs habe ich die Nonne echt gehasst, für das, was sie inszeniert hat, und weil Menschen auf so schreckliche Art und Weise sterben mussten.«

»Mittlerweile siehst du das anders?«

»Ein wenig. Ich würde zwar immer noch nicht behaupten, dass diese Typen den Tod verdient haben, aber je mehr ich über die Zusammenhänge erfahre, desto mehr fühle ich mit Magdalena Engelmann und ihrer Tochter mit. Und es zerreißt mir die Seele, wenn ich daran denke, dass ich mit schuld an Maybachs Selbstmord bin.« Sabines Stimme kippte. »Sie wollte doch nur die Wahrheit ans Licht bringen.«

»Aber mit welchen Methoden?«, unterbrach Marc sie.

»Ja, stimmt, wer bin ich schon, dass ich mir ein Urteil über Recht und Unrecht anmaßen dürfte. Dafür haben wir schließlich Richter und Gesetze.«

»Versuch einfach, es als Job zu betrachten, und wenn der vorbei ist, haben wir uns ein paar Tage Auszeit verdient.«

»Was wirst du dann machen?« Sie wollte die Frage eher wie nebenbei gestellt klingen lassen, merkte jedoch, dass ihr Herz schneller schlug. *Mein Gott, wie kindisch, fast wie bei einem Teenager!*

»Wir könnten uns Saurierknochen im Museum ansehen«, scherzte er. *»Oder wieder mal ins Kino gehen.«*

»Aber diesmal suche ich den Film aus. Schließlich schuldest du mir noch was, weil ich dich ins Team gebracht habe.«

»Woho! Du schuldest mir *was, weil* ich *Maybach gefasst habe. Den Film suche ich aus.«*

»Was? Die hätte dich und Krzysztof kaltgemacht, wäre ich nicht gewesen.«

»Ja, weil ich ihr vorher die Waffe aus der Hand geschlagen habe. Außerdem ist mein Filmgeschmack nicht so übel, wie du immer tust.«

»Von mir aus, du hast gewonnen«, gab sie nach. »Sehen wir uns eben einen von deinen Zombie-Science-Fiction-Splatter-Filmen an, der fast einen Oscar gewonnen hätte.« *Mir ist es gleich, Hauptsache Kino*, dachte sie.

»Fein.«

Sie sah ihn in Gedanken übers ganze Gesicht grinsen, und tat es ihm gleich. Es tat so gut, einfach einmal rumzualbern. Dann wurde sie wieder ernst. »Was ich dir noch sagen wollte …«

»Ich muss dich unterbrechen!«, rief Marc. *»Sneijder bekommt gerade Besuch.«*

Sabine schnappte ihren Servierwagen und schob ihn ins Nebenzimmer. Dort gab es ebenfalls eine Tür, die auf den Gang führte. Sie rollte den Wagen in den Flur, schloss die Tür und fuhr langsam den Korridor hinunter.

Am anderen Ende des Gangs lag die Lounge. Sabine sah, wie Sneijder mit jemandem sprach und wollte schon unter die Glocke nach der Waffe greifen. Doch es war ein uniformierter Polizist. »Worüber reden die?«, wisperte sie.

»Sneijder scheißt den Polizisten gerade zusammen, weil er auf dieser Etage keine uniformierten Leute sehen möchte«, sagte Marc.

»Einen Moment ... ich schalte dich auf Sneijders Frequenz, dann kannst du mithören.«

Es knackte in Sabines Ohr, dann hörte sie Sneijders Stimme.

»... haben Sie die Kamera dabei?«

»Ja, Ihr Techniker hat mich damit raufgeschickt.«

Von Weitem sah Sabine, dass der Polizist etwas Kleines in der Hand hielt. Sneijder nahm das Ding und inspizierte es. *»Eine Hochleistungsdigitalkamera mit Videofunktion. Nicht schlecht, Krüger.«*

»Danke«, mischte sich Marc in das Gespräch.

»Wozu brauchen Sie das?«, fragte der Polizist.

»Für den Balkon.«

»Den Balkon?«

»Mann, haben Sie schon mal daran gedacht, dass ein Scharfschütze vom Wasser aus von einem Boot in das Zimmer schießen könnte?«, fragte Sneijder.

»Okay.« Der Polizist deutete auf die Kamera. *»Aber brauchen Sie dafür nicht einen richterlichen Beschluss ...?«*

»Nein«, würgte Sneijder ihn ab. *»Das ist keine Observation, die über vierundzwanzig Stunden hinausgeht. Wenn Sie schon so motiviert sind, bringen Sie die Kamera in die Suite 705. Und danach verschwinden Sie aus dieser Etage. Ich will hier oben keinen von der uniformierten Truppe sehen!«*

»Alles klar.« Der Mann machte kehrt und marschierte in den Gang.

Sabine hatte währenddessen mit ihrem Servierwagen schon wieder den Haupteingang der Suite erreicht. Das Rombusch-Double sah kurz auf, als sie eintrat.

»Alles in Ordnung«, versicherte Sabine ihr. »Wir bekommen unsere Kamera für den Balkon.«

Kurz darauf klopfte es an der Tür.

»Herein«, rief Rombusch.

Die Tür öffnete sich und der Polizist trat ein. Jetzt sah Sabine ihn aus der Nähe. Er war hübsch, hatte ein kantiges Gesicht und wache Augen.

Er sah sich in der Suite um. »Hier ist die Kamera für den Balkon. Soll ich sie montieren?«

»Nein, danke, das übernehme ich.« Sabine streckte die Hand aus.

Er reichte ihr das Gerät.

Bei der Bewegung bemerkte Sabine, wie sich sein Hemd um den Brustkorb spannte. Anscheinend hatte der Typ in letzter Zeit zu viel trainiert. Beiläufig blickte sie auf seine Hosen. Die waren um mindestens zwei Zentimeter zu kurz.

Hier stimmt etwas nicht.

Ihr Herzschlag beschleunigte. Unauffällig betrachtete sie sein Gesicht. Genauer, als sie es sonst getan hätte, um sich jedes Detail einzuprägen.

»Ist was?«, fragte der Polizist.

Sabine schüttelte den Kopf. »Sie kommen aus Bayern?«

Er nickte.

Sabine lächelte. »Ich auch.« Ihr war aufgefallen, dass er Makeup im Gesicht trug. Allerdings nur an einer Stelle auf der Wange. *Was will er da verbergen?*

Sie betrachtete die Stelle genauer, dann erkannte sie es.

Ein Feuermal! Das kenne ich doch!

Bei dem Gedanken an Grit Maybach zuckte Sabine unwillkürlich zusammen, und in diesem Moment erkannte der Polizist, was sie geschen hatte.

Ihre Blicke trafen sich. Gleichzeitig fuhr Sabines Hand unter die Käseglocke, um nach der Waffe zu greifen, doch der Mann versetzte ihr blitzschnell einen Schlag gegen das Handgelenk und einen Tritt gegen das Knie, sodass Sabine über den Servierwagen stürzte und ihn mit sich umriss. Tassen, Kaffeekanne, Teller und Sandwiches flogen um sie herum.

»Marc, er ist hier!«, rief sie in ihr Mikrofon. »In 705!«

Der Polizist wollte bereits nach seiner Waffe greifen, doch das Rombusch-Double hatte ihre schon in der Hand und schoss. Allerdings ging das Projektil daneben und zerfetzte nur den Holzrahmen des Türstocks. Die Splitter prasselten über Sabines Kopf.

Sie robbte über den Boden, um zu ihrer Waffe zu kommen, die über den Teppich gekullert war. Währenddessen stürzte der Mann geduckt aus der Suite.

»Sneijder!«, rief Sabine. »Er ist …«

Da krachte ein Schuss im Gang. Anscheinend hatte Sneijder das Feuer auf den Mann eröffnet.

Zugleich ging das Gekreische in diesem Stockwerk los, und Sabine hörte, wie der Polizist im Gang davonlief.

»Der Mann ist Richtung Feuertreppe gelaufen. Er ist bewaffnet und trägt eine Polizeiuniform«, rief Sabine ins Mikro. »Krzysztof soll raufkommen und ihm den Weg abschneiden!«

Sabine schnappte sich ihre Waffe, rappelte sich auf und erreichte gleichzeitig mit dem Rombusch-Double den Gang. Sneijder stand bereits vor der Suite.

»Ich habe ihn nicht erwischt«, keuchte er. »Er ist ins Treppenhaus entkommen.«

»Folgen wir ihm nicht?«, rief Sabine erstaunt.

Sneijder schüttelte den Kopf. »Verlieren wir jetzt nicht die Nerven. Vielleicht ist das nur eine Ablenkung. Unten stehen genug Polizisten. Wir bleiben auf diesen beiden Etagen zusammen, und zwar in Rombuschs Nähe. Das hat Priorität! Krzysztof?«

»Ich bin im Treppenhaus … aber hier ist niemand«, erklang Krzysztofs Stimme in Sabines Ohrstöpsel, zeitgleich mit jeder Menge Stimmengewirr.

Offenbar hatte Marc alle Frequenzen freigeschaltet, damit sie sich untereinander verständigen konnten.

»Und?«, rief Sneijder.

»*Immer noch niemand!*«, rief Krzysztof.

»*Vervloekt!* Dann ist er woandershin abgehauen. Krüger!«, rief Sneijder. »Verständigen Sie die Polizei, die soll alle Ausgänge im Gebäude abriegeln! Unser Mann ist bewaffnet und trägt eine Polizeiuniform.«

In diesem Moment klingelte Sneijders Handy. Er ging sofort ran und hörte nur einen Augenblick lang zu. »Fuck!« Dann steckte er es wieder weg. »Das war die Managerin des Hotels. Sie hat soeben eine Bombendrohung erhalten. Die Polizei muss alle Gäste evakuieren.«

»*Was machen wir mit Freda Rombusch?*«, mischte sich Horowitz über Funk vom unteren Stockwerk in ihr Gespräch.

»Die bleibt, wo sie ist, dann passiert ihr nichts«, entschied Sneijder. »Die Bombendrohung ist garantiert ein Fake, um Verwirrung zu stiften.«

In diesem Moment flog die Tür zur Feuertreppe auf und Sabine riss die Waffe hoch. Doch es war nur Krzysztof, der im Türrahmen stand. Überrascht sah er sich um. »Wohin ist der Kerl verschwunden? Im Treppenhaus war er nicht!«

Mit einer Geste bedeutete Sneijder dem Double und Sabine, ihm zu folgen. Kaum hatten sie Krzysztof erreicht, schrillte auch noch der Feueralarm los. Und zwar so laut, dass Sabine nur mehr Bruchstücke über den Ohrstöpsel verstehen konnte.

»Der Alarm ist garantiert auch ein Fake!«, rief Sneijder.

»Und wenn nicht?«, brüllte Krzysztof.

»Scheiße!«, fluchte Sneijder.

»*Wir müssen raus!*«, rief Horowitz über Funk.

»Okay«, entschied Sneijder. »Aber schafft Rombusch über den Frachtaufzug für die Bediensteten nach unten.« Er riss die Tür zum Treppenhaus auf. »Wir bewegen uns auch runter und durchsuchen dabei jede Etage.«

57. Kapitel

Horowitz zog sich den Stöpsel aus dem Ohr. Solange der Alarm schrillte, hatte es sowieso keinen Sinn, irgendetwas verstehen zu wollen.

»Oben gab es anscheinend einen Mordversuch auf das Double, den Nemez vereitelt hat«, rief er gegen den Lärm an.

»Ich habe nichts mehr gehört. Ist ihr was passiert?«, fragte Martinelli.

»Soviel ich weiß, nein.«

Die echte Freda Rombusch stand neben Martinelli und war so bleich, als müsste sie sich jeden Moment übergeben.

Das hätte uns gerade noch gefehlt!, dachte Horowitz.

»Ist der Alarm wegen mir?«, keuchte Rombusch.

»Wissen wir nicht«, gestand Horowitz. »Wir wissen nicht einmal, ob der Feueralarm echt ist. Jedenfalls haben wir Order, Sie über den Frachtaufzug nach unten zu bringen.«

Sogleich zog Martinelli ihre Dienstwaffe, packte Rombusch mit der anderen Hand am Oberarm und schob sie zur Tür.

Horowitz rollte ebenfalls zur Tür und kramte bereits die elektronische Karte für den Lift aus der Sakkotasche. Martinelli öffnete die Tür, und Horowitz rollte zum Gang. Hier draußen war das Schrillen des Alarms sogar noch eine Spur lauter. Außerdem herrschte ein ziemliches Chaos, denn die anderen Gäste rannten aus ihren Zimmern in Richtung Personenfahrstuhl. Einige hatten sogar ihre hastig gepackten Koffer dabei.

Horowitz wartete ab, bis sich das Gedränge gelichtet hatte. »Jetzt!« Er rollte in den Gang und fuhr in die entgegengesetzte

Richtung. Am Ende des Gangs in einer Nische lag der breite Frachtaufzug mit Doppeltür.

Nur für Bedienstete! Im Brandfall nicht benutzen!

Horowitz starrte auf die Tafel. *Witzig! Und wie sollen Menschen im Rollstuhl aus dem Gebäude kommen?*

Er rief den Aufzug, indem er die Karte vor das Lesegerät hielt. Inzwischen hatten auch Martinelli und Rombusch ihn erreicht.

»Stellen Sie sich hinter mich!«, befahl Martinelli, woraufhin sich die Physikerin hinter ihr an die Wand presste.

Vor ihnen öffnete sich noch eine Zimmertür, aus der die letzten Nachzügler zum Personenfahrstuhl liefen. Vom anderen Ende des Gangs hörte er Flüche, weil der anscheinend nicht mehr funktionierte, woraufhin die Leute zur Treppe liefen. Dann waren sie allein. Servietten, eine Packung Zigaretten und ein niedergetrampelter Hut lagen auf dem Flur.

Es klingelte, und die Fahrstuhltür öffnete sich. Martinelli richtete die Waffe in die Kabine.

Leer.

Es war ein kahler quadratischer Raum ohne Spiegel, ohne roten Teppich, ohne goldene Armaturen – nur mit einfachen Blechwänden und simplem Deckenlicht.

»Rein mit Ihnen!«, befahl Martinelli.

Rombusch gehorchte. Als Nächstes rollte Horowitz in die Kabine, dann folgte Martinelli.

Horowitz betrachtete das Bedienfeld und entschied sich dann für das zweite Untergeschoss mit der Tiefgarage und dem Lieferanteneingang.

Die Tür schloss sich, und die Kabine setzte sich ruckelnd in Bewegung. Hier drinnen war der Alarm zum Glück etwas leiser. Horowitz schob sich den Stöpsel wieder ins Ohr und hörte Sneijder, Nemez und Krzysztof durcheinanderreden. Wie es schien, hatten sie den Attentäter bisher nicht erwischt.

»Wir sind auf dem Weg in die Tiefgarage«, sprach Horowitz in sein Mikrofon.

»In Ordnung«, ertönte Krügers Stimme. *»Ich kümmere mich darum, dass ein Wagen der Taktischen Einsatzgruppe Sie dort unten abholt. Verlassen Sie auf keinen Fall die Kabine, solange der Wagen noch nicht da ist.«*

»Ja, du Dreikäsehoch!«, murrte Horowitz. *Ich mach so was nicht zum ersten Mal.*

Freda Rombusch war immer noch so bleich wie ein Bettlaken. »Haben dieser Anschlag und die Schüsse vorhin wirklich mir gegolten?«

Auf der Anzeige sah Horowitz, dass sie in der dritten Etage waren.

»Mit Sicherheit«, sagte er. »Mit welcher Methode haben Sie versucht, die Dosis der Röntgenstrahlen zu reduzieren?«

»Was?« Ungläubig riss sie die Augen auf und atmete stoßweise. »Das wollen Sie *jetzt* von mir wissen?«

Erste Etage.

Horowitz zuckte die Achseln. »Solange Sie noch am Leben sind.«

»Ich … ich … fasse es nicht!«, rief sie außer sich.

Martinelli warf Horowitz einen merkwürdigen Blick zu, aber er wusste, was er tat. Wenn Menschen in Panik gerieten, setzten alle logischen Sperren aus. Ihre Angst übernahm die Kontrolle, und die meisten von ihnen redeten ungebremst drauflos.

Erdgeschoss.

»Reden Sie schon!«, forderte er sie auf.

Doch sie schwieg beharrlich. Plötzlich blieb die Kabine zwischen erstem und zweitem Untergeschoss stecken. *Verdammt, so kurz vor dem Ziel.* Die Anzeigetafel flackerte, dann ging das Licht aus. Zuerst an der Decke, danach erloschen die Anzeigen. Im nächsten Moment steckten sie in absoluter Dunkelheit fest.

Rombusch schrie auf. »Glostermed hat nach einem chemischen Mittel gesucht, das die Wirkung der Röntgenstrahlen im Körper verstärkt«, sprudelte sie panisch los, als hätte Horowitz das alles inszeniert und könnte die Kabine wieder in Bewegung setzen, wenn sie nur redete.

Horowitz bemerkte, wie Martinelli neben ihm ihr Handy aus der Tasche kramen wollte, um für wenigstens etwas Licht zu sorgen, doch er packte ihre Hand und hinderte sie daran. »Weiter! Was noch?«, drängte er.

»Mehr weiß ich nicht«, rief Rombusch. »Die Substanz wurde intravenös verabreicht.«

»Wirkte es wie ein Kontrastmittel bei einer CT- oder einer Ultraschalluntersuchung?«

»So ähnlich. Die haben mit verschiedenen Chemikalien experimentiert, um die Qualität der Röntgenbilder zu verbessern. Mehr weiß ich nicht. Das müssen Sie mir glauben!«

In diesem Moment spürten sie ein Rumpeln in der Kabine. Das Gitter an der Decke bewegte sich.

»Dort oben im Fahrstuhlschacht ist jemand!«, rief Martinelli.

Erneut schrie Rombusch panisch auf.

58. Kapitel

Verdammt, dachte Horowitz. Sie saßen wie Mäuse in der Falle, während der Marder draußen herumschlich.

»Licht!«, zischte Horowitz.

Im nächsten Moment flammte die Taschenlampenfunktion an Martinellis Handy auf und tauchte die Kabine in einen grellen Schein. Sie legte das Telefon auf den Boden, und Horowitz sah, wie sie ihre Waffe mit beiden Händen umklammerte und damit zur Decke zielte.

Horowitz drängte Rombusch zur Seite. »In die Ecke!« Nun griff auch er unter das Sakko, zog seine Kleinkaliberpistole hervor und lud sie durch. Über ihm sah er, wie jemand über das Gitter stieg. Die Stahlseile im Schacht bewegten sich.

So ist der Mann also entkommen! Nicht durchs Treppenhaus, sondern im Schacht des Frachtaufzugs.

Horowitz fuhr mit dem Rollstuhl an Rombusch vorbei und versuchte die Finger einer Hand in den Spalt der Fahrstuhltür zu zwängen, um die beiden Flügel aufzudrücken.

Aussichtslos!

Er bekam die Tür nicht einmal einen Zentimeter weit auf. Und selbst wenn es ihm gelungen wäre, hätten sich nur Martinelli und Rombusch durch die Öffnung schlängeln und das letzte halbe Stockwerk hinunterspringen können.

Horowitz zielte nun ebenfalls zur Decke.

»Dort oben …«, begann Martinelli, wurde jedoch jäh unterbrochen.

Horowitz hörte keinen Schuss, sah jedoch das Aufblitzen eines Mündungsfeuers. Wer immer dort oben stand, hatte abgedrückt.

Das Projektil streifte Martinellis Oberschenkel und fuhr in die Bodenplatte. Martinelli schrie auf, riss den Arm herum und schlug Horowitz in der Drehung die Waffe aus der Hand. Seine Pistole knallte gegen die Kabinentür und schlitterte über den Boden.

Im nächsten Moment krachte das Belüftungsgitter mit einem metallischen Quietschen aus der Verankerung und flog in die Kabine. Es traf Martinelli, die mit einem erstickten Schrei zu Boden stürzte.

Im Licht des Displays sah Horowitz, dass ihr die scharfen Kanten Hände und Gesicht zerschnitten hatten. Martinelli wollte trotzdem die Hand mit der Waffe heben, als im nächsten Moment eine große dunkle Gestalt von oben in die Kabine sprang und diese erzittern ließ.

Ein Mann in einer Polizeiuniform!

Ohne eine Sekunde zu zögern, trat der Mann so lange auf das Gitter, bis sich Martinelli darunter nicht mehr rührte und keinen Laut mehr von sich gab. Noch dazu hatte der Streifschuss ihre Hose am Oberschenkel der Länge nach aufgerissen. Blut quoll aus der Wunde und lief über den Boden.

Horowitz wollte sich seitlich aus dem Rollstuhl stemmen, um nach seiner Waffe zu greifen, die nicht weit von ihm auf dem Boden lag, doch der Mann hatte ihn ständig im Blick. Mit kalter Professionalität schien er alles unter Kontrolle zu behalten.

Nun kreischte Rombusch erneut in Panik los und übertönte damit sogar das Schrillen der Sirene. Der Polizist brachte sie mit einer heftigen Ohrfeige zum Verstummen, woraufhin ihre Beine nachgaben und sie zu Boden sank. Dann wand der Mann Martinelli die Waffe aus der Hand, steckte sie sich hinten in den Hosenbund, riss Horowitz mit einem raschen Griff den Stöpsel aus dem Ohr und steckte ihn sich selbst an.

»Ich habe Geld!«, jammerte Rombusch auf dem Boden kauernd. »Viel Geld.«

Der Polizist nickte, während er seine Waffe aus dem Holster zog. Es war unten offen. Auf dem Lauf der Pistole steckte ein langer Schalldämpfer.

So unauffällig wie möglich beugte Horowitz sich über den Stuhl und tastete über den Boden. Seine eigene Pistole lag nicht weit von ihm entfernt. *Sechs Patronen.* Und er würde jede einzelne davon brauchen, um diesen riesigen Kerl außer Gefecht zu setzen. Falls er überhaupt dazu kam, einen Schuss abzufeuern.

»Wir können über alles reden. Ich habe Geld!«, wiederholte Rombusch.

Sprich weiter!, dachte Horowitz.

»Ich weiß«, sagte der Polizist, »mehr als doppelt so viel wie Ulrich Hirsch. Und Sie würden das alles sowie Ihren Einfluss einsetzen, damit Polizei, Staatsanwaltschaft und Gerichte die Sache vertuschen und unter den Teppich kehren.«

»Nein, ich …«

Der Mann hob die Waffe und schoss ihr, ohne zu zögern, ins Gesicht.

Horowitz erstarrte. Spürte die Blutspritzer auf seiner Stirn.

Noch während dieser Schrecksekunde griff Horowitz nach seiner Kleinkaliberpistole und zielte auf den Mann. Doch der schlug sie ihm mit einem so raschen Reflex aus der Hand, dass Horowitz ein brennender Schmerz ins Handgelenk fuhr. Die Pistole krachte scheppernd gegen die Wand und blieb erneut auf dem Boden liegen, und zwar weiter weg als vorher. Und da wusste Horowitz, dass auch Martinelli und er mit einer Kugel im Kopf enden würden.

Endlich erstarb der nervtötende Alarm, und der Strom ging wieder an. Das Deckenlicht flammte auf, und die Kabine setzte sich ruckelnd in Bewegung.

Während der Mann für einen Augenblick geblendet die Augen

schloss, rief Horowitz in das Mikro. »Der Mann ist im …!« Doch das Wort *Untergeschoss* brachte er nicht mehr heraus.

Der Polizist hielt ihm von hinten den Mund zu, griff mit der anderen Hand an Horowitz' Ärmel und zerdrückte das Mikro zwischen den Fingern.

Da blieb die Kabine stehen, und vor Horowitz öffneten sich die Fahrstuhltüren. Vor ihm lag der Lieferantentrakt der Tiefgarage. Die Notbeleuchtung tauchte die Betonsäulen in rot-gelbes Licht, weit und breit war kein Mensch zu sehen. Auch kein Polizeiwagen.

Der Mann hielt Horowitz jetzt nicht mehr nur den Mund, sondern zugleich auch mit Daumen und Zeigefinger die Nase zu, sodass er keine Luft bekam. Dann spürte Horowitz, wie sich der kalte Stahl des Schalldämpfers seitlich an seine Schläfe presste. »Keinen Laut!«, zischte der Mann.

Horowitz stöhnte auf. In seiner Verzweiflung packte er mit beiden Händen die Räder des Rollstuhls und fuhr dem Mann über den Fuß. Der ließ für einen Moment los – und mit voller Kraft rammte ihm Horowitz den Ellenbogen in die Hoden.

Sofort, als sich sein Gegner reflexartig zusammenkrümmte, rollte Horowitz aus der Kabine und trieb die Räder so kräftig an wie nie zuvor. Hinter sich hörte er, wie der Mann aus der Kabine stolperte und ihm mit rascher werdenden Schritten folgte.

Horowitz fuhr wie besessen auf die Rampe zu, über die von oben das Tageslicht herunterfiel. Falls doch noch ein Polizeiwagen auftauchte, würde er auf dieser Rampe nach unten rasen.

Doch es kam kein Wagen, und im nächsten Moment war der Mann hinter ihm. Packte seinen Rollstuhl und riss ihn herum, sodass er sich überschlug und es Horowitz aus dem Sitz zu Boden schleuderte. Mit den Händen schob sich Horowitz rücklings weiter und schleifte seine gelähmten Beine hinter sich her.

»Stehen bleiben!«, befahl der Polizist.

»Ich kann nicht *stehen*, du Arschloch!«, spie Horowitz aus.

Ohne sich weiter irritieren zu lassen, baute sich der Mann vor ihm auf und richtete den Lauf des Schalldämpfers auf Horowitz' Brust. »Sie betteln gar nicht um Ihr Leben?«

»Sie sind noch jung. Im Gegensatz zu Ihnen habe ich den Großteil eines erfolgreichen und erfüllten Lebens hinter mir. Der Rest ist mir egal. Sehen Sie mich an. Ich bin zweiundsiebzig und sitze seit sieben Jahren im Rollstuhl.«

»Sie *hatten* wenigstens ein Leben – diese Kinder hatten das nicht.« Der Finger des Mannes legte sich um den Abzug, jedoch schien sogar er einen Moment zu zögern, einen unschuldigen wehrlosen Krüppel kaltblütig abzuknallen.

Horowitz nutzte die Chance. »Warum haben die Nonne, Grit Maybach und Sie uns nicht alles auf einmal erzählt, anstatt uns die ganze Geschichte in kleinen Happen zu servieren.«

»Das BKA sollte anbeißen und ermitteln.«

»Das BKA hätte auch ohne die vielen Morde ermittelt.«

»Bullshit! Wer glaubt schon einer alten Nonne?«, spie er aus, und kleine Speicheltröpfchen flogen aus seinem Mund. »Was kann die allein gegen Konzerne ausrichten? Gegen Unterweltbosse, Gesundheitsminister, angesehene Radiologen, EU-Abgeordnete und Aufsichtsräte von Pharmaunternehmen, die mächtiger als Regierungen sind, ja mächtiger als die ganze verfickte EU? Es tanzen doch alle nach deren Pfeife.«

»Dann verstehe ich nicht, warum Sie nicht gleich alle auf einmal ermordet haben!«, brüllte Horowitz nun genauso laut.

»Das BKA muss dazu *gezwungen* werden zu recherchieren. Aber statt Freda Rombusch zu verhören, um die Zusammenhänge herauszufinden, stellen Sie die Frau unter Personenschutz!«

»Und jetzt werden Sie auch mich töten?«

Der Mann spannte den Finger um den Abzug.

Horowitz schloss die Augen, hielt den Atem an und merkte, wie sich sein Oberkörper versteifte. Er spürte sogar ein seltsames

Kribbeln in den Beinen. Das erste Mal seit sieben Jahren. *Ausgerechnet jetzt! Was für ein Witz!*

»Das sollte ich«, sagte der Mann, zögerte jedoch. »Doch Sie wissen noch nicht alles, und meine Mission ist noch nicht zu Ende.«

Horowitz öffnete die Augen. »Sie sagten EU-Abgeordnete?«

Der Mann nickte. »Ich hoffe, ich bereue es nicht, wenn ich Sie am Leben lasse.«

Trotzdem krachte der Schuss. Horowitz zuckte zusammen. *Ein Knall?*, schoss es ihm durch den Kopf. *Aber der Mann verwendet doch einen Schalldämpfer.*

Weitere Schüsse knallten, aber Horowitz verspürte keinen Schmerz. Stattdessen humpelte der Polizist davon, offensichtlich an der Hüfte getroffen.

Vor dem Licht der Aufzugkabine sah Horowitz die Silhouette einer Frau. *Martinelli!* Sie lehnte an der Kabinentür, hielt seine Kleinkaliberpistole in der Hand und leerte das Magazin, bis der Polizist schließlich hinter einer Säule verschwunden war.

»Martinelli, nicht!«, brüllte Horowitz. Dann wandte er sich in die Richtung des Flüchtenden. »Bleiben Sie stehen! Arbeiten wir zusammen!«

Im nächsten Moment hörte Horowitz das Röhren eines Motorrads, roch Abgase und verbrannten Gummi, dann raste eine schwere Geländemaschine an ihm vorbei, die Auffahrt hinauf. Und während das Motorrad nach oben verschwand, kam der riesige schwarze Kastenwagen des MEK die Rampe heruntergerast. Marc Krüger saß hinter dem Steuer. Anscheinend war es ihm in dem ganzen Chaos von Feueralarm und Bombendrohung nicht gelungen, einen freien Polizeiwagen zu organisieren, also musste er selbst losgebrettert sein.

Im gleichen Moment flog die wuchtige Feuertür zum Treppenhaus auf. Krzysztof, Sneijder und Nemez stürmten in die Garage.

Tolles Timing!

Knapp vor einem Herzinfarkt ließ sich Horowitz nach Luft schnappend auf den Rücken fallen und starrte zur Decke, an der die Belüftungsrohre entlangliefen.

Ist ja super gelaufen.

Der Killer war weg – und seine Beine hatten wieder aufgehört zu kribbeln.

59. Kapitel

Mehr als drei Stunden später war Sabine endlich den Reportern entkommen, stand allein auf der Veranda des Seaside Resort Hotels und blickte in die untergehende Abendsonne. Neben ihr lag ein Funkgerät auf der Balustrade, mit dem sie den Polizeifunk mithörte. Außerdem hatte sie noch den Stöpsel im Ohr, über den sie mit Marc im Abhörwagen des MEK verbunden war.

Doktor Freda Rombusch war tot, Horowitz hatte einen Schock, Tina Prellungen, einen Streifschuss und schwere Schnittwunden, und der richtige Polizist, der ihnen eigentlich die Kamera in die Suite hätte bringen sollen, war gefesselt, nackt und zusammengeschlagen in einer Wäschekammer gefunden worden, bewusstlos.

Sneijder und ich haben mit dem Mörder gesprochen! Du bist ihm sogar von Angesicht zu Angesicht gegenübergestanden!

Sabines Beine waren immer noch weich.

Wie leicht hätten Sneijder, Tina, Horowitz oder sie selbst ebenfalls sterben können? Aber der Killer hatte sie genauso verschont wie den Polizisten in der Wäschekammer.

Seit dem Mord an Rombusch wimmelte es auf dem Areal des Hotels von Polizei, Spurensicherung, Security und Rettungskräften – zudem war das Symposium mit all seinen Nebenveranstaltungen doch noch abgesagt worden. Außerdem waren Presse- und Fernsehteams vor Ort, die Sneijder auf Schritt und Tritt belagerten.

Sabine hörte die Funksprüche der Kollegen, die immer verzweifelter wurden. Der Killer war trotz Straßensperren und Einsatz von Helikoptern entkommen. Das Motorrad hatte man vor wenigen Minuten in einem Straßengraben in der Nähe des Bodenseeufers gefunden, und zwar nur wenige Hundert Meter vom Seaside Resort Hotel entfernt, zwischen Sträuchern und Hecken unter einer grünen Plastikplane verborgen. Von dem Mann selbst fehlte jede Spur.

Es ist zum aus der Haut fahren!

Aber wenigstens hatten sie seine Blutspuren für einen DNA-Abgleich sichergestellt.

Sabines Ohrstöpsel knisterte. *»Sneijder ist auf dem Weg zu dir«*, sagte Marc.

»Wie ist er gelaunt?«, fragte Sabine.

»Ich würde ihm keine Niederländerwitze erzählen.« Danach unterbrach Marc die Verbindung.

Sabine sah zur anderen Seite der Veranda. Soeben trat Sneijder durch die offene Doppelflügeltür des Speisesaals ins Freie, gefolgt von Krzysztof und Horowitz, dessen Rollstuhl etwas abbekommen hatte. Ein Rad war leicht verbogen und eierte.

Sneijder stellte sich mit emotionslosen Gesichtszügen an die Balustrade neben sie und blickte ebenfalls auf den See. »Martinelli geht es den Umständen entsprechend.«

Sabine schaltete den Polizeifunk aus. »Das heißt?«

»Die Ärzte im Klinikum Konstanz haben die Schnitte im Gesicht versorgt. Nur zwei mussten genäht werden, der Rest sind ein paar Abschürfungen und blaue Flecken.« Sneijders Kiefermuskeln mahlten.

»Und der Streifschuss?«

»Musste nicht genäht werden, nur verbunden. Zum Glück wurden keine größeren Gefäße verletzt.«

Er hatte ein wenig untertrieben, doch Sabine ging nicht weiter darauf ein. Wieder dachte sie daran, dass der Killer alle bis auf Rombusch verschont hatte. Etwas an der Sache war trotzdem merkwürdig. »Warum hat er Rombusch nicht gleich direkt durch das Belüftungsgitter im Fahrstuhl erschossen? Weshalb ist er in die Kabine gesprungen?«

Sneijder dachte kurz nach. »Das habe ich mich auch gefragt.«

Sie blickte zu Horowitz. »Wollte er mit Ihnen sprechen?«

Sneijder schüttelte den Kopf. »Das war es nicht. Er musste in die Tiefgarage zu seinem Motorrad – und wir waren im Treppenhaus. Dieser Weg war seine einzige Chance.«

»Trotzdem ist er uns allen durch die Lappen gegangen«, stellte Horowitz fest.

Sneijder nickte. »Der wusste genau, was er tat. Ist mit dem Motorrad nur ein paar Hundert Meter gefahren, hat es unter einer Plane versteckt und ist vermutlich mit einem Motorboot über den See in Richtung Schweiz abgehauen.« Er deutete zum Ufer hinunter. »Die Polizei hat weiter unten am Ufer des Rheinsteigs ein geklautes Boot gefunden. Von dort sind es gerade mal zwei Kilometer durch die Altstadt in die Schweizer Nachbarstadt Kreuzlingen.«

Verdammt!

Sabine wusste, dass es zwischen den beiden zusammengewachsenen Städten keine Grenzkontrollen gab. Sogar Radfahrer konnten das Gebiet der EU bequem verlassen.

»Wie konnte der durch alle Straßensperren schlüpfen?«, fragte sie.

»Er kennt das System, und zwar von innen.« In Sneijders Gesicht zeigte sich keine Regung.

»Sie meinen, er ist einer von uns?«

Horowitz nickte. »Das war kein normaler Typ. Ich tippe auf Militär oder Geheimdienst.«

»Dann ist er vielleicht derjenige, der die Idee mit den Bambussprossen hatte«, fügte Krzysztof hinzu.

Sneijder steckte sich eine Zigarette an und inhalierte tief. »Ich werde das Gefühl nicht los, dass ich ihn von irgendwoher kenne … und auch seine Stimme kam mir so bekannt vor.«

Die Personenbeschreibung mit dem Phantombild des Mannes, das aufgrund von Sneijders, Sabines und Horowitz' Angaben erstellt worden war, war längst raus. Die internationale Fahndung lief seit einer Stunde.

Sneijder zog am Joint und blinzelte in die untergehende Sonne, die das Wasser vor ihnen zum Leuchten brachte. »Diese Augen. Ich kenne ihn …«

»Er hat sich ein Feuermal unter dem Auge überschminkt«, erinnerte Sabine ihn.

»Eines wie Grit Maybach es hatte?«, murmelte er. »Glauben Sie, er ist ihr Bruder?«

Sabine nickte. »Zwillingsbruder«, konkretisierte sie. »Ich habe lange darüber nachgedacht, und meines Erachtens gibt es nur diese eine Erklärung.«

Sneijder nickte. »Dann hat unsere Nonne also Zwillinge zur Welt gebracht.« Er sprach in sein Mikro. »Krüger? Wir starten eine eigene Suchaktion.«

»Eine BKA-Fahndung?«, erklang Marcs Stimme in Sabines Ohrstöpsel.

»Keine Fahndung, bloß eine interne Suchabfrage über die internationalen Datenbanken«, präzisierte Sneijder. »Wir suchen nach einem ehemaligen Polizisten, Soldaten oder Agenten mit einem Feuermal im Gesicht. Elternlos aufgewachsen. Vermutlich in einem Kinderheim.«

»Alter?«

»Siebenunddreißig Jahre«, antwortete Sneijder exakt. »Falls Grit Maybach und unser Killer tatsächlich Zwillinge sind, hat er dasselbe Geburtsdatum wie sie. Den neunten Mai.« Er wandte sich zu Sabine. »Wäre doch gelacht, wenn wir ihn nicht innerhalb kürzester Zeit identifiziert haben.«

Neun Monate zuvor

Eine Woche nach ihrem ersten Treffen im Kloster sahen Thomas und Grit die Nonne wieder. *Magdalena Engelmann.* So hieß sie, aber in Gedanken bezeichnete Thomas sie nach wie vor nur als *die Nonne.* Im Gegensatz zu seiner Schwester brachte er es nicht übers Herz, sie *Mutter* zu nennen. Denn eine richtige Mutter war sie nie gewesen – weder damals noch jetzt. Für ihn war die Nonne immer noch eine fremde Frau. Auch wenn sie Grit und ihn zur Welt gebracht und aus dem Feuer gerettet hatte – es blieb dabei, dass sie sie im Stich gelassen und *weggegeben* hatte! Grit wollte das nicht begreifen. Da konnte er noch so viel mit ihr diskutieren.

Abgesehen davon hatte Thomas noch viele Fragen an die Nonne. Darum war es zu diesem Treffen in Braunau gekommen; in einem Kaffeehaus in der Fußgängerzone der wunderschönen mittelalterlichen Altstadt, wo die ganze Welt in Ordnung zu sein schien. Die Nonne hatte zwar nur eine halbe Stunde Zeit, bis sie wieder ins Kloster musste, aber das genügte Thomas.

Die Nachmittagssonne des warmen Altweibersommers strahlte durch die etwas verschmierten Scheiben des Cafés. Trotz des schönen Wetters saßen sie nicht im Freien, sondern drinnen in der Rauchernische. Dort konnten sie ungestört miteinander reden, während die Leute an ihrem Fenster vorbeiliefen.

»Ich kann immer noch nicht wirklich begreifen, was dir und all den anderen Frauen angetan worden ist«, flüsterte Grit. »Und den Kindern all der anderen Frauen.« Den nächsten Satz flüsterte sie beinahe. »Wissen die anderen Nonnen eigentlich, dass wir überlebt haben?«

Die Nonne schüttelte den Kopf. »Alle dachten, ihr seid im Feuer umgekommen und unter den Trümmern begraben worden. Weil die Priorin Angst davor hatte, dass eure Leichen eines Tages gefunden werden könnten, wurde das Treibhaus bis heute nicht renoviert.«

Thomas rührte mit dem langstieligen Löffel in seinem Eiskaffee. »Und warum hast du uns nun weggegeben?«, fragte er und ignorierte Grits mahnenden Blick.

Die Nonne blieb ruhig. »Schon Jahre vor eurer Geburt gab es Gerüchte, dass die Babys von einem Kinderarzt fortgeschafft würden und ihre Leichen dann ein Jahr später wieder auftauchten. Schwestern haben mehrere Male nachts einen Wagen auf dem Klosterareal gesehen. Im Kofferraum lagen Decken. Darin eingehüllt nackte, ungefähr ein Jahr alte Kinderleichen.«

Thomas schluckte. »Und das waren *dieselben* Kinder?«

»Zumindest vermuteten wir das. Es gab die wildesten Spekulationen, aber was auch immer passiert war, ich wusste nur, dass euch das nicht zustoßen durfte.«

»Und warum …?«, setzte Thomas an, wurde jedoch unter dem Tisch durch einen heftigen Tritt unterbrochen.

»In dem Chaos, das in jener Nacht des Brandes ausgebrochen war«, fuhr die Nonne fort, »konnte ich euch in der Wäscherei verstecken. Ich habe Schrank und Tür mit Wäschestücken abgedichtet, damit niemand euer Wimmern hört. Es war euer Glück, dass ein Rettungswagen die Hebamme mit schweren Gesichtsverbrennungen ins Krankenhaus gebracht hat. Und ehe die Priorin am nächsten Morgen von ihrem Besuch beim Bischof zurückkam, habe ich euch in die Stadt gebracht.«

»In deiner Nonnentracht?«, bemerkte Thomas spitz.

Sie ignorierte seinen Ton. »Ich habe mir die Straßenkleidung der Hebamme ausgeborgt.«

»Und wie bist du ins Tal heruntergekommen? Zu Fuß?«

»So lass sie doch erzählen!«, zischte Grit.

Die Nonne legte sanft ihre Hand auf Grits Arm. »Der Freund meines Bruders besaß einen VW-Käfer. Ich habe ihn angerufen, und er hat mich abgeholt. Wir sind direkt zum Braunauer Kinderheim gefahren.«

»Aber in der Aktennotiz stand, dass eine gewisse *V. Krohner* die Babys abgegeben hat«, unterbrach Thomas sie erneut.

»Ich konnte doch meinen echten Namen nicht angeben. Eine schwangere Nonne? Wer hätte mir geglaubt? Also habe ich mich als Viviane Krohner ausgegeben, als jene Hebamme, die die Babys einer unbekannten Mutter im Korb bei sich hatte.«

»Und warum …?«

»Ich weiß, was du wissen willst«, unterbrach sie ihn. »Warum wurdet ihr getrennt?« Sie seufzte. »Ich fürchtete, die Hebamme würde mir die Geschichte von eurem Tod nicht abkaufen. Womöglich würden der Kinderarzt und sie, sobald sie wieder aus dem Krankenhaus entlassen worden wäre, nach euch suchen. Also beschwor ich die Leiterin des Kinderheimes, euch zu retten. Zu eurer eigenen Sicherheit solltet ihr voneinander getrennt in verschiedene Länder gebracht werden. Nur so konnten eure Spuren verwischt werden.«

»Und das hat sie natürlich, ohne nachzufragen, einfach so gemacht?«, unterbrach Thomas sie.

»Ich habe ihr die Wahrheit erzählt. Einige der Gerüchte kannte sie bereits – trotzdem war sie schockiert.« Die Nonne machte eine Pause. »Sie hat mir geholfen, andernfalls wärt ihr genauso wie alle anderen ein Jahr später irgendwo auf dem Klosterareal begraben worden.«

Thomas dachte nach. »Aber warum ist das alles geschehen?«

»Den wahren Grund kenne ich nicht«, gab die Nonne zu.

»Noch nicht«, fügte Grit hinzu. »Aber ich schwöre, ich werde alles herausfinden! Wir müssen nur ein paar der Kinderleichen ausgraben und den Redaktionen der Tageszeitungen vor die Tür legen. Dann kommt alles ans Tageslicht.«

Die Nonne seufzte. »So einfach ist das nicht. Ich weiß nur, dass die Leichen irgendwo auf dem Gelände sein müssen, aber nicht genau wo. Einige der älteren Nonnen habe viele Jahre lang unauffällig Nacht für Nacht das Areal Stück für Stück danach abgesucht, aber nichts gefunden und schließlich aufgegeben.«

»Ich werde einen Weg finden, das herauszubekommen«, sagte Grit.

Eine Weile lang sagte niemand etwas, auch Thomas schwieg. »*Wir* werden einen Weg finden«, murmelte er schließlich.

Da hob Magdalena den Kopf. »Ihr habt keine Ahnung, wer alles dahintersteckt. Ihr seid verrückt, wenn ihr das vorhabt.«

»Wir wären feige, wenn wir es nicht tun würden«, widersprach Thomas ihr.

Grit nickte.

Plötzlich war da ein merkwürdig vertrautes Band zwischen ihnen. Mit einem Mal waren Thomas' Wut und Hass auf diese hagere Frau mit den grauen Augen und schlohweißen Haaren verschwunden. Stattdessen fühlte er wieder diese Verbundenheit zu Grit, aber auch ein wenig zu Magdalena, dic diese unglaubliche Ruhe und ein solch unsagbares Verständnis für ihn und sein Verhalten ausstrahlte. Wie hatte er sie nur für all das verdammen können, was sie getan hatte?

»Sprecht zuerst mit der ehemaligen Leiterin des Braunauer Kinderheims«, riet Magdalena ihnen.

»Was sollen wir bei der?«, fragte Grit.

»Ich habe in jener Nacht *drei* Kinder schreien gehört, und in dem Korb seid nicht nur ihr beiden gelegen.«

»Drei?«, wiederholte Thomas.

»In dieser Nacht kam ein drittes Kind zur Welt.« Seine Mutter nickte. »Findet es.«

7. TAG

Den Haag

NIEDERLANDE

– DONNERSTAG, 18. MAI –

60. Kapitel

Nachdem sie wegen der Vorfälle am Bodensee den ganzen Behördenkram mit der Kripo von Baden-Württemberg abgewickelt hatten, konnten sie am nächsten Tag erst gegen elf Uhr vormittags nach Wiesbaden aufbrechen. Alle bis auf Tina, die immer noch zur Beobachtung im Klinikum Konstanz bleiben musste und voraussichtlich erst am Abend nachkommen würde. Diesmal flogen sie jedoch nicht mit dem Helikopter, da der Pilot nicht so lange auf sie hatte warten können, sondern wurden von drei BKA-Wagen abgeholt und fuhren im Konvoi nach Wiesbaden.

Sneijder telefonierte fast während der gesamten rasanten Fahrt mit den verschiedensten Personen. Ein Gespräch war unangenehmer als das nächste. Am schlimmsten war jedoch das Telefonat mit van Nistelrooy, der Sneijder so laut anbrüllte, dass Sabine trotz Verkehrslärms jedes einzelne Wort verstehen konnte. *Die ganze Polizeihorde war vor Ort, und trotzdem ermordet der Täter fröhlich sein Opfer? Wie unfähig seid ihr alle?*

Sneijder verzichtete darauf, von der Bombendrohung und dem Feueralarm zu erzählen.

Als sie endlich nach vier Stunden in Wiesbaden ankamen, gewährte Sneijder ihnen eine kurze Verschnaufpause und wies sie an, danach so schnell wie möglich zu einer Besprechung in seinem Büro zusammenzukommen.

Dirk van Nistelrooy würde nicht dabei sein, denn der hatte gemeinsam mit der Pressesprecherin des BKA alle Hände voll zu tun, um der Presse die Vorfälle mit all ihren komplexen Verbindungen nach Österreich und in die Schweiz einigermaßen plausibel zu erklären. Außerdem stand später am Tag ja auch noch die Europol-Tagung in Den Haag an. Also würde Sneijder die Vorgehensweise an diesem letzten Tag allein bestimmen.

Nachdem Sabine sich in ihrem Büro umgezogen, kurz frisch gemacht und in der Kantine einen Becher Kaffee und ein Sandwich verdrückt hatte, traf sie um drei Uhr nachmittags in Sneijders Büro ein. Wie sie an der frischen Bügelfalte erkannte, hatte Sneijder ebenfalls Anzug und Hemd gewechselt. Er stand am offenen Fenster und rauchte eine Zigarette. Horowitz klapperte auf seinem Notebook herum, und Krzysztof tigerte im Zimmer hin und her und telefonierte.

Nachdem Sabine die Tür geschlossen und sich hingesetzt hatte, drehte sich Sneijder um. »Uns bleibt noch der Rest dieses letzten Tages, und falls der Killer an seinem Plan festhält, wird ein weiterer Mord passieren.«

Krzysztof beendete das Gespräch und ließ sich auf einen der Besucherstühle fallen.

»Ich hätte eine Spur anzubieten«, murmelte Horowitz müde. Er war genauso ausgelaugt wie alle anderen.

Wir werden niemanden mehr retten können, meldete sich Sabines Bauchgefühl zu Wort. Durch Maybachs Selbstmord in Wien und die Attentate auf Minister Hirsch und Doktor Rombusch waren sämtliche Medien auf ihre Ermittlungen aufmerksam geworden. Nun standen sie unter ständiger Beobachtung.

»Was ist?« Sneijder sah sie mit festem Blick an.

»Nichts«, log sie und blickte zu Horowitz. »Welche Spur?«

»Heute lebt fast niemand mehr von den damaligen Verantwortlichen der Abteilung Strahlenforschung bei Moerweck & Derwald. Aber die Spur führt ohnehin zu Glostermed.« Er öffnete eine Datei. »Doktor Lungström war damals der Chef-Biologe des Pharmakonzerns. Er muss alles über die Forschung mit den Säuglingen gewusst haben.«

»Wo finden wir ihn?«, fragte Sneijder. Auch auf seinem Gesicht zeichneten sich Schlafmangel und Erschöpfung ab.

»Du wirst es nicht glauben, aber er ist mittlerweile EU-Abgeordneter und nimmt heute Abend an einem Biologen-Kongress in Den Haag teil.«

»Den Haag«, wiederholte Sneijder und zerdrückte seinen Joint auf dem Fensterbrett. Dass diese Spur ausgerechnet in sein Heimatland führte, stimmte ihn vermutlich nicht besonders froh.

Was für ein interessanter Zufall, dass dort zeitgleich van Nistelrooy eine Tagung hat, dachte Sabine. Allerdings war Den Haag als niederländischer Regierungssitz auch ein beliebter Tagungsort und immerhin der Hauptsitz von Europol.

»Warum sollte gerade dort das Finale stattfinden?«, fragte Sneijder.

»Der Killer hat von Gesundheitsministern, angesehenen Radiologen, Aufsichtsräten von Pharmaunternehmen und *EU-Abgeordneten* gesprochen«, betonte Horowitz.

»Aber diese Spuren könnten überallhin führen«, stöhnte Sneijder auf. »Selbst wenn wir uns nur auf die noch lebenden Geschäftsführer von Glostermed und die leitenden Angestellten von damals beschränken, müssten wir ein gutes Dutzend Leute unter Personenschutz stellen.«

Anscheinend gingen ihm die Ideen aus – oder sein Bauchgefühl ließ ihn im Stich. Zum ersten Mal, seit Sabine ihn kannte.

»Ich hätte auch einen Tipp abzugeben«, meldete sich plötzlich Krzysztof zu Wort, der bis dahin nur zugehört hatte.

»Du?«, rief Sneijder.

Alle sahen verwundert zu Krzysztof.

»Schon vergessen? Ich beliefere Apotheken und Krankenhäuser mit Medikamenten.« Er zog die Schultern hoch. »Auch ich habe meine Quellen. Während der Heimfahrt vom Bodensee habe ich einige davon angezapft, und gerade eben ist ein Rückruf gekommen.«

»Also, was ist dein Tipp?«, fragte Sneijder.

»Hannover«, antwortete Krzysztof. »Dort lebt Frau Professor Vandergast, die ehemalige Entwicklungsleiterin der medizinischen Forschung bei Glostermed, die in den 70er-Jahren für das sogenannte Lichtfeld-Experiment verantwortlich war.«

Sneijder runzelte die Stirn. »Lichtfeld-Experiment?«

Krzysztof zog die Schultern hoch. »Topsecret, niemand wusste, was das war. Vandergast war später Aufsichtsrätin in verschiedenen Firmen und ist mittlerweile neunzig.«

»Neunzig?«, wiederholte Sneijder. »Und jetzt erzähl mir bloß, dass die auch noch beruflich aktiv ist und ebenfalls Vorträge hält.«

Krzysztof schüttelte den Kopf. »Sie lebt in einem betreuten Seniorenwohnheim.«

Sneijder nickte nachdenklich. »Okay, diesmal verzichte ich drauf, dem Killer eine Falle stellen zu wollen. Wir gehen mit der Brechstange vor«, entschied er. »Das heißt, wir fordern für Lungström, Vandergast und ein Dutzend anderer infrage kommender Ziele Personenschutz an.«

»Das ist nicht das Problem«, sagte Sabine, die bis jetzt geschwiegen hatte. »Aber für Lungström brauchen wir die niederländische Polizei.«

»Ich weiß, *verdomme*!«

Ja, was für ein verdammter Mist, dachte Sabine. Von einem gemeinsamen Fall, der Sneijder und sie vor knapp zwei Jahren nach Rotterdam geführt hatte, wusste sie, dass die dortige Polizei nicht gut auf Sneijder zu sprechen war.

»Ich kümmere mich gleich darum.« Sneijder zog sein Handy aus der Tasche und wählte eine Kurzwahl. Es läutete ein paarmal. »Krüger, haben Sie schon was?«, fragte er.

»Einen Moment … ich bin bereits auf dem Weg zu Ihnen«, hörte Sabine Marcs blecherne Stimme aus dem Lautsprecher.

Kommentarlos brach Sneijder das Gespräch ab.

Sie warteten. Schließlich klopfte es an der Tür und Marc trat ein. Er hielt einen Stapel Ausdrucke in der Hand, von dem er jeweils ein Blatt an Sneijder, Krzysztof, Horowitz und Sabine verteilte.

Sabine blickte auf ein Farbfoto jenes Mannes, dem sie in Konstanz in der Suite 705 in die Hände gelaufen war. *Schau einer an!* Diesmal ohne Make-up und mit einem roten Feuermal unter dem Auge.

»Sie hatten recht«, sagte Marc. »Gleiches Geburtsdatum wie Grit Maybach, elternlos aufgewachsen, allerdings in einem Heim in Regensburg. Hat vor drei Jahren seinen Job bei der Bundeswehr verloren. Davor war er …«

»… beim BKA! Thomas Schaeffer.« Sneijder schnippte mit den Fingern. »*Vervloekt*, ich wusste, dass ich ihn kenne!«, rief er. »War vor vielen Jahren Student an der BKA-Akademie. Damals trug er einen Vollbart – vermutlich, um das Feuermal zu verbergen. Hat das Modul Profilerstellung besucht, aber nur drei Semester lang.«

»Richtig«, bestätigte Marc. »Hat als junger Mann die Ausbildung beim BKA begonnen, dann aber eine Laufbahn beim Militär eingeschlagen.«

»Ein Ex-Soldat«, murmelte Krzysztof wenig erfreut. Anscheinend wusste er als ehemaliger polnischer Soldat, was das bedeutete.

»Ich habe ihn damals ausgebildet …«, murmelte Sneijder.

»Warum nur drei Semester?«, fragte Sabine.

»Er war ein vielversprechender Kandidat, sogar einer der Besten, woraufhin ich ihn …« Sneijder massierte seine Schläfen, als wollte er dadurch die bruchstückhafte Erinnerung rascher zutage fördern. »… härter als die anderen rangenommen habe. Ich wollte aus ihm einen Diamanten schleifen. Doch offenbar ist ihm das nicht gut bekommen. Er bestand den psychologischen Abschlusstest nicht und hat das BKA kurz vor Abschluss der Ausbildung verlassen.«

»Anscheinend ist das der Grund, warum die Nonne nur mit Ihnen sprechen wollte«, sagte Sabine.

»Was?« Sneijder sah auf. Er war mit den Gedanken offenbar immer noch ganz woanders.

»Er ist elternlos aufgewachsen. Offenbar waren Sie, vermutlich mehr als Sie geahnt haben, eine Art Vaterersatz für ihn«, präzisierte Sabine. »Deshalb hat er seine Mutter davon überzeugt, dass sie nur mit Ihnen sprechen darf. Anscheinend hat er niemand anderem vertraut.«

Sneijder fuhr sich mit der Hand über den Ansatz von Bartstoppeln am Kinn. »*Vervloekt!* Und wir wissen nicht, wo er als Nächstes zuschlagen wird.« Schließlich bekam Sneijder wieder einen klaren Blick. »Martinelli hat gesagt, dass sie ihn möglicherweise an der Hüfte verletzt hat.«

»Mit meiner Kleinkaliberpistole«, bestätigte Horowitz. »Mit etwas Geschick hat er sich das Projektil schon längst selbst rausoperiert und eine Packung Schmerzmittel eingeworfen.«

Sneijder blickte fragend zu Marc.

Dieser schüttelte den Kopf. »Aus keinem Krankenhaus wurde uns eine Schussverletzung gemeldet.«

»Überprüfen Sie auch die niederländischen Kliniken«, sagte Sneijder. »Möglicherweise ist er schon nach Den Haag unterwegs.«

»Zu dem Kongress also«, meinte Horowitz.

Sneijder nickte. »Diesmal bleibst du hier und organisierst den Personenschutz für die ehemalige Geschäftsriege von Glostermed.«

»Und der Rest von uns?«, fragte Sabine.

»Unsere besten Tipps sind entweder Den Haag oder Hannover. Wir teilen uns in zwei Gruppen auf.« Sneijder sah sie an.

»Krzysztof und ich fliegen nach Den Haag, und Sie und Krüger nehmen sich die Biologin im Seniorenheim vor.« Er ging zu seinem Schreibtisch, öffnete eine Mappe, zog die Hochglanzfotografie der letzten Tätowierung hervor und legte das Foto vor ihnen auf den Tisch.

Hell7

Sabine und Marc sahen sich kurz an, dann blickte sie auf die Fotografie. Das siebte und letzte Tattoo ergab keinen Sinn. Was sollte das bedeuten?

Hell Seven?

Die siebte Hölle?

61. Kapitel

Laut Durchsage des Piloten würden Sneijder und Krzysztof am Abend planmäßig auf dem Flughafen Schiphol in Amsterdam landen, dem drittgrößten Europas – und Sneijder bekam jedes Mal Magenkrämpfe, wenn er an die unglaublichen Menschenmassen dachte, die sich auf kilometerlangen Rolltreppen und Förderbändern fortbewegten.

Er hatte ihren Flug so geplant, dass sie in derselben Maschine saßen wie Dirk van Nistelrooy mit seiner Sekretärin und den zwei Personenschützern, die ihn auf dieser Reise begleiteten.

Van Nistelrooy wurde auf der Europol-Tagung als Gastredner erwartet. Während er auf dem Notebook noch an seiner Rede feilte und seine Sekretärin ihn von einem Tablet mit statistischen Daten versorgte, trank Sneijder einen Tomatensaft mit Pfeffer, Salz, Tabasco und jeder Menge Wodka und versuchte danach zu schlafen, was ihm jedoch nicht gelang, da Krzysztof ihn ständig mit schlechten Polizeiwitzen belästigte.

Nach einer Stunde und zehn Minuten war der Flug endlich vorbei, und während van Nistelrooy beim Gepäckband auf seinen Koffer wartete, holten sich Sneijder und van Nistelrooys Personenschützer ihre Dienstwaffen vom Zoll. Da sie den Transport angemeldet hatten, waren Pistolen und Magazine in einer gesicherten Box mitgeflogen.

Anschließend verließen sie die Ankunftshalle und suchten nach einem Taxi. Bei der Verabschiedung betrachtete Dirk van Nistelrooy besorgt Sneijders Schulterholster unter dessen Sakko.

»Was ist?«, knurrte Sneijder.

»Die niederländische Polizei ist über unseren Fall, Doktor Lungström und den Biologie-Kongress informiert«, sagte van Nistelrooy betont leise, aber nachdrücklich. »Lass die Kollegen machen, halte dich zurück und beobachte nur. Du weißt, die sind auf dich …«

»Danke, dass du mich daran erinnerst, aber ich bin auf diese *godverdomden Idiooten* auch nicht gerade gut zu sprechen.«

Van Nistelrooy nickte seufzend, dann stiegen er und seine Begleiter in ein Taxi, das sie nach Den Haag bringen würde. Krzysztof und Sneijder nahmen den nächsten Wagen. Ihr Ziel lag am entgegengesetzten Ende der Stadt: der Biologen-Kongress.

Die Kongresshalle, ein moderner Glasbau in Form einer grell erleuchteten, lang gezogenen fliegenden Untertasse, lag nicht weit vom Hafen Scheveningen entfernt. Überall hingen Banner, die das Thema *Science and Research in Modern Biology* ankündigten. Alles wirkte wie bei einer Oscarverleihung. Roter Teppich, schwarze Stretchlimousinen, jede Menge Reporter und natürlich auch Demonstranten mit Plakaten und Transparenten, die wie immer gegen Kongresse dieser Art protestierten.

Sneijder machte sich gar nicht erst die Mühe, alle Slogans gegen Tierversuche und Verschwendung von Steuergeldern zu lesen. *Wenn die wüssten, was noch alles abläuft!*

Er drängte sich mit Krzysztof durch die Menschenmenge und kam zu einem abgesperrten Bereich, wo er dem erstbesten Security-Mann seinen Ausweis zeigte und dieser sie zu einem Polizeibeamten brachte.

Der führte Sneijder und Krzysztof wiederum über einen Seiteneingang in ein Nebengebäude der Kongresshalle, wo die VIP-Gäste untergebracht waren. Denn die Vortragenden genossen den Luxus, direkt neben der Kongresshalle zu wohnen, und konnten diese über einen gläsernen Verbindungstrakt erreichen.

Auch hier stand jede Menge Security-Personal herum. Wobei das wahrscheinlich eher etwas mit den Demonstrationen zu tun hatte als mit van Nistelrooys Warnung vor einem möglichen Mordanschlag. So etwas wurde immer erst dann ernst genommen, nachdem etwas passiert war.

In der VIP-Lounge saß eine Handvoll Referenten, wie Sneijder anhand der Namenskärtchen auf Blazern und Sakkos erkennen konnte. Krzysztof und ihm wurden von einer Servicedame Kaffee, Kuchen und Fingerfood angeboten, was Sneijder alles genervt ausschlug. Als wäre die Welt hier rundherum in Ordnung, roch es nach Kuchen, Keksen und Koffein, und aus den Lautsprechern dudelte eine lähmende Synthesizer-Meditationsmusik, die vermutlich beruhigend wirken sollte, Sneijder jedoch zusätzlich nervös machte.

»Ich möchte mit Doktor Lungström sprechen!«, wiederholte Sneijder zum gefühlt zehnten Mal gegenüber dem dienstobersten Polizeibeamten, der soeben erschienen war.

»Setzen Sie sich erst mal hin und nehmen Sie sich …«

»Ihr Fingerfood können Sie sich sonst wohin schieben«, zischte Sneijder nun auf Niederländisch. »Ich habe eine wirklich anstrengende Woche hinter mir, einen nervenden Flug mit miesen Polizeiwitzen über mich ergehen lassen müssen, die nach meiner bisherigen Erfahrung leider erschreckend realistisch waren, sowie eine mühsame Taxifahrt. Und während wir uns hier gegenseitig die Eier bei Kaffee und Fingerfood schaukeln, wird vielleicht gerade ein Mordanschlag vorbereitet.«

Der Beamte blieb ruhig. »Wir erhalten im Zuge der Demonstrationen regelmäßig …«

»Vergessen Sie die Demonstrationen!«, unterbrach Sneijder den Mann. »Hier geht es um den geplanten Mordanschlag eines ehemaligen Soldaten der Bundeswehr, dem die Sicherungen durchgebrannt sind. Ein Foto des Mannes haben wir Ihnen bereits zugeschickt. Und wir kennen das mögliche Ziel. Doktor Lungström – und mit dem würde ich jetzt gern sprechen, was nicht gänzlich unwichtig wäre, falls es Ihre kostbare Zeit erlaubt.«

Der Beamte ignorierte Sneijders zynischen Ton und atmete tief durch. »Doktor Lungström ist zwar schon im Gebäude, ist aber gerade anderweitig beschäftigt.«

»Nimmt er ein porenöffnendes Dampfbad im Hotel?«

»Er ist in einer wichtigen Besprechung mit den Veranstaltern und Sponsoren. Er wird in …«, der Beamte blickte auf seine Armbanduhr, »… einer Stunde hier erwartet. Danach hat er seinen ersten Vortrag.«

»In einer Stunde?«, prustete Sneijder los. »Dann bereiten Sie schon mal einen Leichensack und eine gute Erklärung für die Hinterbliebenen vor.«

»Machen Sie sich keine Sorgen, Doktor Lungström wird mit Ihnen sprechen. Er ist bereits über Ihr Anliegen informiert.«

Gehen wir jetzt gleich zu Lungström, schien Krzysztofs Blick zu sagen, aber Sneijder schüttelte den Kopf. *Wenn es nach mir ginge, würde dieser Kongress ohnehin abgesagt werden*, dachte er. Aber es ging nicht nach ihm! »Wenn er mit der Besprechung fertig ist, sagen Sie mir sofort Bescheid. Wirklich sofort! Und bis dahin stellen Sie ihn unter Personenschutz.«

»Haben wir bereits – alles gut. Hier sind Ihre Besucherausweise, die Sie bitte gut sichtbar anstecken, und die Magnetkarten mit den Zugangscodes für alle Bereiche in diesem Gebäude. Ich wurde bereits über Ihre spezielle Vorgehensweise informiert, als Sie vor eineinhalb Jahren einen Killer durch Rotterdam gejagt haben. Damals eskalierte …«

Sneijder sah ihn scharf an. »Kritisieren Sie niemals eine Ermittlung, bei der Sie nicht selbst dabei waren!«

Der Mann knirschte mit den Zähnen. »Seien Sie diesmal ein wenig *diskreter* – und stellen Sie unser Entgegenkommen nicht auf die Probe.«

Ohne weiteren Kommentar nahm Sneijder die Karten entgegen, reichte Krzysztof sein Schild und steckte sein eigenes in die Tasche. Er würde sich die Brusttasche seines Sakkos sicher nicht mit einer Nadel durchlöchern.

Der Mann zog eine Augenbraue hoch, presste jedoch nur ein knappes »*Goedendag!*« heraus und verschwand.

Arrogantes niederländisches Arschloch!, dachte Sneijder und sah ihm nach.

»Was hast du mit dem Typ besprochen?«, fragte Krzysztof vorsichtig, der vermutlich nur wenig von dem schnell und emotional geführten niederländischen Gespräch verstanden hatte.

»Ich habe ihn höflich um ein Gespräch mit Lungström gebeten.«

»Höflich nennst du das?« Krzysztof riss die Augen auf. »Gut, für deine Verhältnisse vielleicht.« Er wedelte mit der Hand herum, dann sah er sich um. »Glaubst du, es stört diese schicken Leute, wenn ich mir ein Brötchen nehme?«

Sneijder streckte großzügig den Arm aus. »Bedien dich.«

Nach eineinhalb Stunden, in der die Gäste der VIP-Lounge mindestens zweimal komplett gewechselt hatten und Sneijder sich mehrmals versichern ließ, dass Lungströms Personenschutz immer noch aufrechterhalten wurde, kam endlich ein älterer kleiner Mann mit Wohlstandsbauch herein.

Sneijder erkannte ihn sogleich aufgrund des ihnen vorliegenden Bildmaterials als Doktor Lungström. Ende sechzig, schütteres blondes und zu einem peinlichen Seitenscheitel gekämmtes Haar, rotblonder Backenbart, Doppelkinn, viel zu enger schwarzer Smoking, gelbe Fliege, gelbe Lackschuhe und gelbe Lesebrille. Der Kerl sah aus wie ein Zirkusclown.

Gebt mir ein Zielfernrohr, und ich blase ihn höchstpersönlich weg.

Sneijder stieß Krzysztof den Ellenbogen in die Seite. »Das ist er. Komm!«

Krzysztof öffnete die Augen. »Was?«

»Bist du zum Schlafen oder zum Arbeiten hier?«, fragte Sneijder.

»Ich wusste gar nicht, dass ich mir das aussuchen kann«, entgegnete Krzysztof und sah sich müde um.

Sneijder gab keine Antwort. Sie erhoben sich und gingen Lungström entgegen.

Der verdrehte entnervt die Augen, als er Sneijder auf sich zukommen sah. »Sind Sie etwa auch von der Polizei?«

»Deutsches Bundeskriminalamt Wiesbaden«, sagte Sneijder und verzichtete darauf, dem Clown seinen Ausweis zu zeigen. »Wo ist Ihr Personenschutz?«

Lungström schnalzte mit der Zunge. »Ich wollte die Anordnung des Richters sehen, die es natürlich nicht gab, worauf ich denen erklärt habe, dass ich keine Kindergarten-Hampelmänner um mich herum brauche«, sagte er auf Deutsch. »Ich bin seit vielen Jahren Gast bei diesen Kongressen und kenne das Hotel, die Halle und sämtliche Nebenräume wie meine Westentasche. Ich verbringe mein halbes Leben hier. Jedes Jahr gibt es Demonstranten, die meinen, sie müssten …«

»Herr Lungström!«, unterbrach Sneijder ihn. »Wir …«

»*Doktor* Lungström!«, korrigierte ihn der Mann mit einem herablassenden Lächeln.

Sneijder merkte, wie Krzysztof unwillkürlich neben ihm zusammenzuckte. Sneijder atmete tief durch. *Okay, bleib ruhig*, dachte er, entschied sich dann jedoch dagegen. »Hören Sie mir jetzt gut zu, Sie Witzfigur!«, knurrte er. »Ich weiß, was Sie getan haben, und innerhalb der nächsten Stunden wird das die ganze Welt erfahren.«

Lungström hob provokant das Kinn. »Und zwar?«

»In den 70er-Jahren haben Sie als Chef-Biologe von Glostermed Experimente mit lebenden Säuglingen durchgeführt«, presste

Sneijder hervor. »Angesichts dieser Tatsache finde ich es umso beschämender, dass Sie auf Ihrem Doktortitel bestehen.«

Lungström schluckte zwar unmerklich, war aber im nächsten Moment wieder erstaunlich gefasst und spielte die Rolle des arroganten, unerschütterlichen Wissenschaftlers so hervorragend weiter, als wäre nichts geschehen. »Wissen Sie, so einen Schwachsinn höre ich nicht zum ersten Mal. Diese aus der Luft gegriffenen Anschuldigungen können Sie gern mit meinen Anwälten besprechen. Die freuen sich darauf, Sie und Ihre Scherzkekse vom Bundeskriminalamt in die Mangel zu nehmen. Aber wenn Sie der Meinung sind, dass ich unbedingt Schutz brauche, können Sie mir gern an der Hosenfalte kleben bleiben.« Er nickte zum Buffet. »Ich esse dort drüben jetzt ein Brötchen, das Sie gerne vorkosten können, gehe danach auf die Toilette, die Sie gern nach mir abziehen dürfen, mache mich frisch und begebe mich anschließend zu meinem ersten Vortrag. Aber bitte ... *bitte* ...« Er faltete die Hände vor dem Gesicht. »... tun Sie mir einen Gefallen, Herr Schneider, setzen Sie sich nicht in die erste Reihe, damit ich mir während meines Vortrags nicht Ihr ignorantes Gesicht ansehen muss.«

»*Uuups* ...«, entfuhr es Krzysztof.

Gebt mir ein scharfes Messer, und ich erledige es gleich hier – unauffällig und rasch, dachte Sneijder, kniff die Augen zusammen, schwieg jedoch. Wäre Thomas Schaeffer in diesem Moment in die VIP-Lounge gekommen, hätte sich Sneijder zur Seite gedreht, weggesehen und auf das *Plopp* einer schallgedämpften Waffe gehofft.

Doch Schaeffer kam nicht, wenn man ihn mal wirklich brauchte.

Nachdem Lungström sich abgewandt hatte und nun zu den Lachsbrötchen ging, trat Krzysztof an Sneijders Seite. »Und ich dachte immer, *du* wärst ein Kotzbrocken.« Dann senkte er die Stimme. »Soll *ich* ihn erledigen?«

»Nein, aber sorg dafür, dass wir einen Platz in der ersten Reihe kriegen«, flüsterte Sneijder.

Fünf Minuten später folgten sie Lungström von der VIP-Lounge eine Treppe hinunter in das Untergeschoss und von da in einen langen ebenerdigen Verbindungskorridor, der zur Kongresshalle führte. Mittlerweile fiel nur noch spärliches Dämmerlicht durch die Glasdecke, und der Gang wurde von Bodenlampen beleuchtet wie eine Startbahn. *Nur noch wenige Stunden, dann war auch dieser Tag vorbei.*

Auf dem Weg zur Halle bog Lungström zu den Toiletten ab.

»Geh mit rein und schau dich drinnen um, ob alles sauber ist«, flüsterte Sneijder zu Krzysztof.

»Sauber?«

»Du weißt, was ich meine!«

Krzysztof folgte dem Arzt. Indessen warf Sneijder einen Blick in jeden der Korridore, die von diesem Knotenpunkt aus spinnennetzartig abzweigten. Auf einer Tafel waren die Wege zu den verschiedenen Konferenzsälen angeschrieben. Soeben kam ihm eine ältere Dame mit Trolley auf dem Weg zur VIP-Lounge entgegen.

Wenn ich ein Attentat planen würde, dann hier!, dämmerte es Sneijder. Es gab mehrere Fluchtmöglichkeiten und sogar vier Ausgänge nach draußen. Einer führte zu einem Parkplatz, ein anderer in eine Tiefgarage, der dritte in einen schwach beleuchteten Raucherhof und der letzte auf eine Nebenstraße mit einem Taxistand. Soeben fuhr ein Wagen vorbei, dessen Scheinwerferlicht in den Glaskorridor fiel und sich mehrfach in den Wandelementen spiegelte.

Hinter der Tür, die zum Taxistand führte, standen zwei Polizeibeamte im Freien, die Sneijder den Rücken zukehrten. Unwillkürlich musste er an Schaeffers Verkleidung als Polizist denken.

Wer sagt eigentlich, dass Schaeffer allein ist? Möglicherweise hat er einen Komplizen, und sie sind zu zweit.

Vorsichtig ging Sneijder zur Tür, die Hand auf dem Griff der Pistole in seinem Holster, und näherte sich von hinten den beiden Beamten. In der anderen Hand hielt er die Magnetkarte, die er über das Lesegerät zog, woraufhin sich die elektrische Tür mit einem Piepen öffnete.

Die beiden Beamten drehten sich um.

Sneijder nahm den Griff von der Waffe. Keiner von ihnen war Schaeffer. Allerdings bewegten sie sich mit einer solchen Lahmarschigkeit, dass Schaeffer sie in der Zwischenzeit leicht entwaffnen und beide hätte töten können.

»Bundeskriminalamt Wiesbaden. Hier kommt gleich ein Kongressgast durch, auf den möglicherweise ein Attentat geplant ist«, sagte Sneijder auf Niederländisch und zeigte den beiden ein Foto von Schaeffer. »Halten Sie Ausschau nach diesem Mann.«

»Wir kennen das Foto bereits«, sagte einer der beiden.

»Ihre anderen Kollegen auch?«

»Ja, alle.«

»Aber ich möchte trotzdem mehr Sicherheitspersonal in diesem Trakt«, verlangte Sneijder, der sich trotz seiner Wut um einen höflichen Ton bemühte. »Geht das?«

»Ja, wir werden das sofort weiterleiten.«

Goed. Sneijder nickte, dann ging er wieder zurück in Richtung Toiletten. Hinter sich hörte er, wie die Tür automatisch zufiel.

Er kam sich vor wie ein Babysitter, der sich um alles selbst kümmern musste. Unbefriedigt schielte er durch die Glastür in den Raucherhof. Dort standen zylinderförmige Aschenbecher neben einigen Bänken, beleuchtet vom Licht einer matten Laterne.

Nicht jetzt. Verkneif es dir.

Wenn dieser Tag erst einmal überstanden war, würde er heimfliegen und sich zu Hause zukiffen. Auf der Couch in seinem

Wohnzimmer, neben ihm sein Basset Vincent, den er hinter dem Ohr kraulen würde – und dann würde er alles vergessen, was er in den letzten Tagen über Kinder, Klöster, Ärzte, Strahlenforschung und Pharmakonzerne erfahren hatte.

Da erklang ein dumpfer Schlag aus der Herrentoilette, als wäre etwas gegen eine Kabinenwand geprallt. Noch bevor Sneijder es richtig registriert hatte, hielt er bereits die Glock in der Hand.

»Krzysztof?«, rief er, zog den Schlitten der Waffe zurück und lud die erste Patrone in den Lauf.

Keine Antwort!

Verdomme!

Sneijder riss die Tür auf, betrat die Toilette und sah sich um. Vor ihm lag ein großer Waschraum mit zahlreichen Spiegeln, Handwaschbecken und grellen Leuchtstoffröhren, deren Licht sich in den weißen Fliesen und goldenen Armaturen spiegelte. Auf einer Seite das Pissoir, auf der anderen die Kabinen.

»Lungström? Krzysztof?«, rief Sneijder.

Mit der Waffe im Anschlag trat Sneijder die erste Kabine auf. Die Tür knallte gegen die Wand.

Leer.

Die zweite und dritte Kabine waren ebenfalls leer. Und bevor er die vierte Tür auftreten konnte, roch er bereits den eisenhaltigen Geruch von Blut.

Sachte tippte er die Tür mit der Schuhspitze an, sodass sie nach innen aufschwang. Krzysztof lag in einer roten Lache. Er presste sich die Hand auf die Halsschlagader, doch das Blut sprudelte zwischen seinen Fingern von einem vermutlich tiefen Stich oder Schnitt hervor. Außerdem spuckte der Pole Blut.

Verdammt, das sah gar nicht gut aus. Sneijders Herz zog sich zusammen.

Im Moment blieb ihm keine Zeit, einen Krankenwagen zu rufen. Er legte die Waffe auf den Boden, schlüpfte aus seinem Sakko und riss sich das Schulterholster vom Leib. Dann griff er nach einer halbvollen Klopapierrolle, zog Krzysztofs Hand weg, presste stattdessen die Rolle auf die Wunde am Hals und schnürte den Ledergürtel des Holsters um den Hals.

Dann griff er wieder zur Waffe. »Bekommst du Luft?«

Krzysztof blinzelte ein *Okay* mit den Augen. »Du musst Maya sagen, dass …«

»Das sagst du ihr selbst«, unterbrach Sneijder ihn. »Ist nicht so schlimm«, log er. »Du überlebst das.« Er rutschte mit den Knien in die Blutlache und lagerte Krzysztofs Beine hoch auf die Klobrille. Doch da packte Krzysztof ihn am Arm. Er wollte etwas sagen, aber Sneijder legte ihm den Finger auf die Lippen. »Ist Lungström tot?«

Krzysztof schüttelte den Kopf.

»War es Schaeffer?«

Krzysztof nickte.

Vervloekt!

»Ich soll dir ausrichten …«, keuchte Krzysztof, und Sneijder ließ ihn sprechen, »… du hast bis Mitternacht Zeit … sollst allein kommen.«

»Was?« Sneijder war irritiert, schöpfte aber gleichzeitig Hoffnung. Wenn Schaeffer ihm diese Nachricht hinterlassen hatte, dann konnte Krzysztofs Wunde unmöglich tödlich sein. Als Soldat musste Schaeffer wissen, wie und wo man zustach, damit ein Mann überlebte.

Sneijder griff nach seiner Waffe. »Wo wartet er?«

»Am …« Krzysztofs Augenlider flatterten, dann kippte sein Kopf zur Seite.

Sneijder fühlte seinen Puls, der noch schwach da war. Rasch zog er sein Handy aus der Hosentasche und wählte 112.

Vervloekter Mest – kein Empfang!

Er musste raus! Draußen waren zwei Polizisten, die rascher einen Krankenwagen herholen konnten als er.

»Halt durch!«, sagte er zu Krzysztof, obwohl der das vermutlich gar nicht mehr mitbekam. Dann sprang er auf und lief aus Kabine und Waschraum.

Mit dem Handy in der einen Hand und der Waffe in der anderen rannte er in den Gang. Die beiden Polizisten standen immer noch hinter der Tür und kehrten ihm den Rücken zu. Als Sneijder sie erreichte, sah er am Ende eines anderen langen Korridors zwei Männer. Ein hochgewachsener schlanker schwarzhaariger Mann im dunklen Anzug und Lungström, der mit seinen gelben Schuhen kaum zu übersehen war. Sie waren bestimmt schon hundert Meter weit weg. Der größere Mann hatte sich bei Lungström eingehakt, als müssten sich zwei Betrunkene gegenseitig stützen. Doch dafür waren sie zu schnell unterwegs. Nur noch ein paar Schritte, dann wären sie durch die Tür auf dem Parkplatz verschwunden.

Sneijder blickte auf sein Handy. Hier war der Empfang besser. Er drückte auf Wahlwiederholung, klemmte sich das Handy zwischen Wange und Schulter, zog sein Feuerzeug aus der Hosentasche und schleuderte es gegen die Glastür, damit die Polizisten auf ihn aufmerksam wurden.

Dann drehte er sich wieder um und zielte mit der Waffe auf den Rücken des großen Mannes, der bestimmt Schaeffer war. *Und wenn nicht?* Sneijder zögerte. *Er muss es sein!* Mit etwas Pech würde er danebenschießen, und mit noch größerem Pech Lungström treffen.

Obwohl das Feuerzeug mit lautem Knall gegen die Glaswand geprallt war und die Beamten die Tür mittlerweile geöffnet hatten, wandte sich weder der große Mann noch Lungström um. Im Gegenteil, sie beschleunigten ihre Schritte.

Dann muss es Schaeffer sein!

Sneijder drückte ab.

Laut hallte der Schuss in den Korridoren wider. Sneijder hatte zu wenig riskiert und danebengeschossen. Das Projektil fuhr in die Wand.

»Hallo, wie kann ich Ihnen helfen?«, meldete sich endlich eine Stimme in der Leitung.

Sneijder wollte ein zweites Mal schießen, diesmal ein größeres Risiko eingehen, doch da spürte er einen harten Schlag gegen die Schulter. Jemand trat ihm in die Kniekehle und riss ihn zu Boden.

Die beiden Polizisten!

»*Vervloekt!*«, rief Sneijder, als einer von ihnen ihm den Arm auf den Rücken bog, während der andere ihm die Waffe gewaltsam aus der Hand drehte. Das Handy schlitterte über den Boden.

Bevor er lautstark protestieren konnte, wie dämlich die beiden Polizisten waren, hörte er einen von ihnen auf Niederländisch in sein Funkgerät sprechen. »Wir haben den Attentäter!«

Sneijder sah hoch. Es waren ganz andere Beamte als zuvor.

Die haben die Schicht gewechselt!

»Ich brauche einen Krankenwagen«, presste Sneijder auf Niederländisch mit dem Gesicht auf dem Boden heraus. »Auf der Toilette liegt ein schwer verletzter Mann!«

62. Kapitel

Kurz nach Sneijders und Krzysztofs Transfer zum Flughafen war Sabine mit Marc in ihrem Wagen zum Frankfurter Hauptbahnhof gefahren und von dort mit dem ICE weiter nach Hannover. Die Zugfahrt dauerte nur knapp zweieinhalb Stunden – mit dem Auto hätten sie bei diesem Verkehr mindestens doppelt so lang gebraucht. Außerdem hatten sie während der Reise noch einiges zu tun.

Gleich als Erstes organisierte Sabine in ihrem eigenen Abteil, das sie für sich gebucht hatten, den Personenschutz für Professor Vandergast. Die Hannoveraner Polizei war zwar überrascht gewesen, als sie hörte, dass es möglicherweise einen Mordanschlag auf eine Neunzigjährige in einem Heim geben könnte, hatte aber sofort ein Team mobil gemacht, um die Frau zu beschützen.

Kurz nach acht Uhr abends waren Marc und Sabine endlich da. Sie gingen die Treppe zum Eingang der Seniorenresidenz hinauf, einem modernen Neubau mit vielen Glasfassaden und großzügigen hellen Elementen. Die untergehende Abendsonne spiegelte sich in den Scheiben, sodass das Gebäude eine besondere Ruhe und friedliche Atmosphäre ausstrahlte. Allerdings standen vor der automatischen Eingangstür auf Sabines Empfehlung zwei mit MPs bewaffnete Polizisten eines Sondereinsatzkommandos. *Wozu ein Risiko eingehen?*

Sabine zeigte ihren Ausweis her, woraufhin die Männer sie und Marc passieren lassen wollten, doch sie blieb stehen, während die Glastür nervös auf- und zuglitt. »Hat es bis jetzt Unregelmäßigkeiten gegeben?«, fragte sie.

Der größere Polizist mit der MP im Arm und einem Mikrofon im Ohr schüttelte den Kopf. »Bisher gab es nur einen äußerst dramatischen Bandscheibenvorfall, eine Dame hat sich nach dem Abendessen übergeben, und ein Mann ist mit seinem Rollator vor der Fahrstuhlkabine gestürzt.« Bei den Worten verzog der Beamte keine Miene. Es klang, als wollte er Sabine veräppeln.

»Nehmen Sie das hier nicht auf die leichte Schulter«, riet Sabine ihm. »In Konstanz wurde einer Ihrer Kollegen schwer verletzt.«

Der Mann presste die Lippen zusammen und schluckte, was immer ihm auf der Zunge gelegen war, kommentarlos hinunter.

»Haben Sie Thomas Schaeffers Foto erhalten?«, fragte Marc.

Beide Männer nickten. »Wir alle haben das Foto übers Handy bekommen«, sagte der andere Kollege. »Falls er auftauchen sollte, war das sein letzter Fehler.«

Seid mal nicht so großkotzig!

»Ich weiß, das nervt Sie fürchterlich, aber halten Sie auch im eigenen Interesse die Augen offen«, betonte Sabine noch einmal und betrat mit Marc das Gebäude.

Vor ihnen lag eine großzügige Empfangshalle, und obwohl alles so freundlich und neu aussah, nahm Sabine unter der Oberfläche trotzdem den Geruch von Krankenhaus und Medikamenten wahr.

Sogleich wurden sie von der Leiterin empfangen, einer etwa fünfzigjährigen Frau in Schlabberhose und Che-Guevara-T-Shirt mit Lesebrille in den offenen Haaren und strahlendem, bemüht liebenswürdigem Gesichtsausdruck.

Sabine zeigte noch einmal ihren Ausweis her. »Wir würden gern mit Frau Professor Vandergast sprechen.«

Die Leiterin nickte. »Sie hat zwar schon ihre Medikamente bekommen, ist aber noch wach.«

»Weiß sie, dass wir kommen?«

»Glauben Sie mir, das wäre egal und würde nichts ändern.«

Sabine wurde stutzig. »Wie meinen Sie das?«

»Begleiten Sie mich einfach.« Die Frau wandte sich um und ging voraus in Richtung Treppe.

Während sie beide der Leiterin folgten, blickte Marc Sabine an und formte lautlos die Worte *neunzig Jahre*. In einer Hand hielt er sein Notebook, die andere ließ er mit ausgestrecktem Zeigefinger vor seiner Schläfe kreisen, als wollte er andeuten, Professor Vandergast sei geistig bereits nicht mehr ganz da.

»Ich weiß zwar nicht, worum es geht, aber …«, sagte die Leiterin und ließ den Satz unausgesprochen, während sie die Treppe hochstieg.

Sabine ging auf die versteckte Frage nicht ein. »Ja?«, meinte sie nur.

»… aber Frau Professor Vandergast ist schon seit beinahe sieben Jahren bei uns, also seit es diese Einrichtung gibt. Sie war immer eine ruhige und unauffällige, nette Dame.«

»Bekommt sie oft Besuch?«

Die Leiterin lächelte nachsichtig. »Sie hatte nie Kinder und hat auch keine Verwandten mehr. Wenn man einmal so alt geworden ist, sind auch fast keine Freunde mehr übrig.«

»Ehemalige Arbeitskollegen vielleicht?«, fragte Sabine. »Sie war Entwicklungsleiterin eines Konzerns und hat möglicherweise noch immer Kontakte in der Branche. Immerhin ist sie seinerzeit mit mehreren Preisen und Ehrungen ausgezeichnet worden.«

»Glauben Sie mir, in diesem Alter zählt das nicht mehr. Die Zeit rast so dahin, kaum jemand erinnert sich noch daran.«

Ein trauriger Abgesang des Lebens. Aber so war es nun mal mit der Vergänglichkeit.

Sie erreichten das zweite Stockwerk und marschierten den Gang entlang, durch dessen Glasfassade die in orangefarbenes Dämmerlicht getauchte Hannoveraner Altstadt mit ihren strahlenden Laternen, Stadtbahnen und Bussen zu sehen war. Ein merkwürdiges Zwielicht herrschte unter dem dunkelblauen Himmel, der sich immer bedrohlicher über die Stadt legte.

In dem ganzen Gebäude gab es bestimmt über fünfhundert Betten. Einige der Bewohner kamen ihnen langsam mit einem Becher in der Hand und einer Zeitung unterm Arm entgegen. Sabine und Marc gingen an einer Kaffeelounge vorbei und gelangten schließlich zum Fernsehzimmer. Auch davor stand ein Beamter mit einer MP, dem Sabine kommentarlos ihren Ausweis zeigte. Sein Funkgerät knackte kurz.

Dann betrat Sabine den Raum. Viele Stühle und mit Blumengestecken verzierte Tische standen herum, und an der Wand lief ein Fernsehgerät. Eigentlich hätte Sabine damit gerechnet, dass der Saal voll war und *Bachelor*, *Bares für Rares* oder eine ähnliche Sendung im TV lief, doch in dem dämmrigen Raum saß nur eine einzige Frau in einem Stuhl und blickte zum Bildschirm hoch. Was sie dort so faszinierte, war eine Folge der Quizsendung *Gefragt – Gejagt*, die Sabine und ihre Schwester früher auch gern gesehen hatten.

Aber um diese Uhrzeit?

Sabine blickte auf die Wanduhr über dem Eingang. »Um diese Zeit läuft doch diese Sendung eigentlich gar nicht, oder?«, fragte sie die Leiterin.

Diese schmunzelte. »Es ist eine Aufzeichnung. Professor Vandergasts alte Videokassette. Sie liebt diese Sendung und sieht sich schon seit Monaten immer wieder dieselbe Folge an.«

»Dieselbe Folge?«, wiederholte Sabine. Jetzt fiel ihr auch auf, dass das Bild am Monitor ein wenig unruhig flimmerte.

»In dieser Sendung war unter anderem die Nichte ihrer ehemaligen Nachbarin zu Gast«, erklärte die Leiterin.

Sabine betrachtete die alte Dame, die gebannt zum Bildschirm hochsah. Ihre trüben Augen glänzten, die spröden Lippen bewegten sich lautlos, und ihre von Altersflecken überzogenen Hände zitterten unkontrolliert. *Womöglich die ersten Anzeichen von Parkinson.* Trotz der Hitze, die in diesem Trakt herrschte, hatte sie eine Strickjacke an, und auf ihrem Schoß lag ein Kopfkissen. Auf dem Tischchen neben ihr standen eine Tasse Tee und eine Schale mit Keksen.

»Professor Vandergast hat schon vor Monaten das Gedächtnis verloren«, erklärte die Leiterin, ohne die Stimme zu senken.

»Aber an die Nichte ihrer Nachbarin kann sie sich erinnern?«, flüsterte Sabine. »Hat sie Alzheimer?«

Die Leiterin nickte. »Schwere Demenz.«

»Vielleicht hat sie ja doch noch klare Momente und Erinnerungsschübe an ihren Beruf?«, versuchte Sabine es.

Die Leiterin schüttelte den Kopf. »Schon seit Monaten nicht mehr. Es wird von Woche zu Woche schlimmer. Darüber hinaus ist ihr gesamter Körper von Krebs befallen. Bei ihrem Gesundheitszustand ist eine Chemotherapie nicht mehr möglich, ebenso wenig eine Bestrahlung.«

Es klang wie ein schlechter Witz. *Da war sie jahrelang in der Strahlenforschung tätig – und dann das!*

»Was bekommt sie stattdessen?«, fragte Marc.

»Morphium.«

Mit einem wehmütigen Gefühl betrachtete Sabine die Frau, die in diesem Heim Tag für Tag nur noch vor sich hin vegetierte, ohne Angehörige, Freunde und Überraschungen im Leben – nur auf das sich langsam nähernde Ende wartend.

»Es hat keinen Sinn, mit ihr zu sprechen«, bemerkte die Leiterin.

»Ich möchte es trotzdem versuchen.« Sabine schloss die Vorhänge in dem Raum, was der Mann mit der MP eigentlich schon längst hätte tun sollen, weil man vom gegenüberliegenden höheren Gebäude nicht in diesen Saal sehen konnte. Dann zog sie einen Stuhl heran, den sie neben Professor Vandergast stellte. »Darf ich mich setzen?«

Vandergast reagierte nicht. Bloß ein Lächeln huschte über ihr Gesicht, als der Moderator einen Witz machte und das Publikum lachte.

Sabine setzte sich. »Ich liebe *Gefragt – Gejagt*«, sagte sie. »Mein Lieblingsjäger ist der Besserwisser.«

»Meiner der Bibliothekar«, murmelte Vandergast, ohne den Blick vom Bildschirm zu nehmen.

»Ja, der ist auch gut. Eigentlich liebe ich sie alle.«

»Ich auch«, flüsterte Vandergast. Schließlich drehte sie den Kopf zur Seite, betrachtete Sabine, und Sabine merkte, wie ihr Blick sich langsam scharf stellte. »Bist du meine Tochter?«

63. Kapitel

Zum Glück standen zwei Krankenwagen auf dem Gelände der Kongresshalle in Bereitschaft, falls es bei den Demonstrationen zu einem Zwischenfall kommen würde. In einem von ihnen war Krzysztof ins University Medical Center nach Leiden abtransportiert worden.

Sneijder hatte keine Ahnung, wie es ihm ging, und während er in Handschellen in einem fensterlosen Büro auf dem Areal der Konferenzhalle saß, zerfleischte er sich innerlich, weil er Krzysztof überhaupt in die Sache hineingezogen hatte.

Andererseits hätte Krzysztof sonst wohl in der JVA Weiterstadt schon längst den pädophilen Apotheker kaltgemacht und dafür wegen Mordes fünfzehn Jahre aufgebrummt bekommen.

Allerdings fragte sich Sneijder jetzt, was besser war. Mit Aussicht auf eine posthume Auszeichnung vom BKA an einer Stichwunde im Hals zu krepieren oder in einer zehn Quadratmeter großen Zelle mit Fernsehgerät und Jane-Seymour-Videos weiterzuleben.

Zwischen den Verhören durch die Polizei hatte Sneijder ein einziges Telefonat führen dürfen. Er hatte sich für Dirk van Nistelrooys Sekretärin entschieden, die sich gerade bei der Europol-Tagung fürchterlich langweilte. Sie sollte sich darum kümmern, dass Krzysztof gut versorgt wurde und das BKA vorerst die Krankenhauskosten übernahm.

Die Sekretärin hatte versprochen, sogleich alles in die Wege zu leiten, und dann ihr Handy an van Nistelrooy weitergereicht. Und damit hatte der ganze Schlamassel begonnen!

Dreißig Minuten später – Sneijder war immer noch allein – flog die Tür auf und Dirk van Nistelrooy betrat das Büro. Kommentarlos setzte er sich Sneijder gegenüber an den Tisch. Seine Fliege hing schief. Er sagte zwar nichts, aber seine Backenmuskeln mahlten, als wollte er damit jeden Moment ein Stück Eisen zerbeißen.

»Erspar mir deine Vorträge! Ich weiß, dass meine Dienstwaffe in die niederländische Asservatenkammer wandern wird – wieder mal«, sagte Sneijder. »Aber dafür haben wir jetzt keine Zeit.«

Van Nistelrooy hielt ihm tatsächlich keine Gardinenpredigt. Stattdessen breitete er die Arme auf dem Tisch aus und räusperte sich. »Ich habe mit der niederländischen Kripo gesprochen. Anscheinend ist Thomas Schaeffer mit Doktor Lungström als Geisel geflohen. Sie fahnden nach ihm. Alle Taxistände, Flughäfen, Bus- und Zugbahnhöfe sowie U-Bahn-Stationen und die Randstadrail werden streng überwacht.«

Sneijder schüttelte ärgerlich den Kopf. »Die suchen am falschen Ort. Dort ist er nicht.«

»Aber *du* weißt natürlich, wo er ist?«, fragte van Nistelrooy spitz.

»Ja, du musst mit denen reden – mir hören sie nicht zu.«

»Mir auch nicht«, stieß van Nistelrooy mit zusammengepressten Lippen hervor. »Die wollen uns so rasch wie möglich loswerden – was ich ihnen nicht einmal verdenken kann.«

»Ist das dein Ernst?«

»Statt eigenmächtig zu schießen, hättest du Verstärkung holen sollen.«

Sneijder blieb die Luft weg. »Ich hatte keine andere Wahl!«

»Glaubst du, das interessiert irgendjemanden?«, rief van Nistelrooy.

»Wenn ihnen gelingt, uns loszuwerden, ist Lungström tot und Thomas Schaeffer für immer untergetaucht«, presste Sneijder hervor. »Ich sehe nur eine Möglichkeit: Halte mir die niederländische Polizei vom Hals, besorg mir eine Waffe, dann erledige ich Schaeffer und hole Lungström.«

»Vergiss es!«, unterbrach van Nistelrooy ihn.

Sneijder rutschte nach vorn an die Stuhlkante und senkte die Stimme, falls man sie abhörte. »Ich weiß, wie Schaeffer denkt. Ich habe ihn ausgebildet, danach war er beim Militär. Er funktioniert wie ein Uhrwerk.«

Van Nistelrooy schüttelte den Kopf. »Er hätte Lungström töten können, aber das hat er nicht. Das war sein erster Fehler.«

»Er macht keine Fehler«, widersprach Sneijder. »Er hat Lungström am Leben gelassen, weil er möchte, dass *ich* ihm folge.«

»Und wohin?«

»Krzysztof weiß es.«

»Der wird gerade notoperiert.«

Sneijder ballte die Faust. »Ich vermute, Schaeffer wartet am Den Haager Jachthafen auf mich.«

»Wie kommst du darauf?«

»Meines Erachtens gibt es nur diese Möglichkeit«, überlegte Sneijder. »Vermutlich will er von dort unbemerkt übers Meer oder an der Küste entlang abhauen. Dort gäbe es Dutzende Möglichkeiten, die die Polizei nicht kontrollieren kann. Und über seine oder Maybachs ehemalige Quellen beim Militär ist er wahrscheinlich bestens über diverse Drogenschmuggel-Routen informiert.«

»Blödsinn!«, widersprach van Nistelrooy. »In Konstanz ist er schon einmal mit einem Boot übers Wasser abgehauen. Wichtigste Regel auf der Flucht: Durchbrich dein Muster und wiederhole niemals deine Vorgehensweise!«

Sneijder schlug mit der Faust in die offene Hand. »Genau aus diesem Grund *würde* er es wieder genauso machen«, zischte er. »Eben *weil* niemand damit rechnet.«

Stumm mahlten van Nistelrooys Kiefermuskeln. Schließlich kniff er die Augen zusammen. »Der Jachthafen also.«

Sneijder nickte. »Dort liegen die meisten Boote«, flüsterte er. »Schnelle Motorjachten mit Kompass, Kartenplotter zur Navigation, Radar- und Funkanlagen, Leuchtpistolen und verschiedenen internationalen Flaggen an Bord. Für jemanden mit Schaeffers Kenntnissen ein Paradies. Außerdem hat jedes Boot einen Erste-Hilfe-Kasten, denn vermutlich ist er verletzt und muss regelmäßig den Verband wechseln, da Martinelli ihn in Konstanz angeschossen hat.«

Van Nistelrooys Augenlid zuckte, als wägte er sämtliche Fakten ab, die für oder gegen Sneijders Überlegungen sprachen. Schließlich schüttelte er den Kopf. »Das ist zwar eine nette Theorie, aber die niederländische Polizei werden wir damit nicht überzeugen.« Er erhob sich. »Das Spiel ist aus. Ich muss dich vom Dienst suspendieren und nach Wiesbaden zurückbringen.«

Sneijder sah ihn kalt an. »Ist nicht dein Ernst?«

»Doch.« Van Nistelrooy ging zur Tür und klopfte von innen daran, woraufhin zwei niederländische Beamte hereinkamen.

Van Nistelrooy unterschrieb einige Formulare, danach wurde ihm Sneijders Reisepass ausgehändigt. Sneijders Dienstwaffe würde in Den Haag bleiben.

Währenddessen wurde Sneijder von van Nistelrooys Personenschützern in Gewahrsam genommen und unter lautem Protest aus dem Gebäude nach draußen geführt, wo bereits eine lang gezogene Limousine auf ihn wartete. Zum Glück hatten die Kollegen darauf verzichtet, ihm Handschellen anzulegen.

Nach einigen Minuten kam van Nistelrooy in Begleitung zweier niederländischer Polizisten und des dienstobersten Polizeibeamten heraus, mit dem Sneijder zuvor in der VIP-Lounge gesprochen hatte. Dieser überreichte van Nistelrooy einige Dokumente und maß Sneijder mit einem herablassenden *Ich-habe-es-ja-geahnt*-Blick.

Sneijder verkniff sich jeglichen Kommentar. »Dirk, du machst einen Fehler!«, versuchte er es ein weiteres Mal. »Schaeffer ist beim …«

»Halt die Klappe!«, fuhr van Nistelrooy dazwischen und erledigte die letzten bürokratischen Punkte der Übergabe. Danach drückten beide Männer einander die Hand und die niederländischen Kollegen verschwanden.

Die Personenschützer schoben Sneijder auf die Rückbank der Limousine, dann stiegen auch sie und van Nistelrooy ein. Nun bemerkte Sneijder, dass auch van Nistelrooys Sekretärin im Wagen saß. Außerdem hatten sie einen Chauffeur, der den Wagen startete und sie vom Konferenzgelände herunterfuhr.

»Dirk, wir müssen der niederländischen Polizei klarmachen, dass …«, rief Sneijder.

»Halt endlich deinen Mund!«, rief van Nistelrooy, dann tippte er ihrem Chauffeur von hinten auf die Schulter. »Zum Den Haager Jachthafen.«

Sneijder sah überrascht auf. »Ich dachte …«

»Es interessiert mich nicht, was du dachtest«, unterbrach van Nistelrooy ihn. »Außerdem bist du nicht der Einzige, der kombinieren kann.«

»Was ist mit dem Bankett bei der Europol-Tagung?«, fragte die Sekretärin ihren Chef.

»Ich habe meinen Vortrag gehalten und pfeife auf das anschließende Abendessen und den hohlen Small Talk am Brötchenbuffet«, sagte van Nistelrooy. »Falls Anrufe kommen, entschuldigen Sie mich. Offiziell fahren wir zum Flughafen, aber außerhalb des Protokolls werden wir jetzt einen Mörder fassen.«

»Wir?«, wiederholte Sneijder.

»Du hast richtig gehört.« Van Nistelrooy schnippte mit den Fingern. »Die kugelsicheren Westen und Ihre Dienstwaffen!«, befahl er, woraufhin die beiden Personenschützer aus ihren Sakkos schlüpften.

»Du willst doch nicht etwa gemeinsam mit mir im Hafen Jagd auf Schaeffer machen?«, protestierte Sneijder.

»Doch!«

»Bist du verrückt? Du bist der BKA-Präsident!«, wandte Sneijder erneut ein. »Das ist zu gefährlich!« Er sah van Nistelrooys Sekretärin an. »Reden Sie ihm das aus!«

Sie verdrehte die Augen, sagte aber nichts.

»Martinelli ist im Krankenhaus, Nemez und Krüger sind in Hannover, Krzysztof hast du vorhin gerade verloren, und Horowitz hätte dir jetzt sowieso nicht helfen können«, sagte van Nistelrooy und deutete zu seinen Personenschützern. »Und von meinen Leuten kann ich nicht verlangen, dass sie im Ausland in eine … nun ja … halb legale Aktion verwickelt werden. Aber was *ich* mache, ist *meine* Sache!«

Halb legal war untertrieben.

»Ich kann deine Hilfe nicht annehmen. Lass es mich allein machen«, redete Sneijder auf ihn ein.

»Du brauchst mich! Wie in alten Zeiten, damals in den Niederlanden«, sagte van Nistelrooy, zog sein Sakko aus und schlüpfte in die Weste. »Wir schnappen uns Lungström und stellen ihn vor Gericht – das ist unsere einzige Chance.«

»*Goed*, wie in alten Zeiten«, wiederholte Sneijder schließlich, legte sich ebenfalls die Weste an und zurrte das Schulterholster darüber fest.

64. Kapitel

Oje, dachte Sabine. Zuerst wollte sie schon verneinen – *Nein, ich bin nicht Ihre Tochter, sondern Ermittlerin beim Bundeskriminalamt* –, doch dann folgte sie einer inneren Stimme und sagte stattdessen: »Ja, ich bin deine Tochter.«

Sabine nahm Professor Vandergasts dürre, knochige Hand in die ihre und hielt sie fest. Vandergasts Augen wurden wässrig. Im Moment schienen die kleinen eingerosteten Rädchen in ihrem Gehirn aufgeregt ineinanderzuklicken, auf der Suche nach Informationen zu dieser unbekannten Tochter.

Vielleicht ist es immer ihr Wunsch gewesen, eine Tochter zu haben, dachte Sabine. *Oder vielleicht ist sie ja sogar einmal schwanger gewesen und hat ihr Kind entweder weggegeben oder verloren.* Von ihrer eigenen demenzkranken Großmutter, die bis zu ihrem Tod auf einem Bauernhof in Bayern gelebt hatte, wusste Sabine aus eigener Erfahrung, dass im Alter Wünsche, Kindheits- und Jugenderinnerungen wieder auftauchten. Ebenso traten längst verdrängt geglaubte Probleme erneut zutage, die danach schrien, gelöst zu werden – was bei dieser Generation, die den Zweiten Weltkrieg und die Wirren der Nachkriegszeit miterlebt hatte, besonders verständlich war.

Jedenfalls würde Sabine diese Rolle spielen, solange Vandergast daran glauben wollte, auch wenn es vom therapeutischen Standpunkt aus vielleicht bedenklich war. Aber für diese Frau gab es ohnehin keine Heilung mehr. Ihr von Morphium vollgepumpter Körper war von Tumoren befallen, und vermutlich würde der baldige Tod sogar eine Erlösung für sie bedeuten.

Marc stellte sich hinter sie, sodass Vandergast ihn nicht sehen konnte, und belauschte ihr Gespräch.

»Wie geht es dir, Mama?«, fragte Sabine.

»Ach Gottchen, die Sitzungen sind mühsam. Ständig wollen immer alle etwas von mir. Gestern hat es durchs Dach geregnet. Alles war nass. Die Feuerwehr war hier …«

»Geregnet?« Sabine schielte zur Leiterin der Seniorenresidenz, die leicht den Kopf schüttelte.

»Ist das Essen hier gut?«, fragte Sabine.

»Heute waren wir in einem italienischen …« Sie suchte nach dem richtigen Wort.

»Restaurant?«, schlug Sabine vor.

»Ja, und morgen habe ich einen Tisch im Hilton reserviert.« Ein Lächeln huschte über Vandergasts Gesicht. »Candle-Light-Dinner. Oh …« Sie wollte aufstehen. »… ich muss das Fenster im Büro schließen.«

»Ich habe es bereits geschlossen.« Sabine streichelte sanft ihre Hand. Es hatte tatsächlich keinen Sinn, mit Vandergast über die Forschung von Glostermed zu sprechen. In ihrem Geist war alles durcheinandergeraten.

Nachdem die Quizsendung zu Ende war, spulte Marc das Videoband zurück. Gemeinsam sahen sie sich die Folge ein zweites Mal an, während Vandergast die Antworten der Kandidaten kommentierte.

Nach einer Weile klingelte Sabines Handy. Ohne den Blickkontakt zu Vandergast zu verlieren, griff sie in die Tasche und reichte Marc das Telefon.

Der ging ran. Sabine hörte, wie er ein paarmal *Ja*, *Nein* und *Danke* sagte und dann die Verbindung beendete. Er steckte das Handy in seine Brusttasche und erklärte Sabine im Flüsterton, dass Sneijder angerufen hatte.

»Um ein Haar haben sie Thomas Schaeffer in Den Haag gefasst.

Sie fahren gerade zum Jachthafen.« Dann bedeutete er mit ausgestrecktem Daumen, dass anscheinend alles okay war.

Erleichtert ließ Sabine die Schultern sinken. Das bedeutete, dass Vandergasts Leben nicht in Gefahr war.

Marc deutete mit einem fragenden Blick auf seine Armbanduhr. Er wollte das hier abbrechen, doch Sabine schüttelte den Kopf.

»Ich bleibe noch eine Weile bei dir, Mutter«, sagte sie laut.

Im Moment ging noch jede halbe Stunde ein ICE zurück nach Frankfurt. Sie waren nicht in Eile, und Sabine wollte die Zeit nutzen, bei dieser Frau zu bleiben.

Marc nickte – wenn auch nicht gerade verständnisvoll – und verschwand für ein paar Minuten mit der Leiterin. Als er zurückkam, hatte er immerhin ein Tablett mit Kaffee und Kuchen dabei. Sie bedienten sich, und währenddessen versuchte Sabine immer wieder, ein vernünftiges Gespräch mit Vandergast zu beginnen. Doch es kamen nur wirre und unzusammenhängende Antworten.

Schließlich sahen sie *Gefragt – Gejagt* zum dritten Mal, und als erneut die Frage auftauchte *Ein Mann hat sieben Töchter und jede Tochter hat einen Bruder. Wie viele Kinder hat der Mann?*, drehte sich Vandergast plötzlich im Sessel herum und blickte Sabine verwirrt an.

»Ja?«, fragte Sabine. »Die Antwort lautete acht: sieben Töchter und einen Sohn.«

»Du bist nicht meine Tochter!«, behauptete Vandergast plötzlich und unmotiviert.

Sabine versuchte ruhig zu bleiben. »Das stimmt«, antwortete sie und setzte alles auf eine Karte. »Ihre Tochter ist gestorben. Als Baby, verscharrt mit vielen anderen im Rosengarten eines Ursulinenklosters.«

Sabine registrierte eine Reaktion auf Vandergasts Gesicht, aber ebenso bemerkte sie aus dem Augenwinkel, wie die Leiterin einschreiten wollte. Doch Marc stellte sich ihr sofort in den Weg.

»Es geht um wichtige Ermittlungen in mehreren Mordfällen«, flüsterte er. »Wir brauchen jetzt freie Hand.«

Noch während Sabine ein tiefes Seufzen der Leiterin hörte, wandte sie sich bereits wieder an Vandergast. »Sie haben in Ihrer Forschungsabteilung mit den Säuglingen experimentiert, richtig?«

Vandergasts Augen weiteten sich, ihr Blick wurde ängstlich, und dann kam die Erinnerung. »Die Säuglinge …«

65. Kapitel

Die Limousine erreichte den Jachtclub Scheveningen. Während der Wagen mit laufendem Motor vor dem Schlagbaum hielt, reichte der Chauffeur dem Mann in der Portiersloge van Nistelrooys Ausweis durch das offene Fenster. Doch der bewirkte wenig, da sie weder ein Boot an einem der Stege besaßen noch eine Zutrittsberechtigung vorweisen konnten. Hinter der Schranke stand ein Streifenwagen mit zwei Polizisten, die den Zutritt kontrollierten – eine mickrige Maßnahme, um nach Schaeffer zu fahnden.

Indessen liefen Sneijder und van Nistelrooy knapp hundert Meter von dem Wagen entfernt geduckt am Zaun entlang.

»Siehst du! Was ich dir gesagt habe«, keuchte van Nistelrooy. »Sie werden nicht durchgelassen.«

»Ja, toller Plan«, knurrte Sneijder. »Hier ist ein Loch im Zaun.«

An dieser Stelle war die Straßenlaterne kaputt, und es gab keine Verkehrskameras.

Zufall?

Falls Schaeffer das Areal betreten hatte, dann vielleicht hier oder an einer ähnlichen Stelle. Der Hafen war groß, Möglichkeiten gab es genug. Jedenfalls roch es bereits intensiv nach Fisch, Algen und Muscheln, und von Weitem war das Rauschen der nächtlichen Brandung zu hören.

Sneijder und van Nistelrooy kletterten durch das Loch und liefen weiterhin geduckt durchs Gras, bis sie hinter einer kleinen Böschung einen asphaltierten Gehweg erreichten, der zu den Molen führte. Dort lagen die prächtigen Jachten aufgereiht wie

Perlen auf einer Kette. Das Licht des satten gelben Halbmondes spiegelte sich auf den Wellen, und in einigen der Boote brannte noch Licht.

»Hier gibt es Hunderte Schiffe«, stöhnte van Nistelrooy auf. »Wonach sollen wir suchen? Falls er überhaupt hier und nicht schon längst nach Belgien abgehauen ist, während Lungströms Leiche irgendwo im Wasser treibt.«

»Es ist der letzte Tag«, erinnerte Sneijder ihn. »Der haut nicht ab, ehe es nicht zu Ende ist.«

»Und *wo* sollen wir suchen?«, wiederholte van Nistelrooy.

»Er will, dass *wir* ihn finden, und nicht die niederländische Polizei«, sinnierte Sneijder. »Also muss er einen Weg eingeschlagen haben, den wir nachvollziehen können. Bestimmt geht er davon aus, dass wir seine Akte in- und auswendig kennen und uns in seine Gedanken hineinversetzen können.«

»Und? Kennst du seine Akte auswendig?«

»Natürlich nicht.«

»O Mann, verfluchte Sch…«, rief van Nistelrooy und schluckte den Rest hinunter.

»Leise!«, zischte Sneijder, griff zum Handy und wählte eine Nummer.

Der Mond beleuchtete die feuchten speckigen Holzbretter vor ihnen. Zarter Nebel waberte über das Wasser, und die Wellen klatschten sanft an die Holzpfosten. Irgendwo draußen am Meer sprang ein Fisch im Wasser.

Während es läutete, warteten sie neben einem Segelboot. Einige Meter weiter befanden sich WC- und Duschkabinen des Hafens sowie eine Apotheke und weiter hinten ein paar Restaurants, von denen sogar noch einige geöffnet hatten. Von dort drangen Stimmengewirr und das Klirren von Gläsern zu ihnen herüber.

»Wen rufst du an?«, flüsterte van Nistelrooy.

»Horowitz.« Sneijder wartete. Als der endlich abhob, ließ er ihn gar nicht erst zu Wort kommen. »Hör zu! Wir haben nicht viel Zeit. Hast du Schaeffers Militärakte in der Nähe?«

»Einen Moment«, murmelte Horowitz, »ich wäre ja schneller beim Schreibtisch, aber mein Rollstuhl eiert, als wäre ich damit die Treppen von Sacré-Cœur hinuntergebrettert.«

Sneijder hörte das Piepen einer sich öffnenden Datei.

»Was brauchst du?«, fragte Horowitz.

»Such in Schaeffers Daten nach Hinweisen auf Meer, Küste, Jachten oder Segelboote.« Sneijder hörte das Klappern einer Tastatur. »Und, schon was gefunden?«

»Moment … er war als Soldat in Kuwait stationiert, das liegt am Persischen Golf, als Scharfschütze im Sudan am Roten Meer und in Libyen am Mittelmeer. Außerdem war er beim Einsatz auf der Cape Ray im östlichen Mittelmeer an Bord, wo syrische Chemiewaffen vernichtet wurden.«

Mit so viel *Meeresidylle* hatte Sneijder gar nicht gerechnet. »Hat er jemals ein Boot besessen?«

»Nein, hier steht zumindest nichts davon.«

»Hat er den Bootsführerschein?«

»Ja, sogar den Sporthochseeschifferschein, aber es ist kein Kahn auf seinen Namen registriert.«

»Besitzt er ein Haus am See?«

Die Tastatur klapperte.

»Nein.«

»Kreuzfahrten oder Urlaube am Meer?«

Die Tastatur klapperte erneut.

»Soviel ich hier herauslesen kann, nur in den Bergen. Anscheinend ist er ein Freund der Alpen.«

»So kommen wir nicht weiter«, presste Sneijder hervor. »Ich brauche Anhaltspunkte, die uns am Jachthafen einen bestimmten Ort oder ein bestimmtes Schiff finden lassen.« Er stellte sich gerade Horowitz' verwirrten Gesichtsausdruck vor und fügte rasch hinzu: »Hat Schaeffer Tätowierungen? Seemännische Motive? Schmuck? Gibt es da irgendwelche Hinweise auf Schiffe oder Boote?«

»Negativ«, antwortete Horowitz, »obwohl ich bezweifle, dass das in seiner Militärakte stehen würde.«

»Hat er Freunde mit Bezug zum Wasser? Bademeister, Kapitäne, Ruderer, Bootsbauer, Wassersportler, Taucher, Angler, Schwimmlehrer?«

Horowitz stöhnte auf. »Ich finde hier nichts. Die Akte ist ziemlich dünn.«

»Niet goed«, murmelte Sneijder. Vielleicht hatte er sich doch geirrt. »Und die Frage nach Verwandten können wir uns sparen, da er als Waise aufgewachsen ist.«

»Richtig. Halt, warte ... mir fällt da was ein«, murmelte Horowitz.

»Und zwar?« Genervt blickte Sneijder auf die Armbanduhr. Elf Uhr nachts – nur noch knapp eine Stunde Galgenfrist, dann war der siebte Tag vorbei, Lungströms Leiche würde irgendwo auftauchen und ihre Spur versiegen.

»Maybach und Schaeffer sind die Kinder der Nonne«, begann Horowitz. »Demnach ist Zeno Engelmann Schaeffers Onkel.«

»Und?«

»Vielleicht hatten Zeno und Schaeffer Kontakt miteinander?«

»Und?«, wiederholte Sneijder.

»Hat dir das Krzysztof nicht erzählt?«

»Was denn? Nein! Krzysztof liegt auf der Intensivstation.«

»Oh!« Horowitz wirkte betroffen. »Als Krzysztof und ich mit Zeno in Marburg gesprochen haben, hat er uns erzählt, dass er schon immer mal auf einem norwegischen Fischkutter anheuern wollte, um von Stavanger über Spitzbergen bis ins Eismeer zum Krabbenfischen zu fahren.«

»Fischkutter! Das ist es!« Sneijder unterbrach die Verbindung und steckte das Handy in die Hosentasche. »Wir sind hier falsch«, sagte er zu van Nistelrooy. »Wir müssen rüber zum Anlegeplatz, wo die Fischerboote liegen.« Er wollte sich bereits in Bewegung setzen, doch van Nistelrooy hielt ihn am Arm zurück.

»Halt, wir sind hier richtig.«

»Wie kommst du darauf?«

»*Er* hat *uns* gefunden.« Van Nistelrooy deutete auf einen roten Laserpunkt, der über seine Brust wanderte.

Sneijder erstarrte. Ohne den Kopf zu hastig zu bewegen, suchte er den Ausgangspunkt des Laserstrahls und fand ihn in einigen Hundert Metern Entfernung am Ende einer Mole. »Lass die Waffe im Holster stecken«, flüsterte er. »Schaeffer verwendet bestimmt ein Nachtsichtgerät auf seinem Zielfernrohr und hat bereits jeden unserer Schritte beobachtet, seit wir hier aufgetaucht sind.«

»Ich hatte auch nicht vor, wild rumzuballern«, sagte van Nistelrooy. »Offenbar will er, dass wir zu ihm kommen.«

Mit wild in der Brust pochendem Herzen setzte sich Sneijder in Bewegung und ging voraus. Van Nistelrooy folgte ihm.

»Jetzt wäre eine gute Gelegenheit für dich umzukehren«, schlug Sneijder vor.

»Vergiss es! Falls du Mist baust, kann ich immer noch behaupten, du seist abgehauen und ich habe dich hier gefasst.«

Sie marschierten an der Kaimauer entlang, entfernten sich von den Restaurants und gingen an einem Stromkasten für die Boote vorbei, einem Kran, Zapfsäulen für Gas und Diesel, sowie Behältern für die Entsorgung von Altöl und WC-Tanks. Danach betraten sie einen auf dem Wasser auf und ab schwankenden Schwimmsteg, der aufs offene Meer hinausführte.

»Du hattest recht, dass er dich sprechen wollte«, gab van Nistelrooy zu.

»Wie kommst du jetzt darauf?«

»Andernfalls hätte er uns schon längst abgeknallt.«

»Das ist so tröstlich wie ein Schlangenbiss«, flüsterte Sneijder, obwohl er gar nicht hätte flüstern brauchen, da sie ohnehin allein waren. Die Jachten in diesem Teil des Hafens lagen allesamt im Dunkeln. Nur das rote Licht des Lasers blitzte manchmal über dem Wasser auf. Beharrlich folgten sie dem Licht zum Ausgangspunkt.

»Kommst du unauffällig an dein Handy ran?«, fragte van Nistelrooy.

»Nein. Und an deiner Stelle würde ich das auch nicht versuchen – Schaeffer hat eine Scharfschützenausbildung.«

Der Steg verzweigte sich und wurde schmäler. Schließlich gelangten sie ans Ende. Unter ihren Füßen klatschten die Wellen ans Holz. Hier, so viele Meter vom Festland entfernt, lag nur noch eine einzige große Jacht. Die *Devil of the Seas*, wie Sneijder an dem Schriftzug auf der Seitenwand im Mondschein erkennen konnte. *So weit zu unserer Theorie vom kleinen Fischkutter.* Dahinter spiegelte sich das Mondlicht auf den vorgelagerten Wellenbrechern, und weiter hinten blinkten die roten und grünen Bojen der Fahrrinnenabgrenzung in der Dunkelheit.

Bestimmt hatte Schaeffer die Systeme an Bord bereits kurzgeschlossen und konnte den Motor der *Devil of the Seas* binnen Sekunden starten, um abzuhauen. Außerdem hatte er sich garantiert versichert, dass die Eigner in dieser Nacht nicht mehr an Bord kommen würden – und möglicherweise weit weg im Landesinneren in einem Hotel übernachteten.

Als sie am Ende des Stegs neben dem Boot stehen blieben, drang eine Stimme vom oberen Steuerstand der Jacht zu ihnen herunter. »Wenn sich uns jemand nähert, egal ob auf dem Festland oder am Meer, ist Lungström tot und ich bin weg.«

Obwohl Sneijder nur die Silhouette des Mannes sah, erkannte er Schaeffers Stimme. Dieselbe Tonlage wie im Seaside Resort Hotel, nur diesmal etwas gestresster.

»Das habe ich verstanden. Wir sind allein hier«, versicherte Sneijder ihm.

»Wer ist Ihr Begleiter?«

»Dirk van Nistelrooy, mein Chef.«

»Er wird Sie vom Fall abziehen, und das BKA wird die Weisung erhalten, alle Beweise unter den Teppich zu kehren.«

»Nein, das wird nicht passieren. Sie können ihm vertrauen, er steht auf unserer Seite.« Sneijder machte eine Pause. »Ist Lungström noch am Leben?«

»Ja.« Der Lauf des Gewehrs lag auf der Plexiverglasung des Cockpits und der Laserpunkt zielte auf Sneijders Brust. »Werfen Sie Ihre Waffen ins Wasser«, verlangte Schaeffer.

»Das kann ich nicht.«

Der Laserpunkt wanderte wie eine wortlose Drohung zu van Nistelrooys Brustkorb. »Machen Sie schon!«

»Das können wir nicht«, sagte nun auch van Nistelrooy. »Wir sind Polizisten. Wir werden unsere Waffen nicht aus der Hand geben. Aber ich verspreche Ihnen, wir werden sie nicht ziehen, solange wir vernünftig miteinander sprechen und Doktor Lungström nichts passiert. Das ist mein Angebot. Es ist mehr als fair, und mehr dürfen Sie nicht erwarten.«

Schaeffer schien zu überlegen. »In Ordnung«, sagte er schließlich. »Aber lassen Sie die Hände unten und keine hastigen Bewegungen.«

Sneijder atmete tief durch. Langsam entspannten sich seine Schultern. »Wir kennen uns von früher. Sie waren einer meiner Studenten. Warum sind Sie nicht privat zu mir gekommen?«, fragte Sneijder. »Warum all die schrecklichen Morde?«

»Sie haben mittlerweile ja schon herausgefunden, was meiner Mutter angetan wurde.«

»Wir hätten über alles reden können«, fügte Sneijder hinzu.

»Sie wissen genauso gut wie ich, dass Sie nie den Auftrag für eine offizielle Ermittlung erhalten hätten. Man hätte Sie mundtot gemacht«, antwortete Schaeffer. »Mittlerweile haben Sie einen Vorgeschmack erhalten, wer alles dahintersteckt und wie weit die Arme des Kraken reichen.«

»Ja, das habe ich, aber es wäre auch ohne die vielen Toten gegangen«, beharrte Sneijder.

»O nein!«, widersprach Schaeffer. »Sie selbst haben uns an der Akademie die Geschichte vom Frosch erzählt. Erinnern Sie sich?«

Ja, verdammt. Die blöde Geschichte vom Frosch war zwar weit hergeholt, aber Sneijder begriff die Anspielung. Er nickte nur. Mittlerweile hatten sich seine Augen so sehr an die Dunkelheit gewöhnt, dass er den Lauf des Gewehrs mit dem aufgesteckten Zielfernrohr zu erkennen glaubte, hinter dem Schaeffer stand.

Van Nistelrooy blickte zu Sneijder. »Welche Geschichte vom Frosch?«

»Wirft man einen Frosch in einen Topf mit siedend heißem Wasser, springt er sofort raus«, antwortete Schaeffer an Sneijders Stelle. »Setzt man denselben Frosch jedoch in kaltes Wasser, das sich langsam erwärmt, stirbt er, weil er es nicht bemerkt und darin sitzen bleibt.«

»Und?«, fragte van Nistelrooy, der die Moral der Geschichte anscheinend noch nicht begriff.

»Hätte ich dem BKA alle Informationen auf einmal serviert, wären die Ermittler abgesprungen und nichts wäre in der Sache unternommen worden«, übernahm Schaeffer die Interpretation. »Aber lasse ich jemanden wie Sneijder langsam in die Story hineingleiten, ohne dass er anfangs merkt, welche Ausmaße das Ganze annehmen wird, wird er dranbleiben, weil er ab einem bestimmten Zeitpunkt nicht mehr anders kann.« Er machte eine Pause. »Sie nannten es damals die *Technik der kleinen manipulativen Schritte.*«

Van Nistelrooy warf Sneijder einen fragenden Blick zu. Dieser nickte, dann sah er zu Schaeffer. »Aber der Vergleich hinkt, denn dazu hätte es keine Morde gebraucht.«

»Sie glauben doch nicht wirklich, dass Sie das alles auch ohne die Morde aufgedeckt hätten?«, rief Schaeffer.

Sneijder blieb ihm die Antwort schuldig. Möglicherweise hatte Schaeffer sogar recht. Aber dafür war es jetzt zu spät, und sie würden es niemals herausfinden. »Ich habe keine Lust auf eine Psychologiestunde mit Ihnen«, sagte Sneijder stattdessen. »Ich möchte mit Lungström sprechen.«

Der rote Laserpunkt wanderte wieder zu Sneijder und verharrte auf seiner Brust.

Würde Schaeffer tatsächlich schießen? Er war kein verrückt gewordener Killer im Blutrausch, andernfalls hätte er auch Martinelli, Horowitz und Krzysztof getötet. Dennoch würde er alles riskieren, um eine eigentlich aussichtlose Mission erfolgreich zu Ende zu führen.

Kurz wägte Sneijder ab, ob er es schaffen könnte, seine Waffe aus dem Holster zu ziehen, durchzuladen, auf Schaeffers Silhouette zu zielen und abzudrücken. *Minimum zwei Sekunden.* In dieser Zeit hätte Schaeffer aber bereits fünf- oder sechsmal geschossen. Dreimal auf ihn – in Schulter, Brust und Kopf – und danach auf van Nistelrooy. Bestimmt mit einem Schalldämpfer. Anschließend Lungström mit einem Kopfschuss erledigt, die Leiche über Bord geworfen und übers Meer die Flucht ergriffen. Vermutlich hatte Schaeffer bereits mit entsprechenden Konten im Ausland vorgesorgt, um in ein Land abzutauchen, das kein Auslieferungsabkommen mit Deutschland, Österreich, der Schweiz oder den Niederlanden hatte.

Kuba, Malediven, Guatemala oder die Philippinen kamen Sneijder spontan in den Sinn. Vermutlich Guatemala, weil es dort hohe Berge gab.

»Lungström!«, wiederholte Sneijder.

»Einverstanden«, sagte Schaeffer schließlich. »Sie haben noch genau vierzig Minuten Zeit, um mich bis Mitternacht davon zu überzeugen, dass Sie Lungström und alle anderen, die mit der Ermordung der Kinder zu tun hatten, in die Medien und vor Gericht bringen.«

»Dann verlieren wir keine Zeit«, drängte Sneijder.

Schaeffer machte einen Schritt zur Seite. »Hoch mit dir!«

Sneijder hörte ein Stöhnen. Danach tauchte Lungström auf. Sneijder erkannte ihn am Smoking und an der gelben Fliege, die im Mondlicht schimmerte. Mühsam rappelte er sich auf. Anhand seiner ungelenken Bewegungen bemerkte Sneijder, dass seine Hände vor dem Körper gefesselt waren.

Mit einer raschen Handbewegung riss Schaeffer ihm das Band mit dem Knebel vom Mund.

Lungström schnappte nach Luft, hustete und würgte zugleich und klammerte sich mit beiden Händen an die Reling. Dann sah er zum Steg herunter. Offenbar erkannte er Sneijder. »Retten Sie mich!«, prustete er los.

Jetzt auf einmal!

»Wo waren Sie vorhin? Dieser Mann ist wahnsinnig!«, setzte Lungström nach.

Sneijder ballte die Faust. *Wegen dir wird Krzysztof vielleicht nie wieder das Krankenhaus verlassen!* Er sollte Rechnungen ausstellen – für Leute, an die er seine Zeit verschwendete.

In diesem Moment bemerkte Sneijder, wie sehr sich seine Motivation, diesem Kerl das Leben zu retten, in Grenzen hielt. Doch Lungström kannte alle Fakten über die Hintermänner, und schon allein deshalb *musste* er diese Nacht überleben.

»Wie geht es jetzt weiter?«, fragte van Nistelrooy.

»Sie stellen Ihre Fragen, und Lungström wird antworten«, sagte Schaeffer. »Und wenn ich das Gefühl habe, dass er nicht die Wahrheit sagt, verpasse ich ihm eine Kugel ins Bein.«

»Was?«, kreischte Lungström. »Was soll das? Guter Bulle, böser Bulle? Wollen Sie mich verar…«

Ein gedämpfter Schuss ploppte. Holzbohlen knirschten, Splitter flogen davon, und im nächsten Moment schrie Lungström gequält auf.

Sneijder bemühte sich, die Szene so emotionslos wie möglich zu betrachten. Offenbar hielt Schaeffer in der anderen Hand eine Pistole, mit der er Lungström soeben in den Fuß geschossen hatte. *Schade um die schönen gelben Schuhe.* Nicht tragisch angesichts dessen, was in den nächsten Minuten noch alles passieren könnte.

»Hör auf zu schreien!«, drohte Schaeffer. »Sonst geht die nächste Kugel in deine Wade oder ins Knie.«

Sneijder hörte, wie Lungström die Zähne zusammenbiss und röchelnd seinen Schmerz hinunterschluckte.

»Warum hat Glostermed Experimente mit Säuglingen gemacht?«, fragte Sneijder rasch, ehe noch etwas passierte.

Lungström schwieg.

Schaeffer presste dem Arzt den Lauf der Pistole in den Rücken. »Los, antworte!«

»Wir haben an der Entwicklung von Röntgenstrahlen gearbeitet«, antwortete Lungström.

»Warum mit *Säuglingen*, Sie Arschloch!«, rief Sneijder. »*Das* ist die Frage.«

»Wir konnten nicht mehr länger mit Zellkulturen arbeiten. Für die nächste Entwicklungsstufe der Forschung brauchten wir lebende Organismen mit intakten Blutbahnen als Versuchsobjekte.«

»Und warum ausgerechnet *Babys* und nicht erwachsene Menschen?«, fragte Sneijder.

Lungström schwieg, doch Schaeffer drückte ihm den Lauf so fest in den Rücken, dass er aufschrie. »Weil man mit jungem und strahlensensiblem Gewebe schnellere Ergebnisse erzielt.«

»Weiter!«, drängte Schaeffer.

»Im Gegensatz zu älteren Menschen befindet sich bei Babys das Knochenmark noch in allen Knochen, deshalb haben sich die Chemikalien für das Kontrastmittel besser abgelagert. Das war für die Forschung Gold wert.«

»War das das Lichtfeld-Experiment?«

»Ja, ein Teil davon. Babys waren leichter verfügbar, leichter zu handhaben und leichter zu entsorgen. Diesbezüglich war die Konzernleitung skrupellos. Es ging um Milliardenprofite!«

Sneijder zog sich der Magen zusammen; je länger er Lungström zuhörte, der von den Kindern wie von einer beliebigen Ware sprach, die man sich mit einem LKW in der gewünschten Menge liefern lassen konnte, desto übler wurde ihm. Er versuchte den Schatten auf Schaeffers Gesichtszügen richtig zu deuten. Wenn Lungström weiter in diesem kalten, berechnenden und emotionslosen Ton sprach, könnte es gut passieren, dass Schaeffer einfach abdrückte – dann war die ganze Sache vorbei.

Wenn Lungström allerdings *nicht* redete, war es auch vorbei. Eine verfahrene Situation.

Sneijder atmete tief durch. »Und warum haben Sie das Kontrastmittel nicht an Mäusen getestet?«

»An Mäusen?«, prustete Lungström. »Wissen Sie überhaupt, was das bedeutet?«

»Nein, erklären Sie es mir.«

»Seit dem Conterganskandal Anfang der 60er-Jahre weiß jeder, dass ein Medikament bei schwangeren Schimpansen funktionieren kann, aber nicht beim Menschen«, erklärte Lungström. »Wir mussten auf Nummer sicher gehen.«

Was für Arschlöcher!

»Mittlerweile wissen wir, dass nur ein Teil der Babys aus dem Kloster kam«, mischte sich van Nistelrooy in das Gespräch. »Woher stammten die anderen Säuglinge? Wer steckte noch alles dahinter?«

»Das weiß ich nicht.«

Ein Schuss ploppte und Lungström schrie auf. »Ich weiß es wirklich nicht!«, brüllte er.

Anscheinend hatte Schaeffer ihm in den anderen Fuß geschossen.

»Wir hatten keine Ahnung, woher das Material stammte. Ich schwöre es. Ich war nur der Chef-Biologe; Professor Vandergast war die Forschungsleiterin von Glostermed. Die muss es wissen! Reden Sie mit ihr.«

»Das tun meine Kollegen gerade in diesen Minuten«, versicherte Sneijder, obwohl die Botschaft mehr an Schaeffer gerichtet war, damit der ruhig blieb. »Wir werden Sie alle vor Gericht bringen!«

»Die Sache ist doch längst verjährt!«, begehrte Lungström auf.

»Mord verjährt nie«, schaltete sich van Nistelrooy erneut in das Gespräch ein. »Aber der Generalstaatsanwalt wird Ihnen möglicherweise einen Deal anbieten. Haben Sie noch Unterlagen von damals?«

»Die hat Glostermed Anfang der 80er-Jahre komplett vernichtet, als sich herausgestellt hat, dass die Entwicklung verträglicher Röntgenstrahlen nicht möglich ist.«

»Das ist schade«, sagte van Nistelrooy kühl. »Für Sie!«

»Nennen Sie uns wenigstens die Namen Ihrer Kollegen und Vorgesetzten«, drängte Sneijder.

»Was nützt Ihnen das? Diejenigen, die vom Lichtfeld-Experiment wussten, werden jede Kenntnis von seiner Existenz leugnen.«

»Los!«, drängte Schaeffer, woraufhin Lungström ein wildes Durcheinander an Namen und Funktionen herunterspulte, die ihm anscheinend gerade in den Sinn kamen.

Es waren mehr Namen, als Sneijder erhofft, und viel mehr, als er befürchtet hatte. Und darunter auch einige hochrangige Personen aus der High Society. Schließlich verstummte Lungström keuchend und mit heiserer Stimme.

»Übergeben Sie uns jetzt den Mann!«, forderte van Nistelrooy.

»Da wäre noch eine Sache.« Schaeffer hielt immer noch das Gewehr in der Hand, mit dessen Laserpunkt er auf Sneijders Brust zielte. Allerdings legte er die Pistole jetzt zur Seite und tippte mit der freien Hand auf der Tastatur eines Geräts.

Ein Display leuchtete auf, in dessen Schimmer Schaeffers kantige Gesichtszüge zu sehen waren. Sneijder hörte leise Pieptöne, und im nächsten Moment summte sein Handy in der Hosentasche. »Eine Nachricht von Ihnen?«, fragte er.

»Ja«, antwortete Schaeffer. »Sie dürfen sie öffnen.«

Sneijder verharrte reglos. »Woher haben Sie meine Nummer?«

»Von Ihrer alten Visitenkarte.«

Die Karte, die die Nonne bei sich gehabt hatte. »Und was haben Sie mir geschickt?«, fragte Sneijder.

»Ich habe unser kleines Gespräch mit Lungström aufgezeichnet. Eine Kopie ging gerade an Sie sowie an die Redaktionen der fünf größten Presseagenturen.«

Verdikkeme! Aber das war jetzt auch schon egal. Die Presse saß ihnen seit Maybachs Selbstmord ja sowieso schon im Nacken.

»Ich hole jetzt mein Handy heraus«, sagte Sneijder und wollte bereits zur Hosentasche greifen.

»Tun Sie das«, forderte Schaeffer ihn auf und legte mit der freien Hand den Zündschlüssel neben dem Joystick um.

Im nächsten Moment begann der Motor der Jacht zu husten. Das Boot wurde durchgeschüttelt, eine Abgaswolke wurde ausgestoßen und das Wasser begann zu schäumen.

Er will abhauen!

»Wir brauchen Lungström!«, verlangte van Nistelrooy laut, um das Geräusch des Motors zu übertönen.

Es lag keine Gangway zwischen Boot und Steg, und die Leinen waren nur sehr lose am Steg befestigt.

Jetzt, wo wir alle Hinweise haben, wird er ihn vor unseren Augen hinrichten und abhauen, schoss es Sneijder durch den Kopf. Statt in seine Hosentasche zu greifen, ließ er die Hand langsam unter das Sakko gleiten.

»Tu es nicht!«, zischte van Nistelrooy leise, der anscheinend ahnte, was er vorhatte. »Das ist es nicht wert.«

»Die Aufnahme allein ist wertlos. Wir brauchen Lungström lebend«, murmelte Sneijder und spürte bereits den Griff der Glock.

66. Kapitel

»Die Säuglinge im Rosengarten …«, wiederholte Vandergast und blickte in Sabines Augen. »Welches Jahr haben wir?«

»Neunzehnhundertachtzig«, log Sabine. »Die Geschäftsführung von Glostermed hat mich in Ihre Abteilung geschickt …« Sabine machte eine Pause, um die Reaktion der Frau zu beobachten. Vandergast sah sie erwartungsvoll an. »Was sind die jüngsten Ergebnisse Ihrer Forschung mit den Säuglingen? Gibt es schon einen Durchbruch?«

Vandergasts Augen leuchteten stolz. »Erstmalig ist uns mit einer außergewöhnlich niedrigen Energiemenge im Kilovoltbereich und einer kurzen Zeitspanne im Millisekundenbereich ein perfektes Röntgenbild gelungen.« Mit einem Mal war ihre Sprache klar, deutlich und ohne Wortfindungsstörungen.

Alzheimer war schon eine merkwürdige Krankheit. Obwohl die Nervenzellen im Gehirn abstarben, gab es manchmal Momente, in denen längst Vergangenes so glasklar hervortrat, als hätte es sich erst vor wenigen Stunden zugetragen.

»Da gratuliere ich Ihnen.« Da nicht abzusehen war, wie lange dieser seltene Moment anhalten würde, wollte Sabine das Gespräch möglichst ohne Unterbrechung fortsetzen. »Was bedeutet *Hell Seven*?«

»Hell Sieben«, wiederholte Vandergast, jedoch auf Deutsch und mit einer anderen Betonung – nicht wie das englische Wort für *Hölle*, sondern viel weicher wie *heller Sonnenschein*.

Sabine übernahm ihre Betonung. »Was ist Hell7?«

»Es ist …« Vandergast runzelte die Stirn. »Das wissen Sie nicht?«

Aus dem Augenwinkel bemerkte Sabine, wie die Leiterin erneut einschreiten und das Gespräch abbrechen wollte, doch Marc hielt sie mit einer sanften Bewegung zurück.

»Hell7 ist das Kontrastmittel der siebten Versuchsreihe der Lichtfeld-Experimente«, erklärte Vandergast, als sei das das Selbstverständlichste der Welt.

Nun runzelte Sabine die Stirn. »Und die war erfolgreich?«

Vandergast nickte. »Die Röntgenbilder sind entsprechend aufgehellt und gestochen scharf.«

Da begriff Sabine plötzlich die Bedeutung von Hell7. Es war ein chemisches, *aufhellendes* Kontrastmittel, um bessere Röntgenbilder bei einer niedrigen Dosis Gray zu erhalten. Und während Moerweck & Derwald die Röntgenapparate verbessert hatte, hätte Glostermed das Medikament dazu vertrieben.

»Warum bringen wir Hell7 nicht auf den Markt?«, fragte Sabine weiter. »Lassen wir uns das doch so schnell wie möglich patentieren«, schlug sie vor.

Nun veränderte sich Vandergasts Blick. Er wurde wieder ängstlich. »Sie wissen es noch nicht?«

»Nein …«, antwortete Sabine. »Was denn? Ich habe Ihren letzten Bericht noch nicht zu Ende gelesen.«

»Das Kontrastmittel ist nicht völlig nebenwirkungsfrei.«

»Was ist … mit den Babys passiert?«, fragte Sabine.

Vandergast atmete tief durch. »Hell7 ist das perfekte Präparat, liefert exakte Ergebnisse – wir wollten das Mittel bereits unter dem Namen *Vivi-Paxin* auf den Markt bringen –, aber dann sind die Babys gestorben.«

Sabines Mund wurde schlagartig trocken. »Woran?«

»Das Kontrastmittel ist völlig harmlos, aber in Kombination mit Röntgenstrahlen erzeugt es ein multiples Organversagen und ist binnen weniger Tage tödlich.«

Jetzt haben wir das Rätsel gelöst.

»Tödlich …«, wiederholte Vandergast mit heftigen Atemstößen. Die Erinnerung schien für sie zu viel zu sein.

»Ich muss das jetzt abbrechen!«, ging die Leiterin schließlich doch dazwischen.

Verdammt! Sabine knirschte mit den Zähnen. Gerade jetzt hatten sie einen so guten Lauf.

In diesem Moment betrat ein älterer pockennarbiger Mann im weißen Kittel und mit Kopfhörern den Fernsehsaal. Er ignorierte sie und ging zielstrebig zum Getränkespender, wo er heißes Wasser in ein Glas laufen ließ.

Marc sah kurz irritiert zu ihm hinüber, woraufhin sich die Leiterin in Bewegung setzte, um dem Mann zu erklären, dass der Raum eigentlich schon geschlossen war. Doch er schien sie nicht zu hören, sondern riss eine Verpackung auf, tauchte mit unendlicher Ruhe den Teebeutel mehrmals ins Wasser, gab Zucker dazu und rührte um.

Während die Leiterin mit dem Mann sprach, forderte Marc Sabine mit einem Nicken auf weiterzumachen.

»Frau Professor …«, flüsterte sie, doch ihr Magen drehte sich um. Gegen ihren Willen sah sie vor sich, wie die Säuglinge über Monate hindurch in verschiedensten Testreihen mit unterschiedlichen Chemikalien behandelt worden waren. Und wie letztendlich alle diese armen Babys der Reihe nach gestorben waren.

Abgrundtiefes Grauen packte sie. Die Hand dieser Frau, die sie vor Kurzem noch gehalten und sanft gestreichelt hatte, entpuppte sich als Klaue eines Dämons. Aber Sabine brauchte noch die Antwort auf eine letzte Frage.

Woher kamen die anderen Babys, die nicht aus dem Kloster stammten?

Doch Vandergast – von der Unterbrechung offenbar irritiert – betrachtete Sabine von Sekunde zu Sekunde misstrauischer, als ahnte sie bereits, dass sie sich gar nicht im Jahr 1980 befand. Also formulierte Sabine die Frage eher indirekt.

»Wir dürfen die Forschungsreihe noch nicht aufgeben. Wir brauchen mehr …«, Sabine senkte die Stimme, »… Versuchsmaterial. Haben Sie eine Idee dazu?«

»Das habe ich der Geschäftsleitung schon mehrmals versucht klarzumachen.« Vandergasts Blick hellte sich auf, als hätte sie in Sabine endlich eine Verbündete gefunden. »Die Geburtskliniken in Zagreb, Bukarest und Varna reichen nicht aus. Das ist auch Doktor Hirschs Meinung. Wir kennen einen Kinderarzt in Marokko. Von dort bekämen wir die restlichen Probanden, die wir dringend brauchen, um Hell7 zu verbessern.«

Zagreb, Bukarest und Varna. Doktor Hirsch war nicht nur in Braunau umtriebig gewesen. Sabine wurde endgültig schlecht bei dem Gedanken, ihre Handflächen waren schweißnass.

Sie merkte, wie Marc ihr die Hand auf die Schulter legte. *Okay, lass es jetzt gut sein*, schien diese Geste zu bedeuten.

Sabine nickte. Ja, sie hatte genug erfahren.

Da hielt Marc ihr das Handy hin. Er hatte das gesamte Gespräch mitgeschnitten, und die Aufnahme lief immer noch. Sie würde zwar wegen Vandergasts Geisteszustand nicht vor Gericht standhalten, war aber zumindest äußerst hilfreich, um an die noch lebenden Hintermänner von Glostermed heranzukommen, die an der Beschaffung des »Forschungsmaterials« beteiligt gewesen waren.

Sabine nahm das Handy an sich. Jetzt fiel ihr doch noch eine letzte Frage ein. Sie hielt das Telefon hoch. »Wie viele … *Probanden* … haben Sie insgesamt für Ihre Forschung verwendet?«

»Lesen Sie die Berichte.«

Sabine bezweifelte, dass die noch existierten. »Wie viele?«

In diesem Moment trat die Leiterin wieder an ihre Seite. Der Mann mit den Kopfhörern hatte endlich mit seinem Tee den

Saal verlassen und unterhielt sich nun draußen mit dem Wachmann.

»Wie viele?«, drängte Sabine.

»Fünfzig in diesem Jahr.«

Nur fünfzig? Was war mit dem Rest? Es waren doch mindestens vierundsiebzig. Doch dann fiel Sabine auf, dass Vandergast nur von diesem Jahr gesprochen hatte. »Und davor?«

Vandergast überlegte. »Das müssen … mehrere Hundert gewesen sein … oh …« Ihr Blick veränderte sich. »… ich muss das Fenster im Büro schließen.«

Eine unbeschreibliche Kälte erfasste Sabine.

Mehrere Hundert!

Vandergasts Kopf fuhr herum. »Sind Sie meine Tochter?«

»Zum Glück bin ich das nicht.« Sabine erhob sich. Ihre Knie waren weich, und sie spürte, wie ihr der kalte Schweiß auf der Stirn stand. *Mehrere Hundert!* Mit zittrigen Fingern unterbrach sie die Aufnahme.

»Wir sind fertig«, sagte sie zu der Leiterin, dann wandte sie sich an Marc. »Fahren wir bitte rasch nach Wiesbaden zurück«, flüsterte sie, da sie nicht garantieren konnte, diesem Monster neben ihr nicht in einem unbeobachteten Moment den Hals umzudrehen.

In diesem Augenblick nahm Sabine den beißenden Geruch von Urin war. Sie sah zu Vandergast hinunter. Das Kopfkissen war ihr vom Schoß gerutscht. Auf Vandergasts Hose breitete sich ein Fleck aus, es tropfte zu Boden.

Auch das noch!

»Kümmern Sie sich bitte um sie«, bat Sabine die Leiterin. »Der Personenschutz bleibt bestehen.«

Aber wenn sie ganz ehrlich mit sich war, hoffte sie insgeheim, dass dieser Frau doch noch etwas zustoßen würde, ehe der Krebs sie dahinraffte.

67. Kapitel

Sneijder berührte mit den Fingern den Griff seiner Glock. »Ich muss es tun«, wiederholte er leise.

Er sah, wie Schaeffer seine Pistole wieder in die Hand nahm, diesmal aber den Lauf auf Lungströms Hinterkopf richtete. Durch das Rütteln und Vibrieren der Jacht ruckelte der rote Laserpunkt unruhig zwischen Sneijder und van Nistelrooy hin und her.

»Okay«, zischte van Nistelrooy.

Aus dem Augenwinkel sah Sneijder, wie sich van Nistelrooys Hand lockerte. Auch er war bereit.

Schaeffer drückte Lungström den Lauf an den Hinterkopf. »Tun Sie doch was!«, rief der panisch. »Begreifen Sie nicht, der Mann wird mich umbringen …«

Gleichzeitig zogen Sneijder und van Nistelrooy ihre Waffen aus dem Holster. Van Nistelrooy schoss den Bruchteil einer Sekunde früher. Anscheinend war seine Pistole bereits durchgeladen. Dann krachte auch Sneijders Waffe.

Schaeffers Körper wurde nach hinten gerissen, wobei Sneijder nicht sagen konnte, wer von ihnen beiden getroffen hatte. Gleichzeitig ging Schaeffers Schuss an Lungströms Kopf vorbei in den Nachthimmel und die Salve aus dem Gewehr zerfetzte den Holzsteg und ließ das Wasser hinten ihnen aufspritzen. Dann fiel das Gewehr scheppernd über die Plexiverglasung auf das untere Deck.

Anders als Schaeffers Pistole hatte das Gewehr keinen Schalldämpfer. Die Schüsse mussten genauso wie die aus Sneijders und van Nistelrooys Waffe nicht nur für die Streifenpolizisten am

Eingang, sondern auch meilenweit über das Meer hinweg zu hören gewesen sein.

Der Motor heulte auf und brachte das Kielwasser zum Schäumen. Mit Wucht knallte die Jacht mehrmals gegen die Autoreifen am Steg und ließ ihn erzittern.

Während van Nistelrooy seine Position änderte, um besser auf den oberen Steuerstand zielen zu können, sprang Sneijder mit einem weiten Satz vom Steg auf das Deck der Motorjacht. Mit der Waffe im Anschlag rannte er auf der Backbordseite an der Reling entlang nach hinten.

Mit blutenden Füßen kroch Lungström ihm auf allen vieren über die Treppe entgegen. Sneijder ignorierte ihn, stieg über ihn hinweg und raste die Treppe hinauf.

Der Steuerstand war halbrund, und die Armaturen glichen dem Cockpit einer kleinen Sportmaschine. Auf dem Boden lag Schaeffer.

Da machte das Boot eine ruckende Bewegung, sodass Sneijder gegen den Joystick geworfen wurde. Wieder heulte der Motor auf. Ein Steuerrad gab es nicht, ebenso wenig einen Zündschlüssel – Schaeffer musste das Boot kurzgeschlossen haben. Sneijder fand den Aus-Schalter und würgte die Maschine ab.

Während das Boot nun wieder ruhig auf den Wellen schaukelte, kniete sich Sneijder zu Schaeffer hinunter. Eine Kugel hatte ihn am Oberarm erwischt, die zweite im Gesicht. Blut glänzte im Mondlicht. Er atmete nicht mehr, Puls war ebenfalls keiner mehr zu finden.

Sneijder schloss ihm die Augen. Aus einem unerfindlichen Grund musste er an die Kinder im Rosengarten denken. Nun waren sie alle vereint – Maybach, Schaeffer und die anderen.

Dann richtete er sich auf und blickte zum Steg. »Alles okay«, rief er nach unten.

Lungström hatte sich inzwischen zum unteren Deck vorgekämpft und versuchte sich an der Reling hochzuziehen.

Van Nistelrooy schob seine Waffe ins Holster, dann vertäute er die Jacht straff an der Mole und richtete sich ebenfalls auf.

»Der Mann war verrückt«, presste Lungström hervor. »Danke, dass Sie mich vor dem Kerl gerettet haben.«

»Ich wäre mir an Ihrer Stelle nicht so sicher, ob das für Sie die bessere Lösung ist«, sagte van Nistelrooy und reichte Lungström die Hand, um ihm von Bord zu helfen.

Am Ufer blitzte das Blaulicht eines Wagens auf, dann ertönte eine Sirene. Gleichzeitig näherte sich vom Meer her ein Patrouillenboot mit Suchscheinwerfern.

Nein, für Lungström ist es definitiv nicht die bessere Lösung, dachte Sneijder. Denn egal wie gering seine Strafe nach einem wie auch immer gearteten Deal mit dem Generalstaatsanwalt ausfallen würde, Sneijder würde dafür sorgen, dass jeder im Knast erfuhr, was Lungström getan hatte.

Vier Monate zuvor

An einem kalten Morgen im Januar saß Magdalena Engelmann in dem karg eingerichteten Wohnzimmer einer ihr fremden Wohnung am Stadtrand von Braunau und starrte auf die Fotos und Zeitungsartikel, die vor ihr auf dem Tisch lagen. Über eine Stunde lang hatte sie mit wachsendem Entsetzen zugehört, was Grit und Thomas in den letzten fünf Monaten herausgefunden hatten.

Magdalena war geschockt, eine kalte Klaue legte sich um ihr Herz. »Und woher wisst ihr von all diesem Schrecklichen?«, fragte sie schließlich, nachdem die beiden ihren Bericht beendet hatten. »Von den Versuchen mit den Röntgenapparaten, den Chemikalien und den Experimenten mit den Kindern?«

»Folge dem Weg des Geldes, dann findest du die Wahrheit«, antwortete Grit. »Minister Hirschs Vergangenheit hat uns zur Medizintechnik und letztendlich zur Pharmaindustrie geführt. Schließlich haben wir einen ehemaligen Chemiker von Glostermed gefunden, der uns erzählt hat, was seiner Meinung nach damals vorgefallen sein muss.«

»Dann geht doch zur Polizei«, schlug Magdalena vor.

Grit lachte trocken auf. »Er wird seine Aussage nicht wiederholen und vor Gericht alles abstreiten. Er hat Angst – und zwar vor denjenigen, die hinter dem Lichtfeld-Experiment stecken.«

»Und darum werden wir all diese Menschen töten«, ergänzte Thomas.

Magdalena atmete tief durch und betrachtete die Fotos und Zeitungsberichte. »Das also ist euer Plan?«

Walter Greims, ihre Hebamme und die Priorin kannte sie nur

zu gut, aber da waren auch der alte Janus, den sie nur ein paarmal gesehen hatte, und Minister Hirsch, der früher, als er noch Kinderarzt gewesen war, ebenfalls gelegentlich im Kloster gewesen war.

Außerdem waren da noch Bilder von einer gewissen Doktor Freda Rombusch, die früher bei Moerweck & Derwald gearbeitet hatte, einem Doktor Lungström, einer Professorin Vandergast sowie noch ein weiteres Foto von Hirsch gemeinsam mit anderen Personen, die bei Glostermed beschäftigt gewesen waren.

»Ihr wollt all diese Menschen einfach so … töten?«, wiederholte Magdalena fassungslos. Ihr Gaumen war trocken. »Wie könnt ihr nur glauben, dass ich so etwas jemals gutheißen könnte?«

»Hast du nicht zugehört, was die verbrochen haben?«, fragte Grit.

»Ich *habe* zugehört«, entfuhr es Magdalena. »Aber ihr habt nur die Behauptungen dieses Chemikers. Habt ihr Beweise für all die schrecklichen Anschuldigungen?«

»Nicht genug, damit es vor Gericht für eine Anklage reicht.«

»Aber genug, um diese Menschen töten zu wollen?«, entgegnete Magdalena verständnislos.

»Ja.« Grits Blick blieb hart. »Selbst wenn es aufgrund von Indizien zu einer Anklage käme, würde alles wieder vertuscht werden.«

»Das glaube ich nicht.«

»Sei nicht so naiv«, widersprach Grit. »Es gibt weder Opfer noch Geschädigte. Wer hätte Interesse daran, das alles aufzudecken? Wer würde davon profitieren? Niemand! Wir sind die einzigen Überlebenden, und von unserer Existenz weiß niemand.«

Magdalena schwieg. *Es gibt Geschädigte.* Einige der alten Nonnen waren noch am Leben – aber die hatten die Vorfälle, genauso wie sie, über die Jahre hinweg erfolgreich verdrängt.

»Weißt du, was all diese Leute heute sind?« Grit deutete auf die

Fotos und Artikel. »Sie haben genug Geld, um sich freizukaufen, und am Ende des Tages wird nichts passieren.«

»Und was ist mit den Vergewaltigern?«, fragte Magdalena.

»An die kommen wir nicht ran«, gab Thomas zu. »Leider. Es gibt keine Aufzeichnungen über die Vorfälle damals. Wir können nur diejenigen kriegen, die die Hauptverantwortung für all das tragen.«

»Ich sage, töten wir sie«, entschied Grit hasserfüllt.

Sie wollen Gleiches mit Gleichem vergelten.

Thomas nickte zustimmend.

Magdalena spürte eine unendliche Traurigkeit in sich. »Wenn ihr diese Menschen tötet, seid ihr um keinen Deut besser als jene, die diese Kinder auf dem Gewissen haben.«

»Aber wir können das nur so erledigen«, sagte Thomas. »Auf unsere Art. Das haben wir gelernt, dafür wurden wir ausgebildet.«

»Und dann?« Magdalena wischte über die Fotos. »Dann sterben zwar ein paar Verantwortliche und ihr habt eure Genugtuung, aber die Sache wird nie aufgedeckt!« Sie blickte auf. »Und die Welt wird es nie erfahren.«

»Wenn schon«, sagte Grit.

»Dann bleibt mir keine andere Wahl, als zur Polizei zu gehen«, sagte Magdalena.

»Prima!«, spie Thomas aus. »Und die würde dann *uns* jagen, um diesen Abschaum zu schützen.«

»Oder sie wären gezwungen, die Hintergründe für eure Taten herauszufinden«, widersprach Magdalena.

Eine Zeit lang schwiegen sie.

»Das wäre eine Möglichkeit«, sagte Grit schließlich.

Magdalena lächelte. Als Nächstes versuchte sie es mit einem Kompromiss. »Wenn all diese schuldigen Menschen sterben, dann soll es so sein. Es ist Gottes Wille, weil sie nichts Besseres verdient haben. Aber nicht mehr als sieben. Und ihr müsst der Polizei zumindest eine Chance geben, sie zu retten, damit sie angeklagt werden können.«

Thomas kaute an der Unterlippe. »Aber zumindest der erste muss dran glauben, und es muss richtig übel aussehen«, blieb er hart.

»Warum so brutal?«, fragte Magdalena.

»Ohne erstes Opfer hätte die Polizei keine starke Motivation, wirklich nachhaltig zu ermitteln. Und je brutaler, desto medienwirksamer.«

Magdalena streckte die Arme aus und berührte ihre Kinder an den Händen, während ihr eine Träne über die Wange lief. »Erst vor wenigen Monaten habe ich erfahren, dass ihr am Leben seid und dass es euch gut geht. Und jetzt wollt ihr das alles wieder aufs Spiel setzen?«

Nun griff auch Grit nach ihrer Hand. »Die Polizei wird nichts von unserer Existenz und unserer Verbindung zueinander erfahren.«

»Genau.« Magdalena löste die Hand und wischte sich die Tränen weg. »Und aus diesem Grund werde ich mich freiwillig stellen und die Polizei über die bevorstehenden Morde informieren.«

»Wozu?«, entfuhr es Grit.

»Um euch zu schützen. Ich werde die gesamte Schuld auf mich nehmen.«

»Und du glaubst tatsächlich, die Polizei wird auf dich hören?«, rief Grit verächtlich.

»Es ist einen Versuch wert.«

»Bullshit!«, rief Grit. »Was sollen diese Phlegmatiker von der Kripo schon ausrichten?«

»Nicht die«, sagte Thomas immer noch nachdenklich. »Wir wenden uns direkt ans Bundeskriminalamt, und zwar an das deutsche! Die haben mich ausgebildet. Ich weiß, wie die denken und arbeiten. Damals hatte ich einen Ausbilder, der uns ein paar interessante psychologische Kniffe gelehrt hat. Er wäre der Richtige dafür.«

»Ach, wie toll. Und wer soll das sein? Chuck Norris?«, fragte Grit zynisch.

Statt zu antworten, griff Thomas nach seiner Brieftasche, zog eine zerknickte und vergilbte Visitenkarte heraus, wischte seine Fingerabdrücke sorgfältig mit dem Hemdsärmel ab und schob sie zu Magdalena über den Tisch.

Kriminalkommissar Maarten S. Sneijder stand drauf. *Forensischer Kripopsychologe, Bundeskriminalamt Wiesbaden.*

»Du darfst nur diesem Mann vertrauen«, schärfte Thomas ihr ein. »Für ihn lege ich meine Hand ins Feuer, dass er sich nicht korrumpieren lässt und verhindern wird, dass irgendetwas vertuscht wird.«

»O Gott, das alles wird viel zu kompliziert.« Niedergeschlagen ließ Grit die Arme sinken.

»Zumindest komplizierter, als all diese Menschen einfach umzubringen«, bemerkte Magdalena. »Aber ich kenne jemanden, der euch bei der Planung helfen könnte. Er ist ein mathematisches Genie. Mein Bruder Zeno.«

»Mama, er ist blind!«, rief Grit.

»Um clever zu sein, muss man nicht sehen können«, widersprach Magdalena. »Er kann so viele Schachzüge gleichzeitig vorausplanen, an die andere nicht einmal denken.« Sie nickte bestimmt. »Er lebt in Prag und wird euch bestimmt helfen.«

Grit sah sie immer noch zweifelnd an.

»Mit Thomas' Kenntnissen über diesen Sneijder, wie er denkt und vorgeht, und Zenos Genie könnt ihr einen funktionierenden Plan entwickeln«, versuchte Magdalena sie zu überzeugen. Vielleicht gelang es ihr auf diese Weise, wenigstens einigen dieser Menschen das Leben zu retten – und ihre Kinder zu schützen.

»Aber bei der Durchführung selbst können weder Zeno noch ich euch helfen. Schafft ihr das überhaupt zu zweit?«

Da erklangen Schritte im Treppenhaus. Magdalena sah auf. Soviel sie bisher mitbekommen hatte, lebten in diesem heruntergekommenen Altbau nicht mehr allzu viele Menschen.

Sie hielten den Atem an, als die Schritte näher kamen.

Grit und Thomas sahen sich an.

Die Schritte verstummten vor der Eingangstür.

»Erwartet ihr noch jemanden?«, fragte Magdalena.

Es läutete an der Tür, und Magdalena zuckte zusammen. *Hat man uns entdeckt?* War es vorbei, bevor es begonnen hatte?

Grit erhob sich, ging in den Vorraum und öffnete die Tür. Magdalena hörte nur ein dumpfes Murmeln, dann betrat Grit wieder das Wohnzimmer. Ein Mann mit rotblonden Haaren, der etwa in Grits Alter war, folgte ihr und blieb im Türrahmen stehen.

Magdalena musterte diesen Mann, den sie noch nie zuvor gesehen hatte. Sein Gesicht war kantig, er hatte einen rötlichen Vollbart, und ein grauer Schal war um seinen Hals gewickelt.

»Komm herein, setz dich«, sagte Thomas, erhob sich und schüttelte dem Mann mit einem kräftigen, festen Händedruck die Hand. Der Unbekannte nahm Platz.

»Wir haben unseren Plan soeben geändert«, erklärte Grit ihm. »Es wird komplizierter. Aber gemeinsam schaffen wir es vielleicht.«

»Bon«, sagte der Mann mit rauer Stimme. »Darf ich?«, fragte er danach mit französischem Akzent und kramte ein Zigarettenetui aus der Lederjacke.

Thomas nickte, woraufhin der Mann eine Elektrozigarette aktivierte und eine Dampfwolke Richtung Zimmerdecke ausstieß.

Magdalena hatte unwillkürlich eine steife Körperhaltung angenommen. Ihr Herz raste. *Wer ist dieser Mann?*

»Du brauchst keine Angst zu haben«, erklärte Thomas ihr. »Er ist auf unserer Seite. Das ist César Durand. Er lebt in der französischen Schweiz, ist aber kürzlich wegen der Recherchen extra nach Bern gezogen. Er arbeitet als freier Journalist, unterrichtet in Schulen elternlose Flüchtlinge und spricht vier Fremdsprachen.«

»That's correct, c'est vrai, è vero, eso es correcto«, sagte der Mann lächelnd. »Früher hatte ich Kontakt zur radikalen Anarchoszene, bin aber in den letzten Jahren etwas ruhiger geworden.«

»Und er ist in einem Genfer Waisenhaus aufgewachsen«, fügte Thomas hinzu. »Mutter, César ist das dritte Kind, das du in jener Nacht gerettet hast.«

8. TAG

FINALE

– FREITAG, 19. MAI –

68. Kapitel

Sneijder hatte ein zweistündiges Verhör durch die niederländischen Kollegen über sich ergehen lassen müssen, ehe er sich seine erste selbst gedrehte Zigarette anstecken durfte.

Im Gegensatz dazu hatte Dirk van Nistelrooys Gespräch mit der Kripo nur fünfzehn Minuten gedauert. Mit seinem unwiderstehlichen Charme hatte er den ausländischen Kollegen schnell klargemacht, dass das deutsche BKA für diesen Fall zuständig war und Sneijder und er die Ermittlungen übernommen hatten, da Gefahr im Verzug gewesen war. Und zwar deshalb, weil die niederländische Kripo trotz der Warnung des BKA sowohl Lungströms Schutz auf dem Kongress als auch die Fahndung nach Schaeffer verbockt hatte. Danach waren den ausländischen Kollegen die Argumente ausgegangen.

Zum Glück war der Ausflug zum Jachthafen für Sneijder glimpflich verlaufen, da Lungström bis auf zwei Schussverletzungen in den Füßen nichts weiter passiert war. Andernfalls hätte die Sache trotz van Nistelrooys Charme anders ausgesehen.

Die niederländische Kripo hatte wieder einmal ihre Waffen konfisziert, pro forma noch Abdrücke ihrer jeweiligen Schusshand genommen und Thomas Schaeffers Leiche für eine Obduktion in das *Nederlands Forensisch Instituut* in Amsterdam abtransportieren lassen. Ganz bestimmt würde Sneijder zu einem späteren Zeitpunkt noch einmal zu ausführlicheren Gesprächen mit der niederländischen Staatsanwaltschaft anreisen müssen, doch vorerst durfte er das Land verlassen. Allerdings fuhr er allein, da van Nistelrooy noch allerlei Papierkram zu erledigen hatte und Krzysztof noch ein paar Tage im Leiden University Medical Center in Den Haag bleiben musste.

Nachdem Sneijder Letzteren nach der OP kurz im Aufwachraum besucht hatte, Krzysztof mit einem schwachen Grinsen drei Finger hochgehalten und Sneijder ihm den Ausgang des Falls in drei knappen Sätzen erzählt hatte, wurde Sneijder mit einer Polizeieskorte weiter zum Amsterdamer Flughafen Schiphol gebracht. Die Kollegen begleiteten ihn bis zum Gate, um sicherzustellen, dass er auch wirklich abflog.

Und Sneijder tat nichts lieber als das. Seine Frühmaschine nach Frankfurt startete knapp nach vier Uhr, und er ging kurz vor der Startfreigabe an Bord. Die anderen Passagiere saßen bereits auf ihren Plätzen. Zwischen den beiden Mittelgängen gab es eine breite Reihe mit vier Sitzen, dort musste Sneijder hin.

Er zwängte sich auf seinen Platz. Neben ihm am Gang saß ein älterer Herr Ende fünfzig, der auf seinem Handy ziemlich professionell Tetris spielte. Auf seiner anderen Seite saß eine junge Mutter mit ihrem höchstens siebenjährigen Sohn, der Sneijder beim Herumzappeln ständig gegen das Bein trat.

»Hör auf damit, der Mann mag das nicht besonders.«

Darauf kannst du Gift nehmen, dachte Sneijder und wollte die Augen schließen.

»Wenn du nicht auf der Stelle ruhig sitzen bleibst, wird der Papa böse sein, wenn er uns in Frankfurt abholt.«

Falls der nicht schon längst die Flucht ergriffen hat.

Der Flugbegleiter bat ein Pärchen beim Fenster, die Sonnenblende nach oben zu schieben, und machte den Jungen und seine Mutter darauf aufmerksam, dass das Kind angeschnallt und das Tischchen vor ihm hochgeklappt sein müsse.

»Warum? Ich kann mich ja am Tisch festhalten«, kreischte der Junge. »Und warum muss die blöde Blende oben sein. Es ist doch sowieso finster draußen!«

Gut, dass sie mir die Knarre abgenommen haben, dachte Sneijder.

»Aus Sicherheitsgründen«, antwortete der Steward geduldig.

»Aber warum?«

»Das ist halt so.«

»Aber warum ist das so?«

»Schau mal.« Der Flugbegleiter gab dem Jungen einen bunten Lolli, den dieser jedoch sofort auf den Boden warf.

Sneijder sah sich um. Die Maschine war so voll, dass er auf keinen anderen freien Sitzplatz hätte wechseln können.

»Mami, warum ist die Frau da vorn blind?«

Sneijder hatte kurz die Augen geschlossen, öffnete sie jetzt aber wieder. In der Reihe vor ihnen, schräg gegenüber, saß tatsächlich eine blinde Frau mit Sonnenbrille, Armbinde und Blindenstock.

Wieder trat der Junge Sneijder gegen das Bein.

Du wirst auch gleich blind sein!

Endlich starteten sie – und kaum waren sie in der Luft, drehte der Junge erst so richtig auf. Sneijders Sitznachbar beugte sich zu ihm und flüsterte ihm ins Ohr: »Geht Ihnen dieser Junge nicht auch gewaltig auf die Nerven?«

»Ja, aber leider wurden mir die Mittel genommen, um etwas dagegen zu unternehmen.« Sneijder lüftete sein Sakko und zeigte das leere Schulterholster.

Der Mann starrte ihn an. »Sind Sie von der Polizei?«

Sneijder nickte.

»Na, vielleicht fällt Ihnen ja etwas anderes ein«, meinte der Mann.

Nachdem der Junge diesmal beim Herumklettern seinen Ellenbogen in Sneijders Schulter gerammt hatte, beugte sich Sneijder zu dem Knaben hinüber.

»Du wolltest wissen, warum die Sonnenblende oben sein muss?«, flüsterte Sneijder.

»Sag es mir, Opa«, rief der Junge, warf sich in den Sitz und trat Sneijder erneut.

»Damit die Flugbegleiter sehen können, wenn ein anderes Flugzeug in uns hineinkracht«, antwortete Sneijder.

Der Junge starrte ihn mit offenem Mund an. Zwei Schneidezähne fehlten.

»Und wenn bei dem Crash ein Riss im Rumpf des Flugzeugs entsteht«, erzählte Sneijder weiter, »saugt es die ganze Luft mit einem Mal raus. Die Sitze werden aus der Verankerung gerissen und mit den Menschen aus dem Flugzeug geschleudert. Das Tischchen vor dir könnte auch fortgerissen werden, an deinem Kopf vorbeisausen und dir dabei die Kehle aufschlitzen. Das sieht dann so aus …« Sneijder zeigte dem Jungen ein Foto auf seinem Handy von einem anderen Fall. »Siehst du! Und deshalb muss der Tisch oben bleiben.«

Die Mutter starrte Sneijder entsetzt an. Der Junge ebenso. Schließlich klappte sein Mund zu und eine dicke Träne rollte ihm über die Wange.

In diesem Moment schüttelte eine Turbulenz das Flugzeug kräftig durch. Aber der Junge blieb still sitzen, zappelte nicht, starrte ins Nichts und sagte kein Wort mehr.

Der Mann neben Sneijder grinste nur wortlos und zeigte ihm den erhobenen Daumen. Dann spielte er weiter Tetris.

Eine halbe Stunde lang war es Sneijder gelungen, die Augen zu schließen und ein wenig vor sich hin zu dösen, als sein Handy piepte. Mit einem Auge schielte er auf das Display. Das Bord-WLAN war so schlecht, dass die Nachricht einige Minuten brauchte, um endlich vollständig durchzukommen. Es handelte sich um den Bericht der Rechtsmedizin. Die Pathologen hatten offenbar die Nacht durchgearbeitet.

Mittlerweile lag der Junge neben ihm mit dem Kopf an der Schulter seiner Mutter – beide schliefen. Der grauhaarige Mann auf der anderen Seite spielte immer noch Tetris.

»Arbeit?«, murmelte der Mann.

»Ja.« Sneijder seufzte, hielt das Handy so, dass der Mann nicht auf das Display sehen konnte und öffnete die Datei.

Es war der Abschlussbericht von den Obduktionen aller Opfer. Aus den Mageninhalten konnte man schließen, dass Janus an dem Tag auf das Bett mit den Bambussprossen gefesselt worden war, an dem man auch seine Angestellten ermordet, die Priorin Constance Felicitas lebendig im Wald begraben und ihre Pflegerin getötet hatte. Und das war derselbe Tag gewesen, an dem die Hebamme aus ihrer Wohnung entführt und in der Berner Zytglogge an das Räderwerk gefesselt worden war.

Am Donnerstag, dem 11. Mai.

Schlagartig setzte sich Sneijder aufrecht hin. Sein Puls raste.

Alles am gleichen Tag!

Die Tatorte in Bayern, Bruggtal und Bern waren also nicht *nacheinander*, wie er bisher angenommen hatte, sondern zur gleichen Zeit inszeniert worden. Im Geiste ging er noch einmal alle Fakten durch und dachte an seine Notizen, die er in Bern auf die Serviette gekritzelt hatte.

Dort steckt der Denkfehler!

Mittlerweile kannte er die Nonne gut genug, um sich sicher zu sein, dass sie keinen Mord aktiv begangen hatte. Aber zwei Personen waren zu wenig für das ganze Szenario. Dafür brauchte es mehr als Grit Maybach und Thomas Schaeffer. Mindestens eine weitere Person musste mitgeholfen haben. *Aber wer?*

Aus dem Augenwinkel sah er, wie der Steward sich ihnen im Gang mit seinem Wägelchen näherte und den Passagieren Getränke reichte. Allerdings war Durst gerade sein geringstes Problem.

»Schlechte Neuigkeiten?«, fragte der Mann neben ihm, beugte sich nach hinten und versuchte einen Blick auf Sneijders Display zu erhaschen.

Allerdings!

»Worum geht es denn?«

»Nicht jetzt«, unterbrach Sneijder die Fragestunde.

»Darf ich Ihnen wenigstens einen Drink spend …?«

»Nicht jetzt!«

Der Steward stellte den Wagen in ihrer Reihe ab und reichte der blinden Dame schräg vor ihnen eine Cola in einem Plastikbecher. Zuvor hatte die Dame mit den Fingern in einem Buch gelesen. *Brailleschrift!*

Der Steward versuchte, ihr den Becher neben das Buch zu stellen, stieß ihn dabei jedoch versehentlich um, und die Cola ergoss sich über das Kleid der Frau.

»O verflixt!«, entfuhr es Sneijders Sitznachbarn, der die Szene ebenfalls beobachtet hatte.

Doch die Frau sprang nicht auf. Sie zuckte nicht einmal zurück, schrie auch nicht auf, sondern wirkte eher so, als wollte sie sich innerlich zurückziehen.

Keine Gesichtsmimik, kein überraschtes oder verärgertes Gesicht, bloß diese starren Gesichtszüge, während sich der Steward tausend Mal entschuldigte und versuchte, alles sauber zu machen.

»Diese Ruhe möchte ich haben«, murmelte Sneijders Sitznachbar.

Unwillkürlich musste Sneijder an Horowitz' Erzählung vom Treffen mit Magdalena Engelmanns blindem Bruder in Marburg denken. Horowitz hatte Zeno als sehr lebendig beschrieben, mit reichlich Mimik und Gestik – ganz anders als diese Frau, die definitiv blind war, wie er an dem Buch mit der Brailleschrift erkannt hatte.

»Ist etwas?«, fragte sein Sitznachbar ihn. »Sie sehen plötzlich so nachdenklich aus …«

Sneijder antwortete nicht. Seine Gedanken überschlugen sich.

Was, wenn Zeno Engelmann seine Blindheit bloß vorgetäuscht hatte? Oder wenn er operiert worden war und wieder vollständig sehen konnte?

Und was, wenn er *in Wahrheit der dritte Komplize war, den es eindeutig geben musste?*

Sneijder rief sich Horowitz' Beschreibung von Zeno ins Gedächtnis. Ende fünfzig, grauer Haarkranz, listige Augen, muskulöser Körperbau, angenehme, aber resolute und selbstbewusste Stimme.

Dann wandte Sneijder langsam den Kopf und starrte seinen Sitznachbarn an, der seit dem Start dezent versuchte, ihn über seine Arbeit auszufragen.

Bloß Zufall?

Der Mann sah Horowitz' Beschreibung von Magdalenas Bruder ziemlich ähnlich. Sneijder wusste zwar nicht, wie das gehen sollte, aber mit den entsprechenden Computerkenntnissen war es vielleicht sogar möglich, auf einen Sitzplatz direkt neben ihm einzuchecken.

Sneijder versuchte, sich keinen seiner Gedanken anmerken zu lassen. »Darf ich raus?«, fragte er seinen Sitznachbarn, da Mutter und Sohn neben ihm schliefen.

»Das geht gerade nicht«, mischte sich der Steward in das Gespräch. »Der Wagen …«

»Dann schieben Sie ihn zur Seite!«, verlangte Sneijder. »Ich muss dringend auf die Toilette.«

Mit einem genervten Blick schob der Flugbegleiter den Wagen zurück. »Die Toiletten befinden sich im hinteren Bereich des …«

»Danke!«

Der grauhaarige Mann war aufgestanden, und Sneijder drängte sich an ihm vorbei in den Gang. Während er nach hinten lief, wählte er bereits über das Bord-WLAN Horowitz' Nummer.

Hoffentlich hört er das.

Sneijder erreichte die Toiletten, öffnete eine Kabine, drängte sich hinein, schloss die Tür, kippte mit dem Fuß den Klodeckel nach unten und setzte sich drauf.

Es knackte und knisterte in der Leitung. Die Verbindung war ziemlich schlecht. »Ja, verflucht, was ist? Wie spät ist es?«, murmelte Horowitz verschlafen.

»Hör zu! Ich brauche ein Foto von Zeno Engelmann.«

»Bist du es, Maarten?«

»Nein, der Papst!«, rief Sneijder. »Es ist dringend! Wach auf, öffne die Akten und schicke mir ein Foto von Zeno Engelmann aufs Handy.«

»Hast du kein Internet?«

»Ich bin in zwölftausend Meter Höhe im Flugzeug und bringe über das Bord-WLAN keine gesicherte Verbindung zur BKA-Datenbank zustande.«

»Okay, okay, ich mach ja schon.«

Sneijder unterbrach die Verbindung und wartete auf die Bildnachricht.

69. Kapitel

Nachdem Sabine und Marc sich vergewissert hatten, dass Professor Vandergasts Personenschutz zumindest bis zum Morgengrauen weiter aufrechterhalten werden würde, verließen sie die Seniorenresidenz. Am Bahnhof Hannover setzten sie sich in eine Sushi-Imbissbude, die auch nach Mitternacht noch geöffnet hatte.

Da Sabine wegen des Gesprächs mit Vandergast immer noch furchtbar aufgewühlt war, bestellte sie sich einen Jasmintee, um die Nerven zu beruhigen. Aber sie wusste schon jetzt, dass sie kein Auge zumachen können würde. Gedankenverloren blätterte sie durch einige Zeitungen, die auf dem Tresen lagen und in großen Schlagzeilen von einem Ministermord in Wien und einem Terrorakt am Bodensee berichteten. Noch dazu liefen gerade die Nachrichten im Radio. *Polizei tappt im Dunkeln.* Genervt schob Sabine die Revolverblätter beiseite. Der nächste ICE-Nachtzug ging erst um drei Uhr früh, und mit dem würden sie kurz vor sechs Uhr morgens in Frankfurt ankommen.

Fünfzehn Minuten vor der Abfahrt stand der Zug bereits auf dem Gleis, und sie betraten ihren Waggon. Auf Marcs Vorschlag hin hatten sie sich Erste-Klasse-Tickets geleistet. Sitzplatzreservierung war um diese Zeit keine nötig. Mehr als zwei Drittel des Zuges waren leer.

Der Speisewagen war defekt und geschlossen. *Pfeif drauf!* Sabine wollte ohnehin versuchen, ein wenig zu schlafen.

Während der Zug den Bahnhof verließ, klappte Marc seinen Sitz in eine nahezu waagerechte Position, kramte Kopfhörer aus seiner Laptoptasche und machte es sich mit seinem Nackenkissen und dem vom leeren Nebensitz gemütlich.

Sabine starrte in die Dunkelheit hinaus, sah die Schemen der Häuser und Straßenlaternen vorbeihuschen. Im matten Licht des Abteils betrachtete sie auch ihr Spiegelbild im Glas, das jedoch durch die unruhige Fahrt immer wieder zitterte, verschwamm und sich in der Scheibe auflöste.

Im gleichen Wagenabschnitt saßen noch eine Frau mit zwei großen Koffern, die immer wieder zu Sabines Schulterholster blickte, ein junger Mann mit Rucksack, der, mit den Beinen auf dem gegenüberliegenden Sitz, zu schlafen versuchte, ein rotblonder Mann mittleren Alters, der eine großformatige französische Zeitung las, und eine ältere Dame, die auf ihrem Tischchen eine Kartenpatience legte.

Reisende der Nacht.

Auf der Anzeige des Monitors bemerkte Sabine, dass der Zug, kaum dass sie Hannover verlassen hatten, auf 233 km/h beschleunigte. In einer halben Stunde würden sie schon in Göttingen sein, ihrer nächsten Station.

Sabine tippte Marc mit dem Fuß an, woraufhin der die Kopfhörer abnahm.

»Was hörst du?«, fragte sie ihn.

»*Die Falle* – ein Radiokrimi aus den 60er-Jahren.«

»So einen alten Kram?«

»Mit den Stimmen von Dietmar Schönherr und Siegfried Lowitz, da kann ich gut einschlafen.« Er hielt ihr den Kopfhörer hin. »Willst du mal?«

»Danke.« Sie schüttelte den Kopf.

»Aber du hast doch auch Hörbücher im Auto, oder?«

»Ja, aber keine Krimis, die habe ich sowieso jeden Tag«, antwortete sie. »Da brauche ich etwas Aufbauendes – Hornby, Sparks oder Jaud –, dann ist die Welt für mich wieder in Ordnung.«

»Die sollen ja richtig gut sein, aber ich steh nicht so auf Comedy.« Er verzog das Gesicht. Dann wurde sein Tonfall wieder ernst. »Möchtest du über den Fall reden?«

»Nein. Vielleicht später. Schlaf ruhig.« Sie zuckte entschuldigend die Achseln, weil sie ihn gestört hatte.

»Falls etwas ist, weck mich.« Er setzte sich wieder die Kopfhörer auf, kuschelte sich in den Sitz und schloss die Augen.

Eine Zeit lang betrachtete sie ihn, seine kantigen Gesichtszüge, die langen Wimpern, dann starrte sie wieder durchs Fenster. Ja, sie brauchte tatsächlich jemanden zum Reden. Aber nicht Marc, ihm wollte sie sich nicht anvertrauen. Zumindest nicht, was diese Sache betraf. Er war ein Mann ohne Geschwister und eigene Kinder, und sie bezweifelte, dass er ihre verwerflichen Gedanken, was Vandergast betraf, nachvollziehen konnte.

Wie konnte man nur so herzlos und berechnend sein, mit lebenden Säuglingen zu experimentieren? Sie wollte sich gar nicht vorstellen, wie und wo die kleinen Schreihälse monatelang am Leben gehalten worden waren. Hatten sie jemals krabbeln gelernt? Ihre ersten Worte? Gegen ihren Willen kamen diese schrecklichen Gedanken immer wieder in ihr hoch. Am liebsten hätte sie die alte Frau im Seniorenheim mit der Kordel des Vorhangs erwürgt.

Beruhige dich!

Ihre Hände zitterten. Grit Maybach hatte das einzig Richtige getan – versucht, die Welt von diesem Abschaum zu befreien.

Sie musste mit jemandem reden. Mit ihrer Schwester. Und zwar ungestört.

Nachdem der Zug in Göttingen und danach auch in Kassel gehalten hatte, an den Bahnhöfen kaum Leute zu- oder ausgestiegen waren und sie wieder unterwegs waren, warf Sabine einen Blick auf Marc, der mittlerweile mit seinem Kopfhörer auf den Ohren seelenruhig schlief. Kurz darauf verließ sie ihren Platz.

Am Ende des Zugs lag der Speisewagen. Die Tür war abgesperrt, *Außer Betrieb* stand auf einem Schild. Dahinter war es dunkel. Nur ab und zu fiel das Licht von Laternen, an denen sie vorbeirasten, durch die Scheiben und erhellte die leeren Tische, Stühle und die Theke.

Sabine zog einen Dietrich aus ihrem Pickset und fuhr damit in das Schloss der Tür. Binnen Sekunden war es offen. Sie betrat den Speisewagen, schloss die Tür hinter sich und setzte sich auf einen Barhocker an den Tresen. Die Ruhe und Dunkelheit wirkten beruhigend auf sie. Nur das Holpern über die Gleise und das Klirren einer Schachtel mit Tonic Water, die auf dem Tresen der Küche stand, waren zu hören.

Sabine starrte auf ihr Handy. Schließlich schickte sie ihrer Schwester eine SMS.

Bist du wach?

Nach zwei Minuten kam die Antwort.

Bist du verrückt? Es ist nach vier Uhr früh. Was ist los? Wurdest du angeschossen?

Sabine musste schmunzeln – zum ersten Mal nach langer Zeit –, und spürte gleichzeitig, dass ihr ein Gespräch mit Monika guttun würde. Sie wählte die Nummer ihrer Schwester, die sich nach dem ersten Läuten mit verschlafener Stimme meldete.

Eine halbe Stunde lang sprachen sie miteinander, wobei Sabine die meiste Zeit redete und Monika aufmerksam zuhörte. Trotz des Verbots, über laufende Ermittlungen zu reden, erzählte Sabine, was Walter Greims, Janus, die Hebamme und die Priorin im Ursulinenkloster getan und zugelassen hatten. Was Minister Hirsch getan hatte und Freda Rombusch und Professor Vandergast anschließend mit den Babys gemacht hatten.

»Und das alles hast du in sieben Tagen herausgefunden?«, fragte Monika, nachdem Sabine ihren langen Monolog beendet hatte.

»Die Kinder der Nonne«, sagte Sabine, ohne die Namen der beiden zu nennen, »haben vieles für uns vorbereitet.«

»Allein diese Vorbereitung muss ein Wahnsinn gewesen sein!«, murmelte Monika.

Die Vorbereitungszeit!

Und da machte sich plötzlich ein merkwürdiges Gefühl in Sabines Bauch breit. *Etwas stimmt nicht!* Wenn man einmal von der Nonne absah – waren die ganzen Vorarbeiten und Vorkehrungen zu zweit überhaupt möglich?

Da klopfte es in ihrem Handy.

Ein Anruf kam herein.

»Du, ich muss Schluss machen«, rief Sabine. Vielleicht war es wichtig. »Danke für das Gespräch.«

»Oh, gut, dann kann ich ja jetzt noch eine Stunde …«

Sabine hatte das Telefonat bereits beendet und blickte auf das Display. Der Anruf kam von Tina. *Um diese Zeit?*

»Hallo?«, meldete sich Sabine überrascht.

»Du bist noch wach? Das trifft sich gut«, rief Tina ebenso überrascht.

»Wo bist du?«, fragte Sabine.

»Die Rettung hat mich noch am Abend nach Wiesbaden gebracht. Ich bin mit Schmerzmittel so vollgepumpt wie eine Apotheke und konnte nicht schlafen.«

»Ich …«

»Hör zu!«, unterbrach Tina sie. »Ich wollte gerade Sneijder anrufen, doch zuerst ging er nicht ran und jetzt ist besetzt.«

»Was ist passiert?«, fragte Sabine.

»Ich bin im Büro noch einmal alle Akten des Falls im System durchgegangen, da habe ich gesehen, dass wir eine E-Mail aus der Universitätsklinik Bern erhalten haben. Viviane Krohner, die Hebamme, ist vor Kurzem zu Bewusstsein gekommen.«

»Konnten die Ärzte ihre Halswirbelsäule stabilisieren?«

»Was? Das ist doch jetzt egal!«, rief Tina aufgeregt. »Sie hat der Nachtschwester erzählt, dass in jener Nacht, als die Nonne Zwillinge zur Welt gebracht hat, ein drittes Kind geboren wurde. Diese andere Mutter, eine junge Novizin, hat den Brand im Treibhaus ebenfalls überlebt, sich aber am Morgen danach das Leben genommen. Im Glockenturm erhängt.«

»Hast du das überprüft?«

»Ja, es stimmt. Es gab keine Autopsie. Vermutlich waren Schuldgefühle die Ursache für den Selbstmord.«

Sabine ahnte bereits mit einem Schaudern, worauf die Geschichte hinauslief.

Die Vorbereitungszeit!

»Jedenfalls wurden damals *drei* Kinder gerettet«, sagte Tina hastig. »Weißt du, was das bedeutet?«

Ja, sie wusste es.

Sie mussten dringend Sneijder erreichen!

70. Kapitel

Während Sneijder auf die Nachricht von Horowitz wartete, verließ er die Toilette und blickte den Mittelgang hinunter Richtung Cockpit. Langsam bekamen die Wolken einen zarten orangfarbenen Schimmer und die ersten Lichtstrahlen fielen in die Kabine.

Einige Passagiere rekelten sich.

Der Flugbegleiter war mit der Getränkeausgabe soeben fertig geworden und wollte sein Wägelchen an Sneijder vorbei in den hinteren Bereich der Maschine schieben.

»Dort vorn sitzt eine blinde Frau«, flüsterte Sneijder.

Der Steward sah ihn fragend an.

»Diejenige, der Sie das Getränk aufs Kleid gekippt haben«, erklärte Sneijder. »Können Sie die Frau zu mir bringen?«

»Wie bitte?«

Sneijder zeigte ihm seinen Ausweis. »Ich muss mit ihr sprechen. Es ist dringend.«

»Aber was soll ich ihr sagen?«, fragte der Flugbegleiter. »Vielleicht schläft …«

»Ein wichtiger Anruf über das Bordtelefon oder dass die Chef-Stewardess mit ihr sprechen möchte, um ihr wegen des Vorfalls mit dem Getränk eine Wiedergutmachung vorzuschlagen – was weiß ich – irgendetwas. Nur bringen Sie diese Frau her!«

Der Steward entfernte sich.

Sneijder sah, wie er eine knappe Minute mit der Frau sprach, sich diese dann erhob und ihm mit ihrem Blindenstock nach hinten folgte.

Inzwischen merkte Sneijder am Druck in den Ohren, dass die

Maschine in den Sinkflug übergegangen war. Mit einem Klingeln leuchteten die Anschnallzeichen auf. Der Kapitän machte eine Durchsage und erzählte irgendetwas über das Wetter in Frankfurt – und wie immer verstand man durch das Nuscheln und das Knistern nur die Hälfte.

Dann war der Steward mit der Frau da. »Dieser Mann ist von der Polizei und möchte mit Ihnen sprechen.«

»Aber Sie sagten doch, dass ich …«, erwiderte die Frau.

»Das war ein Vorwand, damit wir ungestört reden können«, unterbrach Sneijder sie. »Mein Name ist Sneijder, ich bin vom Bundeskriminalamt. Es mag Ihnen seltsam erscheinen, aber ich habe eine Frage, die nur Sie mir beantworten können. Allerdings nicht in Gegenwart meines Sitznachbarn.«

Die Frau sah an Sneijder vorbei. »Wie kann ich Ihnen helfen?«

»Ist es möglich, dass ein vollständig blinder Mensch Blickkontakt zu Personen herstellt, mit denen er spricht? Und dass ein Blinder in einem emotional aufgewühlten Zustand Gesichtsmimik zeigt?«

»Ich verstehe Ihre Frage nicht«, sagte die Frau verwirrt. Sie sah immer noch ohne jegliche Regung an Sneijder vorbei.

»Ich habe Sie beobachtet«, erklärte Sneijder. »Sie wirken – und das meine ich keinesfalls abwertend – emotionslos. Ist es also möglich, dass ein blinder Mensch Emotionen wie Mimik und Blickkontakt zeigen kann?«

»Sie wollen jemanden überführen, der vorgibt, blind zu sein?«, fragte sie.

»So ist es.«

»Nun, das kommt darauf an.« Sie überlegte. »Menschen wie ich, die von Geburt an blind sind, wirken nach außen hin auf andere Menschen oft emotionslos, so wie Sie es formuliert haben. Im Gegensatz dazu haben Menschen, die sehen konnten und erst später erblindet sind, gelernt, ihre Gesichtsmimik einzusetzen.«

Das erklärt es!

Zeno war erst im Alter von zwanzig Jahren erblindet.

»Vielen Dank«, sagte Sneijder. »Sie haben mir sehr geholfen.«

Demnach war Zeno möglicherweise doch wirklich blind, und sein Sitznachbar war gar nicht Zeno. Allerdings *musste* es einen weiteren Komplizen geben. Sneijder starrte auf sein Handy. Soeben wurde die Bildnachricht übermittelt.

»Ist ein Sky-Marshal an Bord?«, fragte Sneijder.

Der Steward schüttelte den Kopf.

»Ein Flugsicherheitsbegleiter?«

»Nein.«

»Haben Sie eine Waffe für Notfälle an Bord?«

»Auch nicht.«

»Okay, danke.« Sneijder drängte sich an den beiden vorbei und ging wieder zu seinem Platz.

Vielleicht war aber alles auch nur falscher Alarm.

Als er seine Reihe erreichte, kam das Foto endlich durch.

Sneijder starrte auf das Bild, danach auf den Mann.

71. Kapitel

Drei Kinder, dachte Sabine und beendete die Telefonverbindung zu Tina. Sie wollte bereits Sneijders Nummer wählen, als sie ein Geräusch hinter der Tür hörte.

Sie sah auf. Der Speisewagen lag noch immer im Dunkeln, nur sporadisch durch die Lichter der Bahnhöfe erhellt, an denen sie vorbeifuhren. Doch im dahinterliegenden Waggon brannte Licht, und davor sah sie die Silhouette eines groß gewachsenen Mannes, der vor der Tür stand und diese soeben aufschob.

Das Licht einer Taschenlampe blendete Sabine, und ihre Hand fuhr unwillkürlich zum Griff ihrer Waffe im Holster.

»Was zur Hölle machen Sie hier?«, fragte der Mann.

»Sind Sie der Schaffner?«, entgegnete Sabine.

»Ja, der Zugführer.« Der Mann senkte die Taschenlampe. »Und Sie?«

Nun bemerkte Sabine die schwarze Krawatte und das mobile Terminal mit dem Fahrkartendrucker an seinem Gürtel. »Sabine Nemez, Bundeskriminalamt Wiesbaden. Wollen Sie meinen Ausweis sehen?«

»Ja, aber zuerst möchte ich wissen, was Sie hier tun. Die Tür müsste abgesperrt sein.«

»Tut mir leid«, entschuldigte sie sich. »Ich habe sie geöffnet. Ich brauchte Ruhe, um ein Telefonat zu führen.«

»Dienstlich?«

»Ja.«

»Okay, Finger weg von Ihrer Waffe, und dann zeigen Sie mir Ihren Ausweis.«

Sabine folgte den Anweisungen und hielt ihm den Ausweis hin. Er kam näher, leuchtete mit der Taschenlampe darauf und danach in ihr Gesicht. Als er die Lampe wieder senkte, erkannte Sabine auch seine Uniform und die Mütze.

»Danke«, sagte er. »Gibt es Probleme im Zug?«

Sabine verneinte.

»Darf ich Ihr Ticket sehen?«

Sabine zeigte ihm ihren und Marcs Fahrschein. »Mein Kollege ist im vorderen Waggon, erste Klasse. Er hat Kopfhörer auf.«

»Hab ich gesehen, er schläft.«

»Lassen Sie ihn bitte weiterschlafen«, bat Sabine. »Wir hatten einen anstrengenden Tag.«

Der Zugführer nickte und entwertete beide Tickets. »Der Zutritt zu diesem Bereich ist nicht gestattet. Die Küche des Speisewagens hat keinen Strom, aber von mir aus bleiben Sie hier.« Er gab Sabine die Fahrscheine zurück, schaltete die Taschenlampe aus und klemmte sie an den Gürtel. »Wenn Sie den Waggon verlassen, sagen Sie mir Bescheid, damit ich die Tür abschließen kann.«

»Ja, mache ich, danke.«

Er wandte sich um und verließ den Wagen.

In diesem Moment bremste der Zug ab. Sie fuhren im Bahnhof Fulda ein, hielten kurz, und danach ging die Reise weiter. Soviel Sabine sich von der Anzeige am Monitor eingeprägt hatte, würde der Zug von jetzt an bis nach Frankfurt ohne Stopp durchfahren – knapp eine Stunde lang. Sabine griff zum Handy und wollte gerade Sneijder anrufen, da hörte sie, wie erneut die Tür geöffnet wurde.

»Wenn es Ihnen nichts ausmacht, würde ich gern ungestört telefonieren …«, sagte sie, ohne aufzusehen, verstummte aber, als keine Reaktion kam.

Rasch fuhr sie auf dem Barhocker herum und sah auf. Im Türrahmen stand nicht der Zugführer, wie sie angenommen hatte.

Stattdessen erblickte sie die scherenschnittartige Silhouette eines anderen Mannes. Hinter ihm schloss sich soeben die Tür.

»Dieses Abteil ist normalerweise geschlossen«, erklärte sie. »Der Speisewagen ist nicht in …«

»Sparen Sie sich die Worte«, krächzte der Mann. »Keine Bewegung und keinen Laut. Wenn Sie nach Ihrer Waffe greifen, muss ich Sie erschießen.«

Sabine erstarrte. Sie konnte es nicht genau erkennen, glaubte aber eine Pistole in der Hand des Mannes zu sehen. Sogleich begann ihr Herz zu rasen.

»Legen Sie das Handy auf den Tresen und schieben Sie es zu mir herüber.«

War der Mann verrückt? »Wollen Sie auch meine Brieftasche?«, fragte Sabine. »Ich …«

»Nur das Smartphone, Frau Nemez«, antwortete er. »Und keine Bewegung!«

Sabine erstarrte, als sie ihren Namen hörte.

»Machen Sie schon!«

Sie ließ das Handy ans andere Ende des Tresens schlittern, bis es gegen die Kiste Tonic Water knallte. Als der Mann nach dem Telefon griff, glaubte sie im Schimmer des Displays einen grauen Haarkranz zu erkennen.

Dieser Mann war älter, mindestens sechzig. Auch seine Stimme klang knorrig. Das konnte unmöglich Magdalena Engelmanns drittes Kind sein.

Aber wer war es dann?

72. Kapitel

»Ist etwas passiert?«, fragte der Mann, legte sein Handy mit dem verlorenen Tetris-Spiel auf das aufgeklappte Tischchen vor ihm und sah Sneijder erwartungsvoll an. »Wollen Sie wieder auf Ihren Platz?«

Sneijder sagte nichts, starrte ihn nur an und blickte wieder auf das Foto von Zeno Engelmann, das Horowitz ihm geschickt hatte.

Wenn es sich dabei bloß um keinen Irrtum handelt.

»Nein, alles in Ordnung«, sagte Sneijder.

Er ist es nicht!

Der Mann, der neben Sneijder saß, sah völlig anders aus.

Aber das bedeutete, dass der mögliche dritte Komplize jemand anders sein musste, den sie bisher noch nicht auf dem Radar gehabt hatten.

73. Kapitel

Der grauhaarige Mann ließ Sabines Handy in seiner Sakkotasche verschwinden und deutete dann mit dem Lauf seiner Pistole auf sie. »Und jetzt Ihre Waffe!«, verlangte er. »Langsam mit zwei Fingern am Griff aus dem Holster ziehen.«

Sabine gehorchte. »Was wird das?«

»Das erfahren Sie noch. Und jetzt los!«

Sabine hielt die Glock mit Daumen und Zeigefinger am gerippten Griff.

»Hinter den Tresen werfen!«

Sie befolgte die Anweisung, und die Waffe knallte scheppernd auf den Küchenboden.

»Aufstehen und nach hinten gehen!«, forderte der Mann.

»Was haben Sie vor?«

»Gehen Sie nach hinten!«

Sabine gehorchte, bis sie den hinteren Teil des Speisewagens erreicht hatte. Von da ging es nicht mehr weiter.

»Öffnen Sie die Toilette!«

Sabine befolgte auch diese Anweisung. Die Tür war nicht verschlossen und klappte nach innen auf.

Der Zug holperte über Bahnschwellen, raste durch einen Bahnhof hindurch, und für Bruchteile von Sekunden fiel das Licht der Laternen durch das schmierige Klofenster.

Der Mann hatte ein von Akne vernarbtes Gesicht und war – wie sie jetzt erkannte – deutlich älter als sechzig. *Dieses Gesicht!* Sie hatte es schon einmal irgendwo gesehen.

»Wer … sind … Sie?«, fragte Sabine.

»Tun Sie nicht so ahnungslos!« Der Mann drängte sie mit der Waffe im Anschlag in die Toilette. »Ich habe gehört, worüber Vandergast mit Ihnen gesprochen hat.«

»Was?« Sabine war verwirrt. Und dann wusste sie plötzlich, wo sie den Mann schon einmal gesehen hatte. Die Erkenntnis traf sie wie ein Schwall Eiswasser im Genick. »Sie waren in der Seniorenresidenz in Hannover. Der Mann mit dem Tee! Die Kopfhörer waren nur ein Fake. Während Sie mit der Leiterin sprachen, haben Sie uns belauscht.«

»Manchmal hat Vandergast leider doch noch helle Momente. Es war clever, sich als ihre Tochter auszugeben, um an all die Informationen heranzukommen.«

»Es nützt Ihnen nichts, wenn Sie mein Handy verschwinden lassen und mich töten. Die Leiterin des Heims und mein Kollege haben das Gespräch auch gehört.«

Marc! Bei dem Gedanken erfasste Sabine ein Schauer. Hoffentlich schlief er wirklich und war nicht schon längst tot.

»Um die kümmere ich mich später«, antwortete der Mann. »*Prima quae prius.* Das Wichtigste zuerst.«

Das konnte nur bedeuten, dass Marc noch am Leben war. Erleichtert atmete Sabine aus. Doch da fiel ihr etwas anderes auf.

Latein!

»Sie sind Mediziner«, vermutete sie. Aber wie war er auf Vandergast und sie aufmerksam geworden? Durch die Presse?

Und plötzlich dämmerte es Sabine. »Sie sind Doktor Ulrich Hirschs Bruder! Vorsitzender im Bundesamt für die Zulassung von Arzneimitteln. Durch den Tod Ihres Bruders in Wien und den Suizid seiner Mörderin wurden Sie hellhörig. Und Rombuschs Tod in Konstanz hat Sie dann endgültig misstrauisch gemacht, richtig?«

»Sie kombinieren schneller, als ich dachte.«

»Als Professor Vandergast den Namen Hirsch nannte, meinte sie gar nicht Ihren Bruder, sondern *Sie*! Ihr Bruder hat nur die Kinder geholt und zu *Ihnen* gebracht. *Sie* waren die Verbindung zur Pharmabranche! War es auch Ihre Idee, die Säuglinge zu verkaufen?«

Der Mann schüttelte den Kopf. »Die meines Bruders – er wusste, die Pharmabranche würde den höchsten Betrag zahlen.« Schweigend griff er nach einer vollen Klopapierrolle.

»Aber *Sie* haben den Röntgen- und den Pharmakonzern zusammengebracht, richtig?«

Schweigend steckte er die Klopapierrolle über den Lauf.

»Was Sie hier versuchen ist zwecklos«, rief Sabine gegen das Getöse der scheppernden Kupplungen.

»So war es auch nicht geplant«, antwortete er. »Ich wollte Vandergast erledigen. Es wäre so einfach gewesen, dieser alten, senilen Frau mit einem entsprechenden Medikament einen Herzinfarkt zuzufügen, aber Sie sind mir mit Ihrem Gespräch zuvorgekommen.« Er justierte die Klopapierrolle, richtete die Waffe auf sie, streckte den Arm durch und drückte aus nächster Nähe ab.

Geistesgegenwärtig konnte Sabine seinen Arm gerade noch ein wenig zur Seite schlagen, spürte aber im gleichen Moment den Einschuss in der Schulter, dessen Wucht sie zuerst an die Wand und dann zu Boden warf. Trotz dämpfender Papierrolle und Scheppern der Zugkupplungen hatte der Schuss in der Kabine sie halb taub werden lassen. Dennoch bezweifelte sie, dass den Knall am Ende des Zuges noch jemand außer ihnen gehört hatte.

Der Mann stand nun breitbeinig über ihr.

»Damit kommen Sie nicht durch!«, keuchte Sabine.

»Sie wissen selbst, dass ich Sie mit diesem Wissen nicht am Leben lassen kann«, sagte er und richtete die Waffe erneut auf sie, diesmal auf ihren Kopf. Sein Finger krümmte sich um den Abzug.

In diesem Moment wurde er von einem großen Schatten gerammt und zur Seite gerissen. Der Schuss ging daneben, fuhr in den Spiegel und ließ die Splitter zu Boden prasseln. Die Waffe schlitterte über den Boden.

Im flackernden Licht vorbeirasender Lampen konnte Sabine erkennen, wie ein Mann mit Hirsch kämpfte und ihm den abgebrochenen zackigen Hals einer Flasche in die Kehle drückte. Ein unbekannter Mann – weder Marc noch der Zugführer.

Sabine presste sich den Handballen auf die Schulter und spürte, wie sich klebrige Nässe um die pulsierende Wunde herum ausbreitete. Der Geruch ihres eigenen Blutes stieg ihr in die Nase.

Aus dem Augenwinkel sah sie, wie Hirsch röchelnd auf dem Boden lag und ihm der Fremde den scharfkantigen Hals einer Tonic Water Flasche tief in die Kehle drückte.

»Ich bin von der Polizei«, presste Sabine heraus. »Ich brauche diesen Mann lebend.«

»Sie haben alle Beweise, die notwendig sind«, keuchte der Fremde mit einem leichten französischen Akzent. »Und wir wissen beide, was dieser Mann angerichtet hat. Außerdem hat er gerade versucht, Sie zu töten. Hat er es wirklich verdient, am Leben zu bleiben?«

Sabine wollte sich aufrappeln, doch ein gellender Schmerz fuhr ihr von der Schulter in den Brustkorb. Keuchend blieb sie liegen. »Wer sind Sie?«

Der Mann sah kurz zu ihr herüber, und sie erkannte sein Gesicht. Es war der rotblonde Mann aus dem Abteil, der die französische Zeitung gelesen hatte.

Während Hirsch mit zuckenden Beinen auf dem Boden lag und das Blut in pulsierenden Wellen aus seiner Halsschlagader strömte, durchsuchte der rotblonde Mann Hirschs Sakko, bis er fand, wonach er suchte.

Das Handy.

»Das brauche ich«, röchelte Sabine.

»Ich weiß.« Er schob ihr das Telefon in die Tasche der Jeans, dann drückte er seinen Handballen auf ihre Wunde.

Sie bemerkte, dass er Handschuhe trug. »Wer sind Sie?«, wiederholte sie.

»Sie haben Grit Maybach in Wien verhört, danach ist sie durchs Fenster gesprungen«, sagte er. »Aber ich mache Ihnen keinen Vorwurf. Sie haben von Anfang an versucht, die Sache aufzuklären.«

Er ist das dritte Kind, das in jener Nacht gerettet wurde!, schoss es Sabine durch den Kopf.

»Warum sind Sie hier?«, presste sie zwischen zusammengebissenen Zähnen hervor.

»Ich bin Hirsch schon seit Tagen auf den Fersen.«

»Seit Tagen?«

»Ich wollte wissen, was er vorhat und ihn zur Rede stellen. Und als er nach Hannover fuhr, wusste ich, dass er zu Vandergast wollte. Da musste ich verhindern, dass er alles vertuscht, damit *Sie* noch Gelegenheit haben, es herauszufinden.«

»Aber warum sind Sie …«, Sabine biss die Zähne zusammen, »… im Zug?«

»Im Altenheim bin ich auf Sie aufmerksam geworden, danach habe ich bemerkt, wie Hirsch Ihnen folgt.«

»Hätten Sie Hirsch auf jeden Fall getötet?«

»Natürlich nicht …« Er zögerte. »Das war auch nie der Plan. Letztendlich will ich genauso wie Sie, dass alles aufgedeckt wird. Aber ich hätte nicht gedacht, dass wir beide jemals zusammenarbeiten und ich Ihnen helfen würde. Sie wären eine verdammt gute Journalistin geworden.« Er lächelte kurz, dann räusperte er sich. »Es ist kein Durchschuss. Die Kugel steckt noch in der Schulter. Sie überstehen das.« Er wollte sich erheben.

»Warten Sie!«, sagte sie und griff nach seinem Arm. »Wann und wo haben Sie mit Maybach und Schaeffer zusammengearbeitet?«

Zuerst zögerte er, doch dann nickte er schließlich. »Wir haben uns zum ersten Mal in Braunau getroffen – da, wo alles begonnen hat. In einer Wohnung, nicht weit von Walter Greims' Haus entfernt. Während Greims seine Einfahrt vom Schnee freischaufelte, haben Grit und Thomas seinen Tod beschlossen.«

»Und dann haben Sie ihn von einem Wertkartenhandy aus angerufen und zur leer stehenden Lackfabrik nach Wiesbaden gelockt.«

»Sie brauchen einen Arzt!«

»Nicht, bevor ich alles weiß«, presste sie hervor. Ihr wurde schwarz vor Augen. Mittlerweile schmerzte jede größere Bodenwelle, über die der Zug raste.

Immer noch den Handballen auf ihre Wunde gepresst, hockte er sich neben sie hin. In der Zwischenzeit war Hirschs Röcheln verstummt und das Zucken seiner Beine hatte aufgehört.

»Ja, wir haben Greims nach Wiesbaden gelockt. Wir sagten ihm, wir wüssten, was er vor knapp vierzig Jahren im Bruggtalkloster gemacht hat. Daraufhin hat er mehrmals mit Viviane Krohner in Bern telefoniert. Sie wollten herausfinden, wer oder was hinter dieser Kontaktaufnahme steckt. Drohung? Erpressung? Und schließlich ist er mit dem Zug nach Wiesbaden gekommen, wo Grit ihn überwältigt und zur Fabrik geschafft hat.«

Trotz der Schmerzen sah Sabine plötzlich alles klar vor sich. Während Schaeffer in Deutschland die Falle für Janus vorbereitet hatte, hatte sich Maybach in Österreich um die Priorin gekümmert und dieser Mann in der Schweiz um die Hebamme. Nur so ergab alles einen Sinn. »Sie waren in Bern, richtig?«

Er antwortete nicht.

»Ich …«, begann Sabine.

»Sie brauchen einen Arzt«, unterbrach er sie und erhob sich. Dann griff er nach oben und zog die Notbremse.

Sekunden später spürte Sabine, wie der Zug mit einem kreischenden Geräusch langsamer wurde.

Hirsch hätte sie kaltblütig erschossen, aber dieser Fremde hatte ihr das Leben gerettet. Einem Instinkt folgend zog Sabine sich über die Glasscherben auf dem Boden aus der Toilette und berührte die Flasche Tonic Water, die aus Hirschs Hals ragte, sodass ihre Fingerabdrücke auf dem Glas waren.

»Was machen Sie da?«, flüsterte er überrascht.

»Hauen Sie ab!«

Zuerst zögerte der rotblonde Mann kurz, doch im nächsten Moment war er verschwunden.

74. Kapitel

Eine Dreiviertelstunde später lag Sabine endlich mit einem Druckverband auf einer Trage und wurde in das Heck eines Krankenwagens geschoben.

Sie befanden sich mitten auf der Stecke, auf dem Nebengleis eines kleinen verlassenen Bahnhofs mehrere Kilometer vor Frankfurt. Polizeiautos, die Kripo, ein Bestattungswagen und Rettungsfahrzeuge standen in der Nähe des ICE. Keiner der Fahrgäste durfte den Zug verlassen, und so pressten die Passagiere neugierig ihre Gesichter an die Fenster, um einen Blick auf die in Blaulicht getauchten Einsatzfahrzeuge zu erhaschen. Zu allem Überfluss war auch ein Fernsehteam vor Ort, das live über den »Zugvorfall« berichtete.

Eine Reporterin hatte Sabine interviewen wollen, doch Marc und ein Arzt waren dazwischengegangen.

Nun saß Marc neben Sabine im Krankenwagen auf einem Drehstuhl. Die Türen wurden zugeschlagen, und die Ambulanz fuhr los. Marc wollte etwas sagen, als Sabines Handy klingelte.

»Darf ich?« Marc zog es aus ihrer Jeans und nannte ihr den Namen auf dem Display. »Es ist Connie.«

»Meine jüngste Nichte … gib sie mir bitte.« Die Schmerz- und Beruhigungsmittel begannen bereits zu wirken. Ihr Mund wurde trocken, und ein Gefühl der Gleichgültigkeit breitete sich in ihr aus.

Marc sah den Arzt an, der ein unglückliches Gesicht machte, woraufhin Marc *»Nur kurz«* flüsterte und Sabine das Telefon ans Ohr hielt.

»Tante Bine?«, hörte sie Connies aufgeregte Stimme.

Ein Stück Vertrautheit und Wärme umgab sie plötzlich. »Ja, was ist?«, fragte sie schwach.

»Wir haben gerade Cornflakes gegessen, da hat Mama plötzlich laut aus dem Wohnzimmer geschrien. Wir sind gleich hingerannt und haben dich im Frühstücks-TV in den Nachrichten gesehen. Du wurdest verletzt! Geht's dir gut?«

»Ja, alles okay, nur eine kleine Wunde in der Schulter.«

»Du hast einen fiesen Verbrecher im Zug gefasst, stimmt's?«

»Ja, so ähnlich«, sagte sie müde und musste unwillkürlich lächeln.

»Ist der blonde Mann, der neben dir im Fernsehen war, dein Kollege?«, fragte sie neugierig.

»Gefällt er dir?«, entgegnete Sabine. Das Grinsen tat ihr sogar in der Schulter weh.

»Mama, Kerstin und Fiona finden ihn toll.«

»Und du?«

»Ja, es geht«, sagte Connie mit einer bescheidenen Erwachsenenstimme.

Der Arzt schüttelte jetzt bedenklich den Kopf, woraufhin Sabine nickte und die Hand hob. »Eine Sekunde noch …«, flüsterte sie, dann wandte sie sich wieder an Connie. »Willst du mit ihm sprechen? Ich gebe ihn dir.« Dann reichte sie das Telefon an Marc weiter.

»Äh, hallo?«, fragte er.

Sabine konnte nicht verstehen, was Connie sagte, aber ihre Nichte war nicht auf den Mund gefallen und schien Marc ordentlich zuzutexten.

»Ja, es ist alles wahr, was eure Tante erzählt hat«, sagte er schließlich und zwinkerte Sabine zu. *Alle drei sind jetzt am Apparat*, signalisierte er ihr wortlos und spreizte drei Finger ab. »Na hör mal! Wir tragen immer kugelsichere Westen, wenn wir Undercover-

Einsätze haben … Nein, das darf ich euch nicht verraten, ist streng geheim, aber im Helikopter haben wir immer Nachtsichtgeräte und Wärmebildkameras dabei.« Er nickte Sabine zu.

Mann, wie peinlich!

Sie wollte nach dem Handy greifen, doch Marc zog es weg.

»Klar, Spürhunde sind auch immer dabei … was?«, rief er plötzlich und musste grinsen. »Ich bitte euch! Natürlich kann eure Tante mit Mitteldistanzwaffen umgehen.«

O Gott, gleich sterbe ich! Plötzlich musste Sabine wieder grinsen.

»Wollt ihr mal zu uns nach Wiesbaden kommen, um eure Tante zu besuchen?«, fragte Marc.

Nein! Sabine schüttelte den Kopf.

»Okay, alles klar, dann zeige ich euch die Akademie, den Schießstand und den Trainingsparcours«, sagte Marc. »Sicher habe ich Zeit. Und Maarten Sneijder stelle ich euch auch vor … Oh, sorry, ihr habt natürlich recht … Maarten S. Sneijder.«

Er zwinkerte Sabine zu.

EPILOG

Zwei Wochen später

Sabines Arm lag in einer Schlinge, und ihr Hals war immer noch ein wenig blau. Sie würde zwar noch eine weitere Woche ausfallen und danach eine mehrwöchige Reha mit Muskelaufbauprogramm absolvieren müssen, war aber trotzdem an diesem sonnigen Samstagmorgen auf dem BKA-Gelände.

Marc und sie hatten mit ihren Nichten die versprochene Führung durch das Bundeskriminalamt gemacht. Zuerst die Hörsäle der Akademie besucht, danach den Trainingsparcours im angrenzenden Wald besichtigt, den Schießstand, die Schwimmhalle für die Taucher und die Übungsräume für die gestellten Tatortszenarien.

Anschließend hatten sie in der Abteilung Erkennungsdienst real miterlebt, wie Fingerabdrücke digital verglichen wurden, um eine verdächtige Person zu identifizieren. Waffenarsenal und Asservatenkammer hatte Sabine ihnen nicht gezeigt, dafür jedoch einen der Verhörräume und das Archiv im untersten Kellergeschoss. Währenddessen wartete Monika in der Kantine bei einem späten Frühstück und las Zeitschriften.

Nun standen sie in der Halle vor der Kantine; Connie, Kerstin und Fiona mit ihren Besucherschildern an den T-Shirts und jeder Menge Broschüren in der Hand.

»Was hat euch am besten gefallen?«, fragte Marc.

»Der Schießtunnel«, riefen sie wie aus einem Mund.

Dachte ich mir. Sabine musste innerlich grinsen. Da sie selbst außer Gefecht gesetzt war, hatte Marc ihnen ein Schießtraining vorgeführt, während die Mädchen hinter einer Glaswand zusehen durften. Davor hatte Marc allerdings die Umrisse der Pappfiguren gegen bunte Alienfiguren ausgetauscht, die er zuvor in seiner Wohnung in Wiesbaden extra mit einem Kollegen gebastelt hatte. Nach zehn Minuten hingen die Außerirdischen nur noch in bunten Fetzen an den Schnüren. Und an seinem breiten Grinsen hatte Sabine gemerkt, dass es ihm genauso großen Spaß gemacht hatte wie den Mädchen.

Jetzt sah Marc auf die Uhr. »So, die Führung ist zu Ende. Zwei Stunden«, seufzte er. »Ich fürchte, ich muss jetzt wieder zur Arbeit.«

»Danke«, sagten die Mädchen zu Marc.

»Klar, gern geschehen, war mir eine Freude.«

Sabine musste wieder grinsen. Bei ihr hatten sie sich nicht bedankt, aber das war okay. Sie sah Marc an, und er erwiderte den Blick.

Dann lächelten sie beide.

Connie zog Sabine am Ärmel. »Ist das jetzt dein neuer Freund?«, flüsterte sie, aber immer noch so laut, dass Marc es hören konnte.

Neuer Freund! Als wenn sie schon so viele gehabt hätte. Sabine sagte nichts, spürte jedoch, wie sie rot wurde.

»Nun ja, immerhin gehen wir demnächst zusammen ins Kino«, erklärte Marc und sah Sabine an. »Und diesmal suche *ich* wieder den Film aus.«

Sabine verdrehte die Augen. Marcs schräger Filmgeschmack war einfach unterirdisch. Zumindest durfte sie das Lokal für das Abendessen davor bestimmen.

Nun sah Connie zu Marc. »Bist du treu?«

»Connie!«, zischte Sabine. »Jetzt reicht es aber!«

Kerstin und Fiona grinsten übers ganze Gesicht. Die drei waren ja so neugierig! Bestimmt hatten sie darum geknobelt, wer diese Frage stellen durfte.

Marc blieb jedoch gelassen. Er stützte sich auf seine Knie und beugte sich ein wenig zu Connie herunter, die für ihre neun Jahre immer noch ziemlich klein war. »Weißt du, es ist schwierig, die richtige Frau zu finden, der man treu sein kann«, sagte er und senkte die Stimme zu einem Flüstern. *»Doch deine Tante ist diese Frau, aber pssst … behalt das für dich!«*

Zum Glück flog in diesem Moment die Tür am anderen Ende der Halle auf, wo sich die Besprechungsräume befanden. Tina, Sneijder und der Generalstaatsanwalt kamen heraus. Tina, immer noch ein wenig humpelnd, sah abgekämpft aus, Sneijder knackte mit den Fingerknöcheln und machte ein finsteres Gesicht. Nachdem sie sich vom Staatsanwalt verabschiedet hatten, betrat der wieder das Büro und Sneijder und Tina kamen auf sie zu.

»Das ist Sneijder«, raunte Marc den Mädchen zu.

Die starrten ihn mit aufgeklapptem Mund an, denn gleich würden sie ihm zum ersten Mal persönlich gegenüberstehen.

»Hört zu«, flüsterte Sabine rasch, da sie es für notwendig hielt, die Kinder an ein paar Dinge zu erinnern. »Sneijder ist ein griesgrämiger Mann, der in einer einsamen Mühle am Waldrand lebt. Er ernährt sich nur von Vanilletee und Marihuana und kommt ab und zu mal raus, um frische Luft zu schnappen. Er hasst Kinder.«

»Und er hasst Topfpflanzen, die nehmen ihm den Sauerstoff zum Denken«, fügte Marc hinzu. »Außerdem ist er wie ein Vampir, er mag kein Sonnenlicht. Aber am meisten hasst er andere Menschen, und er hat eine Allergie gegen alles, was nicht so ist wie er.«

»Also seid nicht überrascht, wenn er euch jetzt gleich beleidigt«, beendete Sabine das kurze Briefing.

Dann waren die beiden bei ihnen.

»Das ist Tina Martinelli«, stellte Sabine jetzt laut ihre Kollegin vor.

»Und ihr müsst Connie, Kerstin und Fiona sein.« Tina gab jedem der Mädchen die Hand.

Die drei starrten Tinas Piercings und das Tattoo an, das am Hals unter dem schwarzen Rippshirt herausragte, sowie die schwarzen Haare, auf einer Seite fast kahl rasiert, auf der anderen schulterlang.

»Und Sie sind Kriminalhauptkommissar Maarten Somerset Sneijder«, stellte Connie fest.

Sneijder sah die Mädchen überrascht an. Anscheinend hatte er nicht damit gerechnet, dass Sabine ihnen verraten hatte, wofür das *S* seines zweiten Vornamens stand.

Oh – oh!

Sneijder beugte sich zu den Mädchen herunter und streckte seinen langen Arm aus. »Ihr drei seid gar nicht so hässlich, wie eure Tante immer erzählt hat.« Mit einem Leichenhallenlächeln betrachtete er die drei. »War die Führung wenigstens interessant?«

Die Mädchen nickten.

»Wenn ich groß bin, mache ich auch die Polizeischule«, erklärte Connie und streckte den Rücken durch, damit sie größer wirkte.

Sneijder kniff ein Auge zu und deutete mit dem Zeigefinger auf sie. »Ich werde dich an der Akademie unterrichten – und ich garantiere dir, wenn du das überlebst, wirst du eine der besten beim BKA werden, so wie deine Tante.« Er blickte zu Sabine, dann sah er wieder die Mädchen an. »So, noch was?«

»Ja, ich muss Sie das jetzt fragen«, sagte Connie, »denn ich traue mich sonst sicher kein zweites Mal, Sie anzusprechen.«

Sneijder musterte das Mädchen skeptisch. »Ja, das glaube ich dir sofort. Was willst du denn wissen, du kleine Kröte?«

»Ich habe gehört, Sie sind sehr … äh, *speziell*«, leitete Connie die Frage diplomatisch ein.

Sabine wäre am liebsten im Erdboden versunken.

»Das mag sein«, antwortete Sneijder und hob drei Finger hoch. »Also, mach's kurz, was willst du wissen?«

»Ich habe nur *eine* Frage. Welche Fähigkeit braucht man, um so zu werden wie Sie?«

»Selbstdisziplin«, antwortete Sneijder und nickte. »Das ist der einzige Weg, mit den ganzen Vollidioten in diesem Gebäude klarzukommen.«

»Darf ich ein Autogramm haben?«, rief Connie, während ihre Schwestern noch über diese Aussage nachdachten.

»Sicher.« Sneijder zog einen Kugelschreiber aus seiner Brusttasche, schnappte sich einen Flyer aus Connies Hand und kritzelte hastig ein paar Worte an den Rand des Papiers.

Für Connie – Vervloekt, Maarten S. Sneijder

Connie starrte ihn mit großen Augen an. »Woher kennen Sie meinen Namen?«

Sneijder ließ den Blick kurz über ihr Besucherschild am T-Shirt schweifen, dann tippte er sich an die Stirn. »Instinkt, Einfühlungsvermögen und Kombinationsgabe.«

Connie sah ihn sprachlos an.

»So, ich glaube, für heute ist es genug«, sagte Sabine.

In diesem Moment flog die Tür des Besprechungszimmers ein weiteres Mal auf. Diesmal kam Doktor Lungström heraus, auf Krücken, in Begleitung seines Anwalts und eines Polizeibeamten. Nach ihm folgte Magdalena Engelmann, die ebenfalls von zwei Polizeibeamten begleitet wurde. Während Lungström abgeführt wurde, kam die Nonne unter Aufsicht der Polizisten auf sie zu. Anscheinend wollte sie noch ein paar Worte mit Sneijder wechseln, ehe sie in U-Haft überstellt wurde.

Sneijder schielte zur Nonne, dann beugte er sich zu den Mädchen herunter. »Haut jetzt besser ab! Ich wünsche euch ein verregnetes Wochenende.«

Die drei verabschiedeten sich artig, dann wurden sie von einem Kollegen in die Kantine gebracht.

»Der ist gar nicht so fies, wie alle sagen«, flüsterte Connie im Weggehen zu ihren Schwestern. »Eigentlich voll nett, oder?«

Dann waren die drei außer Hörweite.

Ja, die heutige Jugend ist hart im Nehmen, dachte Sabine.

Dann war die Nonne bei ihnen und blickte von Sabine zu Tina, Marc und schließlich zu Sneijder.

Obwohl Sabine die letzten beiden Wochen nicht im Dienst gewesen war, hatte sie ihre Berichte geschrieben, dreimal aussagen müssen und den Fall extern weiterverfolgt. Von daher war sie auf dem Laufenden.

Die Beweisführung in den Mordfällen war zwar abgeschlossen, aber die Ermittlungen wegen der Babymorde gegen Moerweck & Derwald und Glostermed hatten gerade erst begonnen. Das BKA hatte Lungströms und Vandergasts Aussagen, und jeden Tag kamen weitere Aussagen neuer Verdächtiger hinzu. Darüber hinaus brachten die Medien den Skandal mit täglich neuen Schlagzeilen in den Nachrichten. Es ging Schlag auf Schlag, und viele Personen, die damals in die Machenschaften involviert gewesen waren, wurden jetzt der Reihe nach zur Rechenschaft gezogen.

Sabine hatte erfahren, dass Lungström zwar nur in wenigen Punkten angeklagt werden würde, aber der Generalstaatsanwalt hatte bereits anklingen lassen, dass er in dieser Sache mit aller Härte vorgehen werde, trotz des Heeres von Anwälten, das beide Firmen schon in Stellung gebracht hatten.

Und was Magdalena Engelmann betraf: Sie hatte sich schuldig bekannt und würde wegen Anstiftung und Beihilfe zu mehrfachem Mord angeklagt und verurteilt werden.

Letzten Endes hat sie also doch erreicht, was sie wollte, dachte Sabine. Auf Kosten ihrer Kinder. Allerdings war eine *dritte* Person noch am Leben, was nur Sabine wusste. Die Ermittlungen gegen Maybachs und Schaeffers mögliche Komplizen waren eingestellt worden, da offiziell nur die beiden die Morde verübt hatten.

Wer immer das war, den die Nonne in jener Nacht aus dem brennenden Kloster geschafft hatte und dem Sabine im Morgengrauen im Zug begegnet war – er hatte ihr das Leben gerettet und die Beweise gesichert. *Tauch am besten dort unter, wo du hergekommen bist.* Sabine hoffte nur, dass er so schlau war, die Frau, die ihn als Baby gerettet hatte, nie im Gefängnis zu besuchen. Das war der Preis, den er zahlen musste, um unentdeckt zu bleiben. Aber so clever war er bestimmt.

»Sie wollten mir noch etwas unter vier Augen mitteilen«, sagte die Nonne nun zu Sneijder, während sich die beiden Polizisten dezent im Hintergrund hielten.

Sneijder nickte. »Zumindest nicht vor den Anwälten und Polizeikollegen.« Er massierte den Druckpunkt auf seiner Schläfe, dann senkte er die Stimme. »Ich habe vor zwei Tagen das Ergebnis des DNA-Abgleichs vom Rechtsmediziner erhalten. Wir haben nicht nur die Bestätigung, dass Thomas Schaeffer und Grit Maybach Ihre Kinder waren, sondern auch herausgefunden, wer mit großer Wahrscheinlichkeit deren Vater gewesen war.« Er machte eine Pause. »Wollen Sie das wissen?«

Sabine hielt den Atem an. Aus dem Augenwinkel sah sie, dass Marc und Tina genauso überrascht waren wie sie.

Die Nonne blickte Sneijder lange an, schließlich nickte sie. »Janus senior?«

Sneijder hob die Augenbrauen. »Ich weiß nicht, ob es eine Genugtuung für Sie ist oder nicht, jedenfalls kann ich Ihnen garantieren, dass er mit den Bambussprossen im Körper langsam und qualvoll gestorben ist.«

Die Nonne presste die Lippen aufeinander.

O Mann, dachte Sabine. Der alte Janus hatte nicht nur seine Klienten ins Kloster geschickt, sondern sich auch höchstpersönlich um diese Nonne gekümmert.

»Wussten Ihre Kinder das?«, fragte Sneijder.

Die Nonne schüttelte den Kopf. »Ich habe es geahnt, aber nie mit ihnen darüber gesprochen.«

Und sie haben, ohne es zu wissen, ihren eigenen Vater ermordet.

»Wenn Sie es wollen, werden wir diese Informationen unter Verschluss halten«, schlug Sneijder vor.

»Danke.«

»Leben Sie wohl.« Sneijder gab ihr sogar die Hand, und dieser Händedruck dauerte länger als bei einer gewöhnlichen Verabschiedung.

Danach wurde die Nonne abgeführt. Sneijder sah ihr nachdenklich hinterher, und in diesem Blick lag – falls Sabine ihn richtig interpretierte – tatsächlich auch ein wenig Bewunderung für den Mut dieser Frau.

Das Läuten von Sneijders Handy zerriss die ungewöhnliche Stille, doch er drückte den Anruf, ohne hinzusehen, weg.

Kurz darauf schrillte Sabines Handy – mit ihrem neuen, wenig dezenten Klingelton.

Sometimes, I feel I've got to … tom-tom … run away …

Sie ging ran, es war der BKA-Präsident. Während sie seinen kurz angebundenen Worten lauschte und nur ein knappes *Ja* von sich gab, sah Sneijder der Nonne weiter nach, wie sie von den Kollegen durch die Drehtür nach draußen gebracht wurde.

Schließlich nahm Sabine das Handy runter und sah in die Runde. »Dirk van Nistelrooy will uns sprechen.« Sie sah zu Sneijder. »Und zwar alle, jetzt sofort, in seinem Büro.«

Als Sabine nach Sneijder, Tina und Marc an van Nistelrooys Sekretärin vorbeimarschierte und das Büro des Chefs betrat, sah sie, dass Horowitz und Krzysztof bereits da waren.

Krzysztof saß auf einem Stuhl vor van Nistelrooys Schreibtisch, mit einem Verband am Hals. Daneben saß Horowitz in einem neuen Rollstuhl. Diesmal besaß das Gerät dann doch einen elektrischen Motor – bestimmt aus dem Etat des BKA bezahlt.

Kaum hatten sie neben Krzysztof und Horowitz auf den vier freien Stühlen Platz genommen, musterte van Nistelrooy sie mit strengem Blick. »Wir sind bei der ganzen Sache mit einem dunkelblauen Auge davongekommen«, begann er.

Sabine wusste, worauf er anspielte. Nicht nur auf Maybachs Festnahme und Selbstmord in Wien, sondern auch auf Schaeffers Tod in Den Haag und mehr als eine Handvoll Opfer, die sie nicht hatten retten können. Außerdem hatte die Staatsanwaltschaft den Rechtfertigungsgrund »Notwehr« im Todesfall von Minister Hirschs Bruder im ICE nach Frankfurt geprüft und mittlerweile alle Untersuchungen gegen Sabine eingestellt.

»Unser Glück ist, dass sogar die ausländische Presse wohlwollende Reportagen über unsere Ermittlungsarbeit schreibt.« Er knallte eine Ausgabe der Berner Zeitung auf den Tisch. *Pharmabranche und EU-Abgeordnete in Bedrängnis!*, lautete die Schlagzeile.

Sabine schielte zu dem Artikel. Eine Erinnerung kam in ihr hoch.

Sie wären eine verdammt gute Journalistin geworden …

Sie glaubte, den Verfasser zu kennen.

»Warum schmunzeln Sie, Nemez?«

»Verzeihung«, sagte sie rasch und setzte ihr Pokerface auf. »Es ist nichts.«

»Was soll ich bloß mit euch machen?«, seufzte van Nistelrooy und sah in die Runde. Sein Blick blieb kurz an Sabines Armschleife hängen, wanderte dann zu Tinas Abschürfungen im Gesicht, die bereits einigermaßen abgeheilt waren, danach zu Horowitz' neuem Rollstuhl und Krzysztofs Halsverband. Insgesamt sah die gesamte Truppe immer noch etwas ramponiert aus.

»Wir waren doch ein gutes Team«, sagte Tina.

»Wir haben genug gute Teams und Gruppen im BKA«, antwortete van Nistelrooy.

»Aber kein richtig effizientes für außergewöhnlich extreme Sonderfälle«, sagte Marc.

Van Nistelrooy hob die Hand. »Unterbrechen Sie mich nie wieder, das war eine rhetorische Frage!« Er schüttelte den Kopf. »Diese Sondervollmachten waren ein einmaliges Experiment.«

»Aber spezielle Bedingungen erfordern spezielle Maßnahmen«, mischte sich nun auch Horowitz ein.

»Und wenn man bedenkt, wer alles dahintergesteckt hat, haben wir uns doch ganz gut geschlagen«, fügte Krzysztof hinzu. »Nicht zuletzt auch wegen Ihrer Mithilfe. Sie haben unser Team ziemlich berei…«

»Stopp! Ich will nichts mehr davon hören.« Van Nistelrooy hob die Hand. »Dieses Experiment ist hiermit beendet, und es wird keine Fortsetzung geben.«

Sie alle schwiegen, nur Sneijder, der bis dahin nichts gesagt hatte, räusperte sich. »Ich arbeite weiterhin mit Sonderbefugnis und diesem Team oder gar nicht«, stellte er fest. »Deine Entscheidung.«

Van Nistelrooy sah Sneijder lange Zeit grimmig an, dann knackte die Gegensprechanlage neben ihm. Seine Sekretärin war dran. »Ihr Anruf ist jetzt da.«

»Stellen Sie ihn durch«, sagte van Nistelrooy, wartete auf das Läuten und nahm danach den Hörer ab. Nachdem er sich gemeldet hatte, hörte er eine Weile lang zu. Dabei machte er ein immer längeres Gesicht.

Sabine verstand nichts von dem, was van Nistelrooys Gesprächspartner sagte, doch schließlich nickte der BKA-Präsident.

»Ja, Herr Außenminister, ich weiß, dass Polizei und Rechtsprechung in Osteuropa immer noch als sehr korruptionsanfällig gelten. Auch weiß ich, dass dort immer noch einige deutsche Staatsbürger vermisst werden, aber ich kann im Moment kein Sonderteam dorthin …« Er verstummte. »Ja … ja … natürlich, ich verstehe, dass in diesem Fall die Hilfe des BKA angefordert worden ist«, sagte er nach einer Weile. Schließlich sah er auf. »Aber natürlich, wenn Sie darauf bestehen, könnte ich unter Umständen eine Gruppe dafür … jawohl … in ein paar Wochen wäre sie einsatzbereit … vielen Dank.« Van Nistelrooy verabschiedete sich und legte den Hörer auf.

Sneijder runzelte die Stirn. »Worum ging es?«

Van Nistelrooys Blick hellte sich auf, und Sabine erkannte zum ersten Mal, dass er beinahe das gleiche unheimliche Leichenhallenlächeln draufhatte wie Sneijder. »Einverstanden«, sagte van Nistelrooy schließlich und grinste in die Runde. »Ich hoffe, eure Reisepässe sind alle gültig.«

DANKSAGUNG

Der Dank gebührt wie immer zunächst einmal meinen Testlesern Heidemarie Gruber, Günter Suda, Veronika Grager, Gaby Willhalm, Roman Schleifer, Robert Froihofer, Barbara Krussig, Sebastian Aster, Dagmar Kern, Jürgen Pichler, Lothar Löser und Ulrike Schiesser für ihre unermüdliche Unterstützung.

Ebenso danke ich meiner genialen Lektorin Vera Thielenhaus, dem kreativen Team des Goldmann Verlags, meiner Pressedame Irmi Keis, Roman Hocke und seiner großartigen Literaturagentur AVA International in München und noch einmal meiner Frau Heidemarie, die mir nun schon seit vielen Jahren die Organisation der Lesungen abnimmt.

Teile des Romans wurden inspiriert durch die Kurzgeschichte *The Beautiful Uncut Hair of Graves* von David Morrell aus seiner Storysammlung *Black Evening*, einem Autor, den ich seit meinen Jugendtagen sehr verehre und dessen Kurzgeschichten ich jedem empfehlen kann, der es gern düster mag.

Darüber hinaus wäre dieser Roman nicht ohne die Hilfe folgender Personen zustande gekommen: Dr. med. Helmut Niederecker aus Berndorf, Prof. Dr. med. Christian Jackowski vom Institut für Rechtsmedizin an der medizinischen Fakultät der Universität Bern sowie Dr. med. Lothar Löser, Facharzt für Anästhesiologie und Notarzt im Rettungsdienst für medizinische Beratung.

M.Sc. Benjamin Schröder aus der Computational Chemistry and Biochemistry Group am Institut für Physikalische Chemie der Georg-August-Universität Göttingen und Dr. Markus Gahleitner für chemische Beratung.

Anwältin Dr. Gerda Mahler-Hutter aus Berndorf, Staatsanwalt Dr. Frank Heller aus Berlin sowie erster Kriminalhauptkommissar a. D. Hans Busch vom BKA Wiesbaden für rechtliche und kriminaltechnische Beratung.

Diakon und Bestatter Hannes Laferl für seine Gespräche über Tod und Bestattung, Stefan Wagner für IT-Beratung, Hermann Willhalm für seine Erklärungen, wie eine Motorjacht funktioniert, Björn Peipert vom Tattoostudio Farbenkult in Gladenbach für seine »glänzenden« Ideen und Maarten Mulder, dass er Sneijders Schimpfwörterrepertoire ein wenig erweitert hat.

Ebenfalls danke ich Schwester Marina Zittera vom Orden St. Ursula in Wien für die Einblicke in ihr Kloster sowie Mag. Wolfgang Paset von der Katholischen Kirche Erzdiözese Wien.

Mein Dank geht auch an Rudi Sattler in Berndorf. Er fährt Rad, surft im Internet, fährt Ski, leitet ein Massageinstitut – und er ist blind und hat jene Teile des Romans Korrektur gehört, in denen es um Blindheit geht. An dieser Stelle möchte ich mich auch bei Achim Buch bedanken, der seit vielen Jahren meine Hörbücher so großartig einliest.

Zuletzt danke ich auch noch Dr. Bassil Amir-Lehner und Dipl. Ing. Matthias Paul vom Radioonkologischen Institut des Landesklinikums Wr. Neustadt, die mit mir gemeinsam die im Roman verwendete Theorie zur Röntgenforschung entwickelt und *Hell7* erfunden haben. Vieles in diesem Roman ist frei erfunden – doch Pater Michael Hass gibt es wirklich.

Danke, dass ich erneut für Sie recherchieren und morden durfte …

Autor

Andreas Gruber, 1968 in Wien geboren, lebt als freier Autor mit seiner Familie in Grillenberg in Niederösterreich. Mit seinen bereits mehrfach preisgekrönten Romanen steht er regelmäßig auf der Bestsellerliste. Mehr zum Autor und seinen Büchern finden Sie unter www.agruber.com sowie unter www.facebook.com/Gruberthriller.

Andras Gruber im Goldmann Verlag:

Die Reihe um Maarten S. Sneijder
Todesfrist. Thriller
Todesurteil. Thriller
Todesmärchen. Thriller
Todesreigen. Thriller
Todesmal. Thriller

Die Reihe um Walter Pulaski und Evelyn Meyers
Rachesommer. Thriller
Racheherbst. Thriller
Rachewinter. Thriller

Die Reihe um Peter Hogart
Die schwarze Dame. Thriller
Die Engelsmühle. Thriller

Außerdem lieferbar:
Herzgrab. Thriller

(alle auch als E-Book erhältlich)

GOLDMANN
Lesen erleben